KB089969

세계문학, 그 너머

탈구미중심주의·경계·해방의 상상력

세계문학, 그 너머 탈구미중심주의·경계·해방의 상상력

초판인쇄 2021년 3월 5일 **초판발행** 2021년 3월 15일
지은이 고명철 **펴낸이** 박성모 **펴낸곳** 소명출판 **출판등록** 제13-522호
주소 서울시 서초구 서초중앙로6길 15, 1층
전화 02-585-7840 **팩스** 02-585-7848
전자우편 somyong@korea.com **홈페이지** www.somyong.co.kr

값 45,000원   ⓒ 고명철, 2021
ISBN 979-11-5905-597-3 93810

세계문학, 그 너머

Beyond World Literature
De-Eurocentrism, Border, Imagination of Emancipation

탈구미중심주의 · 경계 · 해방의 상상력

고명철

이 글을 쓰는 현재, 나는 폭설이 내린 압록강 너머 신의주의 들판을 보고 있다. 폭설에 쌓인 세상은 온통 하얗다. 눈이 시리도록 푸른 하늘과 맑은 공기 틈새로 쏟아져 내리는 햇빛은 눈 덮인 들판과 압록강 수면 위로 튕겨지면서 이 사위에 에워싸인 나를 몹시 설레이도록 한다. 소리 없이 자연스레 연출되는 압록강 겨울의 풍경이야말로 비경秘景이 아니고 무엇인가. 하지만 이 비경은 내게 먼 곳에서 우두망찰 지켜보는 것만을 허락하는, 실제로 가까이 다가가 온몸의 감각으로 넓고 깊게 감각할 수 없는 그저 바라만봐야 하는 풍경화 속 풍경일 따름이다. 어쩌면 이 비경은 내게 '비경非景'에 불과할 뿐……

그렇다. 나는 20세기 동아시아의 국제 정세 속에서 제국의 식민지 지배를 겪었고, 그것에 대한 불철저한 역사 청산 속에서 자본주의 세계체제의 하위체제인 분단체제에 결속된 한반도의 주민으로서 압록강의 비경秘景을 비경非景으로 전도시키는 서글픔을 쉽게 떨쳐낼 수 없다. 전 지구화 시대를 피부로 실감하는 현실에서, 특별한 정치적 구속이 없는 한 국경을 자유롭게 넘을 수 있는 현실에서, 안타깝게도 한반도의 주민들은 특별한 정치적 구속을 온몸으로 체감하는 가운데 대한민국과 조선민주주의인민공화국의 국경을 마음껏 넘을 수 없다. 언제까지 이러한 정치적 구속이 지속될까. 언제까지 국경 너머에서 펼쳐지는 저 리얼한 비경秘景을 정치이념적 경계 너머의 범접할 수 없는 금단의 풍경으로 가둬놓은 채 퀭한 시선을 두어야만 하는 것일까.

'새로운 세계문학'을 얘기하기 위해 나의 이러한 실존적 조건은 외면할 수 없는 문학 안팎의 난제가 아닐 수 없다. '세계문학'이면 '세계문학'이지, 그 앞에 '새로운'이란 수식어를 놓는 일이 분단체제를 살고 있는 한반도의 주민에게 어떤 연관성이 있는 것일까. 사실, 이 물음을 해결하는 일은 그리 녹록치 않다. 우선, 책머리에서 뚜렷이 밝히고 싶은 것은 내가 이 책 여기저기에서 논의하고 있는 '새로운 세계문학'은 분단체제를 낳는 데 직간접 연관된 구미중심주의를 창조적으로 극복하는 것과 결코 무관하지 않다는 점이다. 이것은 또한 구미중심주의의 안팎을 채우면서 구미중심주의를 실질적으로 작동시키고 있는 유럽으로부터 창안되었다는 근대의 문제를 날카롭게 인식하고 그것에 대한 비판적 성찰의 심문 과정 속에서 그것과 연관된 것을 극복하는 데 초점을 맞추는 일이기도 하다.

물론, 전 지구화 시대를 살면서, 이 문제에 대한 발본적 문제의식을 제기하는 지식사회의 파장이 아직은 작다고 볼 수 있다. 하지만, 꼭 이렇게 쉽사리 단정지을 수는 없다. 그동안 구미중심주의가 내밀히 작동하다보니, 구미중심주의에 대한 거리두기와 비판적 성찰 자체가 미약하여 제대로 수행되지 않았을 뿐이지, 이러한 문제의식을 날카롭게 벼리는 세계의 곳곳에서는 구미중심주의에 대한 비판적 성찰과 저항 및 이것을 전복함으로써 어떤 대안을 모색하는 이론적 / 실천적 노력을 열심히 궁리하고 있다. 예컨대, 한반도의 주민처럼 제국주의의 식민지 침탈을 당한 채 타율적 근대를 고스란히 감내해야만 했던 지역들, 아프리카와 아시아 및 라틴아메리카의 해당 지역들이 여기에 해당한다. 이곳에서는 인간의 말로 이루 표현할 수 없는 반인류적 악행들이 문명과 근대의 미명 아래 해당 지역의 주민들에게 자행되었고, 그 지역의 삶 생태계를 절멸시키는 반문명적 야만을 서슴없이 자행하였다. 그리고 이러한 야만은 민족, 인종, 종교, 지역, 젠더 등 온갖 구별짓기로 인한 차별의 행태악行態惡과 구조악構造惡으로 지금까지 반복 재생산되고 있는 형국이다.

　세계문학이 이러한 타락한 현실에 대한 비판적 성찰의 문제의식을 가진 것 자체를 부정할 수는 없다. 하지만 냉철히 짚어봐야 할 것은, 기존 세계문학이 추구하는 미의식과 문학적 윤리감각은 유럽이 창안해냈다고 우격 다짐을 하는 바로 그 유럽에서 비롯된 근대에 대한 맹목에 뿌리를 두고 있다는 점이다. 이 유럽발 근대에 대한 맹목은 전 세계의 도처에서 그곳의 역사와 문화를 지반으로 싹튼 근대의 다기한 것들을 구미식 정치경제적 힘의 우열관계로 파악한 나머지 제국의 미의식을 최량의 수준으로 이해하는 대단히 서구 편향적이고 굴절된 미의식에 사로잡혀 있다. 그러는 가운데 세계문학은 이처럼 굴절되고 편향화된 맹목이나 다를 바 없는 서구의 미의식에 충실한 것을 최량의 세계문학으로 정전화시킨다. 이렇게 날을 세워 기존 세계문학을 비판한다면, 혹자는 세계문학 공부를 제대로 하지 않은 채 비판을 위한 비판에 불과하다고 나를 몰아 세울 것이다. 사실, 이러한 언급은 '새로운 세계문학'을 실현해온 숱한 문학인들의 작업을 제대로 이해하기 위해 애오라지 감내할 수밖에 없을지 모른다. 때문에 이들 문학인들의 작업에 애정을 갖고 적극적으로 읽어야 하는 이유 또한 바로 여기에 있다. 말하자면, 두 가지 일을 병행해 나가야 한다. 하나는 세계문학에 대한 매서운 비판적 성찰을 수행해야 하고, 다른 하나는 기존 세계문학의 시각이 아닌 그 시각으로는 온전히 읽어낼 수 없는 것을 새로운 세계문학의 시각으로 적극 이해하는 길을 찾아야 한다. 사실, 이 두 가지 일은 동시에 진행되는 것으로, 낯익은 세계문학 제도권 안에서 몹시 힘들고 버거운 일이지만 우공이산愚公移山의 마음가짐으로 수행해야 하는 일이다.

따라서, 나는 이 책에서 두 가지 일을 수행하고 싶다. 한국문학평론가 겸 연구자로서 세계문학 제도 안에서 잘 정비된 한국문학에만 열중하더라도 능력이 모자랄 판에 '새로운 세계문학'을 공부하는 길에 겁 없이 나섰다. 왜냐하면 갈수록 전문화(혹은 전문가)란 미명 아래 자신이 몸담고 있는 분야 바깥과는 담을 쌓는 게 통념화되고 있는 현실, 바꿔 말해 한국문학과 외국문학의 경계 구분 속에서 구미중심주의에 나포된 채 기존 세계문학을 더욱 결속시키는 데 대한 비판적 문제의식에 둔감하고 있는 현실을 묵과할 수 없기 때문이다. 이것은 문학이 아직도 여전히 담당해야 할 상식적인 전언이 자꾸 환기되기 때문이기도 하다. 그것은 "문학인은 비非체제적이다"는 전언이다. 문학하는 사람들은 어떤 체제에 맞서고 부정하는 반反체제를 추구하는 게 아니라 그 어떤 체제도 고정된 체제로 인정하지 않는, 어떤 체제의 바깥으로 탈주하는 상상력을 지닌 채 새로운 체제와 새로운 세계를 상상하는 존재다. 때문에 나는 세계문학이 구미중심주의에 기댄 채 한층 내밀화하고 있는 이 세계체제의 바깥을 넘어 상상하는 새로운 대안으로서 삶을 상상해본다. 이와 관련하여, 나는 한반도의 주민이 살고 있는 분단체제의 바깥 체제를 상상해본다. 그것은 한반도의 주민이 지금까지 누려보지 못한 상생과 공존의 평화로운 삶을 상상해보는 문학을 추구하는 일이다. 그렇다면, 그것은 현실적으로 근대 국민국가 체제를 넘어선, 어떤 새로운 삶일까. 악무한의 자본주의 세계체제를 대체하는 어떤 대안 체제로서의 삶일까. 알 수 없는 일이다. 하지만 이러한 행복한 상상을 실현하는 데 한국문학 안팎의 경계를 넘나드는 일 자체야말로 행복한 작업이라는 것을 고백해본다.

이 행복한 작업은 그동안 함께 했던 많은 문학인들을 포함하여 마주했던 해당 지역의 사람들의 삶이 있었기에 가능하다. 그들과 분명 겉으로 볼 때 다른 것투성이다. 하지만 역설적이지만 다르기 때문에, 그 다름을 있는 그대로 인정하기 때문에 다름을 성큼 뛰어넘어 언제 그랬냐는 듯 아주 친밀해지면서 서로를 이해하는 경이적인 순간에 매번 전율한다. 그것은 구미중심주의를 비판하는 성찰적 인식과 다를 바 없는 것이었고, 비판에 머물지 않고 대안을 모색하는 구체적 실현이기도 하다. 이것이 어떤 것인지 그것의 이름을 아직은 구체적으로 호명하지 못하지만, '새로운 세계문학'의 내용형식을 이룬다고 감히 말할 수 있다. 이 경이로운 순간을 만나는 길 속에서 어쩌면 '새로운 세계문학'의 얼과 꼴이 절로 나타나리라. 이것은 없었던 게 아니라, 그리고 전혀 새로운 것을 찾는 게 아니라, 기존 세계문학이 타매하거나 억압하면서 그 진가를 온전히 이해하지 못했던, 그래서 흡사 새로운 것처럼 보이는 '새로운 세계문학'이다. 이 '새로운 세계문학'을 향한 나의 작업에 냉담과 무관심보다 열정의 비판과 토론이 이뤄지길 기대해본다.

이러한 내 작업에 힘을 보태준 소명출판의 박성모 대표와 편집진 여러분께 큰 빚을 졌다. 끝으로, 이 책은 내가 재직하고 있는 광운대의 2019년 연구년 성과물로, 이 기간 동안 나는 중국의 단동에 있는 요동대에 체류하면서 이와 관련한 원고를 정리하여 한 권의 저술 형식으로 출간하게 되었다. 이 책이 출간되면, 이것을 옆구리에 끼고 '새로운 세계문학'에 대한 문학적 영감을 불어넣은 압록강변에 다시 서고 싶다.

2019년 세밑과 2020년 새해 틈새에서,
아시아의 대지를 잇는 압록강을 지척에 두고
고명철 씀

후기

그런데, 이렇게 '책머리에'를 쓰고 원고를 출판사로 넘긴 후 난생 처음 전 지구적으로 확산된 감염병 코로나19에 쩔쩔매고 있다. 각 나라별 정도의 차이는 있지만, 우리는 생생히 지켜본다. 과학기술을 비롯하여 정치문화의 문명을 그토록 뽐내며 비서구를 식민통치했던 서구는 코로나19에 대한 이렇다할 효과적 방역을 제대로 수행하지 못한 채 폭증하는 감염으로 사회의 혼란은 가중되었다. 서구가 그동안 이뤄 놓은 그들의 근대세계의 어둡고 부끄러운 민낯이 고스란히 드러난 것을 우리는 실감한다. 전 지구적 자본주의 체제 아래 신자유주의 미명 속에서 공공의료의 허술함으로 서구의 숱한 사회적 약소자들이 공공의료의 사각지대에서 죽음의 공포가 일상화된 삶을 살고 있다. 그리고 서구 사회에 오랫동안 팽배해진 비서구에 대한 각종 혐오와 편견 및 차별이 그들의 일상 속에서 폭력으로 표출되고 있다. 특히 불특정 아시아인을 대상으로 한 서구인들의 일상의 폭력은 코로나19를 빌미 삼아 한층 그 빈도와 강도가 심해지고 있다. 트럼프 미국 대통령의 비상식적인 그래서 정치적인 의도로 비롯된, 팬데믹의 책임 소재를 중국으로 적시했던 해프닝에서 알 수 있듯, 서구가 일궈놓은 근대세계의 안정을 위협하는 주체를 중국으로 표적함으로써 중국이 함의하는 아시아를, 세계의 문명을 위협하는 불온한 것으로 간주하는 서구의 구태의연한 제국주의의 위력이 볼썽사납게 드러나지 않았는가. 아이러니컬하게도, 정작 세계 초강국인 미국에서 코로나 확진자의 폭발적 증가는 물론, 흑인 차별의 심각함 속에서 말 그대로 공공의료 시스템의 열악함이 사회적 약소자의 희생을 감내할 수밖에 없는 미국 내의 구조적 문제들에 대한 성찰이 부재한 제국의 현실이야말로 서구의 근대세계가 얼마나 취약하고 위태로운지를 여실히 보여주고 있다.

이런 현실 속에서, 대단히 안타깝고 애석한 것은 세계가 백신과 치료제를 개발하는 데 혼신의 힘을 쏟아 일상을 회복하려고 할 뿐, 팬데믹에 대한 발본적 성찰이 결핍돼 있다. 감염병을 예방하고 치료하기 위한 의학을 연구하고 의술을 개발하는 것 자체를 타매해서는 안 된다. 문제는 우리가 회복할 일상에 대한 진지한 성찰의 도정을 밟지 않은 채 예전과 똑같은 일상으로 회복하기를 욕망하는 데 있다. 과연, 지구의 자원을 무한 착취하여 지구의 생태계에 심각한 위기를 낳고, 그리하여 지구의 생명을 위협하고 앗아갈 수 있는 '발전과 성장'의 속도를 예전 상태로 회복하고자 하는 욕망에 대한 래디컬한 성찰 없이 작금의 팬데믹을 온전히 극복할 수 있을까.

우리는 '사회적 거리두기' 캠페인 속에서 개인의 건강이 불편하면, 며칠 일하지 않고 집에서 푹 쉬기를 권장하지 않았는가. 그러니까 이것을 사회적 차원으로 생각하면, 그 직접적 계기가 코로나19 때문이지만, 팬데믹의 현실은 그동안 서구중심으로 추진된 근대세계를 떠받치는 생산주의에 위기의 신호음이 울린바, 이것을 묵살할 게 아니라 이 생산주의를 멈추고 인류가 공생공존할 수 있는 새로운 세계를 향한 상상력을 기획하고 실천해야 한다. 그리하여 그동안 훼손된 지구의 건강과 안전을 근원적으로 성찰함으로써 인류의 미래를 함께 도모해야 한다. 이 같은 노력은 구미중심주의에 일방적으로 추동되는 게 아니라 아시아, 아프리카, 라틴아메리카를 이루는 지역들이 지닌 창조적 대안의 삶의 지혜와 그 실천을 궁리하는 데 있으리라. 팬데믹 시대에, '세계문학 그 너머 / 넘어 — 탈구미중심주의·경계·해방의 상상력'이 서구중심의 근대세계에 대한 비판적 성찰의 작은 몫을 수행했으면 한다.

2021년 봄의 문턱에서

차례

제1부

서장/ 새로운 세계문학을 향해

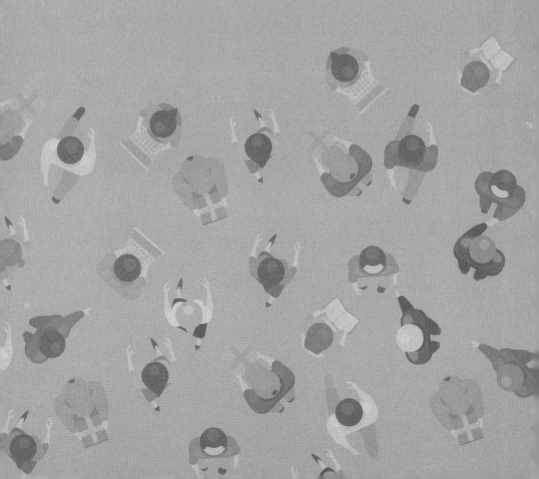

새로운 세계문학,
문자성과 구술성의 상호침투

1. 문자중심주의에 기반한 구미중심의 (탈)근대의 자장磁場

전 지구적 자본주의의 세계체제가 배태하고 있는 현실의 숱한 난경難境을 헤쳐나가기 위해 다양한 노력들을 하고 있다. 근대를 이루고 있는 세목들에 대한 거시적 및 미시적 탐구는 물론, 그 과정에서 근대를 극복하기 위한 탐구에 이르기까지 이 모든 것들은 근대적 자본주의 세계체제에 대한 공부이되 이것에 함몰되지 않고 넘어서려는 기획이기도 하다. 근대적 자본주의의 출현과 운명을 함께 하는 소설의 글쓰기 역시 예외가 아닐 터이다.

그런데 우리에게 그동안 익숙한 소설의 글쓰기를 통해 이 난경을 얼마나 치열히 극복할 수 있을까. 이러한 어리석은 물음을 던지는 데에는, 우리에게 너무나 자명한 것으로 내면화되었고 관성화된 소설의 글쓰기가 구미중심주의 (탈)근대의 자장의 구심력으로부터 자유로울 수 없기 때문이다. 근대 이후 인쇄술의 혁명적 보급으로 인한 근대적 이성의 심화와 계몽의 유산, 그리고 국민국가의 출현은 소설의 글쓰기에 한층 활기를 불어넣은바,[1] 이 다층적 과정에서 문자성literacy 위주의 문자중심주의에 기반한 소설이 구미중심의 근대세계를 일궈나간 것 자체를 새삼 강조할 필요도 없다. 뿐만 아니라 쉽게 간과해서 안 되는 것은 이 근대세계를 비판적으로 성찰하면서 극복하고자 한 소설 역시 최량最良의 리얼리즘 / 모더니즘 / 포스트모더니즘을 가로질러 모두 구미중심주의의 (탈)근대세계를 더욱 튼실히 다지는 데 공모하고 있다는 사실이다. 이것은 소설을 둘러싼 창작과 비평에서 모두 그러하다.

여기서 우리가 발본적으로 제기해야 할 문제는 근대 이후 문자중심주의에 경사된 창작과 소설을 통해서는 구미중심의 근대세계를 창조적으로 넘는 일이 도로徒勞에 그치기 십상이라는 점이다. 문자성의 매트릭스에 갇힌 창작과 비평이 아무리 래디컬한 심미적 이성의 작업을 수행한다 하더라도 그것은 결국 문자중심주의를 더욱 견고히 구축시킬 뿐이며, 이것은 자연스레 문자중심주의와 긴밀히 연동돼 있는 구미중심의 근대세계를 더욱 심화·확산시키는 역할로 전유될 공산이 크다. 그리하여 이렇게 모색되는 탈근대가 구미중심의 근대세계의 프레임 안쪽에서 궁리되는 것 이상도 이하도 아니라고 한다면, 종래 탈근대와 관련한 창작과 비평의 숱한 노력들을 성급히 일반화한 비판의 오류에 불과할까. 하지만 종래 소설에 대한 탈근대의 논의들이 문자중심주의에 기반한 구미중심의 (탈)근대에 대한 발본적 물음을 제기하지 않았다면, 그것은 구미중심의 근대세계의 프레임 안에서 자족성을 띤 '차이 속의 반복'에 지나지 않는다.[2]

---

1 근대 국민국가와 관련한 이른바 국민담론이 문자중심주의와 긴밀히 연동되는 구체적 양상에 대해서는 호미바바 편저, 류승구 역,『국민과 서사』, 후마니타스, 2011 참조.
2 이것과 대비하여 서구의 대표적 정전 중 하나인 셰익스피어의 희곡「폭풍우」를 인도의 타고르(R. Tagore)와 쿠바의 레타마르(R. F. Retamar)는 각각 인도와 카리브해의 현실 속에서「폭풍우」가 얼마나 식민주의적 의식에 기반한 유럽중심주의를 재현하고 있는가를 예각적으로 묘파하는데, 여기서 주목해야 할 것은 이들의 비판적 독해

우리는 이 같은 문제를 비판적으로 성찰하기 위해 문자중심주의로부터 비껴나 있던, 비서구로 통칭되는 트리컨티넨탈(아프리카·아시아·라틴아메리카) 문학의 구술성口述性, orality의 귀환에 주목하고자 한다. 흔히들 문학과 관련한 구술성을 전근대적 문화 유산으로 파악함으로써 근대 이후 문학의 장場과 무관한 것, 혹은 근대를 적극 해명하기 위한 전통의 습속 중 하나로서 주목하는, 그래서 구술성을 근대의 동일자로 수렴하려고 한다. 따라서 소설의 글쓰기에서 구술성은 근대 이후의 세계를 재현하는 데 더 이상 유용하지 않거나, 잉여로서 역할을 맡거나, 아니면 구술성을 심미적으로 특화시킨 예외적인 미적 성취로서 특별히 주목할 따름이다. 하지만 구술성에 대한 이 같은 논의는 문자중심주의에 구속된 구미중심의 근대주의의 맹목이다. 구술성은 근대와 무관하지 않을 뿐만 아니라 도리어 근대의 창조적 가치를 섭취하고 근대의 부정을 창조적으로 넘어설 수 있는 심층적 근대를 추구한다.[3] 그 과정에서 구술성은 근대세계를 활달히 넘어설 수 있는 진취적 역동성을 함의하는, 구미중심주의의 (탈)근대와 '다른 (탈)근대'를 기획·수행할 수 있다.

는 구미중심의 근대세계의 프레임에 균열 및 내파(內破)의 가능성을 지니고 있다는 사실이다. 이들의 비판적 독해의 전문과 이것을 해제한 김재용의 「유럽의 셰익스피어를 뒤집는 비서구의 두 목소리」는 『지구적 세계문학』 창간호(2013.봄)의 '특집─제국주의와 세계문학'에 실려 있다.

3 서아프리카의 문자가 없는 흑인 원주민 사회의 문화를 오랫동안 추적 조사한 일본의 문화인류학자 가와다 준조는 "문자가 무엇보다도 사람의 의식의 '멈춤'의 산물이며 의지적이며 개별적인 표명(表明)의 결정(結晶)이라고 한다면, 무문자성이라고 부를 수 있는 부분은 그 기층부를 이루는 무의식적이고 집합적인, 소위 문화의 하부구조에 대응한다고 할 수 있을 것이다"(가와다 준조, 임경택 역, 『무문자 사회의 역사』, 논형, 2004, 242쪽)라고 하면서, 구술성이 지배적인 무문자 사회의 무문자성을 연구하는 것은 "문자성의 변방에 대한 관심에서가 아니다. 기성의 문명 안에서 확립된 너무나 '책을 밝히는' 서재적인 인문적 지(知)의 체계를 더 넓직한 세계에 해방시키"(244쪽)기 위한 것이라고 언급한다.

구술성의 귀환에 주목하는 이유는 바로 여기에 있다. 소설의 글쓰기에서 구술성의 적극화는 전 지구적 자본주의 세계체제에서 극심한 실존적 고통에 놓여 있는 하위주체subaltern로 하여금 그들 스스로 그들의 실존적 · 정치적 · 역사적 입장을 재현할 수 있도록 하는 데 소중한 서사의 역할을 부여한다. 이 대목에서 "서발턴은 말할 수 없다"[4]고 자조自嘲한 스피박Spivak이 그 이후 하위주체에 대한 일련의 논의들을 접하면서 그 스스로 "이 말은 권장할 만한 주장이 아니었다"[5]고 하였는데, 이들 의미심장한 발언의 사이를 숙고해볼 필요가 있다. 분명, 스피박은 하위주체의 재현이 갖는 근원적 한계를 직시하되, 그 한계를 문자중심주의에 기반한 재현의 차원에 초점을 맞추었지, 구술성을 적극 고려하지 않는다. 탈식민주의의 패러다임이 공유하고 있는 주요한 문제의식인 구미중심의 보편에 대한 래디컬한 비판을 수행하고 있는 스피박에게도 여전히 중요한 재현의 방식은 문자중심주의에 근거한 그것이다. 이것은 스피박뿐만 아니라 스피박 이전의 하위주체 연구의 새 지평을 개척한 라나지트 구하R.Guha에게서도 산견散見되는 문제다.[6] 사실, 스피박을 포함한 하위주체 연구 그룹을

---

4 스피박, 태혜숙 역, 「서발턴은 말할 수 있는가?」, 로절런드 C 모리스 편, 『서발턴은 말할 수 있는가?』, 그린비, 2013, 490쪽.

5 위의 책, 135쪽. 스피박을 주목하도록 한 「서발턴은 말할 수 있는가?」는 1988년에 발표된 글이다. 이후 그는 이 글을 수정하여 1999년에 간행된 그의 *A Critique of Post-colonial Reason : Toward a History of the Vanishing Present*의 3장에 수록하였는데, "이 말은 권장할 만한 주장이 아니었다"는 바로 이 수정본의 표현이다.

6 라나지트 구하는 인도의 오랜 영국의 식민통치 아래 식민 지배권력과 그것에 협력한 인도의 토착 지배권력에 의해 억압된 농민의 봉기를 연구한바, 이들 농민의 봉기는 기존 부르주아 민족주의 또는 마르크시즘으로 적절히 해명될 수 없어 농민 대중의 하위주체성(subalternity)에 주목함으로써 농민 봉기의 기초적 측면을 해명하기 위해서는 봉기의 대상인 식민 지배권력과 토착 지배권력의 담론, 가령 각종 공식적 문서의 표현들을 '전도'시킴으로써 지배권력 담론에 의해 왜곡된 농민 봉기의 실상을 재구성한다. 이에 대해서는 라나지트 구하, 김택현 역, 『서발턴과 봉기』, 박종철출판사,

통해 우리는 서구의 이성중심주의에 뿌리를 둔 주체의 형이상학(여기에는 범마르크스시즘에 대한 발본적 비판을 두루 포괄함)을 과감히 해체함으로써 자본주의 세계체제에 놓여 있는 인도와 같은 제3세계의 민중을 더 이상 구미중심의 프레임에 붙들린 민족주의 혹은 계급주의 시각으로 인식하는 것이 현실에 부합되지 않고, 때문에 그들을 종래의 민중 혹은 프롤레타리아 계급으로 환원시키는 게 아니라 말 그대로 그들의 현실에 적실한 정치적 현존−하위주체로 인식해야 한다는 것을 결코 과소평가할 수 없다.[7]

여기서, 우리는 하위주체를 재현하는 것뿐만 아니라 하위주체가 그들 스스로를 어떻게 재현하는가에 대해 주목해야 한다. 하위주체의 재현은 구미중심주의의 (탈)근대를 재생산하지 않는다. 하위주체는 전지구적 자본주의 세계체제로부터 빚어진 숱한 삶의 난경에 직면한 하층민이 구미중심주의로부터 배태한 세계악世界惡을 부정하고 극복하기 위한 미적 윤리를 보증한다. 따라서 문자중심주의에 기반한 재현만으로는 이 같은 소설−글쓰기를 온전히 수행할 수 없다. 하위주체의 삶과 밀접히 관련을 맺고 있는 구술성과 문자성의 창조적 회통會通은 하위

2008.

7 여기서 하위주체 연구 그룹의 다음과 같은 입장은 이 글을 관류하고 있는 문제의식이다. "서발턴 연구는 서양의 근대에서 유래하는 주체 형태들(민족이라든가 계급)의 단일성과 통일성, 혹은 휴머니즘적 주체(의식) 형성에서의 진화주의, 이성의 실현 과정이나 진보로서의 역사 과정에 관한 역사주의적 서사들이, 그리고 서양 / 동양(=근대 / 전근대, 이성 / 감정, 문명 / 야만, 과학 / 미신)의 위계적 대립 쌍과 그것이 보여주는 근대 계몽주의 인식 틀이 비서양 세계의 역사(타자)를 인식 주체(자아)의 지위에서 지배해온 것을 비판하고, 그 같은 서양중심적 식민주의 및 그 계보를 잇는 파생 담론들(민족주의, 서양중심적 맑스주의, 지역 연구, 인류학과 민족지학 등)을 공격하지만, 이와 함께 그 같은 비판 속에서 식민 담론의 헤게모니에 대항할 수 있는 근거를 새롭게 모색하고자 한다."(김택현, 『서발턴과 역사학 비판』, 박종철출판사, 2003, 36쪽)

주체의 재현과 관련한 난제들을 풀 수 있는 한 가능성을 제시해줄 수 있다. 우리는 이 일환으로 구미중심의 (탈)근대와 '다른 (탈)근대'를 보이는 새로운 세계문학의 소설 쓰기를 살펴본다.[8]

2. 아프리카의 성장서사와 구술성의 매혹

— 아마두 함파테바의 『들판의 아이』

아프리카문학에서 결코 간과할 수 없는 것은 구술성이다. 아프리카 근대 소설의 서막을 열었다고 평가받는 작가 아모스 투투올라Amos Tutuola는 "구연문학의 전통은 여전히 살아 있으며 개별 작가들은 창조적인 방법으로 이를 현대화시킬 수 있다는 것을 보여주었다"[9]고 언급한바, 아프리카의 소설에서 구술성이 갖는 서사의 지배력은 작지 않다. 이와 관련하여 우리가 살펴볼 아프리카의 소설은 서아프리카 구술 유산의 풍요로운 보고寶庫라 해도 지나치지 않은 아마두 함파테바Amadou Hampâté Bâ의 장편 『들판의

---

8 사실, 이 글의 가장 큰 한계는 아직까지 기존 구미중심주의의 세계문학은 물론, 3개 대륙(아프리카, 아시아, 라틴아메리카)의 문학 전반에 대한 필자의 공부가 전적으로 빈약할 뿐만 아니라 필자의 문제의식을 살펴볼 수 있는 작품을 선정하는 어려움이다. 무엇보다 필자의 문제의식을 살펴볼 수 있는 작품으로 본문에서 분석 대상으로 선정된 작품들이 과연 3개 대륙에 해당하는 필자의 문제의식을 검증할 수 있는가 하는 문제다. 하지만 이렇게 첩첩이 쌓인 문제에도 불구하고 구미중심주의의 (탈)근대를 창조적으로 극복하기 위한 비평적 모험을 두려워하지 않기로 하면서, 이 숱한 난경 속에 비평적 기투(企投)를 하기로 한다. 이후 필자의 문제의식에 대한 논쟁적 대화가 이뤄지는 과정 속에서 필자의 성긴 문제의식이 조금씩 다듬어갈 수 있는 공부의 바탕이 마련될 것으로 기대한다. 아울러 필자와 또 다른 문제의식들이 제출되었으면 한다.
9 장태상 외, 『아시아 아프리카 문학』, 한국외대 출판부, 2003, 354쪽.

아이』(1991)다. 사실, 각주 8번에서도 적시했듯이, 광대한 대륙 아프리카가 모색하고 있는 구미중심의 근대와 '다른 근대'를 보이는 소설을 살펴보는 일 자체가 대단히 복잡하면서 다층적이고 심층적인 비평 행위가 수반되어야 한다. "모든 지역과 모든 부족을 통합하는 하나의 아프리카 전통, 하나의 아프리카, 하나의 아프리카 사람이 있는 게 아니"[10]기 때문에 더욱 그렇다. 그럼에도 불구하고 서구의 근대문학적 특질과 구별되는, 아프리카문학에 관류하고 있는 구술성의 측면을 고려해볼 때, 『들판의 아이』가 지닌 아프리카 소설의 글쓰기의 특장特長을 결코 과소평가할 수 없다.

특히 『들판의 아이』가 구미중심의 근대세계의 중요한 서사를 이루는 교양소설과 현저히 다른 성장의 서사를 보이는데, 이것은 『들판의 아이』가 아프리카의 문화적 토양 속에서 모색되고 있는 서구와 '다른 근대'를 함의하기 때문이다. 여기에는 『들판의 아이』가 서구의 교양소설을 뒷받침하고 있는 '성장'의 성격과 차이를 띤다는 점을 눈여겨 보아야 한다. 서구의 교양소설이 한 개인이 근대 시민의식의 각성에 이르는 온갖 역경의 성장 과정을 담아냄으로써 미숙한 개인이 근대의 성숙한 개인으로 갱신되는 데 초점을 맞춰가고, 그 과정에서 근대적 자본주의 세계에 대한 모종의 깨우침을 얻는다.[11] 말하자면, 서구의 교양소설은 근대적 개인이 성숙한 시민으로서 자각하는 성장 과정을 형상화함으로써 자연스레 서구의 근대

---

10 아마두 함파테바, 이희정 역, 『들판의 아이』, 북스코프, 2008, 11쪽. 이후 『들판의 아이』의 부분을 인용할 때는 별도의 각주 없이 본문에서 쪽수만 표기한다.
11 "한 사회공동체 속의 개인이 모험이나 실패와 좌절을 겪고 그걸 통해 성장하고 그 과정에서 세계에 대한 인식을 획득한다는 교양소설적인 틀은 그 자체가 서구적인 근대화의 산물이고 자본주의의 역동성이 문학에 구현된 대표적 장르이기 때문에, (…중략…) 모레띠(Frannco Moretti)식으로 말하면 교양소설은 '근대성의 상징형식'인 거죠."(윤지관, 「대담―세계문학의 이념은 살아 있다」, 『창작과 비평』, 창비, 2007. 겨울, 25쪽.)

세계를 보다 숙성시키는 매우 중요한 서사의 몫을 맡는다. 이런 면에서 서구의 교양소설과 크게 다른 『들판의 아이』는 비록 서아프리카를 대상으로 하지만 서구와 '다른 근대'를 살펴볼 수 있는 리트머스지다.

"아프리카 대륙의 문학은 영혼을 다루고 있다"[12]는 의미심장한 전언으로부터 우리가 『들판의 아이』에서 조우하는 작중 화자 '나'의 성장 서사는 근대적 개인의 발견과 연루된 구미중심의 근대로 수렴되는 교양소설로서의 그것과 확연히 구분된다. 다시 말해 『들판의 아이』는 20세기 초 프랑스 제국의 식민지배를 받는 서아프리카의 말리에서 태어난 작중 화자 '나'가 스무 살 무렵에 이르는 기간 동안 '나'를 에워싼 숱한 타자들과 아프리카의 대자연과 연루된 삶을 아프리카 특유의 구술성의 서사를 통해 형상화한다.[13] 여기서 '나'의 성장과 관련하여 중요한 것은 '나'와 관계를 맺고 있는 유무형의 모든 것들인데, '나'에게 이것들은 어느 특별한 것이 다른 것에 비해 비교우위로서 '나'의 성장에 작용하는 게 아니라 이 모든 것들이 그 나름대로의 비중을 지닌 채 '나'를 성장시킨다. 즉, '나'의 성장과 관계를 맺는 것은 '나'가 경험한 적이 없는 '나'의 선조들의 역사로부터 '나'의 현재적 삶과 조금이라도 연루가 돼 있는 유무형의 존재들까지, 그리고 심지어 '나'의 우주적 기원인 아프리카의 태곳적 선사시대의 것들까지도 망라된다. 이렇다보

---

12 시일 체니 코커, 장윤희 역, 「새로운 거울 — 아프리카 문학의 과거와 현재」, 『2013 제4회 인천 AALA문학포럼 — 분쟁에서 평화로』, 인천문화재단, 2013, 54쪽.

13 이 소설의 저자인 아마두 함파테바(1900~1991)는 서아프리카 말리 태생으로 유소년시절부터 줄곧 아프리카의 다양한 구술 서사를 접하면서 성장하였다. 그는 프랑스 '검은 아프리카 연구소'에서 아프리카의 구술 문화를 채록·연구하면서 평생 아프리카의 구술 문화와 함께 살았다고 해도 과언이 아니다. 『들판의 아이』는 '검은 아프리카의 현자'로 불리우는 작가의 성장과 연구가 바탕이 된 소설이다.

니 '나'의 성장 서사는 어느 것 하나에 특별히 서사적 비중을 둔 채 진행시킬 수 없다. '나'는 아프리카의 흑인들이 그렇듯이 "모든 힘이 결집된 거대한 사슬을 이루는 하나의 고리"[14]로서 존재한다. 때문에 이러한 '나'의 성장 서사에 적합한 형상화의 요건으로 구술성을 적극화하는 것은 매우 중요하다. '나'를 키워내는 아프리카에서 이 모든 것들은 소중한 가치를 지닌 것이므로 이 소설에서 이것들 모두는 "마치 물고기가 바다 속에서 편안하게 헤엄치는 것처럼 이야기 속에서 편안하게 어우러"(11쪽)져 있다. 그래서 『들판의 아이』를 온전히 이해하기 위해서는 기존 문자성 위주의 문자중심주의에 기반한 교양소설을 읽는 것과 다른 구술성의 서사에 주목해야 하는 것이다. 만일 『들판의 아이』를 우리에게 낯익은 소설의 글쓰기의 독법—가령, 소설 전체의 유기적 구성, 주인공을 비롯한 주요 인물들에 대한 개성 묘사의 탁월성, 특히 성장하는 주인공의 내면 풍경에 대한 세밀한 형상화 등—으로 읽는다면, 소설 속에서 등장하는 숱한 삽화들이 그려내는 미로 속에서 기진맥진하기 십상이다. 다시 강조하건대, 『들판의 아이』를 문자적 상상력으로만 읽어서는 곤란하다.

그런데, 『들판의 아이』는 기존 문자적 상상력뿐만 아니라 구술성을 중심으로 자연스레 동반되는 연행성演行性, performance까지 아우른 '구연적口演的 상상력'을 병행해야 한다.[15] 그럴 때 '나'의 성장 서사는 서구

---

14 조제 카푸타 로타, 이경래 외역, 『아프리카인이 들려주는 아프리카 이야기』, 새물결, 2012, 74쪽.

15 필자는 한국에서 다른 지역보다 상대적으로 구술 문화의 유산이 풍부한 제주의 문제를 다룬 제주문학을 대상으로 하여, 제주문학을 문자성 위주로만 이해할 게 아니라 문자성과 구술성의 상호작용에 주목함으로써 '구술적 연행'을 살펴본 적이 있다. 고명철, 「제주문학의 글로컬리티, 그 미적 정치성」, 『영주어문』 24, 영주어문학회,

의 교양소설에서 근대적 개인의 주체성 정립 과정이 함의한 구미중심주의가 얼마나 협소한지, 또한 주체의 지위에 놓은 구미중심의 근대주의가 그 타자로 간주한 비서구의 문화에 그동안 얼마나 무지했는지를 성찰하도록 한다. 『들판의 아이』 곳곳에서는 '구연적 상상력'이 자리하고 있는데, 그중 몇 대목을 소개해본다.

　① 촌장이 서둘러 저녁 식사를 마치고 닭과 새끼 염소들을 울안으로 불러들였다. 어머니는 일행을 데리고 문간방으로 들어가 문을 닫아 걸었다.
　그렇게 얼마쯤 지난 후 멀리서 뿔피리 소리가 들려왔다. 코모 신이 언덕 뒤편에서 나타났음을 알리는 소리였다. 조용한 밤이라 피리 소리가 더욱 잘 퍼져서 사방에서 동시에 부는 것처럼 들렸다. 곧 커다란 북소리가 둥둥 울려왔고, 마름모꼴 제례용 악기 소리도 쟁쟁히 울려 퍼졌다. 집 안에 있던 사람들은 불을 끄고 어둠 속에서 숨을 죽이고 있었다. 안 그랬다간 코모 신에게 죽음을 당할 수도 있었기 때문이다.
　(…중략…)
　코모 신은 "한-한-한-한-한-하이안! 은파니음바!" 하고 고함을 지르며 골목길을 돌아다녔다. 특히 '호' 소리는 뱃속 깊은 곳에서 울려 나오는 것처럼 숨을 크게 내뱉었다. 신성한 가면을 쓴 신이 읊조린 그 구절은 아직도 내 귓가에 생생하다.
　(…중략…) 코모 신은 마당에 잠시 멈춰 서서 노래를 불렀는데 나는 그 순간이 영원히 끝나지 않을 것처럼 길게 느껴졌다. 노래 중간 코모 신은 마을 장로가

2012, 48~56쪽.

동생에게 붙여준 이름인 은지 돈고르나라는 이름을 계속 반복했다.

나중에 알게 된 바로는, 그때 코모 신은 내 동생이 니제르 강과 바니 강 사이에 있는 모든 마을, 걸어서 사흘 걸리는 그 모든 지방에 복을 가져다 주는 사람이 되라고 소리쳤다고 한다.(196~197쪽)

② 훌륭한 음악가였던 그는 원하는 건 뭐든 연주하고 자유자재로 목소리를 낼 수 있었다. 화가 나거나 기분이 좋을 때 으르렁거리는 사자의 울음소리를 똑같이 흉내 냈으며, 나팔새 무리가 떼 지어 우짖는 소리를 혼자서 내기도 했다. 그는 또한 들판의 춤꾼인 타조가 질투할 정도로 신명나게 춤을 췄다. 칡넝쿨처럼 유연한 몸으로 어떤 어려운 동작도 척척 해냈다.

(…중략…) 그가 하는 공연은 주로 최고신인 마은갈라가 세상을 창조하는 과정을 표현한 것이었다. 단포 시네는 눈을 지그시 감고 아무 말 없이 단을 연주했다. 손가락이 악기의 현위를 날아다니는 듯이 움직였다. 얼굴에 땀이 흘러 번들거리면 그는 연주를 멈췄다. 그런 다음, 오랜 시간 깊은 물속에 있다가 수면 위로 올라온 잠수부처럼 거칠게 훅 숨을 토해내고는 연주를 다시 시작했다. 이번에는 연주에 맞춰 주술적인 노래를 읊조렸는데, 가사 내용은 태초에 한 덩이였던 세상이 어떻게 하나하나 창조되었는지에 관한 것이었다.

노래를 부르다가 중간쯤 나오는 "에 켈렌(오, 유일자!)"이라는 감탄구에 이르면, 그는 "마은갈라"라고 외치며 무아경에 빠져들고 예언을 하기 시작했다. 단포 시네는 사람들 앞에서 온갖 종류의 기적을 일으켰는데, 나는 아직도 그때 일을 떠올리면서 잠을 설치곤 한다.

우리 집 마당에서는 거의 매일 저녁 페울족과 밤바라족의 가장 뛰어난 이야기꾼들, 시인, 음악가, 전통학자들이 모여 판을 벌였는데, 그중에서 도 쿠렐과 단포 시네가 단연 으뜸이었다.(225~226쪽)

①과 ②는 '나'의 성장 서사에서 '구연적 상상력'이 작동하는 부분 이다. 눈여겨 보아야 할 것은 모두 구연자가 등장하고 있다는 사실이 다. 코모 신의 가면을 쓴 구연자(①)와 "역사, 인문학, 종교, 상징, 입문 의례, 자연과학(식물학, 약학, 광물학), 신화, 전설, 민담, 속담 등 당대의 지식에 관해선 모르는 게 없"(224쪽)는 '전통 지식에 해박한 학자'(223 쪽)이면서 "뛰어난 이야기꾼"(224쪽)이자 "훌륭한 음악가"(225쪽)로서 '도마'라고 불리우는 구연자(②)[16]는 구술과 함께 연행을 병행하고 있 다. 그들은 아프리카 특유의 악기가 생성하는 연주[17]와 노래와 춤과 구 전서사의 한바탕 신명을 이끌어냄으로써 프랑스 제국의 하위주체로서

---

[16] 서아프리카에는 ②의 '도마'와 같은 역할을 수행하는 '그리오(griot)'가 있는데, "이들은 역사가로서뿐만 아니라 음악가이며, 무용가이며 그리고 연기자로서 부족의 위대함과 영웅들의 이야기를 전해주는 사람이었다. 즉 음악, 춤, 그리고 이야기 같은 공연예술을 사용하여 부족의 역사를 통하여 기억해야 할 부족과 세대 그리고 인물에 대해 이야기하였 다."(김광수, 「아프리카의 구전전통에 나타난 역사의식과 문화적 정체성」, 『아프리카연 구』 17, 한국외대 아프리카연구소, 2004, 59쪽)『들판의 아이』에서 '그리오'는 '나'의 어머니가 옥중에 있는 남편을 힘겹게 상봉하는 과정에 결정적으로 중요한 몫을 하는 것으로 그려진다. 남편을 수감한 감옥을 지키는 간수는 "유명한 여성 그리오인 아이시타 부부가 카디자('나'의 어머니 이름-인용자)를 소재로 지은 노래"(『들판의 아이』, 132 쪽)를 듣고 이들 부부를 상봉시켜줄 결심을 품는다.

[17] 아프리카의 구연에서 매우 흥미로운 대목은 여러 악기들이 등장하는데, 그중 북은 단 순한 장단 악기에 그치는 게 아니라 구연자가 직접 전하는 발화의 형식과 또 다른 순 전한 북소리만으로 구연자의 역할을 수행한다는 사실이다. 말하자면 이 북은 '말하 는 북(talking drums)'인 셈이다. 이 '말하는 북'을 통해 우리는 피식민지의 하위주 체가 직접 발화하는 형식을 취하지 않고서도 그들 사이의 의사소통을 구현할 수 있 는, 그렇다면 하위주체의 재현을 비언어적 표현을 통해 할 수 있고, 이것을 『들판의 아이』처럼 '구연적 상상력'으로 얼마든지 창작하고 비평할 수 있는 것이다. '말하는 북'에 대해서는 김광수, 「아프리카 역사학과 구전역사-'말하는 북(talking drums)' 을 통한 역사전승」, 『한국아프리카학회지』 35, 한국아프리카학회, 2012.

'나'와 같은 아프리카인들의 성장을 더욱 북돋아준다. ①, ②에서 볼 수 있듯이, 이들 구연자가 부족민들과 함께 어우러져 생성하고 있는 신명은 아프리카의 태곳적 창세 신화로부터 현재의 기복祈福을 아우르는 아프리카의 뭇 존재들과의 상생相生을 염원하는 내용들로 이뤄진 것이다. 이것은 서구가 비서구를 계몽의 타자로 간주한 채 비서구를 식민화화는 '폭력적인 근대성 신화'[18]와 공모의 관계에 있는, 근대적 개인의 성장을 떠받치는 구미중심의 근대세계를 향한 반성적 성찰의 참조점을 제공한다.

바로 여기서 우리는 『들판의 아이』의 작중 화자인 '나'의 성장과 관련한 구술성의 서사가 서아프리카 구술 유산의 풍요로움을 재현하는 데 초점을 맞춘, 다시 말해 우리에게 미처 알려지지 않은 아프리카의 다양한 풍속을 조명하는 이른바 오리엔탈리즘의 서사가 아니라, 프랑스 제국의 식민지 하위주체로서 '나'의 삶의 주요 국면에 개입하고 있는 식민권력 속에 쉽게 동화되지 않고[19] 서구의 파행적 근대를 넘어설 수 있는 '다른 근대'를 모색하고 있는 것에 주목해야 한다. 그것은 이 소설의 결미에서 '나'에게 조언을 하는 어머니의 말에도 녹아 있다. 제국의 하급 관료의 길을 떠나는 '나'에게 어머니가 "살아가면서 평생 도움이 될 충고"(569쪽)를 한다는 것은 대수롭게 지나칠 대목이 아니다. 먼 길을 떠나는 자식에게 으레 하는 덕담 차원의 조언이 아니라, 여기

---

18 엔리케 두셀, 박병규 역, 『1492년 타자의 은폐』, 그린비, 2011, 207쪽.
19 로버트 J. C. 영에 따르면, 구제국주의라 할 수 있는 영국의 간접통치(indirect rule)와 달리 프랑스는 동화(assimiliation)의 방식을 통해 식민지배를 실시한바, 최대한 제국의 관료적 중앙 집중화를 통해 피식민지의 문화를 프랑스 제국의 문화에 동화·소거시킴으로써 프랑스 제국의 막강한 식민 지배권력을 행사한다. 로버트 J. C. 영, 김택현 역, 『포스트식민주의 또는 트리컨티넨탈리즘』, 박종철출판사, 2005, 64~73쪽.

에는 구미중심의 근대세계가 방기한 윤리적, 정치적, 존재론적, 미적인 것을 두루 포괄하는 아프리카가 소중히 벼려온 바로 그 '다른 근대'를 향한 삶의 열망이 담겨 있다. 다시 말해 이것은 제국의 식민지 하위주체인 '나'의 성장을 구술성의 서사로 재현하는 데 간과해서 안 될 『들판의 아이』를 주목해야 하는 이유다.

3. 하위주체'들'의 재현을 위한 과제 – 황석영의 『바리데기』

황석영의 『바리데기』(2007)는 발간 이후 집중적인 논의가 잇따른 문제작이다.[20] 『바리데기』는 그의 『손님』(2001), 『심청, 연꽃의 길』(2003)과 함께 이른바 동아시아 서사 3부작을 이루는 것으로, 기존 그의 문학뿐만 아니라 한국소설 전체를 포괄한 서사의 혁신을 위한 욕망의 산물이다. 여기서 우리가 주목해야 할 것은 황석영의 이 같은 욕망이 "한국문학은 일국의 논리를 뛰어넘어 전 지구적 차원의 세계문학적 가능성을 좀 더 치열하게 고민해야 할 시점에 놓여 있다"[21]는, 즉 한국문학 자체가 전면적이면서 발본적으로 맞닥뜨려야 할 새로운 과제를 제기하고 있다는 사실이다. 그것

---

20 실제비평을 제외한 학술 연구 성과로 제출된 주요 목록은 다음과 같다. 정연정, 「서사무가와 소설의 구조적 상관관계 연구」, 『한국문학과 예술』 5, 숭실대 한국문학과예술연구소, 2010; 박승희, 「민족과 세계의 연대방식」, 『한민족어문학』 57, 한민족어문학회, 2010; 오태호, 「황석영 소설에 나타난 종교의식 연구」, 『어문연구』 37-3, 한국어문교육연구회, 2009; 고인환, 「황석영 소설에 나타난 전통 양식 전용 양상 연구」, 『한민족문화연구』 26, 한민족문화학회, 2008; 권성우, 「서사의 창조적 갱신과 리얼리즘의 퇴행 사이」, 『한민족문화연구』 24, 한민족문화학회, 2008; 양진오, 「세계문학으로서의 한국문학, 그 위상과 전망」, 『한민족어문학』 51, 한민족어문학회, 2007 등.

21 양진오, 앞의 글, 75~76쪽.

은 "서구중심의 근대문학에 응전"[22]하는 것을 통해 "세계문학의 가능성을 확인하는"[23] 것과 무관하지 않다. 비로소 한국문학은 『바리데기』를 통해 국민국가의 경계를 넘어 전 지구적 자본주의 세계체제의 현실이 배태한 난경을 직접 마주함으로써 세계문학의 또 다른 가능성을 탐구하게 되었다.

그런데 문제는 바로 여기에 있다. 황석영이 전략적으로 고투하고 있는 세계문학의 또 다른 가능성을 어떻게 이해해야 할까. 이것은 『바리데기』를 지탱하고 있는 그의 글쓰기에 대한 온당한 이해와 결부돼 있다. 이 문제와 관련하여 『바리데기』에 대한 비판들이 교차하고 있는 지점은 황석영이 서사무가 〈바리공주〉를 차용하는 과정에서 낳은 형상화의 결점들이다.[24] 이들의 비판에서 "중요한 것은 새로운 서사의 모색이라는 모토가 리얼리즘 이전의 초현실적 묘사와 오컬티즘의 남발, 전통서사 양식의 기계적인 차용에 대한 무조건적인 정당화로 이행될 수 없다는 사실"[25]인데, 사실 『바리데기』의 서사적 문제성은 바로 이 같은 비판 자체에 대한 래디컬한 심문을 요구한다. 이 글의 서두에서 적시했듯이, 근대 이후 우리에게 문학제도의 정전중심의 문학교육 속에서 관성화되었고 내면화된 소설의 글쓰기에서 『바리데기』는 형상화의 미숙성을 보이기 마련이다.

---

22 고인환, 앞의 글, 177쪽.
23 박승희, 앞의 글, 527쪽.
24 대표적으로 권성우, 조영일, 심진경의 논의를 들 수 있다. 권성우의 논의는 앞의 글 참조. 조영일의 경우 서사의 비일관성, 꿈과 오컬티즘의 남발, 인형 같은 인물 등을 문제삼고 있으며(「너희가 황석영을 믿느냐—황석영 『바리데기』」, 다음카페의 '비평고원'), 심진경의 경우 "탈북과 난민의 현실을 보여주는 리얼한 인물이면서도 바리데기라는 신화적 캐릭터에서 완전히 벗어나지 못했기 때문에, 결과적으로 소설에서 바리를 통해 그려지는 현실의 문제가 다소 추상화된 것은 아닌가 싶어요"(「도전인터뷰—한국문학은 살아 있다」, 『창작과비평』, 창비, 2007.겨울, 250쪽)라고 『바리데기』의 형상화의 문제를 언급한다.
25 권성우, 앞의 글, 242쪽.

다시 말해 문자성 위주의 문자중심주의로부터 유연하지 않는 한 전 지구적 자본주의 세계체제의 하위주체 '바리'의 고통을 형상화하고 있는, 서사무가 〈바리공주〉의 구술성을 창조적으로 섭취하는 작가의 서사 전략을 이해하기 쉽지 않다. 그나마 "『바리데기』는 서구 근대소설의 중요한 규범이랄 수 있는 전체적 합리성과 유기적 짜임을 어느 수준에서는 무시하거나 건너뛰고 있다고 해도 무방할 것이다"[26]는 짤막한 언급 정도가 『바리데기』의 예의 결함에 대한 변호일 뿐 이것에 대한 구체적 논의가 없다. 정작 우리가 눈여겨 보아야 할 것은 소설 『바리데기』가 서사무가 〈바리공주〉의 주요한 화소話素를 작중 인물 '바리'의 현실적 문제와 포개놓음으로써 하위주체 '바리'의 곤경을 기존 소설의 글쓰기와 다르게 재현하고 있다는 점이다. 이러한 황석영의 글쓰기는 문자중심주의에 기반한 구미중심의 근대세계에 결박돼 있는 자신의 기존 글쓰기, 즉 리얼리즘 자체를 발본적으로 혁신하기 위한 서사의 고투라는 점에서 의미심장하다.

여기서 우리는 서사무가와 같은 "전통이 어떻게 변화하고 있고 근대성의 힘들과 어떻게 상호작용하고 있는지를 묻는 것이 중요하다."[27] 제주도를 제외한 전국에 고루 분포해 있는 서사무가 〈바리공주〉[28]에서 각별히 주목해

---

26 정홍수, 「세계문학의 지평에서 생각하는 한국문학의 보편성」, 『창작과비평』, 창비 2007.겨울, 62쪽.

27 네스토르 가르시아 칸클리니, 이성훈 역, 『혼종문화-근대성 넘나들기 전략』, 그린비, 2011, 279쪽. 이와 관련하여 조동일의 "무가는 그 자체로서만 존속하지 않았고, 다른 문학이 생겨나고 자라나는 데 중요한 밑거름이 되거나 자극제 노릇을 했다는 점을 잊을 수 없다"(조동일, 『구비문학의 세계』, 새문사, 1991(5판), 236쪽)는 데서 많은 것들이 압축해 있듯, 우리가 『바리데기』에서 주목해야 할 것은 서사무가 〈바리공주〉의 근대소설로의 양식적 차용 및 변개에 주목하는 것도 중요하지만, 이후 이 글에서 특히 주목하고 싶은 것은 영매로서 '바리'가 황석영의 전략적 글쓰기에 의해 재현되는 양상이다. 이에 대해서는 본문에서 구연적 상상력에 기반한 하위주체로서 '바리'의 재현에 초점을 맞춘다.

야 할 것은 "〈바리공주〉는 가부장제 사회에서 여성이 남성들의 부당한 횡포로 고통받는 상황에서 여성의 진정한 가치를 입증하여 그릇된 사회통념을 바로잡는다는 서사시적 의미를 담고 있"[29]는 측면이다. 황석영은 이것을 그의 『바리데기』의 작중 인물 '바리'의 형상으로 전유한 것이다. 그리하여 황석영은 자본주의 세계체제의 현실 속에서 온갖 세계악世界惡의 폭력에 '수난당한 수난의 해결사'[30]로서 '바리'를 형상화한다. '바리'는 서사무가 〈바리공주〉에서 구연되는 것처럼 영매의 비범한 능력을 소유하고 있으면서, 자신의 고향을 떠나 난민자로서 근대 세계체제의 폭력적 억압에 속수무책으로 목숨을 저당잡힌 여성 하위주체의 서사적 지위를 부여받는다.[31] '바리'는 여성 하위주체로서 구미중심주의의 근대성에 결박돼 있는 식민성을 재현한다. 우리가 주목해야 할 것은 바로 이 재현의 글쓰기 양상이다.

'바리'가 영매의 비범성을 보이고 있는 것은 『바리데기』를 관통하고 있는 매우 기초적이면서도 중요한 서사의 핵이다. 그러면서 우리가 쉽게 간과해서 안 되는 것은 영매로서 '바리'의 비범성이 문자성 위주의 소설 쓰기에만 전적으로 기대지 않고 구술성의 서사 또한 중요한 기능을 수행하고 있다는 사실이다. '바리'는 어린 시절부터 보통 사람들과 달리 영험한 능력을 생득적으로 타고 난바, 그는 시공을 초월하여 이승과 저승을 자유자재로 넘나들면서 끔찍한 고통의 세계를 볼 수 있다. 그 고통의 세계는 '바리'와 같은 세계의 하위주체들이 맞닥뜨리고 있는 세계로, 작가는

28 김진영·홍태한, 『서사무가 바리공주전집』 1·2, 민속원, 1997; 홍태한·이경엽, 『서사무가 바리공주전집』 3, 민속원, 2001.
29 서대석, 『무가문학의 세계』, 집문당, 2011, 213~214쪽.
30 황석영, 「작가 인터뷰-분쟁과 대립을 넘어 21세기의 생명수를 찾아서」, 『바리데기』, 창비, 2007, 294쪽.
31 양진오, 앞의 글, 84~92쪽.

이것들을 마치 서사무가 〈바리공주〉를 구연하는 무속인이 그렇듯이 작중 인물 '바리'의 구술 형식으로써 재현하고 있다. 이 같은 작가의 전략적 글쓰기는 문자성에 기반하고 있는 구미중심의 "서사와 철학적 준거를 넘어서는 경험들, 느낌들, 세계관들을 설명하기 위해서는 (…중략…) 지정학적으로 경계borders의 역사에 뿌리박고 있는 탈중심적 지식으로 이동"[32]하는 서사적 실천의 일환이다. 다시 말해 '바리'의 영매로서의 비범성에 의한 하위주체의 재현은 구미중심의 (탈)근대소설의 글쓰기의 전범을 통해서가 아니라 전 지구적 자본주의 세계체제의 하위체제인 분단체제를 살고 있는 아시아의 극동에 위치한 (좀 더 엄밀히 말해, 대한민국과 조선민주주의인민공화국이란 두 개의 국민국가로 나뉜 가운데 마치 섬과 같은 지정학적 조건에 놓인) 지점에서 기존 구미중심의 전횡적 (탈)근대를 전복적으로 실천하는 전략적 글쓰기다.

여기서 이러한 작가의 탈구미중심적 소설쓰기에서 목도되는 작중 인물 '바리'가 지닌 영매의 비범성에서 흥미로운 것은 이 능력이 말 그대로 황당무계한 비현실성을 지니고 있지 않다는 사실이다. '바리'의 비범성을 서구의 합리적 이성의 차원으로 파악해서는 곤란하다. '바리'가 하위주체로서 그 스스로 난민이고 그와 같은 처지의 수난을 당하고 있는 아프리카, 아시아의 난민이 겪는 근대의 세계악(인종, 종교, 성, 민족)의 실상을 보는 능력에서 유의해야 할 것은 "중층적으로 존재하는 다른 차원의 시간성과 역사성을 함축한 직관"[33]을 '바리'가 소유하고 있다는 점이다. 그리하

---

32 월터 D. 미뇰로, 김은중 역, 『라틴아메리카, 만들어진 대륙』, 그린비, 2010, 46쪽.
33 누르딘 파라, 이석호 역, 『지도』, 인천문화재단, 2010, 12쪽. 사실, 여기서 매우 흥미로운 것은 우연의 일치일지 모르겠지만, '바리'의 이러한 비범성이 아프리카 동북부에 위치한 소말리아의 참담한 현실을 다루고 있는 아프리카의 대표 작가 누르딘 파라

여 '바리'는 이 비범성을 통해 작중에서 만난 아프리카와 아시아의 난민 뿐만 아니라 폭력적 근대에 희생당한 하위주체 모두의 고통에 연민하고 그 상처를 위무하는 치유의 말을 건넴으로써 그들과 연대를 도모한다. 난민의 곤경 속에 얻은 딸의 죽음 충격에 헤어나지 못한 '바리'는 모래바다, 피바다, 불바다란 환幻 속에서 이들 하위주체의 말을 듣고, '생명수'를 마신 후 그들에게 그 고통의 기원과 그것을 치유할 수 있는 말을 건넨다. 그것을 관통하고 있는 것은 '바리'와 같은 하위주체의 영육에 새겨진 구미중심의 근대적 폭력, 즉 서구의 근대적 계몽이성에 의해 치밀히 작동하고 있는 타자의 배제와 타자성 지워내기를 극복할 수 있다는, "타인과 세상에 대한 희망"[34]이다. 그리하여 여성 하위주체로서 '바리'가 가부장제적 근대와 공모하고 있는 구미중심의 폭력적 근대의 세계를 치유하는 영매의 기능을 수행하고 있는 것은 간단히 치부해버릴 수 없다.

이제 우리는 작가의 이러한 소설쓰기에 대해 성찰해야 할 게 있다. '바리'를 통한 하위주체의 재현이 서사무가 〈바리공주〉에 대한 구연적 상상력을 창조적으로 섭취함으로써 기존 구미중심의 리얼리즘 소설쓰기와 다른 소설쓰기의 성취를 획득하고는 있다. 그런데 이 소설쓰기는

의 『지도』의 작중 인물에게서도 발견된다는 사실이다. 이 비범성을 필자는 서구의 합리적 이성의 '시선(see)'과 착종해서 안 되는 '응시(gaze)'로 파악하는바, 이 '응시'는 작중 인물이 구체적으로 놓인 현실을 비껴난 신비의 영역에서 마법화된 주술이 아니라 좁게는 소말리아 넓게는 아프리카 역사에 대한 핍진한 태도에 기반한 가운데 구미 제국주의에 의해 갈갈이 찢겨지고 흩어지고 소멸해간 아프리카의 뭇 존재들의 슬픔을 위무해주는 기능을 한다. 따라서 이와 관련하여 아직 면밀히 양대륙 사이의 비교문학에 대한 연구를 펼치지 못했으나, '바리'와 같은 비범성은 구미중심의 폭력적 근대를 '응시'해내는 주요한 서사의 역할을 맡는 것으로 생각된다. 이 '응시'에 대해서는 고명철, 「아프리카문학의 '응시', 제국주의의 폭력으로 구획된 국경을 넘어」, 『지구적 세계문학』 창간호, 2013.봄, 139~142쪽.

34 황석영, 『바리데기』, 창비, 2007, 286쪽.

어디까지나 '바리'에 집중해 있고 '바리'를 매개로 한 하위주체의 재현에 국한되고 있다. 아무리 '바리'를 통해 다른 하위주체들의 정치사회적 목소리를 재현하는데 역점을 두고 있으나, 이 또한 작가가 그토록 극복하고 싶은 구미중심의 근대소설의 글쓰기에 침전돼 있는 주체의 동일자적 서사의 또 다른 변주에 불과할 뿐이다. 말하자면, '바리'가 다른 하위주체들에게 말을 건네고 또 그들로부터 그들의 말을 듣지만, 그 말들 사이에는 서로 다른 하위주체를 재현하는 '차이의 정치학'이 결핍된 채 그 하위주체들 전체를 하나의 소리로 대표한 재현만이 부각될 따름이다. '바리'가 '북한→중국→영국'으로 이주하면서 접한 하위주체들은 서로 다른 정치사회적 하위주체성을 지니고 있는데도 불구하고 작가는 이 하위주체성'들'의 '차이'를 재현하지 못하고 있다. 그렇다고 우리는 여기에 대해 기존 글쓰기에 기댄 채 좀 더 핍진하게 그 하위주체성'들'의 '차이'를 재현해야 한다고 비판하는 것은 아니다. 그보다 『바리데기』가 발본적으로 전략화하고 있는 구술성의 서사를 좀 더 치열하게 실천할 필요가 있다. 이를 위해 '바리'와 같은 하위주체들이 기반하고 있는 그들의 구술성의 서사를 '바리'의 구술성의 서사에 접맥시킴으로써 보다 역동적이면서 구체적으로 그들을 재현할 수는 없을까. 『바리데기』의 골격은 서사무가 〈바리공주〉의 구연적 상상력에 있되, '바리' 외의 하위주체들 또한 각각의 구술성의 서사가 존재하듯 그 구술성의 서사와 긴밀히 연동된 하위주체들을 재현할 수는 없을까. 『바리데기』의 하위주체들은 구미중심의 폭력적 근대성-식민성의 지정학적 실존들, 즉 아프리카와 아시아의 하위주체인 그들에게는 구미중심의 (탈)근대와 '다른 (탈)근대'를 모색하기 위한 구술성의 창조적 서사의 대지가 풍요롭게 존재한다. 하지만, 이들 풍요로운 구술성의 서사를 『바리데기』가 창조적으로 섭취하지 못하고 있다. 이와 관련하여 "생명수를 알아보는 마음"[35]은 폭력적 근대에 길항하며 더 나아가 그것을 전복하고 그리하여 구미중심의 근대와 '다른 근대'를 창조적으로 생성하는 과정에서 보증되는 탈근대를 향한 새로운 글쓰기를 우리에게 절실히 요구한다.

따라서 『바리데기』는 우리에게 매우 소중한 성찰의 계기를 제공한다. 어느 특정한 하위주체에 집중하거나 그 하위주체를 매개로 하는 단성적 구술성의 서사를 지양하여 서로 다른 하위주체들의 다성적 구술성의 서사를 통해 전 지구적 자본주의 세계체제를 지탱하고 있는 구미중심의 (탈)근대와 '다른 (탈)근대'의 소설쓰기에 대한 새로운 과제를 안겨준다. 이것은 하위주체의 재현을 한층 풍요롭게 할 또 다른 가능성을 구현할 수 있기 때문이다.

4. 문자성 사이로 솟구치는 구술적 감동

— 안토니오 스카르메타의 『네루다의 우편배달부』

우리의 집중적 관심을 받은 영화 〈일 포스티노〉의 원작은 칠레 태생 안토니오 스카르메타^Aantonio Skármeta의 소설 『네루다의 우편배달부』다.[36]

---

35 위의 책, 81쪽.
36 영화 〈일 포스티노〉는 마이클 래드포드 감독의 1994년 작으로 이탈리아의 작은 섬을 배경으로 한 반면, 이 영화가 만들어진 이후 원작 『불타는 인내』(1985)의 제목이 『네루다의 우편배달부』로 바뀌면서 전 세계적으로 번역돼 읽힌다. 잘 알다시피 소설

흔히들『네루다의 우편배달부』는 세계적 대문호인 네루다[Neruda]와 작중 인물 마리오의 관계를 통해 "시와 정치를 양립시키고자 한 네루다의 이상",[37] 즉 "시가 문학의 테두리를 뛰어 넘어 삶으로 뛰어"[38]드는 과정에 초점이 맞춰진 것으로 이해된다. 분명, 이것은 이 소설을 이해하는 데 유효하다. 그 어떠한 문학교육을 전혀 받아보지 못한 채 칠레 남부 해안에 살고 있는 마리오가 시인 네루다와의 일상적 만남 속에서 시와 접촉하는 도정을 통해 마리오를 둘러싸고 있는 칠레의 현실에 대한 정치적 상상력을 자연스레 품게 될 뿐만 아니라 더 나아가 마리오 자신이 직접 자신의 언어를 사용하여 시를 쓰게 되는 이 모든 과정 자체가 시와 문학의 관계를 매우 실감적인 감동으로 보여주기 때문이다.

그런데『네루다의 우편배달부』를 이러한 측면으로만 이해하는 것은 이 소설이 지닌 또 다른 매혹을 지나치기 십상인바, 무엇보다 라틴아메리카가 추구하는 구미중심의 근대를 넘어서고자 하는 서사의 노력을 소홀히 간주할 수 있다. 여기에는 우리가 이 글의 서두부터 논의했듯이『네루다의 우편배달부』역시 문자성 위주의 문자중심주의에 기반한 문자적 상상력에 대한 맹목을 반성적으로 성찰하기 위해 각별히 주목해야 할 점이 있기 때문이다. 그리하여 우리가 새롭게 눈여겨 보아야 할 것은 지금까지 이 소설의 매혹이라고 호평한 시와 문학의 상관성을 빼어나게 형상화하고 있다는 바로 그 문자적 상상력의 그늘에 가려져 있는 구술성의 서사적 특질을 새롭게 조명해보는 것이다. 또한 이것은 이 소설이 함의하는 칠레

은 영화와 달리 칠레의 남부 해안 어촌을 배경으로 하고 있다.

37 우석균, 「작품해설」, 『네루다의 우편배달부』, 민음사, 2004, 174쪽. 이후 본문에서 이 소설의 부분을 인용할 때 별도의 각주 없이 쪽수만 표기한다.

38 위의 글, 175쪽.

를 리트머스지로 한 라틴아메리카의 (탈)근대의 모색을 향한 정치적 상상력의 일단을 징후적으로 살펴보는 것이기도 하다.

이 소설의 다음 대목은 이러한 면을 살펴보기 위한 것들 중 하나로 마리오와 네루다가 나누는 대화들이다.

네루다는 만족하여 시를 멈췄다.

"어때?"

"이상해요."

"'이상해요'라니. 이런 신랄한 비평가를 보았나."

"아닙니다. 시가 이상하다는 것이 아니에요. 시를 낭송하시는 동안 제가 이상해졌다는 거예요."

"친애하는 마리오, 좀 더 명확히 말할 수 없나. 자네 이야기를 들으면서 아침나절을 다 보낼 수는 없으니까."

"어떻게 설명해야 할지요. 시를 낭송하셨을 때 단어들이 이리저리 움직였어요."

"바다처럼 말이지!"

"네, 그래요. 바다처럼 움직였어요."

"그게 운율이란 것일세."

"그리고 이상한 기분을 느꼈어요. 왜냐하면 너무 많이 움직여서 멀미가 났거든요."

"멀미가 났다고."

"그럼요! 제가 마치 선생님 말들 사이로 넘실거리는 배 같았어요."

시인이 눈꺼풀이 천천히 올라갔다.

"'내 말들 사이로 넘실거리는 배'."

"바로 그래요."

"네가 뭘 만들었는지 아니, 마리오?"

"무엇을 만들었죠?"

"메타포."

"하지만 소용없어요. 순전히 우연히 튀어나왔을 뿐인걸요."

"우연이 아닌 이미지는 없어."

마리오는 손을 가슴에 댔다. 혀까지 차고 올라와 이빨 사이로 폭발하려는 환장할 심장 박동을 조절하고 싶었던 것이다.(30~31쪽)

여기서 네루다가 마리오에게 자신의 활자화된 시 텍스트를 보여준 게 아니라 그의 목소리로 낭송하여 들려줬다는 사실은 매우 중요하다. 마리오는 네루다의 낭송을 들으면서 시의 운율과 메타포에 대한 그 비의성을 말 그대로 온몸으로 체험한다. 마리오의 이 미적 감동은 시 텍스트의 물질성으로부터 촉발된 게 아니다. 시인이 정교히 선택한 시어, 그 시어들의 미적 연관성, 이것들과 관련해 형성되는 이미지, 그리고 시 전체의 짜임새와 미적 아우라 등 시 텍스트의 물질성에 기원하는 미의식에 마리오의 미감이 전적으로 공명한 것은 아니다. 다시 강조하건대, 마리오는 이러한 시 텍스트에 기원한 미적 체험을 한 것이 아니다. 그보다 네루다의 입을 통해 들려오는 바로 그 낭송으로부터 이러한 미적 체험을 실감한 것이다. 이후 마리오는 이렇게 체득한 시의 운율과 메타포를 길러내기 위해 평소 무심했던 그의 고향 포구와 바닷가의 풍경을 이루는 모든 것들에 대해 유다른 관심을 갖기 시작한다. 그러면서 마리오는 점차 세상의 아름다움에 대해 성찰의 눈을 뜨기 시작하고 포구의 선술집에서 우연히 만나 연정을 품은 베아트리스의 사랑을 얻는다. 베아트리스가 마리오의 사랑을 그토록 못마땅해하는 그의 어머니에게 "마리오가 해준 말(베아트리스의 미소를 나비처럼 '번진다'고 한 말-인용자)은 허공에서 사라지지 않았어요. 저는 외우고 있을 뿐만 아니라 일할 때도 그 생각을 할 거예요"(63쪽)라고 한바, 마침내 마리오는 그의 실제 삶에서 연인의 마음을 감동시키는 '말'이 지닌 비의적 아름다움을 실현한 것이다. 마리오에게 베아트리스는 세계 그 자체. 마리오가 비록 시의 형식을 빌었지만, 네루다의 시 낭송으로부터 세계의 아름다움에 전율했을 뿐만 아니라 베아트리스에게 마리오의 사랑의 마음을 '말'로 전함으로써 베아트리스가 그의 사랑에 감동한 것 모두에는 텍스트-문자성만으로는 온전히 섭취·육화·감동할 수 없는, 아름다움의 근원에 자리한 구술성의 가치가 있다. 마리오와 베아트리스의 전존재를 감동시킨 것은 텍스트-문자성을 자유자재로 넘나들 수 있는 구술성의 힘이다. 요컨대 작가는 이 구술성의 힘을 『네루다의 우편배달부』의 서사를 추동하는 주요한 동력으로 삼고 있는 것이다.

우리는 이 구술성의 힘을 이 소설의 가장 인상적인 대목에서 만난다.

하나, 둘, 셋. 화살표가 움직이나? 그래 움직이는군.(헛기침) 그리운 선생님, (…중략…) 저는 시를 쓰는 대신 녹음기에 직접 시 구절을 녹음하려 한답니다.

(…중략…)

(침묵) 좋아요. 여기까지는 시고요, 지금부터는 원하시던 소리들입니다.

첫째, 이슬라 네그라 종루의 바람 소리.(바람 소리가 일분쯤 계속된다.)

둘째, 제가 이슬라 네그라 종루의 큰 종을 울리는 소리.(종소리가 일곱 번 울린다.)

셋째, 이슬라 네그라 바윗가의 파도 소리.(아마도 폭풍우가 치던 날에 녹음한 듯, 바위에 거세게 부서지는 파도 소리를 편집한 것이다.)

넷째, 갈매기 울음소리.(이 분간 기묘한 스테레오 음이 난다. 녹음한 사람이, 앉아 있는 갈매기들 쪽으로 살금살금 다가가서 새들을 놀래 날려 보낸 듯하다. 그래서 새 울음소리뿐만 아니라 절제미가 담긴 무수한 날갯 짓 소리 역시 들을 수 있다. 중간에 사십오 초 지날 즈음에 마리오의 목소 리가 들린다. "염병할, 울란 말이야"라고 소리 지른다.)

다섯째, 벌집.(거의 삼 분간 윙윙거리는 위험천만한 주음향이 들리고 배경음으로 개 짖는 소리와 무슨 종류인지 모를 새들의 지저귀는 소리가 녹음되었다.)

여섯째, 파도가 물러가는 소리.(녹음의 절정의 순간으로, 큰 파도가 요란 하게 모래를 쓸어 가다가 새로운 파도와 뒤섞일 때까지의 소리를 마이크가 매우 가깝게 쫓은 듯하다. 마리오가 내리 쏟아지는 파도 옆을 달리다가 바다 로 뛰어들어 파도끼리 절묘하게 섞이는 것을 녹음했을 수도 있다.)

그리고 일곱째,(분명히 긴박함이 깃든 격앙된 음성이었고, 침묵이 뒤를 잇는다.) 파블로 네프탈리 히메네스 곤살레스 군.(갓 태어난 아기가 쩌렁 쩌렁 우는 소리가 십 분쯤 지속된다.)(120~123쪽)

위 인용문은 마리오가 네루다의 부탁을 받고 녹음기에 녹음한 것들이다.[39] 사실, 위 인용문과 관련하여, 네루다의 부탁과 그 부탁을 수행하는 모든 과정(물론, 녹음한 결과물 포함)에 깃들어 있는 이 소설의 의미를 섬세히 파악할 필요가 있다. 여기에는 다음과 같은 잇따른 물음이 수반된다. 우선, 네루다가 그 자신을 "망령 든 우스꽝스러운 늙은이라고 생각"(108쪽)될 것을 너무나 잘 알면서도, 왜 마리오에게 이러한 부탁을 하였을까. 작가는 네루다의 이러한 부탁을 아주 충실히 수행하고 있는 마리오의 모습을 통해 우리에게 어떠한 소설적 전언을 들려주고 싶은 것일까.

우리는 네루다가 마리오에게 이 부탁을 하는 시기와 장소를 쉽게 지나쳐서 안 된다. 네루다는 "살바도르 아옌데가 칠레 대통령 선거에서 승리"(87쪽)함으로써 "민주적인 투표로 집권한 최초의 마르크스주의자 대통령"(87쪽) 시대의 서막이 열린 초대 주프랑스 대사직을 수행하면서 이 부탁을 한다. 이른바 '칠레식 혁명'(104쪽)의 과정으로서 주프랑스 대사직을 수행하는 네루다에게 당면한 과제는 아옌데로 표상되는 칠레식 사회주의의 기획을 현실화하는 것이다.[40] "아프리카와 (남아시아, 중앙아시아,

---

39 사실, 소설 속 이 장면은 영화 〈일 포스티노〉에서 상당히 정성스레 공들인 장면들로 연출되고 있다. 영화에서는 이탈리아 특유의 지중해성 풍광 사위의 섬의 대자연들이 총천연색으로 그려진다. 특히 소설 속 온갖 소리들의 물질성의 실감을 제대로 전해주는 영화의 시청각 효과는 이 영화의 감동을 매우 효과적으로 전달해주고 있음을 아무리 강조해도 지나치지 않을 것이다. 그런데 이 장면에서 소설과 영화의 중요한 차이가 있다. 영화에서는 네루다가 절실히 부탁한 밤하늘의 침묵 소리도 어떻게 해서든지 녹음하기 위해 안간힘을 쏟는 마리오의 진정성이 보여지고, 임신한 베아트리스의 태중의 애가 노는 소리들도 포착하려는 차마 웃지못할 마리오의 진정성이 보여지는데, 이러한 마리오의 모습들이 영화의 감동을 한층 풍요롭게 해준다. 바로 여기서 지극히 상식적인 것을 환기해두고 싶다. 영화 〈일 포스티노〉의 경우 시각적 미의식을 극대화하고 있는데서 감동이 배가된다면, 소설 『네루다의 우편배달부』의 경우 이후 상세히 논의하겠지만, 여기서 필자가 특히 주목하고 있는 구술성의 미의식으로부터 감동이 배가된다는 '수용미학의 차이'다.

중동을 포함한) 아시아 지역과 더불어 '라틴'아메리카는 근대성의 화려한 수사학으로 치장한 제국 팽창의 촉수가 끊임없이 뻗어나가는 지역"[41]으로, (공산당원으로서 대통령 후보로 나섰던) 네루다는 아옌데와 더불어 '칠레식 혁명'을 완수하는 과정을 통해 칠레를 비롯한 라틴아메리카를 오랫동안 지배했던 유럽중심주의 근대성-식민성과 새롭게 부상한 미국의 신제국주의의 근대성-식민성을 극복하려고 한다. 이 과정에서 특히 네루다는 유럽중심주의의 시발 중 하나인 프랑스 파리에 대사로서 머물게 되는데, 바로 이 시기에 네루다의 '칠레식 혁명', 즉 구제국주의인 유럽과 신제국주의인 미국의 근대와 '다른 근대'를 기획·실천하기 위한 고뇌의 모습이 바로 마리오에게 부탁하는 심층에 내재해 있다.

이것을 좀 더 부연하면, 소설 속에서 마리오가 살고 있는 곳은 칠레 남부의 해안가인 '이슬라 네그라'라는 마을로, 이곳은 네루다가 실제 1943년에 창작을 하기 위해 정착한 해안 마을이다. 소설 속 네루다는 이곳 자신의 온갖 집 소리들이며, 해안 마을의 유무형의 모든 소리들을 녹음해달라는 것이다. 작가는 이 소리들을 생생히 녹음하는 마리오의 모습을 있는 그대로 우리에게 구술성의 충실성을 살려 전해주고 있다. 우리는 바로 이 점에 주목해야 한다. 네루다의 원대한 '칠레식 혁명'의 기획을 제대로 실현하기 위해서는 그동안 라틴아메리카의 삶을 억압한 구미중심의 폭력적 근대[42]로부터 해방되어야 한다. 그러면서 구미중심의 근대와

---

40 서병훈, 『다시 시작하는 혁명-아옌데와 칠레식 사회주의』, 나남, 1991 참조.
41 월터 D. 미뇰로, 김은중 역, 앞의 책, 104쪽.
42 라틴아메리카에 대한 구미의 폭력적 근대의 양상의 전모와 이것에 대한 발본적 비판에 대해서는 월터 D. 미뇰로의 『라틴아메리카, 만들어진 대륙』과 엔리케 두셀의 『1492년 타자의 은폐』를 참조. 이와 관련하여 시인 옥타비오 빠스의 다음과 같은 예각적인 진단도 음미할 만하다. "독립과 함께 시작된 자유주의혁명은 진정한 민주주의의 이식이나

'다른 근대'를 과단성 있게 현실화시켜야 한다. 이를 위해 네루다에게 필요한 것은 이중의 근대를 동시에 추구해야 하는 것이다. 하나는 정치가로서 네루다가 사회적 근대를 아옌데와 함께 추구하는 것이고, 다른 하나는 시인으로서 네루다가 미적 근대를 추구하는 것이다. 물론 이 두 가지 과제는 어느 것 하나 쉽지 않다. 때문에 다시 한 번 강조하고 싶은 것은 네루다가 이 두 가지 근대성을 동시에 추구하고자 한 고뇌의 모습이 마리오에게 부탁한 심층에 자리하고 있다는 점이다. 이것을 우리는 마리오가 녹음하는 장면에서 감동한다. 마리오는 직접 어떠한 소리를 녹음하는지 그것을 자신의 목소리로 말한 다음 녹음하고 있는데, 작가는 이렇게 마리오가 녹음하는 이 경이적인 장면을 마리오의 구술성의 형식을 통해 우리에게 전하고 있다. 그렇다면 이것은 네루다가 추구하는 미적 근대성이 마리오의 구술성이 함의하고 있는 것과 전혀 무관하지 않다는 것을 보여준다. 말하자면, 마리오가 녹음하는 소리들, 곧 이슬라 네그라의 소리들은 칠레의 작은 해안 마을의 안팎을 이루는 물리적 음향들이 아니라 네루다가 그의 미적 근대성을 추구했던 작업실을 휘감는 소리인데, 이것은 그에게 라틴아메리카의 대자연의 소리와 동등한 위상을 갖는다. 여기에는 그 소리들이 구미중심의 폭력적 근대에 의해 훼손되지 않은 라틴아메리카 그 자체이되, 옛 소련의 근대(즉 소련식 사회주의)를 포함한 구미중심의 근대와 '다른 근대'를 추구하려는 칠레의 노력이 근대주의의 맹목[43]에 사로잡

국민적 자본주의의 탄생으로 귀결되지 않았고 군사독재와 대토지소유제를 특징으로 하거나 외국인 컨소시엄과 기업, 특히 미국계 기업에 특혜를 베푸는 경제체제를 낳았다."(옥타비오 빠스, *El Ogro Filantrópicao,* Mexico City : Joanquín Hortiz, 1979, p.63; 로버트 N. 그윈 외, 박구병 역, 『변화하는 라틴아메리카』, 창비, 2012, 69쪽 재인용)
43 아옌데의 짧은 집권(1971~1973)은 신제국주의 미국의 집요한 아옌데 정권의 정치경제적 흔들기와 맞물린 칠레 자국내의 급진 좌파의 극좌 모험의 사회개혁과 이에 공

히는 것을 경계하기 위한 시인으로서 성찰적 근대의 면모 또한 삼투되고 있다. 그리하여 마리오가 마지막에 들려주는 그의 갓 태어난 아기의 울음소리는 이러한 '칠레식 혁명'과 연동된 네루다가 추구하는 이중의 근대를 비로소 힘차게 실현하고자 하는 신생의 소리로 전도될 수 있다.

하지만 네루다가 꿈꾸는 이중의 근대성은 피노체트를 중심으로 한 칠레의 군사쿠데타로 인해 스러진다. 『네루다의 우편배달부』의 결미는 네루다의 죽음과 쿠데타 군에게 급작스레 체포당하는 마리오의 모습으로 그려진다. 여기서 구술성과 관련하여 특히 주목해야 할 것은 네루다의 장례식 풍경이다. 물론, "죽은 시인과 아옌데 대통령을 기리는 구호들이 터져 나"오고, "네루다의 묘 주변에서 장례식 참가자들은 〈인터내셔널〉을 합창했다"(160쪽)고 서술돼 있듯이, 소설 속 이 부분은 표면적으로는 구술성이 지배적이지 않다. 하지만 이 부분에서 우리는 이 문장들의 문자성을 감싸고 있는 구술성의 미적 체험을 전적으로 배제할 수는 없다. 피노체트의 잔혹한 쿠데타 군에 의해 최후를 마감한 아옌데와 그 역사적 충격 아래 생을 마친 네루다, 그리고 소설 속 마리오처럼 조금이라도 쿠데타 군에게 눈엣가시로 작용할 것 같은 모든 무고한 시민들, 이들은 쿠데타 군에 의해 무차별적으로 강제 연행, 심지어 잔혹한 죽음을 맞이한바, 이러한 죽음의 공포 정치 속에서 네루다와 아옌데를 기리는 구호를 외치고 미완의 '칠레식 혁명'을 떠올

___

모한 강경 보수파의 이해관계에 의해 결국 아옌데가 실현하고자 한 '칠레식 사회주의'는 미완의 혁명으로 남은 채 이후 친미 파쇼 독재 피노체트 정권(1973~1990)의 폭압적 근대주의를 낳게 된다. 따라서 소설 속 네루다의 성찰적 근대는 바로 이와 같은 칠레의 현실에 대한 정치학적 상상력과 연동된다. 피노체트의 폭압적 근대주의에 대해서는 이와 맞서 칠레의 민주화 과정을 이룩한 칠레의 대통령을 역임한 리카르도 라고스, 정진상 역, 『피노체트 넘어서기』, 삼천리, 2012를 참조.

리는 〈인터내셔널〉노래를 장례식 참배객들 모두가 부른다는 것은 안이하게 넘겨볼 수 없는 소설 결미의 문자성 사이로 솟구치는 구술적 감동이다.[44] 다시 말해 이 구술적 감동은 소설 텍스트의 뚜렷한 구술적 형식에 의해 형성되는 게 아니라 소설 텍스트가 놓여 있는 역사적 현실의 맥락과 함께 자연스레 수반되는 구술적 재현들에 대한 미적 체험의 공명에 기인한다.

5. 트리컨티넨탈 문학의 구술성을 주목하며

우리는 『들판의 아이』(아프리카), 『바리데기』(아시아), 『네루다의 우편배달부』(라틴아메리카)를 구술성의 서사적 측면에 초점을 맞춰 기존

---

44 이 구술적 감동을 좀 더 이해하기 위해 네루다의 실제 장례식 풍경을 생생히 증언하고 있는 다음의 대목은 한층 실감을 더해준다. 조금 길지만 인용해보기로 한다. "거리에 도열한 군인과 기관총의 위협 속에서도 네루다 시인을 기리기 위해 수많은 이들이 모여들었다. 비밀경찰은 인파 속에서 수배자가 없는지 살폈다. (⋯중략⋯) 사람들이 하나둘씩 네루다의 시를 암송하기 시작했다. 시편 하나하나가 우리를 에워싸고 있는 군인들의 위협에 대한 저항이었다. (⋯중략⋯) "수배 아 나세르 콘미고, 에르마노. 형제여 일어나라, 나와 함께." "와서 보라, 거리에 흥건한 저 피를." 조문객들의 입에서 입으로 전해지는 네루다의 시편은 울림이 컸다. 파시즘의 얼굴을 바로 눈앞에 두고 있는 상황이어서 더욱 그랬다. (⋯중략⋯) 군부의 학살에 희생된 수많은 동지들과 이름도 알려지지 않은 채 집단 매장된 수많은 이들을 위한 장례식이기도 했다. (⋯중략⋯) 조문객들이 절규하듯 구호를 외치기 시작했다. "콤파녜로 파블로 네루다! 프레젠테 아오라 이 시엠프레!(파블로 네루다 동지, 영원하라!)" "콤파녜로 살바도르 아옌데, 프레젠테 아오라 이 시엠프레!(살바도르 아옌데 동지, 영원하라!)" // 그리고 〈인터내셔널가〉가 들려왔다. 처음엔 두려운 듯 나직하게 시작됐지만, 조문객 모두가 따라 부르면서 노랫소리는 점점 커져갔다. 그날 장례식은 칠레에서 인민연합이 주도한 마지막 시위이자 파쇼정권에게 저항해 벌어진 첫 번째 시위였다."(조안 하라, 정인환 역, 「시인의 죽음」, 살바도르 아옌데 외, 『기억하라, 우리가 이곳에 있음을』, 서해문집, 2011, 105~106쪽.)

구미중심의 근대소설의 글쓰기를 창조적으로 극복하기 위한 비평적 모험을 시도하였다. 이 글을 맺으면서, 다시 출발점에 서 본다. 우리가 구술성의 서사에 특별히 각을 세워 이상의 세 소설을 살펴보는 데에는, 서구가 그동안 힘겹게 이룩해낸 근대의 모든 것을 부정하고 폐기 처분하기 위한 것이 결코 아니다. 이러한 부정의 태도는 몰역사적·반역사적·초역사적인 것이고 우리가 그토록 부정하고자 한 폭력적 근대의 또 다른 판본이며 근대의 잔혹성에 공모하는 것일 따름이다. 구술성의 서사에 초점을 맞추는 것은 구미중심의 근대소설의 글쓰기가 문자성에 기반한 문자적 상상력을 맹목화하는 가운데 구술성을 아프리카·아시아·라틴아메리카, 곧 트리컨티넨탈의 전근대적인 유산으로 취급하는데서 구미중심주의의 신화가 굳어지고 있기 때문이다. 그럼으로써 야기하는 온갖 폭력적 근대의 양상은 인간을 포함한 유무형의 모든 것에 대한 파괴와 소멸 그리고 죽음을 초래하고 있음을 우리는 목도하고 있다. 때문에 구미중심주의의 신화를 래디컬하게 성찰해야 할 과제가 제기되고 있는 것이다.

비록 이 글에서의 논의가 거칠고 사안에 따라서는 논리적 비약이 없는 것도 아니지만, 문자성 위주의 문자적 상상력의 맹목을 경계하는 차원에서, 트리컨티넨탈 문학의 구술성의 서사적 측면을 주목한 것은, 문자적 상상력 위주로 구축되고 있는 구미중심의 정전에 기반한 문학을 발전적으로 해체하여 재구축하기 위한 비평적 열망이 작동하고 있다는 것을 시인하지 않을 수 없다. 그리하여 우리의 이러한 비평적 모험은 "'서양의 발흥'을 '나머지'(비서구―인용자) 세계에서 이룩한 그 이전 및 동시대의 발전과 연결시킬 줄 알아야 한다"[45]는 발본적 문제의식이 함의하듯, "근대성의 유럽적·합리적·해방적 성격을 포섭하되, 근대성이 부정한 타자성의 해방이라는 세계적인 기획으로 '넘어서는' 것"[46]에 문학적으로 동참하는 것이다.

이러한 맥락에서 우리는 구미중심의 근대의 소설 쓰기를 창조적으로 극복하기 위해 기존 문자적 상상력의 변두리로 밀려나 있던 구술성을 귀환시킴으로써 문자성과의 창조적 상호침투를 통해 구미중심주의의 신화에 균열 및 내파內破하는 소설의 글쓰기를 전위적으로 모색할 수 있는 가능성을 살펴보았다. 물론 경계해야 할 것은 이러한 전위성이 자칫 "구미의 세련된 각종 '포스트' 문학이론에 흡수될 위험과 다른 한편으로 근대문명의 대안을 오로지 제3세계적 가치의 복원에서 찾으려는 옹색한 '제3세계주의'로 나아갈 소지를 동시에 안고 있다"[47]는 점이다. 때문에 우리는 한층 치열하고 성실히 이 원대한 기획을 실천하기 위한 공부에 부단히 정진함으로써 자칫 빠질 수 있는 이러한 지적 위험을 슬기롭게 해결할 수밖에 없을 것이다.

끝으로 이후 트리컨티넨탈의 문학을 횡단하는 구술성을 좀 더 중층적으로 접근하면서 문자성과의 창조적 침투 양상에 대한 탐구를 지속적 과제로 남겨두면서 이 글을 맺는다.

---

45 안드레 군더 프랑크, 이희재 역, 『리오리엔트』, 이산, 2003, 359쪽.
46 엔리케 두셀, 박병규 역, 앞의 책, 239쪽.
47 한기욱, 「지구화 시대의 세계문학」, 『문학의 새로움은 어디서 오는가』, 창비, 2011, 332쪽.

'응시', 지구적 보편주의를 향한

구미중심의 문학을 넘어서기 위해 한국문학이 성찰해야 할 것

1. 구미중심의 시선을 넘어서는 '세계'를 향해

최근 한국문학 안팎에서는 그동안 암묵적으로 묵인할 수밖에 없던 구미중심주의 세계문학에 대한 의구심을 갖기 시작하였고, 기존 자연스레 수용하여 자신도 모르는 새 내면화된 구미중심주의 세계문학의 이념과 그 구체적 실재에 대해 문제를 제기하고 있다. 과연, 오랫동안 우리가 익숙한 것처럼, 그래서 아예 문제를 제기하지 않는 것처럼, 아니 문제제기할 필요를 인식하지 못했던 것처럼, 우리가 어린 시절부터 그것에 대해 그 어떠한 의심도 가져보지 않아 너무나 자명한 것처럼 간주한 '세계문학'이, 기실 '구미중심주의적 세계문학'이었다는 데 대해 비판적 성찰을 수행하고 있는 것은 한갓 도로徒勞에 불과한 것일까.

이와 관련하여, 김재용 문학평론가는 한 인터뷰에서 기존 구미중심주의 세계문학에 대한 비판적 성찰을 수행하는바, "지구적 세계문학은 어디에도 없는 말입니다. 저희가 만든 말입니다. '인천 알라문학 포럼'이 전 지구적으로 작가들의 네트워크가 형성되면서, 처음부터 우리가 표방했던 유럽중심주의적인 세계문학을 극복하고 지구적인 세계문학이 자리 잡는 데 큰 역할을 하리라고 생각"[1]한다는 매우 의미심장한 발언을 힘주어 강조한다. 말하

자면 '지구적 세계문학'은 아직 시민권을 확보한 용어는 아니되, 분명한 것은 그동안 자명한 것으로 인식된 '세계문학'을 에워싼 이념과 실재가 말 그대로 지구 전체를 동등한 대상으로 삼은 게 아니라 지구의 북반구, 그것도 유럽과 미국의 문학적 성취에 국한된 용어라는 사실이다. 물론 마지못해 (흔히들 노벨문학상이란 제도를 통해) 아시아·아프리카·라틴아메리카에서 거둔 문학적 성취 중 극히 부분적인 것을 궁여지책으로 선택하여 그것을 '세계문학'의 틀 안에 가둬놓는다. 좀 심하게 얘기하면, 구미중심의 미의식을 치장하기 위해 아시아·아프리카·라틴아메리카문학은 들러리를 서는 정도라고 할까. 그래서, 구미중심의 미의식으로 포괄할 수 없는 미의식을 다양성이란 미명 아래 '세계문학'의 구색맞추기 정도로 만족한다고 할까. 사실 여기에는 구미 제국을 떠받치고 있는 박물학의 이데올로기가 작동되고 있는 셈이다. 구미 제국은 자신의 건장한 정치문화적 위용을 드러내기 위해 세계 곳곳에 있는 희귀한 것들을 닥치는 대로 수집하여 제국의 시민들에게 그것을 전시의 형식으로 제공하지 않았던가. 그래서 제국의 시민들은 전시된 수집품을 보면서 문명적 혹은 인종적 우월감을 만끽해왔다. 그리고 자신들이야말로 저 미개하고 야만스런 세계를 계몽할 수 있는 근대적 주체라고 자기최면을 건다. 그리하여 이제 제국의 시민들이 사는 세계가 '세계'이지, 박물관에 전시품을 제공해주고 있는 제국 바깥의 타자들이 있는 세계는 '세계'가 아니다. 다만 그 타자들이 제국의 시선에 의해 포착될 때만 비로소 '세계'를 구성한다.

---

1   라이브러리 & 리브로 편집부, 『라이브러리 & 리브로』, 도서관미디어연구소 2011.5, 50쪽.

2. 구미중심적 세계에 대한 전복 – 혁명가와 혁명적 시

이처럼 우리에게 낯익은 세계를 전복시킨 혁명가가 있다. 쿠바의 혁명
가 체 게바라가 바로 그다. '무릎 꿇고 살기보다는 서서 죽겠다'고 일갈하
던 체 게바라는 볼리비아의 정부군에게 잡히던 순간 배낭 속에 지도와
비망록 그리고 녹색의 표지인 노트 한 권이 있었다고 한다. 최근 그 노트의
정체가 드러났는데, 그 노트에는 시 69편이 적혀 있었다. 체 게바라가
좋아한 네 명의 라틴아메리카 시인들(파블로 네루다, 세사르 바예흐, 니콜라스
기옌, 레온 펠리뻬)의 시가 있었다.[2] 혁명가 체 게바라는 목숨이 위태로운
전쟁터에서도 이들 라틴아메리카의 빼어난 시인들의 시를 녹색 노트에
옮겨적었던 것이다. 그는 시를 옮겨적으면서, 아마도 '응시'하고 있었을
터이다. 가령, 그에게 큰 영향을 미친 네루다가 쓴 시의 다음과 같은 부분
을 한 자 한 자 베껴쓰면서, 그는 무엇을 '응시'하고 있었을까.

> 라우타로는
> 파도에서 파도로 공격했다
> 아라우카의 그림자를 채찍질했다
> 그전에 붉은 민중의 가슴에
> 카스티야의 칼이 꽂혔다
> 돌과 돌 사이, 여울과 여울 사이,
> 바위 아래 매복해서

---

2 이에 대한 전모는 구광렬, 『체 게바라의 홀쭉한 배낭』, 실천문학사, 2009 참조.

물메꽃들을 바라보며

오늘, 숲속 구석구석 게릴라들이 심겨져 있다

발디비아는 돌아가고 싶었다

하지만 늦었다

라우타로가 번개의 옷을 입고 도착했기 때문이다

슬픔의 정복은 계속됐다

남극 황혼의 축축한 잡초에 길이 열렸으며

말들의 검은 질주로 라우타로는 도착했다

(…중략…)

스페인 장수들은

피, 밤. 비에 취해 비틀비틀 퇴각하고 있었다

라우타로의 화살들은 쿵쿵 뛰는 맥박을 가졌었다

스페인 군사령부는 피를 흘리며 후퇴를 했다

라우타로의 가슴은 쿵쿵 연주를 하고 있었다

　　　　　　　　　—네루다의 「센타우로에 대항하는 라우타로」 부분[3]

나무에게도 당신 그림자 같은 그림자는 없지요

그 위에 대륙의 살아 있는 불덩이가

그 그림자를 향해 달리죠

3　위의 책, 155~157쪽.

사지가 잘려진 상처, 몰살돼버린 마을,

모든 것들은 다시금 당신이 그림자로 태어나죠

당신은 고통의 경계에서 희망을 쌓지요

신부님, 당신의 존재는 그들에겐 행운이었요

플랜테이션 농장에서

죄악의 검은 곡식들을 썹으며

분노의 잔을 매일 마신 것

누가 발가벗고 당신을

분노의 이빨 사이로 밀어 넣었나요?

당신이 탄생하였을 때

칼을 든 다른 눈들이 어떻게 들여다보던가요?

　　　　　　　　　—네루다의 「프라이 바르톨로메 데 라스카사스」 부분[4]

　체 게바라는 네루다의 시를 '응시'하며 라틴아메리카의 역사성과 현재의
자화상을 겹쳐 놓았을 것이다. 스페인의 군대가 신대륙을 경영하기 위해
라틴아메리카 대륙에 살고 있는 원주민을 기독교로 개종하는 과정에서
얼마나 반인간적 야수와 같은 행위들이 만연했는지 모른다. 스페인 군대는
자신들만이 문명이며, 라틴아메리카 대륙의 원주민들은 미개해 그들을
인간으로서 인식하지 않았다. 숱한 인디오들이 스페인 정복자들에 의해
반인간적 죽음을 맞이하였다. 이 반문명적 행위를 직접 보고 들은 라스카사

4　위의 책, 166쪽.

스 신부는 스페인 군대의 야수와 같은 만행을 고발한다. 시인 네루다는 바로 이러한 라틴아메리카의 비극성과 연루된 라스카사스 신부를 노래했고, 그 시를 혁명가 체 게바라는 그의 녹색 노트에 옮겨 적었다.

그렇다면 라스카사스 신부가 직접 목도한 스페인 군대의 반인간적 행위는 어떠했을까. 라스카사스 신부가 사실적으로 기록한 『인디아의 파괴에 대한 간략한 보고서』(1542)의 한 대목을 보자.

그때 그들이 왔다! 인디오들은 그들을 마치 하늘에서 내려온 천사들로 여겼다. (…중략…) 하지만 난 두 눈으로 똑똑히 보았다. 그들은 남녀 상관 않고 귀, 손, 코를 잘랐다. 단지 재미로 그랬던 것이다. 그 후 난 그들이 어떻게 쉽게 인디오들을 잡아 그런 짓을 할 수 있을까 생각해봤다. 그들은 추장들을 소집해서 그들의 안전을 보장해준다며 거짓말을 하고는, 막상 그들이 평화롭게 찾아오면 잡아다가 불로 태워 죽이는 것이었다. (…중략…) 스페인 사람들은 또 어머니의 가슴에서 젖먹이들을 떼내, 공처럼 발로 차고 바윗덩어리에다 머리를 박아버렸다. (…중략…) 그들은 긴 교수대를 만들곤 다리가 흔들리는 것을 막기 위해 발가락 끝이 땅에 닿을 정도로 목을 매달았다. 그러고선 열두 제자와 예수의 영광을 위한다는 의미에서 한꺼번에 13명의 인디오들을 매달아 산 채로 태워 죽였다.[5]

이 외에도 스페인 군대가 인디오를 대상으로 자행한 광기의 살상 행위는 이루 다 말로 표현할 수 없을 정도이다.[6] '라스카사스-네루다-체 게바라'는

---

5   위의 책, 169~170쪽.
6   라스카사스 신부가 기록한 한 사례를 소개하면 다음과 같다. "스페인 군인들은 남성

언어절言語絶의 아픔을 겪었으리라. 아니, 너무 아파 아픔의 감각도 마비되었을 것이다. 그리고 그들은 허탈감과 무력감에 빠졌을 것이다. 무엇 때문에, 스페인 군대는—엄밀히 말해, 스페인 군대를 원격조종하는 유럽중심주의는 라틴아메리카의 원주민들을 인간 이하의 하등 존재로 간주하여 무참히 짐승처럼 죽여야만 했는가. 대관절 유럽인이 믿는 신이 이것을 허락했단 말인가. 만유존재萬有存在를 향한 하염없는 사랑을 베푸는 신이 어찌하여 유럽을 제외한 곳에 살고 있는 존재에게는 이토록 불평등한 공포의 실체로 다가온단 말인가.[7] 때문에 '라스카사스-네루다-체 게바라'는 분노한다. 특히 라틴아메리카에서 태어난 네루다와 체 게바라는 그들의 대지가 유럽인에 의해 유린된 역사를 '응시'하였다. 그래서일까. 체 게바라는 네루다의 「센타우로에 대항하는 라우타로」의 시를 베껴쓰면서, 라틴아메리카 역사 속 영웅 라우타로를 재발견한다. 체 게바라는 인디오 마푸체족

적인 힘을 자랑하기 위해 인디오들의 머리나 신체 부위를 단칼에 베는 시합을 했었다. 그들은 인디오들의 손을 자르고 잘려나간 손들이 잠시 꼼지락거리는 걸 보고 즐거워했다. (…중략…) 군부대장은 새로운 인디오들을 포획한 후 그들이 새로운 주인의 이름을 외지 못하면 손을 자르거나 죽여서, 시체를 토막 낸 뒤 군견들의 먹이로 던져주었다. (…중략…) 그들은 인디오들에겐 마치 지옥의 사자 같았다. 밤낮으로 발로 차고 채직질하곤 인디오들을 개보다 못한 동물이라 생각했다. (…중략…) 임신한 여자들은 기독교들을 위해 죽어라 일을 했기에 유산하는 일이 다반사였으며, 수없이 많은 인디오들이 길에 던져져 죽어갔다."(위의 책, 170쪽)

7 이와 같은 문명 대 미개의 이분법 논리에 착종된 문명＝유럽인(백인), 미개＝비유럽인(유색인)이란, 인종차별주의에 근거한 유럽중심주의는 1550년대 스페인을 떠들썩하게 한 '쎄뿔베다 대 라스카사스 논쟁'을 거치면서 정당화된다. 그리하여 이제 스스로 근대 문명 세계의 주체로 자임하는 유럽은 전근대, 곧 미개의 세계에 유럽식 문명을 전파한다는 정치사회적 명분을 확보한다. 이 명분의 핵심은 크게 네 가지인바, ① 유럽적 주체를 제외한 타자는 야만성을 지닌다. ② 이 타자들은 유럽적 보편주의 가치에 위배되는 관습을 지니고 있어 이를 근절해야 한다. ③ 그런데 이들 미개하고 잔인한 타자 속에는 무고한 양민이 있어 유럽은 이들을 보호할 의무가 있다. ④ 이러한 유럽의 노력들은 유럽적 보편주의 가치를 순조롭게 전파하기 위해서다. 이에 대해서는 이매뉴얼 월러스틴, 김재오 역, 『유럽적 보편주의』, 창비, 2008, 15~58쪽 참조.

의 영웅인 라우타로가 한때 스페인 장수의 심복이었으나 도망쳐 오히려 스페인 군대의 작전을 역이용하여 스페인 군대를 대패시킨 것을 노래한 네루다의 시를 주목한다. 그리하여 체 게바라는 라틴아메리카 대륙에서 수행하고 있는 그의 혁명이 마치 라우타로에 의해 스페인 정복 군대가 섬멸된 것처럼 구미 제국주의에 대한 혁명의 승리를 염원한다.

3. '구미적 보편주의'에서 '지구적 보편주의'로

이처럼 라틴아메리카의 '응시'는 망각을 강요하는 일체에 대한 것과의 투쟁이다. 그리고 이후 도래할 세계를 내다보도록 하는 희망이다. 이와 관련하여, 제2회 '인천 알라문학 포럼(2011)'에서 작가들은 틀에 매이지 않는 자유로운 상태에서 자신의 생각을 허심탄회하게 들려주었다. 각자가 발 딛고 있는 구체적 현실 속에서 일어나는 모순에 대해, 그 모순의 복판에 직면한 사람들의 이야기를 어떻게 쓰고 있는지 서로 공유하고, 상처받은 사람들을 위무하고 더 나아가 그 상처를 치유해줄 수 있는 언어를 모색하는 상상력에 대한 이야기를 나눴다. 이번에 초청된 작가들 중 라틴아메리카의 대표적 페미니스트 작가로 정평이 난 루이사 발렌수엘라는 "글을 쓴다는 것은, 금지된 앎으로 우리를 더욱 더 깊이 인도하는 기묘한 여행"[8]이라고 하는가 하면, 멕시코 태생인 젊은 여성 작가 레이나 그란데는 "글쓰는 일이 내게 생존의 길을 제시해주었다"[9]는 진솔한 자기고백을 통해 '응시'의 미학

---

8   루이사 발렌수엘라, 조혜진 역, 「픽션랜드로의 여행」, 『평화를 위한 상상력의 연대』(제2회 인천 AALA문학 포럼 자료집), 인천문화재단, 2011, 89쪽.

을 나름대로 구현하고 있다. 때마침 발렌수엘라의 작품들이 묶인『침대에서 바라본 아르헨티나』(소명출판, 2011)가 번역되면서 그의 글쓰기 매력을 만끽할 수 있어 다행이다. 발렌수엘라의 언어는 중층적으로 뒤엉킨 아르헨티나의 현실을 탐구해내고 있다. 간혹 보이는 몽환적 언어와 작품 전체에 짙게 드리우고 있는 메타포의 언어들은 작가가 그의 조국의 현실을 왜 이렇게 형상화하고 있는지를 우리로 하여금 끊임없이 되묻도록 한다. 마치 아르헨티나와 라틴아메리카의 고독을 온전히 이해하기 위해서는 이렇게 몇 겹으로 에워싸인 금기의 베일을 벗겨내야 하듯, 발렌수엘라는 우리에게 낯익은 구미중심주의의 문학에 대한 글읽기 전반을 뒤흔든다.

라틴아메리카 역시 오랜 세월 구미 제국의 식민 상태였고, 식민을 벗어났으되, 근대 국민국가의 건국 과정에서 순탄치 않은 내부의 갈등과 분쟁으로 심한 상처를 입고 있으며, 무엇보다 여전히 그들의 내정에 지속적 간섭을 하는 구미 제국으로 인해 민주주의와 평화를 향한 길은 험난하다. 어떻게 보면, 라틴아메리카의 역사적 상처는 아시아와 아프리카의 그것과 크게 다르지 않다. 때문에 더욱 더 이들 세 대륙 지역의 작가들에게 '평화적 상상력을 위한 연대'는 절실하다.

무엇보다 특정 국가, 특정 지역, 특정 언어가 정치문화적 헤게모니를 장악한 채 특정한 삶의 패턴만을 강요하는 것은 보편이라고 할 수 없다. 지금까지 구미적 보편주의가 세계문학을 관통하고 있는 것이라면, 이후 이것을 보란 듯이 넘어서는 이른바 지구적 보편주의가 세계문학의 진정한 이념적 지반을 정초할 수 있으리라.

---

9 레이나 그란데, 신찬용 역, 「'저쪽'에서의 나의 인생」,『라티노 / 라티나-혼성문화의 빛과 그림자』, 한울아카데미, 54쪽.

한국문학은 아시아를
어떻게 만나야 할까?

1. 아시아의 무구한 가치를 가린 서구의 '일의적 근대'

우리에게 아시아는 어떠한 존재일까. 정작, 아시아에 살고 있는 우리는 아시아에 대해 얼마나 많이, 그리고 상세히 알고 있을까. 아시아에 대한 우리의 인식은 어떠한가. 아시아에 살고 있는 우리 자신의 삶과 현실에 대해 우리는 어떠한 태도를 지니고 있는가. 말하자면, 아시아인으로서 아시아에 대한 자기인식에 철저한지, 우리 스스로에게 자문해본다. 서구의 온갖 제도와 일상에 대해서는 누가 먼저일 것 없이 기회가 닿으면 서로 앞다투어 적극적으로 수용하려는 자세를 보이고 있는 것은 너무나도 익숙한 풍경이다. 그래서 수용에 그치는 게 아니라 그것을 모방하고 심지어 내면화함으로써 서구의 제도와 일상에 동일성을 취하려 한다. 그도 그럴 것이 서구중심의 세계 자본주의 체제는 서구가 창안한 근대를 세계 곳곳에 빠른 속도로 이식시킴으로써 비서구가 지니고 있는 또 다른 근대의 싹이 트고 개화할 틈도 없이 서구의 근대가 곧 세계의 근대 그 자체라는, '일의적一義的 근대'를 전횡專橫화시킨다.

이러한 서구중심의 '일의적 근대'의 전횡 속에서 비서구에 속한 아시아는 파죽지세로 밀고 들어오는 '일의적 근대'에 이렇다할 대응을 펼치지 못한 채 '아시아＝야만'이라는 서구의 이데올로기적 공세에 속수무책일 수밖에 없었다.[2] 그리하여, 아시아는 20세기 전반기 서구의 식민지로 전락하면서 서구의 식민통치 아래 서구식 근대가 아시아의 일상 깊숙이 뿌리내리게 된다. 제국의 식민통치가 무서운 것은 제국의 문화가 아시아의 문화를 전일적으로 지배함으로써 아시아의 문화적 가치를 서구적 시각으로 고정시키게 되는바, 서구적 시각은 다름 아니라 서구중심의 '일의적 근대'에 기반한 가치 체계를 자연스레 정립시키게 된다는 점이다.

여기서 우리가 귀 기울여야 할 전언이 있다.

---

1 월러스틴에 의하면 서구중심의 자본주의 세계 체제를 유지 강화하기 위한 서구의 문명을 '단수의 문명'으로 파악한다. 그렇다면, 서구중심의 자본주의적 근대야말로 '단수의 근대'로 이해할 수 있으며, 서구는 비서구를 대상으로 하여 서구의 자본주의적 질서에 토대를 둔 문명과 문화, 즉 '단수의 근대'를 전파함으로써 비서구 지역의 특수한 가치를 서구의 보편주의적 가치보다 열등한 것으로 치부한다. 이에 대해서는 월러스틴, 김시완 역, 『탈아메리카와 문화이동』, 백의, 1995 참조.

2 일본은 20세기 전반기 아시아를 식민통치하면서 서구의 근대에 맞서는 반서구의 논리를 내세웠다. 그러면서 일본제국은 아시아를 서구의 자본주의 침탈로부터 벗어나기 위한 서양제국에 대한 성전(聖戰)을 하고 있음을 힘주어 강조하였다. 그런데 이 같은 일제의 식민통치는 표면적으로 서구식 근대를 극복하는 듯 하지만, 기실 일본은 탈아입구(脫亞入驅)를 통해 서구식 근대를 적극적으로 수용하였고, 아시아의 식민통치의 과정 속에서 '일본＝문명', '일본을 제외한 아시아＝야만'을 견지한바, 이것은 서구식 '일의적 근대'와 쌍생아적 관계를 갖는다. 여기서 우리는 아시아에 대한 이러한 서구중심의 인식이야말로 19세기 중반 이후부터 본격화되었음을 간과할 수 없다. 김재용은 최근 '동양 르네상스' 개념을 국내에 소개한바, 서구는 중국의 아편전쟁(1840) 이전까지만 하더라도 중국의 문명과 문화에 대한 동경과 존중의 태도를 보여준 것을 볼 때, 서구의 '일의적 근대'가 이데올로기화한 '아시아＝야만'이란 인식은 서구가 아편전쟁을 승리로 거둔 이후부터 노골화되었다는 게 역사적 진실임을 해명하고 있다. 이 같은 견해에 대해서는 김재용, 「구미중심적 세계문학에서 지구적 세계문학으로」, 『실천문학』, 실천문학사, 2010.겨울 참조.

수십억의 아시아인들이 저마다 빚어내는 고유한 삶의 모멘트와 그것들이 맞닿으며 엮어내는 역동성, 이것들이야말로 지금 세계를 움직이는 구체성이다. 이들은 자연의 속성처럼 무구하고 붉은 황토처럼 탄력이 넘쳐 아시아의 낡은 정실주의와 연고주의 그리고 부패의 악습을 해체시킨다. 관습적으로 결정된 규정력과 전근대적인 억압을 무화시키는 힘은 그러므로 그 무구함에서 비롯된다. 이것이 그들의 모던한 전통이다. 이 전통은 언제나 새로운 과정 속에 있으므로 공통적으로 균질화된 아시아적 경험이란 존재하지 않는다. 다만 정오가 되면 자신이 선 자리에서 자신의 정수리 한가운데 떠 있는 태양을 맞이할 뿐이다. 모든 중심은 동시적이며 비동시적이다. 아시아의 모든 지명들은 아직 이름이 없다. 그것들은 아직 이름을 알지 못하는 모든 주변부의 한 이름이면서 서로 그 이름을 불러 함께 하고자 하는 이름일 뿐이다.[3]

그렇다. 아시아에 살고 있는 우리는 아시아가 지닌 '삶의 역동성'을 너무나 안이하게 인식하고 있다. 그동안 서구중심의 정치경제적 그리고 문화적 헤게모니 아래 강제되었고 그래서 내면화된 서구중심의 '일의적 근대'에 갇힌 채 아시아의 역동성을 제대로 인식하지 못했다. 아시아가 지닌 무구함의 가치를 서구식 '일의적 근대'의 눈으로 폄하하고, 그 무구함에 깃든 아시아의 '모던한 전통'을 애써 부정하였다. 서구식 '일의적 근대'로 포착되지 않는, 오히려 '일의적 근대'를 넘어서는 '다의적多義的 근대'가 아시아의 '모던한 전통'에 깃들어 있었는데, 그것을 아시아 스스로 몰각한 것은 아닌

---

3 이영진, 「아시아는 심연이다」, 『아시아』, 아시아, 2007.여름, 14쪽.

지 냉철한 자기비판을 행해야 할 것이다.

그렇다면, 이제 아시아를 어떻게 새롭게 인식해야 하는지, 그동안 우리가 몰각한 아시아의 가치는 무엇인지, 아시아의 '모던한 전통'을 '다의적 근대'로서 새롭게 정립시키기 위해서는 어떠한 노력을 다 해야 하는지, 아시아에 던져진 새로운 물음들에 대한 창발적 대응을 두려워해서 안 된다. 한국문학과 아시아문학의 교류는 이 잇달은 물음들을 해결하기 위한 노력들 중 하나이기 때문이다.

2. 국민국가의 상상력을 뛰어넘는 아시아문학의 교류

아시아문학 교류가 전혀 없었던 것은 결코 아니다. 그런데 그동안 진행된 아시아문학 교류의 대부분은 한·중·일의 세 나라를 대상으로 한 것이라 해도 과언이 아니다. 한·중·일 삼국을 대상으로 한, 이른바 동아시아문학 교류는 가장 활발히 진행되고 있는 아시아문학 교류의 대표적 사례이다. 한·중·일 문학 교류의 필요성과 그 중요성에 대해서는 새삼 강조할 필요가 없듯, 이들 삼국의 문학 교류는 더욱 활발히 모색되어야 할 것이다.

그런데 한·중·일 문학 교류를 하면서 우리가 경계해야 할 위험 요인이 있다. 한·중·일 문학 교류가 자칫 한국문학과 아시아문학 교류의 전부인 것으로 해석되어서는 곤란하다. 심하게 얘기하면, 이들 삼국의 문학 교류를 동아시아문학 교류로 지칭할 수 없다. 여기서 매우 상식적인 질문을 던져본다. 동아시아문학을 한·중·일로 국한시킬 수 있는가. 동아시아문학 교류의 원대한 목적이 동아시아의 평화와 더 나아가 인류의 평화를 모색하는

데 기여하는 것이라면, 동아시아 지역의 평화를 논의하고 실천하는 데 조선민주주의인민공화국을 빼놓고서는 비현실적일 수밖에 없다는 것을 망각해서 안 된다. 비록 현실 정치의 어려움으로 인해 한·중·일 삼국중심으로만 진행될 수밖에 없다손 치더라도 조선민주주의인민공화국을 동아시아 바깥으로 밀쳐버린 채 문학 교류를 한다는 것은, 문학 교류가 제도권 정치의 영역 안에서만 이뤄지고 있을 뿐, 문학 교류에 걸맞는 내용형식을 보증하고 있지 못하다는 비판으로부터 자유로울 수 없다.[4]

여기서 문학 교류란, 문학적 상상력들의 '충격'을 통해 완고한 세계에 균열을 내고 새로운 세계를 향한 상상력의 불길을 지필수 있어야 한다. 특히 한국문학과 아시아문학의 교류란, 서구중심의 '일의적 근대'의 미적 양상을 확인하고 그 실태를 검증해내는 게 아니라, 아시아가 지닌 '다의적 근대'의 미적 양상을 새롭게 발견하고, 그것을 통해 아시아의 역동성을 주목함으로써 서구의 일방통행식 '일의적 근대'에 대한 새로운 대안을 적극적으로 모색해야 한다. 여기에는 서구중심의 근대 국민국가적 질서를 어떻게 하면 슬기롭게 극복할 수 있을 것인지에 대한 문제를 문학적으로 궁리해볼만한 가치가 충분히 있다. 행여나 동아시아문학 교류가 경제 차원으로 수렴된 나머지 아시아의 경제패

---

4 6·15시대를 맞이하여 남북문화교류가 활발히 모색되었는데, 그중 문학교류가 가장 활발하였으며 가시적 성과의 가치를 폄훼할 수 없다. 가령, '6·15공동선언실천을 위한 민족작가대회(2005.7.20~25)'와 그 후속 조치의 일환으로 결성된 '6·15민족문학인협회' 설립(2006.10.30)과 『통일문학』지의 창간은 지난 국민의 정부와 참여정부에서 일관성 있게 지속적으로 실천한 햇볕정책의 주요한 산물이다.(이에 대해서는 고명철, 「6·15민족문학인협회' 결성, 분단체제를 넘어서는 문화적 과정」, 『실천문학』, 실천문학사, 2006.겨울;「생동하는 문학적 화두, 민족문학의 갱신」, 『칼날 위에 서다』, 실천문학사, 2005를 참조) 그러던 남북문학교류는 이명박 정부 이후 얼어붙은 남북 관계로 인해 전혀 이뤄지고 있지 않다.

권을 장악하기 위한 아시아 경제 블록을 지탱·유지하기 위한 것이라면, 동아시아문학 교류를 전면 재검토해야 할 것이다. 다시 말해 한국문학과 아시아문학이 교류를 할 경우 아무리 강조해도 지나치지 않을 것은, 경제지상주의로 아시아문학(인)을 인식해서는 곤란하다. 은연중 경제적 측면으로 아시아문학을 평가하기 십상인데, 이것이야말로 아시아문학 교류에서 가장 경계해야 할 아시아 내부에 자리하고 있는 서구중심의 '일의적 근대'의 습성이다. 이 습성이 지배하고 있는 한 아시아문학 교류는, 경제적 위계 질서를 확인하는 것 이상이 될 수 없는, 지극히 반문학적反文學的 교류가 아닐 수 없다. 아시아문학 교류는 경제 강국이 경제적 약소자들을 향한 동경의 욕망을 품게 하는 것이 아니다. '문명 대 야만'이란 제국의 문화적 인식을 확인하는 게 아니다. 혹시, 전국 곳곳에서 진행되었고, 이후 기획되고 있는 한국문학과 아시아문학 교류의 각종 형태들이 이 같은 경제지상주의에 기반한 것은 아닌지 냉엄한 자기성찰을 해야 할 것이다.

이러한 자기성찰에서 강조하고 싶은 게 있다. 아시아문학 교류에서 한국문학을 알리고 싶은 욕망 자체를 탓할 수는 없다. 그런데 한국문학을 알려야 한다는 강박증은, 달리 말해 개별 국민국가의 국제적 위상을 높여야 한다는 것과 크게 다를 바 없다. 다시 말하지만, 문학 교류란, 국민국가의 위상을 높이는 데 있기보다 도리어 근대의 견고한 국민국가를 뛰어넘는 문학적 상상력을 통해 새로운 세계를 상상해보는 데 있다. 그렇다면, 한국문학과 아시아문학 교류는 어떠한 방향으로 활발히 추진해야 할까.

3. 아시아의 주체적 시선을 회복하는 아시아문학의 교류

곰곰 새겨둘 만한 전언이 떠오른다. 계간 『아시아』를 창간하면서 편집주간은 "이해가 없는 교류는 맹목으로 흐르기 쉽고, 교류가 결여된 이해는 실체를 놓치고 주관으로 흐르기 쉽다"[5]고 한바, '이해'와 '교류'의 상관을 주목해야 할 터이다.

다양한 형태로 전개될 한국문학과 아시아문학 교류에서 새겨들어야 할 값진 전언이다. 그동안 우리는 아시아문학을 어떻게 이해했는가. 아시아문학을 직접 만나지 못했을 때, 아시아문학 대부분은 서구의 눈에 의해 우리에게 소개되었다. 이 얼마나 어처구니 없는 일인가. 아시아에 살고 있는 아시아인들이 아시아의 삶과 현실을 다루고 있는 문학을 서구의 도움을 통해 쉽게 접했다니. 말하자면 아시아인들은 아시아문학을 서구의 매개를 통해 받아들였다. 서구의 눈에 비쳐진 것이 아시아문학으로 다가왔다. 따라서 아시아문학 교류에서 아시아문학을 진정으로 이해하기 위해서는 무엇보다 아시아문학을 직접 마주하는 것이 절실한 과제이다. 서구를 매개하지 않고, 아시아문학을 직접 대하는 것이야말로 한국문학과 아시아문학 교류에서 아무리 강조해도 지나치지 않다.

돌이켜보면, 아시아문학은 서구의 굵직한 문학 페스티벌(가령, 프랑크프루트 도서전과 같은 서구에서 벌어지고 있는 다양한 형태의 국제 도서전)과 국제 도서 시장을 통해 통상적으로 알려지고 있지, 아시아 자체의 활

---

5 방현석, 「레인보 아시아」, 『아시아』 창간호, 아시아, 2006.여름, 33쪽.

발한 교류 사업을 통해 널리 알려지고 있지는 않다. 때문에 한국문학과 아시아문학을 직접 만나는 일은 그렇게 쉬운 일은 아니다. 여기에는 여러 어려움이 있다. 아시아는 광범위한 지리적 분포에 따라 인종, 민족, 종교, 언어 등이 복잡다양할 뿐만 아니라 정치적 분쟁 지역이 많다. 아시아의 이러한 복잡다변한 환경 속에서 아시아문학적 지성이 직접 만나는 문학 교류를 기획하고 진행하는 일은 만만한 일이 결코 아니다.

가령, 2007년 한국의 전주에서 개최된 아시아·아프리카 문학페스티벌의 준비 워크숍 성격을 띤 좌담에 참가한 인도의 평론가 파란자페의 다음과 같은 발언에서 아시아문학의 직접적 교류의 어려움이 근대 국민국가의 정치경제적 헤게모니로부터 자유롭지 않다는 것을 단적으로 알 수 있다.

> 이런 일(전주에서 개최될 아시아·아프리카 문학페스티벌 — 인용자)이 중국이나 일본, 인도 같은 큰 나라에서가 아니라 이곳 한국에서 일어나고 있다는 것이 저는 아주 행복합니다. 우리 모두는 이곳에서 '빅 브라더'가 우리를 감시하고 있다는 느낌을 갖지 않고 서로 동등한 처지에서 만날 수 있습니다. 초강대국이 영향을 미치는 나라에서 우리의 문화적 만남을 갖고 싶지 않습니다.[6]

파란자페는 한국문학과 아시아문학 교류에서 매우 중요한 점을 시

---

6 파란자페, 「유럽중심주의를 버려야 한다는 것만으로는 부족하다」, 『아시아』, 아시아, 2007.겨울, 26쪽.

사하고 있다. 아시아문학인들의 직접 교류는 근대 국민국가의 정치경제적 헤게모니로부터 비교적 자유로운 곳에서 모색되어야 함을 힘주어 강조하고 있다. 아시아의 패권주의에 사로잡혀 있는 곳에서는 아시아문학인들의 직접 만남이 어려우며, 만난다고 한들, 새로운 아시아를 상상하는 일이 쉽지 않다는 것을 언급하고 있다.

　새로운 아시아를 상상하는 것은, 거듭 강조하건대, 서구중심의 '일의적 근대'를 극복하기 위해 아시아가 지닌 '다의적 근대'를 새롭게 발견함으로써 인류의 평화와 민주주의에 기여하는 새로운 삶의 양식을 일상화하는 원대한 꿈을 실현하는 데 있다. 이를 위해 한국문학과 아시아문학 교류는 절실하며, 아시아문학 지성들의 직접적 만남을 통해 새로운 아시아를 상상해내는 것은 그 문학적 가치를 아무리 강조해도 지나치지 않다.

　그런데 무작정 아시아의문학 지성들이 만나는 것만으로 이러한 일들은 이뤄질 수 있을까. 여기서 한국문학과 아시아문학 교류의 장에서 서로 치열히 인식하고 공감해야 할 논의거리들이 절실히 요구된다. 물론, 그 논의거리들은 그동안 좀처럼 소통하지 못했거나 격절된 아시아의 삶과 현실에 대한 진실들을 고민하고 공유하는 자리여야 할 것이다. 서구의 미학을 따로 잡고, 미처 추구하지 못한 서구의 '일의적 근대'를 새롭게 추구하려는 욕망에 붙들릴 게 아니라, 아시아의 현실 복판에서 일어나고 있는 삶의 현장에서 솟구치는 문제들을 아시아의 시선으로 새롭게 발견해야 할 것이다. 서구의 문학적 사유의 틀이 아닌, 아시아문학적 사유에 기반한 주체적 시각으로 아시아의 삶과 현실로부터 새로운 아시아를 상상해야 할 것이다. 물론 이러한 논의들이 서구를 전적으로 배제한 가운데 아시아중심주의를 논리화하는 것으로 이해해서는 곤란하다. 서구중심의 '일의적 근대'를 극복하자는 것을, 서구의 모든 것을 송두리째 부정하는 것으로 과잉 해석하는 것 자체야말로 우리가 경계하는 서구중심의 '일의적 근대'가 지닌 폭력이다. 한국문학과 아시아문학의 교류를 통해 아시아가 지닌 '다의적 근대'를 새롭게 발견하는 일은 아시아의 봉건적 폐습과 인습을 묵수墨守하자는 것도 아니고, 서구중심의 일방적 근대 국민국가의 제도가 지닌 국가주의를 옹호하자는 것도 아니다. 그보다 아시아가 품고 있는 평화와 상생, 그리고 중도의 가치를 통해 타자들이 지닌 타자성을 주체중심에 의해 배척하는 게 아니라 그 타자성을 상호존중하는 존재인식과 정치감각을 다듬는 것이다. 그럴 때, 아시아문학 교류에서 향후 추구해야 할 지구적 의미에 대한 생산적 논의가 더욱 활발해질 수 있지 않을까.

이제 우리는 평화 못지않게 민주주의를 내세워야 한다. 민주주의의 문제를 평화의 문제와 결부시켜 이해하고 이를 위해 노력할 때 아시아의 민중은 물론이고 평화와 민주주의를 사랑하는 세계의 민중들에게 환영받을 것이다. 결코 식민주의에 대한 저항의 구호로서 평화만을 이야기하던 과거의 틀을 반복해서는 안 될 것이다. 그렇게 하는 것이 현재 아시아에서 문학적 연대를 이야기하는 것의 지구적 의미가 아닐까.[7]

한국문학과 아시아문학의 교류는 새로운 아시아를 상상하는 도정에서 '지구적 의미'로 심화·확산시켜야 할 것이다. 아시아중심주의에

---

7   김재용, 「평화와 민주주의를 위한 아시아 작가의 연대」, 『아시아』, 아시아, 2006.여름, 376쪽.

매몰되지 않고, 지구적 시야로 확장된 가운데 명실공히 '새로운 세계문학'의 성과를 획득해야 할 것이다.

4. '새로운 세계문학'의 지평을 위한 한국문학의 노력

아시아문학과의 교류를 통해 한국문학 자체의 뼈를 깎는 자기혁신의 노력이 보증되지 않는 한 새로운 세계문학의 가능성은 찾아볼 수 없다. 이것과 관련하여 우리가 주목해야 할 두 가지가 있다. 하나는 구술성口述性, the orality과 문자성文字性, the literacy의 융합에 따른 한국문학의 독특한 미적 정치성을 획득하는 것이고, 다른 하나는 한국의 서사무가의 양식을 창조적으로 변용·섭취한 한국문학의 양식을 새롭게 창출해내는 일이다. 이 두 가지는 서구중심주의 근대문학에 대한 극복과 더 나아가 서구중심주의의 '일의적 근대'가 아닌 '또 다른 근대'를 선취先取하고자 하는 기획과 맞물려 있다. 한국 근대문학이 다각도로 추구해온 성과들은 리얼리즘과 모더니즘의 세부적 차이에도 불구하고 민주회복과 분단극복이라는 일국적 (탈)근대의 과제들을 해결하는 것이라 해도 과언이 아닌바, 그 기저에는 서구중심주의 '일의적 근대'가 똬리를 틀고 있다는 것을 쉽게 부인할 수 없다. 말하자면 한국 근대문학의 근대적응과 근대극복의 숱한 노력들은 이 같은 '일의적 근대'의 끈끈이로부터 자유롭지 못하다.

이런 점에서 구술성과 문자성의 융합은 '일의적 근대'를 넘어 '또 다른 근대'를 기획·실천하도록 한다. 서구문학보다 비서구문학에서는 구술성의 문학이 갖는 비중이 결코 작지 않다. 그것은 비서구가 서구보다 문맹률이 떨어져서도 아니고 활자문명의 감각이 뒤처져서도 아니고 심지어 비이성적 문화가 지배적이어서도 아니다. 어떻게 보면, 바로 이러한 통념, 즉 '문명=문자성'이라는 인식이야말로 비이성적 · 반문명적 · 도식적 접근이 아닐 수 없다. 말하자면 구술성과 문자성의 관계는 위계적 측면에서 이해할 수 없는 일이다. 중요한 것은 구술성과 문자성의 특장特長을 잘 이해함으로써 이들의 융합을 통해 그동안 낯익은 서구중심의 근대문학을 극복할 수 있는 '또 다른 근대'의 진면목을 지닌 새로운 세계문학을 추구할 수 있다는 점이다.

그래서 우리는 한국문학에서 지역어의 활용에 주목하고자 한다. 돌이켜보면, 한국문학은 지역어의 풍부한 자산을 활용한 뛰어난 문학적 성과를 축적하고 있다. 표준어로는 도저히 형상화할 수 없는 각 지역의 독특한 문제적 현실을 지역어는 안성맞춤으로 형상화한다. 지역어가 지닌 미적 이데올로기는 표준어로는 좀처럼 감당할 수 없는 지역의 구체적 삶의 실감을 웅숭깊게 포착해낸다. 이 문학적 구체성은 해당 지역의 특수성을 넘어 작게는 한국문학이 직면한 근대를 탐구하고 넓게는 아시아에 미치는 근대, 즉 서구중심의 근대가 아닌 '또 다른 근대'의 촉수를 건드린다. 따라서 해당 지역에서 태어나고 성장한 문학인들이 그동안 홀대받은 지역어를 창작의 영토로 적극 활용해야 한다.

그런데 기왕 문학인들이 지역어를 붙들고 있다면 다음과 같은 점을 신중히 고려하면 어떨까. 지역어를 아무 곳에나 흥미 위주로 사용할 게 아니라 지역어가 지닌 미적 정치성을 충분히 발휘할 수 있는 적재적소에 지역어를 배치하는 것은 어려운 일일까. 지역어는 구술성이 지배적인데, 구술성의 효과를 극대화하기 위해서는 문자성과 어떠한 긴장 관계를 가져야 할까.

문학적 형상화를 한다는 미명 아래 지역어를 아무렇게나 사용해도 될까. 이 같은 점을 환기하는 데에는, 구술성의 비중이 강한 비서구문학에서도 지역어처럼 창작의 영토로 활용될 경우 겪는 유사한 문제 인식을 보이기 때문이다. 이것은 지구의 약소자들의 문제를 심도 있게 다룬 비서구문학 전반에서, 정치문화적 헤게모니를 장악하고 있는 지배자의 언어(문자성이 지배적 언어)에 대해 맞설 수 있는 약소자의 언어(구술성이 지배적 언어)가 지닌 미적 정치성에 주의를 기울여야 한다는 것을 말한다. 약소자의 언어를 통해 지배자의 언어가 갖는 허구성을 묘파하고 그 언어의 내적 질서에 균열을 내는 것을 넘어 파열까지 노리는 것이야말로 약소자의 언어가 지닌 통렬한 미적 정치성의 힘이기 때문이다. 나는 이 미적 정치성을 한국문학의 지역어가 극대화해줬으면 하는 비평적 욕망을 가져본다. 지역어가 지방주의를 고착화시키지 않고, 한국문학을 세계문학으로부터 고립화시키지 않고, 지구의 약소자들과 상호침투적 관계를 맺는 새로운 세계문학을 이루는 소중한 창조적 언어의 역할을 담당했으면 한다.

다음으로 한국 서사무가의 양식에 대한 변용과 섭취를 통해 생성된 한국문학의 양식이 서구 근대문학의 낯익은 양식과 '또 다른 근대'의 문학을 일궈낼 가능성이다. 물론, 이에 대한 그동안 노력이 없던 것은 아니다. 그런데 한국문학의 양식적 실험이 그리 활발히 모색되고 있지 않다. 그나마 본격적으로 실험된 것은 시 장르가 고작인데, 그것도 어디까지나 서구중심에 기반한 미적 실험을 구사하는 데 그치고 있는 실정이다. 한국문학에서 미적 실험은 여전히 서구중심의 아방가르드류에 갇혀 있다. 여기서 문제의식을 분명히 해둬야 할 것은 미적 실험 자체가 문제가 아니라, 기존 미적 실험의 대부분이 서구중심의 문학에서 크게 벗어나지 않았다면, 아시아문학과의 활발한 교류를 통해 한국문학은 비서구문학이 갖고 있는 '모던한 전통', 즉 '다의적 근대'에 착목할 필요가 있다는 점이다. 서구의 미적 실험이 서구의 미적 전통으로부터 그것을 치열히 모색하였듯, 한국문학의 미적 실험 역시 한국문학의 미적 전통으로부터 위반·전복·모반의 과정이 절실히 요구된다.

그래서 아쉬운 것은, 소설이야말로 잡식성의 장르로서 타 장르와 자유롭게 뒤섞일 수 있는 개방성을 지닌 터에 그동안 서사 양식의 실험이 활기를 띠지 못했다는 것 자체야말로 한국문학의 자기혁신이 그만큼 더디게 이뤄져왔다는 것을 방증한다. 여기에는 여러 이유가 있되, 혹 한국소설이 한국문학의 서사무가의 양식과 인식론적 단절을 하고 있었던 것은 아닌가. 한국소설은 근대문학임에 반해 서사무가는 전근대문학이어서 서로 충돌해서는 안 되는 관계로 미리 선을 그어놓았기 때문이 아닐까. 우리는 이 대목에서 황석영이 세 장편 『손님』(2001), 『심청』(2007), 『바리데기』(2007)에서 동아시아 양식인 굿을 근대서사의 양식적 변용을 위해 시도한 노력을 떠올려본다.[8] 이러한 시도가 황석영에게만 국한돼야 할까.[9]

---

8 황석영의 『손님』, 『심청』, 『바리데기』 등은 굿의 서사양식을 적극화함으로써 한국소설의 자기혁신을 이뤄내고 있다. 하지만 황석영 스스로 동아시아 서사양식을 창조적으로 변용하고 있다 하는데, 이 점에 대해서는 과연 그가 파악하고 있는 동아시아 서사양식의 특질이 무엇인지 모호할 따름이다. 그는 진오귀굿, 오구굿, 씻김굿, 바리데기 신화 등을 변용하였다고 하는데, 어딘지 모르게 그의 소설은 서구의 신화에 연원한 영웅성을 띤 존재들이 불사신처럼 온갖 시련을 견디고 어떤 깨달음의 경지에 이른 엇비슷한 구조를 보이고 있다.

9 여기서 나는 만 팔천의 신들이 살고 있는 제주의 서사무가와 습합·침투·융합의 모험을 통해 한국문학의 새 서사양식을 창출할 수 있다고 기대한다. 우리는 알고 있다. 서구의 근대문학이 에게해 중심에서 피어난 그리스·로마의 신화에 기반하여 유럽중심주의 가치를 세계에 확산시키고 또 그것을 재생산해내면서 '일의적 근대'를 구조화하지 않았는가. 한국문학이 제주의 서사무가와 충돌하는 것을 통해 한국문학의 새 양식을 주창하는 데에는 우리의 이 같은 노력이 비단 미미할지 모르지만, 아예 아무

나의 단견일지 모르지만, 최근 한국문학은 서구중심의 '일의적 근대'를 극복하는 게 요원하다는 점을 인정하는 듯 하다. 한국문학 역시 '일의적 근대'로부터 자유롭지 못한 점을 기정 사실화한 채 서구중심주의 가치를 더욱 내면화하는 데 힘을 쏟고 있는 듯 하다. 창작의 영토는 세밀히 분화되면서 그만큼 다양한 문학적 성과들이 봇물터지듯 쏟아져 나오고 있는 것은 틀림없되, '일의적 근대'를 승인하는 작품들의 사위에 갇혀 있는 형국이랄까. 그래서 이 한국문학의 암담한 현실에 의미 있는 균열을 내기 위해서는 어디에서든지 과감히 시도되어야 하듯, 한국소설이 한국문학의 서사무가 양식을 창조적으로 변용·섭취하는 데 인식해서는 곤란하다. 한국소설은 한국문학의 '또 다른 근대'를 기획·실천할 수 있는 서구 근대문학의 '일의적 근대'를 내파內破할 수 있는 발파점發破点을 충분히 갖고 있기 때문이다.

사실, '새로운 세계문학'의 경지에 이르기 위해서는 아시아의 삶과 현실로부터 솟구치는, 새로운 아시아를 상상해야 한다. 이것은 아시아 중심주의를 구축하는 게 아니라 서구중심의 세계문학 일변도로 굴절되거나 왜곡된 심지어 안중에도 없는 아시아의 '다의적 근대'를 새롭게 모색해봄으로써 인류의 평화를 문학적으로 실천하기 위한 길을 내기 위한 것이다. 그래서 한국문학과 아시아문학의 교류의 중요성은 아무리 강조해도 지나치지 않다.

것도 시도하지 않은 것보다 제주가 지닌 광대무변한 서사무가의 창조력을 한국문학이 창조적으로 섭취함으로써 '일의적 근대'를 지양한 '또 다른 근대'에 대한 문학적 기획을 실천할 수 있는 가능성이 매우 높기 때문이다.

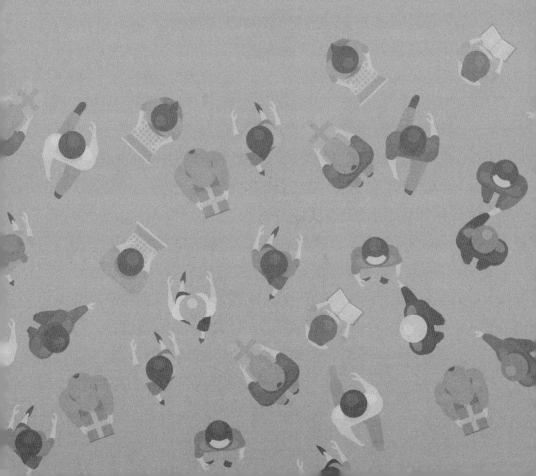

제2부

재일조선인 문학,
국민국가의 상상력을 넘는

해방공간의 혼돈과 섬의 혁명에 대한
김석범의 문학적 고투

김석범의 『화산도』 연구 1

1. 『화산도』를 본격적으로 논의하기 위해

재일조선인 작가 김석범金石範(1925~)의 대하소설 『화산도』[1]를 어디에서부터 어떻게 읽어야 할까.

허구에 있어서 언어는 자기초월적인 상상력에 의해 뒷받침되고 그것의 버팀목이 되어 계속 그것에 봉사한다. 그것은 또한 이미지 자체가 언어에 의거하고 그것에 구속되면서 동시에 그 언어를 차고 날아 오르는 것, 언어를 부정함으로써 존재하게 되는 것은 아닐까. 문학은 언어 이외의 것은 아니지만, 동시에 언어 이상이 것이라는 말은 이것을 이르는 것이다. 허구의 세계에서

---

1 "『火山島』의 역사를 짚어보면, 1965년 조총련 기관지 문예동의 『문학예술』에 한국어로 『화산도』 게재(1965년부터 1967년까지) → 일본어판 『해소』를 문예지 『文學界』에 개제(1976년부터 1981년까지) → 1983년 일본어판 『火山島』(전3권)을 『문예춘추』에서 간행 → 1987년 『문예춘추』에서 간행된 『火山島』(전3권)를 한국어로 번역하여 『火山島』(전5권)로 간행 → 제2부 『火山島』를 문예지 『文學界』에 연재(1986년부터 1996년까지) → 1997년 『火山島』(전7권, 文藝春秋) 출간 → 2015년 『文藝春秋』에서 출간된 『火山島』(전7권)이 한국어로 완역되어 『화산도』(전12권, 보고사)를 발간하게 된다."(김환기, 「김석범 · 『화산도』 · 〈제주4 · 3〉」, 『일본학』 41, 동국대 일본학연구소 2015, 5쪽)

언어의 변질이 일어나고, 언어는 그 자신이면서 그렇지 않은 관계가 생겨나는 데, 이 때 언어의 개별적인(민족적 형식에 의한) 구속이 거기에 내재하는 보편적 인자에 의해 해체되는 순간의 지속이 출현한다.[2]

그동안 해방공간의 4·3을 다룬 한국문학, 특히 제주의 4·3문학은 괄목할 만한 성과를 축적시키고 있을 뿐만 아니라 국민문학(및 지역문학)의 영토에 구속되는 것을 벗어나 새로운 세계문학을 구성해내는 과제를 맡고 있다.[3] 이와 관련하여, 김석범의 언급은 『화산도』는 물론, 4·3문학의 심화와 확장을 위해 매우 긴요한 점을 숙고하도록 한다. 4·3을 직접 체험하지 않은 김석범이 『화산도』에서 형상화하고 있는 것은, 재일조선인 김시종 시인이 매우 적확히 묘파하고 있듯 4·3이 일어난 필연을 적출했고 대한민국 정부 수립 과정에서 일제 식민의 굴레와 분단을 고정시킨 미국의 범죄적 책략을 비롯한 4·3의 그늘에 있는 것 모두를 비춰내고 있다.[4] 그리하여 『화산도』야말로 "20세기 최후를 장식하는 금자탑"[5]이라는 평가가 결코 수사적 과장이 아니다.

여기서, 우리가 생각해야 할 게 있다. 김석범이 재일조선인이기 때문에 분단체제의 직접적 억압과 강제로부터 물리적 거리를 두고 있는 점

---

2 김석범, 「재일조선인 문학」, 『이와나미 강좌 '문학' – 표현의 방법 5』, 岩波書店, 1976, 291쪽; 송혜원, 「재일조선인 문학을 위해 – 1945년 이후의 재일조선인문학의 생성의 장」, 『작가』, 2003.봄, 288쪽 재인용.

3 이에 대해서는 고명철, 「새로운 세계문학 구성을 위한 4·3문학의 과제」, 『반교어문연구』 40, 반교어문학회, 2015.

4 김석범·김시종, 이경원·오정은 역, 문경수 편, 『왜 계속 써왔는가, 왜 침묵해 왔는가』, 제주대 출판부, 2007, 158~159쪽.

5 오노 데이지로, 「제주 4·3항쟁과 역사인식의 전개상」, 김환기 편, 『재일 디아스포라 문학』, 새미, 2006, 246쪽.

이, 4·3을 직접 체험하지 않은 그가 오히려 4·3에 대한 각종 자료를 한국의 작가들보다 상대적으로 손쉽게 접할 수 있으므로 『화산도』와 같은 대작을 집필할 수 있었다는 것은 너무나 안이한 판단이다.[6] 그보다 재일조선인으로서 태생적으로 지닌 실존적 중압감이 김석범으로 하여금 "4·3이 결국, 나에게 있어서는 니힐리즘을 극복하는 하나의 계기"[7]이자 "내가 살아가는 데에 있어서 중추"[8]이므로, 그는 『화산도』라는 허구의 세계를 구축하는 데 혼신의 힘을 쏟은 것이다. 말하자면, 김석범은 자신이 직접 경험하지 못한 4·3을 허구의 세계로 재구성하되 '재일조선인'으로서 일본어의 주박呪縛과 고투하는, 그리하여 제국의 언어(일본어)로 수렴되거나 포섭될 수 없을 뿐만 아니라 그의 조국의 모어(조선어)로 온전히 궁리할 수 없는 4·3 안팎의 세계를 밀도 있게 탐구한다. 때문에 『화산도』에서 탐구되는 문학적 진실은 4·3의 실체를 구명究明하는 데 자족하는 게 아니라 4·3의 주박呪縛으로부터 해방됨으로써 4·3에 대한 정명正名의 길을 내고 무엇보다 4·3으로 훼손된 억울한 영육靈肉의 상처를 치유하여 신생을 누리도록 하는 것이다.

그동안 『화산도』에 대한 연구가 꾸준히 진행되면서 연구 성과가 축적

---

6 한국사회에서 4·3특별법 제정(2000) → 4·3진상보고서 여야합의로 채택(2003) → 노무현 대통령 국가차원에서 사과(2003) → 국가기념일 지정(2014)을 밟으면서, 4·3문학이 국가차원에서 복권된 것은 사실이다. 그런데, 필자는 기회가 있을 때마다 강조하고 새롭게 문제를 제기하듯, 4·3문학은 한국문학사에서 현기영의 단편 「순이삼촌」(1978) 이후 양적으로 상당히 축적된 게 사실이나, 현기영의 일련의 작업을 넘어서는 문학적 성취가 좀처럼 보이지 않는다. 4·3문학은 답보상태에 머물러 있다. 4·3 안팎에 대한 자료가 없어서인가? 아직도 4·3이 반공주의로부터 자유롭지 않아서인가? 작가적 역량이 뒷받쳐주지 않아서인가? 이러한 점을 고려해보면, 김석범의 『화산도』가 득의한 문학적 성취를 래디컬하게 성찰해야 한다.
7 김석범·김시종, 이경원·오정은 역, 문경수 편, 앞의 책, 170쪽.
8 위의 책, 174쪽.

되고 있다. 하지만『화산도』전권이 일본문학연구자인 김환기·김학동에 의해 한국어로 번역돼 한국의 출판사 보고사에서 출간(2015)되기 전까지 주된 연구 성과는 일본 연구자들에 의해 제출되었다고 해도 과언이 아니 다.[9] 이따금 재일조선인문학을 연구하는 한국 연구자들[10]이 일본 연구자 들의 연구 성과를 토대로『화산도』를 다각적으로 주목하고 있다. 물론, 한국문학에서도『화산도』에 대한 논의가 없는 것은 아니다. 하지만 김석 범이 안타까움을 토로한바, 1988년에 실천문학사에서 출간된『화산 도』는 "번역본이 원작과는 달리 일기체 형식으로 꾸며졌고, 작중의 중요 한 대목들이 군데군데 생략되면서, 그 후에 완결된『화산도』제2부의 이 야기가 이어지는 데 지장을 주게 된"[11]것을 고려해볼 때, 실천문학사본을 대상으로 한 논의들이[12] 갖는 성과 못지않게 어쩔 수 없이 감내할 수밖에

---

9 오은영,『재일조선인문학에 있어서 조선적인 것』, 선인, 2015, 17~23쪽에서 일본 연구자의 주요 시각을 정리하고 있다. 그 핵심을 간추리면, '저항의 문학'에서 '혁명 의 문학'으로의 가능성(小野悌次郎), 허무감을 극복하여 제주를 재생시키는 문제(川 村湊), 일본어의 주박에 대한 저항의 문체(川村湊), 조총련 조직에서 이탈 후 자기갱 생의 길 모색(中村福治) 등은 주목할 만한 시각이다. 이것과 별개로『화산도』를 문학 적 측면이 아닌 정치사회적 관점에서 치밀하게 논의한 나카무라 후쿠지, 표세만 외 역,『김석범「화산도」읽기』, 삼인, 2001 등이 있다.

10 김환기,「김석범·『화산도』·「제주4·3」」,『동국대학교 일본학』41, 동국대 일본학 연구소 2015; 김학동,『재일조선인 문학과 민족』, 국학자료원, 2009; 정대성,「김석 범문학을 읽는 여러 가지 시각-그 역사적 단계와 사회적 배경」,『일본학보』66, 경 상대 일본문화연구소, 2006; 정대성,「작가 김석범의 인생역정, 작품세계, 사상과 행 동」,『한일민족문제연구』9, 한일민족문제학회, 2005; 송혜원,「재일조선인문학을 위해-1945년 이후의 재일조선인문학 생성의 장」,『작가』, 2003.봄.

11 김석범, 김환기·김학동 역,「한국어판『화산도』출간에 즈음하여」,『화산도』1, 보 고사, 2015, 5~6쪽.

12 김종욱,「국가의 형성과 재일조선인 디아스포라」,『한국 현대문학과 경계의 상상력』, 역락, 2012; 이재봉,「재일 한인문학의 존재 방식」,『한국문학논총』32, 한국문학회, 2002; 박미선,「『화산도』와 4·3 그 안팎의 목소리-김석범론」,『외대어문논총』10, 경희대 비교문화연구소, 2001; 장백일,『한국 현대문학 특수 소재 연구-빨치산 문 학 특강』, 탐구당, 2001; 김영화,「상상의 자유로움」,『변방인의 세계』(개정증보판),

없는 논의 자체의 한계를 적시할 필요가 있다. 이에 대한 상세한 논의는 『화산도』에 대한 본격적 논의 과정에서 개진될 것인데, 이 개별 논의들의 밑자리에 똬리를 틀고 있는 몇 가지 문제를 제기하지 않을 수 없다. 우선, 미완성된 작품 중 부분적으로 발췌한 것을 대상으로 하다보니 『화산도』의 미학을 세밀히 음미하지 못한 채 대단히 거칠게 읽을 수밖에 없었다. 그것은 4·3에 대한 사회과학적 인식에 기반을 둔 독해로 흐르기 십상이다. 아무리 이 작품이 4·3을 정면으로 다뤘다고 해도 『화산도』를 역사와 정치의 등가물로 파악하여 읽는 것은 『화산도』에 대한 자칫 정치속류적 이해에 갇힐 수 있다. 이것은 실천문학사본이 한국에 소개될 정황과 맞물린다. 1980년대를 관통하던 진보적 민족문학은 1987년 민주시민항쟁을 통해 쟁취한 민주주의에 대한 정념과 열망 속에서 금단의 영역으로 유폐됐던 4·3을 역사적으로 복권하는 일환으로 『화산도』를 한국어로 급히 번역 소개한바, 냉정하게 얘기한다면, 실천문학사본 『화산도』는 한국의 민주화운동과 연대한 진보적 문학운동의 차원으로 소개된 것이기 때문에 원작의 미학과 재일조선인 김석범의 실존을 섬세히 고려하지 않은 것이다. 말하자면, 한국이라는 국민국가의 민주화운동과 그 부문 운동인 진보적 문학운동의 맥락에서 취사 선택된, 그리하여 한국의 진보적 문학사에서 결락된 부분을 보충해주는 것으로 자족하였다.[13] 이것은 재일

제주대 출판부, 2000; 김재용, 「폭력과 권력, 그리고 민중」, 역사문제연구소 외편, 『제주 4·3연구』, 역사비평사, 1999; 서경석, 「개인적 윤리와 자의식의 극복 문제」, 『실천문학』, 실천문학사, 1988.겨울.

13 대표적으로 서경석의 논의를 들 수 있다. 서경석은 진보적 민족문학의 시각에서 『화산도』를 논의해서인지 『화산도』의 한계로 "올바른 민중상을 세우는 일"(서경석, 앞의 글, 465쪽)이 작가의 과제임을 강조하고 있다. 사실, 이러한 한계를 지적한 것은 『화산도』 전권이 완역된 현시점에서 수정 및 철회되어야 하지 않을까. 이것은 무장봉기를 일으켜 참여한 제주 민중의 다층적 면을 이른바 민중주의로 단선적으로 파악할

조선인 문학을 이해할 때 가장 경계해야 하는 것으로, 특정한 국민문학(일본문학, 한국문학, 북한문학)에 구속되지 않은 이른바 '경계의 문학'의 속성을 띠면서 해당 국민문학으로 온전히 추구하기 힘든 문학적 진실을 탐구하는 재일조선인 문학의 노력을 애써 외면하는 것이다.

따라서 이 같은 점을 총체적으로 고려한『화산도』에 대한 한국문학에서의 논의는 지금부터 본격적으로 시작되어야 한다.[14] 필자는 그 첫 발걸음으로『화산도』의 논쟁점이 될 수 있는 4·3무장봉기와 연관된 문학적 진실에 초점을 맞춘다. 여기에는 작품 속에서 혁명의 성격을 띤 4·3무장봉기에 대한 작중 인물 이방근의 입장, 특히 대단원의 결미에서 충격적으로 다가온 이방근의 자살과, 혁명에 뛰어든 섬 사람들이 현실적 패배에 직면한 점, 그리고 반혁명反革命 권력의 양상에 대해 집중적 논의를 펼치고자 한다. 이를 통해 혁명과 문학, 그리고 '섬의 혁명' 혹은 '혁명의 섬'에 대한 문학적 상상력이 모색하는 세계를 꿈꿔본다.

2. 해방공간의 혼돈과 허무를 극복하는 섬의 혁명

『화산도』에서 마주하는 인물 중 가장 개성적이면서 주목해야 할 인물은

수 있다. 본론에서 상세히 논의하겠으나 실패한 무장봉기, 달리 말해 실패를 각오한 혁명에 참가한 제주 민중의 삶의 결로부터 발산되는 민중의 위엄을 김석범은 『화산도』라는 허구의 세계에서 발견하고 있다. 그런데 흥미로운 것은 서경석과 달리 장백일은 진보적 문학사의 측면보다 한국문학사에서 이른바 빨치산을 다룬 작품을 특수한 소재의 영역에서 다루고 있는데, 이것 역시 『화산도』를 개별 한국문학이란 국민문학의 영토에 가둬놓고 있는 시각의 전형이다.

14 김동현, 「공간인식의 로컬리티와 서사적 재현양상」, 『한민족문화연구』 53, 한민족문화학회, 2016; 권성우, 「망명, 혹은 밀항의 상상력」, 『비평의 고독』, 소명출판, 2016.

이방근이다. 이방근은 제주도에 입도한 양반가의 후손이자 친일협력 유지의 아들로서 태생적으로 부르주아 민족주의 계급의 속성을 갖고 있다. 하지만 유년시절에는 일본제국의 천황을 모독하는 행위를 한 민족주의적 면모도 지니는가 하면, 일본에서 마르크스주의 사상범으로 체포돼 전향한 이력을 지닌 채 해방공간에서는 중도자적 입장을 보이는 무기력한 지식인이다. 그렇다고 그를 무기력한 한갓 도로徒勞에 침잠한 지식인으로서 판단해서는 곤란하다. 비록 그는 섬의 혁명, 즉 4·3무장봉기 대열에 처음부터 적극 동참하지는 않지만 혁명을 심정적으로 지지하고 동조하며, 급기야는 혁명자금을 지원하며, 반혁명자를 철저하게 심문하며 응징하는 몫을 맡고, 그의 방식으로 혁명에 참여하면서 마침내 자신의 목숨을 저버리는 극단을 통해 섬의 혁명을 육화한다. 이방근의 이러한 가파른 삶의 도정을 작가의 말을 빌리면, "허무에서 혁명으로"[15]일 터이다. 그렇다면, 이방근을 제대로 이해하는 것이야말로 해방공간의 제주도에서 일어난 혁명을 비교적 객관화된 시선으로 인식할 수 있다. 뿐만 아니라 "소파에 생리적으로도 사상적으로 계속 앉아 있을 수가 없"[16]어 혁명의 자금을 지원함으로써 "재정적인 참가, 싸움에 가담하"(7:425)게 된 이방근의 필연성을 자세히 읽을 수 있다.

이방근의 이러한 도정은 세 가지 국면으로 파악할 수 있다. 이것을 간략히 나타내면 다음과 같다.

---

15 김석범·김시종, 이경원·오정은 역, 문경수 편, 앞의 책, 173쪽.
16 김석범, 김환기·김학동 역, 『화산도』 7, 보고사, 2015, 443쪽. 이후 작품의 부분을 인용할 때 별도의 각주 없이 본문에서 '권수 : 쪽수'로 표기한다.

```
┌─────────────────────────────────┐
│  혁명의 현실적 패배 : 허무 극복  │
└─────────────────────────────────┘
                ▲
┌───────────────────────────────────────┐
│  혁명과 대면 : 혁명에 대한 냉정과 열정  │
└───────────────────────────────────────┘
                ▲
┌─────────────────────────────────┐
│  혁명 이전 : 해방공간에 대한 인식  │
└─────────────────────────────────┘
```

첫 번째 국면은 이방근이 자신의 서재에 있는 소파 깊숙이 몸을 파묻혀 세상을 관망하는 것으로, 해방공간의 혼란스러운 정세를 냉철하게 인식하는 국면이다. 이 국면에서 무엇보다 예의주시해야 할 대목은 38도선 이남의 해방공간의 정치적 지배력을 장악하기 위해 이승만으로 대표되는 우파(친일파와 서북청년단 및 그 배후 미군정의 지원)와 사회주의에 기반을 둔 좌파(남로당 중심의 혁명세력) 사이의 대립과 갈등이 격화되는 양상을 에워싼 것에 대한 이방근의 날카로운 비판적 문제의식이다.

혁명, 음, 혁명하는 자는 절대적인 정의의 구현자라는 것인데. 그 절대성을 의심하는 건 아니야. 그 교조는 커다란 밧줄이나 마찬가지인데, 그걸로 대중을 한데 묶으면 어떨 땐 엄청난 힘을 발휘하지. 애당초 정치라든가 혁명이 대중을 선동하여 조직되지 않으면 승리할 수 없다는 게, 우익이고 좌익이고 할 것 없이 조직론의 ABC일 거야. 이승만이 우리 민족의 감정을 교묘히 사로잡아, '신탁통치' 반대라는 트릭으로 대중운동을 일으켜 성공하고 있는 것도 바로 그거라네. 사고의 정지……,(3 : 382~383)

우리는 이방근의 입장을 양비론兩非論의 시각으로 이해해서는 곤란하다. 이방근은 기회가 있을 때마다 친일파를 청산하는 뜻을 피력하고 친일파를 등용한 이승만의 우파 정치를 비판하며, 서북청년단(이하 '서청'으로 약칭)의 맹목적 반공주의로 인한 폭압을 부정하고 이들 배후에 있는 미군정의 지배에 대해 매서운 비판을 가한다는 점에서 혁명세력인 남로당원과 크게 다르지 않다. 하지만 이방근은 제주도 남로당원인 강몽구, 남승지, 유달현 등을 대상으로 한 논쟁에서 당 조직의 절대성과 교조성을 주저없이 비판한다. 기실 이방근의 이러한 비판에서 쉽게 간과해서 안 되는 것은 모두 대중을 자신들의 정치적 이해관계에 따라 선동하고 조직한다는 점에서 서로 공모하고 있다는 사실이다. 여기에는 '사고의 정지'가 엄습하고 있음을 이방근이 지적한다. 이승만의 우파와 남로당의 좌파는 대중의 주체적 사고, 이를 구성하는 개인의 주체적 사고들의 역동성을 허락하지 않은 채 해방공간 38도선 이남의 정치 지배력을 소유하기 위해 대중을 정치적 희생양으로 삼았다. 이것은 모스크바삼상회의(1945.12)의 결과에 따라 임시 조선민주주의 정부를 수립하여 민주주의 단체가 참여하면서 정치적 경제적 사회적 진보와 민주주의적 자치 발전과 독립국가를 재건설하기 위해 5년 동안 4개국(미국·영국·소련·중국)의 신탁통치의 과도기를 밟는 것[17]에 대한 민족구성원의 자유로운 사고를 허락하지 않은 셈이다. 여기서, '사고의 정지' 다음 이어진 말줄임표 속에 감춰진 김석범의 해방공간에 대한 인식을 헤아려볼 필요가 있다. 이승만의 우파는 해방공간에서 '신

---

17 허상수, 『4·3과 미국』, 다락방, 2016, 179~189쪽 참조.

탁통치'를 반대함으로써 식민 지배를 받아온 대중의 민족주의 감성에 호소하는 정략을 통해 38도선 이남만의 단독정부를 세우고자 하였고, 이것은 2차대전 종전 이후 미국과 소련으로 분극화되는 냉전체제가 열리면서 중국의 공산화와 일본제국의 패망으로 새롭게 재편되는 동아시아의 국제질서 속에서 38도선 이남만이라도 반공주의 팍스아메리카나$^{Pax\ Americana}$를 구축하고자 하는 미국의 전략과 이해관계가 맞아떨어진 정치적 산물인 것이다. 김석범은 이방근을 통해 '사고의 정지'가 초래한 한반도의 불구화된 현실에 대해 래디컬하게 성찰한다.[18]

두 번째 국면은 이렇게 해방공간의 불구성에 직면하면서 생산적인 아무런 것도 하지 못한 채 이방근 자신과 현실에 대한 허무의 심연을 응시할 수밖에 없을 때 자신이 살고 있는 제주도에서 일어난 4·3무장봉기를 대면한 것이다. 분명히 이방근은 당 조직의 절대적 기율에 따라 대중을 교조적으로 선동하면서 대중의 다양한 사고를 정지하는 그 획일적 운동 방향성에 대해 단호히 비판한다. 그러면서도 친일의 잔재를 청산하고 극우 청년단체 서청을 몰아내고 점령군과 같은 억압과 횡포를 자행하는 미국의 신제국주의를 강력히 부정하는 것은 섬의 당 조

---

18 김석범은 해방공간의 이 무렵 '사고의 정지'로 인해 남과 북이 통일조선의 가능성을 놓치지 않았는지에 대해 다음과 같이 구술한다. "그러니까 이승만도 이미 말이야, 잘은 모르겠지만 처음부터 남만의 정권수립안을 갖고 있었다는 거야. 그것은 38도선으로 분단되어 미소가 점령해 왔으니까 그렇게 될 가능성은 있는 거지. 더구나 미국과 소비에트만이 아니라 그 밑의 김일성이나 이승만도 그런 생각을 가질 수 있는 거야. 그런 분단을 막는 것은 역시 신탁통치인 거요. 미국, 중국, 소비에트, 영국도 신탁통치를 함으로써 분단을 막으려고 했어. (…중략…) 그런 경우에 찬탁, 반탁의 문제는 찬탁이라는 것의 한계성에 부딪치면서 역시 [통일정부를 만드는] 최선의 방법은 아니었을까 하고 생각하는 거지. 신탁통치라는 것은 전후 남북조선을 통틀어 [있을 수 있었던 통일조선의 가능성으로서] 가장 크게 제시해야 해."(김석범·김시종, 이경원·오정은 역, 문경수 편, 앞의 책, 45쪽)

직과 뜻을 함께 한다. 그리하여 제주도 남로당원들은 이방근을 당의 동조자로 인식하고, 이방근 역시 혁명을 일으킨 그들에게 혁명기금을 지원할 뿐만 아니라 혁명이 현실적으로 실패함에 따라 혁명의 낙오자들의 목숨을 구하기 위해 일본으로의 밀항선을 운영한다. 이방근은 무장대처럼 혁명의 무기를 직접 들지 않았을 뿐이지 (혁명에 대한 냉소적 방관자로부터 논쟁의 여지가 있지만) 그만의 방식을 통해 혁명에 동조하고 참여한 혁명가로 봐도 무방하다. 우리는 바로 이 점을 눈여겨 보아야 한다. 이방근은 그의 독특한 방식으로 혁명에 동참하고 있다. 섬의 남성 혁명가들을 대할 때는 냉정을 유지하되 여성 혁명가인 부엌과 영옥을 대할 때는 방근 특유의 열정을 숨기지 않는다.[19] 특히 방근의 하녀인 중년의 부엌과의 농밀한 육체적 사랑[20]은 이방근이 그토록 경계하고 비판하는 "혁명가니 활동가니 하는 자들의 어수룩한 낙천주의. 그 속에 숨어 있는 자기과시와 영웅주의. '노동자·농민'이 관념의 최상

---

19 김재용은 이방근이 보이는 성의 감각과 그 특유의 육체성을 변혁운동을 다룬 작품에서 찾아보기 힘든 주목할 만한 점이라고 하여, 이방근이 비판하는 당 조직의 권력으로부터 해방의 성격을 띠는 것으로 파악한다. 말하자면 '현실의 육체성', '현실의 구체성'과 거리를 둔 당 조직을 비판하는 맥락에서 이해하고 있다.(김재용, 앞의 글, 298~299쪽) 이러한 분석이 어느 면에서는 타당하다. 하지만 이방근이 부엌과 문난설과 맺는 육체적 사랑을, 당 조직의 권력으로부터 해방하는 것이란 분석은 어딘지 모르게 부자연스럽다. 왜냐하면 이들의 육체적 사랑의 형식을 통해 이방근이 작품에서 본격적으로 당 조직의 권력으로부터 해방의 정념을 만끽하거나 음미하는 대목이 작품의 서술에서 자연스레 형상화되고 있지 않다. 그보다『화산도』에서 부엌과 육체적 사랑은 이방근의 자살과 관련하여 제의적 죽음과 신생을 위한 맥락으로 읽는 게 한층 설득력이 있다고 생각한다.

20 오은영은 이 같은 "성관계를 가짐으로써 이방근이 사건(4·3무장봉기─인용자)과 깊게 관련될 것이라는 암시"(오은영, 앞의 책, 131쪽) 정도로 언급할 뿐 구체적으로 섬의 혁명과 어떤 관련을 맺는 것인지에 대한 상세한 논의가 없다. 단지 부엌이 남로당 세포라는 사실이 나중에 이방근이 알기 때문에 이들의 성관계가 피상적으로 4·3과 연루된 것이다는 논의는 이들의 관계를 너무나 단순하게 파악한 데 기인한다.

위에 있는 것처럼 받들어 올리는 인텔리들의 관념주의"(3 : 322)와 맥락이 전혀 다른 혁명의 긴장과 풍요로움을 함의한다.

> 중년의 하녀, 인민의 발소리, 희미한 땅울림……, 부엌이. 곰처럼 느린 시골 여자, 나와 대등한 여자. 대등한 것이 아니다. 이 여자의 냄새에 의하여 퍼지는 육체는, 육체이면서 육체가 아닌, 나로서는 어찌할 수 없는 자연의 공간, 관념이었다. 남의 코에는 닿지 않을지도 모르는, 나만이 맡을 수 있는, 그리고 냄새가 풍겨오면 희미한 불안과 전율을 불러일으키며, 이미 하나의 여체를 뛰어넘어 추상적인 자연의 공간으로 들어간다. 커다랗고 검은 치마 속, 바다 밑바닥.(3 : 256)

이방근에게 부엌은 혁명의 중추인 프롤레타리아 계급의 성원도 아니고, 근대적 주체로서 남녀가 평등하면서도 동등한 개별 인간도 아니고, 지극히 개인적인 이방근의 후각으로 감지된 채 추상적 자연의 공간이란 관념을 표상하며, 이것은 바닷속 깊은 심연의 밑바닥 이미지와 포개진다. 부엌이 남로당원 세포라는 점을 감안해볼 때 이방근과 부엌이의 육체적 사랑은 '섬'의 혁명에 대한 이방근의 독특한 태도를 보인다. 여기서 일반적 혁명에 대한 이방근만의 태도가 아님을 강조해두고 싶다. 이것은 작품의 대단원의 결미에서 이방근이 멀찌감치 제주 바다를 보며 생을 마감하는 것에 대한 매우 긴요한 해석의 지평을 제공한다. 그리하여 이방근은 섬의 혁명이 현실적으로 실패하는 것을 목도하면서 그의 삶을 내내 짓눌렀고 그의 현존을 깊은 수렁으로 밀어넣었던 허무의 밑바닥을 치고 솟구치는 신생의 죽음을 주체적으로 선택한 것이다.

세 번째 국면은 이렇게 이방근을 옥죄고 있는 허무를 그가 문학적 감동으로 극복하는 모습을 보여준다. 만일 이방근이 다른 섬의 혁명가들처럼 직접 무장대로 참가하여 혁명 활동을 하다가 혁명의 패배에 봉착했다면, 그가 생을 스스로 저버리는 선택은 혁명을 완수하지 못한 실패한 혁명가의 환멸스러운 죽음이든지 그의 죽음을 통해 못다 이룬 혁명의 숭고성을 기리는 혁명의 낭만주의로 이해되기 십상이다. 그렇다고 혁명가의 죽음의 가치를 폄하하는 것은 결코 아니다. 우리는 혁명가의 죽음의 가치를 논의하는 것보다 『화산도』에서 작가 김석범이 성취해내고자 한 것, 즉 허무를 혁명의 차원에서 극복하는 문학적 진실에 주목해본다. 앞서 우리는 이방근만의 독특한 혁명의 참여를 간과하지 말 것을 상기해보면, 절해고도의 고립된 섬에 갇힌 채 육지로부터 섬의 혁명을 지원하는 것이 전무한 현실에서, 섬의 혁명으로부터 낙오된 자들을 일본으로 밀항시키고자 목숨을 건 이방근의 결행은 섬의 혁명에 대한 비관주의적 패배의식이라거나 섬의 혁명을 애써 종결짓고자 하는 반혁명을 수행하는 것과 거리가 멀다. 이방근은 토벌대에 붙들린 남승지를 가까스로 빼내 일본으로 밀항을 시키는데, 우리는 일본에 이미 이방근의 여동생 유원(방근 못지않은 혁명의 동조자)이 있어 남승지와 유원이 섬에서 못다 이룬 사랑을 나누고 그들이 이루지 못한 혁명의 과제들을 실천할 것이라는 기대를 품는다. 아울러 비록 소수이지만 낙오된 섬의 혁명가들이 일본으로 밀항하여 그들 역시 미완의 혁명의 과제들을 제 각기 실천할 것이다. 말하자면, 이방근의 밀항은 작가 김석범의 내밀한 허구의 세계에서 도래할 재일조선인이 감당할 수 있는 혁명적 실천을 수행할 것이라는 문학적 진실을 내포하고 있다.

따라서 밀항은 이방근만의 혁명적 실천이라 해도 과언이 아니다.[21]

때문에 이방근을 따라 다녔던 허무를 극복하는 것은 바로 이와 같은 이방근 개인의 개별적 진실에 기반한 혁명적 실천으로써 설득력이 보증된다. 그럴 때 이방근의 자살은 "현실의 사태 진전이 자신이 계속 살아가는 것을 불가능하게 했다는 것을 의미"[22]하는 절망으로 수렴되는 것도 아니고, "질 것을 각오하는 싸움, 그리고 많은 민중들이 희생될 것을 알면서도 하는 싸움에는 일종의 비장감이랄까, 비극미"[23]를 한층 부각시킴으로써 4·3무장봉기의 존재성 자체에 초점을 두는 것도 아니다. 이방근의 자살이 『화산도』에서, 제주도의 신목神木을 거느리고 있는 산천단의 동굴 앞에서 결행되고 있다는 것은 이방근의 죽음이 제의적 성격을 지닌 채 그 스스로 신생의 역사와 신생의 삶의 지평을 기원하는 희생물로 바쳐지고 있는 것은 대단히 의미심장하다. 여기에는 어떠한 제사장도 없다. 이방근만이 화마가 휩쓸고 지나간 산천단의 벼랑끝에서 화마에도 강인한 생명력으로 신생의 기운을 지피고 있는 "물고기 입처럼 열고 바람에 은은하게 흔들리는 꽃"(12 : 370)의 군락을 완상하고, 동굴 앞으로 돌아와 섬의 혁명을 압살한 살육자들이 뭍으로 돌아간 이후 숱한 주검이 흩뿌려져 있는 오름과 들판, 그리고 마지막으로 와닿은 "아득한 고원의, 보다 저 멀리,

---

21 권성우는 『화산도』에서 이방근을 비롯한 밀항자들의 밀항과 관련한 모습에 주목하고 있다. 그러면서 그는 혁명의 낙오자들을 일본으로 밀항시키는 "이방근의 마음 밑자리에 마지막까지 남은 것은 혁명(항쟁)에 대한 대의보다는 친구들의 고귀한 목숨을 구해야 한다는 가장 원초적인 휴머니즘일지도 모른다"(권성우, 앞의 글)고 언급한바, 이것은 작가 김석범이 재일조선인으로서 밀항에 대해 갖는 복합적이면서 다층적인 접근을 원초적 휴머니즘으로 성급히 단순화시킨 문제점을 보인다. 김석범이 보인 밀항의 상상력은 좀 더 래디컬한 접근이 요구되기 때문이다.

22 나카무라 후쿠지, 앞의 책, 182쪽.

23 김영화, 앞의 글, 324쪽.

초여름의 햇볕에 반짝이는 부동의 바다"(12:370)를 응시하면서 방아쇠
를 당긴다. 이방근은 산천단의 동굴, 곧 제주도의 우주적 자궁으로 회귀한
것이다. 그리하여 이방근의 자살은 작가 김석범으로 하여금 미완의 혁명
으로 마감한 섬의 혁명의 과제를 어떻게 온축하여 새롭게 생성해낼 것인
지에 대한 '또 다른' '섬의 혁명'을 모색하도록 한다.

3. 섬의 혁명가'들'의 미완의 혁명

『화산도』에서 4·3무장봉기는 김성달, 이성운, 강몽구, 남승지, 유
달현, 박산봉 등과 같은 남로당원 조직이 주동이 돼 일어나지만 이 섬
의 혁명은 제주도 민중의 전폭적 지지[24]를 기반으로 하고 있다는 것을
작가 김석범은 예의주시한다.

투쟁은 이미 시작되고 있었다. 무장봉기는 이른바 선전포고나 다름없
었고, 사람들은 묵묵히 그 준비를 생활의 일부로 받아들여 진행시키고 있

---

24 해방공간에서 제주의 남로당 세포 활동을 한 재일조선인 김시종 시인은 4·3을 준비
하였고 4·3이 일어났을 당시 제주 성내에 있으면서 4·3무장봉기에 대한 성내 사람
들의 동향을 다음과 같이 술회한다. "나는 학교에서의 잔무 정리를 핑계로 서둘러 일
을 일단락 짓고 남문 거리로 내려갔는데, 이미 봉기 소문이 퍼져 길거리는 끝이 안 보
이는 인파로 가득 찼습니다. "굉장하다, 대단해! 잘됐다, 잘됐어!" 하며 저마다 밝은
낯으로 환히 웃으며 찬동하고 있었습니다. 내가 집으로 돌아온 저녁 무렵에는 이미
봉기가 '인민봉기'로 불리고 있었습니다. 산으로 들어가 일을 도모한 '산부대'를, 자
신들의 맺힌 것을 풀어주는 '구원의 병사'인 양 친밀감을 담아 이야기했습니다. (…중
략…) 토벌공대가 대거 파견되어 제압에 열을 올려도 민중들은 어디선가 오르는 봉화
를 올려다보며 그들이 자신들의 응어리를 풀어주고 있다고, 진심으로 손을 모아 빌며
공감하고 있었습니다."(김시종, 『조선과 일본에 살다』, 돌베개, 2016, 191~192쪽)

었다. 당연한 일이지만, 그러한 준비는 죽창 제조에만 국한되는 것은 아니었다. 식량 확보를 위한 여성 동맹원(주로 농민이나 해녀들이었지만)들의 활동이 있었고, 또 사람들이 모금운동이 있었다.

　투쟁의 주역은 말할 것도 없이 청년들이었고, 이들을 뒷받침하는 힘은 가족이었다. 가족이라기보다는 대가족주의, 씨족제 사회였으므로 일족(일가 또는 문중)이라고 하는 편이 옳았다. 이러한 가족이 이곳 섬사람들에게는 다양한 형태의 친척이나 인척 관계로 얽혀 있었기 때문에 더욱 넓게 연결되어 있었다. 그러므로 섬 주민들의 의사는 혈연적인 요소로 인해 자식들이 지향하는 방향으로 조직될 수밖에 없는 풍토를 지니고 있었다. 그러나 이런 투쟁의 잰걸음 속에서도 섬을 떠나려는 움직임 또한 이어졌다.(2 : 326)

　이렇게 섬의 혁명은 제주도 특유의 공동체를 지탱하고 있는 문중의 강한 혈연이 서로 뒤얽히면서 "한반도의 분할을 실시하려는 유엔 조선위원회에 반대하는 데모, 남한만의 단독정부 수립을 반대하는 데모, 미소 양군의 동시철수와 조선통일민주정부 수립을 조선 인민에게 맡기라는 데모, 노동자와 농민, 주민의 생활권을 요구하는 데모, 그리고 그 밖의 데모"(2 : 325)를 요구하는 봉홧불을 섬의 오름 오름마다에 피어올린다. 섬의 혁명은 우리에게 낯익은 서구의 혁명이나 중국의 혁명처럼 무산자계급이 계급적 정의를 무기삼아 부르주아 계급의 온갖 핍박과 억압에 맞서 봉기하여 새로운 역사의 변혁을 일궈내는 것과 그 도정이 사뭇 다르다. 제주도의 혁명은 근대적 성격을 갖지만, 그 준비 과정과 실천을 하는 데 위의 인용문에서 단적으로 알 수 있듯, 섬 특유의 전근대적 혈연 공동체가 지닌 강한 결속과 저항의 정신이 섬의 혁명의 골격을 이루고 있다.

『화산도』에는 이러한 속성을 띤 섬의 혁명을 주동하고[25] 혁명의 복판에서 섬사람들과 운명을 함께 하는 혁명가들의 치열한 고뇌와 실천이 매우 핍진하게 그려지고 있다. 그중 남승지와 양준오는 혁명의 대열에 동참한 다른 혁명가들, 특히 당 조직의 논리에 투철한 충성심을 보이는 혁명의 전위들과 사뭇 다른 모습을 보인다.

남승지는 해방 후 일본에 가족을 남겨둔 채 서울을 거쳐 고향 제주도로 귀국하여 4·3이 일어나기 전 신설중학교 교사로서 남로당원 '가두세포街頭細胞'(2:167) 활동을 맡으면서 "미군정청 통역으로서의 양준오를 조직의 선이 닿는 비밀당원으로 만들어야 할 임무"(1:41)를 지고 있다. 그런데 특이한 것은 해방을 맞이한 이후 "재일조선인으로서 조국에 적응하려는 노력"(1:98)에 진력하고 있음에도 불구하고 쉽지 않다. 남승지가 막연히 생각하고 기대했던 해방된 조국의 현실은 한갓 물거품이 되고 말았다. 해방공간의 정치경제적 상황은 한마디로 일본의 식민지 지배와 또 다른 새로운 제국의 지배자인 미국이 군정을 선포했고 미군정은 이승만을 정치적 파트너로 삼아 친일협력자를 재등용함으로써 "'민족반역자'들의 복권 무대가 우선적으로 제공"(1:69)되면서 38도선 이남만이라도 단독정부를 세워야 한다는 이상 난기류가 흐르고 있다. 이런 혼란스러움 속에서 남승지는 "조국의 현실과 재일조선인인 자신과의 거리를 메우기 위한 노력"(1

---

25 4·3무장봉기가 제주도 남로당에 의해 일어난 후 당 조직은 같은 해 4월 15일 도당부 (道黨部) 대회를 소집하여 투쟁방침을 결정하는데, 그 의의는 다음과 같이 세 가지로 정리할 수 있다. ① 4·3무장봉기는 당노선에 대한 돌출물이 아니다. ② 4·3무장봉기는 중앙당부에서 계획하고 통제한 게 아니다. ③ 하지만 중앙당부는 4·3무장봉기를 기정사실로 승인할 수밖에 없었던 것으로, 당 중앙 노선에 귀일시켜야 한다. 이에 대해서는 하성수 편, 『남로당사』, 세계사, 1986, 223~224쪽.

: 104)에 신열身熱을 앓고 있다.

이러한 그의 실존적 고뇌는 강몽구와 함께 혁명의 자금을 모으기 위해 일본으로 밀항하여 목도한 현실들, 가령 고향 제주도의 혁명 투쟁에 대한 심정적 및 물질적 지원을 아끼지 않는 재일제주인의 연대 못지않게 미군정 점령 아래 '평화혁명'(3 : 26)의 노선을 취하는 일본 공산당의 입장이 "얼마나 조국과 동떨어진 현실"(3 : 27)인지를 체감하면서 한층 조국의 현실에 맞는, 그리하여 제주도의 현실에 착근한 혁명의 당위성과 그 실천에 기투企投하는 결심을 행동화한다. 남승지의 이 같은 일본에서의 경험과 판단은 이후 이방근과의 치열한 논쟁에서 혁명과 이 혁명을 조직하고 실천할 당 조직의 존재에 대한 신뢰를 좀처럼 거두지 않는데서 드러난다. 그것은 패전 후 어떻든지 표면적으로 평화로운 모습을 보이는 일본의 전후와 전혀 다른, 달리 말해 조선의 자력으로 쟁취하지 못한 독립과 온전한 자주민족독립국가를 세우지 못한 채 한반도를 중심으로 전개된 국제사회 냉전체제의 희생양으로 전락하고 있는 조국의 현실은 너무도 다른 대응을 요구하기 때문이다. 그것은 남승지에게 고향 제주도에서 일어날 혁명으로서 무장봉기에 참가하는 필연성을 제공하는 바 그는 섬의 혁명가로 거듭난다.

그런데 그가 동료 혁명가와 구분되는 점이 있다면 해방직후 서울에서 목도한 해방공간의 모습과 재일조선인으로서 살아온 자신 사이의 위화감과 거리감을 통해 남승지 특유의 비판의식을 보인다는 사실이다. 이것은 이방근의 냉소적 비판의식과는 다르지만 혁명의 대열에 동참한 혁명가의 대부분이 당 조직의 기율과 논리, 비록 그것이 절대성과 교조성으로 비판을 받을지언정 당 조직에 대한 투철한 충성과 복종에는 변함이 없는데 반해 남승지는 당 조직을 신뢰하지 못하고 배반하지는 않더라도 당 조직이 초래할 수 있는 위험에 대해 비판의식을 보인다.

'반혁명', '반동'……. 때로는 소름을 돋게 하고 전율을 불러일으키는 이 말이 지닌 주박(呪縛)의 힘은 무엇일까. 요즘에는 적들이 '좌익극렬분자', '반동'이라며, 좌익세력을 반동이라 부르고, 중앙지에서도 주먹만 한 표제로 내걸고 있었다. 반동, 그때 고원 쪽으로 불던 바람 속에서 이방근이 말했었다. ……실천, 현실, 그리고 혁명, 당……이 얼마나 주문 같은 힘을 지닌 말인가. 실천보다도 먼저 말이 사람을 죽인다……. 그렇게 말했다. 남승지는 낮게 신음했다. 말이 사람을 죽인다. 혁명이 아니라 '혁명'이라는 말이 사람을 죽인다. 말이라는 괴물…….(4 : 247)

남승지의 이 같은 고뇌를 그가 동참하고 있는 혁명에 대한 회의적 시각으로 이해해서는 곤란하다. 앞서 논의했듯이 남승지는 혁명에 동참하기 위한 실존적 고뇌에 천착하면서 결단을 내린 만큼 섬의 혁명 자체를 냉소적·회의적·비판적 시선으로 보지 않는다. 다만 그가 두려워하고 경계하는 것은 실체로서 혁명보다 말言語, 즉 혁명에 대한 온갖 분식粉飾을 구성하는 것들이 혁명을 욕보이고 혁명을 추하게 하고 그래서 그 분식된 혁명의 말이 생명을 압살하는 폭력이다. 그때, 혁명의 말은 비정상성을 조장하고 정상성을 구속하여 압살하는 '괴물'로 둔갑한다. 해방공간의 섬에서 정상성을 압살하는 반공주의가 그것이고, 현실에 착근하지 못한 채 당 조직의 절대성과 교조성을 옹호하는 의사擬似혁명주의가 그것이다.

작가 김석범은 이방근과 또 다른 혁명적 실천이 지닌 문학적 진실을 혁명가 남승지에게서 발견한다. 그러면서 김석범은 당 조직의 결정에 따라 입산을 선택한 양준오를 주목한다. 양준오는 제주도 미군정청에서 통역을 담당하다가 제주도지사 비서 역할을 수행하고 있는 남로당 비밀 당원이다. 작품 속에서 양준오의 역할이 단적으로 보여주듯 그는 미군정과 제주도 행정에 관련한 정보를 당 조직에게 넘기는 첩보 역할을 충실히 다 하는 일종의 세포다. 따라서 무장봉기에 직접 참가하는 것과 달리 상대적으로 안전을 보증받는다. 하지만 양준오는 무장봉기 대열에 참가하기 위해 입산을 선택한다. 양준오의 결정과 선택을 이해하기 위해 이방근과 나눈 얘기를 음미해보자. 이방근은 섬의 혁명이 현실적 패배로 기울어지고 있는 여러 객관적 정황[26]—"농촌지역을 해방 지구로 만들어 성내를 포위한다는 중국식 혁명의 도식과 계획"(10 : 247)의 비현실성, "게릴라 사령관의 탈출에서 볼 수 있듯이, 뒷 수습을 하지 않는 무책임한 투쟁",(10 : 248) 요컨대 "승산 없는 모험적인 방식과 싸움을 지속할 장기적인 전망이 없는, 무계획적인 방식"(10 : 248)— 을 조목조목 얘기하면서 양준오의 입산을 단호히 반대한다. 이에 대해 양준오는 "조직원으로서, 주관적인, 개인적인 자유가 아니라" "조직의 결정에 따라 행동할 의무", 즉 "자신의

---

26 사실, 4·3무장봉기를 일으킬 무렵 제주도 남로당은 신진세력들이 핵심세력으로 자리잡고 있었고 당시의 급박한 정세는 무장투쟁을 반대하는 의견을 강하게 제시할 만한 상황이 아니었다고 한다. 그 당시 제주도당 지도부에 있던 이운방의 증언에 따르면 4·3무장봉기의 사령관 김달삼은 다음과 같은 판단을 한바, 혁명 초기에만 하더라도 다소 낙관적 전망을 지니고 있었던 것은 아닐까. "당시 당선을 저지해야 한다는 인식이 팽배해진 상황에서 제주도 봉기는 일종의 기폭제가 되어 전국적인 봉기를 유발시켜 제주도에 진압병력을 추가로 내려보내지 못할 것이라고 파악하였다. 남로당 세포가 많이 들어가 있던 국방경비대는 중립을 지킬 것이고 그러면 경찰력만으로는 진압이 어려울 것이라고 예상하였다. 미국 또한 국제문제로 화할 염려가 있기 때문에 직접적으로 진압에 관여하지는 못할 것이라고 인식하였다."(양정심, 「주도세력을 통해서 본 제주 4·3항쟁의 배경」, 역사문제연구소 외편, 『제주도 4·3연구』, 역사비평사, 1999, 93쪽)

의사로 선택한 의무"(10 : 251)를 거듭 강조하면서 입산을 선택한다. 양준 오의 이 선택에서 쉽게 간과할 수 없는 것은 "제 안에 있는 조직"(10 : 234)에 스스로 기투하는 주체적 결단이다. 양준오라고 이방근이 설파하는 섬의 혁명을 위협하는 객관적 정황을 모르겠는가. 미군정과 도지사 행정비서로서 무장봉기 초기부터 진행되는 일련의 토벌작전으로 인해 야기된 언어절言語絶의 참상[27]을 누구보다도 잘 알고 있는 그다. 이 모든 객관적 사실을 염두에 둔다면, 분명 4·3무장봉기로 폭발한 섬의 혁명은 초기 단계에서 보인 전도민의 전폭적 지지와 성공을 향한 정동情動, affection이 폭발적 위력을 드러냈지만 점차 혁명의 위기와 혼돈이 가속화되면서 섬은 "지옥의 형상"(5 : 396)으로 변하고 있는 것[28]을 양준오는 이방근 못지 않게 인식하고 있다. 그럼에도 불구하고 양준오는 섬의 혁명에 동참한 "모두는 승리를 믿고 있습니다"(10 : 250)고 자기주문을 건다. 패배하고 있는 게 역력한 데도 승리를 믿고 있다는 것, 이것은 혁명의 무모함과 현실을 방기한 낭만성(혹은 낙천성)으로 이해하기보다 '제 안에 있는 조직'에

---

27 『화산도』의 시공간인 4·3 초기(1948.4~1949.6)에 상당히 많은 학살이 제주 곳곳에서 일어났다. 4·3의 피해상황에 대해서는 여야합의로 채택한 제주4·3사건진상조사보고서작성기획단이 작성한 『제주4·3사건 진상조사보고서』, 제주4·3사건 진상규명 및 명예회복위원회, 2003, 363~532쪽 참조.

28 다음 4절에서 구체적으로 논의하되 4·3 무렵 섬에서 자행된 죽음은 토벌대뿐만 아니라 무장대에 의해서도 일어났다. '지옥의 형상' 그 이상도 이하도 아니다. "여기 제주도에서도 게릴라가 도민을 죽인다. 가차 없는 탄압과 학살의 공포는 도민들이 게릴라를 떠나도록 재촉하고 있었다. 중산간지대의 부락 소각에서 가까스로 학살을 면한 마을 사람들은 살림살이를 잃고 방황하며, 낮에는 군경의 추적을 피하기 위해 동굴에 숨고, 밤에 부락으로 돌아오면 군경의 앞잡이라고 해서 게릴라의 야습을 당한다. 거점부락의 소각으로 민중으로부터 갈라진 게릴라는 한층 고립이 심화되었고 희망에 대한 커다란 탈출구로 보였던 여수·순천 봉기가 패배함에 따라 점점 궁지로 몰리게 되었다. 물자공급 루트가 끊긴 게릴라에 의한 식량 약탈(그들은 그것을 '식량 투쟁'이라고 칭했다)과 학살이 도민을 반게릴라로 몰고 갔다."(11 : 212)

기투한 자의 자기구원을 위한 결단으로 이해하는 게 온당하다. 섬의 해방 공간에서 동료 선후배들이 혁명 대열에 동참하는 움직임을 목도하는 양준오는 비록 당의 조직이 입산을 결정하게 한 원인이지만 그것을 실행에 옮기는 것은 어디까지나 양준오 개인의 주체적 선택과 결단이 서지 않고서는 쉽지 않은 일이다. 이것을 한 개인의 윤리의 문제로 파악하지 않고 섬의 해방공간에서 일어나고 있는 정치사회적 맥락과 연동된 당 조직과의 연관 속에서 주체적 선택으로 동기화하는 것을 통해 당 조직이 추상적 관념으로 변전變轉된 조직, 곧 '제 안에 있는 조직'의 문제로 파악하는 것은 작가 김석범이 창조해낸 또 다른 섬의 혁명가의 모습이다. 양준오의 이러한 선택과 결행은 섬의 또 다른 혁명가에 대한 작가의 고뇌어린, 『화산도』의 허구의 세계에서 창조해낸 곡진한 인물이 아닐 수 없다.

여기서, 남승지와 양준오가 인텔리로서 섬의 혁명가로서 개성적이고 웅숭깊은 모습을 보여주고 있다면, 한대용은 다소 특이한 이력을 지닌 채 섬의 혁명에 동참한다. 한대용은 일제 시대 남방 열대지역에서 일본군 군무원軍務員이었다가 일본 패전 후 연합군에 의해 전쟁범 취급을 당하면서 고초를 겪었다. 그는 4·3무장봉기가 일어난 후 무장봉기에 동참하고 싶었으나 당 조직에서는 그의 식민지 시절 이력을 이유로 혁명의 대열에 참가하는 것을 허락하지 않는다. 미루어 짐작하건대, 무장봉기 초기 단계에서 당 조직은 혁명의 순수성을 지키기 위해 일제에 협력한 이력이 있는 한대용을 혁명에 참가시키지 않는 것이다. 끝내 한대용은 당 조직의 불허로 게릴라 활동을 하지는 못하고 이방근과 함께 당 조직과 무관하게 혁명으로부터 낙오된 자들의 목숨을 살려내는, 일본으로의 밀항선을 운영한다. 사실, 한대용의 면모는 『화산도』에서 자칫 간과하기 쉽다. 섬의 혁명 주도 세력도 아니고 혁명에 동참하는 민중도 아닌 주변부적 존재로 생각하기 십상이다. 하지만 흥미로운 것은 앞장에서 이방근의 밀항선 운영이 갖는 의미를 주목했듯이 한대용이 당 조직의 불허로 그가 하고 싶었던 게릴라 활동은 하지 못했으나 그렇다고 그가 혁명적 실천과 무관한 것은 결코 아니라는 점이다. 한대용 또한 이방근처럼 그만의 방식으로 섬의 혁명에 동참한 것이다. 여기서, 한대용이 이방근과 함께 밀항선을 운영했다는 그 자체가 중요한 게 아니라 한대용을 그럴 수밖에 없도록 한 원인遠因을 생각해보아야 한다.

우리는 의문을 가질 수 있다. 작가 김석범이 하필 한대용을 등장시킨 이유는 무엇일까. 대하소설이다보니 서사의 흥미를 배가시키기 위해 여러 유형의 인물이 필요할 것이고 그래서 등장시켰다? 이렇게 생각하기에는 석연치 않은 면이 있다. 한대용이 남방에서 일본군 군무원이었다는 점, 일본의 패전 후 연합군은 그를 "전범용의와 전범의 추궁을 위해"(5 : 175) 싱가포르 창기형무소에서 수감시킨 채 그와 같은 조선인 일본군 군무원을 짐승처럼 학대하고 심지어 "개죽음"(5 : 175)으로 몰아간 점을 고려해보면, 한대용이란 인물이 함의한 문제의식은 결코 사소하지 않다. 한대용이 이방근에게 쏟아낸 넋두리를 간략히 정리하면, 일제 시대 제국 일본을 위해 남방에서 일본군 군무원으로 일하면서도 일본군은 조선인을 일본의 국민으로서 취급한 게 아니라 식민 지배를 받는 제국의 노예로서 취급하였고, 패전 후 연합군은 조선인을 일본인으로 간주하여 전범으로 취급하는 것도 모자라 아시아 유색인종에 대한 차별적 혐오를 조선인에게 서슴없이 드러내면서 목숨까지 앗아갔다. 말하자면, 한대용은 일본제국의 민족 차별과 연합군, 특히 백인 점령군의 노골적 지배욕을 드러낸 인종차별과 문명 차별 의식 등이 혼재된 폭압을 견디며 살아남은 서벌턴이라

해도 과언이 아니다. 이러한 서벌턴은 그의 고향 제주도에서 일어난 무장봉기에서마저도 당 조직으로부터 불허당하는 차별적 대우를 감내할 처지에 놓인 셈이다. 이 같은 점을 고려해볼 때 작가 김석범의 문제의식은 매우 날카롭다. 이것은 다시 말해 표면적으로는 섬의 혁명의 순수성을 훼손시키지 않으려는 당 조직의 염결성과 엄격성을 가리키지만, 한대용과 같은 20세기 전반기 서벌턴의 구체적 현실을 섬세히 이해하지 못하는 당 조직의 경직성을 향한 준열한 비판적 문제제기가 아닐 수 없다. 이것은 보다 심층적으로 이해할 때 해방공간에서 맞닥뜨린 제국과 식민지의 지배와 협력의 복잡한 결들을 당 조직에서 충분히 고려하지 못한 채 혁명을 준비했고 실천해나갔다는 것을 성찰하도록 한다. 우리는『화산도』의 허구 세계에서 한대용으로 표상되는 인물이 게릴라 활동을 하지 못한 맥락을 탐구함으로써 해방공간의 다양한 서벌턴에 대한 문제를 숙고하게 된다.

이렇게 해방공간에서 서벌턴 한대용은 그의 문제성을 안고 이방근과 함께 자기만의 방식으로 섬의 혁명에 동참하는 또 다른 혁명가의 모습을 흥미롭게 보인다.

4. 반反혁명 권력의 폭력 양상

『화산도』에서 집중하는 섬의 혁명과 문학적 진실을 탐구하는 데 반혁명 권력의 폭력 양상에 대해 주목하는 것은 대단히 중요하다. 반혁명 권력의 실체가 작가에 의해 드러나는 것을 통해 섬의 혁명 안팎을 좀 더 다각적으로 살펴볼 수 있다. 이와 관련하여, 우리는 작중 인물 유달현과 정세용, 그리고 서청을 포함한 미군정에 초점을 맞춰본다.

　유달현은 일제 시대 전형적 친일협력자였다가 해방공간에서는 전향을 하여 투철한 남로당원으로서 활동을 한다. 특히 칩거하고 있는 이방근을 찾아가 4·3무장봉기의 전조前兆를 알려주면서 "특별(비밀)당원으로 포섭하기 위해 공작을 꾸미"(1:182)는데 열심이다. 이러한 유달현을 이방근은 비판적 거리를 두면서 신뢰하지 않는다. "해방 직후 좌익만능의 상황에서, 아무런 생각도 없이 입으로만 '혁명'을 외치거나, '혁명' 앞에 '반反' 자를 붙이기만 해도 상대방을 단죄함으로써 자신의 입장을 절대화하려는 의식구조 자체를 이방근은 경멸했"(1:182)기 때문이다. 이방근에게 비쳐진 해방공간에서의 유달현의 전향은 여러모로 미심쩍다. 남승지도 유달현에 대해 의구심을 갖는다. 남승지가 일본에서 섬의 혁명 준비 자금을 모금하기 위해 그의 형으로부터 유달현이 전향하기 전 일본에서 야나기자와 다쓰겐이란 이름으로 충실한 친일협력자 노릇(표창까지 받을 정도)을 한 사실을 듣는데, 유달현은 일본에서 그의 친일협력 이력을 철저히 지워버린 채 해방공간의 조국으로 돌아와 남로당원으로서 섬의 혁명에 연루하고 있는 것이다. 작가 김석범은 남승지의 시선을 빌려 유달현과 같은 친일협력자로부터 공산당원으로 급전향한 것에 대해 비판적 문제의식을 보인다. 그것은 전향 그 자체이기보다, 즉 "과거를 문제 삼는다기보다도, 그 과거를 감추고 흔적도 없이 지워 버리려는 태도에 문제가 있다"(6:390~391)는 비판이다. 달리 말해 유달현과 같은 친일협력자로부터 전향한 이들이 진정으로 자신의 과거가 부끄럽고 치욕스럽다면 그것을 은폐하지 않고 정면으로 응시하여 철저한 자기비판을 두려워하지 않아야 하는데 실상 그렇지 않은 점에 대해 작가는 문제를 제기한다.

실제로 유달현은 섬의 혁명이 점차 패배로 기울어지자 성내의 당 조직 정보를 토벌대에게 팔아넘긴 후 일본으로 밀항하여 제 목숨을 살리고자 한다. 유달현이 보기에 혁명의 권력은 머지않아 쇠락할 것이고, 반혁명의 권력이 득세할 것처럼 보였기 때문이다. 유달현은 이방근과의 논쟁에서 당 조직의 절대성에 충성하는 모습을 보였지만 그것은 해방공간의 혼돈 속에서 유달현이 살아남는 처세술로써 기만의 수사학이었던 것이다. 물론, 여기에는 유달현이 숨기고 싶어하던 친일협력자로서 제국의 권력이 해방공간에서도 그 위력을 상실하지 않은 채 미군정과 이승만에게 재등 용되었다는 점, 그리하여 한때 공산당원으로 전향한 친일협력자이지만 반공주의로 재전향하는 친일협력자에게 또 다시 소생할 수 있는 권력을 부여한 해방공간의 정치사회적 모순을 직시해야 할 것이다. 그래서 유달현이 팔아넘긴 성내 당 조직 정보로 인해 혁명 진영 내부의 의심과 동요는 당 조직뿐만 아니라 섬의 혁명과 직간접 관련한 모든 이들을 죽음의 공포로 억압한다. 이방근은 유달현의 이 용서할 수 없는 죄를 단죄하고자 밀항하는 유달현을 붙잡아 심문審問한 것이다.

"이봐, 유달현, 잘 들어. 난 영원을 믿지 않는 인간이야. 생명의 영원함도 없어. 자네 생명도, 내 생명도 영원하지 않아. 왜 제주도 사람은 살해되어도, 포학, 기아에 허덕여도 그저 가만히 있어야 하는가. 죽음으로써 영원한 생명을 얻기 위해서인가. 난 지는 싸움이 될 게릴라 투쟁에 찬성하지 않지만, 무저항주의는 아니야. 영원한 생명을 믿는 자가 아닐세. 모든 죽음은 살아 있는 자, 생을 위해서만 있는 것이고, 죽은 자는, 살아 있는 자 속에서만 사는 거지. 영생이 있다면, 그것이야. 살아 있는 자 안의 기억이지. 단지 살아 있는 사람을

위해. 그리고 궁극의 멸망에 이르러……."(11 : 324)

"나 개인은 보복의 단순한 수단이고, 보복의 의지는 제주도민 전원의
것이야. 제주도이자 세계이고, 나를 초월한 보편적인 것일세. 자넨, 놈들
의 대리자야……."(11 : 325)

작가 김석범은 이방근을 통해 유달현으로 표상되는 기회주의, 그것
도 타인의 생목숨을 맞교환하여 자신의 목숨을 구하고자 하는 기회주
의의 기만을 응징한다. 무엇보다 자신이 충성을 다 하는 조직의 정보
를 팔아넘기는 행위가 숱한 타인의 생명을 위협하고 앗아갈 수 있다는
것을 알면서, 그리하여 자신의 생명의 영원을 구하려는 그 시도가 도
로徒勞에 불과할 뿐임을 인식하지 못하는 우매함을 준열히 꾸짖는다.
중요한 것은 온갖 역경과 난경 속에서도 살아 남는 자들의 생 속에서
영원한 삶이 있다는 사실이다. 그리고 이 모든 것으로부터 도피하지
않고, 이것들을 '기억'하는 치열한 투쟁을 멈추지 않는 것이야말로 유
달현이 미처 깨닫지 못한 혼돈의 세상 속에서 생명의 영원을 추구하는
것이다. 이를 방기한 유달현을 작가는 이방근의 개인적 보복이 아니라
제주의 섬 혁명이 함의한 세계보편적인 것으로 보복한다. 이것은 『화
산도』와 김석범 문학의 철저한 보복이다.

『화산도』에서 반혁명 권력으로 김석범 문학의 또 다른 보복 대상은
정세용이다. 정세용은 이방근의 모계 쪽 친척으로 그 역시 전형적 친
일협력자로서 미군정이 경찰로 재등용한 것을 계기로 "해방 이후 남한
사회의 권력구조 자체"(2 : 270)에 적극적으로 편승하려고 한다. 정세용

의 권력욕망은 4·3무장봉기 초기 단계에서 이른바 4·28평화회담을 일부러 음해하고 그것을 곡해하도록 하는 결정적 역할을 수행하면서 그 또한 유달현 못지않게 도저히 용서할 수 없는 죄를 저지른다. 정세용의 입장에서 단독정부 수립을 반대하고 친일잔재의 청산과 미군정의 지배를 반대하는 혁명 세력을 토벌하는 것은 서로 상극의 속성을 띤 권력 주체 사이의 대립·충돌이라는 점에서 상식이다. 문제는 자신의 권력욕망을 위해 자신의 고향에서 엄청난 학살이 일어날 수 있음에도 불구하고 평화를 향한 진실을 은폐하고 사실을 조작하고 거짓을 진짜로 둔갑시키는 파렴치한 짓을 저질렀다는 점이다.

작가의 매섭고 준열한 심판은 정세용도 예외가 아니다. 사실, 4·28평화회담이 정상적으로 진행됐다면, 그래서 무장대와 토벌대 사이에 평화협정이 맺어졌다면, 섬의 혁명은 이후 극단적 유혈사태로 번져나가지 않았을 것이다.[29] 이방근은 이 점이 매우 안타깝다. 때문에 이 평화회담을 망친 역할을 맡은 정세용을 친척이라 하더라도 용서할 수 없는 것이다. 이 분노는 이방근이 직접 권총으로 정세용을 사살하는 데서 극적으로 표출된다. 유달현을 응징할 때와 양상이 다르다. 유달현을 응징할 때 이방근은 그를 밀항선 마스트에 묶어놓은 채 밀항선에 탄 제주 사람들의 손에 죽도록 하였다면,

---

29 이와 관련하여 김시종은 최근 그의 자서전에서 무장대 사령관 김달삼이 4·28평화회담을 진의를 갖고 임했다고 하면서, 김달삼의 진의를 다음과 같이 직접 인용한다. "귀순과 무장해제가 끝나 모든 약속이 준수·이행된다면, 나는 당당히 자수하고 모든 책임을 지겠다. 그리고 법정에서, 이번 행동이 자위를 위한 정당방위였다는 사실과 경찰의 압제·만행을 만천하에 공표하겠다."(김시종, 『조선과 일본에 살다』, 돌베개, 2016, 200쪽) 지나간 역사의 테이프를 다시 돌려감을 수 없지만, 김달삼의 진의가 당시 여러 권력의 역학 관계 속에서 훼손된 것은 안타까울 따름이다. 어떻게 보면, 김달삼의 진의가 받아들여졌다면, 김달삼은 제주도 특유의 민란의 '장두' 몫을 충실히 수행함으로써 다수 민중의 억울한 죽음과 학살을 피해갈 수 있었으리라.

정세용은 이방근이 직접 죽인 것이다. 그만큼 작가 김석범에게 정세용으로 표상되는 반역사적 권력은 매우 단호한 문학적 보복의 대상이다. 이것을 단순하게 섬의 혁명에 대한 반혁명 권력 자체를 응징한 것으로 보아서는 번짓수를 잘못 짚은 이해다. 다시 강조하건대, 김석범 문학의 보복은 정세용으로 표상되는 반혁명 권력이 혁명 세력을 악의적으로 이용함으로써 오히려 해방공간에서 생성되고 재구축되는 정치사회권력을 공고히 하는 데 숱한 생명을 압살하는 그 폭력의 양상이다. 이 폭력에 대해 김석범은 이방근으로 하여금 직접 보복하도록 한 것이다. 물론, 이러한 타살他殺의 형식을 통한 보복에 대해 이방근은 그 특유의 번뇌에 사로잡힌다. "그러나 그렇지 않다. 정세용은, 스스로도 가담하여 만들어 낸 이 학살의 땅에서, 살해당하는 것이 당연하다고 납득하는 마음이 불쑥 일어났다"(12 : 318)고 타살의 보복이 갖는 정당성을 이방근과 김석범은 추스린다.

여기서, 우리가 간과해서 안 되는 것은 유달현, 정세용으로 표상되는 반혁명 권력의 폭력 안팎을 이루고 있는 것[30]은 서청과 미군정이다. 1946년 11월 30일에 결성된 서북청년회는 "전투적인 반공산주의자들"[31]이 모인 극우 청년단체인데, 서청은 스스로 "한 단계 높은 반공이념의 확립과 투쟁, 민주국가의 건설"을 위해 "새로운 조국 건설의 전위대를 맡는 영광을 짊어지고 있"(4 : 28쪽)다는 것을 대의명분으로 삼아 1947년 3·1시위

---

30 필자는 유달현과 정세용을 나눠 그 반혁명의 폭력 양상을 주목했다. 기실 유달현과 정세용은 서로 분리할 수 없는 권력의 유착관계를 갖는데 이것은 그들이 급변하는 해방공간의 혼돈 속에서 새로 구축되는 남한의 정치사회권력을 공모하여 소유하는 것과 다를 바 없다. 이것은 또한 김종욱이 예각적으로 이해하고 있듯, "유달현과 정세용의 결탁과 공모는 개인적인 비윤리성의 문제이기도 하지만, 38선을 경계로 분단체제가 성립되는 과정을 닮았다."(김종욱, 앞의 글, 87쪽)

31 이주영, 『서북청년회』, 백년동안, 2014, 9쪽.

직후 제주도에 들어온 이후 1948년 4·3무장봉기를 토벌한다고 하면서 토벌대뿐만 아니라 무고한 제주도 양민들의 목숨을 무참히 앗아가는 만행을 저지른다.[32] 『화산도』에서 서청의 폭력적 양상은 매우 사실적으로 그려지고 있는데, 서청이 자행하는 반혁명 권력의 폭력 양상이 얼마나 섬 공동체의 근원을 파괴시킬 것인지에 대한 징후로 읽어도 무방하다.

이러한 제주도 섬 공동체의 근원에 대한 절명과 파괴의 위협을 작가는 미군정의 존재로 뚜렷이 지적한다. 이 점은 재일조선인 작가가 일본에서 이념의 억압과 검열이 한국사회보다 비교적 자유로운 이점을 최대한 활용한 문학적 성취가 아닐 수 없다.[33] 새삼 강조할 필요도 없듯, "전후세계가 처음으로 목격한 것은 이 잊을 수 없을 정도로 아름다운 섬에서 민족자결과 사회정의를 위해 싸우던 도민에 대한 미국의 무차별한 폭력"[34]이 주도면밀히 자행된 것이다. 그 한 폭력의 양상은 다음과 같다.

그래, 함포사격인 것은 확실해졌지만, 슬프고도 우스꽝스러운 느낌이

---

32 서청은 미군 방첩대의 후원으로 활동하면서 미군정으로부터 대북 공작 활동 면에서 그 쓰임새를 인정받고는, 제주 4·3사건 이후 육군정보국, 유엔군 유격대 KLO부대, 한국군 유격대 호림 부대 등에서 활약한다. 호림부대원들 대부분 4·3사건 당시 경찰 병력으로 투입된 경험이 있다. 서청과 미군정 및 이승만의 협력 관계에 대해서는 윤정란, 『한국전쟁과 기독교』, 한울엠플러스, 2016, 226~240쪽 참조. 그런데 특기할 만한 사실은 서청이 미군정과 이승만에 의해 군인과 경찰에 속속 등용되고 있다는 점이다. 이렇게 등용된 서청은 4·3무장봉기의 토벌대로 제주도에 들어와 무자비한 학살을 자행한다. 서청의 경찰 등용과 그로 인한 제주 학살의 실태에 대해서는 제주4·3사건진상 조사보고서작성기획단, 앞의 책, 2003, 266~275쪽.

33 이 문제는 『화산도』를 거울 삼아 한국의 4·3문학 전반이 답보 상태를 극복하기 위해 그동안 축적된 미군정과 미국의 4·3개입 양상에 따른 자료를 토대로 하여 향후 치열한 산문정신으로 4·3문학의 새 지평을 모색할 과제로 아무리 강조해도 지나치지 않다. 고명철, 앞의 글, 135~137쪽.

34 브루스 커밍스, 「제주도 4·3사건과 미군정」, 김석범·김시종, 이경원·오정은 역, 문경수 편, 『왜 계속 써 왔는가, 왜 침묵해 왔는가』, 제주대 출판부, 225쪽.

사라지지 않는 것은, 이 나라 어디에 군함이 있고, 군함에 장치한 포가 있는가, 이 모든 것이 미군의 것……이라는 생각이 묘한 웃음을 자아낸 것이었다. 고향 땅의 해상으로부터 포탄은 어디로? 일본군이 아닌, 섬의 게릴라에게로, 도민에게로, 성문을 열고 외적을 들여 동족을 죽이는 방법은 역사상 여기저기에서 사용돼 왔는데, 지금 제주도에서 일어나고 있는 사태는 그것이었다. 이 땅이 암흑의 중세라 치고 참아야만 하는가.(12 : 193)

그런데 위 장면과 오키나와에 대한 미군의 무자비한 함포 공격이 포개진다. 미국은 제2차대전 끝 무렵 일본의 항복을 받기 위해 오키나와를 점령하는데 그때 오키나와를 공격한 함포 사격은 시간이 흘러 다시 제주를 향해 포문을 연 것이다. 이번에는 미군이 직접 제주도를 점령하는 모양새를 취하지 않고 이승만과 서청의 배후에서 미국의 동아시아 냉전체제 질서를 구축하기 위한 목적으로[35] 친미성향의 정부를 세우는 것을 적극 지원하는 군사적 행동을 취한다. 『화산도』에서 조명되는 미군정의 이 같은 제주도 공격과 배후 작전을 통해 작가는 섬의 혁명이 남한만의 단독정부를 세우는 것을 저지하는, 그래서 개별 국민국가를 건립하는 데 뒤따르는 민족 구성원 내부의 문제로만 파악되어서는 곤란하고, 무엇 때문에 미군정과 미국이 집요하게 해방공간의 한반도의 정치사회 문제에 관심을 보이고 적극 간섭했는지에 대한 다층적이고 심층적 이해가 절실하다는 문제의식을 문학의

---

35 이와 관련하여, 제주도의 전략적 군사 기지가 갖는 의미에 대해 허호준, 「냉전체제 형성기의 국가건설과 민간인 학살―제주 4·3사건과 그리스내전의 비교를 중심으로」, 제주대 박사논문, 2010, 71~85쪽.

힘으로 보여주고 있다.

5. 한국문학에 제기하는 『화산도』의 과제

이 글은 김석범의 대하소설『화산도』가 제기하고 있는 풍요로운 문제의
식들 중 혁명과 문학에 대한 면을 이방근, 남승지, 양준오, 한대용, 유달현,
정세용, 서청, 그리고 미군정 등에 초점을 맞춰 논의하였다. 이 논의를
통해 일제로부터 독립 후 아직 온전한 자주독립국가를 세우지 못한 혼돈
속에서 한반도를 비롯한 동아시아를 중심으로 새롭게 재편되는 동아시아
의 냉전체제 속에서 제주도가 한반도의 부속 도서란 섬의 지역성에 갇히지
않고 국민국가와 그 정체政體들 사이에 재구축되는 국제질서의 숨가쁜 현장
이라는 점을 상기해준다. 따라서 이러한 현실을 매우 다각적이면서도 심층
적으로 접근하고 있는 김석범과『화산도』는 문학의 힘이 보여줄 수 있는
극치를 보여준다.

이 글의 서두에서도 언급했듯이,『화산도』의 전권이 그동안 한국어로
완역되지 않아 한국문학의 비평과 연구에서 사각지대로 놓이든지 그나마
축적한 연구 성과들이『화산도』의 전모가 아닌 상태에서 제출된 태생적
문제점을 안고 있을 수밖에 없다면, 이후『화산도』에 대한 한국문학의
연구는 본격적으로 수행되어야 할 것이다. 이것은 기회가 있을 때마다
강조되곤 하였으나, 4·3을 화석화化石化하는 게 아니라 그 미래의 가치를
늘 래디컬하게 성찰함으로써 미완의 혁명으로 현재진행중인 '평화'를 향한
해방의 가치를 갈고 다듬어야 한다. "민족자주화와 민주주의, 분단체제

해체와 민족통합은 4·3의 인권정신, 평화이론, 생명사상을 발양하기 위한 구체적 경로요, 방법"[36]인바, 『화산도』의 언어들 사이에 숨쉬는 미완의 혁명이 지닌 가치를 어떻게 새롭게 발견하는가 하는 문제는 이제 한국문학이 감당해야 할 숙명적 과제임을 아무리 강조해도 지나치지 않을 것이다. 또한 그동안 일본어로 유통된 『화산도』가 일본문학의 독점적 연구 영역을 벗어나, 일본문학 연구와 생산적 논쟁의 장을 마련해야 할 것이다.

끝으로, 바람이 있다면, 『화산도』에서 추구되는 섬의 혁명과 문학적 상상력의 문제의식을 세계문학의 또 다른 문제틀로 탐구하고 싶다. 추후의 과제로 남겨본다.

---

36 허상수, 앞의 책, 342쪽.

김석범의 '조선적인 것'의
문학적 진실과 정치적 상상력
김석범의 『화산도』 연구 2

1. 김석범의 '조선적인 것'을 이해하기 위해

　　재일조선인 작가 김석범金石範(1925~)의 대하소설 『화산도』 전권이
2015년 한국어로 완역 출간된 이후 한국의 독자들은 비로소 김석범
문학의 본격적 실체를 대면하게 되었다.[1] 그동안 일본문학 연구자들을
통해 간헐적으로 『화산도』의 역사적 및 문학적 가치에 대해 귀동냥해
오던 터에 그 전모를 접함으로써 재일조선인문학이 성취해내고 있는
문학적 진경에 전율하지 않을 수 없다.[2] 무엇보다 조국의 모어가 아닌
식민제국의 지배언어에 에워싸인 채 일본사회에서 재일조선인에게 가
해진 온갖 차별을 견뎌낼 뿐만 아니라 분단조국의 정치현실로 실현되

1　매우 안타까운 일이지만, 그동안 한국어로 번역 출간된 김석범의 문학은 2015년에
　보고사에서 12권으로 출간된 대하소설 『화산도』 외에 1988년에 소나무출판사에서
　출간된 작품집 『까마귀의 죽음』 등 고작 2종에 불과하다. 『까마귀의 죽음』은 소나무
　출판사에서 간행된 지 27년 만인 2015년에 제1회 4·3평화상 수상을 기념하여 김석
　범의 고향 제주의 각출판사에서 재출간되었다.
2　"재일조선인 문학은 차별이나 빈곤, 조국의 분단이라는 정치 상황에 영향을 받으면
　서도 끊임없이 시대와 마주하며 진지한 말들을 쏟아 내오고 있다. 이는 일본문학을
　넘어 '세계문학'에 상응하는 우수성을 발산하고 있는 것이라고 할 수 있다."(윤건차,
　박진우 외역, 『자이니치의 정신사』, 한겨레출판, 2016, 601쪽)

는 분단이데올로기의 대립과 갈등 속에서 재일조선인의 문학세계를 구축·심화·확장해온 것은 그 자체로 경이적이지 않을 수 없다. 여기에다가 한국문학이 분단체제의 모순과 억압으로 래디컬하게 탐구하기 힘든 해방공간, 특히 제주도에서 일어난 4·3사건의 안팎을 『화산도』가 정면으로 응시하고 있다는 것은 이 작품이 감당해야 할 정치역사적 도전을 외면하지 않고 의연히 담대하게 대응하는 문학의 정치적 실천을 강조하지 않을 수 없다. 여기에는 쉽게 지나칠 수 없는 점이 있다. 김석범의 『화산도』는 특정한 국민문학(일본문학, 한국문학, 북한문학)에 구속되지 않은 이른바 '경계의 문학'의 속성을 띠면서 해당 국민문학으로 온전히 추구하기 힘든 문학적 진실을 탐구하고 있다는 사실이다. 이것은 『화산도』를 관통하는바, 제주에서 추구된 '미완의 혁명'이 함의한 문학적 진실을 온전히 이해하는 일과 밀접히 결부된다.[3]

이와 관련하여, 제기되는 물음이 있다. 4·3을 일으킨 섬의 혁명가들이 결국 현실적 패배에 봉착하여 그들이 꿈꿨던 세상은 좌절되었지만, 작가 김석범이 4·3사건의 안팎에서 정작 드러내고 싶은, 달리 말해 적극적으로 발견하고 싶은 자신의 문학의 정치적 실재는 어떤 것일까. 가령, 『화산도』에서 부각되는 김석범의 페르소나인 이방근을 주목해보자. 그는 정치적 허무주의에 사로잡힌 채 이념적 강박증과 교조주의에 갇힌 사회주의 혁명가들에 대해 매우 신랄한 비판적 견해를 지니되 그들이 일으킨 무장봉기 자체를 전면적으로 부정하지 않는다. 오히려 혁명 자금을 지원하는가 하면 반민족적 반혁명 인사를 철저히 응징

---

3   고명철, 「해방공간의 혼돈과 섬의 혁명에 대한 김석범의 문학적 고투―김석범의 『화산도』 연구(1)」, 『영주어문』 34, 영주어문학회, 2016 참조.

하여 죽이기까지 한다. 뿐만 아니라 무장봉기 혁명에 패배한 자들의 목숨을 밀항선을 이용하여 구제하기도 하는데, 이러한 이방근이란 독특한 인물 형상화를 통해 김석범이 새롭게 발견하고 싶은 문학의 정치적 실재는 무엇인가. 이것은 『화산도』를 통해 궁리하고 있는, 그래서 김석범이 문학적으로 실천하고 있는 새로운 정치적 상상력과 무관하지 않다. 바꿔 말해 김석범은 4·3을 일으킨 섬의 혁명가들이 끝내 그만 둘 수밖에 없는 '미완의 혁명'이 함의한 새로운 정치적 상상력을 『화산도』에서 함께 펼치고 있는 것이다. 그것은 재일조선인 김석범에게 '조선적인 것'과 관련된 정치적 상상력의 맥락에서 구체성을 띤다.

여기서 엄밀하게 생각해볼 점이 있다. 『화산도』와 연관하여 재일조선인 김석범에게 '조선적인 것'은 무엇인가. 재일조선인으로서 해방공간의 정치적 혼돈(모스크바 3상 회의와 연관된 신탁통치 찬반에 따른 이념적 대립 갈등, 조국의 분단현실의 가시화 등)을 목도하는 가운데 가장 절실하고 시급한 과제인 온전한 자주민족독립국가 건설과 관련한 정치적 상상력을 펼치는 것이 '조선적인 것'의 실체인가. 그리하여 그 과정에서 한반도의 남단에서 일어난 4·3무장봉기의 과정에 주목하고 제주의 혁명가들이 조국의 분단을 막기 위해 치열히 맞서 투쟁한 반식민주의와 반제국주의의 숭고한 삶을 주목하는 것이 역시 '조선적인 것'의 실체인가.[4] 정리하면, 김석범에게 '조선적인 것'이란, 일본제국의 식민지배로부터 벗어난 해방공간에서 민족의 분단이 아닌 온전히 하나된 국민국가를 세우기 위한 정치적 상상력으로, 그리고 그 과정에서 청산되지

---

4 이러한 견해를 취하고 있는 대표적 논의는 김학동, 「V.김석범 문학과 '제주 4·3사건」, 『재일조선인 문학과 민족』, 국학자료원, 2009, 183~261쪽.

못한 친일협력 잔재와 미국으로 표상되는 신제국주의와 맞서 싸운 민족해방과 관련한 정치적 상상력이 바로 '조선적인 것'의 실체인가.

사실, 이러한 정치적 상상력이 김석범의 '조선적인 것'과 무관한 것은 결코 아니다. 하지만 여기에는 '국가 공동체'로 수렴되는 정치적 상상력이 큰 비중을 차지하고 있을 뿐 '지역 공동체'의 문제의식은 아주 소홀히 간주되는 문제점을 안고 있다. 왜냐하면 김석범이 『화산도』에서 주목하는 해방공간의 혁명이 바로 제주에서 일어난 4·3사건이란 사실을 상기해야 하기 때문이다. 비록 4·3무장봉기의 애초 목적이 38도선 이남만 실시되는 대한민국 정부수립에 대한 선거에 참여하지 않음으로써 남한만의 정부의 탄생을 거부하는 것이지만, 혁명의 과정 속에서 4·3무장봉기는 '국가 공동체'를 만드는 것으로만 수렴되지 않는 또 다른 정치적 상상력을 품고 그것을 실천하고자 한 것을 『화산도』에서 주목할 필요가 있다. 그것은 근대의 국민국가 세우기와 또 다른 정치적 함의를 지닌 김석범의 문학적 실천이다. 그것을 기획하고 실천하고자 한 문학적 공간이 제주라는 지역은 김석범의 '조선적인 것'을 이해하는 데 간과할 수 없다. 여기에는 해방공간이 말 그대로 식민주의의 억압에서 모든 것들이 풀려나 아직 해방된 국가(근대)의 제도를 미처 정비하지 못한 혼돈 그 자체인데, 각 정파에 의해 국가의 논의가 이뤄지는 해방공간의 중심(식민지배 공간의 잔존과 잉여인 경성-서울)이 기실 구미의 내셔널리즘에 기반을 둔 입장으로 충만돼 있어 그 바깥의 해방된 정치 공동체에 대한 탐색이 봉쇄돼 있는 것을 고려해본다면, 김석범의 '조선적인 것'은 이들 해방공간의 중심과 비판적 거리를 두면서 그 어떤 대안을 모색하는 것과 연관된 정치적 상상력의 산물이기도 하다. 말하자면, 김석범의 '조선적인 것'은 일본제국으로부터 해방된 해방공간에서 모색되는 구미중심주의 내셔널리즘에 기반한 '국가 공동체'의 그것과 차질적蹉跌的 성격을 지닌 그것의 대안인 '문제지향적 공간'으로서 제주의 '지역 공동체'로부터 발견되는 정치적 상상력을 함의하고 있다. 이것은 『화산도』의 주요 무대인 제주를 근대 국가의 행정조직상 특수한 지역으로 국한시킴으로써 제주의 풍속과 제주의 현실이 은연중 근대의 특수주의로 치부되는 것[5]을 거부하는 김석범의 문제의식과 맞닿아 있다.

따라서 우리가 『화산도』에서 관심을 갖고 읽어야 할 것은 제주의 지역적인 것이 김석범의 이러한 '조선적인 것'과 관련한 정치적 상상력속에서 작동하는 김석범의 문학적 실천이다.

2. 정치적 상상력으로 맥락화되는 제주의 제사 풍속

김석범이 『화산도』에서 주목하는 제주의 지역적 풍속은 대하소설의 다채로움과 풍성함을 채워넣기 위해 작품의 후경後景으로 배치되는 그런 것이 아니다. 더욱이 일본에서 태어난 재일조선인으로서 자신의 민족적 정체성을 유지하기 위해 온전히 체득하지 못한 조국의 전통적 풍

---

5 김석범의 '조선적인 것'을 지역의 특수한 것, 곧 보편적인 것을 상정하고 그것과 구분되는 개별적 특수한 것으로 간주하는 그 이면에는 지역이 지닌 대안으로서 정치 가치에 둔감하거나 아예 이것 자체를 인식하지 못함으로써 제주로 표상되는 '조선적인 것'을, 민족공동체의 보편을 구성하는 특수한 것으로만 이해하기 십상이다. 오은영의 『재일조선인문학에 있어서 조선적인 것』(선인, 2015)은 이러한 문제점을 보인다.

속문화를 향한 민족의 정감을 강조하기 위한 것[6]도 아니다. 분명한 것은 『화산도』에서 재현되고 있는 풍속문화는 한반도(육지)의 그것과 다른 제주(섬)의 지역성이 짙게 배어들어 있다는 사실이다. 이 점을 염두에 둘 때 『화산도』의 인물과 사건이 보이는 서사적 구체성을 보다 실감 있게 이해할 수 있다.

우선, 주목되는 것은 제주의 제사祭祀다. 『화산도』에서 제주의 제사의례는 각별한 관심을 끈다. 작품의 초반부에 이방근의 친모親母 제사를 지내는 대목은 『화산도』에서 펼쳐질 사건들과 그것으로부터 생기는 복잡한 갈등의 전조前兆를 팽팽한 긴장감으로 보여준다. 그것은 이 제사에 『화산도』의 주요 사건과 연루될 인물들 모두 약속이라도 한 것인 양 모이는바, 이것은 다른 지역과 구분되는 제주의 독특한 제사 풍속에 기인한다. 제주에서는 제사를 지내는 집이 있을 경우 전통적으로 한 마을에 사는 사람들 모두가 제사에 참석하는 경향이 있다. 특별히 제사를 지내야만 하는 친척의 범위가 별도로 정해져 있지 않은 채 고인故人의 직계 자손은 물론 먼 방계傍系 친척들도 제사에 참석하곤 한다. 심지어 고인의 이웃과 친구를 포함하여 제주祭主의 친구나 그 가족들과 가까운 사람들 모두가 제사에 참석할 수 있다. 말하자면, 제주 공동체에서 제사는 고인과 직접 관련한 친인척들 사이에 지내는 전통의 례가 아니라 고인과 직간접 관련한 모든 사람들은 물론, 제사를 모시는 제주祭主와 가까운 모든 사람들도 함께 참여하면서 고인을 추모하

---

6 제사는 반세기 이상, 세대를 넘어 면면히 영위되어 온 "재일조선인사회의 상징적 현상"이라 할 수 있는데, "재일조선인의 대부분이 체험하는 종교의례"로 "재일조선인 사회에서 가장 보편적인 집단적 현상"이라 할 수 있다. 양순애, 『在日朝鮮人社會における祭祀儀禮』, 晃洋書房, 2004; 오은영, 앞의 책, 142쪽 재인용.

는, 어떻게 보면 개별 집안의 전통의례로 국한되지 않고 좀 더 확장된 마을 공동체의 전통의례로서 성격을 띤다. 성격이 이렇다보니, 제사의 성격은 고인을 추모하는 것으로 한정되지 않고 제사에 참여한 사람들이 평소 소원한 인간 관계를 돈독히 하는 친교의 자리가 되는가 하면, 그 과정에서 자연스레 집안 대소사의 일뿐만 아니라 마을 공동체 및 마을 밖의 크고 작은 일들에 대한 소통의 자리가 마련되기도 하고, 윗세대로부터 내려오는 전통과 풍속문화가 젊은 세대로 구술 전승되는 교육의 공간이 연출되기도 하는 등 제주의 제사의례는 제주 사람들의 생활공동체와 매우 밀접한 연관을 맺고 있다.[7] 이것은 유가儒家의 제사의례가 중시하는 '봉제사접빈객奉祭祀接賓客'에 충실하면서도 제주가 독특하게 견인해온 지역 공동체의 풍속문화를 한층 활성화시킨 것이다.

이 같은 제주의 제사 풍속문화를 눈여겨보지 않는다면 이방근의 친모 제사에 다양한 부류의 사람들이 참석하는 것을 잘 이해할 수 없을 것이다. 4·3무장봉기를 일으킬 혁명가, 혁명을 배반할 친일협력자, 제주 공동체를 파괴시킨 서북청년단 및 친일협력 출신 경찰, 이승만의 정치세력과 미군정으로 구축된 남한 사회의 정치경제적 기득권을 가지려는 친일협력 자본가 등속이 모두 이방근과의 이해관계를 고려한 채 제사에 참석한 것이다. 그렇다면, 이방근의 친모 제사는 제주에서 부딪치고 있는 해방공간의 정치경제적 권력의 향방을 암중모색하는 정치적 의례의 성격을 내포한다. 동시

---

7 제주 공동체에서 이처럼 중요한 제사 풍속은 재일제주인 사회에서도 마치 제주에서 제사를 지내는 것처럼 정착되고 있다고 한다. "일본에서 제삿날이 되면 제주사람들은 먹으러 다닌다. 다른 지방 출신들은 아주 친해야 먹으러 간다. 제주사람들은 제삿날 이웃을 청해서 음식을 대접하는데, 다른 지방 사람들은 제사를 지내기 전에는 청하지 않는다."(문순덕, 『섬사람들의 음식연구』, 학고방, 2010, 311쪽)

에 제사의 형식과 그 의례 공간이 함의한 정치적 은유의 성격도 가볍게 간주할 수 없다. 4·3무장봉기는 현실적 패배로 귀착되고 혁명에 동참한 이방근의 동지와 숱한 제주민중들은 죽음을 맞이한다. 물론 그 과정에서 혁명을 배반한 친일협력자들(정세용, 유달현)은 응징을 당하고, 이 모든 죽음을 정치적 희생양 삼은 이승만의 정치세력과 친일협력 기득권자들 및 미국은 한반도에 분단 국민국가를 세운다. 여기서, 강조하건대 분단국가를 세우기 위해 헤아릴 수 없이 많은 무참한 죽음이 제주의 수많은 제삿집(가령, '百祖一孫之墓'는 그 단적인 정치적 표상이자 구체적 사례임)을 낳은 역사적 사실이다. 그래서 『화산도』의 초반부에 작가가 제주의 독특한 제사의례 풍속을 배치한 것은 이처럼 제주 공동체에서 해방공간의 죽음과 연관된 정치적 상상력을 형상화한 것이다. 특히 제주 공동체의 파괴를 목적으로 한 서북청년단 폭력의 실체를 겨냥한 김석범의 다음과 같은 대목은 눈여겨봐야 한다.[8]

마완도는 그 동작을 감추려 하지 않았다. 권력을 배경으로 한 폭력에 익숙해진 뻔뻔스러움이 있었다. 어머니 제사에 아무런 연고도 없는 자가 권총을 차고 와서 배례를 한다. '서북', '서북'……, 이거는 완전히 어머니의 제단을 더럽히는 것과 마찬가지가 아닌가……. 이방근은 뱃속에서 확 치밀어 오르는 불쾌함이 분노로 바뀌는 것을 가까스로 참았다. 이봐, 자네 그 무겁게 쳐진 건 권총이 아닌가, 신성한 영전에서 품안에 살인 도구가 웬 말인가. 풀게나. 풀어서 옆에 내려놓고 절하게. 핫, 하하, 신성한 영전이라고? 으흠, 무슨 상관이란 말야, 권총은 '서북' 간부가 일상 호신용

---

8   아래의 논의는 고명철, 「해방공간의 혼돈과 섬의 혁명에 대한 김석범의 문학적 고투 — 김석범의 『화산도』 연구(1)」, 앞의 책, 209~210쪽 참조.

으로 지니고 다니는 물건이야. 지금 여기에 구경거리 의식(儀式)이 있어서, 그들은 그들 나름의 복장으로 찾아온 것에 지나지 않아. (…중략…) 아니, 권총을 풀고 절을 해. 너희들이 감히 권총을 지니고 제단이 있는 곳의 문지방을 넘는다는 것이 말이 되나…….[9]

제주도 서청의 간부 마완도는 권총을 찬 채 이방근의 어머니 제사에 참석하였다. 위 장면은 서청이 제주도를 어떻게 인식하고 있는지를 극명히 보여준다. 서청에게 제주도의 제사 의례[10] 따위는 안중에도 없다. 서청은 이승만과 미군정의 배후에 힘입어 정부를 참칭하는 유사권력으로써 소요 사태를 일으키는 골칫거리 제주도를 반공주의로 평정해야 할 신성한(?) 의무를 행사할 권력의 주체다. 따라서 서청은 반공주의로 무장된 그들의 무소불위의 권력을 유감없이 제주도 원주민들에게 행사해야 한다. 여기서 마완도가 차고 있는 권총은 바로 서청의 이같은 유사권력을 상징하면서 이후 4·3무장봉기를 토벌한다는 대의명분 아래 제주도 전체를 아비규환으로 내몰고 주검의 지옥으로 치닫게 한 폭력의 실체다. 더욱이 주목해야 할 것은 마완도의 권총이 살아 있

---

9 김석범, 김환기·김학동 역, 『화산도』 2, 보고사, 2015, 218~219쪽. 이후 『화산도』의 부분을 인용할 때 별도의 각주 없이 본문에서 '권수 : 쪽수'로 표기한다.
10 정대성은 김석범 문학에서 보이는 제사를 "전체주의적인 정치에 환원되지 않는 개인의 몸, 죽음이 '제사'라는 표상을 통해 김석범 텍스트에 파종되어 있는 것"(정대성, 「작가 김석범의 인생역정, 작품세계, 사상과 행동」, 『한일민족문제연구』 9, 한일민족문제학회, 2005, 89쪽)이라는 흥미있는 견해를 제시한다. 이것을 필자 나름대로 생각해보면, 일본 제국주의와 미국의 신제국주의뿐만 아니라 스탈린주의가 함의하는 파시즘에 구속된 상처투성이의 개인의 '몸[軀]'과 관련짓고 있는 '제사'를, 『화산도』의 초반부 제사의 문맥으로 전유하면 일제 시대의 고통스러운 현실 속에서 죽어간 이방근의 어머니의 '몸'과 포개진다.

는 사람을 위협하는 차원에 그치지 않고 죽은 자를 추도하는 제주도 전통의 제사에 등장하고 있다는 점이다. 권총을 찬 채 서청이 죽은 자에게 배례를 한다는 것은, 서청의 무지막지한 권력의 폭력이 제주도의 살아 있는 것은 물론, 제주도의 죽은 것들 모두를 포괄하는, 달리 말해 제주도를 이루는 풍속과 역사의 모든 것을 그들의 근대적 기획(단독정부 수립과 이를 떠받치는 반공주의의 맹목) 아래 압살하겠다는 무자비한 점령군의 폭거를 연상케 한다. 덧보태어 상기하고 싶은 것은 제주도 제사의 풍속이 해당 가족과 문중에게만 유의미성을 띤 게 아니라 제사를 지내는 집의 이웃, 심지어 사자死者를 직접 대면한 적도 없고 잘 알지도 못하는 타인들도 배례를 할 수 있고, 그래서 제사가 제주도 특유의 공동체를 지탱하고 있는 것 중 하나임을 직시할 때, 서청의 권총은 다시 강조하건대, 이러한 제주도 원주민 공동체의 모든 것에 위협을 가하고 압살하는 폭력의 실체다.[11]

여기서, 서북청년단에게 부여된 국가와 정부를 참칭하는 의사擬似권력에 대한 저항과 부정은 『화산도』의 또 다른 제사의 형식으로 드러난다. 서울에서 유학을 하고 있던 오남주라는 인물은 고향 제주에서 가

---

11 김석범의 이러한 제사에 대한 관심을 오은영은 재일조선인문학의 '조선적인 것'과 관련하여 논의한다. 그래서 "김석범 작품에 그려지는 제사는 '조선'을 표상하기 위하여, 즉 제사예법이나 제수에 대해 기술되어 있어, 조선에 좀 더 접근하려는 문체라는 것을 알 수 있다"(오은영, 앞의 책, 206쪽)고 하는데, 이에 대해서는 좀 더 상세한 분석이 뒷받침되어야 할 것이다. 특히 김석범 문학이 '조선적인 것'과 무관한 것은 아니지만, 자칫 '제사=조선'이라는 등식은 김석범 문학이 지닌 로컬리티를 잘못 이해할 수 있다. 특히 『화산도』의 초반부 제사는 제주도 특유의 풍속으로 '조선적인 것'이지만, 일반적으로 유교의 성리학적 질서가 지배하는 뭍의 제사 풍속과 다른 면모를 지니는데, 그것은 중앙중심주의에 매몰되지 않되 제주도의 원주민 문화와 공존하는 제사 풍속을 통해 일반적인 민족 표상과 구별되는, 특히 근대적 관점에서 심상으로 발견되는 '조선'과 또 다른 로컬리티로서 '조선적인 것'을 염두에 둬야 한다.

족의 생존을 위해 여동생이 어쩔 수 없이 서북청년단과 정략결혼을 했다는 사실을 알고 "서울의 하숙집에서 혼자 심야에 술을 따라 놓고, 어머니와 여동생을 제단에 올리고 경야의 예를 갖"(9:49)춘다. 오남주는 버젓이 살아 있는 어머니와 여동생을 죽은 사람으로 간주하여 제사를 치른 것이다. 서북청년단과 정략결혼한 그 자체를 오남주는 용서할 수 없다. 그만큼 제주 공동체에게 서북청년단은 절대악 자체로서 제주 공동체와 함께 살 수 없는 폭력 집단 그 이상도 이하도 아니다. 앞서 제주의 전통 풍속문화로서 제사가 갖는 역할을 상기해볼 때 오남주가 치른 이 같은 제사의 형식은 서북청년단의 폭력 속에서 제주 공동체의 생존이 이러한 의사擬似권력과 정치적 타협을 조금이라도 허용한 가운데 얻어져서 안 되는, 그래서 해방공간의 틈새에서 생성되는 불순한 정치권력과 매서운 단절을 계기로 한 저항의 정치적 상상력을 지닌다는 점에 주목할 필요가 있다. 비록 오남주가 그의 살아 있는 어머니와 여동생을 제사 지냄으로써 제주의 전통 풍속상 그들이 죽어도 제사를 받아먹지 못하고 한스럽게 굶는 존재로 남은 채 저승행을 순탄하게 하지 못하는 원혼[12]으로 남을 공산이 크지만, 오남주가 선택한 행위는 이러한 제사 형식을 통해서나마 서북청년단의 폭력 실체와 조금도 타협하지 않으려는 작가 김석범의 정치적 행동주의와 직결되는 것으로 그

---

12 "이런 한스러운 억울한 영혼이 혈연조상 가운데 있다면 더욱 문제는 심각하다. 이런 원혼이 혈연조상 가운데 있다면 이를 일월조상으로 선정하여 위하고, 굿을 할 때마다 그 한을 풀어 드리면 그 재해가 없을 뿐 아니라 가문이 무사하고 번창하리라 생각할 것은 당연한 일인 것 같다."(현용준, 『제주도 신화의 수수께끼』, 집문당, 2005, 236쪽) 그래서 이런 원혼을 달래기 위해 제주에서는 후손이 없는 망자의 영혼을 위한 제사도 치러진다. 이처럼 후손이 없어 다른 방계의 친척이 치르는 제사를 '까마귀 모른 식게'라고 한다.

의미를 대수롭게 폄하할 수 없다.

3. 혁명의 해방적 정념과 제주의 구술연행

제주의 제사의례는 이렇듯 김석범에게 '조선적인 것'으로서 독특한 가치를 지닌다. 그것은 제주 지역 고유의 풍속이되 근대 내셔널리즘을 기반으로 한 중앙집권적 국가에 구속되는 지방적 가치로서 자족하는 게 아니다. 그보다 해방공간에서 아직 미정형의 형태로 암중모색되는 정치권력의 이해관계에 대한 작가의 정치적 상상력을 '문제지향적 공간-제주'에서 실천하는 상징형식으로 해석하는 게 온당하다. 다시 말해 김석범의 '조선적인 것'은 '문제지향적 공간-제주'의 맥락에서 이해할 때 그 온전한 실체에 가깝게 이를 수 있다.

이와 관련하여, 『화산도』에서 연출되는 제주의 구술연행口述演行, oral performance은 김석범의 '조선적인 것'의 실체를 이루는 또 다른 정치적 상상력의 산물로서 손색이 없다. 김석범은 『화산도』의 주요한 대목에서 오랫동안 제주 공동체 내부에서 전승되고 있는 구술연행을 재현한다. 가령, 다음과 같은 대목을 살펴보자.

①
……찧을 만한 방아를 모두 찧어도
부르지 않은 노래는 셀 수가 없다네……
방아 찧는 절굿공이와 배 젓는 노는 같아서

잡고 일어서면 슬픈 노래가 나온다네……

이어 이어
이어도라고 말하지 마라
이어도라고 하면 눈물이 난다
이어도 하라 방아를 부지런히 찧어서
저녁이나 밝은 때 하라…….

방아를 찧을 때나 맷돌을 돌릴 때 부르는 노래인데, 아마 맷돌을 돌리면서 부르고 있을 것이었다. (…중략…) 이 섬의 노동요가 대부분 그러하듯이, 이 노래도 부녀자들의 가혹한 노동의 괴로움과 슬픔을 읊은 것이었다. (…중략…) 손으로 맷돌을 돌리는 것은 이미 마을 방앗간에서 찧은 보리를 다시 한 번 찧어 한 톨을 반으로 쪼개기 위해서였다. 그러면 곡식의 양도 늘어난다. 즉 그만큼 식량을 절약할 수 있게 되는 것이다. **게다가 마을 사람들은 그 부족한 곡식을 모아 산으로 운반한다.**(강조는 인용자, 4 : 104 ~105)

②
이어도 사나 이어도 사나
떼구름 피어오르는 바다로 배가 간다
이어도 사나

이어도 사나 이어도 사나

내 사랑하는 님은 이어도에 갔나
이어도 사나

이어도 사나 이어도 사나
돛을 편 저 배는 이어도에 가는가
이어도 사나……

유원이 시를 읊듯 억양을 붙여 '이어도' 가사를 읊조렸다. (…중략…)
"좀 전에 이어도는 먼 곳에 있는 게 아니라 바로 저기에, 어쩌면 발밑에
있는 이 섬이 이어도일지도 모른다고 말했는데, 저도 그와 똑같이 생각했
어요. **현실의 문제로서, 환상의 섬은 이 제주도가 되어 원점으로 되돌아온 거
죠. 그리고 여기에서 혁명을 일으키는 겁니다. 새로운 사회를 건설하기 위해서
혁명을 합니다.** 방금 전의 이야기를 들으면서 저 같은 사람도 일본에서 이
어도를 찾기 위해 여기에 왔는지도 모른다는 생각이 들더군요. 이어도를
바다 밖에서 찾을 게 아니라, 이 섬 안에서 찾는 겁니다. 유원 동무의 말
을 재탕하는 것 같습니다만, 이 섬에 이어도를 만든다……, 음, 그렇지 않
을까요. 전 그렇게 해석하고 싶습니다."
　남승지는 무슨 굉장한 발견이라도 한 것처럼 진지하게 말했다.(강조는
인용자, 4 : 114~115)

이방근은 동생 유원과 함께 무장봉기를 준비하는 혁명의 해방구를
방문하여 그곳에서 '맷돌·방아노래'를 듣고, 유원은 〈해녀노래〉를 읊
조린다. 이방근은 해방구에서 혁명을 준비하는 제주 민중의 모습들을

목도하면서 "관념이 아닌 육체가 그 힘에 꽉 옥죄이는 것"(4:90)을 실감한다. 무장봉기로 일으킬 혁명은 제주 민중에게 결코 추상적인 것이 아닌 제주 민중의 삶과 직결된 구체적인 것으로 "스스로를 지키기 위해 고향 땅을 전쟁터로 삼아 일어서려고 하고 있"(4:86)는 것이다. 중요한 것은 ①에서 드러나듯 이러한 목숨을 건 혁명을 소수의 활동가와 급진적 이념 성향의 지식인을 비롯하여 청장년이 주도하여 일방적으로 끌어가는 게 아니라 제주의 부녀자들마저 맷돌을 돌리면서 부족한 식량을 메꾸기 위해 안간 힘을 쏟고 있다는 점이다. 말하자면 4·3무장봉기는 이처럼 제주 민중의 광범위한 정치적 지지를 기반으로 하여 준비되고 있는 것이다. 여기서, 제주의 노동요 중 제주 곳곳에 가장 널리 분포돼 있는 '맷돌·방아노래'[13]가 혁명의 해방구에서 불리워지고 있는 것은 척박한 제주의 자연환경에 굴복하거나 체념하지 않고 제주 부녀자의 억척스러움과 슬기, 강인한 삶의 의지가 뒷받침되면서 무장봉기를 두려워하지 않고 오히려 담대하게 민중의 역사적 실천으로 수용하는 태도로 읽을 수 있다.

이 같은 제주 민중의 혁명에 대한 태도는 ②에서 그동안 혁명과 거리를 둔 지식인 유원으로 하여금 제주 해녀가 즐겨부른 〈해녀노래〉를 자연스레 읊조리도록 한다. 유원이 〈해녀노래〉를 절로 읊조린 것은 예사롭지 않다. 비록 『화산도』에서는 〈해녀노래〉에 동반되는 구술연행이 구체적으로 재현되고 있지 않으나, 일제에 대한 조직적 해녀항일투쟁(1931~1932)이 제주 공동체에서 역사적 자긍심의 유산으로 기억되고 있는 것[14]을 고려해볼

---

13 '맷돌·방아노래'의 전반에 대해서는 김영돈, 『제주도 민요연구』下(이론편), 민속원, 2002, 115~152쪽.

때 혁명의 해방구에서 유원이 무심결에 부르는 노래인 〈해녀노래〉가 제주의 민속적 가치를 넘어 무장봉기를 준비하고 있는 해방구에 부합하는, 곧 해방구가 제주의 역사적 항쟁의 가치를 띤 성소聖所임을 보증하는 정감으로 다가오는 것은 너무나 자연스럽다.[15] 더욱이 혁명가 남승지는 유원의 노래가 끝난 후 〈해녀노래〉의 노랫말에 출현하는 제주 민중의 이상향인 이어도를 환상이 아니라 현실의 문제로서 인식하여 다른 곳이 아닌 바로 제주에서 "새로운 사회를 건설"하는 혁명을 통해 제주에 이어도를 만드는 웅대한 전망을 품는다.

이렇게 『화산도』는 제주의 대표적 두 노동요인 '맷돌·방아노래'와 〈해녀노래〉를 통해 4·3무장봉기를 준비하는 해방구의 팽팽한 긴장과 생동감을 유연하면서도 자연스레 그리고 낙천적 전망으로 그리고 있다. 이것은 『화산도』에서 김석범의 '조선적인 것'을 이루는 제주의 민요가 소재주의적 차원으로 도입됐다든지, 재일조선인으로서 작가의 민족적 정체성을 회복하기 위한 차원으로 제주 민요를 억지스레 강조하고 있는 것으로 보아서는 곤란하다. 여기서 강조해두고 싶은 것은 혁명의 해방구에서 보이는 혁명의 준비 과정과 민중항쟁으로서 역사적 지속성의 가치가 제주 민중의 삶 속에서 오랫동안 구술연행된 노동요를 통해 한층 구체적 삶의 실감으로 확보되고 있다는 점이다. 이것이야말로 우리가 쉽게 지나쳐서 안 되는 김석범의 '조선적인 것'과 연

---

14 이에 대해서는 박찬식, 『4·3과 제주역사』, 각, 2008의 제1부 제2장 '해녀투쟁과 역사적 기억'을 참조.

15 필자는 〈해녀노래〉에 깃든 구술연행이 이처럼 민속적 차원을 넘어 역사적 항쟁의 가치를 지닌 것에 주목하여, 일제 말에 쓰여진 요산 김정한의 단편 「월광한」이 친일협력의 알리바이를 제공하는 작품이 아님을 구체적으로 논의하였다. 고명철, 「제주의 '출가해녀'를 통한 일제 말의 비협력 글쓰기」, 『흔들리는 대지의 서사』, 보고사, 2016.

관된 제주 민요가 함의한 작가의 정치적 상상력이다.

이처럼 구술연행과 관련한 김석범의 정치적 상상력은 『화산도』의 서사적 매혹을 배가시킨다. 특히 4·3무장봉기가 날이 갈수록 미군정과 군경 토벌대에 의해 그 세력이 현저히 위축되면서 급기야 혁명은 실패에 봉착하는데, 작가는 그럼에도 불구하고 제주 민중이 혁명의 세력을 지지하고 있다는 것을 또 다른 구술연행으로 보여준다.

노래가, 대합창이 들려왔다. '민중의 노래'였다. 전투중인 게릴라에 대한 가족들과 피난민의 성원이었다. 마치 무슨 축구시합을 응원하는 것 같았다. 어둠의 동굴에서 나온 피난민들이 흐린 하늘이지만 가슴 가득 대기를 실컷 들이마시면서 총성이 울리는 방향을 향해 대합창과 박수의 성원을 보내고 있었던 것이다.

조선의 대중이여, 동포여 들어라
울려 퍼지는 해방의 날을
시위자가 울리는 발소리
미래를 알리는 시대의 소리

노동자, 농민은 힘을 합쳐서
놈들에게 **빼앗긴** 땅과 공장
······

남승지는 가슴이 뜨거워지면서 훅, 훅하고 복받쳐 오르는 것을 느꼈

다.(12:33)

　『화산도』 전권을 통해 산 무장대와 토벌대 사이의 전투 장면은 희귀하다. 그만큼 『화산도』는 4·3사건을 정면으로 다뤘으면서도 산 무장대와 토벌대 사이의 실제 격한 대립과 물리적 충돌에 초점을 맞췄다기보다 혁명을 둘러싼 성내城內에 있는 사람들 안팎의 얘기에 상대적으로 많은 비중을 두고 있다. 이 점을 염두에 두면, 위 전투 장면은 흥미로운 생각거리를 제공한다. 여기서, 김석범이 주목하는 것은 산 무장대의 승리 자체가 중요한 게 아니라 전투 현장에서 멀리 비껴나 있는 피난민들이 전투 중인 무장대원의 사기를 북돋우기 위해 '민중의 노래'를 대합창하고 있는 장엄한 장면이다. 비록 실제 목숨을 건 사투는 무장대원들이 행하고 있지만 산으로 피난간 제주 민중은 그저 방관자의 역할로 만족하고 있지 않다는 것을 알 수 있다. 피난민들의 박수의 성원 속에서 '민중의 노래'를 대합창하는 그들의 구술연행이 한라산 중산간 지역에서 메아리치며 장엄하게 펼쳐지고 있는 것은 4·3무장봉기가 비록 좌절될지라도 무장대와 운명을 함께 한 제주 민중의 '해방의 정염'이 결코 쉽게 사그라들지 않는다는 것에 대한 김석범의 정치적 상상력을 이해해야 한다. 그럴 때 '민중의 노래'가 구술연행되는 장면을 보면서 복받쳐 오르는 남승지의 역사적 감동의 맥락을 이해할 수 있다. 4·3무장봉기는 이렇게 제주 민중의 새로운 사회 건설을 향한 정치적 상상력의 산물이다.

4. '미완의 혁명'을 수행하는 밀항의 상상력

이 글의 서두에서 필자는 김석범의 '조선적인 것'은 '문제지향적 공간'으로서 제주의 '지역 공동체'로부터 발견되는 정치적 상상력을 함의하고 있음을 강조한 바 있다. 『화산도』에서 '밀항의 상상력'은 이러한 것을 구체적으로 살펴볼 수 있는 매우 중요한 서사의 지점을 형성한다.

사실 필자의 독서 체험을 생각해보면, 한국문학사에서 '밀항의 상상력'은 드문데,[16] 일본의 제2차 세계대전 "패전 / 해방 후 밀항자 중 80퍼센트 이상이 지리적으로 가까운 제주도 사람이며, 특히 1952~1962년 사이에 96퍼센트 이상을 차지했다고"[17] 하는 것을 볼 때, 『화산도』에서 작가가 비중을 둬서 다루고 있는 일본으로의 밀항은 해방공간에서 그럴 수밖에 없는 삶의 극한으로 쫓겨난 제주 사람들에 대한 문학적 진실을 추구하는 일환이다. 그렇다면 무엇 때문에 제주 사람들은 일본의 식민주의로부터 해방을 맞이한 이후 또 다시 일본으로 돌아갈 수밖에 없는 불법적 밀항[18]을 선택했을까. 이 밀항의 과정 속에서 어떤 일들이 일어났을까. 『화산도』는 이렇게 해방공간에서 재도일再渡日하는 밀항의 서사를 정면으로 응시한다.

『화산도』에서 우선, 주목해야 할 밀항의 서사는 혁명을 배신하여 성

---

16 필자의 과문인지 모르나, 황석영의 장편소설 『바리데기』(창비, 2012)의 경우 주인공 바리가 북한과 중국의 접경지대에서 중국 인신매매단에게 속아 온갖 고초를 겪으면서 중국에서 홍콩을 경유하여 영국으로 강제로 밀항하는 험난한 서사를 보인다.
17 윤건차, 박진우 외역, 앞의 책, 244쪽.
18 해방 이후 일본으로의 밀항은 대부분 불법인데, 제주 사람들은 해방 후 고향으로 귀환하였으나 갑자기 폭증한 귀환자로 인해 일자리 부족과 식민지경제의 오랜 약탈구조와 경제적 빈곤 등으로 어쩔 수 없이 생존을 위해 다시 그동안 삶을 연명해온 일본으로 돌아가게 된다. 신재경, 『재일제주인 그들은 누구인가』, 보고사, 2014, 61~99쪽.

내 당 조직 정보를 토벌대에게 넘긴 후 일본으로 밀항하여 제 목숨을 살리고자 한 유달현을, 이방근을 비롯한 제주의 밀항자들이 밀항선에서 심문審問하고 그 죄를 단죄하는 장면이다.

사람들에 둘러싸여, 어느새 뒤로 손을 묶인 유달현이 선창 입구 가장자리에 포로처럼 엉덩방아를 찧은 채 주저앉아 있었다.

"이 새끼야! 이걸 봐." 조금 전, 작년 3·1절 시위로 체포됐다고 했던 덩치 큰 청년이, 상의와 셔츠를 벗고 그 다부진 상반신을 바닷바람에 드러냈다. "등이 한라산 계곡처럼 몇 군데나 파여 있다. 제주경찰서에서 죄 없이 고문을 받은 사람이 가지고 있는 상흔이야. 잘 봐둬!"

청년은 벌거벗은 등을 유달현 쪽으로 향했으나, 별빛이라고는 해도 그것이 확실히 보일 리 없다. 유달현에 대한 일종의 위협, 시위였다.

"유달현, 넌 자신을 스파이라고 인정하는가."

(…중략…)

"넌 혁명과 인민대중을 배신한 반혁명분자로서의 죄상을 인정하는가?"

옆의 또 한 청년이, 배의 흔들림에 양손이 묶여 자유롭지 못한 상반신을 흔들거리고 있는 유달현의 멱살을 잡고 호통을 쳤다.(11 : 333~334)

유달현이 밀항선에서 단죄받는 장면은 대단히 의미심장하다. 이 밀항선은 4·3무장봉기가 현실적 패배에 직면하자 이방근이 자신의 사재를 털어 운영하는 것으로, 혁명가들과 토벌대에 쫓기는 무장대원 및 제주 민중들을 일본으로 피신시키는 것을 목적으로 한다. 비록 아직도 산에서 혁명을 실천하는 혁명가들에게 이방근의 이러한 밀항선 운영은 혁명의 열기를 식게 하는 것으로 반혁명적 성격으로 비쳐질지라도 이방근은 자기만의 방식으로 이 밀항선 운영을 하면서 섬의 혁명가들의 생목숨을 구하기 위해 안간힘을 쓴다. 말하자면 이방근은 제 방식으로 섬의 혁명가들의 귀한 목숨을 구하는 것을 통해 미완의 혁명을 수행하고 있는 셈이다. 바로 이러한 이방근의 밀항선에서 반혁명분자인 유달현이 단죄되고 있는 것은 해방공간에서 유달현처럼 기회주의적 근성을 쉽게 떨치지 못한 채 친일협력에 대한 자신의 과거를 치열히 자기비판하지 않고 해방공간의 혼돈을 틈 타 온갖 처세술로써 생존하는 모든 불순한 세력에 대한 역사적 응징으로서 의미심장하다. 무엇보다 섬의 혁명에서 패배하여 쫓겨나지만, 다름 아닌 그 혁명가들과 제주 민중들에 의해 유달현이 응징되고 있는 것은 주목할 만하다. 왜냐하면, 유달현으로 표상되는 친일협력의 권력이 해방공간에서도 여전히 그 위력을 상실하지 않은 채 미군정과 이승만에게 재등용되었으며, 한때 공산당원으로 전향한 친일협력자이지만 반공주의로 재전향하는 친일협력자에게 또 다시 소생할 수 있는 권력을 부여한 해방공간의 정치사회적 모순을 담지한 유달현을, 밀항선 위 사람들이 응징함으로써 섬의 혁명은 밀항선 위에서도 진행하고 있다는 것을 보여주고 있기 때문이다. 말하자면 미군정의 정치적 지원을 받는 이승만 정부가 해방공간에서 래디컬하게 실행하지 못한 '유달현＝식민주의'에 대한 역사적 청산을 섬의 혁명의 연장선에서 결국 밀항선 위에서 단행되고 있는 그 정치적 중요성을 아무리 강조해도 지나치지 않다. 이때 밀항선은 해방공간의 정치적 혼돈에서 목숨을 구제받기 위해 구원받을 어떤 곳으로 도피하는 곳이 아니라 해방공간에서 완수하지 못한 역사의 청산을 적극적으로 결행하는 또 다른 혁명의 정치적 공간인 셈이다.

이처럼 『화산도』에서 보이는 밀항의 상상력은 '미완의 혁명'을 새롭게 수행하고 있다는 점에서 매우 흥미롭다. 특히 이방근이 자신의 정치적 허무주의를 극복하는 방편으로 밀항선을 운영하여 이방근만의 독특한 방식으로 혁명에 동참하고 있는 것을 간과해서 곤란하다.

아니, 명백하게 조직을 팔거나, 동지를 적에게 팔고 배신했다든가, 경찰의 앞잡이로서 활동한 자들이 아니라면 승선시켜야 한다. 특히 수용소에서 돌아온 하산자들의 경우에는, 이쪽에 남아도 토벌대나 경찰의 압잡이밖에 될 수 없다. 그렇게 되면, 반조직, 조직파괴 활동을 하게 되는 것이므로, 그 뜻은 좋지만, 섬 밖으로 내보내는 편이 조직을 위해서도 유익하다고, 이방근은 현실이 사정에 따른 생각을 밀어붙였다. 게다가 해안까지 찾아온 그들에게 어디로 돌아가라 한단 말인가. 경찰서 유치장인가. 그렇지 않으면 비행장에서 처형될 때까지의 가설 유치장으로 들어가는 수밖에 없을 것이다…….(12 : 256)

배는 동란의 고향인 섬을 버리고 떠나가는 사람들을 가득 실어 백 명에 가까웠지만, 대부분은 '뱃삯'이 없었다. 언제까지나 이어질 일은 아니었다. 저주받은 이 섬을 떠나려는 자는 많이 떠나라. 그리고 살아 남아라. 저주받은 민족. 산에 있던 조직이 뿔뿔이 흩어져 하산해 온 자, 수용서에서 일단 석방되었지만 섬을 떠나는 자, 경찰에 쫓기고 있는 자, 뱃삯을 내고 섬을 떠나는 자. 남승지는 몇 명인가 같은 그룹은 아니지만, 산의 동지를 만난 모양이었다. 그러나 거의 말이 없었다.(12 : 353)

냉철히 생각해보건대, 절해고도의 고립된 섬에 갇힌 채 육지로부터 섬의 혁명을 지원하는 것이 전무한 현실에서, 섬의 혁명으로부터 낙오된 자들을 일본으로 밀항시키고자 목숨을 건 이방근의 결행은 섬의 혁명에 대한 비관주의적 패배의식이라거나 섬의 혁명을 애써 종결짓고자 하는 반혁명을 수행하는 것과 거리가 멀다. 이방근은 토벌대에 붙들린 남승지를 가까스로 빼내 일본으로 밀항을 시키는데, 우리는 일본에 이미 이방근의 여동생 유원(방근 못지않은 혁명의 동조자)이 있어 남승지와 유원이 제주에서 못다 이룬 사랑을 나누고 그들이 이루지 못한 혁명의 과제들을 실천할 것이라는 기대를 품는다. 아울러 비록 소수이지만 낙오된 섬의 혁명가들이 일본으로 밀항하여 그들 역시 미완의 혁명의 과제들을 제 각기 실천할 것이다. 말하자면, 이방근이 비난을 감수하면서 결행하고 있는 밀항은 작가 김석범의 내밀한 허구의 세계에서 도래할 재일조선인이 감당할 수 있는 혁명적 실천을 수행할 것이라는 문학적 진실을 내포하고 있다. 따라서 밀항은 이방근만의 혁명적 실천이라 해도 과언이 아니다.[19] 이것은 4·3무장봉기를 일으킨 제주의 혁명가들이 꿈꿨던 '새로운 사회'를 제주에서 건설하지 못한 채 결국 현상적으로 패배한 혁명으로 귀착되었지만, 그들이 꿈꾸던 혁명을 완수하는 새로운 세상은 어쩌면 혁명의 패배를 포함한 혁명의 과정 속에서 실행되고 있다는 이방근의 믿음에 기인한다. 기실 이렇게 밀항선을 타고 건너간 일본사회에서 재일제주인들은 혁명의 꿈을 쉽게 포기하지 않은 채 패전 후 일본의 전후의 현실에서 직면한 온갖 민족적 차

---

19 고명철, 「해방공간의 혼돈과 섬의 혁명에 대한 김석범의 문학적 고투-김석범의 『화산도』연구(1)」, 앞의 책, 194~195쪽.

별과 멸시에도 불구하고 조국 바깥에서 비체제적 상상력을 발동하여 분단을 극복하기 위한 노력을 다 하고 있는 것이다.[20] 이러한 맥락에서 재일조선인 작가 김석범과 그 대표작『화산도』는 해방공간을 무대로 한 밀항의 상상력이 보여주는 정치적 상상력의 최량最良을 보여준다.

5. 국민국가의 내셔널리즘을 넘어

이 글은 김석범의 '조선적인 것'의 문학적 진실과 정치적 상상력을 이해하기 위해 세 가지 차원에서『화산도』를 살펴보았다. 김석범에게 '조선적인 것'은 구미중심의 근대 내셔널리즘에 기반한 '국가 공동체'와 관련한 것, 말하자면 재일조선인으로서 조국의 민족적 정체성을 회복하기 위한 차원으로만 수렴되지 않는다. 그보다 그에게 '조선적인 것'은 제주라는 '지역 공동체'가 지닌 정치적 상상력과 밀접한 연관을 맺는다.

그리하여, 이러한 면모는 제주 공동체의 독특한 풍속문화인 제사의 례를 통해 해방공간에 대한 정치적 은유로서 상징형식으로 작동하고 있음을 살펴보았다. 그리고 무엇보다 제주 공동체를 폭력으로 압살하

---

20 가령, 재일조선인 시인 김시종은 4·3사건 와중에 성내의 세포 일원으로서 밀항선을 타고 일본으로 건너가 목숨을 구한다. 이후 김시종은 조총련계 조직 활동을 하다가 총련을 탈퇴하여 남한과 북한에 이념적 등거리를 둔 채 김시종 특유의 '경계의 상상력'을 동원하여 재일조선인 문학의 시적 성취를 이룩하고 있다. 김시종 외에 이처럼 해방 전후 일본으로 건너간 타지역 재일조선인과 재일제주인의 삶의 실태에 대해서는 제주대 재일제주인센터 편,『재일한국인 연구의 동향과 과제』, 제주대 재일제주인센터, 2014; 고광명,『재일 제주인의 삶과 기업가 활동』, 제주대 탐라문화연구소, 2013 참조.

는 데 전위에 서 있던 서북청년단의 실체를 드러낼 뿐만 아니라 그것에 조금도 굴복하지 않고 비타협하는 정치적 상상력이야말로 작가 김석범의 문학적 행동주의와 맞닿아 있다는 것을 제주의 제사 풍속을 통해 헤아릴 수 있다.

그런가 하면, 제주 민중이 4·3무장봉기를 지지하는 가운데 혁명의 기치 속에서 해방의 정념을 북돋우며 부르는 노동요('맷돌·방아노래', 〈해녀노래〉)와 항쟁노래('민중의 노래')는 제주의 구술연행이 혁명과 결코 무관하지 않음을 증명해준다. 오히려 4·3무장봉기는 이렇게 제주민중의 새로운 사회 건설을 향한 정치적 염원이 자연스레 동반되는 노동요와 항쟁노래의 구술연행으로 한층 실감을 얻는다.

이처럼 김석범의 '조선적인 것'은 문제지향적 공간으로서 제주가 지닌 정치적 상상력과 밀접히 연동된 것으로『화산도』에서 보이는 '밀항의 상상력' 또한 예외가 아니다. 밀항하는 도정에서, 해방공간에서 청산되지 못한 식민주의를 청산하고 반혁명분자의 배신 행위를 응징한 것은 신생을 향해 떠나는 밀항선의 정치적 상상력을 배가시켜준다. 말하자면 밀항선은 혁명에 패배하여 낙오한 자들이 목숨을 구걸받는 혁명의 허무주의와 도피의 공간을 넘어 섬에서 완수하지 못한 '미완의 혁명'을 실현하는 그리하여 영구혁명의 역사적 몫을 부여받는다고 볼 수 있다.

그렇다면, 김석범에게 '조선적인 것'은 그의 전 생에서 확연히 알 수 있듯,(그는 아직도 무국적자의 삶을 살고 있음) 남과 북으로 분단된 어느 한쪽 국민국가의 내셔널리즘으로 귀환하는 것을 넘어 1948년 4·3무장봉기를 일으킨 제주의 혁명이 함의한 '지역 공동체'로부터 비롯한 정치적 상상력이 구현된 온전한 정치 공동체로 육화될 바로 그 무엇이다. 이런 맥락에서

그의 『화산도』는 구미중심주의의 (탈)근대를 극복하는 재일조선인문학
으로서 새로운 세계문학의 지평을 열고 있는 셈이다.

재일조선인 김석범, 해방공간, 그리고 역사의 정명正名

장편소설『1945년 여름』과 대하소설『화산도』를 중심으로

1. 재일조선인의 '구성주체 / 비판주체'를 수행하는

재일조선인 작가 김석범金石範(1925~)이 2017년 제1회 이호철통일로문학상 수상자로 결정된 이후 이 상의 제정 취지와 수상 소식을 작가에게 직접 전해드리고 시상식에 참석해 주실 것을 간곡히 말씀드리기 위해 도쿄를 방문했을 때 일본에서 한국 근대문학 연구를 이끌어온 오무라 마스오 교수와 인터뷰할 기회가 있었다.[1] 김석범의 수상에 대한 그의 다음과 같은 간명한 언급은 의미심장하게 다가온다.

김석범 작가의 이번 수상은 작가 김석범 개인의 영광이되 재일조선인

---

1 일본 근대문학 연구자 곽형덕의 도움으로 2017년 7월 28일 오무라 마스오 선생 댁을 방문하여, 서울시 은평구청에서 제정한 제1회 이호철통일로문학상 수상자로 선정된 김석범 작가에 대한 소감과 연관된 재일조선인 문학에 대해 인터뷰를 진행하였다. 이 자리를 빌어 인터뷰의 순조로운 진행을 도와준 곽형덕에게 심심한 감사의 말씀을 전한다. 이후 김석범은 제1회 이호철통일로문학상 시상식에 참석하기 위해 2017년 9월 16~18일 2박 3일 일정으로 한국을 방문하였다. 그는 수상소감 및 김석범문학 심포지엄의 기조강연에서 해방공간의 뒤틀린 역사에 대한 날카로운 문제의식을 피력하였을 뿐만 아니라 분단체제를 극복하기 위한 평화를 향한 문학의 역할을 강조하는 등 최근 한국문학에서 자칫 망실하거나 소홀히 여겨온 한반도의 분단을 극복하기 위한 문제의식을 웅숭깊게 성찰해낸다.

문학의 큰 기쁨입니다.

오무라 마스오는 이 언급을 하기 전 잠시 명상에 잠겼다. 일본에서 한국 근대문학 연구의 지반을 다져온 원로 연구자는 이처럼 촌철살인의 언급을 한 후 재일조선인 문학의 험난한 흐름을 간략히 반추하였다. 돌이켜보면, 한국사회에서 재일조선인 문학에 대한 비평적 및 학문적 관심이 없었던 것은 아니되, 재일조선인 문학에서 주요하게 다뤄지고 있는 대상과 그 문제의식이 구미중심의 문학 제도에 익숙한 이들에게 본격적 탐구의 영역으로 소화하는 것은 그리 단순한 문제가 아니었다. 즉 재일조선인 문학을 한국문학으로 다뤄야 하는지, 북한문학으로 다뤄야 하는지, 아니면 일본문학으로 다뤄야 하는지, 말하자면 낯익은 근대의 국민문학의 문제틀로 설정하여 다루기 힘든 복잡한 층위의 난제들이 가로놓여 있는 게 현실이다.[2] 여기에는 무엇보다 재일조

---

2   사실, 재일조선인 문학을 어떠한 범주로 설정하여 접근할 것인지는 그 자체로 매우 발본적 문제가 아닐 수 없다. 재일조선인 문학을 그동안 우리에게 낯익은 근대의 개별 국민문학의 관점, 곧 한국문학, 북한문학, 일본문학 등으로 명확히 구분하여 연구하는 데는 한계가 명확하기 때문이다. 가령, ① 한국어(한글)의 표현 수단에 주목하면서, 최근 전 지구적으로 디아스포라 문학에 대한 연구 붐이 일어나고 있는데 재일조선인 문학을 한국문학 연구의 하위 영역 중 하나인 디아스포라적 측면을 주목하여 한국문학의 영토로 볼 수 있는가. ② 북한을 정치적으로 지지하는 '재일본조선인총연합회'(약칭 '조총련') 결성(1955) 이후 '조총련' 산하 '재일본조선문학예술가동맹'(약칭 '문예동')이 북한의 '조선작가동맹'의 절대적 영향 아래 있다는 것을 중시하여 '문예동' 산하 재일조선인문학을 북한문학의 한 영토로 다뤄질 수 있는가. ③ 현실적으로 일본어를 주요한 창작 수단으로 삼는 재일조선인 문학을 일본문학의 범주로 쉽게 포괄할 수 있는가. 바로 이처럼 세 가지 문제가 제기되는 것은 그만큼 재일조선인 문학이 기존 구미중심의 근대의 국민문학의 시계(視界)만으로는 그 실체가 온전히 이해되기 힘든 것을 방증한다. 따라서 어쩌면 재일조선인 문학은 구미중심 근대 국민문학에 균열을 내고 전복시키는 새로운 문제의식과 사유를 요구하는지 모른다. 김석범 문학의 문제성은 바로 여기에 있다. 그 탐구에 대해서는 고명철·김동윤·김동현, 『제주, 화산도를 말하다』, 보고사, 2017 참조.

선인과 연관된 정치사회적 쟁점을 비껴갈 수 없기 때문인바, 널리 알 듯이 재일조선인은 일제 식민지배로부터 해방 이전까지 피식민지인의 처지로 일본에서 살면서 지금까지 그곳에서 삶의 터전을 잡고 살고 있 는가 하면, 해방 이후 조국으로 귀국했다가 세계 냉전 질서의 구축과 한반도의 해방공간의 혼돈에 따라 다시 일본으로 건너와 살고 있는가 하면, 한국정부 수립 이후 대부분 경제적 문제 해결을 위해 일본으로 밀항하여 살고 있는 등 우리에게 익숙한 근대의 국가, 국민, 국경의 개 념과 제도로는 그 역사적 실체를 명확히 포착할 수 없는 일본사회의 엄연한 '구성주체constructive subject'다. 그런데 이 '구성주체'가 문제적인 것은 일본이 문명이란 미명 아래 20세기 전반기 아시아를 대상으로 한 식민 침탈의 뚜렷한 역사가 화석이 아닌 살아 있는 실체로 증명해 보이는 역사적 희생양으로서 일본의 제국주의 만행을 응시하고 비판 하는 역할을 할 뿐만 아니라 한반도에 살고 있는 주민들에게 직접적 정치 억압으로 작동하는 분단이데올로기에 강하게 구속되지 않은 채 한반도의 주민보다 분단과 관련한 사상과 표현의 자유가 상대적으로 자유롭게 보증된다는[3] 점에서 분단체제의 객관현실을 검증하고 비판

---

3 물론, 여기서 불필요한 오해를 없애기 위해 분명히 해두고 싶은 것은 해방 이후 미·소 냉전체제가 형성되면서 일본에 거주하는 재일조선인이 미국 점령군사령부(GHQ)에 의해 위험하고 불온한 정치세력으로 간주되고(이와 관련하여, GHQ 1945년 11월 1 일 자 '기본지령'에는 "필요한 경우에는 귀관에 의해 (해방민족을 – 인용자) 적국인으로 다룰 수가 있다"고 명시. 문경수, 고경순·이상희 역, 『재일조선인 문제의 기원』, 도서출판문, 2016, 100쪽), 특히 한반도의 해방공간에서 정치 정세 추이와 밀접한 연 관을 맺은 재일조선인의 민족운동이 지닌 사회주의 성향은 한국전쟁을 거치는 동안 GHQ와 일본의 정치적 탄압 속에서 한반도의 분단이데올로기 못지않게 형성된 재일 조선인 내부의 분단이데올로기의 극심한 대립·갈등에 직면함으로써 재일조선인 사 이에 사상과 표현의 자유가 억압된 것도 사실이다. 그 대표적인 것으로, 북한의 김일 성 개인 숭배에 비판적 문제를 제기한 재일조선인 시문학의 대표인 김시종이 겪은 이

하는 '비판주체critical subject'의 몫을 수행한다.

그렇다면, 김석범 문학의 수상과 관련하여 오무라 마스오의 간명한 발언이 함의하고 있는 것은, 재일조선인 문학의 한 표상인 김석범은 고유의 래디컬한 정치적 상상력으로 '구성주체'와 '비판주체'로서 재일조선인의 문제를 치열히 탐구할 뿐만 아니라 한반도의 분단체제를 허물기 위한 문학적 실천을 실행하고 있다는 점이다. 이 글에서는 최근 한국어로 번역된 김석범의 장편소설 『1945년 여름』(김계자 역, 보고사, 2017)과 대하소설 『화산도』(김환기 · 김학동 역, 보고사, 2015)를 중심으로 예의 두 주체('구성주체'와 '비판주체')의 역할을 어떻게 수행하고 있는지를 살펴봄으로써 김석범의 문학세계에 가깝게 다가가본다.

2. 해방 직전 재일조선인의 존재 양상

김석범의 자전적 성격이 짙은 『1945년 여름』(1974년에 단행본 간행)은 『화산도』(1997년 단행본 완간)로 이행하는 데 매우 중요한 문제작 중 하나다. 『화산도』가 해방 이후의 시공간, 곧 해방공간을 집중적으로 다루고 있다면, 『1945년 여름』은 제목이 단적으로 말해주듯 해방 직

른바 '진달래지 사건'(1957)은 그 단적인 사례다. 하지만 재일조선인사회에서 '조총련'의 위상이 현저히 약화되면서 그에 따라 '문예동'의 위상 역시 약화된 엄연한 현실을 염두에 둘 때, 일본사회에서 재일조선인 문학이 한반도의 분단에 관한 사상과 표현면에서 분단의 직접 당사자인 한반도의 주민보다 상대적으로 자유로운 것을 간과할수 없다. 이후 다음 절에서 살펴보겠지만, 김석범의 『화산도』(1964~1997)에서 초점이 맞춰진 제주4·3이 항쟁 주체 세력인 무장대에 초점을 맞추고 있다는 것은 한국사회에서 좀처럼 쓰이기 힘든, 분단이데올로기에 구속되지 않은 글쓰기를 보인다.

전과 해방 직후의 시기를 다루고 있어 해방의 의미뿐만 아니라 해방 전후의 현실을 살아낸 재일조선인의 존재 양상을 밀도 있게 보여준다. 특히, 해방 직전 재일조선인이 일제 식민주의 현실 속에서 취하는 일본(인)으로 철저히 동화하고자 하는 일상의 모습과, 이러한 친일협력하는 일상에 정치적·민족적·심정적 길항의 태도를 지닌 또 다른 재일조선인의 모습이 대비되면서 식민주의의 적나라한 삶과 현실을 응시하고 비판적 성찰의 태도를 보이는 『1945년 여름』은 『화산도』 못지않게 주목할 만한 작품이다.

우선, 『1945년 여름』에서 김석범은 친일협력에 아주 적극적인 재일조선인의 민낯을 예각적으로 응시한다. 김석범의 분신인 작중 인물 김태조는 자신이 일하는 건축철물 제조 소기업 사장의 아들(이성식 / 도요카와 나리히로)이 일본군 장교 소위로 임관하게 된 이유를 적시한다. 도요카와 나리히로는 김태조의 중학 동창생으로 김태조처럼 일본에서 태어난 재일조선인으로서 "일본인이면서 반도인이라고 하는 이율배반적인 모순"[4]을 해결하기 위해 "내선일체를 추진하는 것"(50쪽)이 가장 확실한 것이라는 판단 아래 일본군에 자진 입대한다. 무엇보다 그는 "일본민족과 조선민족이 하나가 되어 대동아공영권의 지도 민족으로서 일본제국의 기초를 반석의 견고함에 놓는 것이야말로 조선민족이 행복으로 가는 길이라는 철학을 더욱 확고히"(51쪽) 다진바, 이러한 그의 "진정한 일본인"(51쪽)으로 동화하고자 하는 욕망과 자기확신은 비단 재일조선인뿐만 아니라 식민지 조선의 친일협력자에게서 공통적으

---

4   김석범, 김계자 역, 『1945년 여름』, 보고사, 2017, 50쪽. 이하 이 작품의 부분을 인용할 때 본문에서 쪽수만 표기한다.

로 발견되는 제국의 식민주의에 동화된 논리다.[5]

그런데 흥미로운 것은 도요카와 나리히로로 대표되는 재일조선인의 친일협력을 예각적으로 응시하는 것과 함께 그것에 대한 김석범 특유의 길항을 보인다는 점이다. 태평양전쟁 막바지에 일본군복을 입고 일본도를 허리에 찬 도요카와 나리히로는 그 자체로 친일협력의 한 전형으로서 "어둡고 흉포한 시대"(54쪽)를 반영하는데, 도요카와 나리히로의 이러한 면모에 대한 김석범의 비판적 성찰이 작품 속에서 제삿날 이뤄지고 있다는 것은 매우 의미심장하다.[6]

어리석은 패륜아! 조선의 귀신 앞에서 이 무슨 작태인가! 군복을 벗어라! 칼을 내려놓아라! 깨끗이 맨몸으로 절을 올려라! 제단 뒤쪽의 천장 구석에서 보이지 않는 묘의 커다란 입이 떡 열리고 메아리가 되어 소리가 울려 퍼지는 것만 같았다.

(…중략…)

어헛, 아래를 봐라. 내 조상의 제사에 일본도를 차고 왜놈 군복을 걸치고 절을 하다니. 우스꽝스러운 모습의 사내는 사람 새끼냐! 와하하! 와하하! 도요카와 뒤에서 사람들이 와 하고 웃는 소리, 바보 같은 놈이라고 큰 소리로

5   이와 관련하여, 일제 말 친일협력한 식민지 조선문학인의 내적 논리와 그 존재 양상에 대해서는 김재용의 두 노작, 『협력과 저항』(소명출판, 2004) 및 『풍화와 기억』(소명출판, 2016)을 참조.
6   김석범의 문학에서 제사가 갖는 서사적 지위는 막중하다. 대하소설 『화산도』에서도 그 중요성은 아무리 강조해도 지나치지 않다. 제주에 파견온 서북청년단 간부 마완도가 권총을 차고 이방근의 친모 제사에 참석하는 장면은 당시 정부의 유사권력을 참칭하여 제주 원주민 공동체의 모든 것에 위협을 가하고 압살을 가하는 폭력의 실체다. 고명철, 「김석범의 '조선적인 것'의 문학적 진실과 정치적 상상력」, 『제주, 화산도를 말하다』, 보고사, 2017, 138~144쪽.

꾸짖는 소리…… 아니, 아무도 웃지도 않거니와 큰소리로 꾸짖거나 욕설을 퍼붓지도 않았다. 대신에 마른 모래처럼 흰색 침묵이 사람들 사이에 털썩 내려앉은 느낌뿐이었다. 사람들은 어이없이 보고 있었다. 어이없어하는 사람들이 화를 내기까지는 잠시 시간이 필요한 것일까. 그러나 사람들은 화를 내지 않았다. 웃지도 못하고 그저 보고만 있을 뿐이었다.(66쪽)

김석범은 조선의 제사에 참석하고 있는 도요카와 나리히로를 매섭게 비판한다. 그것은 조선의 제사 풍속을 무시하고 제사 예법에 어긋난 행위를 한 것에 대한 비판이 아니라 일본 군복에 일본도를 차고 있는 모습이 표상하고 있는 일제 식민주의 폭압이 피식민 공동체의 문화의 근간을 짓밟고 송두리째 훼손하는 반문명적 폭력에 대한 준열한 비판이다. 여기에는 "이미 잃어버린 조선을 사람들은 마음속에서 늘 새롭게 기억"(43쪽)함으로써 "사람들은 근린 친척들끼리 모여 제삿날 밤을 함께 지새우면서 일본사회로부터 완전히 폐쇄된 상태에 자신들을"(41쪽) 스스로 유폐시켜 제삿날 밤의 한정된 시공간 안에서 부여된 해방감을 만끽하는 것인데, 이것마저 식민주의 지배권력에 의해 감시·관리·통제되고 있는 것에 대한 비판적 문제의식이 자리하고 있다. 말하자면, 일제 말 식민주의 권력은 피식민 공동체의 문화의 근간으로 대대로 기억·전승되는 제사의 일상에까지 개입하여 지배함으로써 식민지배 권력과의 완전한 동화를 기도하는 것이다. 물론 이에 대해 재일조선인은 인용문에서 단적으로 보이듯, 분노도 표출할 수 없고, 어이없는 웃음도 지을 수 없고, 침묵으로 자신의 의사를 전달할 뿐이다. 하지만 김석범이 예의주시하는 재일조선인의 이 "차가운 미소"(71쪽)가 작품 속에서 제삿날과 어우러져 있다는 것은 앞서 주목했듯이, 제사가 생성하는 재일조선인의 해방감이 쉽게 무화되지 않은 채 식민주의 지배권력에 쉽게 투항하지 않는 피식민 공동체의 저항을 드러낸다. 이것은 달리 말해 작가 김석범과 그의 분신 김태조가 해방 직전 재일조선인으로서 갖는 역사의 정동情動, affection이다.

재일조선인의 이러한 역사의 정동은 김태조로 하여금 "일본을 탈출해 조선으로 도항하는 최후의 기회를" 통해 "조국 전선에서 더 나아가 어떻게 해서든 국외로 탈출할 길을 찾"(12쪽)도록 한다. 그래서 김태조는 우여곡절 끝에 조국 경성에 이른다. 김태조가 경성에서 마주한 풍경과 분위기는 일본에서 꿈꿔온 것과 큰 차이가 있다. 분명 경성에서 듣는 조선어는 "말의 내용을 넘어 그 아름다운 억양의 파고가 일렁이는" "멋진 음악"(140쪽)으로 태조를 감동시키면서 태조의 무의식 지층에 똬리를 틀고 있는 민족의식을 솟구치도록 하기에 충분하다. 하지만 태조는 경성을 무겁게 짓누르고 있는 식민주의 현실을 금세 인식한다. 그토록 아름다운 조선어가 황국신민화 정책의 강제에 의해 '국어(=일본어)의 상용'으로 심각한 변질과 내상을 입고 있는가 하면, 일본에서도 하지 않는 천황 숭배를 목적으로 한 "12시 묵념과 같은 것"(199쪽)이 강제적으로 시행됨으로써 "김태조는 일본에 있을 때보다 한층 더 자신을 서서히 죄어오는 경성의 답답한 분위기에서 벗어날 수 없"(199쪽)다. 말하자면, 일제의 지배가 막바지에 이른 경성은 태평양전쟁의 군수물자를 총동원하기 위한 파시즘적 식민통치가 전일적으로 강화되고 있는 피식민지로 전락해 있는 것이다.

미군의 공습 속에서 "일억의 국민이 모두 군인이 되어 성전 완수"(155쪽)를 해야 한다는, '일억옥쇄一億玉碎'를 각오하는 일본 내의 파시즘적 정

황에서 벗어났다고 생각한 태조에게 경성의 이러한 암담한 식민지 현실
은 식민주의 통치가 얼마나 피식민지에서 가혹하게 자행되고 있는지를
여실히 실감하도록 한다. 이러한 경성은 영양실조에 걸린 김태조가 건강
을 회복시키는 일이 어렵다는 것을 상징적으로 말해준다. 왜냐하면 경성
은 "일본제국의 침략의 근거지"(220쪽)로서 현현될 뿐이다. 그리하여 애
초 조국을 경유하여 일제 식민지배를 벗어나고자 한 김태조의 꿈은 스러
지고, 그는 건강을 회복하기 위해 금강산으로 요양을 간다. 그런데 그는
그곳에서 조선의 여인들로부터 "왜인 같다"(219쪽)는 충격적 말을 듣고,
심각한 자기정체성의 동요에 직면한다. 일본에서도 친일협력 재일조선
인에 대한 경계와 혐오의 태도를 지닌 채 민족의식을 길러온 김태조에게
이 같은 말은 그동안 자신의 노력이 덧없는 것이었고, 재일조선인으로서
그의 존재론적 바탕 자체를 뒤흔드는 것이다. 무엇보다 "왜인 같다"는 말
은 "자신의 뿌리인 조선의 대지에 두들겨 맞은 듯한 무력감"(218쪽)을 안
겨주었기 때문이다. 이 같은 이유는 김태조를 일본으로 다시 건너가 재일
조선인의 삶을 지속시킨다.

　이렇게 김석범은 『1945년 여름』에서 해방 직전 일본과 조국의 현
실에서 맞닥뜨린 재일조선인이 일본사회와 조선사회의 그 어느 곳에
서도 자연스레 존재론적 지위를 안정적으로 보증받을 수 없는 곤혹스
러움을 밀도 있는 문제의식으로 보여준다.

3. 해방의 혼돈과 4·3혁명을 마주한 재일조선인

해방 직전 친일협력에 적극적인 재일조선인에 대한 반감과 위화감을 갖고 조국을 방문한 김태조는 자신의 의지와 상관없이 조선인으로부터 일본인으로 간주되는가 하면, 고향 제주에서 징병검사를 받는 도중 "예! 저는 충성스러운 제국신민입니다"(159쪽)고 자인할 수밖에 없듯, 일상 속에서 식민주의 지배권력에 굴종적 태도를 보이는 등 재일조선인으로서 극심한 자기정체성의 혼돈에 휩싸인 채 일본으로 다시 돌아간다. 그리고 일본에서 꿈에 그리던 해방을 맞이한다. 김태조에게 조국의 해방은 "전 존재를 걸 값어치가 있는 것"(263쪽)이었다. 그런데 일본에서 맞이한 해방은 김태조에게 해방을 향한 강렬한 문제의식과 다른 문제의식을 제기한다. 이것은 김석범이 해방 직후 직접 목도하거나 경험한 해방의 정동情動에 대한 문제의식과 연관된 것으로, 역사에 대한 친일협력자의 엄정하고 치열한 자기비판과 상호비판이 결여된 채 해방의 어수선한 기회를 틈타 상실한 조선의 민족의식 및 공동체를 회복하고자 하는 기회주의자의 발빠른 현실 적응력에 대한 비판적 성찰에 맞닿아 있다. 여기에는 "적어도 조선의 독립을 지향해온 자신조차 스스로의 연약함 때문에 상처를 받고 있는데, 이들은 상처의 통증이 너무 없는 것 같았"고, "'8·15'가 당연 갖고 있을 터인 현기증이 날 정도로 어지러운 충격이 전해지지 않"은 채 "교활한 지혜조차 간취"(271쪽)되는, 그래서 그들이 해방 전에도 친일협력하면서 교활하게 살아남았던 것처럼 달라진 세상에서도 얼마든지 지배권력에 입맞게 잘 순응하고 적응하면서 살아남을 수 있다는 것에 대한 작가의 통렬한 비판이 자리하고 있다.

이러한 김석범의 비판에서 쉽게 간과할 수 없는 것은 일본의 패전과 맞물린 해방에 대한 재일조선인의 반응이다. 그중 주목되는 것은 작품 속에서 '진정한 일본인'으로 동화되기 위해 제국 일본군 장교로서 충실했던 도요카와 나리히로가 사회주의자로 전향해 있는 놀라운 현실이다. 김태조에게 도요카와 나리히로의 사회주의 전향은 상식적으로 이해하기 어려운 존재 전이가 아닐 수 없다. 제국의 충실한 국민으로서 자신의 목숨을 바치겠다고 맹세한 한 재일조선인이 아무리 제국이 패망했다고 하더라도 어떻게 이렇게 아주 빠른 시기에 반제국주의를 표방했던 사회주의로 전향할 수 있는지 김태조는 좀처럼 이해하기 쉽지 않다. 그래서인지, 해방 직전 도요카와 나리히로의 일본제국을 위한 결단을 치켜 세우던 친일협력자들이 일본의 패전과 조선의 승리를 만끽하는 기묘한 분위기 속에서 김태조는 "불결하다는 말이 되살아났다."(329쪽) 일본에서 해방을 경험한 김석범이 가장 곤혹스러운 것은 '8·15'를 맞이할 준비가 부재한 재일조선인이 갑작스러운 해방의 기운 속에서 식민주의 지배에 깊이 침윤된 자신의 삶과 현실에 대한 치열한 자기인식을 바탕으로 한 자기비판과 상호비판이 결여된 공허한 충족감에 빠져있는 것이다. 과거에 대한 통렬한 비판과 현재에 대한 뚜렷한 자기인식을 바탕으로 한 새로운 미래를 모색하는 게 아니라 식민지배를 경험하는 동안 입은 상처를 봉인하고 심지어 상처가 더욱 깊이 패이고 있는 재일조선인의 자화상에 대해 김석범은 김태조의 시선을 빌어 이처럼 음울하게 진단한다.

사실, 작품 속에서 해방 직후 부산스럽게 움직이는 재일조선인의 모습에 대한 부정적 인식은 김태조 자신을 향한 자기혐오와 자기부정이나 다를 바 없다. 김태조는 "신생 조국의 건설을 위해 매진해야 할 이 시기에 자신의 구멍 속으로 빠져들어 가는 것"(302쪽)을 감지한다. 해방 직후 재일조선인의 부끄러운 자화상에 대한 관조와 비판적 성찰의 태도는 지니되, 김태조 자신이 이에 자족하지 않고 해방된 신생 조국을 위해 참여해야 하는 것이기 때문이다. 따라서 김태조에게 망설일 선택의 여지가 없다. 해방 직전 "그 딱딱한 껍질 속에 감춰진 뭔가를 만지지 못하고 멀어져버린 경성"(303쪽)을 다시 찾아가 오랫동안 그를 덮고 있던 일본 국민으로서 재일조선인의 껍질을 벗어버려야 한다.

그리하여 김태조는 "8·15 이전에는 볼 수 없었던 해방된 자유"(347쪽)로 출렁이는 조국 경성으로 돌아온다. 여기서, 대하소설 『화산도』가 『1945년 여름』의 연작은 아니지만, 해방된 조국으로 돌아온 김태조와 같은 재일조선인이 어떠한 역사적 선택 속에서 사유하고 역사의 삶과 일상을 살고 있는지,[7] 그리고 김석범의 또 다른 페르소나를 통해 조국의 해방공간을 어떻게 구체적으로 대응하면서 살고 있는지를 살펴볼 수 있는 문제작이다.

---

7 『1945년 여름』에서는 해방된 조국으로 돌아온 김태조의 구체적 삶에 대해 알 수 없다. 하지만 작품의 맨 마지막에서 김석범은 김태조로 하여금 그동안 일본에서 재일조선인으로서 살아온 식민주의 억압을 해방된 조국에서 털어내고 신생 조국의 전망을 위한 새 욕망을 갖도록 한다. "뭔가 지금까지 긴장되어 있던 것이 저절로 무너져가는 듯한 느낌이 들었다. 자신의 내면에 단단히 만들어져 있던 것이, 교토에서, 아니 오사카에서 닷새 걸려서 갖고 온 것이 와르르 무너지는 느낌이 들었다. 그러나 이 붕괴감은 이제 자신을 무너뜨리려는 압박감을 수반하지는 않았다. 오히려 밑바닥에서부터 희미한 충족감조차 생기는 것을 느꼈다. 뭔가 재생하는 생명의 탄생처럼 움직였다. 김태조는 문득 중얼거리듯, 이것으로 자신이 한 걸음 앞으로 나아갈 수 있을지도 모른다는 생각이 들었다."(362쪽) 필자는 김태조의 신생의 욕망과 삶을 『화산도』에서 마주한다.

이와 관련하여, 『화산도』에서 주목하고 싶은 인물은 남승지와 이방근이다.[8] 읽는 시각에 따라 남승지는 김태조를 골격으로 하고 있는 인물로 파악할 수 있다. 남승지는 해방 후 일본에 가족을 남겨둔 채 서울을 거쳐 고향 제주도로 귀국하여 4·3이 일어나기 전 중학교 교사로서 남로당원 "가두세포街頭細胞"[9] 활동을 맡고 있는 혁명가다. 그는 해방을 맞이한 이후 "재일조선인으로서 조국에 적응하려는 노력"(1:98)에 진력하고 있음에도 불구하고 쉽지 않다. 남승지가 막연히 생각하고 기대했던 해방된 조국의 현실은 한갓 물거품이 되고 말았다. 해방공간의 정치경제적 상황은 일본의 식민지 지배와 또 다른 새로운 제국의 지배자인 미국이 군정을 선포했고 미군정은 이승만을 정치적 파트너로 삼아 친일협력자를 재등용함으로써 "'민족반역자'들의 복권 무대가 우선적으로 제공"(1:69)되면서 38도선 이남만이라도 단독정부를 세워야 한다는 이상 난기류가 흐르고 있다. 이런 혼란스러움 속에서 남승지는 "조국의 현실과 재일조선인인 자신과의 거리를 메우기 위한 노력"(1:104)에 신열身熱을 앓고 있다. 여기서 김석범에 의해 탄생된 혁명가 남승지에게 주목할 점이 있다. 남승지는 당 조직을 신뢰하지 못하고 배반하지는 않더라도 당 조직이 초래할 수 있는 위험에 대해 비판의식을 보인다. 그런데 남승지의 이러한 비판을 그가 동참하고 있는 혁명에 대한 회의적 시각으로 이해해서는 곤란하다. 남승지는 혁명에 동참하

---

8 이하 남승지와 이방근에 대해서는 『제주, 화산도를 말하다』에 수록된 고명철의 「해방공간, 미완의 혁명, 그리고 김석범의 『화산도』」 및 「김석범의 '조선적인 것'의 문학적 진실과 정치적 상상력」에서 해당 부분을 발췌하여 정리한 것이다.

9 김석범, 김환기·김학동 역, 『화산도』 2, 보고사, 2015, 167쪽. 이하 이 작품의 부분을 인용할 때 본문에서 '권수:쪽수'로 표기한다.

기 위한 실존적 고뇌에 천착하면서 결단을 내린 만큼 제주의 혁명 자체를 냉소적·회의적·비관적 시선으로 보지 않는다. 다만 그가 두려워하고 경계하는 것은 실체로서 혁명보다 말, 즉 혁명에 대한 온갖 분식粉飾을 구성하는 것들이 혁명을 욕보이고 혁명을 추하게 하고 그래서 그 분식된 혁명의 말이 생명을 압살하는 폭력이다. 그때, 혁명의 말은 비정상성을 조장하고 정상성을 구속하여 압살하는 '괴물'로 둔갑한다. 해방공간의 제주에서 정상성을 압살하는 반공주의가 그것이고, 현실에 착근하지 못한 채 당 조직의 절대성과 교조성을 옹호하는 의사擬似혁명주의가 그것이다.

김석범이 주목하는 남승지가 이렇다면, 『화산도』의 문제적 인물 이방근은 남승지와 같은 혁명가뿐만 아니라 정 반대편에 있는 미군정 및 이승만의 정치세력(서북청년단과 군경)을 동시에 객관적으로 조망할 수 있는 위치에 있다. 이방근은 정치적 허무주의에 사로잡힌 채 이념적 강박증과 교조주의에 갇힌 사회주의 혁명가들에 대해 매우 신랄한 비판적 견해를 지니되 그들이 일으킨 무장봉기 자체를 전면적으로 부정하지 않는다.[10] 오히려 혁명 자금을 지원하는가 하면 반민족적 반혁명 인사를 철저히 응징하여 죽이기까지 한다. 뿐만 아니라 무장봉기 혁명에 패배한 자들의 목숨을 밀항선을 이용하여 구제하기도 한다. 그렇다

---

10 재일조선인 태생 연구자 다케다 세이지가 김석범의 제주도에 대한 집중적 관심을 두고, "제주도의 동향은 '해방'이 가져다 줄 새로운 삶의 희망이 사악한 힘에 의해 왜곡되고, 빼앗기는 체험이었을 것이다"(다케다 세이지, 재일조선인문화연구회 역, 『'재일'이라는 근거』, 소명출판, 2016, 103쪽)란 정곡을 찌른 언급에서도 알 수 있듯, 『화산도』의 작중 인물 이방근이 4·3혁명에 그만의 방식으로 참여하는 것은 바로 '해방'이 가져다 줄 새로운 정치적 상상력과 삶의 실재가 제주에서 파괴되는 것에 대한 이방근의 응전으로 볼 수 있다.

면, 이러한 이방근이란 독특한 인물 형상화를 통해 김석범이 새롭게 발견하고 싶은 문학의 정치적 실재는 무엇인가. 이것은 『화산도』를 통해 궁리하고 있는, 그래서 김석범이 해방공간에서 문학적으로 실천하고 있는 새로운 정치적 상상력과 무관하지 않다. 바꿔 말해 김석범은 4·3을 일으킨 제주의 혁명가들이 끝내 그만 둘 수밖에 없는 '미완의 혁명'이 함의한 새로운 정치적 상상력을 『화산도』에서 함께 펼치고 있는 것이다. 그것은 재일조선인 김석범에게 '조선적인 것'과 관련된 정치적 상상력의 맥락에서 구체성을 띤다. 여기에는 '국가 공동체'로 수렴되는 정치적 상상력과 다른 '지역 공동체'의 문제의식을 소홀히 간주해서 곤란하다. 왜냐하면 김석범이 『화산도』에서 주목하는 해방공간의 혁명이 바로 제주에서 일어난 4·3항쟁이란 사실을 상기할 필요가 있다. 비록 4·3무장봉기의 애초 목적이 38도선 이남만 실시되는 대한민국 정부수립에 대한 선거에 참여하지 않음으로써 남한만의 정부의 탄생을 거부하는 것이지만, 혁명의 과정 속에서 4·3무장봉기는 '국가 공동체'를 만드는 것으로만 수렴되지 않는 또 다른 정치적 상상력을 품고 그것을 실천하고자 한 것을 『화산도』에서 주목해야 한다. 그것은 근대의 국민국가 세우기와 또 다른 정치적 함의를 지닌 김석범의 문학적 실천이다. 그것을 기획하고 실천하고자 한 문학적 공간이 제주라는 지역은 김석범의 '조선적인 것'을 이해하는 데 간과할 수 없다. 여기에는 해방공간이 말 그대로 식민주의의 억압에서 모든 것들이 풀려나 아직 해방된 국가(근대)의 제도를 미처 정비하지 못한 혼돈 그 자체인데, 각 정파에 의해 국가의 논의가 이뤄지는 해방공간의 중심(식민지배 공간의 잔존과 잉여인 경성-서울)이 기실 구미의 내셔널리즘에 기반을 둔 입장으로 충만돼 있어 그 바깥의 해방된 정치 공동체에 대한 탐색이 봉쇄돼 있는 것을 고려해본다면, 김석범의 '조선적인 것'은 이들 해방공간의 중심과 비판적 거리를 두면서 그 어떤 대안을 모색하는 것과 연관된 정치적 상상력의 산물이기도 하다. 말하자면, 김석범의 '조선적인 것'은 일본제국으로부터 해방된 해방공간에서 모색되는 구미중심주의 내셔널리즘에 기반한 '국가 공동체'의 그것과 차질적差跌的 성격을 지닌 그것의 대안인 '문제지향적 공간'으로서 제주의 '지역 공동체'로부터 발견되는 정치적 상상력을 함의하고 있다.

4. 일제의 식민주의에 대한 김석범의 문학적 보복

김석범의 문학에서 눈여겨 볼 것 중 하나는 김석범이 단호히 실행하는 문학적 보복이다. 실제 역사의 현실공간에서 단행되지 않고 유야무야로 희석화된 역사적 퇴행에 대해 김석범은 작품 속에서 그 역사적 죗값을 심문하고 처벌한다. 무엇보다 그것은 일제의 식민주의에 대한 김석범의 단호한 거부이자 저항의 문학적 실천으로 나타난다.

이와 관련하여, 『1945년 여름』에서 주목해야 할 대목은 일제 식민주의 지배의 무소불위의 상징권력으로 작동하고 있는 천황제에 대한 김석범의 신랄한 문학적 보복이다.[11]

---

11 일본제국의 식민주의를 지탱하고 있는 천황제에 대한 문학적 보복은 오키나와 문학을 대표하는 메도루마 슌의 일련의 문제작들(「평화거리라 이름 붙여진 거리를 걸으면서」(1986), 「1월 7일」(1989), 「코자 거리 이야기 - 희망」(1999))에서도 확연히 읽을 수 있다. 이것은 우연의 일치라고 간단히 치부할 수 없는 소설쓰기다. 여기에는

김태조는 재래식 변소에 앉아 있었다. (…중략…) 변소 속에 버려진 신문지라고는 해도 그 사진은 아직 보는 사람을 위협해오는 일종의 힘을 갖고 있었다. 그 사진은 배후에 예를 들면 천황폐하라고 하는 단 한마디 말로 사람을 직립부동의 자세를 취하게 하는 신비로운 힘을 갖추고 있었다. 그는 용변을 다 본 후에도 변소 속에서 잠시 그대로 꼼짝하지 않고 쭈그려 앉아 있었다. 그리고 숨을 죽이고 신문의 사진을 노려보았다. 그러나 생각해보면 단 한 장의 헌 신문에 지나지 않는 것을 왜 벌벌 떨며 보고 있는가? 어째서 이 변소 속의 헌 신문에 구속되는 것일까? 그는 문득 뭔가 마음 속에서 꿈틀거리는 것을 느꼈다. 불령한 내부에서 웃음소리가 희미하게 자신을 엿보고 있는 것 같았다. 그와 동시에 어차피 헌 신문이니까 신경 쓸 것 없다고 '천황'에 대한 연약한 해명을 해보았다. 김태조는 다시 한 번 변소 문을 안에서 단단히 잠그고 마치 자위를 도모할 때처럼 밀실 상태 속에 자신을 놓아두었다. 그리고 마침내 **'천황 황후'의 사진 부분을 찢은 헌 신문을 에잇 하고 자신의 엉덩이에 갖다 댔다.** 그 순간 몸이 두둥실 가볍게 떠오르는 것 같았다. 이것은 격한 고동을 동반한 부상(浮上)이었다. 헌 신문의 사진은 이윽고 변소통 속으로 떨어졌다. 동시에 김태조는 뭔가 자신 속에서 **자신을 넘어서는 것이 눈앞에서 뛰어오르는 듯한 느낌**이 들었다. 변소에서 나온 후에도 그는 잠시 동안 두둥실 몸이 공중에 떠 있는 느낌에서 벗어날 수 없었다.(강조는 인용자, 164~165쪽)

재일조선인 김석범 문학과 우치난추(오키나와) 메도루마 슌 문학이 공유하고 있는 일제 식민주의에 대한 철저한 문학적 부정에 바탕을 둔 문학적 행동주의와도 밀접한 연관을 맺는다. 김석범의 경우 4·3평화운동에 헌신하고 있으며, 메도루마 슌의 경우 일본과 미국의 지배로부터 실질적 독립을 쟁취하기 위해 오키나와의 미군기지 철폐 운동에 헌신하고 있는바, 좀 더 상세한 논의가 있어야 하겠지만, 그들의 문학적 행동주의는 예의 문학적 보복의 서사전략을 추동해내는 정동(情動)으로 볼 수 있다.

강조한 부분에서 단적으로 읽을 수 있듯, 천황제는 작중 인물 김태조의 배설 과정 속에서 철저히 부정·해체·파괴되고 있으며,[12] 이것을 단행한 김태조는 황국의 충실한 국민의 억압으로부터 해방된 자유를 만끽하고 있다. 천황제에 대한 이 모욕적 행위, 즉 천황제에 대한 김석범의 문학적 보복이 무엇을 겨냥하고 있는 것은 자명하다. 일제의 식민주의 지배권력의 최정점에 있는 일본의 국체國體, national polity에 대한 신랄한 조롱은 '현인신現人神'으로 숭배되는 천황제의 민낯을 비판하는 데 국한하지 않고, 일제의 식민통치의 안팎을 이루는 모든 반문명적 폭력에 정치적 명분을 제공해주는 상징권력에 대한 단호한 부정으로, 이러한 식민주의 지배구조에 침윤돼 있고 관성적으로 내면화돼 있는 피식민 주체의 각성을 끌어내는 데 있다.

김석범의 이러한 문학적 보복은 『화산도』에서 밀항의 상상력을 통해 여실히 드러난다. 혁명을 배신하여 성내 당 조직 정보를 토벌대에게 넘긴 후 일본으로 밀항하여 제 목숨을 살리고자 한 유달현을, 이방근을 비롯한 제주의 밀항자들이 밀항선에서 심문하고 그 죄를 단죄하는 장면은 김석범의 문학적 보복을 대표적으로 보여준다.[13]

---

12 천황제에 대한 김석범의 문학적 보복은 『1945년 여름』의 또 다른 부분에서도 나타난다. 해방 직전 경성에서 목도한 천황에 대한 '12시 묵념'의 사이렌이 들리자 작중 인물 김태조는 "아, 오줌을 싸고 싶다, 오줌을 싸고 싶어"(197쪽) 하는 배설 욕망을 보인다.
13 유달현에 대한 김석범의 문학적 보복에 대해서는 이 책 2부에 수록된 「김석범의 '조선적인 것'의 문학적 진실과 정치적 상상력」의 '4절 '미완의 혁명'을 수행하는 밀항의 상상력'을 참조

5. '역사의 정명正名'을 위한 문학적 실천

최근 한국사회는 역사의 적폐를 청산하기 위한 신열을 앓고 있다. 우리는 익히 알고 있다. 김석범의 『1945년 여름』과 『화산도』에서도 적나라하게 다뤄지고 있듯, 해방공간에서 친일협력에 대한 제대로운 역사의 청산이 이뤄지지 않은 현대사는 그동안 역사의 온갖 퇴행과 오욕 속에서 옳고 그름이 착종된 채 더 나아가 악화惡貨가 양화良貨를 구축하는 기행적 역사의 현실을 감내하였다.

이제 또 다시 같은 실수와 잘못을 반복할 수 없지 않은가. 역사는 퇴행하고 정체하는 것처럼 보이지만 역사의 진전에 대한 희망을 포기하지 않고 한 걸음 한 걸음 내딛는 한 '나아가는' 것이다. 김석범의 『1945년 여름』과 『화산도』가 지금, 이곳에 던지는 주요한 문학적 전언이 있다면, 역사의 진전에 대한 믿음과 기대를 저버리지 않고 미래를 향한 전망을 꿈꾸고 있다는 점이다. 그것은 말할 필요 없이 그동안 한국사회에서 뒤틀리고 지연된 역사에 대한 정당한 가치를 회복해내는 일이다. 그 과정에서 평화의 삶을 추구하는 용기와 지혜를 얻어야 한다. 이와 관련하여, 김석범이 2015년 제1회 제주4·3평화상 수상 소감에서 힘주어 강조한 점을 다시 한 번 귀 기울여보자.

3년 후는 4·3 70주년, 우리는 내일 모레가 아닌 아직 확실히 보이지 않는 그날을 기다릴 것이 아니라, 이제 우리 힘으로 '올바른 역사적 이름', 정명(正名)해야 하겠습니다. 正名한 이름을 똑똑히 백비에 새겨서 이름 있는 기념비를 일궈 세워야 하겠습니다. 그것이 한국 현대사를 바로잡고

4·3의 자리매김을 하는 일입니다.[14]

　김석범의 문학이 추구하는 것은 4·3의 자리매김을 올바르게 하는 것인바, 그것은 '역사의 정명'으로 압축할 수 있다. 이것은 달리 말해 김석범의 필생의 역작 『화산도』에서 탐구한 4·3 안팎을 이루는 혁명이 어느 특정 역사 시기에 국한된 채 역사의 기념물로 화석화되는 게 아니라 지금, 이곳의 우리들에게 드리워진 온갖 분쟁과 차별, 그리고 분단의 적대 관계를 말끔히 청산함으로써 평화로운 일상을 살기 위한 삶의 혁명을 결코 포기해서 안 된다는 서늘한 깨우침이기도 하다.
　이렇게 한국의 독자에게 뒤늦게 찾아온 김석범의 문학은 '역사의 정명'을 추구하는 현재 진행형으로 살아 숨쉬고 있다.

14　김석범, 「4·3의 해방」, 『제주, 화산도를 말하다』, 보고사, 2017, 19쪽.

재일조선인 김시종의 장편시집
『니이가타』의 문제의식

분단과 냉전에 대한 '바다'의 심상을 중심으로

1. 문제적 시집, 『니이가타』

최근 한국에서 디아스포라 문학에 대한 관심이 증폭되면서 재일조선인[1] 문학에 대한 연구의 일환으로 김시종金時鍾(1929~)을 주목하기 시작한 것은 때늦은 감이 없지 않다.[2] 그의 시선집 『경계의 시』(유숙자 역, 소화,

---

1 '재일조선인'이라는 명칭 외에 '재일한국인', '재일코리안', '재일동포(혹은 교포)', '자이니찌(在日)'라는 명칭이 병행하여 그 쓰임새에 따라 자의적으로 사용되고 있다. 필자는 그들의 역사적 존재를 고려하여, '재일조선인'이란 명칭을 사용하기로 한다. 여기에는 "국적에 관계 없이 조국의 분단 구도 자체를 부정하며 그 어느 면의 정부 산하 단체에도 가담하지 않고 통일된 조국을 지향하는 사람들도 적지 않다. 따라서 재일조선인이란 냉전적 사고방식에서 벗어나 국적을 초월해 있으면서 일본에 살고 있는 한민족을 총칭하는 용어"(한일민족문제학회 편, 『재일조선인 그들은 누구인가』, 삼인, 2003, 216쪽)인바, "역사적 개념으로서는 역시 '재일조선인'으로 부르는 것이 정확하다고 생각"(윤건차, 박진우 외역, 『교착된 사상의 현대사』, 창비, 2009, 163쪽)되기 때문이다.

2 그동안 한국에서 소개된 김시종 시세계에 대한 연구는 다음과 같다. 호소미 가즈유키, 「세계문학으로서의 김시종」, 『지구적 세계문학』 4, 글누림, 2014.가을; 후지이시 다카요, 「장편시 『니이가타』를 니이가타에서 읽다」, 『제주작가』, 제주작가회의, 2014.여름; 오세종, 「『니이가타』를 읽기 위해」, 『제주작가』, 제주작가회의, 2014.여름; 호소미 가즈유키, 동선희 역, 『디아스포라를 사는 시인 김시종』, 어문학사, 2013; 하상일, 「이단의 일본어와 디아스포라적 주체성」, 『재일 디아스포라 시문학의 역사적 이해』, 소명출판, 2011; 고명철, 「식민의 내적 논리를 내파하는 경계의 언어」, 『지독한 사랑』, 보고사, 2010; 유숙자, 「해설-'틈새'의 실존을 묻는다」, 『경계의 시』, 소화, 2008; 유숙자, 「민족, 재일 그리고 문학」, 『한림일본학』 7, 한림대 일본학연구

2008)가 한국어로 번역된 이후 그의 개별 시집 중『니이가타』(곽형덕 역, 글누림, 2014)가 처음으로 완역됨으로써 그의 시세계에 대한 연구와 비평의 의욕을 북돋우고 있다. 사실,『경계의 시』에서는 장편시집으로서『니이가타』의 전모가 아닌 2부만 소개됨으로써『니이가타』를 총체적으로 이해할 수 없는 한계가 있었다. 이 글의 본론에서 상세히 논의되겠지만,『니이가타』는 제주 4·3사건의 복판에서 생존을 위한 도일 이후 일본 열도에서 재일조선인으로서 삶을 사는 김시종의 문제의식이 장편시로 씌어졌다. 이제『니이가타』의 전모가 완역됨으로써『니이가타』는 일본 시문학 영토에서만 논의되는 게 아니라 한국 시문학의 또 다른 영토에서 논의의 새로운 장을 마련하였다.

그렇다면, 김시종에게 시집『니이가타』(1970)는 어떤 존재일까. 그리고 우리는『니이가타』를 어떻게 읽어야 하며, 그래서 무엇을 읽을 수 있을까. 일본어로 씌어진『니이가타』를 이미 연구한 호소미 가즈유키는 "일본 땅에서 고국을 남북으로 분단하는 북위 38도선을 넘는 것이 김시종의 이후 생애의 테마가 되고, 동시에 장편시집『니이가타』의 근본 모티브"[3]라는 데 초점을 맞춰『니이가타』를 매우 꼼꼼히 분석하였는가 하면, 오세종은 김시종의 시세계의 근간을 이루는 일본 시문학 고유의 이른바 '단가적短歌的 서정'을 김시종이 극복하는 것에 주목함으로써 김시종을 서구 '현대사상'의 계보와 연관성을 이루는 것으로

소, 2002; 유숙자, 「재일 시인 김시종의 시세계」, 『실천문학』, 실천문학사, 2002.겨울; 마츠바라 신이치, 홍기삼 편, 『김시종론』, 『재일한국인문학』, 솔, 2001; 호소미 가즈유키, 「세계문학의 가능성-첼란, 김시종, 이시하라 요시로의 언어체험」, 『실천문학』, 실천문학사, 1998.가을.

3 호소미 가즈유키, 동선희 역, 『디아스포라를 사는 시인 김시종』, 어문학사, 2013, 104쪽.

해명하였다.[4] 그리고 후지이시 다카요는 전후 일본에서 그 기반이 소실된 장편서사시가 김시종의 『니이가타』에서 김시종 특유의 리듬과 역사의식으로 태어나 "일본 현대서사시의 부활이기도 하다"[5]고 『니이가타』의 존재를 매우 높게 평가한다.

이처럼 『니이가타』에 대한 일본 연구자들의 논의는 일본 시문학사의 측면에서 초점을 맞춘 것이다. 그런데 번역된 『니이가타』를 읽는 것은 그들의 시좌視座에서는 온전히 볼 수 없는, 그래서 그들의 시계視界로는 온전히 이해하기 힘든 것을 탐침하는 작업이다. 왜냐하면 그들의 치밀한 분석이 『니이가타』의 시적 주체들을 '재일조선인=얼룩'[6]에 대한 현상학적 접근으로만 수렴시키는 것은 『니이가타』의 부분적 진실을 해명하는 데 그치고 있기 때문이다. 물론, 일본 시문학의 영토 안에서 이 문제의식을 해명하는 것은 매우 중요하다. 일본사회에서 비국민非國民의 억압적 차별을 받는 재일조선인은 '얼룩'과 같은 존재라는 점에서 이것에 대한 시적 이해는 절실한 과제다. 하지만, 우리는 이러

---

4 호소미는 오세종의 이 같은 연구 성과(『リズムと敍情の詩學－金時鐘と'短歌的敍情の否定'』, 生活書院, 2010)를 주목한다. 다만, 호소미가 "『니가타』를 '현대사상'의 한 예증으로 삼을 것이 아니라 **니가타에서 우리의현대사상을 직조하는 것**, 우리는 어렵더라도 이를 지향해야 하지 않을까"(호소미 가즈유키, 앞의 책, 106쪽)라는 행간에 녹아 있는 비판의 핵심은 매우 유효하다고 생각한다. 그래서일까. 호소미의 매우 적실한 비판 이후 오세종은 최근에 발표한 그의 「『니이가타』를 읽기 위해」(『제주작가』, 제주작가회의, 2014.여름)에서는 김시종을 서구 현대사상의 한 사례로서 초점을 맞추는 게 아니라 재일조선인으로서 김시종이 구축한 시사상(詩思想)의 시적 고투를 펼치고 있는 것에 주목한다.
5 후지이시 다카요, 「장편시『니이가타』를 니이가타에서 읽다」, 『제주작가』, 제주작가회의, 2014.여름, 44쪽.
6 김시종의 시집 『화석의 여름』(1998)에 수록된 시 「얼룩」은 재일조선인의 삶을 단적으로 표상하는 것 중 하나다. 가령, "얼룩은 / 규범에 들러붙은 / 이단(異端)이다 / 선악의 구분에도 자신을 말하지 않고 / 도려낼 수 없는 회한을 / 말(언어) 속 깊숙이 숨기고 있다"(「얼룩」 부분, 『경계의 시』, 소화, 2008, 159쪽)

한 논의를 일본 시문학의 경계 바깥에서 또 다른 시계視界로 주목할 필요가 있다. 그것은 김시종의 전 생애를 관통하고 있는 핵심적 문제의식인 '분단과 냉전을 극복'하는 그의 시적 고투에 초점을 맞추는 것이다. 여기에는 김시종의 역사적 트라우마인 '한나절의 해방'[7]의 역사적 실존의 감각으로부터 잉태한 자기혼돈이 그의 삶에 찰거머리처럼 들러붙어 있는 것과 무관하지 않다. 그는 일본제국의 충실한 황국소년皇國少年으로서 제국의 번영을 자명한 것으로 간주해왔으나 그 일본제국은 또 다른 제국인 미국에 패함으로써 그가 겪은 충격은 몹시 큰 것이었다. 특히 해방공간에서 미군정에 의한 친일파의 재등용은 일본제국의 낡고 부패한 권력의 귀환이었고, 설상가상으로 제2차 세계대전 이후 재편되는 아시아태평양 질서의 틈새 속에서 미국과 소련으로 분극화된 한반도의 분단은 청년 시절의 김시종을 빈미제국주의의 혁명운동에 동참하도록 하였다. 그 과정에서 제주의 4·3사건 와중에 그는 목숨을 건 도일을 하였고, 재일조선인으로서 일본공산당에 입당하여 반미제국주의 혁명운동과 재일조선인 조직활동을 활발히 전개하였으나, '재일본 조선인총연합회'(약칭 조총련)의 교조주의적 경직성에 직면

---

7 김시종은 재일조선인 작가 김석범과 좌담을 나누는 자리에서 그에게 찾아온 해방의 그날, 그 충격을 '한나절의 해방'이라고 고백한다. "8월 15일이 해방의 날이라는 건, 저의 경우는 엄밀히 말하면 한나절의 해방이지요. 오전 내내 저는 제국, 황국소년이었어요. 되살아났다는 조국도 8월 15일 오전 중에는 아직 식민지통치하에 있었습니다. (…중략…) 정말 정오에 이르러서도 저의 그림자는 발밑에 머물러있었습니다. 자신을 생각할 때, '南中을 품은 남자'라고 생각합니다. 남중이라는 것은 해가 바로 위에 왔을 때, 정오지요. 정오에도 그림자는 발밑에서 북면으로 그림자를 만듭니다. 그러니까 8월 15일 하루 전부가 저의 해방이었던 게 아니라 엄밀히는 오전 내내는 황국소년이었던 저였어요."(김석범·김시종, 이경원·오정은 역, 문경수 편, 『왜 계속 써 왔는가 왜 침묵해 왔는가』, 제주대 출판부, 2007, 163쪽)

하여 조총련을 탈퇴하였다. 이후 김시종은 말 그대로 재일조선인 작가 양석일의 적확한 표현처럼 "남북조선을 등거리에 두고 자기검증을 시도"[8]한다.

여기서, 우리에게 시집 『니이가타』가 문제적인 것은 유소년 시절(10대)과 청년 시절(20대), 그리고 성인 시절(30대)에 이르는 김시종의 시대경험이 그의 "무두질한 가죽 같은 언어"[9]를 육화시켰고, 김시종 특유의 식민제국의 언어를 내파內破하는 '복수復讐의 언어'[10]로써 분단과 냉전의 질곡을 넘는 시적 고투를 펼치고 있다는 점이다. 이것은 제국의 지배(舊제국주의인 일본과 新제국주의인 미국) 아래 식민주의 근대를 경험하며 그 자체가 지닌 억압과 모순 속에서 반식민주의의 시적 실천을 수행하는 김시종의 시문학이 일본 시문학의 경계 안팎에서 보다 래디

---

8 유숙자, 「재일 시인 김시종의 시세계」, 『실천문학』, 실천문학사, 2002.겨울, 138쪽.
9 김석범·김시종, 이경원·오정은 역, 문경수 편, 앞의 책, 130쪽.
10 김시종은 기회가 있을 때마다 그의 일본어에 대한 자의식을 뚜렷이 드러낸다. 그 핵심은 재일 시인으로서 일본을 위한 맹목적 동일자의 삶을 완강히 거부하고, 오랜 세월 아시아의 식민 종주국인 일본사회에 내면화된 식민 지배의 내적 논리에 균열을 냄으로써 마침내 그 식민 지배의 권력을 내파(內破)하는 것이다. 김시종의 시적 언어와 일상어는 이와 같은 원대한 과제를 해결하기 위해 일본사회 내부에서 힘든 싸움을 벌이고 있다. 그리하여 그의 일본어는 아직도 일본사회의 밑바닥에 침전돼 있는 식민 지배의 권력을 겨냥한 것이자, 자칫 일본사회의 내적 논리에 그가 내면화될 것을 냉혹히 경계하는 자기결단의 '복수(復讐)의 언어'이며, '원한(怨恨)의 언어'인 셈이다. 필자는 김시종의 이러한 측면에 초점을 맞춰 김시종의 시선집 『경계의 시』를 분석한 바 있다.(고명철, 「식민의 내적 논리를 내파하는 경계의 언어」, 『지독한 사랑』, 보고사, 2010) 김시종의 이 언어적 특질에 대해 일본의 평론가는 다음과 같은 예리한 통찰을 보인다. "잔잔하고 아름다운 '일본어'임과 동시에 어딘지 삐걱대는 문체라는 생각이 든다. 장중하면서도 마치 부러진 못으로 긁는 듯한 이화감이 배어나오는 문체. (…중략…) 만일 '포에지'라는 개념이 단순히 시적(詩的) 무드라는 개념을 넘어 지금도 시인 개개인의 언어의 기명성(記名性)의 표상으로 통용된다면 이 어딘지 삐걱대는 문체를 통해 이면으로 방사(放射)되고 있는 것을 일본어에 의한 일본어에 대한 '보복(報復)의 포에지'라 부를 수도 있을 것이다."(호소미 카즈유키, 「세계문학의 가능성」, 『실천문학』, 실천문학사, 2002.겨울, 304~305쪽)

컬한 시세계를 구축하고 있음을 보여준다.

우리는 김시종의 이러한 문제의식을 장편시집 『니이가타』에 나타난 '바다'를 중심으로 살펴보고자 한다.

2. '신新제국-달러문명'의 엄습

김시종의 삶과 시에 드리운 제국의 식민지 근대의 빛과 어둠은 바다의 심상과 긴밀히 연관돼 있다. 얼핏 볼 때, 광막한 바다가 주는 평온함과 무경계성은 상호교류와 호혜평등의 어떤 원리를 품고 있지만, 역사상 제국의 권력들은 바다를 그들의 정치경제적 이해관계의 각축장으로 전도시켜왔다. 우리의 경우도 예외가 아니다. 김시종은 『니이가타』에서 구舊제국인 일본을 대신하여 신제국인 미국의 엄습을 예의주시한다.

오오 고향이여!
잠을 취하지 못하는
나라여!
밤은
동면으로부터
서서히
밝아오는 것이 좋다.
천만촉광(千萬燭光)
아크등(ark light)을 비추고

백일몽은

서면으로부터

바다를 건너

군함이 찾아왔다.

긴 밤의

불안 가운데

빛에 익숙하지 않은

우리들의

시계(視界)에

눈부시기만 한

달러문명을

비추기 시작했다.

내 불면은

그로부터 시작됐다.[11]

— 「제1부 간기(雁木)의 노래 1」 부분

김시종의 불면은 "서면으로부터 / 바다를 건너 / 군함이 찾아왔다"
는 것과 무관하지 않다. 그 군함은 "천만촉광 / 아크등ark light"의 조도照
度를 비추는데, 기실 그 아크등은 "우리들의 / 시계視界에 / 눈부시기만
한 / 달러문명을 / 비추기 시작했다"는 것과 밀접한 연관을 맺는다. 김
시종의 시적 주체는 이 '달러문명'의 빛으로 차마 눈도 제대로 뜰 수

11 김시종, 곽형덕 역, 『니이가타』, 글누림, 2014, 24~25쪽. 이후 시의 부분을 인용할
때는 별도의 각주 없이 본문에서 시가 인용된 부분만을 밝히기로 한다.

없고 잠도 온전히 잘 수 없을 뿐만 아니라 그에 상응하는 광폭한 어둠을 동반하고 있다는 모순을 잘 알고 있다. '달러문명'의 빛이 광폭한 어둠을 동반하고 있다는 이 모순에 대한 시적 통찰이야말로 김시종의 시가 지닌 정치적 상상력을 주목해야 하는 이유다. 그것은 제주에서 일어난 4·3사건을 신구新舊제국주의의 교체 과정에서 '달러문명'으로 상징되는 신제국주의 미국의 지배 전략의 일환으로 인식하고 있는 김시종의 시적 응전을 주목해야 하는 이유이기도 하다.

일본제국을 패전시킨 미국은 '달러문명'의 맹목을 향해 일본제국과 또 다른 식민주의를 관철시키는 과정에서 도저히 일어나서는 안 될 반문명적·반인류적·반민중적 폭력을 극동아시아의 변방인 제주에서 자행하였다.[12] 말하자면, 김시종에게 바다는 제국의 권력이 자랑스러워하는 근대세계의 문명의 빛이 발산되는 곳이자 그 문명의 빛이 지닌 맹목성에 수반되는 어둠의 광기가 엄습하는 곳이다. 김시종은 이 양면성을 지닌 바다를 4·3사건의 끔찍한 참상으로 재현한다.

> 단 하나의
>
> 나라가
>
> 날고기인 채

---

[12] 미군정 소속 경무부장 조병옥은 4·3봉기를 진압하기 위해 "대한민국을 위해서는 제주도 전토에 휘발유를 뿌리고 거기에 불을 놓아 30만 도민을 한꺼번에 태워 없애야 한다"(오성찬, 『한라의 통곡소리』, 소나무, 1988, 295쪽)는 반인류적 폭언을 내뱉었는가 하면, 당시 제주 지역 미군 총사령관으로 특명을 받은 최고지휘관인 미 20연대장 브라운 대령은 "원인에는 흥미가 없다. 나의 사명은 진압뿐이다"(조덕송, 「유혈의 제주도」, 『제주민중항쟁』 3, 소나무, 1989, 48쪽)라는 반인류적·반문명적·반민중적 폭력을 자행하였다.

등분 되는 날.

사람들은

빠짐없이

죽음의 백표(白票)를

던졌다.

읍내에서

산골에서

죽은 자는

오월을

토마토처럼

빨갛게 돼

문드러졌다.

붙들린 사람이

빼앗은 생명을

훨씬 상회할 때

바다로의

반출이

시작됐다.

무덤마저

파헤쳐 얻은

젠킨스의 이권을

그 손자들은

바다를

메워서라도

지킨다고 한다.

아우슈비츠

소각로를

열었다고 하는

그 손에 의해

불타는 목숨이

맥없이

물에 잠겨

사라져 간다.

—「제2부 해명(海鳴) 속을 3」 부분

해방공간의 제주는 분명히 달랐다. 제주는 한반도의 일시적 분단이
아니라 영구적 분단으로 굳어질 수 있는 북위 38도선 이하 남쪽만의
단독선거를 통한 나라만들기에 동참하지 않았다. 제주는 도저히 인정
할 수 없었다. 미군정에 의한 친일파의 재등용과 온전한 자주독립을
쟁취한 나라만들기의 숱한 노력들을 반공주의로 무참히 짓밟는, 과거
일본 제국주의와 또 다른 신제국주의 시대의 도래를[13]를 부정하였다.

---

13 미국으로 대별되는 제국의 통치방식은 기존 유럽중심주의에 기반을 둔 구제국의 직접지
    배(프랑스)와 간접지배(영국)의 식민통치와 다른 신식민주의의 통치방식에 역점을
    두는 것으로, 피식민지를 구제국의 식민통치로부터 독립을 시켜주지만 일정 기간 군정
    (軍政)을 수행한 이후 미국의 지배 헤게모니를 대행할 권력을 통해 새로운 식민통치를
    시도한다. 여기서 미국이 전 지구적 자본주의 세계체제의 헤게모니를 장악하고 있음을
    고려할 때, 기존 구제국으로부터의 "독립은 명백히 새로운 형태의 예속을, 그때까지만
    해도 사회주의 이론에서만 분명히 해명되어 있었던 자본주의 권력의 경제체제에의
    예속을 드러"(로버트 J. C. 영, 김택현 역, 『포스트식민주의 또는 트리컨티넨탈리즘』,

4 · 3항쟁은 이렇게 시작되었으며, 이 항쟁의 과정 속에서 수많은 제주인들은 생목숨을 잃었다.

우리가 4 · 3사건과 관련하여 김시종의 『니이가타』에 주목하는 것은 이 같은 제주인의 역사적 희생과 4 · 3사건에 대한 문학적 진실이 그동안 지속적으로 제기된 대한민국 정부 수립 과정에서 생긴 무고한 양민에 대한 국가권력의 폭력으로만 이해하는 것을 '지양'하기 위해서다. 김시종이 뚜렷이 적시하고 있듯, 4 · 3사건은 절해고도 제주에서 우발적으로 일어난 국가권력의 폭력 양상을 넘어선 미국과 일본의 신구제국의 권력이 교체되는 동아시아의 국제질서를 면밀히 고려해야 한다. 따라서 김시종에게 바다는 이 같은 국제질서의 대전환 속에서, 특히 미국의 아시아태평양에 대한 세계전략 아래 제주를 살육殺戮의 광란으로 희생양 삼는 비극의 모든 현장을 묵묵히 응시해온 역사적 표상 공간으로 인식된다. 김시종은 일본제국도 그렇듯이 미국도 스스로 제국의 이해관계를 관철시키기 위해서는 그 과정에서 조금이라도 방해가 되는 대상을 제거하는, 그리하여 목숨을 물화物化시켜버리는 것에 대한 자기합리화의 반문명적 모습을 바다를 통해 뚜렷이 인식한다. 때문에 김시종은 19세기 말 조선의 문호를 강제 개방하기 위해 흥선대원군의 부친 묘를 도굴하는 패륜적 만행을 저지른 미국의 손("젠킨스의 이권")과, 히틀러의 반인류적 살상을 멈추게 한 미국의 손("아우슈비츠 / 소각로를 / 열었다고 하는 / 그 손")이 얼마나 모순투성이인지를 극명히 보여준

박종철출판사, 2005, 92쪽)낸다. 그리하여 구제국의로부터 독립을 얻은 "민족 주권이란 실제로는 허구라는 것이며, 외관상 자율적인 민족 국가들의 체계란 사실상 국제 자본이 행사하는 제국주의적 통제 수단"(93쪽)으로 전락한다. 미국으로 대별되는 신제국주의 시대에 대해서는 Walter Lafeber, *The New Empire*, Cornell University Press, 1998 참조.

다. 그 미국의 손에 의해 제주의 생목숨들은 바다로 끌려가 죽음을 맞이했다.

『니이가타』의 4·3에 대한 문학적 진실을 향한 탐구의 가치는 바로 여기에 있다. 한국에서 4·3문학에 대한 괄목할 만한 성취가 없는 것은 아니되,[14] 대부분은 대한민국 정부 수립 과정에서 국가권력의 과잉에 따른 무고한 양민을 대상으로 한 폭력의 양상에 초점을 맞췄다. 그러다보니 정작 심도 있게 접근해야 할 4·3사건을 에워싸고 있는 또 다른 문제, 즉 미국의 아시아태평양을 대상으로 한 세계전략에 대한 문학적 진실의 탐구가 다각도로 이뤄지고 있지 못한 게 엄연한 현실이다.[15] 이것은 그만큼 아직도 한국사회 내부에서는 4·3사건과 관련한 미국의 개입 여부와 그 구체적 양상에 따른 문제를 파헤치는 데 따른 정치적 어려움과 무관하지 않다는 것을 방증해준다. 사실, 기회가 있을 때마다 제기되는 문제이듯, 4·3문학이 답보상태에 머문 데에는 4·3사건에 대한 다양하고도 심도 있는 새로운 접근과 해석이 요구되는데, 그중 피해갈 수 없는 것 하나가 김시종의 『니이가타』에서 곤혹스

---

14 현기영의 단편 「순이 삼촌」(1978)이 발표된 이후 모든 문학 장르에서 4·3에 대한 역사적 진실 탐구는 지속적으로 진행되고 있다. 그 숱한 성과들 중 4·3의 직접 당사자인 제주문학인들이 일궈낸 4·3문학의 성과와 그 중요성을 아무리 강조해도 지나치지 않다. 특히 (사)제주작가회의가 꾸준히 펴낸 시선집 『바람처럼 까마귀처럼』(실천문학사, 1998), 소설선집 『깊은 적막의 꿈』(각, 2001), 희곡선집 『당신의 눈물을 보여주세요』(각, 2002), 평론선집 『역사적 진실과 문학적 진실』(각, 2004), 산문선집 『어두운 하늘 아래 펼쳐진 꽃밭』(각, 2006) 등은 그 대표적 성과다.

15 이와 관련하여 비록 그 접근 시각에서 단순화된 면이 없지 않으나 이른바 '국가보안법 시대'라고 불리운 전두환 정권 시절 무크지 『녹두서평』 창간호(1986.3)에 수록된 이산하의 장편연작시 『한라산』 1부에는 4·3항쟁과 미국의 관련이 처음으로 제기되었다. 이것으로 인해 이산하는 국가보안법 위반으로 필화사건에 휘말린다. 이후 이산하는 『한라산』을 완결시키지 못한 채 『한라산』(시학사, 2003)을 간행하였다. 이산하 외에 특기할 만한 또 다른 시도로 김명식의 4·3민중항쟁서사시 『한락산』(신학문사, 1992)도 기억해둘 필요가 있다.

레 대면하고 있는 제주 바닷가 해안에 밀어올려진 물화된 4·3의 죽음[16]이 핏빛바다로 물들게 한 '달러문명'의 종주국 미국을 뚜렷이 인식할 뿐만 아니라 그에 대한 다각적 접근이 뒤따라야 한다는 점이다. 그렇다면, 김시종의 『니이가타』는 4·3문학에게는 또 다른 반면교사의 몫을 충실히 수행하고 있는 셈이다.

3. 일본 열도의 바다, '재일在日하다'의 문학적 진실

김시종의 『니이가타』에는 우리가 주목해야 할 또 다른 바다가 있다. "병마에 허덕이는 / 고향이 / 배겨 낼 수 없어 게워낸 / 하나의 토사물로 / 일본 모래에 / 숨어 들었다"(「제1부 간기의 노래 1」)는 행간에 녹아

---

16 김시종은 『니이가타』의 「제2부 '해명 속을」의 곳곳에서 4·3의 죽음이 섬찟하게 물화(物化)된 채 제주 바닷가 해안 도처에 흩어져 있는 그로테스크한 모습을, 그 특유의 뚝뚝 끊어진 건조한 서정으로 형상화한다. 그 몇 대목을 소개해본다. "날이 저물고 / 날이 / 가고 / 추(錘)가 끊어진 / 익사자가 / 몸뚱이를 / 묶인 채로 / 무리를 이루고 / 모래 사장에 / 밀어 올려진다. / 남단(南端)의 / 들여다보일 듯한 / 햇살 속에서 / 여름은 / 분별할 수 없는 / 죽은 자의 / 얼굴을 / 비지처럼 / 빚어댄다. / (…중략…) / 조수는 / 차고 / 물러나 / 모래가 아닌 / 바다 / 자갈이 / 밤을 가로질러 / 퐈르릉 / 울린다. / 밤의 / 장막에 에워싸여 / 세상은 / 이미 / 하나의 바다다. / 잠을 자지 않는 / 소년의 / 눈에 / 새까만 / 셔먼호가 / 무수히 / 죽은 자를 / 질질 끌며 / 덮쳐누른다."(「제2부 해명 속을 2」 부분) 이러한 시적 형상화는 김시종이 일본에서 강연한 다음과 같은 고백을 기반으로 한 것이다. "게릴라 편에 섰던 민중을 철사로 묶어 대여섯 명씩 바다에 던져 학살했는데, 그 사체가 며칠 지나면 바닷가에 밀려와요. 내가 자란 제주도 성내(城內)의 바닷가는 자갈밭인데, 바다가 거칠어지면 자갈이 저걱저걱 울리는 소리가 나지요. 거기에 철사로 손목이 묶인 익사체가 밀려오는 거죠. 오고 또 오고……. 바다에 잠겼으니까 몸은 두부 비지 같은 형상으로 파도가 칠 때마다 방향이 바뀌고, 피부가 줄줄 떨어져요. 새벽부터 유족들이 삼삼오오 모여 와서 사체를 확인해요."(김시종, 「기억하라, 화합하라」, 『圖書新聞』, 2000.5.27; 호소미 가즈유키, 동선희 역, 『디아스포라를 사는 시인 김시종』, 어문학사, 2013, 131쪽 재인용)

있는 김시종 개인의 역사적 현존성과, "개미의 / 군락을 / 잘라서 떠낸 것과 같은 / 우리들이 / 징용徵用이라는 방주[箱舟]에 실려 현해탄玄海灘 으로 운반된 것은 / 일본 그 자체가 / 혈거 생활을 어쩔 수 없이 해야 했던 초열지옥焦熱地獄"(「제2부 해명 속을 1」)을 경험한 식민지 조선인들의 역사적 현존성을 동시에 표상하는 바다가 그것이다. 이 바다의 표상을 포괄하는 것으로 우리는 재일조선인의 삶을 '재일하다'란 새로운 동사로 이해해야 한다. 왜냐하면 "재일이라는 것은 일본에서 태어나고 자란 것만이 재일이 아니라 과거 일본과의 관계에서 일본으로 어쩔 수 없이 되돌아온 사람도 그 바탕을 이루고 있는 '在日'의 因子"[17]라는 점을 소홀히 간주해서 안 되기 때문이다. 사실 김시종의 이 같은 재일在日에 대한 인식이야말로 재일조선인을 에워싼 중층적 역사적 조건[18]을 면밀히 고려한 문학적 상상력의 산물이다. 그리하여 김시종은 이 '재일하다'란 동사가 함의하는 문학적 진실을 일본 열도의 바다에 대한 정치적 상상력을 통해 치열히 탐구한다.

우선, 주목해야 할 것은 1945년 8월 22일 일본 근해에서 우키시마마루 운송선의 침몰에 대한 김시종의 역사적 통찰에 깃든 문학적 진실의 울림이다. 8·15해방을 맞이한 후 자의반타의반 일본제국의 권력에 포획된 조선인들은 "미칠 것 같이 느껴지는 / 고향을 / 나눠 갖고 / 자기 의지로 / 건넌 적이 없는 / 바다를 / 빼앗겼던 날들로 / 되돌아간다. / 그것이 /

---

17 김석범·김시종, 이경원·오정은 역, 문경수 편, 앞의 책, 163쪽.
18 재일조선인은 "역사 서술의 주체 세력 입장에서 볼 때, 대부분 무학에 빈곤했던 이들은 **계급적 약자**였으며, 영토 밖에 거주하는 이들은 **공간적 약자**였고, 일본 문화에 어설픈 형태로 동화된 이들은 **문화적 약자**였다. 무엇보다도 민족적 범주의 변방에 위치한 그들은 **민족적 약자**였다."(이붕언, 윤상인 역, 『재일동포 1세, 기억의 저편』, 동아시아, 2009, 9쪽, 강조는 인용자)

가령 / 환영幻影의 순례遍路라 하여도 / 가로막을 수 없는 / 조류潮流가 / 오미나토大湊를 / 떠났다."그런데 "막다른 골목길인 / 마이즈루만舞鶴灣을 / 엎드려 기어 / 완전히 / 아지랑이로 / 뒤틀린 / 우키시마마루[浮島丸]가 / 어슴새벽. / 밤의 / 아지랑이가 돼 / 불타 버렸다. / 오십 물 길. / 해저에 / 끌어당겨진 / 내 / 고향이 / 폭파된 / 팔월과 함께 / 지금도 / 남색 / 바다에 / 웅크린 채로 있다."(「제2부 해명 속을 1」)

김시종에게 우키시마마루의 침몰 사건[19]은 대단히 중요하다. 우키시마마루는 일본제국의 지배권력으로부터 해방감에 충일된 조선인들이 꿈에 그리던 고향으로 가는 귀국선이다. 따라서 이 귀국선에 승선한 조선인들이 돌아가는 바다는 새로운 희망에 벅찬 말 그대로 싱싱한 기운이 감도는 바다일 터이다. 하지만 그들의 바다는 이 삶의 희망을 쉽게 허락하지 않았다. 어찌된 영문인지 우키시마마루는 폭탄이 터지면서 승선자의 절반 이상이 미확인 희생자로서 아직도 인양되지 않은 채 일본 열도의 심해에 가라앉아 있다. 이렇게 제국의 지배권력은 완전히 소멸하지 않은 채 소름끼칠 정도로 그 두려움의 실체를 마지막까지 피식민지인들에게 고스란히 보인다. 분명, 일본제국의 식민주의는 태평양전쟁의 종전으로 현상적으로 종언을 고했으되, 그 제국의 포악한 지배권력은 쉽게 소멸하지 않는다. 김시종은 이 귀국선 침몰로부터 이후 재일조선인이 일본사회에서 비국민非國民의 차별적 삶을 살아가야 하는, '재일하다'의 정치사회적 징후를 예지한다.[20]

---

19 우키시마마루는 태평양전쟁 중 일본 해군에서 쓰인 감시선이었다가 전쟁 직후 1945년 8월 23일 일본 동북지방에 징용됐던 조선인을 해방된 조선으로 귀국시키기 위한 목적으로 쓰였다. 우키시마마루는 아오모리현 오오미나토항에서 부산으로 떠나다가 중간에 들른 마이즈루만에서 원인 모를 폭파로 침몰했다.

그런데 『니이가타』에서 우리에게 각별히 다가오는 '재일在日하다'와 관련한 또 다른 귀국선이 있다. 1959년부터 1984년까지(중간에 일시 중단 된 적도 있음) 일본 혼슈本州 중부 지방 동북부의 동해에 위치한 니가타 현의 니가타 항에서 북한을 오갔던 귀국선이 그것이다. 특히 북위 38도선 근처에 위치한 니가타 항은 38도선이 단적으로 상징하듯, 한국전쟁의 휴전으로 인한 국제사회의 냉전 대결구도의 팽팽한 긴장이 흐르는 최전선을 넘나들 수 있는 곳이다. 그래서 생각하기에 따라서는 니가타는 한반도의 분극 세계를 한순간 무화시킬 수 있는 냉전과 분단을 넘어 통일과 화합을 추구하는 정념의 바다를 만날 수 있는 어떤 초극적 경계다.

북위 38도의

능선(稜線)을 따라

뱀밥과 같은

동포 일단이

홍건히

바다를 향해 눈뜬

---

20 김시종은 일본 정부가 인양하지 않는 우키시마마루 침몰선에서 경제적 이익을 도모하려는 잠수부의 눈에 비친 재일조선인 희생자의 모습과 심해의 침몰선에서 죽은 원혼이 바다 밖 권양기에서 떨어지는 해저의 물방울로 표상하는 것을 통해 일본의 비국민(非國民)으로서 펼쳐질 질곡의 삶을 응시한다. "흐릿한 망막에 어른거리는 것은 / 삶과 죽음이 엮어낸 / 하나의 시체다. / 도려내진 / 홈곽 깊은 곳을 / 더듬어 찾는 자신의 형상이 / 입을 벌린 채로 / 산란(散亂)하고 있다. / 역광에 / 높이높이 / 감겨 올라간 원념(怨念)이 / 으르렁대는 / 샐비지 윈치에 / 거무스름한 / 해저의 물방울을 / 떨어지게 할 때까지. / 되돌아오는 / 거룻배를 기다리는 것은 / 허공에 매달린 / 정체 없는 / 귀로다."(「제2부 해명 속을 4」 부분)

니이가타 출입구에

싹트고 있다.

배와 만나기 위해

산을 넘어서까지 온

사랑이다.

(…중략…)

구름 끝에 쏟아진다는

흐름이 보고 싶다.

네이팜에 숯불이 된

마을을

고치고

완전히 타버린

코크스(해탄) 숲의

우거짐을 되살린

그 혈관 속에

다다르고 싶다.

― 「제3부 위도가 보인다 1」 부분

　4·3항쟁에 이어 도일한 후 일본공산당에 가입하고 조총련의 조직
활동 속에서 반미투쟁을 벌인 경험이 있는 김시종이 조총련을 탈퇴하
기 전까지 관념의 이념태로서 친북성향을 보인 것은 사실이다. 김시종

뿐만 아니라 그와 같은 동시대를 살았던 진보적 재일조선인들 상당수
는 대동소이하였다.[21] 그런데 우리가 김시종에게 각별히 주목해야 할
것은 그가 반미투쟁을 통해 염원하는 세계는 서로 다른 국가로 나뉜
분단조국이 아니다. 양면이 각자 정치사회적 순혈주의를 내세우며 어
느 한면을 일방적으로 압살하는 그런 폭력과 어둠의 세계가 아니다.
이와 관련하여, 우리는 "출생은 북선北鮮이고 / 자란 곳은 남선南鮮이다.
/ 한국은 싫고 / 조선은 좋다." "그렇다고 해서 / 지금 북선으로 가고
싶지 않다." "나는 아직 / 순도 높은 공화국 공민으로 탈바꿈하지 못했
다……"(「제3부 위도가 보인다 2」)는 시행들 사이에 참으로 많은 말들이
떨린 채 매듭을 짓지 못하고 어떤 여운과 침묵을 남길 수밖에 없는 김
시종의 문학적 공명共鳴을 감지할 필요가 있다. 우리는 『니이가타』가
김시종의 조총련의 교조주의적 경직성에 대한 환멸을 경험한[22] 이후
쓰여졌고, 시집의 출간 역시 힘들게 이뤄진 점을 고려할 때,[23] 그가 니

---

21 한국전쟁 시기 진보적 재일조선인운동에 대해 일본의 카지무라 히데키는 "일본에서
미군에 대해 과감한 저항투쟁이 재일조선인에 의해 전개되었고, 일본공산당도 일시적이
지만 반미 무장투쟁 노선을 취하고 있었습니다. (…중략…) 재일조선인 운동을 수동적인
것으로만 파악하고, 지도 받아야 할 수 없이 전면에 동원되어 갔다는 식으로만 조선인의
생각을 파악해서는 안 될 것입니다"(카지무라 히데키, 김인덕 역, 『재일조선인운동』,
현음사, 1994, 58쪽)라고 하여 재일조선인의 반미투쟁을 주목한 바 있다. 여기서 쉽게
간과할 수 없는 것은 한국전쟁 도중 진보적 재일조선인의 이러한 친북 성향의 반미투쟁은
그 당시 역사적 상황에서 일본 제국주의의 또 다른 판본인 미국에 의한 신제국주의
시대의 도래로 민족의 분단을 외국에서 방관할 수 없다는 반전운동의 일환으로서의
문제의식이 자리하고 있었다. 한국전쟁 도중 재일조선인 운동의 구체적 양상과 역사적
의미에 대해서는 도노무라 마사루, 신유원·김인덕 역, 『재일조선인사회의 역사학적
연구』, 논형, 2010, 475~481쪽 참조.
22 김시종은 김석범과의 좌담에서 그가 주축이 돼 1952년에 창간한 시 동인지 『진달
래』에 발표된 시와 에세이로 인해 조총련의 비판을 받은 후 북한의 김일성 개인숭배
에 대한 문제제기를 경험하면서 북한과 조총련의 교조주의적 사회주의에 대한 깊은
환멸을 경험한다. 이에 대해서는 김석범·김시종, 이경원·오정은 역, 문경수 편, 앞
의 책, 124~127쪽 참조.

가타에서 출발하는 귀국선, 곧 북송선의 귀국사업에 대해 비판적 거리를 두고 있음을 간과해서 곤란하다.

이와 같은 김시종의 비판적 거리두기는 1960년대 초반 조총련 계열의 재일조선인 시, 가령 강순의 장시 「귀국선」에서 "나더러 오라 하시니 / 나 무엇을 서슴하리오 / 나더러 오라 하시니 / 목메여 가슴 설레임이여 / 나더러 날아 오라 하시니 / 온 몸이 나래 되어 퍼덕임이여"와 같은 싯구가 내장한 조선민주주의인민공화국을 향한 맹목적 정염[24]과 비교해보면, 김시종이 얼마나 귀국사업에 대해 냉철한 이성을 벼리고 있는가를 알 수 있다. 그렇다면 김시종에게 이러한 북송 귀국선은 해방의 기쁨을 간직한 재일조선인들이 조국에 미처 돌아가지 못하고 심해에 침몰된 우키시마마루처럼 조국에 선뜻 귀환하지 못한 환멸과 비애의 정감으로 '얼룩'된 재일조선인의 또 다른 '재일하다'의 정치사회적 징후를 표상한다고 해도 과언이 아니다. 여기서 주목해야 할 것은 귀국사업이 인도주의란 미명 아래 일본 정부와 일본적십자사가 주도한 것으로, 전후 일본사회에 팽배한 국가주의와 국민주의를 관철시키기 위한 일환으로

---

23 김시종은 조총련을 탈퇴한 이후 재일조선인으로서 한반도의 남과 북에 대한 등거리 비판적 시선을 지니면서 장편시집 『니이가타』를 집필하고 있었다. 『니이가타』 한국어판 간행에 붙이는 글에서 그는 귀국선 사업이 시작될 무렵 이 시집은 거의 다 쓰여진 상태였는데, 조총련 탈퇴 이후 "모든 표현행위로부터 핍색(逼塞)을 강요당했던 터라, 오로지 일본에 남아 살아가고 있는 내 '재일'의 의미를 스스로 생각해 발견해야만 하는 입장"을 숙고하면서 일본에서 1970년에 출판될 때까지 거의 10년이라는 세월이 흘러갔다고 한다.

24 물론, 강순의 시세계 전반이 이렇다는 것은 결코 아니다. 하지만 1955년 조총련이 결성된 직후부터 1960년대 초반 조총련 산하 '문예동'의 노선에 충실한 시기까지 그는 조총련 애국사업을 위한 선전선동과 북한에 대한 찬양 시를 써왔다. 이에 대해서는 하상일, 「재일 디아스포라의 민족정체성과 실존의식」, 『재일 디아스포라 시문학의 역사적 이해』, 소명출판, 2011, 166~172쪽.

일본사회의 골칫거리인 재일조선인에 대한 처리 문제를 해결하는 데 초점을 맞춘 것이었다.[25] 그런데 이와 더불어 북한이 남한과의 체제경쟁에서 북한 역시 귀국사업을 통해 북한식 국가주의와 국민주의를 한층 공고히 했다는 것은 이 사업이 전후 일본과 한국전쟁 이후 북한이 서로 의도하지 않았음에도 불구하고 '조국지향형 내셔널리즘'을 공모하고 있는바, 그렇다면 일본 혹은 북한에서 재일조선인이 향후 심각히 맞닥뜨릴 비국민非國民과 관련한 차별적 문제를 잉태하고 있었던 것이다. 이러한 정치사회적 징후를 김시종은 "정지한 증오의 / 응시하고 있는 / 눈동자"(「제3부 위도가 보인다 4」)를 통해 통찰하고 있는 것이다.

4. 냉전과 분단의 위도를 가로지르는 바다

『니이가타』는 다음과 같이 대미를 장식한다.

해구(海溝)에서 기어 올라온

균열이

---

25 일본 정부에 의한 귀국사업이 본격적으로 실시되기 전 출간된 일본적십자의 출간물의 다음과 같은 발언은 귀국사업이 일본의 철저한 국가주의와 국민주의의 일환이라는 것을 단적으로 말해준다. "일본 정부는 확실히 말하면 성가신 조선을 일본에서 일소함으로써 이익을 갖는다", "일본에 있는 조선인을 전부 조선으로 강제 송환할 수 있었다면 (…중략…) 일본의 인구과잉 문제에서 볼 때 이익인지 아닌지는 잠깐 제쳐놓고라도 장기적으로 보았을 때 일본과 조선 사이에 일어날 수 있는 분쟁의 씨앗을 미리 제거하는 것이 되어 일본으로서는 이상적인 것이다."(일본적십자사, 『在日朝鮮人歸國問題の眞相』(日本 赤十字社, 956, 9~10쪽) 도노무라 마사루, 신유원·김인덕 역, 앞의 책에서 486쪽 재인용)

궁벽한

니이가타

시에

나를 멈춰 세운다.

불길한 위도는

금강산 벼랑 끝에서 끊어져 있기에

이것은

아무도 모른다.

나를 빠져나간

모든 것이 떠났다.

망망히 번지는 바다를

한 사내가

걷고 있다.

—「제3부 위도가 보인다 4」 부분

　김시종은 "망망히 번지는 바다를" "걷고 있다." 김시종은 제국의 식민지배 권력이 군림하는 바다의 운명과 함께 하고 있다. 구제국주의 일본에 이은 신제국주의 미국의 출현은 식민지 근대의 빛과 어둠을 지닌 채 재일조선인으로서 '재일在日하다'의 동사에 대한 문학적 진실의 탐구를 그로 하여금 정진하도록 한다. 그 구체적인 시작詩作을 그는 북위 38도에 위치한 일본의 니가타에서 혼신의 힘을 쏟았다. 이 혼신의 힘은 『니이가타』의 서문격이라 할 수 있는, "깎아지른 듯한 위도緯度의 낭떠러지여 / 내 증명의 닻을 끌어당겨라" 하는, 엄중한 자기 결단의 주문에 표백돼 있다.

우리는 『니이가타』를 통해 김시종의 '증명'이 무엇인지 이해할 수 있다. 그의 '증명'은 "불길한 위도"에서 읽을 수 있듯, 20세기 냉전질서에 기반한 신제국의 권력에 의해 북위 38도에 그어진 식민지배의 구획선 자체가 비정상적인 것이며, 이렇게 획정된 위도 때문에 분단을 영구히 고착시킬 수 있는, 지극히 위험하고 불길한 위도로 지탱되어서는 안 된다는 시인의 염결성을 의미한다. 따라서 이 염결성의 내밀한 자리에는 김시종이 4·3항쟁의 복판에서 도일하여 언어절言語絶의 지옥도를 벗어나 목숨을 연명한 것에 대한 자기연민을 벗어나 한때 반미투쟁의 혁명운동을 실천하면서 조국의 영구분단에 대한 저항은 물론, 재일조선인으로서 '재일하다'가 함의한 중층적 문제를 해결하기 위한 문학적 진실이 오롯이 남아 있다.

사실, "『니이가타』의 마지막 일절은, 해석이 곤란한 부분이다"[26]고 하는데, 그것은 『니이가타』에 나타난 '바다'에 대한 시인의 이와 같은 정치사회적 상상력을 간과했기 때문이다. 어떻게 보면 김시종 시인은 『니이가타』의 대미를 장식하는 이 마지막 시구를 위해 이 장편시를 썼는지 모른다. 여기에는 이 시집의 제목을 '니이가타'로 설정한 시인의 뚜렷한 이유가 있는 것이다. 잠시 '니이가타'가 놓여 있는 지질적 특성을 눈여겨볼 필요가 있다. "해구에서 기어 올라온 / 균열"에 위치한 '니이가타'란 지역은 동북 일본과 서남 일본을 둘로 나누는 화산대의 틈새다. 이곳은 북위 38도선과 포개진다. 말하자면 이 화산대의 틈새로

---

26 오세종, 「『니이가타』를 읽기 위해」, 앞의 책, 66쪽.

일본 열도는 둘로 나뉘며(동북 일본 / 서남 일본), 김시종의 조국은 북위 38도선에 의해 둘로 나뉘고 있다(대한민국 / 조선민주주의인민공화국). 묘한 동일시가 아닌가. 이 '니이가타-틈새'에서 김시종은 현존한다. 그리고 이것은 김시종의 '바다'로 표상되는 정치사회적 상상력, 즉 재일조선인으로서 이중의 틈새와 경계—일본 국민과 비非국민, 대한민국과 조선민주주의인민공화국 '사이'에 존재하는 것을 드러낸다.

그런데 여기서 간과 할 수 없는 것은 김시종의 이 같은 시적 상상력은 이 틈새[27]와 경계, 바꿔 말해 냉전의 분극 세계뿐만 아니라 국가주의 및 국민주의에 구속되지 않고 이것을 해방시킴으로써 그 어떠한 틈새와 경계로부터 구획되지 않는, 그리하여 막힘 없이 절로 흘러 혼융되는 세계를 표상하는 바다 위를 걷는 시적 행위를 보인다는 점이다. 다시 말해 "망망히 번지는 바다를 / 한 사내가 / 걷고 있다"는 것은 재일조선인으로서 냉전과 분단의 현실에 고통스러워하는 김시종의 시적 고뇌를 보여주되 그 현실적 고통을 아파하는 것에 머물지 않고 극복하고자 하는 시적 의지의 결단력을 보여준다. 이것은 한반도를 에워싸고

---

27 사실, 김시종의 시세계 전반을 이해하는 데 '틈새'는 매우 중요한 핵심이다. '틈새'는 제주4·3의 화마를 벗어나 일본 열도로 피신한 이후 조금도 경험해본 적 없는 '재일조선인'으로서 김시종의 현존을 성찰하도록 한 시적 메타포다. 가령, 다음과 같은 시의 부분에서 '틈새'에 놓인 김시종의 시작(詩作)에서 그만의 독특한 '복수(復讐)의 언어'로서 일본어의 기원을 생각해볼 수 있다. "애당초 눌러앉은 곳이 틈새였다 / 깎아지른 벼랑과 나락을 가르는 금 / 똑같은 지층이 똑같이 음폭 패어 마주 치켜 서서 / 단층을 드러내고도 땅금이 깊어진다 / 그걸 국경이라고도 장벽이라고도 하고 / 보이지 않는 탓에 평온한 벽이라고도 한다 / 거기엔 우선 잘 아는 말(언어)이 통하지 않아 / 촉각 그 심상찮은 낌새만이 눈과 귀가 된다"(김시종, 유숙자 역, 「여기보다 멀리」부분, 『경계의 시』, 소화, 2008, 163쪽) 이러한 '틈새'의 시적 메타포가 장편시집 『니이가타』에서는 북위 38도에 위치한 '니이가타'란 구체적 지명과 맞물리면서 김시종의 정치사회적 상상력을 점화시킨 것이다. 김시종의 '틈새'에 대해서는 '마이니치(每日)출판문화상'을 수상한 에세이집 『'在日'のはざまで』(平凡社, 1986)에 피력돼 있다.

있는 분단체제에 균열을 내고 급기야 분단에 종언을 고하고 평화체제를 구축하고자 하는 재일조선인으로서 정치사회적 욕망이 고스란히 투영된 시적 행동이다.

5. 김시종이 한국문학에 던지는 과제

이상으로 재일조선인 김시종의 장편시집 『니이가타』에 나타난 '바다'를 중심으로 냉전과 분단을 넘는 그의 시적 고투를 살펴보았다. 일제 강점기 원산에서 태어나 황국소년으로서 유소년시절을 보낸 김시종은 청년시절 제주에서 4·3사건을 직접 경험하고 그 복판에서 생존하기 위한 도일의 험난한 과정을 겪으면서 재일조선인의 삶을 살아왔다. '재일在日하다'의 동사에서 단적으로 드러나듯, 일본에서 김시종의 삶은 한때 일본 제국주의의 피식민인으로서 억압적 차별 아래 일본의 비국민이란 민족적 차별을 온몸으로 감내하였다. 더욱이 그는 4·3사건으로 표면화된 대한민국 건립 과정에서 구제국주의 일본에 이어 등장한 신제국주의 미국에 의해 새롭게 재편되는 아시아태평양의 정치경제적 헤게모니에 따른 한반도 분단의 고통을 겪고 있다. 여기서 간과할 수 없는 것은 김시종의 『니이가타』의 '바다'의 심상과 관련한 정치적 상상력에서 보이듯, 재일조선인으로서 그는 한반도의 분단으로 이뤄진 대한민국과 조선민주주의인민공화국에 대해 모두 비판적 거리를 두면서 분단과 냉전을 극복한 세계를 추구한다. 이 과정에서 그는 재일조선인을 짓누르는 일본의 국민주의와 국가주의에 기반을 둔 억압적 차별의 문제점을 예각적으로 묘파한다.

그리하여 김시종의 "재일조선인문학이 역사를 짊어지게 되면서 현재
화懸在化하는 폭력과 멸시의 체계로서의 일본어의 한복판에 있다는 사
실"[28]은 문제적이다. 비록 그는 그의 모어母語인 한국어로써 창작 활동을
하고 있지 않아 한국의 국민문학으로서 필요조건을 충족시켜주지는 못하
지만, 그렇다고 세련되고 잘 다듬어진 일본어로써 창작 활동을 하여 일본
의 국민문학을 풍요롭게 해주는 것도 아니지만, 바로 그렇기 때문에 김시
종의 시문학은 한국문학과 일본문학의 '틈새'(혹은 '경계')에서 이들 문학
과 다른 김시종만의 시문학세계를 구축할 수 있는 것이다.

그동안 한국문학은 분단과 냉전에 대한 가열찬 문학적 대응을 펼쳐
오면서 지구화시대에 걸맞는 새로운 문제에 직면해 있다. 글을 맺으면
서, 김시종의 『니이가타』로부터 이 문제와 연관된 한국문학의 전망을
향한 어떤 시사점을 남는 과제로 생각해본다. 김시종에게 한반도에 드
리운 분단과 냉전의 질곡은 신구제국의 교차로부터 기원한다. 이것은
한반도의 분단을 지구적 시계에서 좀 더 래디컬하게 접근할 필요가 있
다는 것이다. 그리고 이 분단의 맥락 속에서 재일조선인이 겪는 분단
과 냉전의 정치사회적 상상력은 국민주의와 국가주의에 기반을 둔 억
압적 차별에 따른 문제점을 새롭게 인식하도록 한다. 덧보태고 싶은
것은 그의 이러한 시적 상상력은 이 모든 것들이 기반을 두고 있는 구
미중심주의 '근대의 국민문학'을 넘어 새로운 세계문학의 도래의 가능
성을 지니고 있다는 점이다.[29] 분단과 냉전에 맞서는 김시종의 시문학

---

28 다카하시 토시오, 곽형덕 역, 『아무도 들려주지 않았던 일본 현대문학』, 글누림, 2014, 350쪽.
29 호소미 가즈유키는 최근 발표한 「세계문학으로서의 김시종」(『지구적 세계문학』 4,

에 우리가 관심을 쏟는 것은 그의 시문학이 지닌 이러한 문제성과 결코 무관하지 않다. 한국문학이 기존 구미중심주의 세계문학의 제도화된 질서 안으로 애써 편입할 것인지, 그래서 구미중심주의에 기반한 탈근대의 각종 기획들에 자족할 것인지, 아니면 구미중심주의가 배태하고 있는 근대 자체를 근원적으로 심문하는 고투 속에서 탈근대를 구축하는 한국문학으로서 세계문학의 새로운 지형도 그리기에 참여할 것인지, 한국문학은 그 기로에 서 있다. 구미중심주의의 냉전과 분단에 갇히지 않고 그것을 창조적으로 해소하면서 활달히 넘어설 수 있는 한국문학이야말로 새로운 세계문학의 가능성을 펼칠 수 있는 것이다.

글누림, 2014.가을)에서 김시종의 시문학이야말로 기존 서구중심주의에 의해 제도화된 세계문학―세계문학은 각기 다른 근대의 국민문학이 다른 국민문학의 영토로 굴절되면서 형성돼 가는데, 서구중심의 근대에 기반한 국민문학이 이와 같은 과정 속에서 비서구의 국민문학에 영향을 미치면서 자연스레 서구에 편향된 국민문학을 '세계문학'의 실재인 것으로 제도화한다―의 문제점을 극복하고 있음을 주장한다. 호소미 가즈유키의 이러한 주장의 핵심은 김시종 특유의 '복수(復讐)의 언어'가 지닌 문제의식이 근대 자체를 근원적으로 심문하는, 그리하여 "국민문학의 테두리를 굳이 말하자면 탈구축(déconstruction)하는 형태로 쓰여진 것"(143~144쪽)과 연관된다. 이러한 세계문학의 새로운 지형도 변화와 관련하여, 김재용은 재일조선인문학을 구체적으로 명시하고 있지는 않으나, 김시종의 재일조선인문학처럼 구미중심의 근대가 고착된 문학 내부에서 이른바 변경인(적 사유) 문학의 출현은 "제국주의 시대 이후 팽창한 세계문학 장의 불균등에서 불가피하게 생긴 중요한 하나의 흐름으로 인정하고 이를 역사적으로 설명하는 노력이 절실하다."(김재용, 「변경인이 만들어가는 세계문학의 장」, 『지구적 세계문학』 4, 글누림, 2014.가을, 138쪽)는 견해를 피력한다.

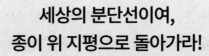

세상의 분단선이여,
종이 위 지평으로 돌아가라!

김시종의『지평선』

재일조선인 시인 김시종金時鐘(1929~)의 첫 시집『지평선』(1955)이 마침내 60여년 만에 일본문학 연구자 곽형덕의 노력의 결실로 한국어로 번역 출간되었다. 물론,『지평선』을 포함하여 김시종의 다른 시집에 수록된 시편들로 구성된 시선집『경계의 시』가 2008년에 한국어로 번역 출간된 이후 장시집『니이가타』와 시집『광주시편』이 2014년에 동시에 한국어로 번역 출간된 적이 있어 재일조선인 문학에 관심을 갖고 있는 독자들에게 김시종 시인의 존재는 그리 낯설지 않다. 무엇보다 김시종 시인은 재일조선인으로서 그의 전 생애의 주름마다 좁게는 제주도, 넓게는 한반도와 일본 열도, 그리고 이것 모두를 포괄하는 동아시아와 지구적 시계視界의 차원에서 투쟁의 삶을 살았다 해도 과언이 아니다. 특히 그는 기회가 있을 때마다 부끄럽게 고백하는바, 일제 식민주의 지배체제 아래 황국신민의 삶은 해방을 맞이하여 그로 하여금 자주독립국가를 세우기 위한 4·3항쟁에 참여하도록 하였으나, 목숨을 보전하기 위해 일본으로 밀항한 이후 재일조선인으로서 일본어를 통해 문학활동을 펼칠 수밖에 없었던 자신의 곤혹스러운 삶을 성찰한다.

이번에 출간된 김시종의『지평선』은 그의 삶과 문학 세계를 이해하는

데 매우 중요한 몫을 맡고 있다. 그것은 앞서 잠깐 언급했듯이, 제2차 세계대전의 종전과 함께 해방을 맞이한 조선, 특히 해방공간의 혼돈 속에 민주주의적 상상력이 활발히 솟구쳤던 제주 4·3항쟁에 참여했던 김시종은 화마火魔의 섬을 벗어나 천신만고 끝에 일본으로 밀항하였고, 그 일본에서 한국전쟁을 지켜본다. 그렇다면, 이 기간 동안 김시종은 일본 열도에서 어떠한 삶을 살았을까. 이 기간 동안 김시종의 시적 삶은 어떻게 이뤄졌을까. 다시 말해 『지평선』은 김시종을 재일조선인으로서, 그리고 재일조선인 시인으로서 어떠한 원형질을 오롯이 간직하고 있을까.

울고 있을 눈이
모래를 흘리고 있다
나는 더 이상 견딜 수 없어
비명을 내질렀는데,

지구는 공기를 빼앗겨
목소리를 내지 못했다

노란 태양 아래
나는 미라가 됐다

—「악몽」부분

김시종의 전존재를 에워싸고 있는 두려움의 실재는 곧잘 '악몽'으로 나타난다. 해방공간의 제주에서 솟구쳤던 민주주의적 상상력이 또 다른 제국의 폭압 속에서 대참상으로 이어지고, 정작 시인은 항쟁의 대열에서 벗어나 생목숨을 보전하기 위해 일본 열도로 밀항한다. 게다가 시인은 한국전쟁을 먼발치에서 지켜보다가 전쟁 피해 속에서 남과 북으로 분단된 조국의 냉엄한 현실을 목도한다. 물론, 그렇다고 시인이 한국전쟁을 강 건너 불구경하는 방관자적 태도를 취한 것은 결코 아니다. 일본에 군사기지를 두고 조국으로 보내지는 군수물자 보급을 지연시키든지 원천적으로 막기 위해 김시종 나름대로 후방에서 그만의 또 다른 적과의 투쟁을 가열차게 벌였다.("모국의 분노는 격정의 불꽃을 피어올리고 있다 / 나를 잊지 않을 당신을 믿고서 / 나는 당신의 숨결과 어우러지며 / 맹세를 새롭게 눈물을 새롭게 / 내 혈맥을 당신만의 가슴에 바치리라"—「품」 부분)

하지만, 4·3현장으로부터의 도일, 재일조선인으로서 또 다른 피식민자로서 삶, 조국분단 등 김시종이 감내해야만 하는 실존적 및 역사적 삶은 "공기를 빼앗겨 / 목소리를 내지 못"할 정도로 "미라"로 전락한 것처럼 "비명을 내질렀는데"도 그 어떠한 소리도 낼 수 없는 '악몽'의 사위로 구속돼 있다. 화마火魔의 섬을 벗어나 생목숨은 부지했으나, 이후 김시종을 기다리고 있던 곳은 민족적 차별, 공간적 차별, 계급적 차별, 문화적 차별 등이 난마처럼 뒤엉켜 있는, 한마디로 재일조선인으로서 '재일在日의 삶'을 견디고 헤쳐나가야 할 지옥도地獄圖가 펼쳐지고 있는 곳이다.("오늘도 체포된 조선인. / 암시장 담배를 만드는 조선인. / 어제도 압류 당한 조선인. / 탁배기를 제조하는 조선인. / 오늘도 깎고 있는 조선인. / 고철을 줍는 조선인. / 지금도 찌부러진 조선인. / 개골창을 찾아다니는 조선인. / 페지를 줍는 조선인. / 리어카가 손상된 조선인."—「재일조선인」 부분)

말하자면, 일본 열도에 있는 김시종에게 한국전쟁 전후의 시기는 4

·3항쟁의 참담한 패배와 포개진 역사의 파국이며 그에 따른 암울함의 정동情動이 지배적이다. 제2차 세계대전의 패전국 일본은 동아시아 냉전체제의 구축에 따른 정치군사적 반사이익을 미국으로부터 부여받으면서 식민주의에 대한 철저한 청산이 이뤄지지 않은 채 재일조선인에 대한 차별적 지배를 감행하는 가운데 한국전쟁을 적극 이용하여 골칫거리 재일조선인을 처리할 뿐만 아니라 자국의 정치경제적 이익을 최대한 확보하려고 혈안이다.

> 오사카 한구석에서
> 추방되기 전의 가난한 내가
> 노래해 본다 고함을 쳐본다
> 아빠를 죽게 한 건 누구냐?
> 엄마를 살해한 건 누구냐?
>
> 그 누구도 아닌, 바로 전쟁이다
> 이 전쟁의 한복판으로 우리를 보내겠다니
> 가난한 사람을 실업자를
> 평화를 외친 눈 뜬 사람을
> 40년 동안 써먹어서 낡아빠진 우리를
>
> ― 「유민애가(流民哀歌)」 부분

  이처럼 김시종은 일본 열도에서 새로운 삶의 구성체, 즉 재일조선인으로서 맞닥뜨리는 구체적 현실을 한국전쟁과 연동시켜 인식하고 있다. 그렇다고 김시종을 민족주의적 시선으로만 이해해서는 곤란하다. 『지평선』에서 주목해야 할 문제의식으로, 김시종은 미국이 남태평양 비키니 환초 부근에서 실시한 핵실험으로 피폭된 일본 어부의 죽음을 냉철히 응시한다. 「남쪽 섬」, 「지식」, 「묘비」 등에서 보인 김시종의 반핵反核 저항의 시편들은 민족주의적 시선을 넘어 범인류적 차원의 생명 옹호를 향한 간절한 반핵 평화의 연대의식을 선진적으로 드러내고 있다. 이와 관련하여, 쉽게 사그라들지 않은 다음과 같은 서늘한 시구가 눈에 자꾸만 밟힌다.

> 비키니 섬은 너무나 동양에 가깝고
> 너무나 미국과 멀다
>
> ─「남쪽 섬」 부분

우리는 또렷이 기억한다. 제2차 세계대전의 종전은 두 개의 원자폭탄이 앞당겼고, 이후 서구의 제국은 앞다퉈 과학기술의 낙관적 발전이란 미명 아래 핵기술에 박차를 가하는 과정 속에서 김시종이 묘파하듯 서구와 비교적 멀리 떨어진 곳, 그래서 자연스레 동양과 가까운 곳에서 핵실험을 실시하면서 그 가공할 만한 핵 피폭의 위험에 동양은 고스란히 노출돼 있는 셈이다. 이를 좀 더 확장하면, 동양에 대한 서구 제국의, 말하자면 식민주의적 과학주의를 시인이 예각적으로 인식하는 것은 아닐까.

사실, 김시종의 첫 시집에서 이러한 시적 문제의식이 발견되고 있다는 것은 예사롭지 않다. 그것은 어쩌면 그의 험난한 전 생애를 관통하고 있는, 김시종의 존재론적 그리고 정치윤리론의 정향면正向面에 자기를 굳건히 정립시키는 힘든 싸움을 하고 있기 때문인지 모른다.

　　다다를 수 없는 곳에 지평이 있는 것이 아니다.
　　네가 서 있는 그곳이 지평이다.
　　틀림없는 지평이다.

―「자서(自序)」부분

　그렇다. 김시종의 팽팽한 시적 긴장과 명철한 시적 인식 그리고 웅숭깊은 세계인식은 그가 허공에 부유浮遊하기 때문이 아니라 그만의 삶의 방식으로 '지평'에 서 있기에 가능하다. 온갖 역사의 풍파에 온몸이 휘둘리면서도 그는 '재일在日의 삶'의 지평에서 한반도와 동아시아, 그리고 세계의 어둠을 응시한다. 그래서일까. 『지평선』의 대미를 장식하는 시의 마지막 연이 일본 열도를 넘어 전 세계에 타전하는 시적 전언의 반향이 무엇을 간절히 염원하는 지 온몸이 서늘함과 동시에 뜨겁다.

　　아버지와 자식을 갈라놓고
　　엄마와 나를 가른
　　나와 나를 가른
　　'38선'이여,
　　당신을 그저 종이 위의 선으로 되돌려주려 한다.

―「당신은 이제 나를 지시할 수 없다」부분

하여, 우리는 감히 명령한다. 세상의 모든 분단선이여, 제발 종이 위 지평으로 돌아가라!

서경식의 글쓰기

재일조선인, 기억, 비판

1. 서경식의 글쓰기를 주목하는 이유— 이산^{離散}의 주체적 글쓰기

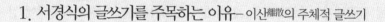

최근 한민족^{韓民族}의 이산^{離散, diaspora}의 현실에 대한 문학연구가 주요 쟁점 중 하나를 이루고 있는 것은 주목할 만하다. 특히 우리가 암묵적으로 자명하다고 간주하는 '국어국문학'이란 근대의 분과 학문의 범주에서, 이 같은 연구 성과들이 국민국가를 지탱하는 민족주의에 함몰되지 않으면서 근대에 대한 심화·확장된 연구의 새 지평을 모색하고 있는 것은 문학연구의 진취성을 보증한다. 그런데 뒤집어서 생각하면, 이산의 현실을 다루고 있는 이른바 이산문학 연구에서 정작 심각히 경계하고 깊이 숙고하며 냉철히 성찰해야 할 것은, 이산과 관련한 문제의식을 온전히 다루고 있는가 하는 점이다. 이것은 가볍게 넘어갈 사안이 결코 아니다.

이산문학 연구는 한국 근대문학의 외연을 단순히 넓히는 차원으로 인식해서 곤란하다. 한국 근대문학 연구의 기저에는 한민족의 사상과 느낌을 한국어란 모국어로 표현한 언어집적물을 대상으로 한다는 점이 굳건히 자리하고 있는바, 이산문학 연구 역시 이러한 근대문학의 통념을 재생산하는 차원에서 그 연구 가치를 찾는 것은 이산문학 연구에 대한 번짓수를 잘못 짚은 것이다. 이산문학 연구는 근대의 식민주의로 잉태된, 다시 말해 근대의 제국의 식민지 지배로부터 피식민지에게 야기한 파행적 문제들에 대한 탐구를 통해 근대 자체를 심문하는 역할을 맡는다. 물론 이 심문의 과정에서 피식민지인이 겪은 온갖 수난사에 대한 기억투쟁을 통해 민족의 정체성을 확인하고 훼손된 민족의 존엄성을 회복하는 일은 소중하다. 하지만 식민주의 피해자의 고통과 상처를 치유한다는 명분 아래 과잉된 민족의식과 폐쇄적 민족주의에 함몰돼가는 것도 모른 채 식민지 지배자와 또 다른 민족주의에 갇힐 수 있다. 연구자들이 피식민지인의 이산문학을 연구할 때 이 같은 점을 간과하기 십상이다.

다음으로 이산문학 연구는, 이산의 주체에 대한 면밀한 문제의식을 지녀야 한다. 조국을 떠나 타국에서 이산의 삶을 살고 있는 것을, 최근 탈근대주의에서 얘기되는 호모 노마드[1]로 살펴보는데, 여기에는 세밀한 논의가 뒤따라야 한다. 특정한 지역과 영토 또는 구획 안에서 정주하지 않고 마치 유목민처럼 이동해가며 사는 주체를 노마드적 주체로 파악하면서, 특정의 경계 안쪽에 자족하지 않고 경계와 경계를 자유롭게 넘나드는 삶의 양태를 이산과 연관시켜 논의하는 것은 문제가 아닐 수 없다. 무엇보다 이 같은 시각은 이산의 현실을 살고 있는 주체에 대한 피상적·관념적·낭만적 이데올로기의 억압 그 이상도 이하도 아니다. 여기에는 이산의 주체에 대한 정치사회적 고민이 없기 때문이다.

---

1 자크 아탈리, 이효숙 역, 『호모 노마드 유목하는 인간』, 웅진, 2005. 여기서 간과하지 말아야 할 것은 자크 아탈리가 강조하는 호모 노마드는 주체의 관점에서 볼 때 식민지 지배자, 즉 제국의 입장에서 피식민지를 대상으로 제국의 삶의 양식을 전파하고 이식하는 데 초점이 맞춰져 있다. 이것은 우리가 주목하는 이산의 주체와 그 문제설정이 확연히 다르다.

누가, 무엇 때문에, 그들로 하여금 이산의 고통을 앓게 하는지에 대한, 즉 비이산자가 이산자에 대한 타자의 상상력이 결여돼 있다.

우리는 이산문학 연구에 대한 이 같은 문제의식을 소홀히 여겨서는 안 된다. 바로 여기서 재일조선인 서경식의 글쓰기를 주목하는 이유가 있다. 서경식의 글쓰기는 "수많은 자이니치들의 운명에 공감하고 그들과 함께 할 미래를 계획하는 계기로서 많은 사람들에게 작동"[2]하는 이른바 '디아스포라의 감각과 글쓰기'[3]의 전형을 보인다. 특히 "국민국가에 전적으로 포섭되지 않는 고난의 디아스포라라는 사실, 그것이야말로 서경식을 진정한 자유인으로 만든 존재론적 토양"[4]으로, 그의 글쓰기는 우리로 하여금 이산문학을 연구해야 하는 절실성은 물론, 어떠한 방향으로 이산문학에 접근해야 하는지, 그래서 이산문학의 종요로운 성과들을 어떻게 해석해야 하는지, 그리고 더 나아가 이러한 일련의 논의들이 해석학적 심급에 자족하는 것을 넘어 우리가 부딪치고 있는 근대의 복잡다기한 문제들을 어떻게 지혜롭게 해결해나갈 수 있는지에 대한 실천의 문제까지 아울러 생각하도록 한다.[5]

2 김경수, 「서경식의 에세이가 전하는 메시지」, 『황해문화』, 새얼문화재단, 2005.봄, 319쪽.
3 강성민, 「인간이여 너는 무엇인가?…디아스포라가 펼치는 존재의 현상학」, 『인물과 사상』, 2007.7, 87쪽.
4 권성우, 「망명, 디아스포라, 그리고 서경식」, 『실천문학』, 실천문학사, 2008.가을, 452쪽.
5 서경식의 글쓰기를 배태시키는 문제의식은 다음과 같이 정리할 수 있다. "서경식 교수는 디아스포라로 살아간다는 것은 "깨어지지 않는 유리벽에 고립되어 있는 것"이라고 말한다. 그는 국가주의의 폭력을 혐오하면서도, 디아스포라에게 그런 국가의 보호가 또 얼마나 절실한지도 뼈저리게 알고 있다. 그것이 바로 '코스모폴리탄'이니 '유목민적 삶'이니 떠들어대는, '포스트모던'한 사람들과 결코 손을 잡을 수 없는 이유다. 끝없이 국민으로서의 자격을 심문받고, 의심받고, 배제당하는 삶. 그래서 그는 오직 다수파의 폭력에 저항할 수밖에 없는지 모른다."(「인터뷰─디아스포라로 살아가는 건 나의 숙명」, 『말』, 2006.6, 53쪽)

2. 서경식의 문학체험과 재일조선인 담론의 형성

서경식의 글쓰기의 심연에 자리하고 있는 것은 '재일조선인'에 대한 명징한 문제의식이다. 그의 글 곳곳에는 '재일조선인'에 대한 뚜렷한 자의식이 표백돼 있다. 여기서 그의 재일조선인에 대한 담론을 치밀히 해석해내는 것은 매우 중요하다. 그런데 이것과 함께 소홀히 여길 수 없는 것은 서경식처럼 이산의 고통을 겪고 있는 소수자가 삶의 어떠한 구체적 도정을 거치는 가운데 소수자를 에워싼 보편적 문제의식을 예각화할 수 있는가 하는 점이다. 이것은 재일조선인 담론을 특정한 언술의 구성체로 파악하는 것을 지양하는, 즉 재일조선인 담론에 대한 메타적 접근을 지양하는 바, 재일조선인의 삶의 구체성 속에서 창발적 문제의식으로 구성된, 그리하여 서경식이란 자연인이 '재일조선인'이란 역사철학적 실존의 마디를 어떻게 형성하고 있는가에 대한 비평적 접근이다.

이와 관련하여 매우 흥미로운 사실이 있다. 서경식의 재일조선인에 대한 자의식은 그의 문학체험과 밀접한 관련이 있다. 그것은 독서와 창작이다. 그의 재일조선인 담론은 어느 순간 갑자기 돌출하여 그 빼어난 문제의식을 드러낸 게 아니다. 그는 어릴 때부터 책읽기를 좋아하였는데, 중학교 시절 두 권의 책을 접하면서 민족에 대한 막연한 생각을 품게 된다. 이 두 권의 책은 모두 재일조선인이 일본어로 간행한, 허남기 시인의 시집 『조선의 겨울이야기』와 김소운이 펴낸 시집 『조선시집』이 그것이다. 중학교 시절의 독서 체험은 작품의 내용보다 그 작품들이 모두 서경식의 모국어(=조선어)가 아닌 모어(=일본어)로 쓰여졌다는 점을 그 스스로 발견하였고, 일본에서 태어나 성장한 그에게 모국어가 이미 폐멸되었다는 데 대한 모종의 충격을 경험한다. 이후 모국어의 부재감은 모어와의 관계 속에서 서경식으로 하여금 그의 일상 속에서 재일조선인이 당면한 문제에 실감을 부여한다. 이것은 그의 고등학교 1학년(1966) 때 '재일교포학생모국방문단'의 일원으로 한국을 방문한 경험을 11편의 시로 창작한 시집 『8월』의 시편에 녹아 있다.[6]

나에겐
조국을 이야기할 언어가 없다
나에겐
조국을 느낄 살갗이 없다

—「역사」 부분

이 땅에 낳아 떨구어진 맨발의 아이들
미간에 주름을 잡고 길바닥에 침을 뱉는
동요를 부르지 않는 너희,
말라비틀어진 '멸망'의 적자들이여
네 아비의 괭이를 잡아라!
산소를 괭이로 내리찍어라
흉작 4천 년의 종언을
너희들의 어두운 울부짖음으로 이루어내는 것이다.

—「산소(무덤)를 부셔라」 부분

---

6 아래의 본문에 인용하는 서경식의 시 부분은 서경식, 서은혜 역, 「나의 글쓰기와 문학」, 『실천문학』, 실천문학사, 2011.겨울 참조.

난생 처음 보는 역사와 매음의 나라
'한국'
짓밟는 발자국 아래⋯⋯어떠냐, 이
이 황폐함은 어떠냐!

여기가 네가 살고 있는 땅이다.
그리고 내가 돌아와야 할 고향이다
이 감출 수 없는 황무지
이것이 전부다 너와 나의
나는 이 땅에서 **빼앗긴** 우리들의
눈물을 찾으리, 우리는
죽을 줄을 알지 못하는 것이니

—「경주에서」 부분

서경식이 난생 처음으로 조국을 방문한 이후 조국에 대한 감회를 일본어로 쓴 시다. 그는 직정적으로 고백한다. "조국을 이야기할 언어가 없"을 뿐만 아니라 "조국을 느낄 살갗이 없다"고 한다. 그리고는 1960년대 중반의 조국의 풍경을 이방인의 우울과 비통이 뒤섞인 시선으로 본다. 그의 눈에 비친 조국은 "역사와 매음의 나라"이며, 암담한 역사의 뒤안길에서 고통받고 있다. 문제는 이러한 조국을 그가 타매하고 버릴 수 없다는 점이다.

가난하고, 시끄럽고, 지저분하고 게다가 군사독재의 공포에 떨고 있는 곳. 그곳이 저의 '조국'이었습니다. '조국'에 돌아와 안심했다든가, 마음이 편하든가 하는 건 없었습니다. 저는 열다섯 살 여름에 처음으로 한국 땅을 밟으면서 거기서 자신의 조국을 발견한 것이 아니라, **분열되어 찢겨있는 스스로를 발견**한 것입니다. 하지만 저는 이 시에 쓴 것처럼 그렇기 때문에 오히려 이 땅이야말로 자신의 '조국'이라고, 스스로에게 타이르고 있었습니다.[7] (강조는 인용자. 이하 같음)

　조국을 첫 방문한 서경식에게 유의미한 것은 일본에서 그동안 직간접으로 알고 있는 조국에 대한 현실을 확인한 데 대한 안도감도 아니고, 조국이 반민주주적 군사파쇼정부의 공포정치 아래 있다는 데 대한 두려움도 아니고, 그가 어딘지 모르게 조국으로부터 소외감을 받고 있다는 것, 그 밑자리에는 모국어의 부재가 자리하고 있으며, 이러한 조국에 대한 심상을 그가 일본어로 썼을 때 밀려드는 격절감은 "분열되어 찢겨 있는 스스로를 발견"하도록 하며, 이 실존적 고통을 앓도록 하는 게 바로 조국임을 자각한다. 말하자면 시집 『8월』을 쓰는 과정에서 서경식은 유년시절부터 일본사회에서 경험해온 재일조선인에 대한 민족 차별과 함께 분단된 조국인 한국으로부터 받는 모종의 격절감과 소외감을 감내해야 하는, 재일조선인에 대한 문제의식을 싹 틔운다.
　그러던 서경식은 1968년 고등학교 3학년 시절 읽은 『프란츠 파농 저작집』을 계기로 재일조선인이 온축하고 있는 숭고한 문제의식에 전율한다. 프란츠 파농을 만나면서 그는 재일조선인이 일본과 조국으로 받는 이중의

7　위의 책, 55쪽.

소외감에 대한 뚜렷한 자의식을 갖는 것이야말로 오히려 역설적으로 재일조선인과 같은 소수자의 고통을 드러내고, 그 과정에서 소수자가 다수자의 폭력과 억압으로부터 맞닥뜨린 절망을 진솔하게 응시하고, 바로 그러한 소수자들에 대한 애도로부터 연대를 향한 진전을 모색한다.[8]

이처럼 서경식의 재일조선인 담론의 형성은 유소년 시절부터 청소년 시절에 이르는 그의 독특한 문학체험이 뒷받침되었다. 그리하여 그의 다음과 같은 재일조선인 담론의 예각화된 문제의식은 응당 주목해야 한다.

재일조선인이라는 표상은 침략과 식민지 지배라는 암울한 근대사가 길게 손을 뻗쳐 현재 일본인들까지를 감싸고 있는 검은 그림자 같은 것이다.(…중략…) 요컨대 진정한 의미에서 식민지 지배가 끝나지 않는 한, 피지배자 또는 저항자로서의 '재일조선인'이 소멸되는 일은 있을 수 없는 것이다.[9]

재일조선인의 경험은 조선인 전체의 역사적 경험을 이루는 중요한 한 부분이다. 재일조선인이 스스로 경험한 차별이나 소외의 원인을 깊이 파악하여 그에 저항하는 과정 속에서 자기를 표명해간다면, 그 투쟁은 **탈식민화와 분단의 극복**이라는 과정 속에서 투쟁해온, 본국이나 다른 지역의

---

8 『프란츠 파농 저작집』에 대한 서경식의 독서체험은 이후 재일조선인의 역사철학적 자의식을 갖는 데 획기적 분수령을 이룬다. 그는 다음과 같이 술회한다. "자신이 재일조선인이라는 사실, 바로 그 소외의 상황을 의식하는 일이야말로 전진을 가능하게 한다. 그 전진이란 다름 아닌 답답하고 옹색하게 굴절된 일상에서 광활하게 보편의 세계로 나아가는 것이다. "전인적 인간의 승리." 일본사회의 한 구석에서 끙끙 가슴앓이를 하고 있던 재일조선인인 나 역시도 그 승리의 한 자락으로 이어질 수 있는 것이다."(서경식, 이목 역, 『소년의 눈물』, 돌베개, 2004, 227쪽)

9 서경식, 권혁태 역, 「모어와 모어의 상극」, 『언어의 감옥』, 돌베개, 2011, 66쪽.

동포들과 서로 연결될 것이다. 왜냐하면 그것은 **제국주의와 식민주의가 우리들에게 희생을 강요한, 이 근대라는 시대를 통째로 극복하려는 공동의 투쟁**이기 때문이다. 이러한 커다란 공동의 투쟁을 추진해가는 과정에서, 우리는 순혈(純血)주의·복고주의·배외주의·대민족주의 등 민족관의 여러 고정관념으로부터 스스로를 해방시키고, 그 대안으로 우리 자신의 신선한 민족관을 만들어내지 않으면 안 된다. 그렇지 않으면 우리들을 몇 개의 단편으로 분열시키려는 힘에 대항할 수 없다.[10]

서경식은 강조한다. 제국주의와 식민주의를 극복하지 못하는 한 재일조선인을 에워싼 문제의 해결은 요원하다. 비록 재일조선인이 표면적으로는 제국의 식민지 지배를 받고 있지 않으나, 20세기 전반기 식민지시절부터 지금까지 그들이 당면하고 있는 숱한 모순과 문제들은 제국의 식민지 지배가 야기한 숱한 근대의 파행들과 맞물려 있다. 제국의 노골적인 침략과 식민지경영을 위해 고안된 식민지 근대화론의 선정적 구호들[11]의 유령이 말끔히 축출되지 않는 한, 재일조선인에 대한 차별적 구조는 지속적으로 재생산될 수 있다. 그렇기 때문에 서경식은 이에 대한 해법으로 '탈식민화와 분단의 극복', 그리고 '공동의 투쟁'을 제안한다. 서경식의 재일조선인 담론이 문제적인 것은 바로 이 점이다. 서경식에게 재일조선인 문제는 일본사회 내부에서 재일조선인에 대한 일본인의 민

---

10 서경식, 임성모·이규수 역, 「새로운 민족관을 찾아서」, 『난민과 국민 사이』, 돌베개, 2006, 142~143쪽.
11 식민지 경영을 위해 고안된 구호로는 다음과 같은 것들이 있다. 내선일체(內鮮一體), 선만일여(鮮滿一如), 오족협화(五族協和), 팔굉일우(八紘一宇), 영미귀축(英美鬼畜), 대동아공영권(大東亞共榮圈) 등.

족적 차별을 극복해야 하는 것으로 국한되는 게 아니라 재일조선인 문제의 심층에 자리하고 있는 제국주의와 식민주의를 발본색원하는 데 궁극의 목적이 있다. 이것은 그에게 분단체제를 허물기 위한 과제와도 면밀히 연동돼 있다.[12] 왜냐하면 서경식에게 분단체제 허물기는 한민족의 오랜 숙원인 대한민국과 조선민주주의인민공화국의 대결과 분열을 화해와 상생으로 승화시키는 것뿐만 아니라, 지구촌 곳곳에서 아직도 극심한 적대 관계를 유지하면서 이산의 고통을 겪고 있는 소수자의 상처를 치유하는 것과 밀접한 연관이 있기 때문이다. 그래서 이와 같은 이산의 소수자들과의 연대가 소중하고 절실하다.

3. '국민주의'의 어둠을 걷어내는 '기억의 정치학'

이산의 소수자들과 연대하는 일은 말처럼 쉽지 않다. 여기에는 만만찮은 걸림돌이 가로막고 있는데, 그것은 주도면밀하게 작동하고 있는 근대의 국민국가 시스템이다. 국가를 구성하고 있는, 주권의 책임과 의무를 수행하

---

12 이 같은 문제의식에 대해 최근 한국의 작가 이호철과 대담을 한 재일조선인 시인 김시종 역시 "남북 화해의 가능성만 '선험적'으로 살고 있는 사람들이 재일동포라는 것"(「재일동포는 남북대립 해소할 수 있는 실험장」, 『문화일보』, 2011.11.11)을 언급한바, 서경식이 "재일조선인은 '상상의 고향(imagined Heimat)'으로서의 조선반도에 향수나 애착을 갖기 때문이 아니라, 오히려 '상상'으로는 귀속의식을 지니는 것이 거의 불가능함에도 불구하고 조선반도의 정치적 현실에 의해 일상의 삶을 구속받고 있기 때문에 자기-해방의 조건에서 본국이라는 요인을 제외시킬 수는 없는 것이다"고 한 것은, 달리 말해 재일조선인의 문제해결이 곧 조국이 당면하고 있는 분단체제의 해결과 무관하지 않다는 것을 시사한다. 서경식, 임성모·이규수 역, 앞의 책, 166쪽.

고 있는 "국민은 정신적 원리, 역사의 심오한 복잡다단한 일들의 결과"[13]인 바, "국민은 과거에 치렀고 미래에 치를 준비를 하는 희생에 대한 느낌이 만들어 내는 큰 규모의 연대"[14]의 형식으로 국가를 구성한다. 이 과정에서 '상상의 공동체'인 민족이 새롭게 발명되고, 기억의 서사화를 통해 명실공히 다른 국가와 구별되는 인정투쟁을 통해 근대의 국민국가의 정체政體는 공고해진다. 하지만 문제는 이렇게 단순하지 않다. 근대추구와 근대극복이란 근대의 이중의 과제를 수행하는 과정에서 출현한 파쇼적 국가주의가 얼마나 반인류적 악행을 저질렀는지(그리고 저지르고 있는지) 우리는 그 실상을 또렷이 목도한 바 있다.

그런데 서경식의 글쓰기에서 유달리 주목해야 할 것은 예의 '국가주의'와 구별되는 '국민주의'에 대한 비판적 성찰이다.

지금부터 문제 삼고자 하는 '국민주의'는 'nationalism' 일반과 달리, 소위 **선진국(구 식민지 종주국)에 사는 다수자가 무의식중에 품고 있는 '자국민 중심주의'**를 이르는 말이다. '국민주의'는 대개 일반적인 배타적 내셔널리즘과는 다른 것처럼 보이기 때문에 당사자도 스스로를 내셔널리스트라고는 생각하지 않는다. 뿐만 아니라 '국민주의자'는 자신을 내셔널리즘에 반대하는 보편주의자라고 주장한다. 스스로를 시민권을 지닌 주체라고 여기고 있다. 그러나 다른 한편으로 그들은 자신이 누리는 여러 권리가 근대 국민국가에서 만인에게 보장되는 기본권이라기보다는 '국민'이라는

---

13 에르네스트 르낭, 류승구 역, 「국민이란 무엇인가?」, 호미 바바 편, 『국민과 서사』, 후마니타스, 2011, 39쪽.
14 위의 글, 40쪽.

것을 전제로 보장되는 일종의 특권이라는 현실을 좀처럼 인정하려고 들지 않는다. 국민주의자는 자신이 누리는 특권에 대한 자각이 없고, 그 특권의 역사적 유래에는 눈을 감으려는 경향이 있다. 따라서 국민주의자는 '외국인'의 무권리 상태나 자국이 저지른 식민지 지배에 대한 역사적 책임에는 둔감하거나 의도적으로 냉담하다. '국민주의'는 이러한 조건 아래에서 배타적인 '국가주의'와 공범 관계를 맺게 된다.[15]

서경식의 비판적 글쓰기에서 핵심어인 '국민주의'에 대한 적실한 이해가 요구된다. 서경식은 '국민주의'와 '국가주의'의 공범의 가능성을 예의 주시하되, '국민주의'와 '국가주의'를 명확히 구분하고 있다. 그에게 '국민주의'는 '국가주의' 못지않은, 아니 '국가주의'보다 더욱 정교하면서도 민활하게 식민지 종주국의 국민 다수자로 하여금 주권을 누리는 데 대한 기회비용의 차원에서 비국민의 존재에 대한 배타적 대우와 식민지 지배에 대한 역사적 책임으로부터 무관심 내지 냉소적 태도를 취하도록 하는 억압적 이데올로기다. 그런데 이 '국민주의'가 예사롭지 않은 것은 민족주의 또는 국가주의를 부정하며 근대 국민국가의 억압적 이데올로기로부터 비판적 거리를 두고 있다고 스스로를 인식하는 다수의 시민들 또한 '국민주의'에 자연스레 나포돼 있다는 점을 몰각하고 있다는 사실이다.[16] 서경식의 비판의 초점은 분명하다. 정

---

15 서경식, 「일본 '국민주의'의 어제와 오늘」, 『고통과 기억의 연대는 가능한가?』, 철수와영희, 2009, 274~275쪽.
16 이와 관련하여 서경식은 일본사회의 리버럴파를 감싸고 있는 '국민주의'를 다음과 같이 지적한다. "그들(리버럴파—인용자)은 우파의 노골적인 국가주의에는 반대한다. 그리고 자신들은 비합리적이고 광신적인 우파와 구별되는 이성적인 민주주의자라고 자임한다. 그러나 동시에 근대사의 전 과정을 통해 홋카이도, 오키나와, 타이완,

치사회적 이념과 입장에서 진보와 보수, 좌파와 우파의 구별 없이 모두 근대 국민국가의 시스템 안쪽에서 '국민'으로 호명되는 순간, 그들은 자국의 '국민'으로서 주권을 누리는 가운데 국가의 이해관계로부터 자유롭지 않다는 점이다.

서경식의 '국민주의'에 대한 비판적 성찰은 5·18민주화운동의 정신을 계승하는 문제와 연결되면서 구체적 설득력을 지닌다.

> 저는 지금 5·18 정신을 계승하는 것은 이라크에서 한국군이 철군하는 것이라고 생각합니다. '그때 광주는 지금 팔레스타인이다. 이라크다.'라고 볼 수 있지요. 지금 이라크에서 고통받으며 울고 외치는 사람들이 바로, 당시 봉쇄된 광주 시민이 아닌가 생각합니다. 그런데 광주 시민의 5·18 정신을 계승한다고 하면서 **5·18을 국민주의적 서사로 해석해 버리면 위태롭다고 생각해요.** 물론 5·18이 한국에서 벌어진 일이고, 한국적인 맥락이 없으면 그런 형태로는 이루어지지 않겠지만, 그래도 거기에 남아 있는 보편성에 주목해야 한다고 봅니다.[17]

서경식은 5·18을 통해 '국민주의'에 갇혀서 안 되는 것을 피력한다. 말하자면 5·18을 통해 쟁취한 민주주의의 성과들이 대한민국이란 국민국가의 민주주의적 과업을 달성하기 위한 것으로만 전유되어서는 안 된다는 것이다. 때문에 그는 "이라크에서 한국군이 철군"할 것을 힘주어 강

조선, '만주국'으로 식민지 지배를 확대하면서 획득했던 일본 국민의 국민적 특권이 위협받는 것에 불안을 느낀다."(서경식, 권혁태 역, 「화해라는 이름의 폭력」, 『언어의 감옥에서』, 돌베개, 2011, 351쪽)

17 서경식, 권혁태 역, 「누가 그 기억을 이야기하는가?」, 『언어의 감옥에서』, 돌베개, 2011, 104쪽.

조한다. 우리가 5·18민주화운동의 참뜻을 진심으로 헤아린다면, 곧 민주주의의 아름다운 가치를 향해 흘린 피와 땀의 숭고함을 온몸으로 육화했다면, 아무리 대한민국이 미국과의 정치경제적 이해관계로부터 자유롭지 못한다고 하지만, 국익을 위한다는 차원에서 한국군을 전쟁에 파견할 수 없다는 게 서경식의 '국민주의'에 대한 냉철한 비판이다.[18]

여기서 우리는 서경식이 경계한 '국민주의'와 '국가주의'의 공범의 가능성마저 목도할 수 있다. 그는 5·18 정신의 계승이 자칫 '국가주의'와 착종시킬 수 있다는 점을 매우 날카롭게 지적한다.

현존하는 모순과 대면하면서 과거의 사건들과 만나고 새롭고 주체적으로 자기를 다시 세우려는 것이 아니라 그런 일들을 과거로 돌려버림으로써 지금의 문제들까지 외면하고 싶어하는 겁니다. 5·18 기념식에 노무현 대통령이 왔을 때, '왜 이라크에 파병하느냐, 이라크에서 죽고 있는 사람이 5·18 때 여기서 죽은 사람들과 뭐가 다르냐, 기생권력의 앞잡이가 된 공수부대에 박살이 났는데……' 하는 식의 비판적 이야기가 나와야 5·18 정신이 살아 있는 것이죠. 그리고 왜 희생자라는 표현을 씁니까? 피해자라고 해야지. 희생자라고 하면 누가 가해자예요? 가해자는 사라지고 국가를 위한 희생자만 남게 됩니다. 그러니까 5·18광주민주화항쟁의 '희생자'에

---

18 국회는 미국과 영국 주도의 이라크전쟁에 한국군을 파병하는 데 찬성하는 파병안을 2003년 4월 2일 통과시켰다. 이라크파병 찬반 논쟁 와중에 국민 다수는 한국의 국익 차원에서 파병안을 지지하였다. 이것이 바로 서경식이 묘파한 '국민주의'의 대표적 사례. 이후 한국의 국회는 파병 연장안을 2004년 12월 31일 통과시켰다. 그리하여 한국정부는 국제사회의 평화를 수호한다는 명분으로 이라크, 아프가니스탄, 소말리아 해협 등에 한국군을 파병한바, 한국민 다수자는 해외파병에 대해 여전히 '국민주의'에 갇혀 있다.

게 국가가 '보상'을 하는 것이 아니라 국가가 가해자로서 '피해자'에게 '배상'을 해야 하는 것이 맞는 것이죠. 그런 이야기를 몰라서 안 하는 게 아니라고 생각합니다. 그런 이야기를 꺼냈다가 그동안 쌓아온 것을 잃을 까 봐 두려운 것이겠죠. 그러니 그런 것까지 따지지 말고 그냥 **국민화합으로 가자는 식의 논리가 횡행**하게 됩니다. 저는 5·18을 겪은 사람들까지 그런 **국가주의적 논리에 포섭되어가는 게 아닌가 하는 두려움**을 느낍니다.[19]

서경식은 한국사회의 외부자로서 그동안 5·18정신의 계승과 관련한 노력들이 '국민주의'를 넘어 '국가주의'로까지 수렴되고 있는 것은 아닌지, 하는 성찰적 물음을 던진다.[20] 이것은 5·18민주화운동이 거둔 소중한 성취와 가치를 지속적으로 현실의 맥락에서 재해석하고 새로운 역사의 지평으로 되살려내는 게 아니라, 국가의 거대서사를 구성하는 것 중 하나로 기념화함으로써 5·18에 대한 역사적 소임을 충실히 다 하는 것으로 자족하는 것에 대한 비판적 문제제기다. 이것이야말로 5·18에 대한 반역사적·반민주주의적 국가주의로 수렴하는 것과 다를 바 없다. 여기서 서경식이 경계하는 것은 섣부른 '국민화합', 즉 '국민주의'와 공모하는 가운데 이제 더 이상 지난 날 역사의 반목과 대립을 걷어내고 상처를 하루속히 치유함으로써 민족의 대동단결을 통해 국가의 번영을 일궈내자는 식의 상투화된 '국가주의적 논리'의 팽배다.

---

19 서경식·김상봉, 『만남—서경식 김상봉 대담』, 돌베개, 2007, 61쪽.
20 비록 서경식이 한국사회의 외부자의 시선으로서 5·18정신의 계승을 '국가주의'로 비판을 하고 있지만, "구체적인 실존의 상처와 뼈아픈 역사적 체험의 무게가 드리워진 서경식의 국가주의 비판은 다른 어떤 논리보다도 그 절박한 감성과 설득력 있는 논리를 동반하고 있다."(권성우, 「고뇌와 지성」, 『세계한국어문학』 4, 세계한국어문학회, 2010, 59쪽)

돌이켜보면, 이러한 '국가주의'에 대한 우려는 5·18에만 국한되지 않는다. 서경식이 한국사회의 '과거사 청산'에 각별한 관심을 쏟는 것은 바로 그가 그토록 비판하는 '국민주의'와 '국가주의'의 어둠을 걷어내기 위해서다.

제가 이 나라에 오기 전에, 소위 '과거사 청산'이라는 일들이 진행되고 있다고 들었습니다. 제주4·3사건이나 노근리민간인학살 등의 청산 작업이 정부 주도로 진행되는 것이 일본사회와 다르다고 생각했습니다. 그것이야말로 대한민국의 희망이라고 느꼈습니다. 그런데 와보니까 그것이 너무 낙관적인 느낌이었다는 생각이 들었어요. 그런 작업도 소위 '민족 화합'과 같은 수준을 목표로 하고 있는 것 같고, 그러니까 **치열하게 현실을 따지고 진상을 규명해서 참된 화합을 이루는 것**이 아니고 국가가 희생자를 보훈하는 식으로 해서, 국가적 화합으로 이끌어 가려는 흐름이 있는 것 같고요.[21]

그렇다면, '과거사 청산'이 '국민주의'와 '국가주의'에 포섭되지 않기 위해서 필요한 것은 무엇일까. "치열하게 현실을 따지고 진상을 규명해서 참된 화합을 이루는 것", 즉 '기억의 투쟁'과 '기억의 정치학'이 요구된다. 그리하여 '국민주의'의 뿌리를 이루는 식민지 지배에 대한 투철한 역사적 책임을 심문하는 노력을 소홀히 해서는 안 된다. 또한 국민국가의 시스템이 부여하는 '주권'이란 국민의 기득권에 대한 비판적 거리두기 역시 소홀히 할 수 없다. 때문에 서경식은 앞서 논의했듯,

---

21 서경식·김상봉, 앞의 책, 189쪽.

이라크로부터 한국군을 철군해야 한다고 서슴없이 주장한 것이다. 그것은 한국사회가 소중히 일궈낸 민주주의의 가치를 한국만이 배타적으로 독점하는 게 아니라 국민국가의 경계를 넘어 타자들과 함께 공유하는, "주권의 논리 너머에서 국민국가의 경계를 횡단하는 민중의 만남"[22]을 욕망하는 것과 다를 바 없다. 여기서 우리는 타국민을 비롯한 비국민에 대한 무관심과 냉소적 태도를 스스로 걷어내는 노력을 해야 한다. 이것은 '과거의 역사'를 현재의 맥락으로 소환하여 재해석하고 역사의 새 지평으로 갱신시키는 차원에서, 과거의 일체의 것을 부정하고 망각하는 것에 대한 '기억의 투쟁'이다. 아울러 이것은 이러한 '기억의 투쟁'을 기획하고 실천하는 '기억의 정치학'이다.

4. 비판적 지식인의 글쓰기, 그 비판의 윤리학

서경식의 글쓰기가 유달리 매혹적인 것은 어떤 대상의 핵심을 파고드는 비판적 투철성에 있다. 그는 비판적 지식인으로서 글쓰기의 책무를 성실히 수행한다. 특히 그는 재일조선인의 현존을 감금하고 있는 식민지 지배의 억압으로부터 완전한 해방을 쟁취하기 위한 글쓰기에 정진한다. 이를 통해 그는 재일조선인 지식인의 글쓰기의 자의식을 뚜렷이 정립하는 윤리학을 실천하는 셈이다. 따라서 그에게 식민지 지배를 당한 수모는 감추거나 회피할 것이 아닌, 오히려 그처럼 제3세계

---

22 우카이 사토시, 신지영 역, 『주권의 너머에서』, 그린비, 2010, 335쪽.

지식인의 비판적 글쓰기의 윤리학을 실현하는 데 필요충분 조건을 충족시킨다.

열등감, 피해자의 멜랑콜리, 그런 것도 어떤 면에선 재산이라고 할 수 있고 고통스런 피해와 희생의 대가로 얻은 것입니다. 반복하는 것처럼 들리지만, 근대 제국주의에 의한 식민지배가 제3세계 사람들을 강간한 결과는 그 강간 당한 **제3세계 사람들이 앞으로 올, 또는 와야만 할 인류의 전망을 열 수 있게 된다**는 점입니다. 그래서 식민 체험이 일종의 '유산'이 될 수 있다는 것이죠.

그렇지만 조선보다 더 철저하게, 더 오랫동안 식민지배를 당한 사람들은 정신적·물질적인 측면에서 너무나 어려운 지경까지 떨어지고 말았습니다. 더 이상 스스로를 표현할 힘을 잃어버린 경우가 많아요. 바로 이런 맥락에서 한국의 지식인들, 더 넓게 말해 **조선의 지식인들은 식민주의 시대가 끝난 이후의 인류사에서 역사를 진보시키기 위한 지적인 책무를 짊어지고 있다**고 생각합니다.[23]

서경식의 글쓰기 전반을 감싸고 있는 비판적 지식인의 자긍심이 어디에서 기인하고 있는지를 여실히 알 수 있는 대목이다. 그는 피식민지의 체험에 굴복하거나 수치스러워하지 않는다. 대신 그 참담한 식민지 지배의 체험에 대한 '기억의 정치학'을 통해 그것을 넘어서기 위한 비판적 글쓰기의 '유산'으로 전도시킨다. 말하자면 그는 식민지 지배를 체념하지 않고 그것으로부터 완전한 해방을 쟁취하기 위해 식민지

---

23 서경식·김상봉, 앞의 책, 276쪽.

지배를 '되받아 치기'하는 탈식민의 전위적 글쓰기를 시도 한다. 때문에 그에게 식민을 경험한 제3세계의 지식인들은 탈식민의 가치를 온전히 구현할 "인류사에서 역사를 진보시키기 위한 지적인 책무를 짊어지고 있"는 대단히 매혹적인 비판정신의 소유자다.[24]

여기서 일련의 지식인에 대한 서경식의 비판에 주목할 필요가 있다.

이 같은 보수세력 주도의 우경화, 내셔널리즘의 강화는 말할 것도 없지만, 앞서 살펴본 것처럼 과거 우파에 대한 견제세력, 제동세력으로 일정하게 기능하던 **시민 리버럴파의 사상적 퇴폐**가 한층 더 심각한 문제로 떠올랐다는 점이 중요하다. 이에 속하거나 혹은 속했던 지식인들은 타자의 호소를 진지하게 받아들이지 않는다. 어떤 지식인은 레토릭의 유희에 탐닉하고 또 다른 지식인들은 책임 회피의 공론으로 일관한다.[25]

박유하와 같이 '사이에 서겠다'는 몸짓으로 가짜 '화해'를 설파하는 구식민지 출신 지식인들은 선진국 다수자의 수요에 응해서 앞으로도 세계 각지에 나타날 것이다. '**글로벌화**'로 구식민지 종주국과 구식민지 지역과의 **경계를 넘어서는 언설 시장이 생겨나 리버럴파 국민주의의 수용에 응하는 '화해론'이 유통·소비**되고 있는 것이다. 이는 결국 식민주의의 극복이라는 세계사적 조류에 대한 반동의 한 현상이라 할 수 있다.

---

24 이러한 지식인의 역할 모델로서 유대인 화학자로서 레지스탕스였던 프리모 레비를 서경식은 매우 존중한다. 나치의 인종학살에서 살아남은 레비의 '증언'이 지닌 역사의 참여와 그 저항의 가치로부터 서경식은 지식인의 역사적 책무를 지속적으로 갈무리한다. 프리모 레비와 서경식의 만남에 대해서는 서경식, 박광현 역, 『시대의 증언자 프리모 레비를 찾아서』, 창비, 2006 참조.

25 서경식, 권혁태 역, 「'일본인으로서의 책임'을 다시 생각한다」, 앞의 책, 301쪽.

'화해라는 이름의 폭력'은 피해자 쪽의 요구가 화해 달성을 막는 주된 장애인 것처럼 주장하면서, 화해라는 미명하에 피해자들에게 타협이나 굴복을 요구한다. 그러나 이는 결국 진실을 은폐함으로써 책임의 소재를 모호하게 만드는 결과를 초래한다. 그리고 장기적으로 보면, 오히려 문제의 해결을 멀어지게 만든다. '화해를 이름의 폭력'에 반대하는 이유는 이것이 진정한 화해를 가로막는 장애물이기 때문이다.

일본의 식민지 지배를 받은 조선 민족에 부과된 인류사적 사명은 전 세계적으로 펼쳐지고 있는 식민주의와의 투쟁전선에 자신들이 서 있다는 것을 자각하고, 여러 피지배 민족과 연대하면서 **가짜 '화해'를 거부하고 진정한 화해를 위해 싸우는 것이다.** 일본인들도 이 같은 투쟁에 연대해서 진정한 화해를 실현하는 방향으로 나아가야만 안정적이고 평화로운 미래가 열린다는 것은 분명하다.[26]

서경식이 경계하고 비판하는 지식인은 '의사비판적擬似批判的 지식인'으로 호명할 수 있다. 그것은 그가 특별히 경계하는 '국민주의'에 포섭된 지식인이라 할 수 있다. 그는 한국에서 일본문학을 전공하는 박유하를 이와 같은 '의사비판적 지식인'의 전형으로 신랄히 비판한다. 서경식은 일본 지식사회에서 높이 평가되는 박유하의 논지를, '화해라는 이름의 폭력'의 관점으로 이 담론이 지닌 문제점을 조목조목 비판한다.[27] 아직도 일본은 과거 아시아의 소수자들을 대상으로 한 식민지 지배의 잘못을 공식적으로 사죄한 적이 없을 뿐만 아니라 일본군 위안부를 비롯한 식민

---

26 서경식, 권혁태 역, 「화해라는 이름의 폭력」, 앞의 책, 355~356쪽.
27 위의 글, 322~364쪽 참조.

지 지배의 명백한 역사적 과오에 대한 책임을 회피하려고 한다. 더욱이 일본은 경제 초강국의 위상에 걸맞게 자신의 과거 식민지 경영에서 비롯한 일체의 역사적 책임에 대한 반성적 성찰을 하기는커녕 식민지 근대화론을 명분 삼아 역사적 과오를 희석화시키려고 한다. 여기에는 우파뿐만 아니라 시민 리버럴파마저 가세하고 있는 형국이다. 탈민족주의 횡행 속에서 과거 식민지주의의 피해자의 뜻과는 무관하게 가해자는 '화해'의 기치를 내거는데, 서경식이 정작 비판하는 것은 이러한 가해자의 '거짓 화해'야말로 여전히 구식민지 종주국의 식민지 지배의 유령이 배회하고 있는 것과 다를 바 없다. 하물며 박유하처럼 피식민지의 역사를 겪어온 지식인이 "탈식민주의를 과거 이야기가 아니라 지금도 계속되고 있는 현재의 역사로 이해해야 하고 또 식민주의적 권력이 여전히 작동하고 있다는 점을 경계하며 그것을 비판하는 저항의 담론·실천으로 생각해야"[28]하는데도 불구하고, 일본 지식사회에 만연된 '국민주의'에 포섭된 논리인 것도 모른 채 한국과 일본 사이의 갈등의 양상을 '화해'의 시각으로 풀어내면서 양국간의 진일보한 관계를 이룬 시대착오적 입장을 보이는 것이야말로 식민지 지배의 유령에 빙의憑依된 꼴이다.

이처럼 식민지 지배를 노골적으로 찬양하든, 그렇지 않으면 묵계적으로 용인하든, 서경식에게 '거짓 탈식민주의'를 주창하는 지식인은 매서운 비판의 대상이다. 그는 조금도 비판을 두려워하지 않는다. 가령, 재일조선인사회 내부에서 주창하는 '공생론'과 '시민사회적 재일론'에 대해서도 그는 가차없이 이들 담론이 갖는 허구성을 묘파한다.

---

28 서경식·김상봉, 앞의 책, 272쪽.

그 비판의 핵심을 정리하면 다음과 같다.[29]

①

재일조선인의 젊은 세대는 일본사회에 거부감 없이 융합할 수 있다. 하지만 여기서 중요한 것은 국민국가의 주류 구성원으로서 융합의 여부가 아니라, 조선을 식민지 지배했던 일본사회의 뿌리 깊숙이 잠복돼 있는 식민지 지배의 망탈리테를 극복하지 않는 한 재일조선인에 대한 민족적 차별은 여전하다.

②

일본사회의 고도 경제성장은 일본을 빠른 속도로 '안락전체주의화'[30]함으로써 비판적 시민사회의 활력을 현저히 저하시켰다. 말하자면 시민의 자립성이 붕괴되었다 해도 과언이 아니다. 이러한 일본사회에서 소수자인 재일조선인이 시민의 자립성을 쟁취하는 것은 비현실적인 몽상에 불과하다.

---

29 이하는 필자가 서경식, 『난민과 국민 사이』의 131~139쪽 및 158~163쪽 해당 부분에서 논의의 핵심을 세 가지로 이해하여 정리한 것이다.

30 일본의 사상가 후지따 쇼오조오는 일본사회의 고도 경제성장과 고도 기술사회로 편입해들어가면서 사람들 사이에 팽배해지는 정신의 습속을 '생활양식에서의 전체주의' 일환으로 파악하여, '안락'을 향한 전체주의의 양태에 대한 깊이 있는 통찰을 보인다. 사람들은 오로지 불쾌감의 근원을 추방하기 위한 데 혈안이 된 채 불쾌감이 결락된 '안락'의 가치를 절대시하게 됨으로써 '안락에 대한 예속 상태'에 구속된다. 더 큰 문제는 국가는 국민의 이러한 '안락'을 보호한다는 미명 아래 '안락'을 추구하는 데 방해가 되는 일체의 시민적 주체를 억압하고 '안락 예속 상태'에 만족하는 '국민주의' 기반 아래 '국가주의'로 귀환할 수 있다는 사실이다. '안락전체주의화'에 대해서는 후지따 쇼오조오, 이홍락 역, 「'안락'을 향한 전체주의」, 이순애 편, 『전체주의의 시대경험』, 창비, 1998 참조.

③

공생론'과 '시민사회적 재일론'의 치명적 결합은 재일조선인이 당면한
문제 해결의 해법을 일본사회의 내부의 민족차별을 받는 소수자의 문제
로서만 파악하는데, 재일조선인이 문제적인 것은 일본뿐만 아니라 대한
민국과 조선민주주의인민공화국 모두를 포괄하는 차원으로 보는 게 온당
한 문제의식이다.

사실, 위 ①, ②, ③의 논지는 새삼스러운 게 아니다. 서경식은 재일
조선인에 대한 그 어떠한 안일한 분석과 해법을 지나치는 법이 없다.
무엇보다 이 문제에 관심을 갖고 있는 지식인들이 문제의 본질을 비껴
가거나 희석화시키는 것에 대해서는 그 비판의 대상이 되는 지식인이
누구든지 그 특유의 예각적 비판을 거둔 적이 없다.[31] 때문에 그의 한
국사회에 대한 비판은 우리 모두 귀 기울일 필요가 있다.

문민화가 돼서 김영삼, 김대중, 노무현 세 대통령을 거쳐 이명박 시대에
이르렀는데, 지금이 바로 한국판 '시라케 시대'가 왔다고 명명하고 싶습
니다. 70년대의 민주화, 노동 해방 이런 꿈들, 민족 통일이라는 큰 서사와
그래도 사회의 상당한 다수자들이 가치를 공유하고 우파·보수파와 맞서
싸워 왔는데 지금은 그런 대립점이 좀 애매해졌고 모두가 '생활 보수파'
가 됐다고 할까, 그런 시대로 들어간 것 같습니다.[32]

---

31 서경식은 이러한 자신의 비판적 글쓰기를 '가혹'한 것으로 인식한다. 여기에는 "내가
   '가혹한' 것이 아니라, 재일조선인이 — 모든 조선 민족이 — 처해 있는 상황이 '가혹한'
   것이다."(서경식, 앞의 책, 14쪽)라는 역사적 인식의 투철성을 간과해서 곤란하다.
32 서경식, 「한국판 시라케 시대가 열리고 있다」, 『고통과 기억의 연대는 가능한가?』,

1990년대 문민정부 이후 형식적 민주주의가 도래하자 사회의 변혁을 갈망하는 거대서사에 대한 욕망은 급격히 위축되고 IMF체제 아래 종속되면서 한국사회는 무한경쟁의 신자유주의 전횡에 속수무책이다. 특히 한국사회의 상당수가 '생활 보수파'로 변해가고 있다는 서경식의 지적은 뼈아픈 비판이 아닐 수 없다. 여기에 한국사회의 지식인이 한 몫을 담당했다는 것 자체를 전면 부정할 수 없다. 이것은 곧 한국사회의 지식인이 비판적 역할을 제대로 수행하고 있지 못하다는 것을 말한다. 서경식은 한국사회의 지식인으로 하여금 반성적 성찰의 계기를 제공한다. 그리고 그는 지식인의 역할—"'지배층의 서사'에 대항해 '억압받는자의 서사'를 대치시키는 것이 지식인의 역할이라는 것"[33]—에 대해 환기한다.

5. 지속되어야 할 추후의 과제

이 글의 서두에서 나는 이산문학의 종요로운 성과들에 대한 본격적인 접근의 중요성을 제기하였다. 서경식의 글쓰기는 우리가 왜 이산문학에 관심을 쏟아야 하는지, 혹시 그동안 이산문학 연구의 오류가 있었다면, 어떻게 올바른 방향을 바로잡아야 하는지에 대한 시금석이라 해도 손색이 없다. 무엇보다 "그의 사유를 '재일조선인이기 때문에 가능한 사유'라는 식으로만 특수화해서 사상의 '구석진 자리'로 밀어내

철수와영희, 2009, 240쪽.
33 위의 글, 252쪽.

어선 안 된다."[34] 특히 그의 글쓰기 전반에 산포해 있는 식민주의로부터 완전한 해방을 위해 치열히 실천되고 있는 '기억의 정치학'과 '비판의 윤리학'은 "과거에 얽매여 가해자를 계속 원망하기 위해서가 아니라 미래의 확실한 평화를 위해 필요한 것"[35]이다.

이제 글을 마무리하면서, 서경식의 글쓰기와 좀 더 래디컬한 대화를 다른 자리에서 이어가기 위해 몇 가지 과제를 생각해본다.

우선, 그의 왕성한 글쓰기를 검토하면서 종종 떨치기 어려운 의구심이 있다. 식민주의를 극복하기 위해 예각적인 문제의식을 보이는 재일조선인 담론을 비롯한 근대 국민국가의 '국민주의'와 '국가주의'에 대한 저항과 비판, 그리고 이러한 글쓰기를 추동시키는 비판적 지식인의 투철성과 명철함 등에서 자유자재로 활용되는 직간접 경험의 양상들의 대부분은 유럽중심주의에 기반을 두고 있는 지적 교양의 산물이다. 물론, 그렇다고 그가 유럽중심주의의 가치를 신비화하든지 절대화하고 있다는 것은 결코 아니다. 하지만 늘 경계하고 긴장해야 할 것은 그가 아무리 제국의 식민주의로부터 추방당한 이산자의 고통에 절실히 응답을 하고 그 아픔을 치유하기 위한 글쓰기를 하면서 소수자를 해방시키는 보편성의 가치를 추구하려고 애쓰지만, 그것은 냉혹하지만 어디까지나 유럽중심주의에 기반을 둔 보편적 질서의 바깥을 넘어서지 못한다. 여기에는 그의 타자에 대한 생각이 철저히 '개인의 독립성'에 기반을 두고 있는 것과 무관하지 않다. 가령, 공공성의 문제에 대해 그는 "개인의 독립성이야말로 공공성의 바탕"[36]임을 강조하는데, 이 사유

---

34 권혁태, 「옮긴이의 말」, 서경식, 권혁태 역, 앞의 책, 469쪽.
35 서경식, 한승동 역, 『시대를 건너는 법』, 한겨레출판, 2007, 183쪽.

의 밑자리에는 유럽의 근대적 주체의 자기정립의 문제와 분리할 수 없는 철학적 논의가 뒷받침되고 있음을 부인할 수 없다. 그리하여 시민권적 주체는 이러한 자기정립에 기반하기 때문에 개인의 독립성을 위협하거나 해치는 그 어떠한 주체도 용납되어서는 안 되는 것이다. 이러한 문제의식에서 국가에 대한 태도 역시 예외일 수 없다. 즉 개인의 독립성을 보장하지 못하는 국가는 바로 그 이유 때문에 비판을 받아야 하며, 또한 개인의 독립성을 보장해야 한다는 이유로 '국민'을 호명하면서 개인의 독립성을 침해하거나 제한하는 국가 역시 비판을 받아야 한다. 그렇다면, 서경식의 글쓰기의 핵심을 이루는 이와 같은 것들은 한결같이 유럽중심주의 보편적 가치를 내면화하여 서경식의 글쓰기로 표현한 데 불과하다는 비판에 직면한다. 아마도 여기에는 서경식의 글쓰기의 안팎을 이루고 있는 실제 경험과 독서체험의 양상들이 유럽의 사회문화적 가치에 경사되고 있는 혐의로부터 자유로울 수 없을 터이다. 서경식의 글쓰기에서 상대적으로, 아니 절대적으로 빈곤한 비서구의 사회문화적 가치가 적극적으로 그의 글쓰기 자양분으로 섭취되고 있지 않다는 것을, 그저 그의 개인적 취양의 문제로 돌리기에는 그의 풍부한 문화체험과 지적 사유에 기반한 전투적 글쓰기의 치열성과 진정성을 생각해볼 때 쉽게 납득할 수 없는 문제다.

다음으로, 분단체제 극복에 대한 서경식의 래디컬한 낭만적 사유에 대한 의구심이다. 그는 "통일된 국가가 조선어를 쓰는 조선인들만의 혈통주의적인 나라가 아니고 법적으로도 혈통주의가 아닌 다원주의를

---

36 서경식, 『고통과 기억의 연대는 가능한가』, 철수와영희, 2009, 161쪽.

채용하는 나라가 된다면 동아시아에서 가장 해방된 나라"[37]이며, 이것은 "인류의 역사가 나아가는 과정의 한 단계로 봐야 할 것"[38]이라는 조국 통일에 대한 원대한 꿈을 피력한다. 여기서 이런 물음을 발본적으로 던져본다. 반드시 조국은 통일을 달성해야만 할까. 모르긴 모르되, 서경식이 꿈꾸는 통일은 정치적 통일을 염두에 뒀을 것인데, 남과 북은 정치적 통일을 통해 단일한 정치체政治體를 이뤄야만 할까. 그래야만 그가 원대하게 꿈꾸는 통일 세상이 조국의 새 역사 지평으로 실현되는 것일까. 그런데, 우리는 그동안 조국의 분단에 대한 엄청난 기회비용을 지불하면서 예전보다 통일에 대한 성숙한 문제의식을 지니고 있다. 조국의 분단을 극복하는 것은 말 그대로 남과 북으로 나뉜 두 개의 국민국가를 합하는 차원의 문제를 이미 넘어섰다. 아니, 분단을 전후한 무렵부터 이미 남과 북은 한반도를 에워싼 제국의 식민주의의 문제들과 연동돼 있었으며, 자본주의 세계체제를 구성하는 하위 체제의 하나로서 분단체제는 자기증식을 하고 있다. 따라서 조국의 분단을 극복하는 것은 이제 남과 북의 문제로만 해결될 수 없다는 것은 삼척동자도 다 아는 사실이다. 어쩌면 조국의 분단을 극복하는 것은 통일의 해법보다 좀 더 래디컬한 해법이 요구되는지 모를 일이다. 분단체제를 평화체제로 이행하기. 이것은 종래 통일 담론에 매달리는 게 아닌, 한반도와 동아시아에서 전쟁을 불식하고 평화를 정착시키기 위한 실사구시實事求是의 해법을 제시하는 것인지도 모를 일이다. 이 점에서 우리가 경계하고 비판해야 할 것은, 섣불리 남과 북의 현재 국민국가의 시

---

37 서경식, 권혁태 역, 앞의 책, 2011, 396쪽.
38 위의 책, 396쪽.

스템에 혼돈이 초래됨으로써 국가의 무질서 상태로 인해 남과 북 중 어느 한쪽이 다른 한쪽을 흡수 통일하는 게 아니라, 서로 다른 국민국가의 시스템을 서로 존중하되, 민주주의적 가치를 공유할 수 있는, 지금까지 실현해보지 못했던 어떤 새로운 정치체의 모델을 창안해내야 하지 않을까. 이 과정에서 재일조선인과 같은 이산의 존재들은 어떠한 정치사회적 몫을 맡을 수 있을까. 우리에게 낯익은 근대의 국민국가 시스템에 안주하지 못하는 그들의 실존을 구체적으로 해결하는 도정에서 분단체제를 평화체제로 탈바꿈하는 묘법描法이 현현될지 아무도 모를 일이다. 이에 대한 서경식의 천착을 기대해본다.

　이 같은 대화의 과제를 추후로 남겨두며, 재일조선인 서경식의 비판적 글쓰기에 대한 미진한 검토를 마친다.

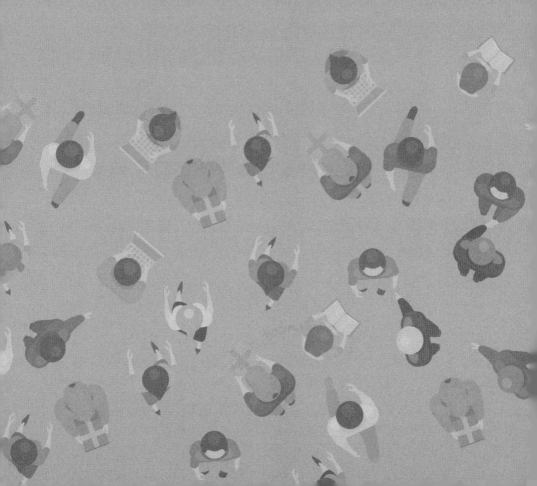

제3부

오키나와 문학,
반식민주의와 반폭력을 향한 응전

오키나와 문학의 길 위에서

1. 오키나와문학의 길 안내 지도

함부로 예단할 수 없으나, 일본보다 한국이 오키나와문학에 대한 관심을 집중하고 있는 것은 아닐까. 아니, 달리 말해 한국이 일본보다 오키나와문학을 훨씬 잘 이해하고 있는 것은 아닐까. 물론, 이것을 한국의 독서시장에서 오키나와문학이 잘 팔리고 있다는 것으로 이해해서는 곤란하다. 한국의 독서시장에서 오키나와문학이 차지하는 위상이 아직 미약한 게 사실이다. 하지만 시장지배력과 별개로 오키나와문학이 갖는 문학적 위상이 한국사회에서 점차 주목되고 있는 것 또한 외면할 수 없는 현실이다. 오키나와 주요 작가의 작품들이 속속 한국사회에 번역되고 있을 뿐만 아니라 해당 작가를 직접 초청하여 창작과 연관된 작가의 문학 얘기를 생생히 들을 수 있는 기회를 적극 마련하고 있다. 이 과정에서 오키나와문학에 대한 이해가 심화되고 확장되면서 그동안 전혀 몰랐거나 잘못 알고 있었던 오키나와의 삶과 역사를 보다 깊고 넓게 성찰하는 중요한 시간을 갖게 되었다.

이와 관련하여, 이번에 출간된 『오키나와문학 선집』(소명출판, 2020)은 오키나와문학에 대해 그동안 불모지와 다를 바 없는 한국사회에 오키나와

문학을 지속적으로 번역 및 연구 활동을 해온 곽형덕 교수의 열정의 산물이다. 그동안 기회가 있을 때마다 곽 교수와 함께 오키나와의 곳곳을 현장 답사하면서, 나는 오랫동안 그와 문학적 우정을 나눈 오키나와의 작가들을 아주 가까운 곁에서 만날 수 있는 소중한 기회를 가졌고, 그들과의 만남의 시간 속에서 오키나와의 삶과 역사 그리고 문학이 우리들 사이에 시나브로 켜켜이 쌓여가고 있다는 것을 실감하곤 하였다. 몹시 쑥스럽지만, 이 자리를 빌려 오키나와문학의 문외한인 내게 오키나와뿐만 아니라 오키나와문학의 길에서 미아가 되지 않도록 손을 내밀어준 그 따뜻함에 감사의 마음을 전한다. 이 해설을 준비하는 과정은 오키나와문학의 흐름과 함께 그 주요 문학적 특징을 짚어볼 수 있는 소중한 기회였다.

사실, 문학선집 대부분이 그렇듯, 선집을 묶는 일은 꽤 까다롭다. 무엇보다 작가와 작품을 선별하는 일이 생각만큼 쉽지 않다. 어떤 기준과 관점에 의해 취사선택되었는지, 그 과정 자체가 어려운 일이다. 여기에는 독자에게 모두 밝힐 수 없는 출간 과정에서 실무적인 일도 포함된다. 그렇기 때문에 오키나와문학 선집을 출간한 곽형덕 교수의 열정과 노력을 주목하지 않을 수 없다. 이번 선집에는 모두 11명의 작가, 12편의 소설과 16편의 시가 묶여 있다. 시기적으로는 오키나와 근대문학 초기부터 시작하여 2019년까지를, 그리하여 근대문학 초기의 대표 작가 야마시로 세이츄부터 최근 촉망받는 신세대 작가 사키하마 신까지를 선집의 대상으로 선별하고 있다. 이들 작가의 작품을 통해 오키나와문학의 흐름을 살펴볼 수 있을 뿐만 아니라 그 흐름 속에서 오키나와의 작가들이 오키나와의 삶과 역사 및 문화에 대한 치열한 문학적 사유를 만날 수 있다. 그리고 이 만남의 길에서 오키나와가 당면하고 있는 정치사회적 문제를 함께 고민하고 그것에 대한 오키나와의 해결 전망을 위한 문학적 실천에 연대할 수 있다. 따라서 이번 선집이 갖는 의의를 아무리 강조해도 지나치지 않을 터이다. 이번 선집은 오키나와문학의 길에 첫 발을 딛는 독자에게 길 안내 지도의 몫을 톡톡히 해주고 있기 때문이다.

2. 류큐처분 이후 자기부정과 자기파괴로 흔들리는 오키나와

우선, 오키나와전쟁 이전 작품들을 살펴보자. 선집에는 세 작가의 소설들—야마시로 세이츄의 「쓰루오카라는 남자」(1910), 이케미야기 세키호의 「우쿠마누 순사」(1926), 구시 후사코의 「멸망해가는 류큐여인의 수기」(1932)가 실려 있다. 이들 작품은 서로 다른 문학적 개성을 보이지만, 근대에 접어든 오키나와의 자기부정 혹은 자기파괴를 동반하고 있는 심각한 자기분열과 자기모순에 초점을 맞추고 있다는 점에서 문제의식을 공유한다. 가령, 「쓰루오카라는 남자」에서 일본 본토의 문학을 좋아한 나머지 동경에 가서 작가의 꿈을 꾸지만 그러지 못한 채 결국 동경에서의 생활을 접고 고향 오키나와로 귀향할 수밖에 없는 작중 인물 '쓰루오카'의 모습은 이 작품을 쓸 무렵 오키나와에 대한 작가의 인식을 압축적으로 보여준다. 널리 알듯이, 지금의 오키나와는 일본의 메이지정부가 류큐처분(1879)을 통해 류큐 왕국을 강제로 일본에 복속시킨바, 류큐인들이 오랫동안 지닌 류큐의 역사문화 전통에 기반한 그들의 자기정체성은 쉽게 부정될 수 있는 게 아니다. 그렇다고 류큐가 일본 본토로 강제 복속하였다고 일본 본토로 쉽게 동일화, 즉 야마토大和화될 수 있는 것도 아니다.

이와 관련하여, 류큐에 대한 식민지로서 차별적 인식이 일본 본토에서 작동하고 있는 것을 주목해야 한다. 이것은 「쓰루오카라는 남자」에서 작중화자 '나'를 통해 엿볼 수 있다. '나' 역시 쓰루오카와 같은 류큐인임에도 불구하고 '나'에게 쓰루오카는 "불가사의한 현상을 볼 수 있는 사람의 인상"을 지닌 괴기스런 존재로서, 그리고 "검은 얼굴에 흰 치아를 드러내 놓고 웃는 것이 꼭 아프리카의 숲에 사는 고릴라를 연상시"키는 존재로서, 근대 문명의 도시 동경과 전혀 어울리지 않는 전근대인으로서 간주된다. 그런 한편 '나'는 동경에서 문학을 하는 지식인으로서 동경의 근대에 적응하며 살고 있다. 여기서 주의를 기울여야 할 것은 '나'와 쓰루오카의 관계인데, 쓰루오카가 '나'에 의해 그려지고 있다는 점이 중요하다. 말하자면, 이 둘은 동일한 류큐인으로서 20세기 초 류큐가 당면한 현실을 작가는 정직하게 보여준다. 류큐처분 이후 류큐는 일본 본토를 향한 일본과의 동일시, 즉 야마토화를 추구하지만 '나'에 비친 전근대로서 쓰루오카의 모습과, 결국 야마토화에 실패하고 류큐로 돌아갈 수밖에 없는 쓰루오카의 현재, 무엇보다 이러한 쓰루오카를 우두망찰 방관할 수밖에 없는 처지에 놓인 '나'의 모습이야말로 20세기 초 류큐가 심각히 직면한 류큐의 자기부정에 따른 정체성의 흔들림을 보여주는 게 아닐까.

이러한 모습은 「우쿠마누의 순사」에서 더욱 분명히 드러난다. 오키나와의 나하 외곽 지역의 소수자로 살아가는 부락 사람들 중에서 순사가 출현한다. 그의 이름은 우쿠마누인데, 순사들 대부분이 야마토大和 출신이란 현실을 고려할 때 그가 당당히 순사가 된 것은 부락의 큰 자랑거리가 아닐 수 없다. 그러자 그는 점차 오키나와인으로서 삶보다 야마토화의 삶을 추구하면서 부락 사람들과 거리를 두고자 한다. 그렇게 그는 자신의 야마토화를 통한 삶의 행복을 추구하고 싶다. 그러던 그는 어느 무덤에서 한 절도범을 체포하여 심문을 한다. 그 절도범은 전염성이 있는 폐질환에 걸린 채 일자리를 찾지 못해 거리를 헤매다가 돈을 훔쳐 무덤에 숨어 있다가 그에게 우연히 붙들린 것이다. 그런데 그 절도범은 우쿠마누 순사가 유곽에서 만나 사랑을 느꼈던 여자의 오빠였다. 우쿠마누는 그를 심문하면서 심각한 회의감과 극도의 공포와 분노에 휩싸인다. 우쿠마누가 심문하고 있는 대상이 범법자인 것은 분명하되, 그 범법자는 다름 아니라 우쿠마누가 사랑했던 여인의 오빠이고, 폐질환에 걸린 사회무능력자이다. 그리고 그가 숨은 곳은 하필 무덤 안이다. 오키나와인으로서 순사가 된 우쿠마누는 오키나와 현재의 적나라한 모습을 응시한다. 부잣집 아들이 폐인의 나락으로 떨어진 채 범법자 신세로서 무덤 안에 숨어 있는 모양새가 바로 오키나와의 현재와 다를 바 없는 셈이다. 이렇게 쇠락해가고 있는 오키나와의 현재를 심문하고 있는 자신의 모습은 어떨까. 이런 오키나와의 현재를 동료 야마토 출신 순사들은 비아냥거리고, 여기서 더 나아가 그들은 우쿠마누로 하여금 그러한 모습을 심문하도록 하여 우쿠마누가 그들과 동일한 순사가 아니라 미개하고 전근대적인 류큐 태생이면서 류큐 내부에서도 차별 받는 소수자임을 인식하도록 하는 것은 아닐까.

이렇듯이 오키나와의 자기부정과 자기파괴에 따른 자기모순에 대한 정체성의 심각한 흔들림은 「멸망해가는 류큐 여인의 수기」에서 한층 또렷한 비판적 문제의식으로 표면화되고 있다. 작중 화자 '나'는 류큐 여인으로서 몰락해가는 류큐의 현실을 아주 냉정히 직시한다.

우리는 일찍이 자각해야만 했던 민족인데도 뼛속까지 찌든 소부르주아 근성에 화를 입었고, 좌고우면해 체면을 차리고 또 차리느라 그날그날을 그저 보내왔다. 그래서 영원히 역사의 후미를 떠맡게 돼 남들이 걸으며 질러놓은 길바닥에서 질질 끌려가며 살아갔다.(71쪽)

무기력한 현실에 놓인 오키나와를 향한 비판은 매섭다. "뼛속까지 찌든 소부르주아 근성"과 역사의 주체적 자기결정력이 부재한 가운데 일본에 강제로 복속당한 이후 오키나와는 식민지 차별의 삶 속에서 야마토화에 따른 온갖 문제점을 감내하면서 살고 있다는 것을 '나'는 적시한다. 특히 류큐인으로서 자기를 부정하며 동경에서 출세하기 위해 안간힘을 쏟는 숙부의 삶을 안쓰럽게 느끼는 '나'의 인식은 그 구체적 사례이다. 때문에 '나'는 오키나와를, "아무래도 이곳은 '멸망해가는 고도孤島'라는 생각을 통절히 할 수밖에 없"다고 여긴다. 그러면서 '나'는 오키나와의 이 쇠락을 류큐의 예능과 연결지으며, "몰락의 미와 호응하는 내 자신의 내부에 잠재해 있는 무언가에 동경하는 마음"의 낭만적 파토스로 위안을 삼는다. 쇠락해가는 류큐의 모습 속에서 류큐의 전통과 예능은 류큐처분 이전으로 회복하기 힘든, 그래서 그 훼손된 상처의 통증이 너무 큰 것을 처연한 낭만적 파토스로 더욱 상기시킬 따름이다.

3. 오키나와전쟁에 대한 오키나와문학의 대응과 물음

오키나와인들에게 오키나와전쟁은 혼돈과 충격이었다. 일본 본토를 지켜내기 위한 전략적 일환으로 일본군은 오키나와를 군사 기지화함으로써 미군의 파상 공격을 막아내려고 한다. 그리하여 아시아태평양전쟁의 막바지에 오키나와인들은 자신들의 뜻과 무관한 전쟁의 참화 속에 내던져졌다. 그들은 아군이라고 생각한 일본군에게 무참히 희생당했고, 적군인 미군에게도 희생당하는 이중의 희생을 감내할 수밖에 없었다. 오키나와전쟁의 한복판에서 오키나와가 철저히 파괴되는 모습을 목도한 오키나와인들의 삶은 어떠했을까.

이번 선집에 묶인 오타 료하쿠의 「흑다이아몬드」(1949), 야마노구치 바쿠의 두 편의 소설 「노숙」(1950)과 「여름에 어울리는 하룻밤」(1950), 그리고 13편의 시 등은 오키나와전쟁 직후 오키나와문학에 대한 이해를 돕는다. 전쟁의 압도적 충격과 미처 거리를 두지 못한 시기에 씌어진 이 세편의 소설의 경우 오키나와전쟁에 대한 문학적 대응이 표면에 드러나 있지는 않다. 「노숙」과 「여름에 어울리는 하룻밤」의 경우 이 두 작품은 작가가 경험한 관동대지진을 소재로 하고 있는바, 오키나와전쟁과 직접적 관련은 없다. 하지만 이들 작품에서 정작 눈여겨 보아야 할 것은 표면상 관동대지진을 경험한 오키나와인의 삶을 그리고 있으나, 기실 오키나와전쟁의 충격을 겪고 전후의 황폐화된 대지에서 삶이 뿌리 뽑혀 부유浮游하는 오키나와의 모습이다. 그들의 이러한 현실은 공원에서 노숙자의 삶으로 전락한 채 룸펜 취급을 받는 것으로 간명히 그려지는가 하면,(「여름에 어울리는 하룻밤」) 동경에서의 야마토화한 삶에 정착하지 못한 채 오키나와로 귀향하였으나 가세가 몰락한 삶을 살게 되자 친구가 다시 동경행을 부추겨 동경에 왔지만 동경의 어느 거리의 토관 속에서 노숙을 하는 무능력한 청년으로 그려진다.(「노숙」) 이들 작품에 등장하는 오키나와인들은 한결같이 무기력하다. 그러면서 그들은 오키나와를 떠나 일본 본토의 수도 동경에서 어떻게 해서든지 야마토화한 삶을 살고자 하지만 그것도 결코 쉬운 일이 아니다. 「노숙」에서 얘기되듯, 관동대지진 당시 일본 순사가 불심 검문을 할 때 타민족에 대한 제국 일본의 동화정책과 관계 없이 야마토와 다른 민족에 대한 차별적 인식 아래 조선인과 타이완인 외에 오키나와인을 포함한 비非야마토인들 모두를 대상으로 하였다는 것은, 오키나와인들이 일본 본토에서 야마토화의 노력을 통해 일본과 동일시하고자 애를 쓰는 모습이 오키나와인의 의지와 얼마나 괴리가 있는지를 작가는 예리하게 포착한다. 왜냐하면 류큐처분 이후 오키나와전쟁을 치르면서 오키나와에 대한 일본의 태도가 식민주의로서 차별적 인식을 벗어난 적이 없기 때문이다.

그렇다고 오키나와문학이 전쟁 직후 오키나와인의 방황에만 그 인식이 머물러 있지는 않다. 「흑다이아몬드」는 오키나와전쟁을 직접 다루고 있지는 않으나, 제국주의에 대한 비판적 문제의식을 엿볼 수 있는 흥미로운 작품이다. 작중 화자 '나'는 일본어 교육 임무를 맡은 통역병으로서 인도네시아에서 벌어진 전쟁에 참전하던 중 파니만이란 인도네시아 태생의 지원병 소년을 알게 된다. '나'는 2차 세계대전 종전 후 우연히 파니만을 만나는데, 그는 일본군이 패전 후 떠난 그곳에 다시 점령군으로 나타난 영국군에 대항하여 인도네시아 독립혁명 세력으로서 반영운동에 몸담고 있는 '인도네시아 전사'의 모습을 하고 있었다. 파니만은 "아름다운 청춘과 순결함을 민족을 위해 바치고 피와 먼지 속에서 총을 손에 쥐고 싸우는" 소년 전사의 모습으로 '나'에게 나타난 것이다. 이 작품의 마지막 장면은 파니만이 부르는 인도네시아 혁명의 행진곡을 듣고 서 있는 '나'의 모습과, "그로부터 사 년이라는 세월이 흘렀다……"는 문장으로 대미를 장식한다. 이 작품이 흥미로운 것은 바로 이 마지막 장면과 문장 때문이다. 작가는 '나'의 눈에 비친 인도네시아의 청년 혁명가의 모습을, 파니만을 통해 보여주면서 무엇을 얘기하고 싶었을까. 혹시 너무 앞서간 해석일지 모르지만, 작가는 파니만으로부터 반제국주의 혁명의 모습을 보여주고 싶은 것은 아닐까. 비록 그 대상은 다르지만, 작가는 파니만을 빌려, 파니만처럼 식민주의적 차별의 고통을 경험한 오키나와 청년들로 하여금 일본 제국주의뿐만 아니라 오키나와전쟁을 통해 새롭게 등장한 미국이란 제국주의에 대해 저항하는 모습을 기대하고 있는 것은 아닐까. 마지막 문장의 말줄임표에 작가의 이러한 기대가 숨어 있는 것으로 읽는 것은 비약일까.

사실, 이러한 기대를 하는 것은 비약이 아니다. 야마노구치 바쿠의 시편에서는 오키나와의 역사와 오키나와전쟁 후의 현실, 그리고 제국의 문명에 대한 비판적 인식이 형상화되고 있다. "커다란 시를 써라 / 커다란 시를 / 신변잡기에는 질렸구나라고 한다"(「형님의 편지」)에서처럼 시인은 오키나와전쟁을 치른 후 오키나와의 시가 무엇을 어떻게 써야 하는지를 성찰한다. 특히 류큐의 역사를 찬찬히 되짚으면서 류큐가 오키나와 현으로 바뀌고 사실상 일본의 식민지로 전락한 후 오키나와전쟁으로 인한 전쟁의 상흔이 치유되기를 간절히 바라는 시심은 애틋하기만 하다.(「오키나와여 어디로 가는가」) 그리하여 오키나와전쟁을 겪는 동안 섬은 폐허로 전락한 채 오키나와의 모든 것이 일본에 더욱 종속된 꼴로,(「탄알을 뒤집어 쓴 섬」) 침몰하지 않기 위해 "80만의 비참한 생명이 / 갑판 구석에 내몰려서" "죽음을 달라고 부르짖고 있"(「불침모함 오키나와」)는 오키나와의 현실을 시인은 아주 냉철히 직시할 따름이다.

　그런데, 오키나와전쟁에 대한 작가의 인식은 시간이 흐를수록 그리 단순하지 않다. 무엇보다 샌프란시스코 강화조약 체결(1952)로 인해 미국은 오키나와를 실질적으로 지배할 수 있는 권한을 부여받게 되면서, 오키나와는 1975년 일본으로 복귀하기 전까지 미군정이 식민통치하게 된다. 그에 따라 오키나와인들은 오키나와전쟁을 전후로 그 이전에는 일본에 복속되었고, 그 이후에는 일본 복귀 이전까지 미국에 복속되는 등 식민지배를 받는 질곡의 역사를 겪게 된다. 오시로 다쓰히로의 「2세」(1957)와 미야기 소우의 「A사인바의 여자들」(1959)은 이렇듯이 샌프란시스코 조약 체결 이후 미군정의 통치를 받는 현실을 바탕으로 하고 있는 문제작이다. 특히 「2세」에서 오키나와계 미군 병사를 에워싼 전쟁의 승리에 대한 질문들과, 일본인으로서 미군의 병사로 오키나와 점령지에 와 있는 현실 등은 미국 시민으로서 정체성이 뚜렷하되 오키나와에서 직면한 이와 같은 물음들로 인해 작중 인물 헨리는 더욱 곤혹스러울 따름이다. 헨리의 동생이 그에게 전쟁 중 할머니의 죽음을 미국 탓으로 돌리는 강한 원망을 대하면서 그의 고뇌는 한층 심각해진다. 오키나와전쟁에서 승리한 미국이 일본제국의 지배로부터 속박받는 오키나와를 해방시킨 것과 달리 오키나와인들에게 미국은 어쩌면 일본제국과의 전쟁을 통해 오키나와를 점령한 새로운 식민통치자로서 군림하고 있는 것인지 모르기 때문이다. 작품의 종결 부분에서 미군이 아무렇지도 않은 듯 마치 점령군이 누려야 할 권리처럼 오키나와 여인을 겁탈하려는 시도는 이를 단적으로 보여준다. 이렇듯이 샌프란시스코 체재 아래 미군정 지배 아래 놓인 오키나와는 미국의 군사기지로 전락한 오키나와의 현주소를 보인다. 「A사인바의 여자들」에서 확연히 읽을 수 있듯, 이것은 미군 기지촌에서 생계를 유지하며 살고 있는 매춘녀에게 한층 냉혹하다. 미군정청이 공식적으로 승인한 A사인바의 여자들은 미군의 성욕을 해소시켜주는 성적 대상 그 이상도 이하도 아니다. 미군과의 매춘 현장에서 생계를 유지하는 A사인바의 오키나와의 여인들은 임신과 낙태의 반복은 물론, "미군 병사에게 여자의 생명선을 아무렇지도 않게 희롱당하는 것뿐"이다.

4. 오키나와전후 오키나와문학의 현재

오키나와전후 오키나와가 현재 당면하고 있는 문제들은 마타요시 에이키와 메도루마 슌에 의해 밀도 있게 그려지고 있다. 선집에 수록된 마타요시의 「소싸움장의 허니」(1983)는 그의 다른 작품들이 그렇듯 전후 오키나와가 짊어지고 있는 내면적 상처와 고통을 오키나와의 일상 또는 문화 속에서 절묘히 포착해낸다. 이 작품에서 작가는 소싸움 장면을 아주 상세히 박진감 있고 생동감 넘치게 그려낸다. 그런데 소싸움에서 눈여겨 보아야 할 것은 체구가 작은 오키나와 소가 그보다 체구가 훨씬 큰 구로나이와호 소와 싸우다가 죽고 마는데, 이 소싸움을 지켜보는 오키나와 여인 요시코는 울음을 터트리지 않으면서 눈물을 가득 머금은 채 소리없이 울고 있다. 요시코가 할 수 있는 것은 그의 보호자 격 미국인 크로포드씨의 품에 안겨 화장이 눈물에 번지는 것도 모른 채 크로포드씨의 애무를 받을 따름이다. 크로포드씨는 오키나와의 작은 소가 싸움에 져 죽어가는 모습을 지켜본 요시코가 안쓰럽다는 듯 그를 위무한다. 그리고는 소싸움을 지켜봤던 오키나와의 소년들에게 미제 간식거리를 나눠준다. 이 작품에서 작가는 그저 오키나와에서 흔히 볼 수 있는 소싸움 장면을 보여줄 뿐이지만, 기실 소싸움장에서 미국인 크로포드씨가 차지하고 있는 위계적 위치―오키나와인들에 비해 상대적으로 몸집이 거대한 체구를 지니고 있는 크로포드씨의 외양과, 소싸움장에서 그만을 위한 특별한 지정석을 갖고 있는 것 등과 오키나와의 약자들을 향한 선민의식, 그리고 오키나와의 작은 소가 싸움에 패배한 것도 모자라 죽어가는 장면을 보며 환호하는 오키나와 사람들의 부조리한 생동감 등은 오키나와전후 오키나와의 현재를 담담히 보여준다. 이것은 오키나와의 현재를 간단히 이해할 수 없는, 그래서 오키나와의 곤혹스러움을 대면하고 있는 마타요시의 작품의 미덕이다.

그런가 하면, 메도루마 슌의 「버들붕어」는 마타요시와 현저히 다른 작품 경향을 보여준다. 메도루마의 작품은 오키나와전쟁에 대한 '기억의 정치학'을 작품으로 치열히 전개하고 있다. 그에게 문학은 일종의 '기억투쟁'의 일환으로, 「버들붕어」에서도 작중 인물 가요를 통해 미군기지 철폐운동에 따른 반미反美를 실천운동의 뚜렷한 목적으로 내세운다. 메도루마에게 오키나와전쟁은 과거의 전쟁이 결코 아니라 현재에도 진행중인바, 가요의 기억 속에서 지속적으로 재소환되고 있다. 그래서 현재 헤노코 미군기지 건설에 반대하는 역사적 도덕적 명분을 제공해준다. 비록 오키나와전쟁 중에 가요의 남동생 간키치는 죽었으나, 간키치가 죽기 전 고향집 우물에 두고 간 버들붕어는 살아 남은 듯한 존재로 현현됨으로써 오키나와에 전쟁의 참화가 없는, 이를 위해 현재 오키나와에 있는 모든 미군 기지가 철폐되는 미래를 향한 저항을 포기할 수 없는 것이다. 그런데, 이 작품이 헤노코 기지 철폐운동에 직접 참여하고 있는 메도루마의 최근 문제의식을 담고 있다는 점은 이번 작품이 갖는 각별한 의의임을 강조해두고자 한다. 이 작품을 계기로 그의 또다른 작품이 씌어지길 기대해보자.

한편, 류큐 열도列島의 작은 섬 미야코에서 오키나와전후의 상처를 '우주적 생태계의 회복'이란 시작詩作에 매진하고 있는 이치하라 치카코의 시편은 오키나와문학의 또 다른 성취임을 강조해두고 싶다.

끝으로, 이번 선집에서 오키나와문학의 차세대로서 주목받는 사키하마 신의 작품세계를 만날 수 있는 것은 소중하다. 신오키나와문학상을 수상한 그는 기존 선배세대의 문학과 구별되는 그만의 참신한 문학세계를 지니고 있다. 이번 선집에 소개되고 있는 그의 두 편에서 공통적으로 읽을 수 있듯, 그는 오키나와의 현실을 전경화前景化하지 않고, 환상과 현실을 자유자재로 넘나드는 소설을 쓰고 있다. 그는 오키나와전쟁 미체험 세대로서 오키나와전쟁과 관련한 문제를 애오라지 그의 작품으로 끌어오지 않는다. 그렇다고 그가 오키나와의 현실에 무관한 것은 결코 아니다. 가령, 오키나와에서 죽은 자와 산 자는 대립항으로 존재하는 게 아니라 서로 만난다. 「숲」에서 작중 인물 카나가 숲속으로 사라져 방황을 하다가 죽은 어머니와 동생, 숙모를 만나는 것은 오키나와의 현재와 과거의 관계 속에서 어떤 새로운 길을 찾기 위한 작가의 암중모색이라고 할 수 있다. 이것은 「산딸기」에서도 산딸기를 매개로 오키나와의 과거와 현재가 대화를 나누는 마지막 장면에서 이해할 수 있다. 물론, 환幻의 세계에서 만나는 이들을 두고 오키나와의 현재에 대한 회피가 아니냐고, 비판할 수도 있다. 하지만 사키하마 신은 그의 세대에 정직한 그의 세대의 문학으로 오키나와의 삶과 역사를 다루고 있다. 여기서, 「산딸기」의 마지막 장면에서 죽은 자와 산 자들이 모두 각자 따온 산딸기를 앞에 두고 자기만의 추억과 방식으로 그것을 먹는 산딸기 만찬의 풍요로운 장면은, 오키나와의 새로운 삶을 향한 사키하마 신의 문학적 욕망이 투영된 눈부시게 아름다운 장면이다.

오키나와에 대한 반식민주의로서
경계의 문학

메도루마의 문학을 중심으로

1. 메도루마의 문학을 어떻게 읽을까

오키나와의 작가 메도루마(1960~)는 그 자신의 소설쓰기에 대해 에돌아가지 않고 또렷이 다음과 같이 말한다.

> 부모님과 조부모님으로부터 들은 진행형은 나의 육친의 역사이자 더없이 소중한 증언들이다. 그들이 기억을 되새길 때 짓는 표정이나 목소리는 앞으로도 내 마음 깊은 곳에 남아 있을 것이다. 그리고 그 이야기들을 나만의 것이 아닌 되도록 많은 사람들과 공유하고 생생한 현장으로 되살리는 것이 나의 의무이기도 했다. 그 방법 중의 하나가 바로 오키나와전투를 소설로 쓰는 것이었다.[1]

메도루마에게 오키나와전투[2]를 소설로 쓰는 것은 그의 고향 오키나

---

1 메도루마 슌, 안행순 역, 『오키나와의 눈물』, 논형, 2013, 57쪽.
2 아시아태평양전쟁의 막바지에 이르러 미군은 1944년부터 일본의 남서제도(南西諸島)인 오키나와를 중심으로 무차별 폭격을 가하기 시작하였고, 그 이듬해 1945년 3월 26일 미군은 오키나와에 상륙하여 같은 해 6월 22일 일본군이 항복할 때까지 지

와를 엄습한 아시아에서, '전후' 미·일 안보체제 아래 전개되고 있는 신군국주의[3]와 신제국주의에 맞서는 '투쟁의 정치학'과 다를 바 없다. 이것은 비단 소설쓰기에만 국한되지 않는다. 그의 전방위적 글쓰기와 활동가로서의 실천적 행위는 오키나와를 압살한 오키나와전쟁뿐만 아니라 그 전투가 종결된 후 오키나와에 짙게 드리운 '전후'의 현실을 대상으로 한 '기억과 투쟁의 정치학'을 보증한다.[4]

이러한 메도루마의 문학에 대한 국내 논의의 대부분이 "메도루마는 공동체의 정형화된 문화적 기억 대신 거기에 균열을 가져오는 정치적 기억"[5]에 초점이 맞춰져 있는 바, 오키나와전쟁에 직접적으로 관련된

상전을 벌였다. 지휘부가 항복한 사실을 모른 잔류 일본군은 1945년 8월 15일 패전 이후에도 류큐열도 곳곳에서 주민들의 희생 속에서 무모한 게릴라전을 펼쳤다. 이 오키나와전쟁으로 그 당시 오키나와 주민의 1/4 이상이 죽음을 당하였다.

3 신용하는 최근 일본의 정치동향을 신군국주의로 이해하는데 그 특징을 다음과 같이 정리한다. ① 군사적 보호국들의 창설을 목적으로 하며 완전 식민지 창설을 목적으로 하지 않는다. ② 현대의 최첨단 과학기술에 기술적 기초를 둔다. ③ 침략의 전면에 서지 않고 측면과 후면에 선다. ④ 피지배국의 명목상의 독립은 남아 있지만, 실질적으로 반독립, 반식민지의 상태에 떨어지게 된다. ⑤ 지배의 유지를 위해 피지배국의 친일세력의 양성에 총력을 기울인다. ⑥ 외교문제가 있을 때마다 군사력으로써 피지배국을 끊임없이 협박하며, 소규모 무력분쟁을 자주 자행하고 때로는 대규모 전쟁을 도발한다. 신용하, 『세계체제 변동과 현대 한국』, 집문당, 1994, 98~99쪽 참조.

4 메도루마는 1960년 오키나와 나키진에서 태어난 이후 줄곧 오키나와에서 살고 있다. 그의 단편 「어군기」가 '류큐신보 단편소설상'(1983)을 수상하면서 소설을 쓰기 시작한 이후 「평화의 길이라고 이름 붙여진 거리를 걸으며」(1986)가 '신오키나와문학상'을 수상하고, 「물방울」(1997)이 규슈예술제문학상과 아쿠타가와문학상, 그리고 「혼 불어넣기」(1998)가 가와바타 야스나리문학상과 기야마쇼헤이문학상을 수상하면서 오키나와문학을 대표하는 작가로 평가받고 있다. 그는 소설가로서 오키나와의 역사와 현실을 다룬 문제작을 발표할 뿐만 아니라 오키나와 현실 문제에도 적극 참여하면서 왕성한 글쓰기 활동을 전개하고 있다. 그의 날카로운 비평적 문제의식은 시론(時論) 성격의 평론집 『오키나와의 눈물』(2007)로 출간되었다. 최근 메도루마는 김재용 문학평론가와의 대담에서 오키나와의 헤노코 앞 바다로 옮겨올 미군 기지에 저항하는 해상 저지운동에 전력하고 있어 작품을 쓸 시간이 없다고 말하였다.(김재용·메도루마슌, 「대담-메도루마 슌」, 『지구적 세계문학』 5, 글누림, 2015.봄, 355~366쪽)

온갖 폭력과 죽음의 양상을 망각하지 않는 기억의 재현을 다루고 있다.[6] 그리하여 '그로테스크 리얼리즘grotesque realism'을 통해 메도루마의 문학에서 보이는 환상적·몽환적·비의적 표상이 오키나와의 현실을 조명한 것은 주목할 만하다.[7] 하지만 이들 논의는 어디까지나 메도루마 문학을 오키나와 문학의 한 부분으로 다루는 과정에서 주목한 것일 뿐 메도루마 문학 자체에 집중적 초점을 맞춘 것은 아니다.

여기서 메도루마의 문학에 대한 일본문학계의 두 반응을 살펴보자. 하나는 제117회 아쿠타가와상 수상작인 메도루마의 「물방울」에 대해 선정위원 중 한 사람의 "오키나와의 지방으로서의 개성을 입증한 작품"[8]이란 평가이고, 다른 하나는 "현대 일본어문학은 메도루마 슌이라는 희유한 존재를 통해서만, 지구적 규모에서 투쟁의 연대를 새기고 있는 세계문학을 향해 열려 있을 수 있다"[9]란 평가다. 사실, 일본문학계의 두 반응은 좁게는 메도루마의 문학에 대해 넓게는 오키나와 문학과 새롭게 씌어져야 할 세계문학에 대해 매우 중요한 문학적 쟁점을 제기하고 있다. 여기에는 제국으로서 국민문학(=일본문학)이 자기세계를 온전히 구축시키는 차원에서 그것의 결락된 부분을 충족시켜주는 데 자족하는 것의 일환으로 로컬문학(=오키나와 문학)과 그 개별문학

---

5 임성모, 「우치난추의 눈으로 본 오키나와」, 『역사비평』 85, 역사비평사, 2008, 67쪽.
6 백지운, 「폭력의 연쇄, 연대의 고리」, 『역사비평』 103, 역사비평사, 2013; 김응교, 「폭력의 기억, 오키나와 문학」, 『외국문학연구』 32, 한국외대 외국문학연구도, 2008; 이연숙, 「제주, 오키나와의 투쟁의 기억-까마귀와 소라게 이야기」, 『탐라문화』 31, 제주대 탐라문화연구원, 2007.
7 김응교, 앞의 글, 66~70쪽.
8 이시하라 신타로, 「あらためての, 沖繩の個性(제117回茶川賞決定發表選評)」(『문예춘추』, 1997.11, 431쪽), 소명선, 「마이너리티문학 속의 마이너리티이미지」, 『일어일문학』 54, 대한일어일문학회, 2012에서 287쪽 재인용.
9 다카하시 토시오, 「대담-메도루마 슌」, 『지구적 세계문학』 5, 글누림, 2015.봄, 355쪽.

(=메도루마의 문학)의 존립 가치를 인정하는, 즉 식민주의 문학의 위상학位相學과, 이것을 래디컬하게 전복하고자 하는 반식민주의 문학으로서 해방의 정치학이 부딪치고 있다. 메도루마의 문학을 읽는 것은 식민주의 문학의 위상학을 확고히 정립시키는 데 있지 않다. 그렇다면 반식민주의 문학으로서 해방의 정치학을 메도루마의 문학에서 어떻게 적극적으로 읽어낼 수 있을까. 오키나와를 친친 옭아매고 있는 '전전戰前과 전후戰後'의 현실에서 해방을 하되, 해방 이후 새로 모색될 오키나와가 근대의 낯익은 국민국가와 또 다른 판본으로 현현되는 그것과 구별되는 새로운 정치공간성을 지닌 로컬로 읽을 수 있을까.

이를 위해 우리는 메도루마의 문학을 반식민주의를 기획·실천하는 '경계의 문학'으로 읽을 필요가 있다. "오키나와의 역사와 현실은 오키나와를 다수의—적어도 류큐/오키나와와 일본과 미국의—상이한 문화가 만나고 부딪치면서 새로운 혼성적 문화를 창출해내는 경계지대"[10]로 인식할 수 있는데, 이 '경계'는 어떤 잡다한 것들이 뒤죽박죽 뒤섞이는 탈정치·탈역사·탈정체로서의 지대가 아니다.[11] 오히려 이 '경계'는 제국들(중국·일본·미국)의 가장자리에서 동아시아의 첨예한

---

10 정근식 외, 『경계의 섬, 오키나와』, 논형, 2008, 24쪽.
11 '경계'에 대한 이러한 사유는 인도의 북동부 지역에 위치한 마니푸르(Manipur)와 아삼(Assam) 지역의 문학을 연구하는 데서부터 시사받았음을 밝혀둔다. 이 두 지역은 근대의 국민국가 인도 영토 안에 위치한 인도의 로컬이다. 그런데 예로부터 이 지역은 지리적 특징(강, 계곡, 산, 히말라야 산맥)과 그에 따라 주거하는 주민들의 종교와 종족적 관습 등의 차이와 다양성으로 인해 국민국가 인도에 속해 있으나 인도로부터 독립하기 위한 투쟁을 보이고 있다. 그래서 사실상 인도 중앙정부의 구심력으로부터 어느 정도 자유롭다. 여기에는 부탄, 티벳, 중국, 미얀마, 방글라데시 등과 국경을 접하는 것과도 무관하지 않다. 이러한 지정학적 특성에 기반한 이들 로컬문학은 인도의 '경계의 문학'이란 문제틀로 연구되고 있다. Manjeet Baruah, *Frontier Cultures*, New Delhi : Routledge, 2012.

국제정세가 부딪치는 논쟁의 지점을 형성한다. 물론 이 논쟁의 한복판에는 오키나와의 반식민주의로서 해방의 정치학이 놓여 있다. 때문에 '경계'로서 오키나와는 제국이 강제하는 '식민주의 지정학geopolitics of colonialism', 바꿔 말해 '제국=중심 / 피식민=변방'이라는 이분법적 도식에 균열을 낸다. '경계'의 특질을 지닌 오키나와의 실재는 오랫동안 굳어진 이와 같은 이분법적 도식을 내파^{內破}할 수 있다. 메도루마의 문학은 바로 이러한 '경계'의 속성을 함의하고 있다. 메도루마의 '경계의 문학'은 오키나와의 삶과 현실에 착근한 오키나와의 리얼리즘[12]을 형성한다 해도 과언이 아니다. 이 글은 메도루마 문학 전반을 아우르지 못한 한계를 지닌 채 현재까지 국내에 번역 소개된 메도루마의 문학을 대상으로 메도루마 문학의 이와 같은 면들을 탐구해본다.

---

12 메도루마의 문학을 이러한 반식민주의의 '경계의 문학'으로 사유할 때 흥미로운 점은 메도루마의 고향 오키나와의 정체성이 유럽중심주의에 기반한 포스트모더니즘류(그 대부분 해체적 사유를 중심으로 한) 혼종성, 즉 어떠한 자기동일성의 세계도 인정하지 않는 일종의 정체성의 무중력의 상태를 가리키는 게 아니다. 또한 이 '경계의 문학' 관점에서는, 오키나와의 정체성이 이미 오래전부터 오키나와에 적절히 해당되는 안성맞춤의 그 장소에 잘 들어맞는 정체성이 아닌, 그래서 구획되지 않은 차이와 경합의 지리로서 장소의 정치학을 띤다. 이에 대해서는 "The politics of identity is undeniably also a politics of place. But this is not the proper place of bounded, pre-given essences, it is an unbounded geography of difference and contest." Jane M. Jacobs, *EDGE OF EMPIRE*, New York : Routledge, 1996, p.36.

2. 메도루마의 반식민주의 문학과 오키나와의 '경이로운 현실'

1) 오키나와전쟁에 대한 '기억과 투쟁의 정치학'

메도루마 자신이 직접 체험은 하지 못했으나 조부모 세대의 증언으로부터 재현된 그의 오키나와전쟁의 서사는 각별히 주목해야 한다. 미군이 1945년 3월 26일 오키나와에 상륙하여 6월 22일 일본군이 항복할 때까지 치러진 3개월 여의 지상전은 오키나와 주민들에게 씻을 수 없는 전쟁의 참화와 상처를 안겨주었다. 아무리 사람의 생목숨을 앗아갈 수 있는 최소한의 합법성을 갖춘 전쟁이라 하더라도 도저히 용납할 수 없는, 일어나서는 안 될, 그리고 차마 생각조차 할 수 없는 끔찍한 일들이 오키나와전쟁 곳곳에서 펼쳐졌다. 비현실과 같은 현실이 오키나와전쟁 도처에서 일어난 바, 오키나와전쟁 당시 오키나와는 비현실이 현실을 압도하고 초과하는 현실로 가득 채워졌다.

메도루마는 바로 이러한 오키나와전쟁에 휩싸인 현실을 그 특유의 서사로 재현한다. 그것은 오키나와전쟁에 죽은 영령과 오키나와전쟁으로부터 살아난 자의 교응에 초점을 맞추는 데 있다. 그 교응의 핵심 서사는 다음과 같다.

①

오키나와전쟁에서 구사일생으로 생존한 갓난애 고타로는 고아로서 어릴 때부터 자주 경기(驚氣)가 동반되면서 혼(魂)이 나가, 그를 키우는 우타가 혼을 불어넣곤 하였다.(「혼 불어넣기」)

②

오키나와전쟁 당시 미군 공격으로 동굴을 이용하여 퇴각하는 과정에서 부상당한 동료들을 남겨둔 채 생존한 도쿠쇼의 오른쪽 다리가 부풀어올라 엄지발가락 끝이 터지면서 물방울이 맺히더니 어느날 오키나와전쟁에서 죽은 동료들이 환영 속에서 나타나 도쿠쇼의 물방울을 빨아 마신다.(「물방울」)

③

오키나와전후에 태어난 한 여인은 신기(神氣)가 있어 오키나와전쟁에서 죽은 영혼을 비롯하여 오키나와에서 죽은 각양각색의 영혼과 조우하더니 그도 오키나와 남자들에게 겁탈당한 채 영혼이 돼 산 자에게 자신의 기구한 삶을 들려준다.(「이승의 상처를 이끌고」)

④

오키나와전쟁과 전후의 간난(艱難)한 삶을 살고 있는 여성 고제이는 전쟁의 충격으로 간혹 광태(狂態)를 보이는데, 그 와중에 전쟁에서 죽은 그의 연인 쇼세이의 영혼과 아름다운 만남을 가진다.(「나비떼 나무」)

위 ①~④에서 확연히 드러나듯, 메도루마의 소설 속 문제적 인물은 오키나와전쟁과 관련한 직간접 충격 속에서 생존하였는데, 바로 그 때문에 이 생존은 죽음과 절연된 게 결코 아니다. 메도루마의 소설에서 보이는 오키나와전쟁의 생존자들과 죽은 영령의 교응에서 우리가 간과해서 안 되는 것은 오키나와의 현실이다. 우리는 오키나와전쟁을 갓난아기 시절 겪은 세대(①)와 오키나와전쟁을 직접 겪지 않은 세대(③)도 예외 없이 오키나와전쟁의 대참화로부터 비껴날 수 없다는 것을 알 수 있다. 이것은 오키나와를 휩쓸아친 전쟁의 철풍鐵風이 얼마나 오키나와의 삶 / 혼을 철저히 불모화시켰고 전후의 오키나와를 죽음의 공포로 위협하고 있는지, 전쟁 때 '나간 혼'을 불어넣는 행위(①)와, 오키나와전쟁의 숱한 주검들의 떠도는 영혼과 조우하는 신기神氣 어린 여성이 그마저도 오키나와를 전횡하는 폭력에 상처입고 마침내 그 자신이 죽은 영령으로서(③) 연루된 현실을 '상기'[13]시킨다. 여기서 오키나와전쟁을 한복판에서 겪은 세대가 죽은 영령과 만나는 것은 망각을 강요하는 현실에 맞서 망각할 수 없는, 즉 '기억과 투쟁의 정치학'을 실천하는 메도루마의 문학적 상상력이 돋보이는 부분이다.(②, ④) 특히 오키나와전쟁에 철혈근황대원으로 참전하였다가 생존한 도쿠쇼의 오른 쪽 다리의 엄지 발가락을 힘차게 그리고 달게 빠는 그의 죽은 동료들-영령과의 만남을 통해 메도루마는 미군 공격에 퇴각하는 도정에서 일어난 일본군(여기에는 오키나와 주민의 강제적 동원도 포함)의 죽음과 간호대의 집단자결[14]과 관련한 일을 구체적 실감으로 재현한다.(②) 이것은 개별적으로 은폐하거나 망

---

13 '상기(remembering)'는 호비바바의 개념으로, 현재라는 시대에 새겨진 정신적 외상에 의미를 부여하기 위해서 조각난 과거를 다시 일깨워(re-membering) 구축한다고 하는, 고통을 수반하는 작업이다. 도미야로 이치로, 임성모 역, 『전장의 기억』, 이산, 2002, 131쪽.

14 오키나와전쟁의 끔찍한 고통 중 하나는 일본군에 의해 조직적으로 강요된 집단자결이다. 비록 겉으로 볼 때 오키나와전쟁에서 집단자결이 오키나와 주민의 자발적 선택에 따른 것처럼 보이지만, 여기서 중요한 것은 일본군이 제국의 식민주의 통치 아래 황국신민화 교육과 전시총동원체제 속에서 귀축영미(鬼逐英美) 이데올로기를 오키나와 주민에게 주도면밀히 내면화시킴으로써 집단자결이 일어났다는 사실이다. 오키나와전쟁에서 일어난 집단자결의 역학 과정에 대해서는 강성현, 「'죽음'의 동원과 이에 대한 저항 가능성」, 『경계의 섬, 오키나와』, 논형, 2008, 178~183쪽 및 야카비 오사무, 「오키나와전에서의 주민학살의 논리」, 『경계의 섬, 오키나와』, 논형, 2008, 155~167쪽.

각하고 싶은 오키나와전쟁의 참화와 상처가 한 몸에 깊숙이 뿌리를 둔 개별적이고 특수한 상처로 덧나게 되면서 과거사의 고통은 현재와 결코 분리될 수 없다는 것을 웅변해준다.(④) 또한 그 과거사의 상처를 치유하기 위해서는 생존자가 '그때, 그곳'을 기억할 수밖에 없는 바, 죽은 영령은 현재가 강요하는 망각의 현실 틈새로 비집고 나와 '그때, 그곳'에서 무엇이, 어떻게, 왜, 일어났는지를 생존자로 하여금 마주하도록 한다. 고통스럽고 뒤틀리고 훼손된 과거사의 상처를 치유하기 위해서는 우선 '그때, 그곳'으로 돌아가야 하고, 그 시공간 속에 존재했던 사건들과 만나야 한다.

2) '삶공동체의 세계'와 '죽음의 세계', 그리고 '삶투쟁의 세계'

그런데 이러한 만남에서 우리가 각별히 눈여겨 보아야 할 것은 만남의 '공간성'이다. 달리 말해 이것은 메도루마가 오키나와전쟁과 전후의 현실을 구체적으로 만나는 공간의 그 어떤 속성을 밝혀보는 것으로, 메도루마 문학의 '기억과 투쟁의 정치학'을 탐구하는 중요한 한 측면이다. 여기서, 우리는 메도루마의 소설에서 곧잘 등장하는 오키나와 천혜의 자연(해안가, 동굴, 숲)이 오키나와전쟁의 지옥도地獄圖와 포개진다는 것을 간과할 수 없다. 「혼 불어넣기」에서는 달빛이 비치는 해안가 안쪽에서 육중한 몸을 힘겹게 이끌고 온 바다거북이 천신만고 끝에 알을 낳은 후 기진맥진한 몸을 끌다시피 다시 바다로 돌아가는데, 우타는 그 모습 속에서 오키나와전쟁의 충격으로 들락날락하는 고타로의 혼이 아예 바닷속으로 사라질 것을 두려워하는가 하면, 바다 저 편에서 고개를 치켜든 바다거북에서 전쟁 당시 해안가에서 목숨을 잃은 우타의 친구 오미토의 환생을 목도한다. 그리고 「브라질 할아버지의 술」에서는 오키나와전쟁 당시 홀로 생존한 후 젊은 시절 브라질 이주 생활을 정리하여 오키나와로 돌아온 '브라질 할아버지'에게 어렴풋한 기억으로 남아 있는, 오키나와전쟁 때 가족과 함께 피신한 동굴 속에서 아버지가 힘주어 강조한 오키나와 술을 담아놓은 술단지의 존재를 애오라지 기억한다. 그 동굴은 오키나와전쟁 당시 일본군과 일본군에 동원된 오키나와 주민뿐만 아니라 전쟁에 피신한 무고한 양민들이 거쳐갔던 곳으로, 미군의 화염방사기 공격과 일본군의 강제적 집단자결이 결행된 처참한 비극의 공간이다. 또한 「이승의 상처를 이끌고」에서는 오키나와의 새, 벌레, 풀잎, 낙엽, 흙 등이 총체적으로 어우러진 정령이 깃든 신목神木의 위상을 지닌 가주마루 숲에서 신기神氣에 지핀 작중 인물 '나'가 오키나와전쟁과 전후의 현실 속에서 죽어간 영령의 세계와 만난다.

이렇듯이, 오키나와의 해안가, 동굴, 숲은 메도루마의 소설 속에서 오키나와전쟁과 전후의 현실과 포개진 역사적 풍경으로서 전도된 공간성을 띤다. 좀 더 부연하면, 오키나와의 이 천혜의 자연은 맹그로브, 상사수相思樹, 담팔수膽八樹, 백사장 등이 어우러진 해안가와 넓게 분포된 석회암 지대에서 빗물이나 지하수가 석회암을 침식하여 자연스레 형성된 종유동굴, 그리고 가주마루, 긴네무, 야자수나무, 부용 꽃 등속의 타이완, 필리핀, 열대 아메리카 등지에서 이식돼 토착화된 숲은 오키나와 특유 전래하는 '풍속의 세계'(초혼, 정령의 세계)가 에워싸고 있는데, 이곳은 오키나와전쟁의 참상이 벌어짐으로써 오키나와를 압살한 근대 폭력이 자행된 '죽음의 세계'다. 다시 말해 이곳은 오키나와의 삶공동체를 지탱시켜주는 삶으로서 '풍속의 세계'와 삶공동체를 절멸시키는 오키나와전쟁의 '죽음의 세계'가 서로 맞닿아 있는 공간이다. 그러면서 이곳은 두 대립의 세계의 틈새로 새로운 삶의 가능성을 모색하는 '삶투쟁의 세계'가 생성되는 공간이기도 하다. 이 '삶투쟁의 세계'는 두 대립의 세계가 맞닿아 있는 임계점에서 '경계'를 만들어내고, 이 '경계'에서 메도루마는 오키나와의 '경이로운 현실'[15]을 문학적 상상력으로 실천하고 있다. 따라서 메도루마의 문학에서 보이는 환상적·몽환적·비의적 표상을 오키나와의 역사적 풍경의 속성을 띤 해안가, 동굴, 숲의 공간성과 유리된 채 이해하기보다 이들 공간성이 함의한, 그리하여 오키나와의 '경이로운 현실'을 드러내는 오키나와 리얼리즘의 일환인 '메도루마 리얼리즘'[16]으로 이해하는 게 온당하다. 굳이 '메도루마 리얼리즘'으로 호명하는 데에는, 메도루마의 문학에 대한 기존 평가에서처럼 '그로테스크 리얼리즘' 혹은 '마술적 리얼리즘'이 어디까지나 유럽중심주의에 기반을 둔 리얼리즘에 대한 이해로부터 자유로울 수 없는 만큼 메도루마처럼 반식민주의 해방의 정치학을 실천하는 문

---

15 쿠바 출신 작가 알레호 카르펜티에르(1904~1980)는 라틴아메리카의 대자연과 신화적 세계, 그리고 오랜 서구 식민주의의 억압의 역사 속에서 서구의 미학으로는 온전히 포착할 수 없는 라틴아메리카 특유의 리얼리티를 '경이로운 현실(lo real mara-velloso)'의 문제틀로 이해한다. 그는 유럽뿐만 아니라 중국과 아랍을 여행하면서 서구인의 시각으로는 도저히 이해할 수 없는, 유럽과 다른 문화 감각과 생의 감각이 도처에 존재하고, 그것들이 지닌 현실의 경이로움으로부터 라틴아메리카의 문학을 '경이로운 현실'로 바라본다. 이에 대해서는 『지구적 세계문학』 4(글누림, 2014.가을)의 「고전의 해석과 재해석 2」에서 알레호 카르펜티에르를 집중 조명한 것을 참조. 나는 메도루마의 문학에서 보이는 오키나와의 현실에 대한 메도루마 특유의 문학적 상상력을 카르펜티에르의 '경이로운 현실'에 비춰본다.

16 메도루마의 문학처럼 오키나와의 '경이로운 현실'에 입각한 리얼리즘은 구미의 세계가 아닌 트리컨티넨탈 세계에서 두루 일반화할 수 있다. 두루 알듯이 아프리카, 아시아, 라틴아메리카의 경우 제국주의 폭력은 이들 트리컨티넨탈 천혜의 자연환경 및 풍속의 세계를 유린하는데 바로 이곳에서 제국주의의 억압을 견디고 저항하는 구미의 인식과 감각으로 도저히 포착할 수 없는 '경이로운 현실'이 전개된다. 이것을 이른바 '트리컨티넨탈 리얼리즘(tricontinental realism)'으로 개념화할 수도 있지 않을까. 이에 대해서는 추후 좀 더 보완된 논의를 펼치고자 한다.

학의 경우 궁극적으로는 유럽중심주의를 창조적으로 넘어서는 리얼리즘에 초점을 두고 있다. 그리하여 메도루마는 종래와 또 다른 리얼리즘 문학을 실천하고 있는 바, 아직 이에 적실한 개념을 정립하는 데 한계가 있으나, '로컬 또는 작가 고유명사'를 차용하여 '메도루마 리얼리즘'의 측면에서 그의 문학의 특이성을 적극적으로 탐구할 필요가 있다.

이와 관련하여, 「물방울」에서 도쿠쇼의 엄지발가락으로부터 물을 빨아 마시며 갈증을 해소하기 위해 매일 밤 찾아오는 일본군(야마토 및 우치난추 군인)이 도쿠쇼의 방 '벽' 속을 들락날락한다는 것은 매우 흥미로운 대목이다. 지금까지 논의했듯, 도쿠쇼의 '벽'은 오키나와전쟁에 죽은 영령이 도쿠쇼를 만나기 위해 반드시 통과해야 하는 '경계'다. 이 '벽'을 경계로 하여 오키나와전쟁과 연루된 '죽음의 세계'와 오키나와전쟁의 실상을 은폐하고 그 진실을 왜곡 및 망각하려는 것과 맞서기 위한 '삶공동체의 세계'는 맞닿아 있다. 그리하여 이 '벽'은 두 대립의 세계에 틈새를 내는, 즉 '삶투쟁의 세계'를 만들어내는 '경계'를 표상한다. 이제 죽은 영령이 찾아온 '벽' 안쪽의 세계는 도쿠쇼의 침대가 놓인 방이 아니라 오키나와전쟁 당시 동굴로 상기remembering되고 그 동굴이 함의한 오키나와의 '경이로운 현실'을, 메도루마는 특유의 '메도루마 리얼리즘'으로 재현한다.

3. 오키나와의 중층적 현실에 대한 메도루마의 비판적 성찰

1) 오키나와 서벌턴의 현실과 '류큐 예능'을 통한 서벌턴의 저항

오키나와의 현실을 다룬 메도루마의 문학이 문제적인 데에는 '경계'

가 함의한 오키나와의 복잡한 관계와 중층적 현실을 예각적이면서도 심층적으로 접근하고 있기 때문이다. 그것은 오키나와 현실의 내부로 거침없이 육박해들어가는 메도루마 문학의 '투쟁의 정치학'에 기인한다. 국내에 처음으로 소개된 메도루마의 「나비떼 나무」(『지구적 세계문학』, 2015.봄)는 그 대표작 중 하나다.

「나비떼 나무」에서 주목해야 할 인물은 "날아오르지 못하고 시들어서 떨어지는 노란 나비"[17]로 표상되는 고제이 노인으로, 그의 파란만장한 삶 자체는 오키나와전쟁과 전후의 현실을 가감없이 보여준다. 고제이는 오키나와전쟁 당시 일본군의 위안부로서 삶과 죽음을 넘나들면서 차라리 죽는 게 나을지 모르는 반인간적인 성적 수모를 감내해야 했는가 하면, 오키나와전후 미군 점령기에는 "미군의 성적 위협을 차단하자는 '성적 방파제론'",[18] 즉 미군으로부터 오키나와의 부녀자를 지키자는 차원에서 미군을 상대로 한 성매매에 종사하였다. 말하자면, 고제이는 오키나와의 차별적 구조에서 가장 밑바닥에 자리한 서벌턴 subaltern인 셈이다. 오키나와전쟁에서는 야마토 일본군의 위안부로 전락하였고, 전후 미군 점령기에는 우치난추의 평범한 여성을 미군의 성적 위협 대상으로부터 지켜내기 위해 기꺼이 희생되어야 할 성매매 여성으로 전락하였다. 야마토와 우치난추 모두로부터 차별적 배제를 당한 고제이는 오키나와의 또 다른 어두운 현실을 드러낸다. 여기서, 서벌턴이 그렇듯 고제이 역시 자신이 겪은 전쟁의 상처로 야기한 현실의

---

17 메도루마 슌, 「나비떼 나무」, 『지구적 세계문학』 5, 글누림, 2015.봄, 398쪽.
18 박정미, 「미군 점령기 오키나와의 기지 성매매와 여성운동」, 『기지의 섬, 오키나와』, 논형, 2008, 418쪽.

부조리를 말할 수 없다. 서벌턴으로서 고제이는 그가 겪은 전쟁의 참 담한 현실과 고통을 야마토와 우치난추 모두에게 말할 수 없다.

내 가련함을 너희들이 알겠어(완가아와리잇타-가와카룬나)? 젊은 경 관은 앞을 본체 대답도 하지 않는다. 불량한 미군 병사로부터 부락의 부 녀자를 지키기 위해 협력해주길 바란다고? 어째서 너희는 전쟁에서 진거 야? 졌으면 여자든 뭐든 미군 병사들의 전리품이잖아. 너희 부인도 딸도 미군 병사에게 당하면 그만이야. 어째서 부락 인간도 아니고 너희가 말하 는 부녀자도 아닌 내가 너의 아내랑 아이를 지키기 위해 미군 병사를 상 대해야 한다는 거야. 이런 말이 가슴 속에서 부글부글 치밀어 올라왔음에 도 **결국 입 밖에 내지 못했다.** 오십 년 이상 담아온 말이 차례차례 흘러넘 쳐 나와 공기에 닿는 순간 썩어 무너져 내리고 만다.[19](강조는 인용자)

고제이의 이 같은 심정은 미군 기지 앞에서 미군을 상대로 성매매를 하며 생활을 꾸려나가는 어머니를 둔 S가 작중 인물 '나'와 소통의 욕 망을 보이지만 '나'의 S를 향한 거부감과 소외감을 접하면서 결국 전 학을 가버리는 데서도 여실히 드러난다.(「붉은 야자나무 잎사귀」) S가 할 수 있는 것은 S에 대한 '나'의 갑작스런 거리감이 생긴 이유를 묻고, 그것을 해소하기 위한 해결책을 강구하는 것도 아니고, S의 어머니 삶 을 배태시킨 현실에 대해 분노하는 것도 아닌, 그동안 그래왔듯 서벌 턴으로서 S는 조용히 다른 학교로 전학을 가면 되는 것이다. 이렇게

---

19 메도루마 슌, 앞의 글, 397쪽.

오키나와전쟁부터 이후 미군 점령기로 이어지면서 오키나와의 성매매 여성은 오키나와에서 가장 불결한 존재로 간주되고 오키나와 주민들은 성매매 여성과 그 가족을 그들과 정상적으로 섞여 함께 살 수 없는 이른바 'A사인 제도'[20]의 관리를 철저히 받아야 할 오키나와의 이물스런 존재로서 내부식민주의를 구조화한다.

　메도루마의 문학이 예각적이고 심층적인 것은 바로 고제이와 S가족으로 재현되는 오키나와의 서벌턴의 현실을 정면으로 다루고 있다는 점이다. 더욱이 주목할 것은 이러한 서벌턴의 현실을 드러내는 데 머무르지 않고 서벌턴을 억압하고 있는 내부식민주의에 균열을 내는 해방으로서 투쟁의 정치학을 메도루마 특유의 문학적 상상력으로 실천하고 있다. 「나비떼 나무」가 바로 그것이다. 이 소설은 부락의 풍년제에서 연행演行되는 '류큐 예능'(봉술, 류큐춤, 연극)이 매우 중요한 서사적 지위를 담당하는데, '류큐 예능'을 통해 고제이의 언술의 형식으로 표현할 수 없는 서벌턴의 내부식민주의의 실체가 적나라하게 드러난다. 가령, 풍년제의 '류큐 예능'의 한 프로그램으로 구성된 연극 〈오키나와여공애사沖繩女工哀史〉는 다이쇼시대에 일본 열도의 방적공장 생활을 하던 오키나와 소녀가 고향 오키나와로 귀환하였으나, 고향 사람들로부터 배척당해 급기야 오키나와전쟁 당시 창부娼婦로 전락하여 군위안부로서 전쟁터로 끌려갔다가 어느 젊은 군인을 만났는데, 그 둘은 모

20　"미국민정부는 1956년 2월 '미국 군인군속에 대한 음식제공에 관한 위생규정', 이른바 A사인 제도를 발표했다. 음식점은 수질검사·소독설비 상태가 양호하고 종업원의 건강증명서를 구비할 경우에 영업이 허가되었다. 성병 검진의 비용과 치료의 의무는 모두 업자에게 부과되었다. 허가된 업소에는 승인(approval)을 뜻하는 A사인이 부착되었고, 영업 중에도 이러한 기준을 만족시키지 못할 경우, 특히 종업원의 성병 감염 사실이 발각될 경우 출입금지 명령이 내려졌다." 박정미, 앞의 글, 421쪽.

자母子 사이인지도 모른 채 아들은 전사하고 이 사실을 알게 된 그녀는 끝내 자결을 하고 만다는 서사를 오키나와 주민들에게 보여준다. 이 공연 후 내면 묘사의 세밀함과 정교함으로 짜여진 류큐의 고전춤은 〈오키나와여공애사〉의 주인공인 오키나와 여성의 기구한 삶의 여정을 손가락 끝 움직임과 걸음걸이와 시선 속에 담아낸다. 그런데, 이 일련의 '류큐 예능' 와중에 고제이는 무대를 향해 우치난추어로 "군대가 오고 있어. 모두 어서 도망쳐(히-타이누춘도-무루, 헤쿠나아힌기리요-)"[21]라는 고함을 지르며 광태狂態를 보인다. 그리고 고제이는 '류큐 예능'을 관람하고 있는 요시아키로부터 전쟁 때 연정을 나눈 쇼세이를 떠올린다. 기실 요시아키는 쇼세이의 먼 친척 뻘로서 고제이는 요시아키를 쇼세이의 용모와 비슷한 것으로 간주한 채 전쟁 때 남몰래 나눈 아름다운 사랑을 추억하고 아주 짧은 시간 동안 부락에서 살았지만 세상 그 무엇과도 바꿀 수 없는 아름답지만 슬프고도 처연한 사랑을 고제이의 환幻 속에서 마음껏 나눈다.

메도루마는 서벌턴으로서 고제이의 영육에 새겨진 오키나와전쟁의 말할 수 없는 현실의 고통을 '류큐 예능'의 형식(연극과 류큐춤)을 빌려 세상에 드러낼 뿐만 아니라 '류큐 예능'과 연루된 오키나와의 현재를 매개 삼아 자신에게 앗아간 아름답고 처연한 사랑의 존재를 떠올린다. 그렇다면, '류큐 예능'은 「나비떼 나무」에서 소재 이상의 서사적 위상을 갖는 것으로, 메도루마 문학에서 서벌턴의 억압적 현실을 재현할 수 있는 매우 중요한 서사적 역할을 맡는다. 서벌턴이 꼭 언술의 형식으로만 서벌턴이 직면

---

21 메도루마 슌, 앞의 글, 384쪽.

한 억압적 현실에 대해 저항할 수 있는 것은 결코 아니다. '류큐 예능'처럼 직접적 언술의 형식이 아닌 '구술연행口述演行, oral performance'을 통해서도 서벌턴의 저항은 유효적실하다.[22] 이것은 메도루마의 문학이 서벌턴으로 하여금 내부식민주의에 균열을 내는 '투쟁의 정치학'으로서 '구술연행'의 서사를 적극 실현하고 있음을 말해준다.

2) 오키나와전쟁의 세속화 및 물화적物化的 시선, 그리고 죽음의 물신화物神化

이처럼 메도루마는 오키나와 전체를 오키나와전쟁의 일방적 피해자로 뭉뚱그린 채 오키나와 내부의 중층적 문제를 봉합하지 않는다. 여기에는 "피해자의식의 강조는 오끼니와를 등질화等質化시켜 일본 본토에 대한 책임추궁만 있을 뿐, 오끼나와 내부에서의 책임추궁은 불가능하게 해버리"[23]는

---

22 '류큐 예능'은 류큐 왕국부터 전승되어 온 류큐 전통의 음악, 무용, 가극 등을 포괄적으로 지칭하는 것으로, 오키나와제도(沖繩諸島)에서 열리는 각종 축제 때 연행되면서 해당 지역의 소속감과 유대감 및 정체성을 공유해주는 몫을 맡는다. 그런데 우리가 특별히 주목해야 할 '류큐 예능'의 역할이 "전(前)담론적(pre-discursive) 영역에서 형성되는 오키나와인의 신체가 반담론적(anti-discursive) 저항의 몸짓과 발화 형식을 창조할 가능성은 미래를 향해 열려 있다"(진필수, 「오키나와(沖繩)의 전통예능 활성화와 소수민족 정체성의 행방」, 『한국문화인류학』 43-1, 한국문화인류학회, 2010, 122쪽)는 데서 메도루마의 작품 안에서 '류큐 예능'은 오키나와의 서벌턴을 억압하는 내부식민주의 담론에 대한 '반담론적 저항'으로서 그 투쟁의 정치학을 수행할 서사의 가능성을 적극적으로 모색할 수 있도록 한다. 말하자면, '류큐 예능'을 '구술연행'의 서사로 전도시킴으로써 반식민주의 해방의 정치학에 대한 문학적 상상력의 지평을 새롭게 개척할 수 있는 것이다. 이것은 필자가 최근 유럽중심주의를 창조적으로 넘어서기 위해 기획하고 있는 트리컨티넨탈 문학에서 구술성의 귀환과 거시적 맥락을 함께한다. 이에 대해서는 필자의 「구미중심의 근대를 넘어서는 아시아문학의 성찰」, 『비평문학』 54, 한국비평문학회, 2014; 「트리컨티넨탈의 문학, 구술성의 귀환」, 『국제한인문학연구』 12, 국제한인문학회, 2013; 「제주문학의 글로컬리티, 그 미적 정치성-제주어의 구술성과 문자성의 상호작용을 중심으로」, 『영주어문』 24, 영주어문학회, 2012 참조.

23 강태웅, 「'조국복귀' 운동에서 '자치' 주장으로」, 『제국의 교차로에서 탈제국을 꿈꾸다』, 창비, 2008, 48쪽.

것을 반성적으로 성찰하려는 메도루마의 문제의식이 자리하고 있다.

메도루마가 우선 문제삼는 것은 오키나와전쟁에 대한 세속화다. 이 것과 관련하여 「물방울」에서 작가의 비판의식이 엿보이는 대목이 있다. 도쿠쇼의 병을 수발하러 온 사촌 세이유가 도쿠쇼의 엄지발가락 끝에 맺혀 흐르는 물방울의 신기한 효험을 '기적의 물'이란 상표로 포장하여 자신의 부를 축적하는 데 적극 이용하는데 점차 이 '기적의 물'의 효험은 사라지고 물의 부작용 때문에 썩은 물을 팔았다는 사기 혐의로 그는 분노한 사람들에게 곤경을 치른다. 메도루마가 비판적으로 겨냥하고 있는 대상은 분명하다. 세이유에게 오키나와전쟁과 그것을 에워싸고 있는 진실은 관심 밖이다. 세이유가 오직 관심을 갖는 것은 오키나와전쟁을 이용하여 자본을 축적하는 것뿐이다. 돈을 벌고 부를 축적하여 오키나와 밖 일본 본토에서 부귀영화를 누리며 사는 게 꿈이다. 세이유가 이렇다면, 세이유에게 사기를 당한 오키나와 사람들은 어떤가. 그들 역시 오키나와전쟁의 역사적 진실에 별다른 관심을 갖기는커녕 현재 자신들의 건강을 지키고 외양의 아름다움을 가꾸는 데만 혈안이다. 그래서 세이유의 '기적의 물'을 앞다투어 소비하기에 분주하다. 메도루마는 세이유와 '기적의 물'에 사기당한 오키나와 사람들 모두 이른바 '오키나와전 상업주의'로 전락하고 있는, 그래서 오키나와전쟁에 대한 세속화를 비판적으로 성찰한다. 메도루마가 우려하는 것은 오키나와 사람들에게 오키나와전쟁이 자본주의의 상품화로 포획되면서 오키나와 혹은 오키나와전쟁이 세속화의 흐름 속에서 자칫 물화物化될 수 있다는 점이다.

이것은 그의 「바람소리」에서 오키나와전쟁에 대한 야마토의 시선으로 행해지는 기억을 비판적으로 성찰하는 데서도 읽을 수 있다. 「바람소리」에서 후지이는 야마토인으로서 아시아태평양전쟁 말기에 일본제국이 조직한 특별공격대-가미카제의 항공대원으로서 오키나와 출격을 대비한 훈련을 받고 있었다. 후지이에게는 전쟁 자체에 대한 허무주의를 가진 동료 가노가 있었다. 오키나와 출격 하루전 그들은 산책을 하다가 모두 절벽 아래로 떨어졌는데 천운으로 후지이는 큰 부상을 입었고 가노는 죽었다. 이때 입은 부상으로 후지이는 오키나와전쟁에 출격하지 않고 목숨을 이어가고 있다. 후지이는 가미카제의 항공대원으로서 그 책임을 다 하지 못한 채 전쟁에서 살아남은 자의 죄책감과, 특히 함께 절벽에서 떨어졌음에도 불구하고 가노는 죽고 자신은 살아 있음에 대한 괴로움으로 오키나와전쟁에 사로잡혀 있다. 그래서 그는 기회가 날 때마다 그가 다니고 있는 방송사에서 전쟁의 상처를 다루는 다큐멘터리를 만들고 있다. 메도루마의 예각적 비판은 바로 이 대목에서 주목해야 한다. 메도루마는 우리에게 묻는다. 후지이가 치열히 고투하는 기억의 정치학은 무엇을 겨냥하고 있는가. 후지이는 야마토인으로서 가미카제 항공대원의 몫을 수행하지 못한 데 대한 죄책감으로부터 벗어나기 위해 전쟁의 상처를 다루는 다큐멘터리 촬영에 집착하는 것은 아닌가. 후지이는 전쟁에서 살아남은 직접적 원인을 제공한, 오키나와전쟁 출격 하루전 동료 가노와의 만남에서 이명耳鳴으로 남아 있는 "무의미한 것 같지 않아?"[24]에 녹아 있는 전쟁 일반에 대한 허무주의로써 일본제국이 일으킨 전쟁에 대한 책임추궁을 회피하려고

---

24 메도루마 슌, 유은경 역, 「바람소리」, 『물방울』, 문학동네, 2012, 110쪽.

하는 것은 아닌가. 그래서인지 후지이의 시선에 비쳐진 것은 전쟁 일반에 대한 상처이지, 야마토 출신의 일본군이 오키나와전쟁에 자행한 숱한 전화戰禍는 멀찌감치 뒤로 물러나 있다. 메도루마가 심각히 우려하는 것은 후지이와 같은 반전주의자反戰主義者에게서 보이는 오키나와전쟁에 대한 물화物化적 시선이다.[25] 오키나와전쟁은 야마토의 제국주의에 의해 일어난 전쟁의 일환으로 오키나와전쟁의 역사적 진실을 외면하지 않는 가운데 그로부터 소중하게 얻은 역사적 가르침에 기반한 반전주의를 추구해야 하는 것이다. 원인을 해명하지 않고 납득할 만한 책임추궁이 결락된 채 이 모든 전쟁의 고통과 상처를 적당히 덮는 반전평화야말로 전쟁에 대한 물화적 시선이다.

여기서, 전쟁에 대한 물화적 시선에서 가장 경계해야 할 것은 죽음의 물신화가 아닐까. 메도루마는 그의 「투계」에서 오키나와전쟁과 전후의 현실에서 팽배해진 죽음의 물신화를 흥미롭게 그리고 있다. 「투계」는 언뜻 보면, 소설 제목 그대로 닭싸움과 관련한 에피소드에 불과하다. 다카시는 아버지로부터 건네받은 싸움닭을 정성스레 키운다. 그런데 마을의 조폭두목이 다카시가 애지중지하게 키운 닭을 다카시의

---

25 메도루마는 후지이에게서 보이는 전쟁에 대한 물화적 시선과 달리, 오키나와전쟁의 고통과 상처는 아직도 오키나와에 남아 있으며, 이것은 오키나와의 대자연(해안가, 바다, 산호초 그리고 해풍)과 어우러진 채 오키나와 주민들의 기억을 상기시키고 있는 실감으로 구체화되고 있음을 작품의 마지막 부분에서 보여준다. "그 순간, 세이키치는 문득 걸음을 멈추고 주변을 둘러보았다. 날카로운 가시를 가진 잎 끝이 흔들린다. 푸르름을 더해가는 바다의 산호초 경계선에 부딪치는 파도가 하얗게 빛난다. 불어오는 바람을 타고 넓게 퍼지는 파도 소리와 멀리 메아리치는 매미 소리 사이에 **그 소리**(오키나와전쟁 출격 하루 전 추락사한 가미카제 대원 가노의 해골로 추정되는 그것의 구멍 사이로 나는 소리 – 인용자)가 들려왔다. 끊길 듯 말 듯 가늘고 낮게, 바다에서 부는 바람을 타고, **구슬피 우는 소리**가 세이키치의 가슴속 구멍으로 흘러든다. 파도 소리가 거세어졌다. 그래도 **그 소리**는 사라지지 않았다."(위의 책, 115쪽)

허락없이 사가더니 투계 도박판에 써먹는다. 조폭두목은 미군 기지에 기생하는 토지 브로커로서 오직 돈을 버는 데만 혈안이다. 미국으로부터 오키나와 반환(1972) 이후 그는 미군 기지와 관련한 온갖 사업을 통해 세력을 키워온 바, 메도루마에게 조폭두목은 오키나와 공동체를 유린하는 전형적인 불한당이다. 따라서 이 불한당에게 오키나와 공동체에서 유래하는 투계는 존재하지 않는다.

상대편 다우치의 다리에 면도칼을 달기로 한 것이다. 필리핀이나 일본 본토에서는 그런 방식으로도 한다는 소리를 들은 적이 있지만, 오키나와에서는 다우치를 일회용품처럼 취급하지 않았다. 단순히 돈을 버는 게 목적이 아니라 강한 닭을 제 손으로 키우고 소유하는 게 다우치 사육자의 긍지이기도 했고, 재미 삼아 피를 흘리게 하여 구경거리로 삼는 잔혹한 일을 좋아하지도 않았던 것이다. 하지만 도박판을 장악한 사토하라(조폭두목-인용자)에게 이의를 제기하는 사람은 없었다.[26] (강조는 인용자)

오키나와 사람들에게 투계 도박판 자체가 문제이기보다 싸움닭의 다리에 면도칼을 달아 상대 닭에 치명상을 입히고 급기야 상대 닭의 목숨을 앗아가는 투계 도박판이 문제인 것이다. 이것이야말로 죽음의 물신화를 단적으로 보여주는 장면이 아닐 수 없다. 오키나와전쟁의 지옥도와 전쟁 후 미군 점령기와 미군 기지를 중심으로 벌어지는 숱한 생사여탈의 사건들은 오키나와 사람들을 죽음에 둔감하게 하고, 급기

---

26 메도루마 슌, 유은경 역, 「투계」, 『브라질 할아버지의 술』, 아시아, 2008, 160쪽.

야 죽음의 물신화에 젖어들도록 한다. 메도루마의 「투계」는 바로 이러한 오키나와의 현실을 비판적으로 성찰하는 문제작이다.

4. 유럽중심주의 극복을 위한 '메도루마 문학'의 연대 가능성

국내에 번역 소개된 메도루마의 작품만을 대상으로 그의 문학 세계를 살펴보았다. 지금까지 검토해보았듯이, 메도루마의 문학은 오키나와전쟁의 현실에 착근하여 메도루만의 개성적인 문학 세계를 구축하고 있다. 무엇보다 그의 문학은 오키나와전쟁에 대한 '기억과 투쟁의 정치학'을 몸소 실천하고 있으며, 오키나와가 직면한 신군국주의와 신제국주의로부터 벗어나기 위한 반식민주의 해방의 정치학을 문학적 상상력으로 실현하고 있다. 이러한 메도루마의 문학적 실천은 오키나와를 일본 본토에 대한 '자치'가 아니라 '독립'을 이룩하기 위한 정치적 욕망을 뚜렷이 밝히고 있는 데서 확연히 알 수 있다.[27] 그렇다면, 메도루마의 문학이 추구하고 있는 것은 야마토로부터 실질적 독립을 쟁취한 우치난추 오키나와의 세계다. "전후 연합군 점령군이 위로부터 주민에게 민주주의와 '평화헌법'을 선사했고 일본 본토의 섬들과 달리, 오키나와는 주민이 지금 그들이 향유하고 있는 민주주의를 위해 투쟁한 일본 유일의 공동체"[28]임을 직시할 때, 메도루마의 이 같은 래디컬한 정치적 욕망을 비현실적인 문학적 공상으로

---

27 이에 대해서는 『지구적 세계문학』 5, 글누림, 2015.봄, 358~359쪽에서 언급된 메도루마의 말을 통해 단적으로 알 수 있다.
28 찰머스 존슨, 이원태 · 김상우 역, 『블로우 백』, 삼인출판사, 2003, 95쪽.

폄하해서는 곤란하다. 특히, 오키나와는 제국들(중국·일본·미국)의 가장 자리에서 오랫동안 공고해진 '식민주의 지정학(제국=중심 / 피식민=변경)'의 도식적 이분법에 균열을 내고 있다. 이것은 오키나와가 '경계'로서 반식민주의 해방의 정치학을 실천할 수 있는 가능성을 지니고 있다는 점이다. 이와 관련하여, 메도루마는 오키나와의 '경이로운 현실'에 천착하는 이른바 '메도루마 리얼리즘'을 구축하고 있다.

사실, 메도루마의 문학이 지닌 이러한 면모는 메도루마에 의해 오키나와 독립이란 현실 정치 욕망으로 드러나고 있는바, 이것은 궁극적으로 오키나와에 켜켜이 누적된 유럽중심주의의 근대 및 탈근대를 창조적으로 넘어서기 위한 '또 다른 근대'를 추구하는 것과 결코 무관하지 않다. 다시 말해 메도루마의 현실 정치 욕망은 메도루마의 문학적 상상력과 절연된 게 아니다. 이것은 유럽중심주의의 근대 내셔널리즘에 기반한 정치체政治體와 또 다른 판본을 기획하는 것으로, 오키나와처럼 '경계'로서 반식민주의 해방의 정치학을 실천하는 '경이로운 현실'을 새롭게 발견하는 문학적 상상력과 연동된다. 따라서 우리는 이 같은 메도루마의 문학과 연대할 수 있는 트리컨티넨탈 문학'들'의 지점과 그 가능성의 지평을 적극적으로 모색해야 할 것이다.

오키나와 리얼리즘-오키나와 폭력에 대한
메도루마 슌의 문학적 보복

메도루마 슌의 초기 작품을 중심으로

1. 메도루마의 문학적 행동주의를 어떻게 이해할 것인가?

오키나와 안팎으로 켜켜이 에워싼 정치사회적 문제들, 이것과 연관하여 새롭게 재구성되고 발견되는 문제의식들은 기존 낯익은 리얼리즘의 문제 틀로는 온전히 이해하기 힘들다. 특히 오키나와처럼 제국들(중국·일본·미국)의 가장자리에서 동아시아의 첨예한 국제정세가 부딪치는 논쟁의 지점을 형성하는 곳에서 야기된 문제들을 구미중심주의에 착목한 리얼리즘으로 이해하는 데는 한계에 이를 수밖에 없다.[1] 여기에는 글로벌 시대의 도래

---

1 저자는 2016년 10월 28일에 제주대 탐라문화연구원에서 개최된 심포지엄 '미래의 공존과 상생을 위한 제주인문학 가치 담론'에서 제주문학의 새로운 지평을 위해 '제 주 리얼리즘'의 문제의식을 논쟁적으로 제출한 바 있다. 근대의 객관세계를 이루는 진리를 총체적으로 파악하는 윤리적·미학적 속성을 띠는 기존 리얼리즘은 그것이 실현되는 구체적 시공간의 맥락에 따라 그 현실적 함의가 지닌 실재가 다르게 파악되는바, 이렇게 우리에게 낯익은 리얼리즘의 문제틀이 구미중심주의의 근대에 그 기원을 두고 발전하고 있음을 상기해볼 때 제주문학의 특질과 그 가치는 기존 리얼리즘으로 온전히 포괄할 수 없기 때문이다. 이러한 필자의 생각은 루카치의 타고르에 대한 비판을 신랄히 문제삼은 인도의 탈식민주의 이론가 아시스 난디(A. Nandy)로부터 시사받았음을 밝혀둔다. 아시스 난디는 1916년에 발표된 타고르의 여덟 번째 장편 소설 『집과 세상』이 지닌 내셔널리즘의 폭력성에 대한 비판적 문제제기와 반식민주의를, 당대의 리얼리즘 이론가인 루카치가 '유럽중심주의적 마르크스주의'의 관점에서 심각히 오독하고 있는 것에 대해 신랄히 비판한다. 아시스 난디는 인도 사회를 중

속에서 구미중심주의에 기반을 둔 근대 국민국가의 문제틀로서는 오키나 와처럼 지역과 세계가 전면적으로 상호침투하는 과정에서 생기는 새로운 어젠다를 제대로 이해하기 어렵기 때문이다.

여기서, 메도루마의 문학은 이러한 새로운 어젠다를 온전히 이해하 기 위한 비평적 모험을 요구한다. 그것은 메도루마가 오키나와의 "독 립을 생각하"[2]면서 동시에 "오키나와 문제의 궁극적인 지점을 헤아릴"[3] 수 있다는 데 압축된 그의 뚜렷한 정치의식의 안팎을 이루는 문학적 실천에 대한 비평의 몫을 수행하는 일이다. 현재 활동하는 오키나와의 작가 중 이처럼 뚜렷한 자신의 정치의식을 표방하면서 그것을 직접 행 동으로 실천하는 메도루마에 대한 이해는 그의 문학과 분리시켜 생각 해서 곤란하다. 거의 매일 헤노코 바다에서 미군 기지 건설에 맞서 해 상투쟁을 벌이고 있는 메도루마의 운동가로서의 삶은 그의 문학 세계 를 이루는 작가의 모럴 및 미적 행동주의와 결코 무관하지 않다. 이것 에 대한 충분한 이해 없이 메도루마의 문학에 나타난 폭력과 연관된 문제를 논의하는 것은 메도루마의 문학을 자칫 일본의 사소설 위주의

심으로 한 폭력, 반제국주의, 내셔널리즘의 연관에 대한 타고르의 정치적 소설에 대 해 루카치가 그에게 낯익은 유럽중심주의로 비평할 수밖에 없는, 그리하여 유럽중심 주의적 리얼리즘에 대한 비판적 문제제기를 하고 있다.(A. Nandy, *The Illigitimacy of Nationalism : Rabindranath Tagore And The Politics of Self*, Oxford University Press, 1994) 아시스 난디의 루카치 비판은 '제주 리얼리즘'뿐만 아니라 '오키나와 리얼리 즘'을 구상하는 데 적지 않은 시사점을 던져준다고 생각한다. 그래서 그동안 우리에 게 낯익은 구미중심주의에 기반한 근대의 동일자 – 단수 개념으로서 리얼리즘을 이 해하는 것보다 '또 다른 근대'를 추구하는 차원에서 근대 국민국가의 문제틀을 넘어 서는 '월경광장(越境廣場)'의 문학적 어젠다를 함의하고 있는 지역의 가치에 주목한 리얼리즘을 새롭게 재구성해야 하지 않을까.

2 김재용·메도루마 슌, 「대담—메도루마 슌」, 『지구적 세계문학』 5, 글누림 2015.봄, 359쪽.
3 위의 글, 366쪽.

국민문학의 어떤 결락된 부분을 보충해주는 차원의 지역문학의 일종
으로서, 혹은 오키나와문학사에서 다소 급진적 정치의식을 띤 문학적
행동주의의 한 사례로서 그의 문학을 제도권의 논리로 순치시킬 수 있
다.

　이와 관련하여, 우리가 관심을 갖는 것은 메도루마의 문학적 행동주
의와 결코 무관할 수 없는 그의 작품[4] 속에서 주목되는 오키나와의 폭
력 양상과 그에 대한 문학적 대응이다.[5] 그의 작품 속에서 드러나는 폭
력은 오키나와를 덧씌운 전'후'의 위선적 현실-평화 그 자체가 얼마나
폭력을 은폐하고 있는지, 이는 오키나와전쟁에 대한 기억과 투쟁의 정
치를 순치시키고 무화시키려는 국민국가의 제도적 폭력을 드러내는
것으로 그려진다. 물론 이 과정에서 메도루마는 오키나와전쟁의 트라
우마를 드러내고 천황제를 과감히 비판할 뿐만 아니라 미군 점령이 야
기한 숱한 폭력에 대한 대항폭력counter violence, 즉 문학적 보복을 가한

4　이 글에서 논의 대상으로 삼는 메도루마의 작품은 「코자 거리 이야기」(『지구적 세계문
　학』 8, 글누림, 2016.봄)를 제외하면, 아직 한국어로 번역 소개되지 않은 작품들이다(「어
　군기(魚群記)」, 「마아가 바라본 하늘(マーの見た空)」, 「아기 새(雛)」, 「평화길로 이름
　붙여진 거리를 걸으면서(平和通りと名付けられた街を歩いて)」, 「거미(蜘蛛)」, 「싹트
　기(發芽)」, 「1월 7일」). 필자의 논문에서 이들 작품을 인용할 경우 한국어 번역본이
　미출간인 만큼 일본어 원문이 실린 「魚群記」, 『目取真俊短編小説選集』 1(影書房, 2013)
　을 활용한다. 따라서 작품 인용은 별도의 각주 없이 본문에서 페이지수 만을 표시하는데
　이는 모두 일본어 원문 작품집에 따른다. 여기서 분명히 밝혀두고 싶은 것은, 조만간
　한국의 출판사 보고사에서 곽형덕의 번역으로 이 작품집이 출판될 예정이다. 따라서
　이 글에서 인용되는 작품은 전적으로 곽형덕 번역에 도움을 받은 것이다. 이 자리를
　빌어 메도루마의 초기 작품에 대한 연구를 통해 필자가 탐구하고 있는 '오키나와 리얼리
　즘'의 한 양상에 대한 이해를 구체화할 수 있는 계기를 제공해준 동료 연구자 겸 번역자
　곽형덕 선생에게 감사의 말씀을 드린다. 그런데 이 글이 발표된 후 위 작품들은 곽형덕의
　번역본 『어군기』(도서출판문, 2017)으로 출간되었다.
5　이와 관련한 국내의 연구로는 곽형덕, 「메도루마 슌 문학과 미국」, 오키나와문학연구
　회 편, 『오키나와 문학의 힘』, 글누림, 2016 및 심정명, 「오키나와, 확장되는 폭력의
　기억」, 『인문학연구』 52, 조선대 인문학연구원, 2016을 들 수 있다.

다. 뿐만 아니라 그는 오키나와의 일상에 깊숙이 침전된 온갖 폭력의 양상을 응시함으로써 오키나와를 일방적 폭력의 피해자로서 인식하는 것을 넘어 오키나와 내부에 똬리를 틀고 있는 오키나와에 전도된 제국의 폭력의 양상에 대해서도 매서운 비판을 보인다. 따라서 우리는 메도루마의 작품 속에서 주목되는 오키나와를 에워싼 폭력의 양상이 그의 문학적 행동주의로 어떻게 드러나고 있는지를 주목함으로써 자연스레 '오키나와 리얼리즘'에 대한 이해를 돕기로 한다.

2. 오키나와를 에워싼 폭력의 중심, 천황에 대한 문학적 보복

메도루마의 전방위적 글쓰기와 운동가로서 실천적 행위가 초점을 맞추고 있는 것은 오키나와전쟁과 직간접 연루된 모든 것을 그만의 독특한 '기억과 투쟁의 정치학'으로 드러내는 데 있다. 메도루마의 문제작들, 가령 「물방울水滴」(1997), 「넋들이기魂込め」(1998), 「나비떼 나무群蝶の木」(2000) 등은 오키나와전쟁의 충격적 실상과 언어절言語絶의 지옥도地獄圖를 오키나와 특유의 '경이로운 현실'로 형상화하고 있는 대표작이라 해도 손색이 없다.[6]

여기서, 그의 또 다른 문제작을 주시할 필요가 있다. 「평화로 이름 붙여진 거리를 걸으면서平和通りと名付けられた街を歩いて」(『新沖縄文学』, 1986.12 이하 「평화거리」로 약칭)와 「1월 7일」(『新沖縄文学』, 1989.12)이 그것이다. 이 두 작품에

---

6   고명철, 「오키나와에 대한 반식민주의로서 경계의 문학─메도루마의 문학을 중심으로」, 오키나와문학연구회 편, 『오키나와 문학의 힘』, 글누림, 2016.

서 메도루마는 '류큐 처분(1879)' 이후 일본제국의 식민지 아래 제2차 세계대전의 전화戰禍에 휩쓸린 오키나와의 심층에 바로 일본 천황의 존재가 자리하고 있다는 것을 예각적으로 묘파하고 있다. 그런데 이 두 작품이 한층 문제적인 것은 일본의 국체國體, national polity인 천황에 대한 메도루마의 문학적 보복[7]이 실행되고 있다는 사실이다. 오키나와가 메이지 유신 이후 근대 일본 국가의 식민지로 전락하면서 "일본 천황에게 충성하고 본토의 신화와 의례에 참여하는 식으로 자신의 정체성을 새롭게 순응시켜야 했[8]음을 고려해볼 때, 메도루마의 일본 천황에 대한 문학적 보복 그 자체는 오키나와를 억압하고 있는 야마토의 근대 폭력(식민주의)에 대한 저항이면서 궁극적으로는 야마토의 식민지배로부터 독립을 쟁취하고자 하는 반식민주의 문학의 실천이다.

「평화거리」에서 주목할 인물은 치매에 걸린 우타인데, 그녀는 그의 동세대가 그렇듯이 오키나와전쟁의 트라우마를 심하게 앓고 있다. 남편을 잃고, 무엇보다 가마(동굴)에 피신 도중 어린 장남의 죽음에 속수무책이었던 자신을 향한 죄책감은 평생 우타를 옭아맨 전쟁의 트라우마다. 전쟁에서 살아남은 우타는 억척스레 생선 노점상을 평화거리에서 하면서 생을 유지해왔다. 평화거리는 역설적으로 우타에게 전쟁의 트라우마를 잠시 잊고 살아남은 자들의 삶을 유지시켜주는 신생의 터

---

7 「평화거리」에서 행하는 메도루마의 문학적 보복에 대해 오키나와 문학 연구자 신조 이쿠오는 메도루마의 아쿠타가와상 수상작 「물방울」과 비교할 때 천황과 관련된 오키나와의 전후 상황을 성급히 고발하는 데 치우치다 보니 소설의 완성도가 결여된 것으로 「평화거리」를 낮게 평가하는데,(곽형덕, 앞의 글, 138~139쪽) 이것은 「평화거리」에서가 함의한 메도루마의 문제의식을 천착하지 못하는, 말하자면 '오키나와 리얼리즘'의 특질을 궁리하지 못한 것으로 보인다.

8 개번 맥코맥·노리마쯔 사또꼬, 정영신 역, 『저항하는 섬, 오끼나와』, 창비, 2014, 28~29쪽.

전이었다. 그러면서 동시에 잊혀질만하면 그때의 참혹한 기억이 소환되는 그리하여 억압된 것이 귀환하는 역사의 현장이기도 하다. "몹시 화려한 컬러타일이 전면에 깔린 거리"와 "유리창 건너편에서 움직이는 쇼핑객들은 수족관 속의 물고기"처럼 "평화거리의 혼잡함"과 자연스레 어울려 오키나와전쟁의 참상이 언제 그랬냐는 듯 '평화거리'의 이름에 걸맞는 오키나와의 현재적 '평화'와 '번영'을 보여주는 듯 하지만, 이 평화거리는 "패전 직후부터 가게를 낸 여자들이 밖에서 몰려오는 파도에 몸을 맞대고 자신을 지키고 있는 산호처럼 작은 가게를 늘어놓"은바, "여기서는 어떠한 괴로움도 웃음으로 바뀌었다." 다시 말해, 평화거리는 오키나와전쟁과 단절된 채 일본 정부가 오키나와의 전 '후'를 상징조작하기 위한 이른바 '오키나와 붐'의 차원(소비와 관광)으로만 부각되는 공간이 아니라 일본제국의 희생으로 전락한 오키나와의 역사적 상처를 고스란히 간직한 오키나와 민중들이 그 전쟁의 충격과 아픔을 공유하고 그 과정에서 민중의 낙천적 생활의 의지로 전쟁의 상처를 치유하는 역사적 현장이다.

바로 이곳에서 천황을 향한 메도루마의 문학적 보복이 행해지고 있는 것은 대단히 의미심장하다. 작품 속에서도 언급되고 있듯이, 전후 오키나와를 처음 방문한 황태자(현재의 천황) 부부는 히메유리 탑 수로에 숨어있던 남성에게 화염병 테러의 급습을 당한 적 있다. 그때 일본 열도가 받은 충격은 엄청난 것으로, 오키나와는 일본의 국체를 부정하는 항거의 표현을 분명히 하였다. 「평화거리」에서는 오키나와의 역사적 분노를 '평화거리'에서 다시 드러낸다. 황태자 부부가 오키나와의 '헌혈추진전국대회'에 참가하기 위해 방문하는데, 예전의 테러가 반복되지 않기 위해 오키나와 지자체는 황태자 부부 경호를 위한 사전준비에 만전을 기한다. '과잉경비'로 비판받을 만큼 오키나와 지자체는 조금이라도 평화거리에서 황태자 부부에게 위해를 가하는 테러를 철저히 예방해야 하는 것이다.

하지만 사건은 기어코 일어나고 말았다. 치매에 걸린 우타는 평화거리로 나왔고, 때마침 평화거리를 지나가던 황태자 부부의 차량에 다가가 자신의 배설물로 큰 소동을 일으킨 것이다. 황태자 부부를 태운 차량은 우타의 배설물로 더러워지고 말았다. 이 우스꽝스러운 장면이 백주대낮에 연출된 평화거리에는, "눈 앞에 벌어지고 있는 혼란과는 어울리지 않는 문란한 웃음이 흘러나왔다."(263쪽) 메도루마는 작중 인물 우타가 황태자 부부를 똥칠하는 치매 행위를 보여준다. 이것은 히메유리 탑에서 있었던 화염병 테러에 결코 뒤지지 않는 항거의 행동이다. 왜냐하면 평화거리에서 생선 노점상을 하고 있는 인물의 항변[9]을 통해 읽을 수 있듯 오키나와전쟁의 참상과 트라우마를 심하게 앓고 있는 오키나와 사람들에게 일본 천황의 존재는 도저히 용서할 수 없는 대상이기 때문이다. 그 역사적 보복을 문학적 차원으로 수행하기 위해 메도루마는 '오키나와 붐'이란 경제적 차원으로 오키나와의 상처를 봉합하고 망각시키려는 '평화거리'에서, 위선적 평화의 이데올로기로 상징조

---

9   평화거리의 노점상 후미는 다음과 같이 천황에 대한 노골적 증오와 비판을 서슴없이 일갈한다. "확실히 나도 황태자 전하가 오키나와에 오는 것은 용서할 수 없어. 우리 아버지도 오빠도 천황을 위해서라면 군대에 끌려가서 전쟁에서 죽었어. 천황이라도 황태자라도 눈앞에 있으면 귀싸대기를 때리고 싶어",(257쪽) "환-영-? 으음 너 말이야. 전쟁에서 형님이랑 누님을 잃었잖아. 그런데도 그 입에서 환영 한다는 말 따위가 용케도 나오는구나. 나는 너희 기쿠 언니가 아단바로 팔랑개비를 말들어 준 것을 지금도 기억하고 있어. 상냥하고 좋은 언니였어. 그런데 언니가 어떻게 됐어? 여자 정신대에 끌려가서 아직 유골도 찾지 못하고 있잖아."(241쪽)

작된 황태자의 오키나와의 방문에 대한 준열한 역사적 책임을 물은 것이다. 실제로 1975년 7월 17일에 있었던 히메유리 탑에서 황태자 부부에 대한 화염병 테러가 오키나와전쟁 자체에 대한 천황의 전쟁 책임을 겨냥한 것이라면, 「평화거리」에서 메도루마가 행한 황태자 부부를 대상으로 한 문학적 보복은 '평화거리'란 호명이 단적으로 말해주듯, 오키나와전쟁의 참상뿐만 아니라 미군 점령기, 그리고 일본 복귀 후 미군기지로 전락한 오키나와의 전'후'의 현실이 위선적 평화이며, 더 이상 이러한 기만의 수사로 점철된 오키나와의 평화를 일상으로 내면화시켜서는 안 되고, 이 위선과 기만의 평화에 대해 맞서 싸워야 한다는 것을 강하게 환기시켜준다. 말하자면, 메도루마의 문학적 보복은 '평화거리'가 함의하는 야마토 지향의 평화가, 오키나와가 추구하는 평화로운 가치와 얼마나 위배되는지 그 모순과 균열을 생생히 보여준다.[10]

이와 관련하여, 메도루마의 문제의식은 에돌아가지 않고 분명하다. 천황이 오키나와를 에워싼 근대 폭력의 중심에 있다는 것을 외면해서는 안 된다는 것이다. 메도루마의 「1월 7일」은 「평화거리」와 다른 접근을 통해 오키나와에서 천황의 존재를 부정하고 비판한다. 「평화거리」가 '평화거리'란 공간이 지닌 오키나와 전'후'의 모순과 균열의 의미에 초점을 맞췄다면, 「1월 7일」은 등장인물이 보여주는 지극히 일상적 행동 속에서 천황의 신성성을 조롱하고 심지어 신성 그 자체를

---

10 이러한 맥락에서 "전후 오키나와가 놓인 상황을 서민과 황태자를 선명하게 대비시켜가며 그 메울 수 없는 아득한 간극을 뛰어난 문학적 언어 및 형식으로 조형하고 있다"는 곽형덕의 평가를 음미할 필요가 있다. 곽형덕, 「메도루마 슌 문학과 미국」, 앞의 책, 141쪽.

탈각시키고 있다. 이 또한 천황의 존재를 부정하는 메도루마의 문학적 보복으로 충분히 이해할 수 있다.

천황의 존재와 성스러움이 조롱·멸시·야유되는 것은 작품 속에서 크게 두 가지 차원에서 이뤄진다. 하나는 천황이 죽었다는 소식, 즉 천황의 붕어崩御를 오키나와 젊은 남녀의 섹스 행간에 배치하는 것이고, 다른 하나는 천황의 죽음 소식을 접한 사람들이 보이는 이상 행동을 보인다. 그것은 국제거리의 맥도널드 가게에서 오키나와 현지인과 미군, 그리고 가게 점원 사이에 총기 난사 등 한바탕 활극으로 연출되는가 하면, 작중 화자가 일본 본토에서 온 남자 취객들을 젊은 여인이 있는 술집으로 안내하다가 그들과 난투극을 벌이다가 집으로 돌아와 천황을 야유하는 장면으로 그려진다. 전자의 경우 메도루마는 천황의 붕어를 오키나와 젊은이의 섹스 장면 사이에 의도적으로 배치함으로써 천황의 신성성이 인간의 일상적 섹스와 교차되는, 천황의 죽음을 오키나와의 비루한 일상을 반복적으로 살아야 하는 오키나와의 삶의 '사이'로 자연스레 버무려 놓음으로써 신격화된 인간의 죽음으로 신성의 가치를 띠는 것이 아닌 일상의 영역으로 맥락화시킨다. 메도루마의 이러한 서술 의도는 천황의 죽음 소식을 접한 후 작중화자가 빠찡코에 들렀는데, 천황의 죽음으로 빠찡코 영업을 하지 않는다는 벽보를 보고 혹시 천황폐하가 일본 빠찡코 조합의 명예회원이기 때문에 그 죽음을 애도하기 위해 빠찡코 영업을 하지 않는 것이라고, 천황의 존재를 야유·조롱하는 것이다. 야마토에게는 천황이 성스러운 숭배의 대상이지만, 우치난츄에게는 '천황=빠찡코 명예회원'이란 해학적 풍자가 메도루마의 문학적 보복으로 실행되는 것이다.

이러한 해학적 풍자는 국제거리 맥도널드 가게의 난투극에서 극명히 드러난다. 천황의 죽음에 느닷없이 애도를 표하는 작중화자의 친구 오가네쿠가 주변 사람들이 애도를 표하지 않는 모습에 갑자기 분노하면서 옆에 있는 미군과 점원을 향해 폭력을 행사한다. 삽시간에 가게 안은 폭력이 난무하는 아수라장으로 변한다. 급기야 오카네쿠는 이 와중에 죽고, 미군이 쏜 총에 손님 중 하나는 죽는다. 가게의 폭력 소동을 진압하기 위해 들이닥친 경찰은 수류탄을 던지고 총을 난사하면서 "금세 주위는 흡사 전쟁터처럼 변하고 아비규환이다."(325쪽) 이 느닷없는 가게의 난투극은 흡사 헐리우드의 B급 하위문화의 폭력물 장면과 다를 바 없다. 피아의 구별 없이 서로 죽고 죽이는 아비규환을 보여줄 따름이다. 여기에 누가 무엇 때문에 서로의 목숨을 앗아갈 정도로 철천지원수처럼 여겨야 하는지 명확한 이유가 없다. 오직 보여주는 것은 인간 본성을 이루는 잔혹성과 폭력성을 폐쇄된 공간에서 누가 얼마나 더 잘 드러내는 것밖에 없다. 그런데 결코 간과해서 안 되는 것은 가게 안의 이 난데없는 잔혹스런 폭력극의 시발은 천황의 죽음에 있다는 사실이다. 오가네쿠의 갑작스런 이상 행동으로부터 비롯된 가게의 폭력 장면은 엄밀히 말해 현실을 초과한 웃음을 자아낸다. 이것은 무엇을 겨냥한 작가의 서술 책략일까. 가게 안의 폭력에 연루된 사람들, 특히 오키나와 전'후'의 위선적 평화에 내면화된 존재인 오가네쿠와 같은 오키나와 사람은 천황의 죽음으로 비로소 천황으로 덧씌워진 오키나와의 폭력에 노출되면서 그 폭력을 오키나와의 다른 존재들과 폭력의 형식으로 나눠 갖는다. 여기서, 가게의 폭력이 오키나와 경찰의 사법 행위에 의해 행해진 또 다른 폭력[11]으로 진압되고 있다는 것을 눈여겨볼 필요가 있다. 결국 오키나와는 전'후'가 얼마나 위선적인 것인지, 여전히 오키나와는 폭력에 에워싸여 있다는 것을 가게 안의 B급 하위문화 폭력물을 통해 해학적 웃음으로 까발겨진다. 여기에 덧보태지는 마지막 장면, 곧 작중화자가 본토에서 온 남자 취객들과 길거리 싸움을 벌이는 것을 끝으로 귀가하여 "천황폐하, 만세"하고 씁쓸히 웃으면서 내뱉는 말은 오키나와에서 천황의 존재가 조롱과 멸시 및 비판의 대상으로 전락돼 있으며, 이렇게 성스러움이 탈각된 천황의 죽음이 오키나와에 내면화된 폭력의 연쇄와 맞물려 있다는 것을 깨달은 자신을 향한 냉소로서 가볍게 지나칠 수 없다. 요컨대 「1월 7일」에서 하루만에 일어난, 다소 해학적 웃음을 동반하면서 보이는 천황의 죽음과 연루된 오키나와를 에워싼 폭력의 양상들은 천황의 신성성을 탈각시키는 메도루마의 문학적 보복 과정에서 신랄히 드러나고 있다.

3. 오키나와 전후의 현실에 침전 / 전도된
제국의 폭력에 대한 응시

오키나와를 에워싼 폭력에 대한 메도루마의 비판적 시선에서 간과해서 안 되는 것은 오키나와 내부로 전도된 제국의 폭력을 예각적으로 응시하고 있다는 점이다. 이것은 '류큐신보 단편소설상'을 수상한 그의 첫 소설 「어군기魚群記」(『琉球新報』, 1983.12.9)에서부터 나타난다. 「어군기」는 표면상 유소년 '나'의 시선에 비쳐진 오키나와 북부의 작은

---

11 이것은 작품 속에서 "동시에 가게 안으로 수류탄을 던지고 총을 난사하면서 경찰이 들이닥친다"(325쪽)와 같은 표현에서 단적으로 읽을 수 있다.

농촌에 있는 파인애플 통조림 공장에 "타이완에서 돈을 벌로 온 계절 노동자"(12쪽)인 타이완 여공과 이 공장에 다니면서 일본 복귀를 주장 하는 '나'의 형, 그리고 형의 정치적 주장에 문제를 제기하며 일본 복 귀에 따라 수반되는 문제점을 간과할 수 없다는 것을 주장하는 '나'의 아버지의 얘기를 들려준다. 물론, 여기에는 타이완 여공에 대한 성적 호기심을 지닌 '나'와 '나'의 또래 친구들의 이야기가 보태진다. 그런 데 이러한 표면의 서사 심층에 자리하고 있는 문제의식은 간단하지 않 다. 우선, '나'의 형이 보이는 오키나와의 일본 복귀론과 아버지가 취 하는 신중론이 그것이다. 형이 부르는 노랫말, 즉 "굳은 땅을 뚫고 / 민 족의 분노에 불타오르는 섬 / 오키나와여……"(15쪽)에서 단적으로 드 러나듯, 형의 정치적 입장은 미국이 제2차 세계대전의 일환으로 오키 나와전쟁에서 승리한 후 대일평화조약 제3조에 따라 오키나와를 반영 구적으로 일본에서 분리하여 미국이 사실상 점령 통치하는 류큐 정부 를 1952년에 세운 이래 미국의 식민주의 지배로부터 해방을 성취하고 자 하는 민족해방의 염원이 근간을 이루고 있다. 오키나와가 류큐 처 분 이후 일본제국에 병합되면서 오키나와전쟁의 참상을 겪고 일본의 식민지 지배로부터 벗어났지만, 점령군 미국의 또 다른 식민주의 지배 는 오키나와를 제2차 세계대전 후 조성된 냉전체제의 군사기지로 철 저히 전락시킴으로써 오키나와의 주민들은 전쟁의 종언으로서 전'후' 의 평화가 아닌 전쟁이 지속되는 위선적 평화의 현실 아래 미군의 '총 칼과 불도저'로 상징되는 억압의 삶을 감내해온 것을 고려해볼 때, 이 같은 형의 일본 복귀론은 오키나와 주민 대다수의 정치적 욕망을 대표 한다 해도 과언이 아니다. 하지만 이에 못지않게 아버지의 목소리로 대표되는 신중론 또한 간과할 수 없는 오키나와의 정치적 입장이다.[12] "아버지는 복귀하면 나이챠內地人에게 싼 값에 땅이 팔리게 될 것"(14쪽)을 걱정하는데, 이 같은 아버지의 걱정에는 일본의 식민주의 지배 아래 이른바 소철지옥蘇鐵地獄의 경제적 타격을 입은 오키나와의 농업 경제의 현실을 회고해볼 때 또 다시 야마토의 경제적 구상에 속수무책으로 포획된, 그리하여 소철지옥 시절처럼 일본의 광역경제를 구축시키는 데 기꺼이 오키나와가 희생함으로써 결국 오키나와의 농업 생산을 일본제국의 광역경제 유지를 위한 임금노예로 전락시킨 뼈아픈 경험을 소홀히 간주할 수 없다.[13] 다시 말해 '나'의 아버지는 오키나와의

---

12 물론, 「어군기」에서는 일본 복귀와 관련한 다양한 정치적 입장이 소설적으로 개진되고 있지 않다. 조국복귀론 외에도 소수의 반복귀론(아라카와 아키라, 가와미츠 신이치, 오카모토 게이토쿠, 나카소네 이사무 등) 또한 엄연히 제출되었다. 물론 반복귀론자들 사이에도 세밀한 논점의 차이들이 존재한다. 그럼에도 불구하고 "복귀는 '평화헌법을 가진 민주국가 일본'으로 돌아가는 것이었으며, 군국주의에 대한 반대에 기반한 것"으로 "식민지 시기와 전시기를 거쳐 오키나와인과 본토인 양측의 대중 의식 속에 자리잡고 있던 '차별'과 '동화주의'에 대한 성찰·반성의 계기가 누락"(정영신, 「제2장 오키나와 복귀운동의 역사적 동학」, 『오키나와로 가는 길』, 소화, 2014, 133쪽)된 채 오키나와의 광범위한 대중운동 속에서 진행되었다. 여기서, 반복귀론자들 중 가와미츠 신이치의 입장은 메도루마의 독립론과 다른 차원, 즉 자립론에서 생각거리를 제공한다. 가와미츠의 말을 직접 인용하면 다음과 같다. "(조국복귀론) 왜 '위험한가' 하면, 복귀운동을 추진한 사람들 대부분이 제2차대전이 벌어지기 전에 천황제교육을 받은 사람들이었는데, 전후에는 일단 '민주주의'와 '평등'이라는 단어를 사용했지만 과거의 천황국가가 어떤 것이었는지에 대한 절실한 반성도 없었고, 전후에 새롭게 출발한 일본이라는 '국가'가 도대체 어떤 것인지에 대해서도 전혀 생각이 없었어요. 그러니까 '어머니의 품으로 돌아가자'라든가, '조국'이라든가 하는 서정적인 지점으로 수렴되어 가는 건 당연한 결과였지요."(가와미츠 신이치, 이지원 역, 『오키나와에서 말한다』, 한국학술정보, 2014, 56~57쪽)

13 소철지옥 시절 오키나와의 제당업은 붕괴를 경험하게 된다. 세계 설탕시장, 특히 인도네시아의 자바 설탕의 수입이 확대되는 가운데 오키나와 제당업은 해체와 붕괴에 직면하였고, 그에 따라 오키나와의 사탕수수 농업경제는 치명타를 입는다. 이에 대해서는 도미야마 이치로, 심정명 역, 『유착의 사상』, 글항아리, 2015의 제3장과 제4장 참조.

일본 복귀가 미국의 군사기지로부터 해방되는 민족해방과는 다른 차원의 경제적 구속과 억압이 일본에 의해 다시 오키나와를 엄습할 수 있다는 점을 경계하고 있는 것이다.

그런데 「어군기」에서 이 같은 오키나와의 일본 복귀 여부 못지않게 중요한 것은 오키나와의 파인애플 공장에 계절 노동자로 돈을 벌러 온 타이완 여공과 오키나와 현지인 사이에 형성된 차별적 구조다. 타이완 여공을 지칭하는 '타이완이나구臺灣女'로 불리우는 "그 말에는 멸시와 외잡한 울림이 내장돼 있"(13쪽)는바, '나'의 부모는 타이완 여공을 멀리할 것을 '나'에게 강하게 경고한다. 기실 '나'의 형은 파인애플 공장에 다니면서 타이완 여공과 밀애를 즐기고 '나' 역시 타이완 여공을 향한 성적 호기심으로 충만해 있는 터에 부모님의 경고는 안중에도 없다. 여기서 간과할 수 없는 것은 타이완 여공은 '나'와 형에게 한갓 성적 욕망의 대상에 불과한 것으로, 그들은 은연중 타이완 여공을 향한 민족적·경제적 차별의 시선을 투사한다. 여기에는 과거 일본제국의 식민주의 지배 아래 놓인 타이완을 향한 억압의 시선이 겹쳐지고 있다. 작중에서 일본 복귀론이 오키나와의 주류적 목소리임을 환기해보건대 오키나와 주민들의 무의식 속에는 오키나와가 일본 복귀 후 일본의 주권 국민으로서 정치적 위상을 확보하고, 이것은 과거 일본제국의 국민이 타이완을 식민주의 지배를 했던 기억과 겹쳐지는 역사를 오키나와의 현재로 덧씌운다. 이렇게 과거 타이완에 대한 일본 국민의 식민주의 지배자의 시선은 일본 복귀론이 우세한 오키나와에 전도된 채 타이완 계절 노동자인 타이완 여공을 향한 차별적 시선을 보이는 것이다. 이러한 차별적 시선이 작중에서 한층 극적으로 나타난 것은 타이완 여공을 그토록 멀리하라고 주의를 준 '나'의 아버지도 타이완 여공과 밀애를 즐겼다는 사실이 '나'에게 포착되었다는 점이다. 결국 '타이완이나구'로 불리우면서 오키나와 공동체로부터 혐오와 경계의 대상, 즉 모멸적 성적 비하의 대상으로 불려진 계절 노동자인 타이완 여공을 오키나와의 남성들은 모두 자신의 성적 욕망을 충족시키기 위해 각기 나름대로의 방식으로 지배했다 해도 과언이 아니다. 그만큼 오키나와가 이후 풀어야 할 식민주의 비판과 해방의 문제는 중층적이다.

여기서, 타이완을 매개로 한 오키나와에 대한 메도루마의 문제의식은 「마아가 바라본 하늘マーの見た空」(『季刊おきなわ』, 1985.9)에서 좀 더 래디컬하게 부각된다. 작중 인물 마아는 타이완 여공과 오키나와 남자 사이에서 태어난 혼혈 남아로서 '나'의 오키나와 공동체로부터 민족적·인종적 차별을 받는다. 오키나와의 마을 사람들은 마아가 오키나와의 순수한 혈통을 간직하지 못한 채 태어난 더러운 피를 지녔으므로 오키나와 공동체로부터 격리시키는 게 마땅하다고 간주한다. 심지어 마아는 또래의 오키나와 태생의 친구들로부터도 자위를 강요받으면서 성적 수치심을 고스란히 감내해야 하는 성적 노리개로 치부된다. 이처럼 마아는 오키나와 공동체로부터 철저히 차별받는 존재일 따름이다. 게다가 마아는 오키나와 여성 M을 성적으로 모독했다는 이유로 마을 사람들로부터 무덤 속에 감금당한다. 「어군기」에서 살펴보았듯이, 오키나와에 있는 파인애플 공장의 계절 노동자였던 타이완 여공을 향한 일본 국민으로서 식민주의 지배권력의 욕망이 오키나와에 전도된 현실을 메도루마는 한층 부각시키고 있다. 여기에는 과거 일본제국이 야마토를 제외한 다른 민족과 인종을 구조적으로 차별한 식민주의 억압이 포개지는데, 일본으로 복귀한 이후 오키나와는 전후의 현실에서 오키나와의 순수성과 정체성을 지켜내기 위해 자칫 오키나와 내셔널리

즘을 강박증처럼 내면화시키는 가운데 오키나와 공동체와 다른 타자의 존재를 소외 · 배제 · 억압하는 방식으로 제국의 식민주의 권력을 재현할 수 있다는 점을 메도루마가 경계하고 있는 것이다.

그런데 메도루마는 여기에서 멈추지 않는다. 혼혈아 마아가 오키나와의 폐색적 공동체로부터 기인한 부정한 것을 일소하는 역할을 수행하도록 한다. 기실 마아는 오키나와의 정령과 공감하는 비의성을 지닌 존재로 그려진다. 마아는 오키나와의 자귀나무 정령과 소통하면서 친구 '나'에게 잭나이프로 자귀나무에 인위적 상처를 입히지 말 것을 종용한다. 뿐만 아니라 숲 속 공동묘지의 무덤 안에 안치된 마아의 시신이 무덤 밖으로 나와 오키나와 전통적 소싸움장에 나타나더니 거의 초주검 상태에 놓인 자신이 사랑하는 소에 기적의 승리를 안겨준다. 말 그대로 이 장면은 도저히 믿기지 않는 환상적 장면이 아닐 수 없다.

여기서 간과할 수 없는 것은 메도루마가 혼혈아 마아를 오키나와 공동체 권력에 패배자로서 희생되도록 방관하지 않는다는 점이다. 오히려 메도루마는 오키나와가 오키나와전쟁을 치르고 미국의 점령기에 놓이면서 모든 삶이 절멸 속에서 망실하고 있는 가운데 오키나와의 자연과 풍속이 지닌 '경이로운 현실'이 지닌 오키나와의 힘을 상기시킨다. 이 힘은 오키나와 내부를 향해 뼈아픈 반성적 성찰의 윤리 정립의 문제를 제기한다. 마아는 오키나와 공동체가 은폐하려는 타이완 여공을 향한 계급적 인종주의의 실상을 폭로하는 매개물로 작용한다. 이것은 오키나와에 침전된 오키나와에 전도된 제국(일본 및 미국)의 폭력을 메도루마가 정직하게 응시하고 있다는 것을 말해준다. 그래서 마아는 오키나와 공동체로부터 심한 계급적 인종주의 차별이 각인된 서벌턴으로서 메도루마는 오키나와 공동체가 이러한 서벌턴의 존재를 결코 은폐시키거나 망각해서는 안 된다는 것을 환상적 장면을 과감히 삽입함으로써 다소 충격적인 서사 효과를 자아내고 있다. 바꿔 말해 작품의 말미에서 보이는 마아의 환생과 결부된 환상적 장면의 도입은 오키나와에 침전된 폭력의 양상이 마아와 같은 서벌턴의 존재를 영원히 억압할 수 없다는 것을 메도루마식 리얼리즘으로 서사화한다. 바로 이것이야말로 서구의 미의식에 기반한 마술적 리얼리즘과 다른 '오키나와 리얼리즘'의 구체적 한 사례로 소개할 수 있지 않을까.

4. 오키나와의 분열증적 증후와 혼돈에 대한 소설적 전언

오키나와의 반복귀론자 중 가와미츠 신이치가 적확히 언급하듯, 미국과 일본은 그들의 정치경제적 이해관계, 즉 중국과 소련을 포위할 뿐만 아니라 아시아 나라들을 침략하기 위한 거점으로 오키나와뿐만 아니라 일본 전토를 '산 제물'로 삼겠다는 미국의 은밀한 계산과 군사적 이권, 그리고 국외로 팽창하는 일본의 경제적 잉여가 오키나와를 거래의 대상으로 삼은 채 오키나와 주민들의 눈을 속이는 협잡외교로 오키나와를 일본으로 복귀시켰고, 그 이후 오키나와의 상황은 더욱 악화될 뿐이다.[14] 특히 "제2차 세계대전 이후 미일관계의 기본 틀인 미·일안보체제는 일본을 반공의 방패로 삼는 정책을 근간으로 하고 있"[15]는바, 주일미군 기지

---

14 가와미츠 신이치, 이지원 역, 앞의 책, 124~125쪽.
15 아라사키 모리테루, 김경자 역, 『오키나와 이야기』, 역사비평사, 2016, 123쪽.

75%를 일본 영토 면적의 0.6%에 해당하는 작은 섬 오키나와에 집중 배치하고 있는 데서 단적으로 알 수 있듯 오키나와는 '평화-민주주의-해방'의 기치를 내세운 전'후' 일본의 현실과 동떨어진 전쟁기지로서 역할을 수행하고 있다. 그러니까 1972년 일본으로 복귀한 이후 오키나와는 야마토의 경제적 번영을 위해 미·일안보체제의 미명 아래 미군 기지가 지속적으로 오키나와에 유지되면서 냉전시대 이후 새롭게 재편되는 세계체제 속에서 미국의 군사적 영향력을 여전히 새롭게 유지·확산하는 데 중요한 거점이 되고 있는 것이다.

이렇게 일본 복귀 이후 한층 굳건해진 미·일안보체제 속에서 오키나와는 그 내부의 이해관계에 따라 복잡한 현실을 이루고 있다. 메도루마의 초기 작품들 중 「아기 새雛」(『新沖縄文学』, 1985.12), 「거미蜘蛛」(『新沖縄文学』, 1987.6), 「싹트기發芽」(『Za』, 1988.9)는 일본 복귀 후 이러한 복잡한 현실에 놓인 오키나와 사람들의 분열증적 증후와 내적 상처를 메도루마 특유의 서사로 그려낸다. 그런데 이와 관련하여, 이들 세 작품이 모두 죽음의 모티프를 지닌 채 어떤 일관된 서사의 흐름을 보이지 않을 뿐만 아니라 작품의 종결이 모호함으로써 여기에 작가의 어떤 의도가 숨어 있는지 파악하는 일이 좀처럼 쉽지 않다는 점이다. 이것은 뒤집어 생각하면, 이들 세 작품에서 보이는 메도루마의 문제의식과 이를 서사화하는 메도루마의 글쓰기가 그럴 수밖에 없도록 상호침투하는 오키나와의 복잡한 현실이 고려되어야 함을 말한다.

「아기 새」에서는 결혼한 지 3년이 된 젊은 부부가 나오는데, 아내 K는 처음에는 애를 갖고 싶어하지 않았으나 최근 애를 잉태하고 싶어하는 욕망이 강해진 나머지 급기야 "상상 임신"을 한다. 그러면서 K는 새를 살뜰히 키우게 되는데 어느 날 남편이 K의 급박한 전화를 받고 집으로 돌아오고는 엽기적 장면을 목격한다. 마치 누군가 일부러 집안에 들어와 깽판을 친 듯 집안의 집기는 부서져 나뒹굴고 침실에 있는 "K는 몸을 크게 뒤로 젖히더니 양손으로 목을 누르고 마치 짜내는 것과 같은 울음소리와 함께 신음소리를 냈"(125쪽)고, "양쪽 눈 주위가 가부키 분장을 한 것처럼 피투성이였고"(125쪽) 스스로를 자해하려고 한다. 그러면서 K는 고양이가 새를 죽였다고 어린애처럼 흐느끼면서 말한다. 그런데 정작 "저민 조각처럼 잘린 아기 새의 사체"(126쪽)는 고양이가 아니라 바로 K의 잔혹스런 행위의 결과였다. "아기 새의 살점 속에 작은 칼"(126쪽)이 발견된 것이다. 그리고 언제 이 섬뜩한 일이 있었냐는 듯 K는 남편의 손바닥을 자신의 하복부에 갖다 대면서 K의 배 속에서 꿈틀거리는 태동을 느껴보라고 한다.

이처럼 「아기 새」의 서사는 표면상 불임부부가 겪는 일상의 고통과 상처를 보여준다. 하지만 이 서사는 오키나와의 현실에 대한 은유로 읽어도 무방하다. 새 생명을 잉태하고 싶지만 어떤 이유에서인지 쉽게 생명을 잉태할 수 없다. 생명 잉태에 대한 욕망이 강하면 강할수록 그것은 상상 임신을 부추길 뿐이다. 생명을 잉태하고 새 생명을 낳음으로써 새로운 삶의 전기를 마련할 수 있다는 희망은 좀처럼 이룩되지 않는다. 오히려 상상 임신이란 현실의 고통과 상처가 더욱 배가될 뿐이다. 생명을 잉태하지 못하는 자신을 향한 자기비하와 자기부정은 급기야 자기파괴와 다른 생명의 목숨을 잔혹하게 빼앗는 지경까지 이른다. 그리고 이 모든 과정에서 행해진 자기와 타자를 향한 고통과 상처는 켜켜이 시나브로 쌓이고 이 고통과 상처에 점차 둔감해지면서 내성화된다. 물론 여기에는 생명의 가치와 이 모든 것을 빼앗는 죽음 사이에서 분열증적 증후의 혼돈만이 현실을 압도한다. 일본 복귀 후 오키나와가 겪는 현실이야말로 「아기 새」가 지닌 이 같은 소설적 전언을 메도루마가 타전하고 싶은 것은 아닐까.

이와 관련하여, 「거미」는 「아기 새」와 다른 방식으로 삶과 죽음의 문제에 놓인 오키나와의 문제의식을 성찰하도록 하는 독특한 작품이다. 「거미」에서 거미는 삶과 죽음의 교차점에 위치하면서 삶과 죽음을 공유하고 있는 비의적 힘을 지닌 존재다. 작중 인물 '나'의 대학 친구는 거미를 유달리 좋아하여 온갖 거미를 채집하였는데, 그는 거미를 향한 일종의 가학적 미의식을 보인다. 그는 거미 다리의 부분을 떼어낸 채 걷고 있는 거미의 걸음걸이가 자아내는 이상야릇한 쾌감을 맛볼 뿐만 아니라 다리가 제거된 채 몸통만 남은 거미를 채집하면서 그 채집된 비정상적 거미로부터 '영원성의 미'를 애써 발견한다. 그러면서 그는 '나'에게 "녀석들은 이렇게 영원히 계속 꿈을 꾸는 거야"(283쪽)라고 속삭인다. 말하자면 그는 온전한 거미가 아니라 다리의 부분이 제거된 거미의 걸음걸이와 모든 다리가 제거된 채 몸통만 남은 거미로부터 비정상적 미의식을 탐닉한다. 이 같은 탐미眈美가 문제적인 것은 온전한 생명의 아름다운 가치를 파괴하는 과정과 연관되기 때문이다. 그런데 더욱 문제적인 것은 탐미에 그치는 게 아니라 그 생명의 힘을 아예 앗아버리는 행위에 정당성을 부여하는 것이다. 그것은 작중 인물 '나'가 어떤 소녀의 건강과 활력을 회복시켜주기 위해 거미를 잡아다 줘야 하고, 잡아온 거미를 소녀는 갖고 놀다가 먹어치운다. '나' 역시 거미를 먹은 후 "그 이상한 감각과 입안에 남아 있는 달달한 미각에 몸

시 취"(291쪽)한다. 거미는 소녀와 '나'에게 건강을 회복시켜주는 효험 있는 일종의 약재로서 기능을 한 것이다. 그리고 이러한 거미는 '나'에게 소녀를 기억하게 하는 매개체로서 기능을 한다. 이처럼 거미는 「거미」에서 누군가에게 탐미로서 가치를 갖는가 하면, 또 다른 누군가에게 건강에 쓰임새 있는 효능의 가치를 가지면서 한때 소중히 간직하고 싶은 아름다운 순간을 기억하도록 한다. 그 양상이야 어떻든 이것들을 횡단하고 있는 것은 거미의 삶과 죽음이 순간 교차·공존하고 있다는 점이다. 이것은 오키나와의 복잡한 현실을 이루고 있는 것의 근저에는 오키나와전쟁 이후 미군 점령기, 그리고 일본 복귀 후 오키나와의 복잡다변한 현실 속에서 숱한 크고 작은 역사적 사건들 속에서 교차·공존하는 오키나와의 삶과 죽음의 양상이다.

이처럼 오키나와의 복잡한 현실이 함의한 메도루마의 소설적 전언은 「싹트기」의 경우 중년 부부의 소원한 관계에서도 여실히 엿볼 수 있다. 중년 부부의 삶은 형식적으로 부부라는 가족 관계를 이루고 있지 평소 서로 일상을 공유하는 지점이 없는 채 각자 관심 속 일상을 살아간다. 아내는 타이프라이터를 놓고 타이핑에 중독된 것처럼 무엇인가를 계속하여 타이핑을 하는 데 여념이 없으며 남편은 뭐에 홀린 채 여성 화장실에서 여성 생리대를 훔치는 성적 변태자로서 성적 판타지에 탐닉한다.[16] 이렇게 중년 부부의 삶은 상식적으로 이해할 수 없는

---

16 부부의 이 같은 행동은 서로 자연스런 섹스를 하고 있지 않다는 것을 단적으로 보여준다. 아내가 아무 목적 없이 남편과 잠자리를 하지 않으면서 타이핑에 중독돼 있는 것과 여성 화장실에서 자신도 모르는 새 생리대에 손이 가 생리대 냄새를 맡는다는 것은 중년 부부의 섹스가 어떤 이유에서인지 원활하지 않고 각자 충족되지 않은 성욕을 이 같은 각자의 특정한 편집증 내지 성적 변태의 행동으로 해소하는 셈이다. 말하자면 이들은 부부로서 에로스가 격절된 채 고립의 삶의 형식을 유지한다.

각자의 일상에 몰두한다. 그 어떤 갈등도 없고 관계의 틈새 없이 그렇게 각자의 일상을 살아갈 뿐이다. 그들의 일상에 균열을 낼 정도의 심각한 사건도 없다. 물론 마을 하천에 시체가 떠올랐지만, 그 시체의 주인공이 공원에 자주 출몰하는 술 취한 부랑자란 사실은 그들의 일상 밖에 존재하는 것으로 오히려 아내는 그 하천에 죽은 물고기처럼 보이는 죽은 태아를 건져내기 위해 하천 속으로 뛰어드는 엽기적 행동을 한다. 중요한 것은 이 모든 일들에는 어떤 특별한 이유가 없다. 그저 그렇게 오키나와의 일상의 부분을 파편처럼 이루고 있을 뿐이다. 그래서 메도루마는 오키나와 공동체가 이렇게 아무런 연관도 없는 산재한 일상의 파편들로 이뤄져 있음을 무미건조하게 보여준다. 이것 또한 메도루마의 초기 소설에서 보이는 '오키나와 리얼리즘'의 한 양상이다.

5. 오키나와의 디스토피아를 경계한 문학적 보복

지금까지 살펴보았듯이, 오키나와를 에워싼 폭력에 대한 메도루마의 문학적 보복은 에돌아가지 않고 맞서야 할 대상의 중심부를 향한다. 그것은 오키나와의 부정한 현실에 조금이라도 타협하지 않는 그의 문학적 행동주의와 결부된다. 오키나와의 독립론을 자신의 정치적 입장으로 뚜렷이 표방한 그에게 일본의 위선적 평화와 전'후'의 현실은 전복과 위반해야 할 기만의 실체인바, 일본과 미국에게 메도루마와 그의 문학은 지극히 불온한 것이다. 일본의 국체인 천황에 대한 가차없는 조롱·야유·비판을 통해 오키나와에 가해진 제국의 유무형의 폭력에 대한 메도루마의 문학적 보복을 우리는 또렷이 목도하였다. 메도루마의 이러한 대항폭력으로서 문학적 보복은 그의 문제작 「코자 거리이야기 ─ 희망」(『아사히 신문』, 1999.6.26)에서 미국을 겨냥한다.

　　지금 오키나와에 필요한 것은 수천 명의 데모도 수만 명의 집회도 아니다. 한 명의 미국인 유아의 죽음이다. (…중략…) 놈들은 고분고분 얼빠진오키나와인이 이런 짓(세 살쯤 된 미군 어린 남자 애를 유괴하여 목을 졸라 죽인 행위 ─ 인용자)을 하리라곤 꿈도 못 꿨던 게다. 전쟁에 기지에 반대한다면 기껏해야 집회나 열고 그럴싸한 데모나 하면서 대충 얼버무리는 얌전한 민족. 좌익이나 과격파니 해봤자 실제로는 아무런 피해도 못입히는 게릴라 짓이 고작. 요인(要人) 테러나 유괴를 할 리도 없고 총으로무장할 리도 없다. 군용지(軍用地) 대금이니 보조금이니 기지가 배설하는 돈에 몰려드는 구더기 같은 오키나와인. 평화를 사랑하는 치유의 섬, 구역질이 난다.[17]

분명, 메도루마의 문학적 보복은 논쟁적 지점을 형성할 것이다. 아무리 오키나와가 미·일안보체제 아래 야마토의 번영을 위한 희생의 시스템으로 전락한 채 일본과 미국의 정치경제적 억압과 지배를 받고 있다고 하지만, 아무런 죄도 없는 무고한 미군 어린애를 유괴하여 죽이는 반인간적 행위를 통해 오키나와의 고통과 상처를 치유할 수 있는 근본적 해결책은 아니라고 강하게 문제를 제기할 수 있다. 메도루마의 이 문학적 보복 또한 또 다른

17　메도루마, 임성모 역, 「코자 이야기 ─ 희망」, 『지구적 세계문학』 8, 글누림, 2016.가을, 172쪽.

폭력에 불과한 것이며 결국 오키나와는 폭력의 연쇄로부터 스스로를 가둬 놓을 수밖에 없을 것이라고 힐난할 수 있다. 그런데, 역설적으로 메도루마는 바로 이러한 환멸과 절망, 전망 부재의 현실이 오키나와를 집어삼킬 수 있다는 묵시록적 미래를 이와 같은 서사적 충격으로 경고하는 게 아닐까. 이 같은 오키나와의 현실이야말로 끔찍한 디스토피아 그 자체다.[18] 그것은 「코자 거리 이야기─희망」의 결미에서 "내 행동은 이 섬에게 자연스럽고도 필연적이리라"[19]고 다짐하면서 결국 자신마저 스스로 불태워 죽음에 이르는 비극으로 이어지는 데서 보다 큰 충격으로 다가온다. 다시 말해 전쟁이 항시 존재하는 오키나와의 현실이 말 그대로 전복되지 않는 한 인간이 상상할 수 있는 한계를 초과한 유무형의 폭력이 기승을 부릴 것이고 이러한 폭력의 은폐와 연쇄 속에서 오키나와의 일상(휴양지로서 오키나와 관광 이미지)이 얼마나 위태로운지 묵시록적 미래로 재현될 것이다. 그렇다면, 메도루마의 이 같은 문학적 보복은 표면상 오키나와의 일상을 위태롭게 하고 있는 미국─미군 기지와 이것의 이해관계에 편승한 일본을 겨냥한 대항폭력의 성격을 띠되, 심층적으로는 오키나와 폭력의 기제에 대한 발본적 문제제기와 합리적 해결책 없이 일본이 기만적으로 포장하는 평화의 쉼터와는 거리가 먼, 그래서 유무형의 폭력으로 점철된 지옥도가 바로 오키나와의 현실로 도래할 수 있다는 것을 준열히 경고한다. 따라서 메도루마의 문학적 보복─

---

18 이러한 메도루마의 인식은 이케자와 나쓰키와 가진 대담에서 다음과 같이 자신의 생각을 분명히 드러낸다. "실은 오키나와 자체에는 악이 존재한다고 생각합니다. (…중략…) 실은 오키나와 내부에는 거친 것, 꺼림칙한 것을 굉장히 많이 안고 있습니다. 그것이 현재 완전히 은폐돼 오키나와는 기원을 올리는 지역이라거나, 치유의 장소라거나 하는 이미지가 유통되고 있습니다."(目取眞俊・池澤夏樹, 「新芥川賞作家特別對談─'絶望'から始ぬる」, 『文學界』 51, 文藝春秋, 1997, 187쪽)

19 메도루마, 임성모 역, 「코자 이야기─희망」, 앞의 책, 174쪽.

대항폭력을 단순히 판단해서 안 되는 이유가 바로 여기에 있다.

추후 메도루마의 초기 소설에서 탐색되는 이러한 폭력에 대한 문제의식이 다른 작품 속에서 어떠한 맥락을 갖는 것인가에 대한 세밀한 읽기가 요구된다.

오키나와 폭력의 심연과 문학적 보복

메도루마 슌의『기억의 숲』

1. 오키나와의 뭇 생명을 유린한 미군의 성폭력

오키나와 작가 메도루마 슌目取眞俊(1960~)의 장편소설『기억의 숲』이 한국사회에 최근 번역 소개되었다.[1] 한국사회에 오키나와의 문학이 본격적으로 소개된 지 얼마 안 되었다는 사실을 고려할 때 메도루마의 작품이 오키나와의 다른 작가들보다 상대적으로 많이 그리고 집중적으로 소개된 것은 여러모로 주목할 만하다. 이번에 소개된『기억의 숲』은 2009년에 일본에서 단행본으로 출간되었으니 햇수로 10년 만에 한국 독자를 만난 셈이다.

메도루마는 등단작 단편「어군기魚群記」(1983) 이후 자신이 태어난 오키나와에서 벌어졌고 지금도 존재하는 문제적 현실을 조금도 회피하지 않고 정면으로 응시하는 전방위적 글쓰기를 펼치고 있다. 때로는 소설가로서 때로는 시사 및 정치 논객으로서 때로는 에세이스트로서 글쓰기를 통해 실천할 수 있는 모든 역량을 발휘하여 오키나와의 문제들에 대한 문학적 저항을 쉼 없이 전개하고 있다. 그런가 하면 활동가

---

1 메도루마 슌, 손지연 역,『기억의 숲』, 글누림, 2018. 이하 작품의 부분을 인용할 때 별도의 각주 없이 쪽수만 본문에 표기한다.

로서 오키나와의 미군기지 철폐운동을 위한 이른바 카누 해상투쟁을 지속적으로 벌이고 있다. 메도루마에게 오키나와의 문제와 연관된 글쓰기와 직접적 실천운동은 서로 분리될 수 없는 것으로 메도루마의 삶과 문학을 이해하는 데 양자를 함께 긴밀히 파악해야 하는 것은 매우 중요하다. 이것은 『기억의 숲』을 이해하는 데도 예외가 아니다.

우선, 『기억의 숲』의 중심서사를 이루는 사요코의 미군에 의한 강간을 주목해보자. 제2차 세계대전의 막바지에 이르러 미군은 일본 본토를 공격하기 전 오키나와를 공격한다. 오키나와전쟁 와중 미군 넷이 잠시 부대에서 일탈하여 섬을 향해 수영을 하다가 섬 해안가 모래사장에서 놀고 있는 오키나와 여자 아이들 중 한 소녀인 사요코를 폭력으로 제압하여 강간한다. 사요코를 집단 성폭행한 미군들은 아무런 도덕적 죄책감 없이 오키나와 소녀의 영혼과 육체를 유린한다. 그들에게 사요코는 영혼을 지닌 인간이 아니다. 그들에게 사요코는 뙤약볕이 내리쬐는 아열대의 섬을 구성하는 한갓 자연의 대상 중 하나일 뿐이며, 그것은 그들이 점령해야 할 적군의 영토를 구성하는 요소에 불과한 것이고, 머지않아 점령군으로서 승자독식의 환희를 만끽해야 할 그들에게 그것은 마음껏 취할 수 있는 승전물의 하나일 뿐이다. 오키나와 소녀 사요코는 그들에게 더 이상 인간으로서 '소녀'의 지위가 제거된 채 전쟁터에서 곧 점령군으로서 승자의 환희를 잠시 먼저 만끽하기 위해 전우애라는 미명 아래 그들의 성적 욕구를 충족시켜주는 대상으로 전락해 있다.

여기서, 쉽게 간과해서 안되는 것은 미군의 성폭력이 자행되는 공간이 바로 오키나와의 천혜의 자연 경관 중 하나인 오키나와의 해안 백사장이라는 사실이다. 오키나와처럼 바다로 둘러싸인 섬인 경우 해안 및 백사장은 섬의 뭇 생명의 존재의 터전인 것을 직시할 때, 미군의 성폭력이 바로 이곳에서 자행되었다는 것은 섬의 살아 있는 모든 것에 대한 폭력이 자행된 것과 다를 바 없다. 바꿔 말해 미군에 의한 사요코의 성폭력은 사요코 개인의 언어절言語絶의 참상으로 국한되는 게 아니라 오키나와의 뭇 생명에 대한 유린이고 폭력으로, 미군이 오키나와에서 저지른 끔찍한 대참상을 단적으로 말해준다.

　미군에게 성폭력을 당한 사요코는 이후 그 충격으로 미치광이와 다를 바 없는 삶을 살아간다. 점령군이 그렇듯, 미군 가해자들은 아무렇지도 않게 전시 중에 흔히 일어날 수 있는 일들로 간주된 채 면죄부가 주어지고 사요코와 그 가족은 오키나와전쟁에서 구사일생으로 살아남았지만 오히려 사요코가 겪은 좀처럼 감당 못 할 트라우마로 오키나와 사회 안에서 고통스럽게 살아간다. 두루 알듯이, 오키나와는 일본의 패전으로 미군정이 오키나와를 실질적으로 1972년까지 점령하였고, 그 후 '조국복귀'라는 정치적 명분으로 미군정에서 벗어나 일본으로 복속되었으나, 오키나와는 일본 열도 전체의 0.6%의 매우 협소한 국토면적 아래 일본 전체 약 75%에 해당하는 미군기지가 들어서 있다. 그러니까 오키나와는 오키나와전쟁 이후 지금까지 미군의 영향권으로부터 자유로운 적이 없다. 이것은 지금까지 오키나와가 미군의 크고 작은 범죄와 그 트라우마로부터 벗어나지 못하고 있음을 웅변해준다. 사요코와 그 가족, 그리고 오키나와 공동체가 그렇듯이……

2. 오키나와 내부의 폭력, 그 내면화된 폭력의 양상

그런데, 메도루마의 『기억의 숲』에서 특히 주목해야 할 것은 사요코로 표상되는 오키나와의 피해는 오키나와 외부의 폭력, 즉 미군이 최종 심급에 자리하고 있는 것은 분명하되, 오키나와 내부의 또 다른 폭력과도 밀접히 연동돼 있다는 사실이다. 이것은 메도루마의 문학뿐만 아니라 오키나와 문학의 심연에 자리하고 있는 매우 중요한 문학적 쟁점이 아닐 수 없다. 메도루마의 문학에서 이 점은 대단히 예각적이고 섬세히 그리고 치밀하게 탐구되고 있다. 이것은 그만큼 오키나와전쟁을 치르면서 오키나와가 입은 전쟁의 폭력이 오키나와의 안팎을 마치 뫼비우스 띠처럼 구조화하는 가운데 오키나와의 폭력 양상이 다층적으로 구축되면서 이것에 대한 응시 역시 그만큼 조밀하게 이뤄져야 한다는 것을 반증해준다.

이와 관련하여, 사요코를 둘러싼 주변의 폭력은 미군의 성폭력과 또 다른 폭력의 양상을 보인다. 사요코와 그 가족은 "아버지의 노여움이 언제 폭발할지 몰라 겁에 떨면서 살"(231쪽)고 있다. 사요코의 아버지는 상처를 입은 딸 사요코의 영혼과 육신을 위로해주기는커녕 하필 자신이 딸이 미군의 성폭력 먹잇감이 된 것 자체를 수치스러워하고, "미군에게 딸이 능욕당하고도 아무런 저항도 항의도 못하고, 자리에 누워 울음을 삼킬 수밖에 없었던 스스로에 대한 분노와 무력함"(231쪽) 때문에 가족을 향해 억누를 수 없는 화를 쏟아낸다. 사요코의 가족은 아버지의 이러한 폭력에 속수무책이다. 가뜩이나 "섬사람들의 끈적끈적한 시선과 수군대는 소리"(231쪽)로 사요코뿐만 아니라 사요코의 가족

전체가 고통스러운데도 불구하고 사요코의 아버지는 개인의 무기력과 분노를, 가족을 향해 퍼붓는다. 아버지의 이러한 폭력은 사요코의 갓 출산한 애를 보면서 "미국 놈은 아니네……." "섬 개자식덜 새끼일테 주"(229쪽)와 같은 말을 심드렁히 내뱉는 장면에서, 어머니의 웃음과 작중 화자 '나'의 안심이 사요코가 미군과의 성관계에 의한 게 아니면, 비록 이 출산이 극단적으로는 오키나와의 남성에 의한 성폭력의 산물 이라 하더라도 괜찮다는, 오키나와에 두루 퍼진 폭력의 내면화된 양상 을 드러낸다는 점에서 모골이 송연하지 않을 수 없다. 이 쯤 되면, 오 키나와의 폭력 양상은 미군의 가해성과 맞물린 채 오키나와 내부의 가 해성을 구조적으로 생성하고 이러한 폭력들이 오키나와 안팎을 친친 옭아매고 있는, 그래서 오키나와 폭력이 오키나와의 일상 깊숙이 침전 된 채 내면화된 양상을 메도루마는 묘파하고 있는 것이다.

　메도루마가 『기억의 숲』 후반부에서 적나라하게 보여주고 있는바, 학교 에서 오키나와전쟁에 대한 기억을 들려주는 장면에서 학생들이 보이는 반응들, 가령 오키나와전쟁의 피해를 입은 세대들에 대한 진심어린 이해를 하고 있는 것처럼 보이지만 그것은 어디까지나 진지한 척 한 것일 뿐 오키나 와의 십대 학생의 대부분은 오키나와전쟁 세대의 역사 경험에 대해 심드렁 한 반응을 보일 따름이다. 오키나와전쟁 세대가 겪은 끔찍한 폭력은 오키나 와전쟁 이후 다양한 양상으로 오키나와 안팎을 휩싸고 있기 때문에 이미 이러한 폭력의 양상에 노출된 십대 학생에게 오키나와전쟁 세대의 전쟁 폭력은 흔한 폭력들 중 하나 그 이상도 그 이하도 아니라는 통념이 관성화돼 있다. 그것을 단적으로 보여주는 사례가 『기억의 숲』에서 그들이 보이는 특정 학생에 대한 집단 따돌림에 수반되는 아주 '자연스러운' 폭력이다.

이것을 메도루마는 작품 속에서 익명의 학생들로, 즉 '**'와 같은 부호로 호명 처리하고 있다. 오키나와전쟁 이후 이처럼 일상에 내면화된 폭력의 가해자와 피해자는 모두 '**'와 같은 부호로 일괄 처리됨으로써 오키나와에 팽배해진 폭력과 그에 속수무책으로 불모화된 오키나와의 현실을 메도루마는 리얼하게 재현한다. 굳이 오키나와에서 폭력의 가해자와 피해자를 고유명사로 호명할 필요가 없기 때문이다.

여기에다가 사요코의 마을 구장이 오키나와전쟁 당시 일본군에 협력하다가 전세가 미군에 유리해지자 미군에 협력하는 모습 속에서 마을을 위태롭게 몰아간 지배자의 폭력에 적극 기생하는 외부 폭력에 대한 무기력함과 오히려 내부의 폭력을 묵인 방조하는 것을 고려해볼때, 메도루마가 『기억의 숲』에서 또렷이 세밀히 응시하고 있는 내면화된 오키나와의 폭력 양상을 드러내는 것은 오키나와 문학이 성취해낸 값진 문학적 진실이다.

3. 오키나와 안팎의 폭력에 대한 문학적 보복

그렇다면, 오키나와는 이러한 폭력의 뫼비우스 띠에 둘러싸인 채 아무것도 할 수 없는 지옥도地獄島 / 圖로 현상될 뿐일까.『기억의 숲』에서 또 다른 중심서사는 미군의 성폭력에 피해를 당한 사요코를 대신하여 그를 유년시절부터 흠모하던 소년 세이지가 "작살의 증오"(43쪽)로 사요코를 성폭행한 미군들에게 작살 공격을 감행한 사건이다. 세이지는 도저히 참을 수 없다. "자기네 섬 여자가 당하고 있는데 어떻허연 침묵

허멍 보고만 있고 막지 않은"(60쪽) 것인지, 세이지는 바닷속으로 잠영
하여 미군들이 가까이 오기를 기다려 수면 위를 헤엄치고 있는 미군의
심장을 겨냥해 작살을 찔렀다. 비록 심장을 비껴간 채 배를 찔러 "피부
를 뚫고 내장을 찢었을 것"이나 "미국 놈의 썩은 피도 썩은 창자도 고
등어 먹잇감이 되민 그만이여……"(43쪽) 하고 자족한 채 해안가 동굴
에 숨는다. 말하자면, 세이지는 미군을 죽이지는 못했으나 미군에게
상해를 입힘으로써 미군이 점령군으로서 오키나와 사람들에게 성폭행
을 하였으므로 그에 대한 정당한 대항폭력counter violence을 감행한 것이
다. 사요코와 오키나와 공동체를 대신하여 세이지는 무모한 행위로 비
쳐질지라도 오키나와를 더럽힌 미군에 대한 보복 행위를 가한 것이다.
이것은 메도루마가 그 나름대로의 소설을 통한 문학적 보복과 문학적
행동주의를 표출한 셈이다. 메도루마의 초기 작품을 묶은 단편선집
『어군기』(2013)[2]에는 오키나와를 덧씌운 전'후'의 위선적 현실-평화가
얼마나 폭력을 은폐하는지, 그래서 오키나와전쟁에 대한 기억과 투쟁
의 정치를 순치시키고 무화시키려는 국민국가의 제도적 폭력을 가감
없이 드러내는바, 특히 이 과정에서 천황제를 과감히 비판할 뿐만 아
니라 미군 점령이 야기한 온갖 폭력의 양상에 대해 문학적 보복을 단
호히 실행하는 데서 알 수 있듯,[3] 『기억의 숲』에서 보이는 세이지의 작
살 보복은 메도루마의 문학에서 돌출적으로 표출된 문학적 모험주의
가 결코 아니다. 세이지의 작살 보복은 오키나와를 대상으로 한 오키

2　이 선집은 2017년 곽형덕의 한국어 번역으로 도서출판문에서 출간되었다.
3　고명철, 「해설-문학적 보복과 문학적 행동주의」, 메도루마 슌, 곽형덕 역, 『어군기』,
　　도서출판문, 2017.

나와 외부의 폭력에 대한 오키나와 주체의 행동화된 저항이다. 말할 필요 없이 이것은 메도루마의 문학적 보복이다.

그런데, 좀 더 주의를 기울여야 할 것은 세이지에 의해 수행되고 있는 오키나와의 보복은 오키나와 내부의 폭력에 대한 단호한 응징의 성격을 동시에 갖는다는 점이다. 세이지는 초등학교 5학년 시절 같은 동네 동급생들로부터 성폭행과 다를 바 없는 성적 모욕을 당한다. 그것도 평소 세이지가 흠모하던 사요코를 비롯한 몇몇 여학생 앞에서 말이다. 이 사건을 계기로 세이지는 사요코에게 심한 성적 수치심으로 자기혐오에 시달린다. 우리는 이들 사이에서 일어난 일을 아직 성적으로 성숙하지 못한 철모르는 어린애들의 성적 혼돈의 과잉된 이상 행동이나 성징性徵의 통과의례로 치부해서는 곤란하다. 그보다 오키나와의 소년 소녀에게 보이는 성폭행과 다를 바 없는 행위를 야기한 사회구조적 근저에 똬리를 틀고 있는, 오키나와를 지배한 일본제국의 식민주의 폭력의 내면화를 응시할 필요가 있다. 이렇게 일본제국에 의해 내면화된 폭력의 양상은 오키나와 소년 소녀 사이에서 약자를 향한 성폭행을 공유하고 아무렇지 않게 그러한 폭력을 공모하는 것으로 그려지고 있다. 메도루마가 정작 주목하고 있는 것은 바로 이처럼 뿌리 깊게 광범위하게 퍼져 오키나와 전체에 끈끈이처럼 들러붙어 있는 내부의 폭력이다. 따라서 세이지가 미군을 상대로 한 작살 공격은 오키나와 외부의 폭력인 미군에 대한 보복이면서 오랫동안 세이지를 짓누르고 파괴해온 오키나와 내부의 폭력을 동시에 겨냥한 세이지의 보복으로 이해하는 게 보다 적실한 해석이 아닐까. 다시 말해 이것은 메도루마가 초기 작품에서부터 문학적으로 수행해온 오키나와 안팎의 폭력을 모두 겨냥한 단호한 문학적 응징이자 문학적 보복이다.

4. 오키나와에 대한 '겹-식민주의', 그것에 대한 자기비판

세이지에 투사된 메도루마의 문학적 보복에서 매우 흥미로운 점이 있다. 메도루마는 『기억의 숲』 중간 부분에서 사요코와 세이지, 통역병 등을 한꺼번에 등장시키는데, 이들 등장의 형식은 순전히 대화로서만 이뤄지고 있다. 그런데 특이한 것은 이들 사이에 나누는 대화의 언어가 오키나와어(오키나와에서도 문화행정 중심인 나하^{那覇}시가 있는 오키나와 본토어), 시마고토바(류큐 열도를 구성하고 있는 각 섬의 언어), 일본어(표준어) 등이 서로 동등한 자격으로 병치돼 있다는 사실이다.[4] 사요코와 세이지는 시마고토바를 서로 공유하면서 그들이 겪은 오키나와 안팎의 폭력 양상을 있는 그대로 드러냄으로써 피해자의 입장에서 피해자의 상처와 고통을 증언하고 서로의 상처와 고통을 보듬어 감싼다. 통역병은 사요코와 세이지에게 오키나와어 및 일본어를 통해 그들에게 일어난 사건의 진상을 애오라지 알아내려고 애쓴다. 통역병은 사요코와 세이지처럼 오키나와 사람이지만 분명한 것은 그들처럼 시마고토바로써 자유로운 의사소통을 할 수 없다. 오키나와 내부에서도 오키나와 본토라고 간주된 나하시 중심의 오키나와어는 류큐 열도의 개별 섬의 언어인 시마고토바보다 언어의 위계질서가 상대적으로 높은데, 문화행정

---

4   사실, 『기억의 숲』의 번역자가 토로하듯이, 이 부분은 "이 소설이 클라이맥스라고 할
      만큼 중요한 부분인데, 이 안에는 오키나와어·시마고토바, 일본어·표준어, 가타가
      나로 표기한 2세의 통역의 언어가 뒤섞여 당시의 복잡한 언어상황을 그대로 보여주
      고 있다. 이것을 표준어로 번역하였을 때와 제주어로 바꿔 표현했을 때를 비교해보
      니, 전혀 다른 소설로 보일 만큼 큰 차이가 있었다. (…중략…) 제주어로 바꾸지 않았
      다면 이 작품은 반쪽자리 번역이 되었을 것이다. 오키나와어를 제주어로 바꾸는 작업
      은 단순한 번역 그 이상의 함의를 내포하고 있음을 독자들도 함께 느껴주었으면 한
      다"(268쪽)에서 짐작할 수 있는 것은, 국민국가의 표준어로 온전히 닿을 수 없는 사
      요코와 세이지의 정동(情動)이다.

중심의 표준어가 상대적으로 지역을 존재 근거로 삼는 지역어를 방언의 지위로 놓음으로써 표준어가 지역어보다 언어의 위계질서가 높은 것으로 통상 인식되는 것과 비슷하다. 하물며 일본어의 경우 오키나와를 식민주의 지배 질서 아래 예속시킴으로써 국민국가의 모국어의 상징권력을 지니고 있으므로, 통역병이 일본어를 구사한다는 것은 오키나와어를 구사하는 것과 또 다른 차원의 언어 위계질서를 구축하려는 것이다. 말하자면 통역병은 사요코와 세이지가 연루된 사건을 조사하는 과정에서, 다중의 차원(일본어〉오키나와어〉시마고토바)을 고려한 오키나와에 대한 '겹-식민주의double colonialism'를 은연중 드러낸다.

　　너의 수법 다 알고 있어……, 말 해줘도 몰라, 이 미치광이는……, 너네 부모는 우치난추잖아? 미국 놈 편을 들어멍도 부끄럽지 않은가? *내가 묻는 말에, 대답하시오*……, 대답허민 안 돼, 세이지, 속아선 안 돼……, 말허지 마, 너도, 너도, 말허지 마……, *당신은 바다에서 네 명의 미국군을 습격해서, 한 명을 작살로 찔렀어요, 틀림없죠*……, 세이지, 진실을 말하는 편이 좋아, 미국사람이라고 해서 다 나쁜 건 아니야, 진실을 말하면, 네가 한 일을 용서받을 거야……, 너는 누게냐? 누겐디 나 이름을 아느냐……, 안 돼 세이지, 속아 넘어가선 안 돼……, 그래, 그추룩 침묵허고 있어라, 꼴좋네, 미국 놈한티 속아그네, 사형당헐 거여……, 넌 누게냐? 닥쳐, 닥치라구, 나에 대해 아무것도 몰르는 주제에……, *솔직하게 질문에 답하시오, 당신이 찌른 미군은, 큰 상처를 입었지만, 죽지는 않았어요*……, 죽지는 않았다니, 나의 사요코여, 이 말을 들으멍, 분을 참을 수가 없다……, *있는그대로를 진술하고 사죄한다면 죄는 가벼워질 겁니다*……, 누게한티 사죄를 허라

는 것이냐, 네놈들이야말로 사요코한티 사죄허라…….(136쪽)

하지만 통역병의 '겹-식민주의'는 사요코와 세이지가 자유자재로 구사하는 시마고토바의 활행滑行이 일본어와 오키나와어 사이를 비집고 들어가 균열을 내고 그 벌어진 틈새로 사요코와 세이지가 겪은 오키나와 안팎 폭력의 양상을 증언한다. 그 과정 속에서 그들 사이에 어린 시절 앙금으로 남아 있는 불편한 관계가 해체될 뿐만 아니라 사요코는 세이지의 작살 공격이 함의하는 오키나와의 저항을 이해하게 된다.[5] 그리고 세이지는 사요코가 감내하기 힘든 영혼과 육신의 상처를 진심으로 위무하게 된다.[6] 따라서, 그들 시마고토바의 활행이 거느리고 있는 말줄임표의 침묵은 시마고토바가 수행하고 있는 일본어 및 오키나와어에 대한 정치적 표현으로 손색이 없다. 이 잦은 말줄임표의 단속적 표현이야말로 오랫동안 류큐 열도를 '겹-식민주의'로 지배해온 제국의 폭력에 대한 슬픔이고, 분노이고, 저항이 버무려진 구술로서 침묵의 형식을 띤 정치적 정동情動이다. 감히 말하건대, 이것이야말로 메도루마의 『기억의 숲』이 일궈내고 있는 문학적 압권이 아닐 수 없다. 왜냐하면 통역병은 작품의 말미에서 자기비판의

---

5 오키나와 안팎의 폭력에 심하게 상처받은 사요코는 정신질환을 앓게 되면서 집을 떠나 요양원에서 치유를 받는다. 사요코의 여동생이 그 요양원을 방문했을 때 그는 언니가 바다를 하염없이 응시하면서 무엇인가를 속삭이는 말을 듣는다. 그 말, **"들렴수다, 세이지."**("듣고 있어요, 세이지." 242쪽, 강조는 인용자)는 사요코를 위해 미군에게 작살 공격을 가한 세이지의 진심을 이해하면서 동시에 그를 향한 세이지의 사랑도 소중히 간직한다는 마음을 드러낸 시마고토바이다.

6 미군을 공격한 세이지는 미군에게 체포되어 조사를 받고 풀려난다. 세이지는 자신의 작살 공격에 대한 온갖 심문 속에서도 오키나와인으로서 대항폭력이 가진 성격을 굽히지 않고 풀려난다. 마을로 돌아온 세이지는 또렷하고 침착한 목소리로, 특히 사요코에게 이러한 자신의 정동(情動)을 **"댕겨완, 사요코."**("다녀왔어, 사요코." 261쪽, 강조는 인용자)와 같은 시마고토바로 드러낸다.

고백 편지에서도 토로했듯이 오키나와전쟁과 연관된 표창을 거부하는 명확한 이유에서, 사요코에 대한 미군의 명백한 성폭력과 그에 대한 세이지의 정당한 작살 공격이 함의한 진실을 그 당시 당당히 밝히지 못한 채 미군에 공모한 자신의 양심의 가책에 괴로워하면서 '겹-식민주의'를 대리했던 과거 자신의 잘못을 통렬히 반성하기 때문이다.

그러면서, 이 작품에서 쉽게 간과할 수 없는 것은 세이지에게 작살 공격을 당한 미군 병사의 아들이 베트남전에 참전했는데 하필 그 아버지를 공격했던 오키나와의 작살 촉을 펜던트로 갖고 있다가 뉴욕 9·11테러 당시 빌딩에서 죽은 것이다. 작살 촉과 연관하여 베트남전과 9·11테러의 맥락으로 서사를 이어보려고 한 메도루마의 시도를 엿볼 수 있는 대목이다. 비록 이것과 연관된 서사는 위에서 언급한 서사들처럼 집중적으로 펼쳐지고 있지는 않되, 메도루마의 다른 글쓰기에서 자주 보이듯, 오키나와의 미군기지로부터 베트남을 비롯한 세계의 주요 분쟁 지역에 미군이 군사적 개입이 지속된 것을 볼 때 오키나와가 세계의 평화를 위협하는 폭력의 거점으로서 작동하고 있다는 것에 대한 통렬한 자기비판의 윤리감각이 자리하고 있다. 이것은 관점을 달리하면, 오키나와가 세계의 다른 지역을 폭력으로 지배할 수 있는 식민주의의 전초기지로서 작동하고 있는 것에 대한, 오키나와의 '겹-식민주의'에 대한 메도루마의 자기비판과 무관하지 않다.

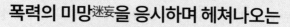

폭력의 미망迷妄을 응시하며 헤쳐나오는

메도루마 슌의『무지개 새』

1. '마유'의 엽기적 돌출 행동을 어떻게 이해해야 할까.

　　메도루마 슌의 장편소설『무지개 새』(곽형덕 역, 아시아, 2019)를 읽기 전 제목에서 자연스레 연상되는 서사적 이미지와 그 정동情動은, 오키나와가 품고 있는 열도列島의 낭만적 신비와 환상의 아우라와 관련된 것이었다. 하지만『무지개 새』는 이것과 전혀 관련이 없는 잔혹하고 끔찍하며 섬뜩한, 게다가 환멸과 절망이 버물어진 파괴의 지옥도를 보여준다. 이 지옥도를 구성하는 것 중 가장 눈에 띄는 풍경은 오키나와의 중학교에서 일어나는 학교 폭력과, 오키나와의 일상 깊숙이 파고든 성매매 산업에 유착된 폭력, 그리고 오키나와전쟁을 거치면서 겪은 숱한 전쟁 폭력 속에서 특히 미일안보체제 아래 미국의 군사기지로 전락한 오키나와의 일상을 파괴하고 위협하는 미군의 폭력 등이다.

　　그런데, 오키나와의 지옥도에서 주목해야 할 것은 이렇게 확연히 부각되고 있는 세 가지 폭력은 서로 무관하지 않고 매우 긴밀히 서로 간섭하고 중층적으로 포개지며, 서로 꼬리를 물고 있는 형국이다. 그래서 폭력의 시작과 끝을 구별할 수 없을 뿐만 아니라 어떤 지점에서 어떻게 폭력이 발생하였는지 말 그대로 그것이 터져 열린 부분도 알 수 없기 때문에 폭력을 어디서부터 또 어떻게 방지 및 봉쇄해야 할 부분도 도무지 알 수 없다. 이 상태를 굳이 개념화한다면, 폭력의 닫힌 연쇄구조로서 이것을 어떻게 이해하여 해결해야 할지 도통 그 길을 알 수 없는 '폭력의 미망迷妄'이라고 할까. 말하자면, 『무지개 새』는 오키나와의 '폭력의 아수라'를 목도하도록 한다.

이와 관련하여, 작중 인물 '마유'의 돌출 행동을 어떻게 읽어야 하는가 하는 문제는 이 작품을 관통하고 있는 핵심적 문제의식인바, 이것은 작가 메도루마 슌이 우리에게 타전하고 있는 소설적 전언에 접속하는 것과 다를 바 없다. 주의 깊게 보아야 할 마유의 행동은 크게 두 가지다. 하나는 매춘 현장에서 마유의 성을 산 상대방 남자를 상대로 아주 잔혹하고 엽기적 방식으로 흡사 성 고문과 다를 바 없는 성폭력을 가한 것이고, 다른 하나는 마유의 삶과 아무런 관련도 없는 미군 병사의 순진무구한 어린 딸을 도로 휴게소에서 납치하여 죽인 것이다. 사실, 마유의 이 같은 돌출 행동은 언뜻 이해하기 쉽지 않다. 왜냐하면 마유는 17살 미성년자로서 매춘업을 하고 있는 '히가'의 폭력조직에 구속돼 있어 "몸과 마음 깊고 깊은 곳에서 아주 천천히 파괴가 진행되고 있"는 사회적 약자의 전형으로, "돈을 낳는 생물"로밖에 인식되지 않는 그리하여 오키나와의 성매매 산업에서 최말단 부분을 구성하는 수단, 시쳇말로 섹스머신에 불과할 뿐 마유가 직접 폭력의 주체로서 타자를 향해 폭력을 행사하는 것 자체를 쉽사리 납득할 수 없기 때문이다. 따라서 반복되는 말이듯, 『무지개 새』를 이해하는 일은 마유가 저지른 폭력의 안팎을 세밀히 추적하는 길을 찾아가는 셈이다. 여기서 흥미로운 것은 마유의 이 폭력에 동참한, 마유를 직접 관리하고 감시하는 조직폭력배의 일원인 '가쓰야'의 암묵적 도움이 수반되고 있다는 것을 눈여겨볼 필요가 있다.

2. 오키나와의 학교 폭력에 구속돼 있는

그러면, 마유는 어떻게 매춘업에 발을 담그게 되었고, 히가의 폭력 조직으로부터 성노예 취급을 받으면서 성매매 산업의 수렁에서 헤쳐 나올 수 없도록 마유를 구속하는 요인은 무엇일까. 작가 메도루마 슌 은 마유를 친친 옭아매고 있는 성매매 산업의 폭력 구조와 행태를, 학교 폭력을 비롯한 오키나와 사회 전반에 두루 퍼져 있는 폭력의 일상 과 연계시키고 있다.

우선, 학교 폭력의 양상을 살펴보자. 마유와 가쓰야가 다니고 있는 중학교는 히가의 폭력에 지배를 당하고 있다 해도 과언이 아니다. 히 가는 중학교의 권력 위계에서 실질적으로 최상위를 차지하는 절대권 력자다. 중학교를 안전하게 다니기 위해서는 "부모님도 선생님도 동급 생도 아무도 의지할 수 없"는 채 히가의 마음에 들어야 하는데, 이를 위해서는 "다른 누구보다 돈을 더 많이 내고 더욱 더 순종하는 티를 내 야한다." 히가의 폭력이 얼마나 위협적인지 히가의 폭력은 중학교를 졸업한 후에도 여전하다. 히가가 졸업한 후 학교는 대대적으로 학교 폭력을 근절하기 위한 대책을 강구하고 그에 따른 학교 개혁을 단행하 려고 추진하였으나, 히가는 개혁을 단행하는 주동 교사의 어린 딸에게 성폭력을 행사하여 그 가족의 신변을 위협함으로써 급기야 학교 개혁

자체를 결국 무산시키고 만다. 비록 히가는 학교를 졸업했지만 학교에 남은 그의 행동 대원인 가쓰야가 상납금을 계속하여 관리하도록 함으로써 학교의 폭력 구조와 행태를 유지·관리·감독하는 절대권력자로서 여전히 군림하고 있는 것이다. 학교는 이렇게 히가가 학교를 다니고 있을 때나 졸업했을 때나 폭력의 구조가 전혀 바뀌지 않은 채 오히려 그 구조가 재생산될 뿐만 아니라 한층 견고히 굳어져 학교 폭력이 일상화되는 현실의 사위에 놓여 있다. 그리하여 적어도『무지개 새』가 2004년에 잡지에 연재되었고 2006년에 단행본으로 발간된 시기를 고려해볼 때, 오키나와의 학교 폭력의 현실을 짐작해볼 수 있다.

작품 속 학교 폭력의 현실은 마유가 어떻게 이러한 유사 폭력에 쉽게 노출되었는지, 그리고 그가 이 학교 폭력 구조로부터 좀처럼 해방되기가 왜 그리 어려운지를 이해하도록 한다. 중학교 시절 마유를 대상으로 한 또래들의 성폭력과 물리적 폭력을 동반한 집단폭력은 중학교 시절에만 국한된 게 결코 아니었다. 학교 폭력이 얼마나 일상화되었는지, 그 시절 폭력을 가한 학생들 중 하나가 마유를 우연히 만나 언제 그러한 폭력 가해를 했냐는 듯 태연히 마유에게 접근을 하더니 과거의 가해자들과 함께 마유가 그토록 잊고 싶어하고 해방되기를 원했던 그 폭력 사건을 애오라지 들춰내는 것도 모자라 마유가 성폭력을 당하고 있는 치욕스러운 사진을 보여주면서, 이제 고등학생이 된 폭력 가해자들은 성폭력을 당하는 그의 사진을 지속적으로 사도록 하는 또 다른 유형의 폭력을 마유에게 가한다. 그러더니 마유는 히가의 매춘업에 가담을 하고 그렇게 해서 번 돈으로 자신의 치욕스런 사진을 구입하고, 점점 더 큰 수렁으로 빠져들게 된 것이다. 마유를 움쭉달싹할 수 없을 정도로 구속하고 있는 폭력의 연쇄는 이렇게 중학교 시절의 학교 폭력과 직접 연계돼 있다. 여기서 무엇보다 안타까운 것은 폭력에 대한 피해자로서 마유의 상처를 치유해줄 뿐만 아니라 마유의 파괴된 일상을 복원하고 그로 하여금 다시 일상의 정상으로 복귀하도록 해주는 주변의 어떠한 도움이 부재하다는 사실이다. 앞서 언급했듯이, 히가의 폭력에 사실상 속수무책으로 학교가 지배를 당하면서 학교의 구성원인 선생님과 또래 학생 및 부모가 학교 폭력의 피해자들에게 실질적 도움을 제공하지 못한 채 오히려 보복과 더 큰 폭력으로 피해자의 삶을 자칫 죽음으로 몰아갈 수 있는 상황에서, 마유가 선택할 수 있는 현실적 방식은 폭력이 팽배해진 일상에서 좀 더 강한 폭력 구조에 자신의 존재형식을 접속시키는 게 아닐까. 마유를 에워싸고 있는 현실에서 폭력의 바깥은 존재하지 않으므로 이러한 방식을 선택할 수밖에 없는 것은 아닐까. 그래서 마유가 아는 한 히가의 폭력 구조에 예속될 수밖에 없는 것은 아닐까.

3. 오키나와의 폭력과 공모하는 오키나와 교육계

마유의 이러한 암울한 삶과 존재형식을 조금이라도 이해할 때, 마유가 저지른 돌출 행동에서, 그의 성을 산 교사를 상대로 한 엽기적이고 충격적인 마유의 폭력 행위가 지닌 의미를 온전히 해석할 수 있다. 우선, 그 상대가 학교 선생이라는 사실은 시사하는 바 크다. 마유의 직접 경험에서 알 수 있듯, 학생들에게 모범을 보이고 학교의 윤리를 준수해야 할 교사가 학교에 팽배해 있는 학교 폭력을 근절함으로써 학생들의 안전한 학교생활을 유지할 수 있는 교육 환경을 조성하는 데 혼신의 힘을 쏟아야 함에도 불구하고 학교 폭력에 굴복함으로써 학교 폭력의 악순환을 오히려 조성하여, 학생으로 하여금 폭력의 구조와 행태에 순응하도록 하는, 그래서 폭력의 일상을 낳도록 하는 반교육적 역할을 수행하고 있는 것이다. 따라서 교사를 상대로 한 마유의 폭력 행위의 근저에는 이러한 반교육적 주체로서 교사에 대한 마유의 보복과 응징의 차원으로 읽을 수 있다. 분명, 마유를 중심으로 정리할 때, 마유는 학교 폭력의 무참한 피해자이고, 그 피해에 대해 학교는 책임을 방기했고, 마유는 정상적 방식으로 자신이 겪은 심신의 피해를 치유받지 못한 채 도리어 폭력 구조에 그의 존재형식을 접속시켜 매우 위태로운 삶을 살고 있다. 말하자면, 마유가 살고 있는 오키나와는, 엄밀히 말해, 폭력의 바깥이 존재하지 않는 지옥도이다. 이 지옥도에서 마유는 자신이 겪은 폭력과 흡사할 정도로 섬뜩하고 엽기적이며 공포스러운 방식의 폭력을 매춘을 하러 온 교사를 상대로 가한 것이다.

그런데 이러한 서사와 관련하여, 상기하고 싶은 역사적 사실이 있다. 오키나와전쟁 후 1950년대 초부터 일본을 향한 '조국 복귀', 즉 국민국가 일본의 영토로 귀속하고 일본인화를 추구하는 움직임이 활발히 일었는데, 그 핵심적 주동 세력이 교장을 중심으로 한 교사들이었다고 한다. 다시 말해, 일본을 '조국'으로 간주하고 미군 점령 지배로부터 벗어나 '일본=조국'으로 복귀하려는 교육운동과 이념이 오키나와 사람들의 일상 속으로 퍼져들어간바, 이러한 일련의 움직임에는 오키나와의 교육계의 역할을 간과해서 곤란하다고 한다. 실제로 오키나와는 1972년 일본으로 복귀한다. 이후 오키나와는 형식적으로는 미군 점령으로 벗어났지만, 실질적으로는 미일안보체제의 미명 아래 미군기지가 오키나와에 지속적으로 유지되는바, 주일 미군기지의 75%가 일본 영토 면적의 0.6%에 해당하는 오키나와에 집중 배치되고 있는 현실이 무엇을 말하는지 새삼 강조할 필요도 없다. 오키나와를 힐링의 관광 이미지로 도색하는 가운데 이 같은 오키나와의 정치사회적 실재의 삶은 가리워져 있다. 이것은 메도루마 슌의 다른 작품들과 그의 시론류時論類의 에세이에서 지속적으로 치열한 비판적 성찰로 다뤄지고 있다. 물론,『무지개 새』도 오키나와에 대한 그의 일관된 문제의식의 연장선에 있는바,『무지개 새』로 한정시킬 경우 조심스럽지만, 가뜩이나 오키나와전쟁을 치르면서 오키나와가 겪은 전쟁 폭력이 해결되지 않은 채 미군 점령으로 더욱 기승을 부린 터에, '조국 복귀'라는 미명 아래 일본으로 귀속되는 데 오키나와 교육계의 역사적 책임은 자못 큰 것이다. '조국 복귀' 후 오키나와에는 평화가 안착되기는커녕 미군기지의 집중 배치에 따른 오키나와에 대한 미군의 폭력이 오키나와의 일상을 지배하고 위협하는 폭력 구조를 안착시키고 있는 것이다. 이에 대해 메도루마 슌은 "오키나와 자체에는 악이 존재한다고 생각합니다. (…중략…) 실은 오키나와 내부에는 거친 것, 꺼림칙한 것을 굉장히 많이 안고 있습니다. 그것이 현재 완전히 은폐돼 오키나와는 기원을 올리는 지역이라거나, 치유의 장소라거나 하는 이미지가 유통되고 있습니다"와 같은 말을 어느 대담에서 언급한 적 있다. 그래서일까.『무지개 새』에서 마유가 교사를 상대로 자행한 폭력은 다층적 의미를 건드린다. 앞서 간략히 살펴봤듯이, 오키나와의 미래에 대한 숙고 없이 일본 복귀를 통한 오키나와의 현재적 무사안일만을 염두에 둠으로써 이후 일어날 오키나와의 현실에 대한 역사적 책임을 방기한 오키나와의 교육계에 대한 역사적 응징의 의미를 생각해볼 수 있다. 다음으로, 일본 복귀 후 오키나와가 짊어진 평화의 구호 뒤에 은폐된 전쟁과 폭력의 일상이 지속성을 띤 채 오히려 오키나와는 유무형의 폭력에 노출되면서 폭력의 구조에 친친 옭아매져 있는 형국을 마유의 폭력은 충격적으로 보여주고 있다.

4. 물신화되는 오키나와의 폭력 구조

특히, 마유의 폭력 행위 중 미군 병사의 어린 딸을 마유가 죽인 것은 오키나와가 폭력의 지옥도라는 것을 매우 현실적으로 보여준다. 작품 속에서 알 수 있듯, 미군 병사 셋이 초등학교 여학생을 상대로 집단 성폭력을 자행한 사건에 대해 오키나와 주민들은 집회를 벌이는데, "아무리 집회를 하고 데모를 해도 소용없어. 공무원은 참 한가해서 좋겠다"는 작중 인물의 푸념에서 단적으로 읽을 수 있는 것처럼 오키나와의 경찰행정 권력이 미군의 폭력행위에 대해 이렇다 할 책임을 추궁할 수 없고 합당한 처벌도 내릴 수 없는 것을 알 수 있다. 대신, "한밤중에 여자아이에게 심부름을 시키면 안 된다니까. 어린 미군들은 철이 없어. 부모가 좀 더 조심을 했어야지……"라는 반응을 보일 뿐이다. 이 반응은 미군기지가 주둔하고 있는 오키나와의 현실을 매섭게 증언해준다. 그러니까, 오키나와 초등학교 여학생이 미군들에 의해 집단 성폭력을 당한 것은 그 일차적 책임이 오키나와 주민들에게 있다는, 곧 위험한 밤늦은 거리를 다니지 말 것을 오키나와 초등학교 여학생을 자식으로 둔 부모들이 잘 주지시키지 않았다는 것에 초점을 맞춤으로써 미군 병사들의 성폭력이 지닌 가해성을 적당한 선에서 축소 및 은폐하려고 한다. 게다가 위 말줄임표에는 한 발 더 나아가 이러한 정도 미군의 성폭력은 오키나와 주민들이 응당 감내해야 한다는 억설마저 내포하고 있다.

그런데, 여기서 예의주시할 대목은 이러한 말을 무심결 내뱉은 이가 다름 아니라 가쓰야의 어머니로서 그녀뿐만 아니라 가쓰야의 아버지와 형들은 미군의 "군용지 대여료를 받아 기지의 은혜를 입고" 사는, 즉 미군기지 때문에 그 경제적 혜택을 받아 살고 있다는 사실이다. 미군에게 군용지를 대여해준 대가로 술집과 바를 비롯하여 도박장 등 유흥업소를 운영하면서 오키나와에서의 경제적 삶을 살고 있다. 가쓰야 부모의 이러한 삶은 가쓰야네 가족에게만 적용된 게 아니라 오키나와 전쟁 이후 그리고 일본으로 복귀 이후 오키나와 경제의 상당한 부분을 이루고 있다. 이처럼 오키나와 경제가 미군기지에 실질적으로 예속된 상태는 작품 속 가쓰야의 어머니의 자연스런 반응에서 보이듯, 미군에 대한 그리고 미군기지를 집중 배치한 일본에 대한 오키나와의 왜곡된 정치경제적 정동情動이다. 그래서 가쓰야는 이러한 왜곡된 정치경제적 정동에 대한 모종의 반감을 갖는다. 뿐만 아니라 미군 병사의 집단 성폭력에 대한 분노를 표출하는 오키나와 시민들의 집회와 데모 행렬에 대해서도 반감을 갖는다. 그들은 "분노를 표출하기는 하지만 결코 그 이상 넘어서는 안 되는 선이 기지의 철조망처럼 사람들의 마음에 온통 둘러쳐져 있다." 여기서, 메도루마 슌은 가쓰야의 시선을 빌려, "기지를 철거해라, 범인인 미군 병사를 넘기라고 외치는 구호를 듣고 있자니 짜놓은 대본 같아서 참을 수 없"는 가쓰야의 심경을 주목한다. 아마도 이 가쓰야의 심경은 메도루마 슌의 복잡한 심경 중 하나가 투사된 것이리라. 오키나와의 양심적 시민들은 미군이 자행한 유무형의 폭력에 대한 데모가 이번이 처음이 아니라 가쓰야의 아버지 세대가 젊었을 때 미군이 저지른 교통사고가 촉발돼 그동안 미군 점령 통치의 문제점이 누적된 것에 대한 분노로 폭발한 이른바 '고자 폭동'(1970)을 일으킨 적이 있다. 마치 달걀로 바위치기를 한 것인 양 '고자 폭동'은 오키나와의 전'후' 현실을 전복시키지 못한 채 오히려 오키나와는 미군기지의 축소 없이 아시아태평양 지역의 반공유지를 위해 유지되는 방향으로 일본에 복귀되는 것으로 진행된다. 메도루마 슌은 가쓰야의 시선을 통해 작품 속에서는 1995년 미군 병사에 의한 집단 성폭력 사건에 대한 오키나와의 데모를 주목하되, 동시에 1970년에 일어난 '고자 폭동'의 역사를 상기하면서 표면적으로는 오키나와 주둔 미군을 대상으로 한 오키나와의 저항을 겨냥하면서 여기에는 일본의 주도면밀한 오키나와 지배정책에 대한 오키나와의 저항을 서사적으로 수행하고 있다. 물론, 이러한 오키나와의 저항에서 놓치지 말아야 할 것은, 메도루마 슌의 입장에서, 오키나와전쟁을 거치면서 오키나와 일상 깊숙이 스며든 전쟁의 폭력은 오키나와를 지옥도의 풍경으로 점철시켰다는 점, 따라서 오키나와 안팎을 이루는 폭력의 구조가 너무 견고하여 이 폭력의 구조를 파괴하여 신생의 삶을 살도록 하는 일이 그리 녹록치 않다는 사실을 있는 그대로 응시하는 게 절실한 과제임을 저항의 차원으로 새롭게 인식 및 실천해야 한다는 점이다. 그만큼 메도루마 슌의 입장에서 오키나와의 폭력에 대한 저항은 소설 안팎에서 폭력의 구조와 행태를 응시하는 일과 결코 분리할 수 없다. 때문에 메도루마 슌은 『무지개 새』에서 폭력의 양상을 현미경적 시야로서 상세히 들여다보며, 심신 구석구석으로 삽시간에 퍼져나가는 피해자가 겪는 극도의 고통을 함께 겪는다. 이것은 폭력과 고통을 물신화하는 게 결코 아니다. 오히려 오키나와의 일상으로 견고히 고착하고자 하는, 미군기지의 경제로 예속화하는 과정에서 오키나와의 신체를 성매매 산업 구조 아래 성노예로 착취함으로써 물신화되는 폭력과 고통의 실상을 신랄히 까발린다. 이 과정에서 가쓰야는 마유처럼 학교 폭력의 직접 당사자는 아니지만, 가쓰야 역시 중학 시절부터 히가의 폭력에 대해 이렇다 할 저항 없이 그의 행동 대원으로 굴종하면서 그 폭력의 대리 역할을 했다는 것은 마유와 다른 처지에서 절대폭력의 또 다른 피해자로서 볼 수 있다. 메도루마 슌에게 가쓰야는 이미 오키나와 폭력 구조에서 물신화로 전락된, 왜냐하면 미군용지 대여료로 경제적 삶을 유지하는 부모의 경제력에 기댄 채 살면서 그것이 얼마나 자신을 포함하여 오키나와의 자립을 방해하는 요인으로 작동하고 있는지를 잘 알고 있기 때문이다. 그런데 중요한 것은 가쓰야는 이 같은 점을 잘 알면서도 스스로 이러한 삶을 결별하지 못하고 있다. 자신이 감시하고 관리하는 마유의 심신이 녹초가 되고 더 이상 마유가 매춘을 할 수 없을 정도로 심신이 쇠약한 것을 알면서도 가쓰야는 히가의 폭력이 무서워 마유를 이 악무한의 폭력 구조 속에서 놓아줄 수 없다. 다만, 마유의 돌출 행동을 방관자로서 지켜볼 수밖에 없다. 이를 두고, 메도루마 슌 식 서사가 보여주는 오키나와 리얼리즘으로 이해할 수 있다.

5. 디스토피아를 넘어 오키나와의 신생을 향한

이와 관련하여, 메도루마 슌의 이러한 서사가 담고 있는 문제의식을 염두에 둘 때, 마유가 저지른 미군 병사의 딸을 죽인 행위는 어떻게 보면 오키나와를 폭력의 연쇄와 닫힌 구조 안에 봉합해버림으로써 오키나와의 현재적 비극성과 전망의 부재를 보다 극적 서사로 드러낸 것이다. 가령, 『무지개 새』에서 보인 마유의 이 같은 폭력은 그의 문제작 「코자 거리 이야기 - 희망」(『아사히신문』, 1999.6.26)에서 시도한 적 있는 것으로, 『무지개 새』에서도 그렇듯이 메도루마 슌에게 마유의 이 폭력은 일종의 '문학적 보복'의 성격을 지닌다. 하지만, 『무지개 새』에서 보이는 '문학적 보복'이 「코자 거리 이야기 - 희망」과 달리 주목해야 할 것은, 마유와 가쓰야를 에워싼 오키나와의 암울한 디스토피아를 조금이라도 극복할 수 있는 미래의 전망이 마유의 등에 새겨진 '무지개 새'의 환상적 비상으로 작품의 대미가 장식되고 있다는 점이다. 그리고 마유와 가쓰야는 함께 전설의 무지개 새가 살고 있는 오키나와의 북쪽 얀바루 숲으로 가고 있다. 그런데 얀바루 숲에 살고 있는 '무지개 새'에는 전설이 있는데, 이곳에서 훈련을 하는 특수부대원들 사이에 전해내려오는 이야기로, 이 새를 발견하는 일은 어떤 이에게는 삶이고 어떤 이에게는 죽음이기 때문에 사실상 '무지개 새'를 발견한 사람은 없다고 해도 과언이 아니라는 전설이 그것이다. 사실, 전설의 진실 여부는 뒤로 하고, 이 전설에서 귀 기울여야 할 것은 극한의 고통과 지옥을 벗어나 새로운 삶의 기회를 부여해주는 것도 '무지개 새'이지만, 다른 한편으로 누군가에게는 죽음을 덧씌운다는 점이다. 말하자면, 신생을 얻기 위해서는 기존의 삶이 파괴되는 것을 받아들여야 한다는 것이 '무지개 새' 전설이 함의한 진실이 아닐까. 이것은 바꿔 말해 '무지개 새'가 신생의 삶을 살기 위한 통과제의적 주술 기능을 하고 있는 것이라 해도 과언이 아니다. 그래서일까. 작품의 말미에서, 다음과 같이

그래 모두 죽어 없어지면 된다.

는 문장이 별도로 독립된 한 행으로 처리되고 있는 것은 의미심장하다. 이 한 문장은, 마치 작가 메도루마 슌이 오키나와의 샤먼 자격으로서 오키나와의 온갖 폭력 구조 속에서 고통과 상처를 앓아온, 작중에서는 마유와 가쓰야가 함의한 지옥의 현실을 파괴하고 죽이는 통과제의적 주술사呪術辭를 통해 이제 곧 도착할 얀바루 숲에서 신생의 기운을 회복하는 것에 대한 간절한 염원이 투사된 것이다. 물론, 여기에는 오키나와에서 자행되고 있는 모든 폭력에 대한 근절과 평화의 세상을 향한 아름다운 꿈을 결코 포기하지 않겠다는 오키나와의 생의 의지도 담겨 있다.

그렇다. 작가 메도루마 슌이 『무지개 새』에서 서사적으로 최선을 다해 할 수 있는 일은 딱 이 정도다. 『무지개 새』도 그렇듯이, 메도루마 슌의 소설은 오키나와의 지극한 현실에 천착하되, 그 현실에 투항하는 게 아니라 메도루마 슌의 방식으로 저항하는 서사를 통해 오키나와 폭력이 낳은 지옥도의 현실을 응시하고 그 고통스러운 도정에 우리를 동참시킴으로써 훼손된 것을 복원하고 치유하는 일이 얼마나 힘들고 어려운지, 그리고 이 모든 도정에서 평화의 가치가 얼마나 소중하며 아름다운지를 그의 소설적 전언으로 타전하고 있다.

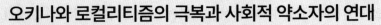

오키나와 로컬리티즘의 극복과 사회적 약소자의 연대

마타요시 에이키의『돼지의 보복』

1.「돼지의 보복」의 무대를 만나다.

오키나와 작가 마타요시 에이키又吉栄喜(1947~)의 작품집『돼지의 보복』이 2019년에 한국어로 번역 출간되었다. 2014년에 그의 작품집 『긴네무 집』이 한국어로 번역 출간된 이후 두 번째이다. 모두 일본 근대문학연구자 곽형덕의 번역으로 이뤄졌다.『돼지의 보복』(창비, 2019)에는 두 작품이 실려 있는데, 하나는 1996년 제114회 아쿠타가와상을 수상한 작품「돼지의 보복」이며, 다른 하나는「등에 그려진 협죽도」가 그것이다.「돼지의 보복」과 관련하여, 인상 깊게 남아 있는 장면이 있다. 곽형덕과 함께 오키나와를 방문한 2017년 여름, 마타요시의 친절한 배려로「돼지의 보복」의 무대가 된 마지야섬 곳곳을 작가와 동행하면서 한국에서 머지않아 출간될「돼지의 보복」에 대한 상상의 지평을 온몸으로 감각했던 것은, 문학과 현실, 문학과 현장, 문학과 작가 등속이 어떻게 조우하고 있는지를 직접 체감하고 배운 소중한 계기였다. 그 무더위 속 땀에 흥건히 적신 티셔츠에도 아랑곳하지 않은 채 당신의 작품 속 주요 공간을 직접 안내해준 것을 생각할 때마다 국가와 민족을 초월하여 큰 작가의 문학적 품격이 넓고 깊은 것에 감화를 받곤

한다.

2. 오키나와전'후'의 고통을 치유하기

『돼지의 보복』에 실린 두 작품 「돼지의 보복」과 「등에 그려진 협죽도」를
읽으면서, 좁게는 오키나와의 로컬리티와 관련한 오키나와의 삶과 자연에
대해 넓게는 오키나와의 로컬리티에 국한되지 않는 범인류적이면서 세계
적인 삶과 문제의식에 대한 작가의 웅숭깊은 면모를 만나게 된다.

우선, 「돼지의 보복」에서 각별히 주목해야 할 오키나와의 민간전승,
가령 풍장風葬과 우간 및 우따끼, 유따 등은 오키나와의 정체성과 분리할
수 없는 것으로, 이것은 이 작품의 완성도에서 없어서는 안 될 중요한 핵심
이다. 여기서 좀 더 예의주시하고 싶은 것은, 자칫 이러한 민간전승이 오키
나와의 현재적 삶과 동떨어진 채 오키나와 과거의 삶을 숭배·미화한다든
지, 오키나와를 개별적이고 특수한 섬의 공동체로 스스로를 봉인·폐쇄시
킨다든지 하는 일종의 오키나와 로컬리티즘에 갇히는 게 아니라 오키나와
의 현재를 살고 있는 사회적 소수자들(작중에서는 스낵바 '달빛 해변'의 세 여
성)과 아직 사회에 입문하기 전 단계의 청년(류큐대학 신입생)의 삶의 문제
의식과 연접함으로써 오키나와 민간전승과 오키나와의 현재가 회통會通
하고 있다는, 작가의 치열한 산문정신이다. 작품의 도입에서 출몰한 돼지
의 난장, 이로 인한 돼지의 액막이를 위해 방문한 마지야섬에서 돼지의
음식을 먹은 후 곤혹을 치른 식중독, 이 모든 과정에서 시나브로 각자의
삶을 치유하는 길을 모색하게 되는 '달빛 해변'의 여성들과 류큐대학 신입
생 쇼오끼찌의 모습은 오키나와가 당면한 삶의 문제뿐만 아니라 인간이

삶의 현실에서 고뇌하고 헤쳐나가야 할 삶의 분투를 보인다는 점에서 오키나와 로컬리티즘을 극복하는 서사적 세계성을 증명하고 있다.

여기서, 우리는 쇼오끼찌가 풍장된 그의 아버지의 유골을 신격화하는, 그래서 아버지가 풍장된 곳을 마지야섬의 또 다른 성소인 '우따끼'로 만드는 장면을 접하면서, 다소 엉뚱하지만, 쇼오끼찌는 쇼오끼찌로 표상되는 오키나와 전'후' 세대로서 그 이전 세대와 길항拮抗할 뿐만 아니라 해석하기에 따라서는 그 이전 세대를 넘어서 새로운 자기 세대의 삶의 지평을 모색하는 '자기 구제'의 통과제의로 읽힌다. 소설에서도 언급되듯, 쇼오끼찌가 "우따끼를 만드는 것은 전대미문의 일"(113쪽)이지만, "쇼오끼찌는 일부러 잘 알지도 못하는 우따끼에 여자들을 데려가기보다 자신의 신이 있는 이 우따끼로 데려오기로 결심"(112쪽)하고 이를 수행함으로써 쇼오끼찌 이전 세대(오키나와전쟁 체험 세대 및 전쟁의 상흔을 겪고 있는 세대)가 공고히 결탁해 있는 오키나와의 퇴행과 정체停滯로부터 벗어나 오키나와의 새로운 세대 ─ 이것은 작중에서 쇼오끼찌가 류큐대학 신입생이라는 사실을 주목할 필요가 있음 ─ 가 새롭고 창발적 삶의 의지로서 오키나와의 현재와 미래의 지평을 열어가야 한다는 작가의 서사적 욕망으로 읽힌다. 그렇기 때문에 작품 말미에서 스넥 바의 여성들이 쇼오끼찌를 두고, "쇼오끼찌는 우리의 소유물이 아니야. 신의 것이야"(125쪽)라고 하는 말의 밑자리에는, 오키나와 전'후'의 삶을 살고 있는 ─ 특히, 이 작품이 1996년에 씌어진 것을 감안해볼 때, 1995년에 일어난 미군에 의한 오키나와 어린 여자애를 상대로 한 집단 성폭력이 오키나와의 섬의 분노와 투쟁으로 번진 것은 오키나와 전'후'의 폭력과 상처가 얼마나 오키나와를 억압하고 있는지 단적으로 알 수 있다. ─ 현실에서, 쇼오끼찌와 같은 젊은 신세대들이 오키나와 전'후'의 고통을 치유해줄 수 있는 새로운 자기 세대의 역할을 담대히 수행해야 한다는 작가의 서사적 의지로 이해해도 무방하다. 말하자면, 쇼오끼찌는 오키나와 전'후'를 창발적으로 극복할 수 있는 오키나와의 새로운 미래의 전망을 열어갈 무격巫覡으로서 서사적 지위를 지닌다고 할까.

3. 사회적 약소자들끼리의 연대와 처연한 사랑

다음으로, 「등에 그려진 협죽도」를 읽는 동안 오키나와와 베트남, 그리고 한국을 포괄하는 동아시아를 생각하게 된다. 그의 다른 작품 「긴네무 집」과 「조지가 사살한 멧돼지」 등에서 보인 서사적 문제의식은 「등에 그려진 협죽도」와 포개지면서 한층 풍요로우면서 예각적으로 다가온다. 마타요시의 다른 작품들을 접하면서도 새삼 느끼는 바이듯, 이번 작품에서도 그는 섬세하고 날카롭게 작품을 전개하면서도 문학적 미의식을 결코 놓치지 않는다. 머지않아 베트남 전선으로 가야 할 미군 병사 재키, 재키에게 사랑을 느끼면서 동병상련을 앓고 있는 혼혈 미찌꼬의 관계 속에서 보이는 내면의 풍경은 처연하면서도 아름답다고 해야할까. 그렇다. 처연한 아름다움. 바로 여기서 마타요시의 작품이 갖는 매혹이 있다. 분명, 오키나와는 미군의 점령지배를 당하고, 미군 기지가 오키나와의 삶을 실질적으로 위협하는, 그래서 오키나와는 미국과 적대적 관계를 유지하는데도 불구하고 마타요시의 시선은 여기에 머무르지 않고 국가와 민족의 문제와 다른 사회적 약소자의 시각에서 인간의 삶을 서사화한다. 그리하여 결론부터 얘기하자면,

민족과 국가의 경계를 넘어 사회적 약소자들끼리의 연대를 통한 범인류애를 서사적으로 실천하고 있다. 미군 병사 재키와 오키나와 혼혈여성 미찌꼬의 관계는 그래서 문제적이다.

이 둘의 관계를 '철조망과 꽃'으로 은유하고 있는 것은 매우 적확한 문학적 표현이 아닐 수 없다. 재키와 미찌꼬의 첫 우연한 만남이 미군 기지의 철조망을 사이에 두고 일어났고, 그 철조망 근처에 산재해 있는 오키나와의 협죽도와 각종 들꽃. 이 첫 장면에서 철조망 안과 밖에 대해 무심결 나누는 그들의 대화. 오키나와가 베트남전쟁 무렵 베트남을 공격하기 위한 군사 기지로서 살풍경한 공간인데도 불구하고 작가는 이 공간을 에워싸고 있는 사회적 약소자들의 공포와 두려움. 하지만 이곳에서도 서로의 치명적 상처를 보듬어 감싸 안는 그들만의 낭만적 사랑……. 그래서인지, 이 작품을 읽는 동안 한편으로는 전쟁의 긴장감이 감도는가 하면, 또 다른 한편으로는 바로 그렇기 때문에 더욱 처연하고 아름답게 보이는 사회적 약소자들의 사랑에 신열辛熱을 앓곤 했다. 다시 강조하건대, '철조망과 꽃'이 자아내는 서사적 상징과 미의식에 깊은 감동을 받았다는 점을 고백해본다.

그런데, 이 작품에서 논쟁적 지점을 형성하는 부분이 눈에 띈다. 미찌꼬의 아버지 미군 백인 병사는 한국전쟁에서 죽었고, 오키나와에서 베트남으로 파병된 미군 병사들도 베트남에서 죽었고, 어쩌면 재키도 죽을 수 있다. 이에 대해 작품 속에서는 "임종을 맞고 있는 인간은 무엇을 해도 용서받을 수 있다고 자신을 타일러 온 것이다"(172쪽)고 하는 미찌꼬의 심경이 드러난 부분이 있는데, 이것은 죽음에 직면한 모든 인간에 대해 작가 마타요시 특유의 초월적 철학의 견해로 생각된다. 하지만, 인간은 초월적 존재이기보다 역사·사회적 존재로서 죽음에 직면했을 때 살아 있을 적 모든 잘못을 용서받을 수 있는 것은 결코 아니다. 어쩌면 죽음을 물신화함으로써 삶의 경건성을 무화시킬 수 있기 때문이다. 미찌꼬의 이러한 심경을 접하면서 이 대목을 집필한 작가의 생각이 무척 궁금하다. 여기에는 오키나와의 생사관生死觀이 미찌꼬의 심경에 어떻게 투사되고 있는지, 그래서 미찌꼬의 시선으로 그의 아버지와 재키를 이해하는 측면 등을 보다 깊게 헤아릴 수 있을 것 같다는 생각이 들기 때문이다.

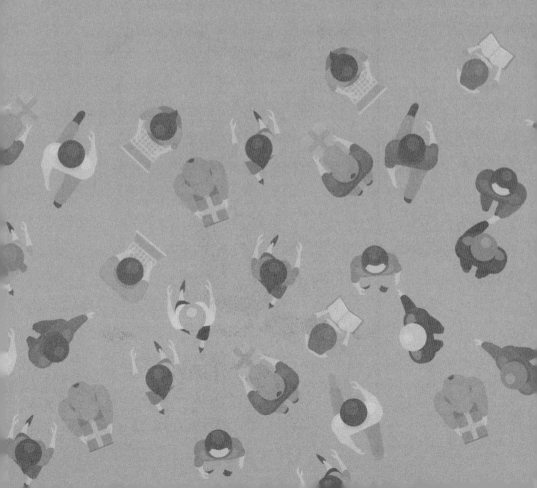

제4부

아시아문학,
근대의 난경을 헤쳐가는

구미중심의 근대를 넘어서는
아시아문학의 성찰

1. 아시아문학을 에워싼 아시아의 중층적 문제들

구미중심주의에 기반을 둔 근대의 기획들이 한계에 봉착하면서 그 문제점들을 해결하기 위한 대안이 힘겹게 모색되고 있다. 여기에는 그동안 전 세계를 구미중심의 일의적一義的 근대로 통합하려는 기획에 대한 래디컬한 문제제기가 지속적으로 뒤따랐음을 소홀히 간주해서 안된다. 특히 이른바 트리컨티넨탈로 불리우는 아프리카, 아시아, 라틴아메리카를 대상으로 한 구미 제국의 식민주의에 대한 지속적이고 가열찬 저항의 역사야말로 대안을 모색하는 것 자체라 해도 과언이 아니다. 물론, 우리는 이 과정에서, 가령 '영미귀축英美鬼逐'이라는 구호 아래 '대동아공영권大東亞共榮圈'을 건설한다는 허울 좋은 명분으로 아시아를 식민지화한 일본 제국주의가 표면적으로는 서구의 근대를 초극하려고 하였으나, 정작 서구의 근대와 또 다른 판본에 불과했다는 것을 직시해야 한다. 말하자면, 서구보다 뒤늦게 근대화의 도정에 동참한 일본 역시 서구의 근대가 밟은, 타자를 향한 식민주의 지배의 유혹에 붙들려 있었다. 따라서 20세기 전반기 일본 제국주의가 담론화한 일련의 '아시아주의'는 아시아의 다채롭고 풍요로운 문화적 자산을 존중하는 가운데 서구식 근대지상주의를 창조적으로 초극하는 게 아니라, 일본 제국주의가 그토록 부정하며 극복하고자 한 서구의 근대를 자신의 것으로 전도한 채 일본제국의 시선에 의해 아시아를 피식민지로 타자화한 것이다. 일본 제국주의는 아시아를 먹잇감 삼아 서구의 근대세계를 따라잡기 위한 데 혈안이 된, 즉 '탈아입구脫亞入歐'를 향한 서구와 또 다른 근대지상주의에 함몰했(한)다.

그런가 하면, 일본 제국주의와 다른 차원에서 현현되는, 구미중심주의에 대한 맹목적 부정으로 경직화된 자민족중심주의와 종교적 근본주의에 기반한 반근대주의는 서구의 모든 것에 대한 래디컬한 비판과 저항을 명분 삼아 숱한 생목숨들을 앗아가는 폭력을 드러낸다. 이 과정에서 무고한 사람들은 억울한 죽음을 당하기 일쑤다. 세계의 모든 것은 적과 동지로 나뉘며, '친親서구＝적敵'이라는 이분법적 세계인식에 기반한 구별짓기는 폭력을 낳고, 이 폭력은 타자를 향한 원한의 파토스를 낳고, 원한은 복수를 정당화하는 또 다른 폭력을 낳음으로써 폭력의 원환圓環에 갇히고 만다. 좀처럼 끊을 수 없는 폭력의 원환 속에서 아시아의 평화는 지연된다. 이것은 아시아의 곳곳에 흐르는 도저한 평화의 숨결을 폐색시키는 부정한 것과 공모하는 셈이다. 이것은 아시아가 전 세계에서 담당한 문명의 교류 속에서 배타적이지 않으며 상호공존의 길을 모색해온 숱한 노력들을 저버리는 것이다. 그렇다면 구미중심주의에 대한 반근대주의로서의 이 같은 래디컬한 저항이 자칫 우리가 경계하고 비판하는 오리엔탈리즘orientalism의 또 다른 판본인 악시덴탈리즘occidentalism으로써 아시아의 참된 가치를 왜곡시키는 것은 결코 가볍게 넘길 사안이 아니다.

그렇다. 아시아는 이렇게 켜켜이 쌓인 중층적 문제들에 에워싸여 있다. 어찌보면, 바로 이것이 아시아 그 자체의 삶인지 모를 일이다. 여기서 분명히 짚어야 할 것은, 구미중심주의의 시좌視座에서 정향正向된 보편사의 논의들이 아시아를, 보편사의 '부분'으로서 혹은 '특수한 것'으로 인식하는 것은 아시아가 그동안 전방위적으로 맞닥뜨린 전 세계의 접촉면들로부터 스미고 번져나간 종요로운 아시아의 가치들의 넓이와 깊이를 헤아리지 못한 데 기인한다. 아시아문학을 세계적 시계視界에서 성찰하기 위해서는 아시아가 그동안 고투해온 이와 같은 면들을 숙고해보아야 할 것이다. 이 글은 부족한 대로 아시아문학이 어떠한 세계적 관점을 벼려야 하는지 초점을 맞춤으로써 이후 이와 관련한 토론의 마당을 열었으면 한다.

2. 아시아의 시계視界에서 성찰하는 내셔널리즘 – 타고르의 『내셔널리즘』

비서구인 최초로 1913년에 노벨문학상을 수상한 인도의 대문호인 라빈드라나트 타고르Rabindranath Tagore(1861~1941)는 수많은 글과 저서를 남겼는데, 제1차 세계대전(1914~1918) 와중에 출간된 『내셔널리즘』(1917)은 구미중심의 근대가 야기한 반생명적 폭력의 뿌리가 서구의 내셔널리즘에 있다는 것을 예각적으로 응시한 비평으로 손색이 없다. 무엇보다 놀라운 사실은 제1차 세계대전으로 폭발한 내셔널리즘의 지옥도地獄圖를, 타고르는 20세기의 여명이 동트기 전 마지막 날인 1899년 12월 31일에 쓴 시 「세기의 해 질 녘」에서 그 특유의 시적 예지력으로 투시하고 있었다는 점이다.

1.

세기의 마지막 태양이 증오의 회오리바람과 서양의 핏빛 구름 사이로 지고 있다. 탐욕의 술에 취해 몽롱한 국가들의 벌거벗은 자기애의 열정이 강철의 불협화음과 울부짖는 복수의 선율에 맞춰 춤을 추고 있다.

2.

부끄러움을 모르고 먹고 있는 국가의 굶주린 자아는 무섭게 터지고 말 것이다. 세상을 자신의 음식으로 만들어 핥고 우두둑 씹고 양껏 집어삼켜 서 커지고 커지다가 결국은 사악한 향연이 한창일 때 갑자기 하늘에서 창 이 내려와 탐욕의 심장을 뚫고야 말리라.

— 「세기의 해 질 녘」 부분[1]

타고르는 세기말의 전환기에서 자민족중심주의에 기반한 국가주의의 맹목이 어떠한 참혹한 결과를 가져올지 매우 예리한 시적 통찰력을 보인다. 배타적 민족주의가 약육강식의 정글의 법칙을 관철시키면서 가열차게 벌이고 있는, 그리하여 승자독식勝者獨食의 탐욕이 세계를 지배하는 반생명 적·반평화적·반우주적 "사악한 향연"으로 전 세계를 나포하고 있는 것을

---

1   라빈드라나트 타고르, 손석주 역, 『내셔널리즘』, 글누림, 2013, 113쪽. 이후 타고르의 『내셔널리즘』의 부분을 인용할 때는 별도의 각주 없이 본문에서 쪽수만 표기한다.

경고한다. 타고르의 이 같은 준열한 경고는 "서양의 내셔널리즘의 기원이자 중심에 갈등과 정복의 정신이 있"어, 그것은 "마치 희생양을 필요로 하는 약탈적인 동물 패거리와 같다"는 것을 말해준다.(62쪽) 그의 이러한 날선 경고와 매서운 비판은 서양 내셔널리즘의 결정체結晶體인 유럽식 국민국가에 대한 비판적 성찰로 심화된다.

국가는 사지가 절단된 인간 덕분에 오랫동안 잘 자랐다. 신의 가장 아름다운 창조물인 인간이 국가라는 공장에서 전쟁을 일으키고 돈을 버는 꼭두각시로 대량 생산되고 있다. 그럼에도 불구하고 인간은 기계의 가엾은 완벽함을 바보 같이 자랑하고 있다. 이런 점에서 인간 사회가 정치인, 군인, 제조업자, 관료의 실을 놀랄 만큼 효율적으로 끌어당기는 꼭두각시 쇼로 점점 더 변해가고 있다.(79쪽)

타고르의 국가에 대한 비판에서 주목해야 할 것은 "국가는 결코 진실과 선함의 목소리에 귀 기울이지 않는", "그리하여 도덕적 타락의 뺑뺑이 춤을 계속 추고 철에 철을 연결하며 기계에 기계를 더하여 인간의 살아 있는 이상들과 순박한 믿음의 감미로운 꽃들을 발아래 짓밟는"(77쪽) 반윤리적 실체 그 이상도 이하도 아니라는 사실이다. 바꿔 말해 타고르에게 국가는 제1차 세계대전으로 극명히 입증됐듯이, 자민족중심주의와 배타적 민족주의에 기반하여 탄생한 국민국가들이 서로의 공업적 자본주의의 이해득실이 충돌하며 빚어진 대립과 갈등의 '사악한 향연'의 주체일 뿐이다.

하지만 그렇다고 타고르를 무정부주의자 또는 반서구주의자로 인식해서는 곤란하다. 분명, 그는『내셔널리즘』곳곳에서 이와 같은 서양의 내셔널리즘이 지닌 세계악世界惡에 대해 가차없는 비판을 하고 있지만, 동시에 이 세계악을 넘어설 수 있는 상호주관적 관계를 존중하는 국가의 역할을 아시아에서 발견하고 있을 뿐만 아니라 유럽이 일궈낸 근대의 소중한 가치를 몰각하지 않는다.

버마에서 일본에 이르는 동아시아 전체가 국가 간에 존재하는 가장 자연스럽고 가까운 친선 관계를 인도와 맺었던 시절에 대해서 이야기하지 않을 수 없다. 그때는 마음에서 우러나오는 살아 있는 의사소통이 이루어졌고, 인류의 가장 깊은 욕구에 대한 메시지들이 활발히 오고가서 우리들 사이에 신경계통이 발달할 정도였다. 서로를 무서워하지 않았고 견제하기 위해서 무장하지도 않았다. 사리사욕을 채우고 서로의 주머니를 뒤지고 약탈하는 관계가 아니었다. 생각과 이상을 서로 교환하면서 가장 고귀한 사랑의 선물들을 주고받았다. 언어와 관습의 차이 때문에 서로에게 마음을 열고 다가가는데 방해를 받지 않았다. 육체적 또는 정신적인 인종적 자부심이나 거만한 우월 의식이 우리의 관계를 해치지도 않았다. 우리의 예술과 문학은 이러한 하나 된 마음과 햇빛의 영향을 받아서 새 잎사귀와 꽃망울을 터트렸으며, 다른 땅과 언어와 역사에 속한 인종들이 가장 높은 차원의 결속과 가장 깊은 사랑의 유대에 고마워했다.(20~21쪽)

진정한 위대함의 원인은 정신적인 힘에 있다. 인간의 정신만이 모든 제약을 무시하고 결국은 승리하리라는 신념을 가질 수 있다. (…중략…) 유럽의 마음속에는 인간적 사랑, 정의의 사랑, 그리고 보다 높은 이상들을 위한 자기희생

정신의 가장 순결한 물결이 흐르고 있다. 수 세기에 걸친 기독교 문화가 유럽의 삶 중심에 깊숙이 박혀 있다. 유럽의 숭고한 지성인들이 피부색과 이념에 관계없이 인간의 권리를 지키기 위해 일어서고, 자국민들로부터 비방과 모욕을 당하면서도 인류의 대의를 위해서 군사주의의 광기나 온 국민을 지배하는 야만적 보복과 탐욕의 광기에 반대하며 목청 높여 싸우는 모습을 우리는 목격했다. (…중략…) 이러한 현대의 유럽의 협객들은 자유에 대한 사심 없는 사랑과, 지리적 경계나 국가적 이기주의와는 무관한 이상들에 대한 신념을 잃지 않았다. 이런 점에서 볼 때 유럽이 계속 부활할 수 있는 영원한 생명수의 원천이 메마르지 않았음을 알 수 있다.(26쪽)

여기서 타고르는 인도의 이른바 황금시대라고 불리우는 근대이전의 상호공생의 평화로운 시대의 삶과, 르네상스 이후 유럽에서 소중히 갈고 다듬은 인문주의에 기반한 인간존엄성을 위한 숭고한 가치의 삶을 높이 평가한다. 기실 타고르는 『내셔널리즘』에서 직접 언급을 하고 있지 않되, 이와 같은 인식의 심연에 흐르고 있는 그의 도저한 문명의식에는 동서양의 문명을 분절적으로 파악함으로써 주체와 타자의 위계적 질서를 통한, 즉 권력의 역학 관계를 통한 주체중심의 수렴과 흡수의 논리가 아닌, 양자 사이의 "가장 높은 차원의 결속과 가장 깊은 사랑의 유대"를 실천하는, 즉 '조화를 지향하는 통일성'을 추구하는 문제의식이 타고르의 전 생애를 관통하고 있다.[2] 달리 말해 이것은 구미중

---

2 자밀 아흐메드, 「만일 '동방의 등불'에 새로 불이 켜진 것이라면 / 후에 라빈드라나드가 상상한 아시아와 오리엔트는 어디로 가고 있는 중일까?」, 『바리마』 2, 국학자료원, 2013, 216~231쪽 참조.

심의 일의적一義的 근대를 지양한, 아시아 문명과 서구 문명의 창조적 회통會通의 근대를 기획·추구하는 것이다. 이러한 맥락을 온전히 이해할 때 우리는 "이제 세계의 문제를 우리 자신의 문제로 삼고 지구상의 모든 국가의 역사와 문명 정신의 조화를 이루어야 할 때가 왔다"(27쪽)는 데 용해된 타고르의 문명인식을 이해할 수 있다.

이러한 타고르 특유의 '회통의 근대'는 『내셔널리즘』이 출간될 당시의 미국과 일본을 향한 희망과 기대 속에 여실히 나타나 있다. 미국과 일본은 타고르에게 "모든 인간들이 정신적 통합을 이룰 수 있는 영혼을 발견할 수 있는 새 시대의 새벽을 맞이할 수 있"(89쪽)는, "정신적 통합의 비전과 사랑"(88쪽)을 실현할 수 있는 "미래의 모습"(90쪽)을 품도록 하였기 때문이다. 하지만 안타깝게도 미국과 일본에 대한 타고르의 기대는 제2차 세계대전(1939~1945)의 발발과 함께 스러진다. 그들 역시 아시아-태평양을 대상으로 한 식민주의 팽창에 따른 제국주의의 충돌이 전면화되면서 타고르가 그토록 경계하고 혐오한 내셔널리즘의 '사악한 향연'을 탐닉했을 따름이다.[3]

---

3 타고르는 『내셔널리즘』에서 일본에게 새로운 문명창조의 사명을 기대했다. 서양 내셔널리즘의 광기에 도취되지 않고, 아시아 특유의 범우주적 자연관에 기반한 평화의 문명창조의 사명을 기대했다. 하지만 일본은 중국의 동북지역에 만주국(1932)을 수립하면서 중국을 침범하고, 주변 아시아의 국가들을 식민지배하면서 제1차 세계대전을 일으킨 유럽의 국가들이 저지른 식민주의 억압과 폭력의 세계악을 재생산한다. 이에 대해 타고르는 그의 절친이었던 일본의 시인 노구치와 주고 받은 서신 논쟁을 통해 일본 제국주의의 '사악한 향연'을 강도 높게 비판한다. 타고르와 노구치 사이의 주고받은 서신의 전모에 대해서는 「타고르와 노구치의 논쟁-일본의 중국 침략에 대하여」, 『지구적 세계문학』 3, 글누림, 2014, 456~477쪽 참조. 타고르의 비평적 견해에 대해서는 김재용의 「유럽중심주의 극복과 아시아주의 함정」, 앞의 책, 452~455쪽 참조.

3. 반反식민주의로서 '아시아적 신체'의 '복수의 언어'

─ 재일조선인 김시종의 시세계[4]

아시아문학인으로서 타고르가 문명 정신의 조화의 측면을 주목했다면, 재일조선인으로서 시인 김시종金時鐘(1929~)은 우리에게 그의 전 생애에 깊이 새겨진 '아시아적 신체'[5]의 표상으로서 아시아문학의 현재와 미래의 전형을 보여준다. 김시종은 일본제국의 충실한 황국소년으로서 제국의 번영을 자명한 것으로 간주해왔으나 그 일본제국은 또 다른 제국인 미국에 패함으로써 그가 겪은 충격은 몹시 큰 것이었다. 특히 해방공간에서 미군정에 의한 친일파의 재등용은 일본제국의 낡고 부패한 권력의 귀환이었고, 설상가상으로 제2차 세계대전 이후 재편되는 아시아태평양 질서의 틈새 속에서 미국과 소련으로 분극화된 한반도의 분단은 청년 시절의 김시종을 반미제국주의의 혁명운동에 동참하도록 하였다.

이러한 김시종의 곡절 많은 삶은 그로 하여금 일제 말과 해방공간 그리고 한국전쟁을 거치면서 분단시대의 고통을 일본사회 내부의 재일조선인으로서 겪는 시대경험 속에서 "무두질한 가죽 같은 언어"[6]를 육화시켰고, 이것이 바로 김시종 특유의 일본제국의 언어를 향한 '원한의 언어'이자 '복수의 언어'다.[7] 바꿔 말해, 제국의 지배(舊제국주의인 일본과 新제국주의인

---

4 이 부분에 대한 한층 심화된 논의는 이 책의 2부에 수록된「재일조선인 김시종의 장편시집『니이가타』의 문제의식」을 참조할 수 있다.

5 梁石日,『アジア的身體』, 平凡社, 1990.

6 김석범·김시종, 이경원·오정은 역, 문경수 편,『왜 계속 써왔는가 왜 침묵해 왔는가』, 제주대 출판부, 2007, 130쪽.

7 일본어에 대한 김시종의 이와 같은 자의식은 다음과 같은 고백에서 명징하게 드러난다. "나빠지게 몸에 감춘 야박한 일본의 아집을 쫓아내고, 더듬더듬한 일본어에 어디까지나 사무쳐서 숙달한 일본어에 잠기지 않는 내가 되어야 한다는 것. 그것이 내가

미국) 아래 식민주의 근대를 경험하며 그 자체가 지닌 억압과 모순 속에서 반식민주의를 추구하는 저항주체의 신체와 김시종은 등가等價이며, 이 '아시아적 신체'로서 언어의 특질을 김시종의 문학은 육화하고 있는 것이다.

단 하나의
나라가
날고기인 채
등분 되는 날.
사람들은
빠짐없이
죽음의 백표(白票)를
던졌다.
읍내에서
산골에서
죽은 자는
오월을
토마토처럼
빨갛게 돼
문드러졌다.

겨안고 있는 나의 일본어에 대한 보복입니다. 나는 일본에 보복할 것을 언제나 생각하고 있습니다. 일본에 익숙한 자기에 대한 보복, 내 의식의 밑천을 차지하는 일본어에 대한 보복. 이런 보복이 결국에는 일본어의 내림을 다소나마 펼쳐서, 일본어에 없는 언어의 기능을 갖출 수 있을까 모르겠습니다만, 나의 일본에 대한 오랜 보복은 그때야 비로소 완성될 것입니다."(김시종, 「나의 문학, 나의 고향」, 『제주작가』17, 제주작가회의, 2006.하반기, 88쪽)

붙들린 사람이

빼앗은 생명을

훨씬 상회할 때

바다로의

반출이

시작됐다.

무덤마저

파헤쳐 얻은

젠킨스의 이권을

그 손자들은

바다를

메워서라도

지킨다고 한다.

아우슈비츠

소각로를

열었다고 하는

그 손에 의해

불타는 목숨이

맥없이

물에 잠겨

사라져 간다.

—「제2부 해명(海鳴) 속을 3」부분[8]

해방공간의 제주는 분명히 달랐다. 제주는 일시적 분단이 아니라 영구적 분단으로 굳어질 수 있는 북위 38도선 이하 남쪽만의 단독선거를 통한 나라 만들기에 동참하지 않았다. 제주는 도저히 인정할 수 없었다. 미군정에 의한 친일파의 재등용과 온전한 자주독립을 쟁취한 나라 만들기의 숱한 노력들을 반공주의로 무참히 짓밟는 신제국의 존재와 그 헤게모니를 부정하였다. 4·3항쟁은 이렇게 시작되었다. 이 항쟁의 과정 속에서 수많은 제주인들은 생목숨을 잃었다.

우리가 4·3사건과 관련하여 김시종의 시집 『니이가타』에 주목하는 것은 이 같은 제주인의 역사적 희생과 4·3사건이 지닌 역사에 대한 문학적 진실이 그동안 지속적으로 제기된 대한민국 정부 수립 과정에서 생긴 무고한 양민에 대한 국가권력의 폭력으로만 이해하는 것을 지양하기 위해서다. 김시종이 뚜렷이 적시하고 있듯, 4·3사건은 절해고도 제주에서 우발적으로 일어난 국가권력의 폭력 양상을 넘어선 미국과 일본의 신구제국의 권력이 교체되는 동아시아의 국제질서를 면밀히 고려해야 한다. 따라서 김시종에게 바다는 이 같은 국제질서의 대전환 속에서, 특히 미국의 음험한 세계전략 아래 제주를 살육殺戮의 광란으로 희생양 삼은 채 묵묵히 그 모든 것을 응시해온 역사적 표상 공간으로 인식한다. 김시종은 일본제국도 그렇듯이 미국도 제국의 이해관계를 관철시키기 위해서는 목숨을 빼앗는, 그리하여 목숨을 물화物化시켜버리는 것에 대한 자기합리화의 반문명적 모습을 바다를 통해 뚜렷이 인식한다. 그리하여 김시종은 19세기 말 조선의 문호를 강제 개

---

8 김시종, 곽형덕 역, 『장편시집 니이가타』, 글누림, 2014.

방하기 위해 흥선대원군의 부친 묘를 도굴하는 패륜적 만행을 저지른 미국의 손과, 히틀러의 반인류적 살상을 멈추게 한 미국의 손이 얼마나 모순투성인지를 극명히 보여준다. 그 미국의 손에 의해 제주의 생목숨들은 바다로 끌려가 죽음을 맞이했다.

그렇다면, 김시종은 '재일의 시쓰기'를 통해 식민의 내적 논리를 어떻게 극복하고 있을까?

여기, 재일조선인의 삶을 '응시'하는 대표적 시 「보이지 않는 동네」의 부분에 귀 기울여 본다.

> 없어도 있는 동네.
> 그대로 고스란히
> 사라져 버린 동네.
> 전차는 애써 먼발치서 달리고
> 화장터만은 잽싸게
> 눌러앉은 동네.
> 누구나 다 알지만
> 지도엔 없고
> 지도에 없으니까
> 일본이 아니고
> 일본이 아니니까
> 사라져도 상관없고
> 아무래도 좋으니
> 마음 편하다네.

(…중략…)

바로 그것.

이카이노가 이카이노가 아닌 것의

이카이노의 시작.

스쳐 지나는 날들의 어둠을

멀어지는 사랑이 들여다보는

옅은 마음 후회의 시작.

어디에 뒤섞여

외면할지라도

행방을 감춘

자신일지라도

시큼하게 고인 채

새어 나오는

아픈 통증은

감추지 못한다.

토박이 옛것으로

압도하며

유랑의 나날을 뿌리내려 온

바래지 않는 고향을 지우지 못한다.

이카이노는

한숨을 토하는 메탄가스

뒤엉켜 휘감는

암반의 뿌리.

으스대는 재일(在日)의 얼굴에

길들여지지 않는 야인(野人)의 들녘.

거기엔 늘 무언가 넘쳐 나

넘치지 않으면 시들고 마는

일 벌이기 좋아하는 조선 동네.

한번 시작했다 하면

사흘 낮밤.

징소리 북소리 요란한 동네.

지금도 무당이 날뛰는

원색의 동네.

활짝 열려 있고

대범한 만큼

슬픔 따윈 언제나 날려 버리는 동네.

밤눈에도 또렷이 드러나

만나지 못한 이에겐 보일 리 없는

머나먼 일본의

조선 동네.

—「보이지 않는 동네」 부분[9]

재일조선인의 정착지이면서 가장 왕래가 빈번했던 오사카의 이카이노

9 　김시종, 유숙자 역, 『경계의 시』, 소화, 2008.

는 1973년 2월 1일, 오사카후府가 주거 표시를 변경하는 미명 아래 영원히 지도에서 사라지고 말았다. 물론, 현재 오사카 이쿠노구生野區에는 '이카이노'란 옛 지명은 사라졌으되, 코리아타운이 들어서면서 아직도 '이카이노'란 옛 지명으로 소환되는 조선의 일상적 풍습을 곧잘 목도할 수 있다. 김시종은 「보이지 않는 동네」에서 재일의 삶의 터전이 일본의 국민국가의 폭압 속에서 스러지는 스산한 풍경을 툭, 툭, 끊어지면서도 이어지는, 말하자면 단속적斷續的인 시의 리듬으로 자연스레 포착하고 있다. 김시종의 이러한 시의 리듬은 '이카이노'를 증발시키는 일본 국민국가의 재일조선인에 대한 민족적 차별을 시의 정치성으로 절묘히 형상화해낸다. 재일조선인을 연대하는 모든 관계를 절단하여, 일본이란 국민국가의 통합을 구성하는 데만 효용적 가치를 가질 수 있도록 재일조선인을 배치配置함으로써 그들을 '일본의 비국민非國民'이란 특수한 정치사회적 신분으로 구별짓고자 하는 게 바로 '이카이노'를 행정적으로 소거한 주요 이유다. 김시종은 '이카이노'를 대상으로 한 일본의 교묘한 행정 지배와 재일조선인에 대한 '일본의 비국민'이란 정치사회적 구별짓기를 통한 일본의 국민국가로서의 통합 기능을 유지하고자 하는 의도를, 단속적 시의 리듬을 자유자재로 활용하여, 그 실체의 면모를 시적으로 증언·고발·저항하고 있다. 그러면서 아무리 일본이 '이카이노'를 지도상에서 말소시킨다고 하지만, 단속적 시의 리듬이 그렇듯, 끊어질 듯 하면서도 결코 완전한 절단을 이루지 못한 채 또 다른 형식으로 이어지게 마련이듯, '이카이노'가 상징하는 재일조선인의 삶과 현실, 그리고 그 문화적 가치는 현재까지도 전승되고 있다. 김시종의 「보이지 않는 동네」는 이처럼 일본어로 쓰여졌으되, 시의 단속적 리듬이 갖는 정치적 효과를 극대화함으로써 그의 재일에 관한 정치사회적 입장은 시의 급진성을 통해 더욱 예각화된 셈이다.

　이렇듯이, 김시종의 문학은 재일조선인 문학이면서 아시아문학으로
서 20세기 전반기 제국주의의 파행적 근대와 냉전질서의 경계에서 국
가주의와 국민주의를 넘어서려는 '복수의 언어'를 '아시아적 신체'로
서 치열히 실천하고 있다.

4. 아시아문학의 구술성으로 풍자한 근대의 난경難境

－아지즈 네신의『생사불명 야샤르』

　김시종의 문학이 아시아와 태평양의 '경계'에 존재하면서 아시아문
학의 한 전형을 보여주고 있다면, 아시아와 유럽의 '경계'에 있되, 어
쩌면 '유라시아Eurasia'라고 호명하는 게 더 적합할지 모르는 지정학적
조건을 지닌 터키의 문학을 통해 아시아문학의 또 다른 현재와 미래의
모습을 가늠해볼 수 있다.

　터키문학의 거장 아지즈 네신Aziz Nesin(1915~1995)의 장편소설『생
사불명 야샤르』(1977)는 터키 일반 대중의 폭넓은 사랑을 받는 작품으
로, 문자성literacy을 위주로 한 유럽중심주의 근대서사에 편향되지 않고
트리컨티넨탈문학에서 주요한 자양분인 구술성orality[10]을 매우 효과적
으로 활용하고 있는 작품이다.『생사불명 야샤르』를 관류하고 있는 것
은 풍자성인데, 아지즈 네신은 이 풍자성을 극대화하기 위해 주요 인

10　이에 대해서는 이 책 1부의「새로운 세계문학, 문자성과 구술성의 상호침투」참조.

물인 야샤르뿐만 아니라 그 주변 인물 모두에게 생동감 있는 입말을 자유자재로 구사하도록 함으로써 풍자적 서사의 묘미를 한층 실감나도록 만들어낸다. 말하자면, 『생사불명 야샤르』는 구술성과 풍자성이 절묘히 버무려진 아시아문학의 또 다른 전형이다.

구술성과 풍자성의 조우는 아지즈 네신이 예각적으로 겨냥하고 있듯이, 근대 국민국가의 질서를 공고히 다지기 위한 국가의 공문서와 관련한 행정 절차들이 얼마나 근대의 형식주의에 함몰돼 있는지, 그리고 그 형식주의 자체가 지닌 모순이 얼마나 국민을 국가의 이름 아래 억압하고 있는지를 낱낱이 해부한다. 여기에는 국가의 관료주의를 지탱하고 있는, 공문서가 상징하는 근대의 문자성이 함의한 폭력을 해체하고자 하는 작가의 서사적 고투가 뒤따르고 있다. 아지즈 네신이 『생사불명 야샤르』를 통해 풍자하고 있는 대상은 분명하다. 그것은 근대 국민국가의 외피를 입고 있는 터키가 지닌 관료주의의 경직성이며, 이 같은 문제의 뿌리에는 국가주의와 국민주의의 억압이 똬리를 틀고 있다는 것이다.

우리는 이 작품에서 구술성을 결합한 풍자성이 작가의 이 같은 문제의식을 어떻게 효과적으로 수행하고 있는지 그 미적 체험을 여실히 실감할 수 있다. 이와 관련하여 우선 주목할 것은 작가가 야샤르를 이야기꾼의 차원에서 다른 죄수 이야기꾼보다 높은 위상을 확실히 보증하고 있다는 점이다. 야샤르보다 감옥 안에서 먼저 "뛰어난 재담가"[11]로 죄수들 사이에서 각광을 받고 있는 죄수 이야기꾼이 있었는데, 그보다 야샤르의 이야기에 죄수들은 열광한다. 왜냐하면 "야샤르의 이야기는

---

11 아지즈 네신, 이난아 역, 『생사불명 야샤르』, 푸른숲, 2006, 28쪽. 이하 이 작품의 부분을 인용할 때 본문에서 쪽수만 표기한다.

지어낸 이야기가 아니라 그가 직접 경험한 실제 삶"(62쪽)에 기반한 것
으로, "야샤르와 비슷한 사건을 경험한 그들 대부분에게 야샤르가 들
려준 이야기는 공동의 삶"(206쪽)과 다를 바 없었고, "야샤르는 마치
모두의 고통을 자신의 고통으로 체화한 후 이야기를 만들어내는 것 같
았"(206쪽)기 때문이다. 그에 반해 다른 죄수 이야기꾼은 기존 숱한 소
설을 암기하여 그럴듯하게 암송할 뿐 야샤르의 이야기처럼 그들의 삶
속에서 솟구치는 실감을 확보하지 못했다. 둘 다 구술성에 기반을 하
고 있지만, 야샤르가 좀 더 삶의 실재에 밀착한 구술성을 통해 터키 민
중의 고단한 삶을 신랄한 풍자의 서사로 위무하고 있으므로 죄수들은
야샤르의 이야기를 훨씬 좋아한다. 가령, 다음과 같은 대목을 보자.

야샤르가 이야기를 끝내자마자 죄수들은 약속이나 한 듯 이렇게 합창
을 했다.
"아니, 어떻게 멀쩡한 사람을 정신병원에 처넣을 수 있어? 정말 이래도
되는 거야?"
"물론 절 정신병원에 집어넣을 순 없죠. 왜냐하면 전 죽은 몸이니까요.
하지만 그들은 제가 미쳤다고 생각했기 때문에 죽었다는 말을 믿지 않았
어요. 제가 '전 카낙칼레 전투에서 전사했어요'라고 말할 때마다 그들은
곤봉으로 내리치면서 온몸에 찬물을 끼얹었죠. '이러지 마세요. 저는 전
사한 사람이에요'라고 소리쳤지만 아무도 귀 담아 듣지 않았죠. 형님들,
제가 이렇게 살아왔습니다. 학교에 가려고 할 때는 '넌 죽었어'라고 하더
니 군에 입대할 때가 되니 '넌 살아 있어'라고 했어요. 아버지의 빚을 갚
으라고 할 때는 '넌 살아 있어'라고 하더니 유산을 상속받을 때가 되자

'넌 죽었어'라고 하네요. 그리고 정신병원에 처넣을 때는 '넌 살아 있어'라고 하고."

감방에 있던 사람들이 다시 한 번 합창을 했다.

"에이, 씨발!"(134쪽)

야샤르의 기구한 사연이 압축돼 있다. 야샤르가 공립학교에 입학하기 위해 주민등록증이 필요하지만 어떻게 된 일인지 야샤르는 이미 그가 태어나기 훨씬 이전에 전사戰死한 것으로 공문서에 기록돼 있다. 이후 야샤르는 오기誤記된 것을 바로잡고 주민등록증을 발급받기 위해 터키의 관공서를 찾아가 온갖 노력을 다 해보지만, 국가 기관은 마치 한 편의 억지춘향격의 희극을 즐기는 것인 양 국가 기관의 자의적 판단에 따라 야샤르의 생사여탈권을 쥐락펴락한다. 야샤르의 이러한 어처구니없는 이야기를 듣는 동료 죄수들은 이구동성으로 "에이, 씨발!"이라는 욕설을 내뱉는다. 국민을 위해 존재해야 할 국가는 온데간데없고, 국민 위에 군림하는 국가권력의 부조리만이 세상을 지배하고 있음을 작가 아지즈 네신은 야샤르와 동료 죄수들의 구술성에 기반한 풍자로써 희화화한다. 실제로 "지식인들의 공화국 출범 이후 정부에 대한 실망과 좌절감은 극에 달했다"[12]는 터키 비평가의 쓴소리에서도 알 수 있듯, 터키의 근대 국민국가로의 전환은 국민의 권익을 보호하고 국민의 참다운 행복을 증진시켜주는 게 아니라 국가주의를 공고히 구축시킴으로써 터키가 처한 지정학적 조건 속에서 배타적 국민국가의

---

12 외메르 투르케쉬, 「공화국 시기의 터키 소설」, 『아시아』, 아시아, 2010.겨울, 198쪽.

위상을 온축하기 위한 것으로 경화돼 간다. 따라서 국가에 조금이라도 위협이 되는 것들을 향해 가차없는 초법적 국가권력이 뒤따른다. 국민들은 이러한 초법적 국가권력에 속수무책이며, 국가권력의 지배질서에 종속될 따름이다. 작가 아지즈 네신의 비판적 풍자는 실로 절묘하다. 유럽과 아시아에 두루 걸쳐 있는 터키는 한때 오스만투르크 제국의 화려한 영광을 뒤로 한 채 근대 국민국가로 전환한 공화국의 정치체政治體를 이루고 있다. 오스만투르크 제국 시절 유럽과 아시아의 가교 역할을 맡으면서 상호공생의 문명의 가치를 교류하던 제국은 유럽의 내셔널리즘의 혼돈 속에서 터키 공화국으로 전환하는 가운데 근대의 국가주의 폐단을 낳고 있다. 『생사불명 야샤르』의 마지막 장면에서 우리는, 좁게는 터키의 작가가 터키의 이와 같은 문제점에 대한 비판적 풍자를 드러내는 것으로, 넓게는 유럽식 근대 국민국가의 골격을 이루는 법치주의가 국가의 형식주의, 즉 관료주의를 향한 아시아문학의 냉소와 풍자를 드러낸다.

"이제 야샤르에게는 카라캅르 니자미 씨가 필요 없어."

"왜?"

"왜? 야샤르가 일류 카라캅르 니자미 씨가 되었으니까."

"아하, 그래. 그 말이 정답이군."

감방에서 가장 나이가 많은 죄수가 고개를 끄덕이며 짐짓 자랑스럽다는 듯이 말했다.

"이보게들, 여기는 인생의 대학이라고 불리는 교도소야, 교도소. 그런 말이 어디 쓸데없이 생겼겠어? 여기에서 얼마나 많은 카라캅르 니자미 씨들이 탄생했는데."

그가 얇은 종이 두 겹으로 연초를 말자 죄수들이 그의 주위로 모여들었다. 잠시 후 그들은 '노란 처녀'라고 불리는 대마초에 깊이 빠져들었다.(488~489쪽)

'카라칼르 니자미 씨'란, 죄수들 사이에 통용되는 '검은 장정裝幀의 법전'을 의인화한 단어다. 말하자면 '법'을 의미한다. 죄수들은 교도소 안에서 터키 공화국의 '법'이 얼마나 근대의 형식논리에 지배적인 채 '법'으로서 실제적 효력이 상실당한 가운데 '법'이 지켜줘야 할 국민을 자의적 판단으로 '법'의 바깥으로 추방하거나 구속하는지를 여실히 체득한다. 이것은 강조하건대, 아지즈 네신의 『생사불명 야샤르』가 구술성에 기반한 아시아문학의 풍자적 서사로서 마주한 근대의 난경이다.

5. 한국문학의 과제, 아시아문학과의 상호침투

지금까지 인도의 대문호 타고르의 비평과 재일조선인 시인 김시종의 시세계, 그리고 터키의 작가 아지즈 네신의 장편소설을 통해 거칠게나마 아시아문학이 세계적 시계視界에서 성찰해야 할 면들을 살펴보았다. 아시아문학은 구미중심주의 근대의 기획에 맹목화되는 것을 경계하되, 동시에 편협한 '아시아주의'에 함몰되는 것도 준열히 경계해야 함을 예의 문학을 통해 소중히 성찰한 것은 값진 성과가 아닐 수 없다. '아시아적 신체'를 지닌 아시아문학이 구미의 문학을 아무리 열심히 추구한다고 해도 그것은 한갓 그럴듯한 흉내내기에 불과할 뿐이다.

구미중심의 문학을 슬기롭게 창조적으로 위반하고 넘어서는 일은 그래서 매우 긴요하다. 이 과정에서 아시아문학은 아시아가 오랫동안 벼려온 인류 문명의 조화와 공생, 그리고 상생의 아름다운 가치를 실현할 수 있다. 이를 위해 우리는 개별 국민문학의 성과에 자족해서는 안된다. 물론, 개별 민족이 지닌 모어母語의 가치를 창발적으로 주목하면서 민족문화의 창조적 역량을 고양하는 국민문학을 치열히 추구하는 노력을 게을리해서는 곤란하다. 문제는 이렇게 추구하는 국민문학이 다른 개별 국민문학과 최량最良의 성취를 통해 높은 차원에서 결속해야 할 새로운 과제를 궁리해야 하는 것이다. 그것은 어느 특정한 국민문학이 다른 국민문학보다 미학적 위계 질서를 구축하는 것과 관련이 없다. 게다가 어물어물 적당한 정도로 타협하는 것도 아니며, 문학적 연대의 강박증에 붙들린 것도 아니다.

이와 관련하여, 우리는 한국문학 역시 예외가 아님을 강조해두고 싶다. 그동안 한국문학이 거둔 성취는 아무리 강조해도 지나치지 않다. 무엇보다 20세기 전반기 식민주의 근대와 길항하면서 그것을 극복하고자 하였으며, 민주주의 회복과 분단체제 극복을 향한 도저한 문학의 흐름은 한국문학이 온전한 국민문학의 창조적 역량을 갈고 다듬어왔음을 충분히 입증해준다.

이제 21세기에 들어선 한국문학은 아직도 미완의 과제인 민주주의 회복과 분단체제를 극복하기 위한 국민문학의 성취에 혼신의 힘을 쏟되, 이 과제를 해결하기 위한 전방위적 노력은 한국문학의 영토 안에서 자족하는 것을 넘어 아시아문학과 적극적으로 상호침투하는 관계 속에서 이뤄져야 할 것이다. 한국문학이 아시아문학과의 이러한 관계를 소홀히 한 채 구미중심의 문학을 향한 해바라기야말로 한국문학이 소중히 갈고 다듬어야 할 아시아문학으로서의 막중한 소명을 방기하는 것이다. 한국문학이 참다운 세계문학으로 도약하기 위해 무엇을 어떻게 궁리하고 실천해야 할지, 타고르와 김시종, 아지즈 넨시의 문학은 소중한 참조점을 제공하고 있다.

타율적 근대를 극복하는
동남아시아문학

1. 인도네시아의 그림, 그 은유적 정체를 찾아서

2010년 국립현대미술관에서 기획 전시한 〈아시아 리얼리즘〉을 관람하면서 다시 한번 아시아를 성찰해보았다. 지금까지 나는 한국문학 비평가로서 한국문학이란 개별 국민문학의 미적 특질에 대한 심미적 이성의 실재를 밝혀내는 데 내 비평의 역량을 담금질해왔다. 그 과정에서 한국문학의 협소한 영역에 국한되지 않고 한국문학을 포함한 아시아문학에 대한 비평적 관심을 쏟기 위해 부단히 노력해오던 터에, '아시아 리얼리즘'에 초대된 아시아 화가들의 그림을 이루고 있는 색의 언어를 통해 문학과 접속할 수 있는 모종의 비평적 통찰을 실감할 수 있었던 것은 무엇과도 바꿀 수 없는 큰 소득이 아닐 수 없다. 그때 보았던 그림들 중 좀처럼 잊혀지지 않는 그림 한 점이 있다. 인도네시아의 화가 트루부스 수다르소노(1924~1966)의 〈병아리와 함께 있는 여자〉(유채화)가 그것이다.

화폭에는 두 여인이 그려져 있다. 의자에 앉아 있는 한 여인은 다른 여인으로부터 머리 손질을 정성스레 받으면서 입술을 앙다문 채 정면을 응시하고 있는데, 두 눈에는 어떤 결기가 서려 있다. 이 여인의 표정은 어떤 일이 머지않아 벌어질 텐데 그 일을 의연히 맞이하겠다는, 으레 그 일을 맞이할 준비를 오래전부터 기다렸다는, 자연스러우면서도 담대한 마음가짐을 담아내고 있다. 그런데 그 그림에서 흥미로운 것은 두 여인 외에 병아리들이 있는데, 이 병아리들은 알을 갓 깨고 나왔다는 점이다. 모르긴 모르되, 머리 손질을 받고 있는 여자의 내적 상태는 갓 부화한 병아리로써 형상화되고 있는 것은 아닐까. 그림의 배경은 짙은 암갈색이므로 하얀 상의를 입은 여인과 하얀 병아리는 더욱 도드라져 보인다. 마치 암갈색의 배경은 이 여인을 에워싼 모종의 불확실하고 암울한 사위가 여인의 삶을 따라다닐 것이라는 것을 침묵의 형식으로 말을 하고 있는 것 같다.

그 한 폭의 그림은 내게 말을 걸어왔다. 좁게는 인도네시아가 겪었고, 겪고 있으며, 이후 겪어야 할 현실을 은유적으로 말하였고, 넓게는 동남아시아(혹은 아시아)의 과거와 현재 그리고 이후 도래할 그 무엇인가에 대한 시각적 은유에 깃든 삶의 진실이었다. 그렇다면 이 은유의 정체는 어떤 것일까. 그동안 한국사회에서 번역된 동남아시아의 대표작들을 통해 이 은유의 정체를 함께 생각해보자.

2. 베트남전쟁(혹은 이후)에 대한 문제의식

한국사회와 가장 친밀한 동남아시아 국가는 단연 베트남이다. 동남아시아문학 중 베트남문학이 한국사회에는 비교적 많이 알려져 있다.

특히 한국과 베트남 사이에는 쉽게 끊을 수 없는 역사적 인연을 맺고 있는데, 베트남전쟁(1965~1975)은 양쪽 모두의 개별 역사에서뿐만 아니라 두 나라 사이의 역사에서도 매우 중요한 '사건'이 아닐 수 없다.

그리하여 한국에서 번역된 베트남문학에서도 베트남전쟁을 다룬 작품의 중요성을 아무리 강조해도 지나치지 않다. 바오닌의 장편소설 『전쟁의 슬픔』과 반레의 장편소설 『그대 아직 살아 있다면』, 그리고 휴틴의 시집 『겨울 편지』 등은 베트남전쟁을 정면으로 다룬 베트남문학의 문제작이다. 이들 작품은 베트남전쟁을 핍진하게 다루면서 전쟁의 불가해성과 반인간적 폭력성이 갖는 전쟁의 비극성을 통해 반전평화의 문학적 진실을 드러낸다. 무엇보다 이들 작품이 베트남전쟁에 대한 핍진성을 드러내는 데에는 작가들이 베트남전쟁에 직접 참전하여 전쟁의 참상을 직접 경험하였기 때문이다. 그들은 북베트남의 인민해방군으로 참전하여 베트남전쟁의 승리를 체험하는 가운데 깊이 있는 문학적 성찰을 보여준다. 한국사회는 이들 작품을 통해 그동안 냉전시대의 이념적 질곡 속에서 베트남전쟁을 에워싼 온갖 왜곡에 대한 반성적 성찰의 계기를 갖게 된다. 특히 베트남에 대한 잘못된 인식을 자정自淨하게 된다. 한국사회를 오랫동안 짓눌러온 반공주의는 북베트남의 인민해방군을 이른바 베트콩으로 호명하면서 인민해방군을 절대악으로서 간주해왔다. 하지만 이들 작품을 읽으면서 다음과 같은 일련의 질문에 대한 성찰을 통해 이와 같은 인식이 얼마나 큰 오해였는지 깨닫게 된다. 무엇 때문에 인도차이나 반도에서 베트남전쟁이 일어났는지, 그토록 막강한 화력과 경제력을 갖춘 세계 초강대국 미국이 10여 년 넘는 기간 동안 전쟁을 치르면서 결국 패배한 이유가 무엇인지, 이것은 달리 말해 미국을 비롯한 한국이 그토록 이념적으로 적대시한 북베트남이 대승을 거두면서 결국 베트남의 분단을 종식하고 통일의 대업을 달성한 이유는 어디에 있는지, 그리고 전쟁에서 대승을 거뒀으나 전쟁의 광풍이 휩쓸고 간 자리에 휑댕그렁히 남은 뭇 존재들의 저 먹먹한 어둠의 심연의 정체는 무엇인지…….

이렇게 바오닌, 반레, 휴틴의 작품들은 북베트남의 인민해방군으로서 참전한 경험을 토대로 베트남전쟁을 매우 사실적으로 형상화한다. 그리하여 한국의 독자들은 이들 작품에서 아름다운 인간을 발견한다. 세계 초강대국 미국과의 전쟁에서 승리를 거둘 수밖에 없는 인간의 저 담대한 위엄이 지닌 평화를 갈망하는, 때문에 죽음의 한계를 초월해버린 인간의 아름다움을 목도한다. 더욱이 우리는 죽은 자들을 대신하여 살아 남은 자들이 치욕스러운 삶을 살지 않으려는 역사적 존재로서 베트남 사람들의 역사적 자존감과 무한한 행복감을 만난다.

여기서 주목해야 할 또 다른 베트남문학이 있다. 베트남전쟁에 참전하지 않은 세대들의 작품은 베트남전쟁 이후 직면하고 있는 베트남의 현실을 다룬다. 그중 호 아인 타이의 장편소설 『섬 위의 여자』와 응웬 옥뜨의 장편소설 『끝없는 벌판』이 번역돼 있다. 두 작품의 밑자리에 흐르고 있는 문제의식은 베트남이 전쟁 이후 국가재건에 총력을 쏟는 과정에서 생기는 현실의 모순을 간과하지 않고 있다. 『섬 위의 여자』의 경우 작품은 표면상 육지로부터 떨어진 섬의 양식장에서 행해지는 노동과 그곳 젊은이들의 사랑을 다루는 것처럼 보이지만, 이 소설이 정작 전달하고 싶은 것은 베트남전쟁 이후 10여 년 동안 진행된 베트남의 국가재건 기간 도중 베트남이 어떻게 사회주의적 인간을 도식적으로 만들어나갔는지, 그 과정에서 집단체제가 인간을 어떻게 억압하였는지에 대한 일종의 자기비판의 메시지를 담고 있다. 베트남의 이른바 '도이 머이' 정책 이전까지의 경직된 현실이 초래하는 모순을 밀도 있는 구성으로 묘파한 수작秀作이다.

그런데 베트남전쟁 이후 베트남의 국가재건 과정에서 초래하는 현실의 문제점을 비판하는 것은 결코 간단한 일이 아니다. 사회주의 국가의 문학 대부분이 그렇듯 국가를 비판하는 것은 국가의 근간을 이루는 사회주의 정치적 이념을 부정하는 것으로 인식된 나머지 자칫 반국가적·반체제적 문학의 혐의로 정치적 숙청을 당할 수도 있다. 그렇기 때문에 응웬옥뜨의 『끝없는 벌판』과 같은 작품이 갖는 문제의식은 매우 급진성을 띤 것이라 해도 지나치지 않다. 이 작품의 경우 정치적 알레고리로 읽힐 소지가 다분하다. 베트남의 '도이 머이' 정책으로 사회주의 국가 베트남은 시장경제체제로 변환하게 되지만, 베트남을 실질적으로 지배하며 헤게모니를 장악하고 있는 것은 온갖 부패로 타락한 관료화된 사회주의이며, 베트남의 오랜 습속인 전근대적 가부장제의 모순이 베트남 사회의 뿌리 깊은 곳에 자리하고 있다는 점을 『끝없는 벌판』은 신랄히 비판한다.

비록 베트남문학이 한국사회에 다양하게 번역·소개된 것은 아니지만, 베트남전쟁 참전 세대의 작품과 그 이후 세대의 작품을 통해 베트남에 대한 이해의 길이 한국사회에 생기고 있다는 것은, 한국과 베트남 사이 점증되고 있는 교류는 물론, 동남아시아의 맹주인 베트남을 넓고 깊게 이해하는 면에서도 매우 의미심장한 일이다.

3. 민주주의 회복과 제국의 폭력

　최근 동남아시아문학이 잇따라 한국사회에 소개되고 있는 것 중 각별히 눈에 띄는 것은 네팔의 나라얀 와글레의 장편소설『팔파사 카페』와 필리핀의 프란시스코 시오닐 호세의 장편소설『에르미따』, 그리고 버마의 현대시인 시선집『어느 침묵하는 영혼의 책』등이다. 네팔, 필리핀, 버마의 작품들을 보면서 그동안 이들 문학에 얼마나 문외한이었는지를 새삼 절감한다. 그러면서 이들 문학이 한국문학이 20세기 이후 지속적으로 부딪치고 있는 문제들과 절연된 게 아니라는 사실을 알게 된다.『팔파사 카페』,『에르미따』,『어느 침묵하는 영혼의 책』에서 심각히 다루고 있는 문제는 각 작품이 딛고 있는 구체적 현실 속에서 탐문하고 있는 역사와 민주주의, 그리고 인간의 해방이다.

　나라얀 와글레는 네팔이 당면하고 있는 정치사회적 문제를 회피하지 않는다. 흔히들 네팔을 히말라야의 자연과 등치시키면서 인간의 비루한 삶의 현실과 거리를 둔 어떤 초월적 자연의 비의성을 탐구하는 것으로 생각하기 십상이지만, 작가는『팔파사 카페』를 통해 지금까지 네팔에 관해 극히 부분적인 것이 상징조작된 이와 같은 점과 전혀 다른 매우 현실적인 문제들을 만나도록 한다. 네팔의 지식인이자 화가인 작중 인물 '나'는 네팔의 히말라야의 구릉 지대에서 반정부투쟁을 벌이고 있는 마오이스트들과 그곳 마을 사람들을 만나면서 네팔의 정치사회적 현실을 직시하고, 어떻게 하는 것이 네팔의 평화를 모색하는 일인지를 성찰한다. 사실, '나'는 네팔의 현실에 대해 적극적으로 참여하는 지식인은 아니다. 그저 "이 나라는 지금 어둠 속으로 침몰하고 있"(114쪽)으며, "불확실성의 짙은 안개"(115쪽)의 사위에 갇혀 있음을 예술적 직관으로 감지할 뿐이다. 특히 '나'의 친구인 마오이스트 싯다르타와 벌이는 예술의 사회적 책무에 관한 격렬한 논쟁에서는 예술지상주의의 모습까지 보이기도 한다.

하지만 이러한 '나'의 네팔의 현실에 대한 소극적인 태도는 싯다르타와 함께 한 히말라야의 구릉 지대에서 살고 있는 사람들의 삶과 죽음을 목도하면서 반성적 성찰에 이른다.

> "우리나라에서 전쟁을 보는 건 참 슬프다오. 사람들이 죽는 걸 보는 일은 끔찍하지. 그렇게 생각하지 않소, 젊은이?"
>
> 그의 말이 나를 뒤흔들었다. 나는 그저 전쟁을 본 것이 아니었다. 나는 전쟁을 겪었고 지금 전쟁에서 벗어나려 하고 있었다. (…중략…)
>
> 나는 나처럼 생기고 나와 똑같은 이름을 가졌으며 내 옷을 입고 내 경험을 똑같이 하고 심지어 내게 총을 겨누기까지 한 그림자 같은 존재를 만났다. 어떻게 그런 일이 있을 수 있지? 얼마나 두려운 일인가. 구릉을 오르면서 그런 생각이 뇌리에서 떠나지 않았다. (…중략…) 내 생각은 온통 뒤죽박죽이었다. 나는 마음의 평정을 유지하지 못했다. 내게 현실감을 되찾아준 것은 따뜻한 싯다르타의 피였다.(260~261쪽)

여기서 내가 인상 깊게 읽은 대목은 작가에 의해 히말라야 구릉 지대는 반정부투쟁을 치열히 벌이는 삶의 현실로 그려지고 있다는 점이다. 구릉 지대는 인간의 삶과 동떨어진 초월적 자연의 비의성으로만 이뤄진 세계가 결코 아닌 것이다. 네팔의 작가 시선에 의해 포착된 네팔의 자연은 인간의 상처를 치유해주는 숭고한 곳이되, 그곳은 네팔 사람의 삶의 터전으로서 자연이지, 삶과 격절된 신비만으로 이뤄진 땅이 아니다. 때문에 화가가 마침내 그려내고 있는 팔파사 연작들은 네팔의 오욕의 역사를 지워내고, 그 역사 속에서 상처받은 사람들을 치유하여 네팔의 새로운 민주주의를 향한 희망의 색으로 채워진 그림이다.

이러한 면모는 필리핀의 국민국가란 칭호를 듣고 있는 프란시스코 시오닐 호세의 장편소설 『에르미따』에서도 읽을 수 있다. 이 작품은 필리핀이 겪은 언어절言語絶의 역사적 참상에 전율하도록 한다. 주인공 에르미따는 일본제국주의가 필리핀을 점령했을 당시 일본군에 의해 무참히 겁탈당한 필리핀 귀족 여성으로부터 버림받은 처지이다. 에르미따는 출생의 저주로부터 벗어나기 위해 창녀의 삶을 선택한다. 그는 여성의 성적 매혹을 최대한 무기삼아 정계政界·재계財界의 유력자들의 권력을 빌어 자신의 천박한 삶을 조롱했거나 아예 외면하려한 사람들에 대한 복수를 감행한다. 여기서 작가는 에르미따를 통해 독자들에게 공격적 질문을 던진다. 당신은 창녀의 삶을 선택한 에르미따를 반윤리적이라고 하여 비판할 수 있는가. 당신은 창녀로서 에르미따의 복수 행위에 깃든 그의 진정성을 이해할 수 있는가. 당신은 모든 것을 다 이룬 에르미따가 여전히 무엇인가에 쫓기고 마음의 평화를 이루지 못하는 이유를 알 수 있는가. 작가는 이와 같은 물음들 속에서 에르미따의 저주받은 삶에 대한 이해의 틈을 낸다. 에르미따의 내적 심연에 똬리를 틀고 있는 제국의 폭력에 대한 분노와 그것에 대한 심도 있는 이해 없이 에르미따의 창녀의 삶이 갖는 진정성을 온전히 이해하는 일은 쉽지 않을 터이다. 그러면서 작가는 독자에게 무서운 암시를 던진다. 만약 당신이 에르미따의 삶을 온전히 이해했으면, 에르미따가 그토록 벗어나고자 한 제국의 질서에 그는 더욱 친친 옥죄어 있음을 알 수 있다고.

4. 동남아시아문학의 활발한 소개를 기원하며

이제 이 글의 서두에서 인도네시아의 그림 〈병아리와 함께 있는 여자〉의 은유적 정체를 생각해볼 수 있으리라. 비록 한정된 작품이지만, 한국에 번역된 베트남, 네팔, 필리핀, 버마 등의 동남아시아문학에는 20세기 이후 각자가 직면한 구체적 현실 속에서 정치사회적 근대를 추구하는 도정에서 마주치는 숱한 어려움들을 문학적 진실로 드러내기 위한 힘든 싸움을 하고 있다. 어디 하나 이 싸움을 순탄하게 그리고 자명하게 수행하는 곳은 없다. 20세기 동남아시아에 짙게 드리운 타율적 근대를 슬기롭게 극복하고자 하는 의지와 노력이 절실히 필요한 것은 바로 이 때문이다.

최근 아시아문학에 대한 관심이 일어나고 있는 것을 계기로 동남아시아문학에 대한 관심 역시 커가고 있는 것은 분명 고무적인 일이다. 동남아시아문학이 지금보다 더욱 활발히 한국사회에 소개됨으로써 동남아시아의 삶과 현실을 넓고 깊게 이해했으면 하는 마음 간절하다.

베트남전쟁 안팎의 유령, 그 존재의 형식

바오닌의 『전쟁의 슬픔』과 반레의 『그대 아직 살아 있다면』

1. 베트남전쟁, 다시 우리를 부르는

신동엽 시인의 유작시 「조국」(『월간문학』, 1969.6)에는 베트남전쟁에 대한 날카로운 문제의식이 녹아들어 있다.

신록 피는 五月
서뭇사람들의 銀行소리에 홀려
조국의 이름 들고 眞珠코거리 얻으러 다닌 건
우리가 아니다
조국아, 우리는 여기 이렇게
꿋꿋한 雪嶽처럼 하늘을 보며 누워 있지 않은가.

무더운 여름
불쌍한 原住民에게 銃쏘러 간 건
우리가 아니다
조국아, 우리는 여기 이렇게
쓸쓸한 簡易驛 신문을 들추며

悲痛 삼키고 있지 않은가.

그 멀고 어두운 겨울날

異邦人들이 대포 끌고 와

江山의 이마 금그어 놓았을 때도

그 틈 핑계삼아 딴 나라 차렸던 건

우리가 아니다

조국아, 우리는 꽃 피는 南北平野에서

주림 참으며 말없이

밭을 갈고 있지 않은가.

― 신동엽, 「조국」 부분

신동엽에게 베트남전쟁은 제2차 세계대전 이후 동아시아 냉전체제의 희생양으로 전락하여 분단의 고통을 살고 있는 한국이 이른바 베트남전 특수特需를 누리기 위해 "불쌍한 원주민에게 총쏘러 간" "비통"으로 다가온다. 신동엽은 베트남전쟁에 개입한 한국을 매섭게 응시하고 있다. 한반도 분단의 고통과 비극이 "이방인들이 대포 끌고" 온 것과 무관하지 않듯이, 한국이 베트남전에 개입함으로써 베트남 사람들에게 이방의 군대로 인식되고 한반도처럼 베트남이 냉전체제의 또 다른 희생양으로 전락하지 않을까 하는 냉철한 이해를 하고있다. 그러면서 신동엽은 무엇보다 베트남전에 개입한 한국의 경우 표면상 정치적 이념의 명분으로는 한반도처럼 인도차이나반도의 공산화를 막기 위해서라고 하지만, 정작 그러한 정치적 이념은 미국중심의 동아시아의 냉전체제를 공고화하기 위한 포장에 불과할 뿐

"서붓사람들의 은행소리에 홀려 / 조국의 이름 들고 진주코거리 얻으러 다닌", 즉 전쟁을 이용하여 달러를 벌기 위한, 달리 말해 미국의 동아시아 냉전체제에서 헤게모니를 장악하기 위한 전쟁에 흡사 용병으로서 참전한 것을 비판적으로 성찰한다. 그렇게 신동엽은 미국중심의 동아시아 냉전체제에 한국이 옴쭉달싹할 수 없도록 흡수된, 그래서 그 경제적 대가로서 '베트남전 특수'에 매달려야 하는 분단조국의 현실을 준열히 들여다본다.

신동엽의 「조국」이 발표된 지 반 세기의 시간이 흘러가고 있는 현재, 베트남전쟁은 베트남민족해방군의 승리와 미국의 패배, 그리고 베트남의 통일공화국 수립(1976) 이후 세계인들에게 베트남전쟁의 안팎을 성찰하도록 한다. "베트남전은 아직 확실하게 끝났다고 이야기할 수 없다. 단순히 기억되는 전쟁이 아니라, 어떤 면에서는 살아 있는 전쟁"[1]으로 베트남전쟁 해당시기뿐만 아니라 종전 이후에도 이 전쟁에 연루된 모든 존재들이 응당 마주해야 할 난제들을 제기하고 있다. 무엇보다 베트남전쟁을 일으켰고, 베트남에 엄청난 피해와 고통을 안겨준 미국은 아직까지 공식적으로 국가 차원에서 전쟁 수행 도중 일어난 반인류적 참상에 대한 잘못을 표명한 적이 없다. 여기에는 한국도 예외가 아니다.[2] 다시 강조하건대, 미국중심의 동아시아 냉전체제의 역할을 수행하고 있는 분단된 한국은 베트남전쟁에서 '베트남전 특수'로 경제적 반사이익을 추구하였고 그 과

---

1 마이클 매클리어, 유경찬 역, 『베트남 10,000일의 전쟁』, 을유문화사, 2002, 16쪽.
2 물론, 한국 정부는 김대중, 노무현 두 전직 대통령이 베트남전쟁에 대한 한국군 참전과 베트남 민간인 학살에 대한 유감 표명을 한 바 있으며, 문재인 대통령 역시 2018년 3월 23일 가진 베트남의 쩐다이꽝 국가주석과의 정상회담에서 "우리 마음에 남아 있는 양국 간의 불행한 역사에 대해 유감의 뜻을 표한다"고 밝혔다. 그러나 이러한 '유감 표명'은 공식적 차원에서 한국이 베트남을 대상으로 베트남전쟁과 관련한 과거사의 잘못에 대한 사죄를 표명한 것은 아니다.

정에서 반공병영국가를 공고화하였으며 1970년대 군부독재정권의 정치경제적 권력을 강화하였다.

그렇다면, 21세기에 들어와 베트남전쟁은 한국과 베트남, 그리고 동아시아에 어떤 물음을 던지고 있을까. 우리는 이 물음을 새로운 지평에서 어떻게 탐문할 수 있을까. 베트남전쟁을 다룬 소설들 중 이 글에서는 베트남의 대표적 두 작가의 장편소설 바오닌의 『전쟁의 슬픔』과 반레의 『그대 아직 살아 있다면』을 중심으로 이에 대한 생각을 다듬어본다.[3]

2. 베트남전쟁의 유령과 에로스의 정동情動 – 바오닌의 『전쟁의 슬픔』

1969년 고등학교를 졸업하고 열일곱 살에 베트남인민군대에 자원입대하여 전선에 투입된 후 1975년 베트남전 최후 작전인 사이공진공 작전에 참여하여 마침내 승리를 만끽한 바오닌은 자신의 첫 장편소설 『전쟁의 슬픔』(1991)[4]이란 제명題名이 단적으로 말하듯, "전쟁의 슬픔에 질질 끌려 다녔다."(40쪽) 이 소설이 세계문학계에 던진 충격의 파

---

3 이하 본문에서 바오닌의 『전쟁의 슬픔』(하재홍 역, 아시아, 2012)과 반레의 『그대 아직 살아 있다면』(하재홍 역, 실천문학사, 2002)을 인용할 때 별도의 각주 없이 해당 작품의 쪽수만 표기한다.

4 사실, 이 소설은 「사랑의 숙명」이란 제목으로 발간이 되었다가 1991년 베트남작가협회 최고상을 수상한 이후 1993년에 바오닌이 원래의 제목인 '전쟁의 슬픔'으로 재판이 발간된다. 하지만 「전쟁의 슬픔」에 대한 베트남 당국의 12년 동안 판금 조치와 소장된 책들의 폐기 처분 등 정치적 억압이 이어진다. 이후 2005년 해금되면서 다시 「사랑의 숙명」으로 출간되었고 독자의 폭발적 사랑에 힘입어 2006년 출간시 애초의 이름인 「전쟁의 슬픔」을 회복하게 된다.

장은 바로 이것 때문이다. 아무리 베트남전쟁의 참상이 끔찍하더라도 작가 바오닌은 숱한 전장戰場에서 죽지 않고 살아난 베트남전쟁의 승자로서 베트남민족해방의 열정과 세계 초강국 미국의 막강한 현대전의 화력에도 절대 꺾이지 않는 베트남의 위대성을 드러내는 데 애오라지 초점을 맞추지 않았다. 대신 바오닌은 그의 분신인 작중 인물 끼엔을 통해 "인간에게 가장 끔찍한 단절과 무감각을 강요하는 비탄의 세계",(47쪽) "전쟁 속으로 뛰어들어" "외롭게, 비현실적으로, 처절하게, 여기저기 널려 있는 숱한 장애와 오류에 맞닥뜨리며"(70쪽) 글을 쓰도록 한다. 끼엔이 목도한 베트남전의 모든 것은 기억되며 글로 옮겨진다. "글을 쓰는 것이 마치 머리로 바위를 들이받는 것 같고, 자신의 심장을 손으로 도려내는 것 같고, 몸뚱이를 스스로 내동댕이치는 것 같아 힘들고 어렵지만" "더는 쓸 수 없을 때까지 글을 써야 한다."(197쪽) 바오닌은 고통스러운 글을 씀으로써 베트남전쟁에서 황폐화된 자신의 영혼은 물론, 숱한 전장에서 죽어간 동료 병사들과 베트남 민간인들의 영혼을 위무하고 살아 남은 자들의 영육에 깊이 새겨진 전쟁의 상처와 고통을 씻겨주는 일종의 씻김굿을 수행한다고 해도 과언이 아니다. 사실, 바오닌의 『전쟁의 슬픔』에서 가장 주목하고 싶은 것은 소설 곳곳에서 마주하는 "외로이 구천을 떠도는 영혼들"(23쪽)을 "산 귀신의 것"(45쪽)으로 재현하고 있는 서사적 노력이다. 바오닌의 이러한 글쓰기에서 유의해야 할 것은 그가 죽은 자들과 산 자들의 세계를 엄격히 분리하고 있지 않다는 점이다. 바오닌에게 베트남전쟁과 연루돼 죽은 자들은 살아 있는 자들의 세계와 확연히 나뉘어짐으로써 삶과 죽음이 공존할 수 없는, 삶을 초월한 전혀 다른 세계에 존재하는 유령이 아니다. 때문에 『전쟁의 슬픔』에서 그려지는 각종 전쟁의 혼령 및 정령, 바꿔 말해 유령으로 포괄적으로 호명되는 존재는 살아 있는 자들과 함께 살고 있다. 이와 관련하여 베트남의 "전쟁유령 현상은 역사의 외부에 존재하는 것이 아니라 역사적으로 구성된 인간의 조건을 반영하고, 때로 헤겔의 자이트가이스트^{zeitgeist}, 즉 한 시대를 대표하는 정신으로 묘사되는 것과 긴밀한 친화성을 가진다"[5]는 점을 숙고할 필요가 있다. 말하자면, 바오닌이 끼엔의 글쓰기를 통해 마주하고 있는 유령은 바오닌의 과거 속에서 자리하여 잊혀지고 있는 존재들을 추넘하기 위해 소환되는, 살아 있는 존재와 구분되는 삶의 세계 바깥의 낯선 존재가 아니다. 끼엔은 "이미 죽은 자들을 불러 모으는 과정이 소설 속 페이지마다의 삶을 형성"(116쪽)함으로써 "이제 땅속에 살지 않고, 꿈속에서 소리 높여 삶과 죽음에 대해, 죽음의 순간에 대해, 심지어는 죽음 이후의 삶에 대해 우리에게 들려주는 병사와도 같았다."(117쪽)

그리하여 바오닌은 베트남전쟁의 전선 바로 그 격전지를 아직도 벗어나지 못한 채 유령으로 배회하고 있는 병사들뿐만 아니라 너무나 허망하게 끔찍이 죽어간 민간인들의 유령을 베트남의 자연(흙, 숲, 나무, 바람, 계곡, 샘물, 늪, 정글 등)에 겹쳐놓는다. 왜냐하면 이들 유령은 베트남의 대자연 속에서 느닷없이 출몰하는 공포감을 동반하는 괴기스런 존재가 아니라 대자연 속에서 유령의 존재형식으로 살고 있는, 그래서 목숨이 붙어 있는 것과 또 다른 삶을 살고 있는 자연의 이러저러한 현상으로 존재한다. 그렇게 베트남전쟁의 유령은 베트남의 대자연 속에서 자연스레 살고 있는 말

---

5 권헌익, 박충환·이창호·홍석준 역, 『베트남 전쟁의 유령들』, 산지니, 2016, 48~49쪽.

그대로 리얼한 존재의 가치를 얻는다. 대단히 흥미롭게도, 바오닌의 『전쟁의 슬픔』에서 재현되는 이러한 베트남전쟁의 유령은 비록 그것이 수반하는 구체적 서사와 개별적 사건의 양상은 다르지만 베트남전쟁처럼 서구 제국주의 침략과 식민주의 경영으로 전대미문의 죽음과 파괴 및 절멸이 엄습한 아프리카, 라틴아메리카, 오키나와의 문제적 공간에서 살고 있는 유령의 존재형식과 어떤 공유성을 갖는바, 우리는 이것을 두고 '경이로운 현실'[6]의 맥락에서 이해할 수 있다. 여기서, 문제의식을 가다듬자. 『전쟁의 슬픔』에서 작가 바오닌은 작중 인물 끼엔의 글쓰기 과정에서 베트남전쟁의 대자연 속에 살고 있는 베트남전쟁의 유령을 만나 현실 세계에서 그들의 존재를 영원히 추방하기 위한 퇴마사의 역할을 수행하는 데 있지 않다. 그보다 "시냇물이 흐르는 소리, 산바람이 울부짖는 소리는 바로 병사들의 황폐한 영혼이 내는 목소리"로서 "이승에 사는 우리들은 수시로 그 소리를 듣게 되고 때로는 소리의 의미까지 이해"(17쪽)해야 하는, 심지어 "끔찍한 질병과 끝없는 굶주림이 이곳의 모든 생명을 완전 궤멸시킨 것"(18쪽)과 연관된 귀신의 상처마저 어루만져야 하는 흡사 영매靈媒의 몫을 수행해야 한다. 『전쟁의 슬픔』에서 끼엔이 종전 후 전사자들의 발굴 유해단원으로 일하면서 그 자신은 살아났지만 동료 병사들과 민간인들이 처참히 죽은 곳에서 만난 유령으로부터 "암흑 같은 시절을 견디게 해주었

---

6   이 문제의식은 구미중심주의 비평적 시계에 따른, 환상적 몽환적 비의적 요소를 강조한 그로테스크 리얼리즘으로 분석하는 것과 전혀 다른 차원의 접근이다. 나는 오키나와 작가 메도루마 슌의 작품 세계를 이와 같은 시각에서 접근해보았다. 고명철, 「오키나와에 대한 반식민주의로서 경계의 문학-메도루마의 작품을 중심으로」, 『탐라문화』 49, 제주대 탐라문화연구원, 2015; 고명철, 「오키나와 리얼리즘-오키나와 폭력에 대한 메도루마 슌의 문학적 보복」, 『탐라문화』 54, 제주대 탐라문화연구원, 2017.

고 그에게 믿음과 삶에 대한 욕망과 사랑을 심어 주었다"(71쪽)고 생각하게 된 것은 영매로서 끼엔을 '자기발견'한 게 아닐까.

이렇듯이, 베트남전쟁 종전 후 바오닌은 그만의 방식으로 '전쟁의 슬픔'을 정직하게 아파하면서 진솔히 기억하고 그것을 삶 속에서 견디면서 상처를 치유하고 있다. 여기에 간과해서 안 되는 것은 "전쟁을 겪을수록 파멸의 힘보다 더욱 강한 것이 존재"(317쪽)하는, 그것은 "영원히 어리고, 영원히 시간 밖에 있고, 영원히 모든 시대 바깥에 있"(317쪽)는 끼엔이 그토록 그리워하고 간절히 사랑해온 여인 프엉의 존재다. 전쟁의 와중에 헤어져 생사를 도통 알 수 없었던 프엉이 베트남 어디에서 혹 생존해 있을지 모른다는 전우의 편지 한 통은 끼엔으로 하여금 "지난 삶에서 절대로 잃을 수 없는 것에 대한 신비로운 희망을 갖"(316쪽)도록 한 것이다. 만일 끼엔이 베트남전쟁의 복판에서 황폐화된 "자기 자신을 놓아 버리려던 마지막 순간에 지난 옛날 쓰디쓴 황혼녘에 프엉이 부르던 그 소리"(317쪽)를 못들었다면, 끼엔의 삶이 지탱되길 힘들었을 터이다. "그녀의 세월을 거쳐 간 죄업의 강산, 추악한 악명, 미친 이야기들을 전혀 개의지 않는 끼엔에게 프엉은 영원히 시간 밖에서, 영원히 해맑은, 영원한 청춘이었다."(241쪽) 말하자면, 프엉은 『전쟁의 슬픔』에서 참혹한 전쟁의 피해 당사자이되 끼엔에게는 지옥도地獄圖의 전쟁이 그녀를 집어삼켜 파괴할 수 없는, 어쩌면 베트남전쟁에서 모든 것이 현상적으로 처절히 파괴되었을지라도 베트남의 아름다운 고갱이는 훼손되어서는 안 될 에로스의 현현으로 영원히 남아 있어야 한다는, 베트남전쟁 종전 후 이것을 기반으로 하여 새로운 희망을 실현시켜야 할 정동情動의 표상으로 그려지고 있는지 모를 일이다.[7]

3. 베트남전쟁의 안팎, 순결한 영혼의 존재형식

— 반레의 『그대 아직 살아 있다면』

반레는 필명으로, 시인이 되기 전 베트남전쟁에서 전사한 친구의 이름이다. 반레 역시 바오닌처럼 1966년 고등학교 졸업 이후 자원 입대한 후 1975년 종전까지 베트남전쟁에 참전하였고, 반레의 장편소설 『그대 아직 살아 있다면』은 베트남전쟁에서 죽은 병사 빈의 유령이 저승으로 갈 노자가 없어 이승과 저승 사이의 경계를 배회하면서 살아 있을 적 "과거의 숨결을 쫓아가는 오랜 추억여행"(101쪽)을 거친다. 그러나 그 추억여행은 말이 추억이지 "세상, 인류 전부를 게걸스럽게 먹어치우"는 "괴물과 같은"(29쪽) 전쟁에 깊숙이 연루된 것으로, "점점 시간이 지날수록 그것은 하나의 극형이 되어갔다."(101쪽) 무엇보다 "'베트남을 구석기시대로 돌려놓겠다!'는 미국의 엄포[8]는 수많은 폭탄 구덩이 속에서 스멀스멀 올라오는 화약 연기로

---

7 이와 관련하여, 바오닌은 전쟁터에서 동네 누이와 정열적으로 사랑하는 꿈을 꾼 적이 있음을 고백하는데, 그 꿈 속의 일을 잘못된 것으로 심각한 정신적 장애를 일으킬 것이라는 자기모멸감에 휩싸인 채 그 꿈 속 일을 억지로 잊으려고 했지만 그러기는커녕 전쟁터에서 생존하여 돌아올 수 있는 힘이었다고 한다. "아무리 이해하고 또 이해한다고 하더라도 여전히 잘못이며, 고생스러울지라도, 우스꽝스러울지라도, 때로는 흐릿하고 때로는 선명할지라도, 그 절대적으로 깊이 묻어버려야 할 첫사랑은 내 영혼을 밝게 비추는 데 기여했고, 내 정신을 강하게 하는 데 도움이 되었다. 그리고 아마도 그것 때문에 결국 나는 살아서 돌아온 것이 아니겠는가. 심지어 그 비현실적인 첫사랑은 그 후로도 계속되어, 고향에 돌아온 후 편안함과 즐거움을 알게 하고, 전쟁 후 오랜 기간 동안의 고난을 이겨내도록 강한 마음을 갖게 만든 원동력이 되었는지도 몰랐다."(바오닌, 「0시의 하노이」, 『아시아』, 아시아, 2012.봄, 122쪽)

8 미국의 이와 같은 반문명적 폭력은 제주의 4 · 3항쟁에 대한 토벌대의 무차별적 진압을 상기시킨다. 4 · 3항쟁이 일어나자 미군정은 1948년 12월로 예정된 미군 철수 이전 제주에서 일어난 5 · 10단독선거 보이콧 및 4 · 3항쟁과 관련한 모든 문제를 조기에 일단락 짓고 한반도의 상황을 안정시키기 위해 이승만 정권에 의해 수립된 1948년 11월 중순 제주 지역 초토화 작전을 묵인하였다. 이에 대해서는 김종민, 「제주 4 · 3항쟁, 대규모 민중 학살의 진상」, 『역사비평』, 역사비평사, 1998.봄, 45~48쪽. 1948년

선연하게 메아리쳤"고, 베트남의 "마을은 풀벌레조차 모두 숨을 멎은 죽음의 세계가 되어버렸다. 완전히 영혼을 잃어버린 폐허의 세계가 된 것이다."(192~193쪽) 그리하여 유령의 존재형식으로서 빈은 이처럼 미국에 의해 자행된 반문명적 절멸의 폭력으로 변해버린 "참혹한 풍경"(207쪽)의 곳곳을 또렷이 응시한다.

이러한 일종의 증언과 고발의 서사는 베트남전쟁 참전 1세대 작가가 공유하고 있는 매우 소중한 서사적 노력이 아닐 수 없다. 그리고 흥미롭게도 반레 역시 바오닌처럼 이 서사를 전개시키는 서사적 주체로서 베트남전쟁의 유령을 주목하고 있다는 사실이다. 그만큼 베트남전쟁의 유령은 이 전쟁이 종전으로 끝난 것이 아니라 전쟁에 연루된 곳이면 어디든지 전쟁과 관련한 유산이 남아 있고, 그것을 살아 있는 사람들의 삶 속에서 시나브로 망각하든지 추방시켜서는 곤란하다는 문제의식을 상기시킨다. 다시 강조하건대, 베트남전쟁의 유령은 베트남의 대자연과 더불어 베트남 사람들의 삶 속에서 살고 있다.

반레의 『그대 아직 살아 있다면』에서도 이것은 중심 서사로 작용한다. 그러면서 이 작품에서 주목해야 할 것은 이 끔찍하고 참혹한 전쟁에 참전하고 있는 베트남 병사들을 지탱하게 하는 어떤 삶의 힘이다. 이것을 비약하여 이해한다면, 세계 초강국 미국의 파상공격에 맞서 결국 승전을 일궈낸 베트남의 원천으로 인식해도 무방할 터이다. 그것은

11월 중순부터 1949년 3월까지 자행된 초토화 작전은 미군정의 묵인(사실상 승인) 아래 대한민국 정부에 의해 계획적이고 의도적으로 수행된 제주공동체를 대상으로 한 육체적·정신적 파괴라는 점에서 전 지구적 차원의 '제노사이드'로 4·3항쟁을 어젠다화 필요가 있다. 이에 대해서는 최호근, 『제노사이드』, 책세상, 2005, 356~406쪽 참조.

『그대 아직 살아 있다면』의 곳곳에 등장한다. 반례가 무엇보다 중시한 것은 항미전쟁을 수행하고 있는 베트남 인민의 군대 내부에 대한 치열한 자기비판의 과정이다. 적군을 상대로 사투하고 있는 전장에서, 그것도 막강한 전력을 갖추고 있는 세계 초강국과 맞대면한 전선에서 절대적 상명하복이 군의 기율임을 생각해볼 때 자칫 군 내부 조직의 분열과 사기 저하로 이어질 수 있는데도 불구하고 베트남 인민의 군대는 "부대 안에서 민주주의를 실현"(95쪽)하기 위해 상관의 부당하고 황당한 억지스런 명령 조치에 대한 정당한 문제제기를 한다. 그리고 부대원들은 치열한 내부 토론과 자기비판의 과정 속에서 한층 공고해진 전우애와 민주적이며 정의로운 군 내부 조직으로 갱신한다. 이러한 군의 자기비판의 엄격성과 윤리적 염결성은 『그대 아직 살아 있다면』에서 전쟁을 수행하는 베트남인민해방군 내부에서 자행된 반윤리적 범죄―가령, 한 견습의가 부대의 기율을 어긴 채 부대의 여성을 사랑하여 그 여성은 임신을 하는데, 자신의 출세에 걸림돌로 작용할 것을 걱정한 나머지 견습의는 그 여성에게 독약을 주사하여 죽인다.―를 유령들 사이의 대화를 통해 낱낱이 그 실상을 증언하고 파렴치한 반윤리성을 비판한다. 반례는 "인민의 군대 안에 그렇게 무지막지하고 악마같은 인간"(125쪽)의 존재를 드러냄으로써 전쟁 속에서 저질러진 괴물과 같은 인간의 온갖 폭력의 실체를 추문화한다.

여기서, 우리는 유령 빈의 시선에 의해 재조명된 베트남 전사들이 길러온 인간의 고매한 품격을 주시할 필요가 있다.

"하하, 맞아, 그래, 그 누구도 폭탄에 익숙해질 수는 없는 거야. 나도 자네와 똑같아."

사령관이 말했다.

"어떻게 익숙해질 수 있겠나!"

사령관은 자신의 팔꿈치로 옆에 앉아 있는 장교를 장난스럽게 툭치며 말했다.

"중요한 건, 해방전사로서 절대로 적들이 우리의 명예와 기세를 우습게 보게 해서는 안 된다는 것이지! 다들 내 말에 동의하지?"

빈은 사령관의 언행에 깊은 감명을 받았다. 그에게서는 관료적인 모습을 전혀 느낄 수 없었다. 그는 자신의 권위를 내세워 아랫사람을 다그치려 들지 않았다. '이건 반드시 이렇게 해야 돼…… 저건 반드시 저렇게 하도록 해' 하며 가르치려 들지도 않았다. 그저 아무런 격의 없이 대화를 나누는 가운데 병사들에게 깊은 감화력으로 핵심을 짚어주었다. 그분은 단지 병사들이 자신들의 양심에 따라 스스로 결정해서 행동할 수 있도록 마음을 북돋워줄 뿐이었다.

소대를 떠나기 전, 그분은 빈의 어깨를 감싸주며 말했다.

"내가 입대했던 당시에는 감히 지휘관에게 동지처럼 어디 사실을 사실대로 말할 수 있었어야지. 나는 자네의 그 솔직한 기백에 깊은 감명을 받았네."

사령관은 정치국원을 돌아보며 말했다.

"현재, 정치국원의 가장 중요한 업무는 병사들이 솔직한 자세로 살고 사실대로 말할 수 있도록 도와주는 걸세. 병사들이 거짓된 삶을 살게 되면 그 폐해가 아주 커. 작전에 실패하게 되는 가장 큰 원인은 거짓말 때문이지. 하급자가 거짓말을 하게 되면, 상급에서는 정확한 상황을 파악할 방법이 없어지는 거 아니겠나. 정확한 상황을 파악하지 못하면 설정한 계획이 어그러질 수밖에 없어. 그렇지 않은가, 정치국원 동지?"(198~199쪽)

사령관의 말의 핵심은 거짓 없는 진실이 전쟁을 수행하는 가운데 매우 중요한 덕목이며, 그래야만 "병사들이 자신들의 양심에 따라 스스로 결정해서 행동할 수 있"는 마음과 용기가 생기고, 그것이 곧 베트남 해방전사의 명예와 자기존중을 드높이는 것임을 강조한다. 따라서 '정직', '진실', '양심' 등을 베트남 해방전사의 마음가짐과 실천으로 벼리고 있는 베트남 병사들이므로 "부대원들은 서로의 몸을 마치 자신의 몸과 똑같이 여겼고, 서로를 믿고 의지했으며, 때로는 남을 대신해 자신을 희생하기도 했다."(142쪽) 이것이 바로 인도차이나반도에서 일어난 지리한 일련의 전쟁' 속에서도 적에게 결코 굴복하지 않고 항전하여 마침내 승전을 일군 힘의 원천이라 해도 무방하다.

이와 관련하여, 우리가 반레의 『그대 아직 살아 있다면』에서 주목하는 것은 베트남인민해방군이 얼마나 위대한지를 알기 위해서가 아니고, 또한 참혹한 전쟁이었으나 이 전쟁을 치러낸 전사로서 전쟁 영웅의 숭고미에 감탄하기 위해서도 아니다. 유령 빈이 아직 저승으로 가지 않고 이승과 저승의 경계를 배회하면서 베트남전쟁의 안팎을 여전히 살고 있는 것은 종전 이후 분명, 평화의 시대를 살고 있으나, "알 수

9　베트남은 프랑스의 식민지 지배로부터 독립을 선포하여 프랑스와 전쟁을 시작하여 1954년 5월 7일 디엔비엔푸 전투에서 승리를 거둔바, 이를 제1차 인도차이나 전쟁으로 호명한다. 이후 1954년 제네바 조약이 체결되면서 베트남은 북위 17도를 경계로 남과 북으로 분단되고, 프랑스에 이어 미국이 베트남에 정치적으로 개입하여 전쟁이 일어나는데 이를 흔히들 베트남전쟁(1965~1975) 또는 제2차 인도차이나 전쟁이라고 한다. 북베트남이 승리를 거둔 후 베트남사회주의공화국이 1976년에 베트남통일공화국으로 들어선다. 이후 1978년 캄보디아의 크메르 루주가 베트남인에 대해 제노사이드를 실시하자 베트남이 캄보디아에 보복 침공을 가하였고, 캄보디아를 지원한 중국이 개입하여 베트남과 1979년 전쟁이 일어난다. 이것이 중월전쟁 또는 제3차 인도차이나 전쟁이고 베트남은 이 전쟁에서도 승리한다.

없는 무언가가 사회 내부에 발아하면서 사회 기반의 본질이 변화"(293
쪽)함으로써, 악무한의 전쟁을 치르면서도 "가슴속 귀퉁이에 변함없이
순결한 아름다움을 간직하고 있었"(292쪽)던 그 무엇을 잃고 있다는
간절함 때문이 아닐까. 그래서 반레는 작품의 말미에서 유령 빈으로
하여금 저승으로 가지 않고 "니으투이 강변을 따라 계속 황천에서 방
황하며 살래요"(295쪽)라고 말하도록 하며, 다음과 같은 빈의 의미심장
한 전언을 들려준다.

> 환생을 해서 더 나은 삶을 누리게 되는 걸 더는 바라지 않게 되었어요. 저는
> 결코 망각의 죽을 먹지 않을 거예요. 가족과 고향, 절친한 친구들과 사랑하는
> 사람을 잊고, 제가 살아온 날들을 잊고, 인간의 삶에서 제가 받았던 그 아름다운
> 정감들을 모두 잊으면서까지 얻고 싶은 것은 없어요.(295쪽)

그렇다. 유령 빈도 다른 베트남전쟁 유령들처럼 베트남의 대자연과
함께 베트남전쟁 안팎의 '경이로운 현실'을 살고 싶다. 그 '경이로운
현실' 속에서 베트남의 해방전사들과 민간인들이 훼손되지 않고 순결
한 영혼의 존재형식으로[10] "인류 모두가 함께 살 수 있는 방법을 찾"아
"신이 인간에게 준 가장 특별한 호의"(279쪽)인 '삶'을 평화롭게 모색

---

10 반레에게 이러한 존재형식은 베트남전쟁을 거치면서 성찰해낸 중요한 생의 진리다.
그는 베트남 농민과의 대화에서 이것을 곰곰 숙고한다. "농부의 말은 너무도 지당한
것이다. '갈대 숲을 빠져 나와' 사람을 만나려면 우리에게 가장 먼저 필요한 것은 영
혼의 가난을 씻는 일이 될 것이다. 우리 베트남 사람들은 아직 다문명, 다극화의 세계
속으로 들어가는 데 필요한 준비가 되어 있지 않다. 그러나 맑고 고요한 영혼을 지닐
수 있다면, 보다 명료하게 자신의 나아갈 길을 선택하는 데 도움이 될 것이다. 만약
빠르게 이러한 문제를 개선하지 못한다면 우리는 또 다른 갈대 숲을 만나게 될지도
모를 일이다."(반레, 「갈대 숲을 빠져 나오다」, 『아시아』, 아시아, 2009.가을, 220쪽)

할 수 있기 때문이다.

4. 절망의 끝에서 새 희망을

2018년 4·3 70주년을 맞은 제주작가회의는 '그 역사, 다시 우릴 부른다면'이란 화두를 전 세계에 내놓았다. 비록 때와 장소는 다르지만, 제2차 세계대전 이후 인도차이나반도에서 일어난 베트남전쟁은 베트남뿐만 아니라 전 세계를 향해 '그 역사, 다시 우릴 부른다면'의 화두와 맞닿아 있는 래디컬한 물음을 던진다. 여기서, 『제주작가』(2014.겨울)에 발표된 다음과 같은 시를 음미해보자.

일찍이 어느 시인이 말했지
절망은 끝까지 그 자신을 반성하지 않는다고

일본 군부가 오키나와를 조선의 성노예를 반성하지 않고
우리 군부가 제주4·3을 강정마을을 반성하지 않고
반성을 모르는 일본은 그래서 절망이다
반성을 모르는 우리는 그래서 절망이다

(…중략…)

오키나와가 그랬고 제주4·3이 그랬지

중국 난징이 그랬고
베트남 중부 썬미가 그랬고 빈호아가 그랬지

하지만 우리는 알지
제 자신을 반성하는 사람은 절망의 끝에서
새로운 희망을 본다는 것을

그리하여 학살에 대한 성찰은 생명을 낳고
생명에 대한 성찰은 아름다운 평화를 낳고
평화가 낳은 더 큰 평화는 화해를 낳고
화해가 낳은 더 큰 화해는 참된 진실을 낳고
진실이 낳은 더 큰 진실만이 사랑과 희망을 낳는다는 것을
　　　　　　　─ 김수열의 「절망의 끝에서 부르는 희망의 노래」 부분

　돌이켜보면, 지난 세기 미국과 일본의 제국주의의 식민주의 지배는 동아시아를 대상으로 언어절言語絶의 참혹한 폭력 및 전쟁을 제주, 오키나와, 중국의 난징, 베트남 등지에서 자행해왔다. 그리고 그 끔찍한 전쟁의 고통과 상처, 반인류적 전쟁의 유산은 아직도 이들의 삶에 짙게 드리워져 있다. 시인은 간절히 희구한다. "절망의 끝에서 / 새로운 희망"의 노래를 부르고 싶다. 이를 위해서는 "죽는 날까지 자신을 돌아보고 돌아보는 거라고".

　그래서일까. 바오닌의 『전쟁의 슬픔』과 반레의 『그대 아직 살아 있다면』은 베트남전쟁의 복판을 살아온 작가들이 끊임없는 반성과 비판

적 성찰이 육화 및 실천되고 있는, 기존 구미중심주의 세계문학에 균열을 내는 새로운 세계문학을 구성해내고 있다.

'탈식민 냉전'에 대한 오키나와와 베트남의
'경이로운 현실'

1. '탈식민의 냉전'에 대한 문학적 응전

오키나와 베트남은 우리에게 어떤 곳일까? 이 투박하고 단순한 물음은 결단코 그 답변이 간단하지 않다는 것을 내포하고 있다. 무엇보다 이들 지역은 제국의 식민주의의 억압과 강제를 경험하였는데, 오키나와는 제2차 세계대전의 소용돌이(오키나와전쟁)에 휘말려 일본 본토 수호를 위한 일본군과 그에 맞선 미군의 파상적 공격이 벌어진 곳으로, 전후 미국과 소련으로 재편된 양극화의 냉전체제 아래 미·일안보체제의 전략적 희생양으로서 미국의 군사기지로 전락해 있다. 그런가 하면, 베트남은 2차 세계대전 후 냉전체제의 한 축을 담당하는 초강국 미국에 맞서 베트남민족 해방투쟁을 이룩하기 위한 베트남전쟁(1965~1975)에서 승리하여 베트남 통일국가를 세운다. 이렇듯이 이들 지역은 제국(프랑스, 일본, 미국)의 식민주의 지배는 물론, 2차 세계대전 후 형성된 냉전체제 아래 미국의 군사적·정치적 지배와 매우 밀접한 관계를 맺고 있다.

이와 관련하여, 흥미로운 사실은 오키나와 베트남이 서로 다른 지정학적 조건 속에서 '탈식민 냉전'[1]의 바탕에 자리한 역사적 실재이다. 언뜻

보기에, 이들 지역은 서로 관련 없이 각 지역의 현실문제에 충실한 것처럼 보이지만, '탈식민 냉전'이란 전 지구적 시계視界로 살펴볼 때 오키나와와 베트남은 결코 무관하지 않다. 오키나와문학의 대표 작가 중 하나인 메도루마 슌目取眞俊(1960~)이 "베트남전쟁 때 미군 B29전투기가 오키나와에서 출격했습니다. 베트남전에서 죽은 미군의 시체를 오키나와에서 씻어 미국으로 보냈습니다. 우린 그걸 보고 자랐지요"[2]라고 술회하는가 하면, 또 다른 작가 마타요시 에이키又吉榮喜(1947~)가 오키나와 미군 기지와 베트남전 참전 미군 병사들에 대한 문제작들을 발표했듯,[3] 오키나와는 베트남전쟁을 수행하는 미국에게 없어서는 안 될 군사적 요충지다. 말하자면, 오키나와는 베트남민족해방투쟁을 저지하고 베트남의 분단을 통해 미국의 아시아

---

1 '탈식민 냉전'에 대한 문제의식은 김강석 외, 신욱희·권헌익 편, 『글로벌 냉전과 동아시아』, 서울대 출판부, 2019에서 가다듬은 것이다. 특히, 권헌익이 제기한 "유럽의 냉전과는 달리 아시아의 냉전, 넓게는 제3세계의 냉전은 왜 그렇게 폭력적이었는가?"(119쪽)의 물음은 이 글에서 논의 대상이 되는 오키나와와 베트남의 '탈식민 냉전'의 폭력에 대한 문학적 탐구와 긴밀히 연동돼 있다.

2 메도루마 슌, 「권두 대담-내 조국의 상처로 인해 나는 작가가 되었다」, 『아시아』, 아시아, 2018.가을, 10쪽. 미국이 1965년에 베트남전쟁에 전면적으로 개입하면서 오키나와는 베트남전쟁의 군기지로 막중한 역할을 수행한다.(아라사키 모리테루, 정영신 외역, 『오키나와 현대사』, 논형, 2008, 47~60쪽) 가령, 베트남전쟁 당시 미국 태평양 함대 사령관 율리시스 S. 그랜트 샤프 제독은 "오끼나와 없이 베트남전쟁을 수행하는 것은 불가능하다"(개번 매코맥·노리마쯔 사또꼬, 정영신 역, 『저항하는 섬, 오끼나와』, 창비, 2014, 150쪽 재인용)고 언급하는가 하면, 당시 미국 잡지『포린어페어즈(foreign affairs)』편집장은 "만약 오키나와를 자유롭게 사용할 수 없었다면, 미국은 지금과 같은 규모로 베트남전쟁을 시작하지 못했을 것이다."(아라사키 모리테루, 김경자 역, 『오키나와 이야기』, 역사비평사, 2016, 98쪽 재인용)고 오키나와의 군사전략적 중요성을 거듭 강조하였다. 그리하여 이런 미국의 파상적 공격을 지원한 오키나와를 베트남에서는 '악마의 섬'으로 간주했다고 한다.

3 마타요시 에이키 문학은 오키나와 작가들 중 오키나와와 미군 기지의 관련을 집중적으로 파헤치는바, 곽형덕은 마타요시의 창작 체험과 직결된 그의 '원풍경(原風景)'과 베트남전쟁 관련서사를 주목한다. 곽형덕, 「마야요시 에이키 문학에 나타난 '타자'와의 교섭과정」, 오키나와문학연구회 편, 『오키나와문학의 힘』, 글누림, 2016.

태평양 지배전략을 한층 공고히 구축하기 위한 군사기지로서 그 역할을 수행했던 셈이다.[4]

그런데, 이들 지역의 '탈식민 냉전'의 관계에서 한층 주목해야 할 것은 오키나와가 미군정의 식민주의로부터 벗어나 일본 본토로 복귀하는 이른바 '조국복귀론' 움직임이 베트남전쟁에 대한 반전·반제국주의 기치를 내건 아시아·아프리카 제3세계와의 국제연대를 지향했다는 사실이다.[5] 오키나와에서 거세게 일어난 1960년대의 조국복귀운동은 미국의 베트남 개입을 베트남민주공화국의 평화에 대한 중대한 도전이라는 문제의식을 명확히 할 뿐만 아니라 당시 미국 대통령 존슨과 상하 의원에게 베트남전쟁에 대한 항의결의문을 보내는 등 베트남전에 대한 오키나와의 이 같은 움직임은 곧 오키나와의 조국복귀론에 대한 현실정치적 명분과 설득력을 확보하도록 한다. 말하자면, 오키나와는 일본 본토로 복귀함으로써 미군정으로부터 벗어날 뿐만 아니라 베트남전쟁을 수행하는 군사기지로부터 해방될 수 있다는 정치적 기대를 품었던 것이다.[6]

---

4 오키나와의 미군기지 설치와 관련하여 대단히 흥미로운 역사적 사실은 첫 미군기지가 일본을 개방하기 위해 무력을 행사하기 전 미국의 페리 제독이 오키나와를 첫 방문한 1853년 7월에 세워진다. 기지를 세운 후 페리 제독은 일본과 류큐 왕국 모두에게 불평등한 조약을 강요했다.(문숭숙·마리아 혼 편, 이현숙 역, 『오버 데어』, 그린비, 2017 290쪽) 그런가 하면, 오키나와에 들어선 미군기지는 미국의 아시아태평양 지배전략 차원에서 한국전쟁을 수행하기도 하였다. 오키나와에서 발행된 『류다이분가쿠(琉大文學)』8(1955.2)에 수록된 한 편의 시 「비참한 지도」를 통해 그 문학적 면모를 읽을 수 있다. 이에 대해서는 오세종, 손지연 역, 『오키나와와 조선의 틈새에서』, 소명출판, 2019, 156~160쪽에서 해당 시 전문과 함께 그 역사적 / 문학적 맥락이 상세히 기술되고 있다.
5 오세종, 손지연 역, 위의 책, 163~180쪽. 이와 관련하여, 오키나와뿐만 아니라 일본 본토에서도 아시아·아프리카 제3세계와의 국제연대에 관심을 갖는다. 이에 대해서는 곽형덕, 「아시아·아프리카 작가회의와 일본」, 『일본학보』110, 한국일본학회, 2017 참조.
6 물론, 조국복귀론 외에도 소수의 반복귀론(아라카와 아키라, 가와미츠 신이치, 오카모토

이처럼 오키나와와 베트남은 서로 다른 지정학적 조건에 있지만, '탈식민 냉전'의 객관현실 속에서 작동되는, 특히 미국이 양쪽에 개입하면서 '냉전冷戰'이란 이름이 무색할 정도로 베트남에서 일어난 '열전熱戰'에 아주 깊숙이 서로가 맞물려 있다는 것을 간과해서 곤란하다. 그리하여 양측의 문학은 각기 서로 다른 정치역사적 현실을 바탕으로 하고 있되, 2차 세계대전 와중 '철鐵의 폭풍'으로 불릴 만큼 오키나와의 삶을 무참히 파괴시킨 오키나와전쟁(후)에 대한 오키나와전쟁 서사와, 2차 세계대전 후 엄청난 화력과 군수물자를 쏟아 부은 미국 주도의 베트남전쟁에서 살육과 죽음으로 지옥의 삶을 살아낸 베트남을 다루는 베트남전쟁 서사는 특유의 문학적 응전을 실천하고 있다. 그 문학적 응전 중 각별히 주목해야 할 것은 '유령의 서사'다. 이 '유령의 서사'는 양측 문학에서 결코 가볍게 간과되어서는 안 될 중요한 탐구 대상이다. 최근 양측 문학의 이 같은 면모에 대한 국내의 학문적 또는 비평적 관심을 갖고 있는 것은 주목할 만한 일이다.[7] 그래서 양측 문학이 서로 다른 전쟁에 대한

게이토쿠, 나카소네 이사무 등) 또한 엄연히 제출되었다. 그중 가와미츠 신이치의 조국복귀론에 대한 비판적 성찰은 베트남전에 대한 반전·반제국주의와 또 다른 정치사회적 쟁점을 뚜렷이 제기한다. 그의 말을 직접 인용하면 다음과 같다. "(조국복귀론) 왜 '위험한가' 하면, 복귀운동을 추진한 사람들 대부분이 제2차대전이 벌어지기 전에 천황제교육을 받은 사람이었는데, 전후에는 일단 '민주주의'와 '평등'이라는 단어를 사용했지만 과거의 천황국가가 어떤 것이었는지에 대한 절실한 반성도 없었고, 전후에 새롭게 출발한 일본이라는 '국가'가 도대체 어떤 것인지에 대해서도 전혀 생각이 없었어요. 그러니까 '어머니의 품으로 돌아가자'라든가, '조국'이라든가 하는 서정적인 지점으로 수렴되어 가는 건 당연한 결과였지요."(가와미츠 신이치, 이지원 역, 『오키나와에서 말한다』, 한국학술정보, 2014, 56~57쪽)

7 대표적 연구 성과를 소개하면 다음과 같다. 소명선, 「사키야마 다미의 「달은 아니다」론」, 『일본문학연구』 50, 동아시아일본학회, 2014 및 「사키야마 다미론」, 『동북아문화연구』 38, 동북아시아문화학회, 2014; 조정민, 「역사적 트라우마와 기억투쟁」, 『오키나와를 읽다』, 소명출판, 2017; 유해인, 「트라우마로 자기치유서사로서의 「전쟁의 슬픔」」, 『문학치료연구』 49, 한국문학치료학회, 2018; 고명철, 「베트남전쟁 안팎의 유령, 그

문학적 응전의 구체적 양상뿐만 아니라 궁극적으로 전쟁의 참상을 극복하고 반전평화에 대한 문학적 상상력을 구체화하고 있다는 것을 해명하고 있는 학문적·비평적 실천의 성과는 자못 크다.

그런데 이러한 연구 동향에서 보다 심층적으로 살펴보아야 할 것은 '유령의 서사'가 갖는 역사문화적 실재를 바탕으로 생성되는 유령 서사의 정치학 및 윤리학의 측면이다. 이 글의 본론에서 상세히 논의하겠지만, 강조하건대, '탈식민 냉전'의 지평에서 '열전'의 참상을 겪은 양측 문학에서 '유령의 서사'를 이해할 때 '유령'의 존재를 어떻게 이해할 것인가. 무엇보다 이 '유령'의 출현이 양측 문학에서 어떠한 구체적 현실(여기에는 사회문화적 및 자연적 환경을 망라)과 관계를 맺고 있는가. 그러면서 이 '유령의 서사'가 다른 유형의 서사와 구분되는 미적 특질에 자족하는 것을 넘어 '탈식민 냉전'에 대한 문학적 응전으로서 미적 수행성을 어떻게 자연스레 실천하고 있는가. 물론, 예의 물음들은 서로 긴밀히 맞물려 있는 바, 이들 지역에서 전쟁을 치르면서 또는 전후 팽배해진 폭력에 대한 반反폭력의 세계를 희구하는 문학의 존재 이유를 성찰하도록 한다.

존재의 형식」, 『푸른사상』, 푸른사상, 2018.여름 등. 여기서, 분명히 해 둘 점은, 이상의 기존 논의들은 각 연구의 시각이 서로 다르고 '유령의 서사'로 호명은 하고 있지 않되, 비현실적 공간과 비현실적 존재의 출현에 두루 초점이 맞춰져 있음을 알 수 있다.

2. 오키나와의 '경이로운 현실' — 반反폭력의 정동情動

오키나와문학에서 오키나와의 '탈식민 냉전'이 야기한 폭력의 세계를 래디컬한 문학적 응전으로 전위에 서 있는 작가로서 메도루마 슌을 손꼽을 수 있다. 그의 문학에서 유령의 출현은 오키나와문학에서 '유령의 서사'가 지닌 문학적 구체성을 살펴보는 데 리트머스지 역할을 맡고 있다.[8] 이와 관련하여, 메도루마 슌의 문학에서 무엇보다 예의주시할 것은 유령관 연관된 장소가 지닌 물질성이다. 왜냐하면 그의 작품에서 유령은 오키나와전쟁으로 파괴되었을 뿐만 아니라 전후 오키나와의 현실에서 아시아 전역을 대상으로 군사적 영향력을 미치고 있는 미군기지로부터 야기되는 유무형의 온갖 폭력의 세계, 즉 '탈식민 냉전'의 엄연한 객관현실과 분리될 수 없기 때문이다. 말하자면, 메도루마의 슌의 작품 속 유령은 이러한 오키나와의 객관현실과 관계를 맺는 존재다. 그러니까 오키나와에 가해진 폭력의 현장에서 결코 분리할 수 없는 유령이다. 그래서 각별히 주목해야 할 것은 인간이 차마 감당할 수 없을 임계점을 넘어선 폭력의 과잉이 난무한 오키나와 현장에서의 숱한 죽음들은 분명 생명력이 소멸되었음에도 불구하고 아이러니컬하게도 '유령'의 존재로서 생명력을 부여받아 그 폭력의 생생한 현장 또는 그 현장을 상기시키는 장소에서 산 자에게 현시됨을, 메도루마 슌의 작품에서 만날 수 있다.

---

8 이하 메도루마 슌의 문학과 유령의 서사에 대한 논의는 고명철의 「오키나와에 대한 반식민주의로서 경계의 문학」, 제주대 탐라문화연구원, 『탐라문화』 49, 제주대 탐라문화연구원, 2015에서 해당 부분을 이 글의 문제의식에 따라 보완하여 발췌한 것이다.

여기서, 흥미로운 것은 이 '유령'은 오키나와 천혜의 자연(해안가, 동굴, 나무, 숲 등)과 매우 긴밀한 관련을 맺고 있다는 사실이다.[9] 가령, 오키나와전쟁 당시 미군 공격으로 동굴을 이용하여 퇴각하는 과정에서 부상당한 동료들을 남겨둔 채 생존한 작중 인물 도쿠쇼의 오른 쪽 다리가 부풀어올라 엄지발가락 끝이 터지면서 물방울이 맺히더니 어느 날 오키나와전쟁에서 죽은 동료들이 유령으로 나타나 도쿠쇼의 물방울 빨아 마시며,(단편 「물방울」) 오키나와의 새, 벌레, 풀잎, 낙엽, 흙 등이 총체적으로 어우러진 정령이 깃든 신목神木의 위상을 지닌 가주마루 숲에서 신기神氣에 지핀 작중 인물 '나'가 오키나와전쟁과 전쟁 후의 현실 속에서 죽어간 영령의 세계와 만나고,(단편 「이승의 상처를 이끌고」) 타이완 여공과 오키나와 남자 사이에서 태어난 혼혈 남아로서 작중 인물 '나'는 오키나와가 일본 본토로 복귀한 이후 오키나와 내셔널리즘으로 전도된 식민주의 억압(민족차별, 인종차별, 성차별)의 직접 피해 당사자로서 오키나와의 자귀나무 정령과 소통할 뿐만 아니라 오키나와 공동체로부터 죽임을 당했음에도 불구하고 소싸움장에서 유령의 존재로 되살아난 데서(단편 「마아가 바라본 하늘」) 읽을 수 있듯, 작품 속 유령들은 오키나와의 '탈식민 냉전'의 현장과 결코 동떨어져 있지 않다. 오키나와의 이들 현장은 맹그로브, 상사수相思樹, 담팔수膽八樹, 백사장 등이 어우러진 해안가와, 넓게 분포된 석회암 지대에서 빗물이나 지하수가 석회암을 침식하여 자연스레 형성된 종유동굴, 그리고 가주마루, 긴네무, 야자수나무, 부용 꽃 등속의 타이완, 필리

---

9 이하 메도루마 슌의 작품은 「이승의 상처를 이끌고」(유은경 역, 『브라질 할아버지의 술』, 아시아, 2008), 「물방울」(유은경 역, 『물방울』, 문학동네, 2012), 「마아가 바라본 하늘」(곽형덕 역, 『어군기』, 도서출판문, 2017) 등이다.

핀, 열대 아메리카 등지에서 이식돼 토착화된 숲이다. 이곳은 오키나와의 '풍속의 세계'(초혼, 정령의 세계)가 에워싸고 있는데, 특히 오키나와전쟁의 참상이 벌어짐으로써 오키나와를 압살한 폭력이 자행된 '죽음의 세계'다. 다시 말해 이곳은 오키나와의 삶공동체를 지탱시켜주는 삶으로서 '풍속의 세계'와 삶공동체를 절멸시키는 오키나와전쟁의 '죽음의 세계'가 서로 맞닿아 있는 곳이다. 메도루마 슌의 문학에서 유령의 존재는 바로 이 맞닿은 곳의 틈새에서 그 생명력을 가지며, 이들 유령의 존재는 작품 속에서 실재계의 현실과 명확히 구분되는 환幻이 아니라 앞에서 살펴본 작품에서 뚜렷이 읽을 수 있듯, 비로소 '경이로운 현실'[10]로 나타난다. 이 것은 메도루마 슌의 문학뿐만 아니라 오키나와문학에서 곧잘 목도되는 '유령의 서사'를 이해하는 데 매우 요긴한 문제틀problematics이다. 따라서 메도루마 슌의 문학에서 목도되는 몽환성과 환상성에서 거듭 예의주시

---

10 사실, 필자는 이상의 논의와 흡사한 문제의식을 펼칠 때마다 '경이로운 현실(lo real maravelloso)'이 지닌 비평적 함의를 필자 나름대로 섭취하여 작품 해석을 하는 데 적극 활용하고 있다. 이 개념은 라틴아메리카문학에서 '마술적 사실주의' 못지않게 중요한데, 쿠바 태생 작가 알레호 카르펜티에르(1904~1980)가 유럽, 중국, 아랍을 여행하면서 서구인의 시선으로는 온전히 이해할 수 없는 비서구의 문화 감각이 존재하듯, 그것들이 지닌 현실의 경이로움이야말로 라틴아메리카문학의 가치를 제대로 이해할 수 있다고 주장한다. 물론, 카르펜티에르의 이러한 독창적 논의는 그 스스로 서구에서 주창한 반(反)고전주의적 세계관인 바로크와 연관지으면서 애초 '경이로운 현실'이 함의한 유럽중심주의 미학에 대한 전복적 사유가 퇴행한 감이 없지 않다. 하지만 그렇다고 하여 '경이로운 현실'이 지닌, 대자연과 신화적 세계, 그리고 오랜 서구 식민주의 억압의 역사 속에서 서구의 미학으로 제대로 이해할 수 없는 비서구의 리얼리티를 '경이로운 현실'의 문제틀로 심층적으로 접근하는 비평적 방략을 쉽게 포기할 수 없는 일이다. 그리하여 필자는 이 글에서 오키나와전쟁 서사와 베트남전쟁 서사에서 '탈식민 냉전'의 객관현실에 대한 양측의 문학적 응전을 살펴보기 위해 '경이로운 현실'의 문제틀이 지닌 비평적 유의미성을 적극 담론화하기로 한다. '경이로운 현실'에 대한 보다 자세한 논의는 전용갑, 「신환상성, 마술적 사실주의, 아메리카의 경이로운 현실」, 『중남미연구』 33-1, 한국외대 중남미연구소, 2014, 76~80쪽 및 『지구적 세계문학』 4(글누림, 2014. 가을)의 '고전의 해석과 재해석 2'에서 알레호 카르펜티에르를 집중 조명한 것을 참조.

해야 할 것은, 오키나와란 섬의 지방문화에서 잉태한 비현실적 존재, 즉 토착적 유령의 출현이 자아내는 오키나와 특유의 지방서사로 인식할 게 아니라 거듭 강조하건대 오키나와전쟁(후)의 '탈식민 냉전'의 객관현실 속에서 철저히 압살되고 파괴된 '죽음의 세계'와 오키나와의 '풍속의 세계'가 마주한 바로 그 틈새에서 놀랍고 충격적인 현실, 즉 '경이로운 현실'이 생겨나고, 그것이 지닌 힘이야말로 오키나와전쟁(후)의 폭력에 대한 반反폭력의 세계를 서사적으로 구축시킨다는 점이다.

이 같은 '경이로운 현실'의 문제틀에서 주목해야 할 다른 작가는 오시로 사다토시大城貞俊(1949~)와 사키야마 다미崎山多美(1954~)이다. 그들의 문학에서 유달리 살펴보아야 할 것은 메도루마 슌보다 상대적으로 구술연행口述演行, oral performance의 측면에 비중을 둔 '경이로운 현실'이 재현되고 있다는 점이다.

우선, 사다토시의 단편 「아이고 오키나와」(원제는 「6월 23일 아이고, 오키나와」)[11]를 중심으로 이에 대한 것을 살펴보자. 이 작품은 총 8장으로 구성돼 있고 각 장은 특정한 날짜를 기록하는 것으로부터 시작한다. 1945년 6월 23일부터 시작하여 2015년 6월 23일까지 시간대를 포괄함으로써 오키나와전쟁(후) 오키나와에 일어난 사건들과 연루된 일들을 소설의 형식으로 재현하고 있다. 말하자면, 소설의 형식을 적극 활용한 구술증언의 서사로서 오키나와전쟁(후)에 대한 공식기억official memory으로만 환원되어서는 안 되는, 바꿔 말해 공식기억만으로는 온전히 그 역사적 진실을 탐구할 수 없는, 그래서 공식기억'들'의 틈새로

---

11 오시로 사다토시, 손지연 역, 「아이고 오키나와」, 『지구적 세계문학』, 글누림, 2019.가을. 이하 이 작품의 부분을 인용할 때 각주 없이 본문에서 해당 쪽수만 표기한다.

부터 생겨날 뿐만 아니라 그 바깥에서 자리한 비공식기억이 함의한 진실에 귀를 기울인다. 이것은 자칫 공식기억의 권위 때문에 보잘것없는 것으로 치부되는 비공식기억의 가치를 새롭게 발견한다는 점에서 사다토시의 이 작품이 갖는 구술증언의 서사는 중요하다. 특히 '유령의 서사'가 지닌 '경이로운 현실'과 연관하여 귀를 기울여야 할 구술증언은 「2장 목소리」와 「8장 꿈」이다. 구술증언 서사의 특성상 2장에서 출현하는 유령은 시각으로 재현되기보다 목소리로 오키나와에서 일어났고 현재 진행 중인 지옥도地獄圖의 현실을 생생하게 들려준다. 들려주는 소리의 주체는 작중에서 6세 여자 아이로서 미군의 성폭력으로 죽음을 당한 억울한 원혼이다. 이 원혼은 1955년 9월 4일 실제 일어난 이른바 '유미코 사건'으로 불리는 미군의 오키나와 어린 여자애 성폭력으로 인한 죽음을 또렷이 상기시키면서 자신이 그보다 3개월 먼저 흡사한 죽음을 당했다는 것과, '유미코 사건' 이후 미군 성폭력에 따른 죽음이 되풀이되고 있는 참담한 현실은 물론, 미군기지가 입히는 각종 피해로 오키나와의 어린 생명이 죽어간 현실을 냉철히 담담하게 아주 구체적으로 그 폭력의 실상을 낱낱이 증언한다. 6세 여자애 원혼의 목소리는 시각적 형상과 다른 유령의 존재성을 보증한다는 점에서 오키나와의 놀랍고 충격적인 '경이로운 현실'이 지닌 현실의 밀도를 높여준다.[12] 목소리, 곧 청각에 호소하는 유령의 증언이 근대의 시각보다

---

12 여기서 말하는 '현실의 밀도'는 지옥도의 현실을 보다 심층적으로 탐구하는 재현의 측면에만 초점을 맞춘 게 아니다. 6세 여자의 원혼이 목소리의 형식을 띤 유령의 존재로서 생의 모든 것이 파괴당한 6세에 정지돼 있지만, 6세 이후 펼쳐질 평범한 일상(현실)을 친구와 가족과 함께 하지 못한 아쉬움을 토로하는 '경이로운 현실'의 차원에서 시간의 흐름을 거슬러 미래를 증언하고 있다는 것을 주목해야 한다. 왜냐하면 이 증언은 '지금, 여기'의 시공간의 현실성의 밀도를 한층 높여주기 때문이다. "그런데 아쉬운 것도 아주

뒤떨어진 감각이 결코 아니다. 오키나와처럼 언어절言語絶의 대참사를 겪었고 그것의 비극과 상처가 온전히 치유되지 않는 / 못한 현실에서 도리어 이 전쟁(후)의 현실을, 서구의 모더니티를 시각적으로 앞세운 폭력의 시각과 시각의 폭력에 맞설 수 있는 것은 청각의 힘에 있기 때문이다.

그런데, 이 청각의 힘은 오키나와의 구술연행과 맞물리면서 오키나와문학의 '경이로운 현실'이 추구하는 반反폭력의 세계를 한층 구체화한다. 이런 면에서 「아이고 오키나와」의 8장은 2장과 다른 측면에서 귀를 기울이도록 한다. 작중 인물 '나'는 오키나와 근대 역사에 남다른 관심을 갖고 있던 터에 류큐 열도列島를 이루는 작은 섬에서 옛 풍속을 취재하던 중 마을의 노인을 만나 "섬의 풍년을 관장하는 신을 부르는 노래"(306쪽)를 듣고, 노래와 어울린 춤사위를 인상적으로 경험한다. 무엇보다 '나'에게 각인된 것은 "내세에서 들려오는 듯한 장엄한 음을 가진 노래(작품 속에서 '니로스쿠'로 불리우는 '전설의 낙원'이란 뜻을 가짐―인용자)"(306쪽)인데, 기실 이 노래가 자연스레 동반하고 있는 춤과 함께 '나'는 오키나와의 험난한 근대를 성찰하면서, 오키나와의 온갖 폭력의 세계를 일소하는 반反폭력의 세계 속에서 희생당한 존재들을 진정으로 애도하고, 죽은 자와 산 자에게 두루 낙토樂土가 실현되기를, 그리하여 노랫말 속 '미루쿠유弥勒世'(306쪽)가 도래하기를 희구한다. '나'

많아. 내 꿈은 말이야. 다카하고 손가락 걸고 약속했어. 결혼하자고 말이야. 그것을 지키지 못한 게 아쉬워. 초등학교에 입학하지 못한 것도 아쉽고, 아빠한테 맛있는 도시락 싸드리겠다고 약속했는데 그것을 지키지 못해서 아쉬워. 귀여운 아기를 다섯은 낳고 싶었고 엄마가 되고도 싶었는데. 그리고 말이야 어른이 돼서 남녀가 서로 사랑하는 아름다운 세계를 경험하지 못한 것이 아쉬워……."(243쪽)

가 이렇듯이 작은 섬의 구술연행에 주목하면서 오키나와의 과거-현재
-미래를 총체적 안목으로 성찰할 수 있는 것은 '나'의 내면에서 들려
오는 소음에 귀를 기울인 때문으로, 그 소음은 "요절한 향토의 사자들
의 목소리와 해명",(305쪽) 달리 말해 제국의 근대적 폭력을 상기시키
고 있는 소리로 보증된 유령으로부터 비롯한 것이다.[13]

　여기서, 소리와 연관된 유령의 존재를 논의할 때 사키야마 다미의
문학은 오시로 사다토시와 또 다른 측면에 대한 이해가 요구된다. 이
것은 사키야마 다미의 문학을 관류하고 있는 주요한 문제의식을 해명
하는 것과도 연관되는바, 오키나와의 다른 작가들과 비교할 때 언어의
물질성(사키야먀 다미식 '섬 말'의 육체성)에 집중적 관심을 갖는 그의 문
학 실체를 밝히는 일과 무관하지 않다.[14] 이것은 사키야마 다미 특유의
생의 감각에 의해 생성되고 벼려진 문학적 상상력을 온전히 이해하는
데서부터 실마리가 풀린다.

　사키야마 다미는 현재 오키나와 본섬에서 살고 있으나, 그는 전생애
를 걸쳐 류큐 열도의 작은 섬(이리오모테섬)에서 태어나 또 다른 작은
섬(미야코섬)으로 이주했던 삶의 이력을 지니고 있다. 그의 삶에 직결

13　이 유령의 존재와 관련하여 다시 강조해두고 싶은 것은 「아이고 오키나와」의 유령은
　　시각적 언어로 재현되는 게 아니라 작중 인물의 증언의 형식, 곧 말을 담담히 건네주
　　는 형식으로 청자／독자에게 전해질 따름이다. 이 작품의 대미를 이루는 하나의 단락
　　(다섯 문장으로 구성)에서 작중 인물 '나'는 오키나와의 근대 역사에서 제국의 폭력
　　에 테러를 가한 그래서 반(反)폭력의 주체로서 확인되는 유령의 존재를 '경이로운 현
　　실'의 차원에서 들려준다. "내 앞에는 녹음이 우거진 정원이 있다. 콘크리트 벽 따위
　　는 없다. 그 테러리스트들이 제거해 주었다. 나는 분명 테러리스트를 목격했다. 우리
　　들의 한 가닥 희망이다."(307쪽)
14　조정민, 「'오키나와 문학'이라는 물음」·「일본어문학의 자장과 전후 오키나와의 문
　　학 언어」, 『오키나와를 읽다』, 소명출판, 2017 및 소명선, 「사키야마 다미의 「달은
　　아니다」론」, 『일본문학연구』 50, 동아시아일본학회, 2014.

된 섬으로의 이주와 그 작은 섬들에서의 삶은 그만의 '섬 말'에 대한 인식과 그것에 바탕을 둔 문학적 상상력을 풍요롭게 길러낸다. 그런데 그의 '섬 말'에 촉수를 곤두세워야 할 지점은 그가 섬들의 삶 속에서 '섬 말'과 함께 보고 들으며 느끼고 생각했던 섬의 정동情動을 수행한 섬의 정령들과 연관된 각종 구술연행이다.[15] 이 섬의 정령들은 그곳에서 삶과 유리된 신비와 마술의 권능을 행사함으로써 섬 사람들을 영적으로 군림하고 지배하는 그런 존재가 아니다. 그보다 섬의 정령들은 섬의 정동으로서 섬 사람들의 삶 깊숙이 자리하고 이것은 섬의 육체성을 이루는 '섬 말'과 상호침투적 관계를 맺는다. 우리가 사키야마 다미의 '섬 말'을 그의 문학적 상상력에서 주목하는 것은 바로 이와 같은 섬의 구체적 삶과 분리할 수 없는 섬의 정령들 때문이다.

이와 관련하여, 사키야마 다미의 문학에서 이러한 면모는 정령이 아닌 비로소 유령의 존재로 출현한다. 그의 단편 「달은, 아니다」[16]는 그 대표적 소설이다. 이 소설은 곳곳에서 "기괴한 목소리의 울림"(226쪽)이 있는가 하면, 분명 형상을 지니되 실재계에서 인식할 수 있는 어떤 정형적 실체가 아니라 일부러 애써 형상을 지우거나 모호하도록 한 비정형적 실체들이 불쑥 출현하는 말 그대로 환시와 환청을 쉽게 목도할 수 있는 작품이다. 이 소설의 이러한 모습은 작품의 말미에 이르러 정점을 보여준다. 작중 인물 '나'는 책을 전문적으로 편집하는 일을 맡고 있는 터에 어느 날 산책하

---

15 오키나와는 작은 섬들로 이뤄진 열도(列島)로, 이들 섬에서는 섬 특유의 각종 정령들과 연관된 풍속이 화석화된 전통문화로 보존·기념·전래되지 않고 엄연히 섬 사람들의 삶 속에서 제의적 구술연행으로서 숨 쉬고 있다. 이에 대해서는 와타나베 요시오, 최인택 역, 『오키나와 깊이 읽기』, 민속원, 2014, 121~137쪽.

16 사키야마 다미, 조정민 역, 「달은, 아니다」, 『달은, 아니다』, 글누림, 2018. 본문에서 이 소설의 부분을 인용할 때 각주 없이 본문에서 해당 쪽수만 표기한다.

다가 해안가로 이어진 길로 들어서 해변공원 입구에 이른다. 바로 그곳에서 '나'는 "사람들이 서 있다고는 하지만 그들 존재는 딱히 무어라 특정하기 어려운 인간들의 무리" "여자인지 남자인지, 노인인지 어린이인지 젊은이인지 모르"(315쪽)는, 즉 유령의 존재들을 본다. 그리고 유령들이 말하는 대화뿐만 아니라 침묵도 듣는다. 그 내용의 핵심은 오키나와전쟁(후)의 객관현실에서 빚어진 우여곡절의 숱한 죽음들로 그 심층에는 유무형의 폭력이 자리하고 있다.[17] 작가는 이 대목을 몹시 공들여 분량상 10여 쪽 이상을 할애하면서 소설의 대미를 끝낸다.

그런데, 작가의 이 대미에서 '꼼꼼히 읽기close reading'가 필요하다. 이 유령들은 "해 질 녘"(325쪽) 해안가 근처 해변공원에 출현했는데, 그곳은 바다가 그리 멀지 않아 습한 바닷바람이 불어와 맴돌고 흩어지는 곳이다. 이곳에서 작중 인물 '나'는 유령들을 보고 그들의 곡절 많은 사연들이 잉태한 말과 말 사이의 침묵의 언어를 듣는다. 사실, 이들의 대화와 침묵의 장면에 대한 작가의 문학적 상상력은 그 장소가 갖는 실감이 뒷받침되듯 유령이라는 그들의 존재성을 괄호에 넣어버린다면 실재 현실에서 이뤄지는 것을 재현한 데 불과하다. 바로 그렇기 때문에 이 유령의 출현은 예의

---

17 가령, 오키나와전쟁 당시 현민들의 체험을 기록해온 오시로 마사야스(大城將保)의 『오키나와전투』에는, "남부전선에서는 전투원과 일반 주민이 같은 동굴에 뒤섞여 있었다. 어린 아이들이 울고 부상자는 신음한다. 그러자 적에게 진지가 발각될 수도 있다는 이유로 울어대는 아이를 살해하거나 부상자를 독약으로 처치하는 잔혹한 광경이 곳곳에서 펼쳐졌다. 패잔 심리까지 발동하여 약육강식의 극한상황이 전개되었던 것이다. 전장에서는 어린아이, 노인, 부녀자, 부상자 등 약자부터 순서대로 희생되었다. 이처럼 인간성이 무너져버린 현상이 전장의 진짜 비극을 초래했던 것이다"(호사카 마사야스, 정선태 역, 『쇼와 육군』, 글항아리, 2016, 798쪽)에서 알 수 있듯, 전쟁 폭력에 희생된 숱한 죽음들은 '오키나와전(후)＝지옥도(地獄圖)'를 자연스레 떠올리도록 한다.

'경이로운 현실'의 문제틀에서 적극 읽어야 하는 것이다. 이를 좀 더 부연하면, 사키야마 다미의 문학에서도 유령의 출현은 오키나와의 해안가에 인접한 장소성을 가볍게 넘길 수 없고, 이곳은 오키나와전쟁(후)의 상처받은 오키나와 사람들, 특히 죽은 자들이 유령의 존재성을 띤 채 절로 모여드는 집합소란 점에서 주목할 곳이다. 바로 이곳에서 유령들은 자신들의 언어(말소리 / 침묵을 통해)를 주고받으며, 작가는 이 유령들의 언어를 청자 / 독자에게 들려준다. 그런데 이 문학적 상상력에서 '습한 바닷바람'이 곧잘 강조되고 있으며 바람의 정동에 세밀히 반응하고 있는 것을 간과해서 안 된다.

혼령들의 수런거림이 바람의 속삭임으로 바뀌어 저편으로 사라지는가 싶더니, 역풍이 불어닥쳐 갑작스런 소용돌이를 일으킨다. 기세 좋은 목소리가 다시 몰려든다. 소란스럽다. 소란스럽기는 하지만 어딘가 고요하고 뜨겁다. 끊임없는 대화의 소용돌이가 내 고막을 간질인다. 쿡쿡, 큭큭큭. 소리는 입속 웃음을 머금은 고백이 되기도 하고 파열하는 조소가 되기도 하며 설교가 되기도 한다……. (320쪽)

사키야마 다미에게 습한 바닷바람은 이물스럽지 않다. 그는 작은 섬에서 출생하여 작은 섬들로 이주하며 그곳에서 섬의 정령들이 섬 사람들의 삶에 깊숙이 틈입해와 함께 살고 있는 모습을 또렷이 보고 듣고 느끼며 그것으로부터 문학적 상상력을 길러온바, 여기에 습한 바닷바람의 실감이 작용하고 있다는 것을 덧보태야 한다. 그러니까 작가에게 바닷바람은 바다에서 해수면의 온도와 대기중의 기압 차이로 불어대는 기상학적 측면에서 자연과학으로 인지한 바람이 아니라 세기에 따라 마치 섬 사람들이 때로는 악다구니치는 거센 말들도 하고, 언제 그랬냐는 듯 미풍처럼 수런거리기도 하고 속삭이기도 하고, 때로는 한 점 바람도 불지 않듯 침묵하기도 하는 등 말의 생리로 체득한 것이다. 말하자면 작가에게 바닷바람은 섬 사람들의 삶의 생리와 함께 하는, 그래서 섬의 정동과 다를 바 없는 바람의 정동을 지닌다. 그렇다면, 이러한 바닷바람의 소리도 자연스레 생명력을 지닐 수밖에 없다. 그래서 해안공원을 맴돌며 만들어지는 "휘익 획획"(325쪽)의 바람소리도 단순히 바람이 물리적으로 만들어내는 음향의 경계를 넘어 작가의 문학적 상상력에 의해 유령들이 주고받는 언어(말과 침묵)의 육체성을 띤다고 볼 수 있다. 그렇다면 이 또한 좁게는 사키야마 다미의 문학에서 유령의 존재가 갖는 '경이로운 현실'이 문학적 재현으로 구체화되고 있다는 것이고, 넓게 는 유령의 서사가 오키나와의 객관현실에 착근함으로써 그로부터 생성된 놀랍고 충격적인 '경이로운 현실'이 자연스레 오키나와전쟁(후)의 반反폭 력의 세계를 오키나와문학에서 구축하고 있는 것이다.

3. 베트남의 '경이로운 현실' – 반反폭력의 정치적 · 윤리적 주체

2차 세계대전을 거치면서 전쟁무기의 엄청난 살상 파괴를 직접 경험한 아시아는 이후 '탈식민 냉전' 질서 아래 '열전熱戰'을 치러내면서 자연과 인간이 송두리째 파괴되는 '지옥의 묵시록'을 보고 있다. 우리가 베트남전 쟁을 주목하는 이유는 바로 여기에 있다. 앞서 오키나와전쟁(후)의 '탈식민 냉전'의 객관현실을 다룬 오키나와문학에서 살펴보았듯이, 전쟁과 연관된 폭력의 과잉은 전쟁의 희생자들 특히 죽은 자를 유령의 존재로서 우리의 삶에 틈입하는데, 이때 유령의 출현은 그 폭력의 생생한 현장 또는 그 현장을 상기시키는 장소인 오키나와의 자연과 분리할 수 없다. 때문에 오키나와문학에서 이러한 유령의 서사는 폭력의 과잉 속에서 망각 또는 왜곡되는 기억들을 소환함으로써 반反폭력의 세계를 구축하는 문학적 상상력의 힘을 보여준다. 이것은 베트남문학에서도 매우 중요한 탐구의 대상이다. "유령은 베트남에서 현저하게 대중적인 문화적 형태이자 역사적 성찰과 자기표현을 위한 강력하고 효과적인 수단이기도 하다"[18]는 언급이 가리키듯, 베트남문학에서 '유령의 서사'는 베트남에 매우 친숙하기 때문에 베트남전쟁과 연관된 폭력의 과잉에 대한 역사적 성찰은 물론, 전쟁의 승자(베트남민족해방을 주도한 북베트남중심의 혁명주체)와 패자(미국)가 각기 자신만의 방식으로 이 전쟁을 정치적으로 전유한 과정에서 빚어진 또 다른 폭력에 대한 반反폭력의 문학적 상상력을 효과적으로 대중화할 수 있다는 점에서 흥미롭다.

바오닌Bảo Ninh(1952~)의 장편 『전쟁의 슬픔』[19]은 이러한 문학적 상상력을 빼어나게 형상화한 베트남문학의 대표작으로 손색이 없다. 『전쟁의 슬픔』에서 우선 주목되는 것은 작중 인물 끼엔의 삶 속으로 기회가 있을 때마다 틈입해오는 베트남전쟁에서 죽은 동료 병사들과 민간인들의 혼령의 출현이다. 이 혼령은 베트남전쟁 기간에도 출현하고 전쟁 이후에도

---

18 권헌익, 박충환·이창호·홍석준 역, 『베트남전쟁의 유령들』, 산지니, 2016, 16쪽.
19 이 소설은 베트남뿐만 아니라 전세계에 집중 관심을 받으며 베트남 최초로 16개국 언어로 번역 소개되었고, 런던 『인디펜던트』 번역문학상(1995), 덴마크 ALOA문학상(1997), 일본 『일본경제신문』 아시아문학상(2011), 한국 ACC와 ACI아시아문학상(2018) 등을 수상한바, 베트남전쟁에 대한 대중적·문예적·학술적 사랑을 많이 받고 있다. 참고로 바오닌은 1969년 고등학교를 졸업한 후 17세에 베트남인민군대에 자원 입대한후 1975년 베트남전 최후 작전인 사이공진공작전에 참여하였다. 이 글에서는 『전쟁의 슬픔』(하재홍 역, 아시아, 2012)을 대상으로 하며, 이하 소설의 부분을 인용할 때 각주 없이 해당 부분의 쪽수만 표기한다.

출현하는데, 작가는 이 혼령을 "산 귀신의 것"(45쪽)으로 이해한다. 베트남전쟁의 혼령에 대한 작가의 이런 이해는 이 소설이 지닌 '유령의 서사'를 탐구하는 데 골격을 이룰 뿐만 아니라 이 글에서 살펴볼 다른 베트남 소설인 반레Van Le(1949~2020)의 장편 『그대 아직 살아 있다면』의 '유령의 서사'를 이해하는 데도 해당된다.[20] 그러니까 이들 혼령은 분명 생명이 빼앗긴 '죽음' 상태에도 불구하고 무슨 이유인지 모르나 '죽음'의 절대성에 균열을 낸 '살아 있음'을 완전히 소멸시키지 못한 그래서 언어의 형용모순을 '산 귀신'으로 표현한다. 이것은 달리 말해 이 글에서 논의하고 있는 '유령'인 셈이다. 이 유령은 오키나와문학에서 살펴보았듯이, 바오닌의 소설에서도 '산 귀신'의 구체성을 입증해보이듯, 베트남전쟁에서 전투가 벌어진 도처(주로 밀림과 촌락 등지)의 현장을 산 자들처럼 배회하며 심지어 그들끼리 말을 주고받는가 하면 산 자에게까지 말을 건넨다. 그리하여 바오닌은 베트남전쟁의 전선 바로 그 격전지를 아직도 벗어나지 못한 채 유령으로 배회하고 있는 병사들뿐만 아니라 너무나 허망하게 끔찍이 죽어간 민간인들의 유령을 베트남의 자연(흙, 숲, 나무, 바람, 계곡, 샘물, 늪, 정글 등)에 겹쳐놓는다. 왜냐하면 이들 유령은 베트남의 대자연 속에서 느닷없이 출몰하는 공포감을 동반하는 괴기스런 존재가 아니라 대자연 속에서 유령의 존재형식으로 살고 있는, 그래서 목숨이 붙어 있는 것과 또 다른 삶을 살고 있는 자연의 이러저러한 현상으로 존재한다. 그렇게 베트남전쟁의 유령은 베트남의

---

20   여기서 『전쟁의 슬픔』과 『그대 아직 살아 있다면』의 논의는 고명철, 「베트남전쟁 안팎의 유령, 그 존재의 형식」, 『푸른사상』, 2018.여름호에서 해당 부분을 이 글의 문제의식에 따라 대폭 보완하여 발췌한 것이다. 이 글에서는 『그대 아직 살아 있다면』, 실천문학사, 2002를 대상으로 하며, 이하 소설의 부분을 인용할 때 각주 없이 해당 부분의 쪽수만 표기한다.

대자연 속에서 자연스레 살고 있는 '산 귀신'으로서 존재의 가치를 얻는다. 우리는 이것을 두고 '경이로운 현실'의 맥락에서 이해할 수 있다.

그렇다면, 바오닌의 문학에서 발견되는 '경이로운 현실'에서 주목해야 할 것은 무엇일까. 『전쟁의 슬픔』에서 '고이 혼'(17쪽)으로 불리우는 베트남의 서부 고원은 '경이로운 현실'에 부합하는 장소로서 베트남전쟁에서 싸운 동료들이 무참한 주검이 된 "혼령과 귀신은 여전히 하늘로 올라가는 것을 거부하고 밀림 근처, 잡목 숲 모퉁이, 강물 위를 배회"(17쪽)하는 유령의 존재로서 전쟁의 참상을 증언하고 있다. 이와 관련하여, 베트남의 "전쟁유령 현상은 역사의 외부에 존재하는 것이 아니라 역사적으로 구성된 인간의 조건을 반영하고, 때로 헤겔의 자이트가이스트^{zeitgeist}, 즉 시대를 대표하는 정신으로 묘사되는 것과 긴밀한 친화성을 가진다"[21]는 점을 성찰할 필요가 있다. 말하자면, 『전쟁의 슬픔』에서 작가가 마주하고 있는 유령은 베트남전쟁의 승자적 입장에서 값비싼 희생을 당한 숱한 죽음들을 전쟁 영웅화하려는 유무형의 제도에 구속시키는 게 아니라 "전쟁의 슬픔에 질질 끌려 다녔다"(40쪽)는 문장이 함의한 베트남전쟁에 대한 래디컬한 성찰의 힘든 길로 인도하는 정치적 주체다. 이 정치적 주체는 바오닌이 그 스승으로부터 깨우침을 얻었듯, "전쟁 속에서 사람이 사람에게 저지른 잔인한 폭력과 끔찍한 적개심을 절대로 잊어서는 안 되"며, "사랑과 인도적인 성품과 관용" "곧 평화를 사랑하는 마음을 표현하는 것"(이상 8쪽)에 깃든 정치성을 실천한다. 때문에 전쟁의 승자적 시선이든지 패자적 시선이든지 바

---

21 권헌익, 박충환·이창호·홍석준 역, 『베트남전쟁의 유령들』, 산지니, 2016, 48~49쪽.

오닌이 자신의 문학적 상상력에서 주목하는 유령으로서 정치적 주체는 전쟁의 폭력이 인간을 얼마나 비인간으로 전락시키는지 그 민낯을 응시하도록 함[22]과 동시에 폭력으로 훼손당한 평화의 소중한 가치를 복원하도록 한다. 이것은『전쟁의 슬픔』에서 작중 인물이 유령의 존재를 도처에서 만나는 '경이로운 현실'을 회피하지 않고 그들과의 만남 속에서 '전쟁의 슬픔'을 위무하는 진정성으로 독자를 감동시킨다.

여기서, 문제의식을 가다듬자.『전쟁의 슬픔』에서 작가 바오닌은 작중 인물 끼엔의 글쓰기 과정에서 베트남전쟁의 대자연 속에 살고 있는 베트남전쟁의 유령을 만나 현실 세계에서 그들의 존재를 영원히 추방하기 위한 퇴마사의 역할을 수행하는 데 있지 않다. 그보다 "시냇물이 흐르는 소리, 산바람이 울부짖는 소리는 바로 병사들의 황폐한 영혼이 내는 목소리"로서 "이승에 사는 우리들은 수시로 그 소리를 듣게 되고 때로는 소리의 의미까지 이해"(17쪽)해야 하는, 달리 말해 전쟁 유령들의 출몰 속 '경이로운 현실'을 이해해야 하는, 심지어 "끔찍한 질병과 끝없는 굶주림이 이곳의 모든 생명을 완전 궤멸시킨 것"(18쪽)과 연관된 귀신의 상처마저 어루만져야 하는 흡사 영매靈媒의 몫을 수행해야 한다.[23]『전쟁의 슬픔』에서 끼엔이 종전 후 전사자들의 발굴유해단원

---

22 이처럼 전쟁의 폭력에 속수무책으로 비유컨대 벌거숭이로 노출된 인간은 전쟁 도처에서 비인간성을 목도하는바, 소설의 서사를 통해 이 비인간성은 기억된다. "그래서 부인하고 싶기만 한 우리의 비인간성을 들여다보게 하는 기억이 남아 있어야 한다. 우리의 비인간성을 인식하면, 우리의 정체성을 재구성하는 작업이 시작된다. 전쟁기계에 속하지 않기 위해서다. 전쟁기계는 항상 우리만이 인간이고, 우리의 적은 인간보다 못한 존재라고 말하기 때문이다."(비엣 타인 응우옌, 부희령 역,『아무것도 사라지지 않는다』, 더봄, 2019, 358쪽)

23 영매는 지역마다 고유의 정체성을 갖고 영매가 주도하는 제의식도 다양하다. 하지만 영매의 개별적 특수성 외에 공유하고 있는 영매의 역할은 죽은 자와 산 자의 어떤 소

으로 일하면서 그 자신은 살아났지만 동료 병사들과 민간인들이 처참히 죽은 곳에서 만난 유령으로부터 "암흑 같은 시절을 견디게 해주었고 그에게 믿음과 삶에 대한 욕망과 사랑을 심어 주었다"(71쪽)고 생각하게 된 것은 바로 영매로서 스스로를 '자기발견'했기 때문에 가능한 것임을 새겨둘 필요가 있다.

작가 반레 역시 그의 소설은 이와 크게 다르지 않다. 오히려 반레의 『그대 아직 살아 있다면』은 바오닌의 『전쟁의 슬픔』보다 유령의 존재를 전경화前景化한다. 그것은 『그대 살아 있다면』의 작품 맨 처음부터 결말에 이르는 전부가 베트남전쟁 기간 동안 죽은 소년 병사 빈의 시선으로 펼쳐지고 있다는 점을 눈여겨봐야 한다. 그러니까 반레의 이 소설은 죽은 자가 전체 서사를 주도하고 있다. 물론, 이 죽은 자는 전쟁 시기 다른 죽은 자들에 대한 증언을 한다. 작가가 이토록 소설 전체의 서사를 점령하다시피 바오닌의 '산 귀신'과 동일한 유령의 존재를 전면화시키고 있는 이유는 어디에 있을까. 작가가 "내가 지금 필명으로 쓰고 있는 '반레'라는 이름도 시인이 되고 싶어했지만, 결국 전장에서 목숨을 잃고 만 친구의 이름이야. 나는 내 친구들을 대신해 오늘을 살고 있는 거지"[24] 뿐만 아니라 "실제로

통의 길을 모색함으로써 그들 사이에 맺혀 있는 모종의 억압에 연루된 영혼과 육신의 상처를 치유하고자 한다. 이에 대해서는 우노 하르바, 박재양 역, 『샤머니즘의 세계』, 보고사, 2014; 이부영, 『한국의 샤머니즘과 분석심리학』, 한길사, 2012; 김성례, 『한국 무교의 문화인류학』, 소나무, 2018 참조. 따라서 『전쟁의 슬픔』처럼 베트남전쟁의 폭력 속에 영혼과 육신이 절멸·유린되는 데 연루된 죽은 자와 산 자의 상처를 치유하기 위해 유령 출몰에 따른 '경이로운 현실' 속에서 작중 인물은 흡사 영매로서 역할을 수행한다. 거듭 강조하건대, 바오닌의 문학적 상상력에서 이러한 영매의 중개를 통해 유령이 지닌 정치적 주체는 그 현실성을 보증한다.

24 하재홍, 「반레와 대담 : "내가 왜 살아남았을까?" - 베트남의 시인 '반레' 인터뷰」, 『실천문학』, 실천문학사, 2001.가을, 364쪽. 참고로 반레의 본명은 레지투이(Le Di Tui)로 1966년 고등학교 졸업 이후 17세에 자원 입대한 후 1975년 종전까지 베트남

나는 지금도 생각한다. 내 목숨은 이미 지난 전장에서 죽은 목숨이며, 지금의 삶은 단지 '덤'일 뿐이라고. '덤'의 삶을 마치는 순간까지, 나는 나의 시와 소설 그리고 영화를 통해 벗들의 삶을 증언해야 한다고……"[25]에서 뚜렷이 고백하고 있듯, 반레는 자신의 삶 자체가 '산 귀신'으로서 유령의 삶을 살고 있는 셈이다. 이것은 반레의『그대 아직 살아 있다면』에 고스란히 녹아들어 있어 무엇 때문에 '유령의 서사'가 소설 전체에 배치되고 있는지를 알 수 있다.

여기서 우리가『그대 아직 살아 있다면』에서 새롭게 주목하는 유령 존재의 어떤 면이 있다. 이것은 죽은 자를 대신하여 삶을 살아내고 있는 작가가 베트남전쟁에 함몰되지 않은 채 그것에 대한 성찰을 통해 베트남의 개혁개방을 대외적으로 천명한 도이머이^{Doi Moi}(1986) 이후 급변하고 있는 베트남의 현실에 대한 웅숭깊은 비판적 성찰을 보인다는 점이다. 이것은 이 소설에서 매우 중요한 지점이다. 사실, 작중에서 유령 빈이 전쟁을 수행하는 도중 베트남 인민의 군대 내부에 대한 치열한 자기비판의 과정을 보이면서 군 내부의 상명하복 조직에서 쉽게 무시되는 민주주의적 정동을 부각시키고, 죽고 죽이는 비인간성이 난무하는 전장에서 베트남 해방전사의 명예와 자기존중을 드높이는 것을 강조하고, 특히 '정직', '진실', '양심' 등의 윤리를 비중 있게 다루고 있는 것은, 온갖 희생을 치르면서 전쟁에서 승리를 일군 전사자들을 기리고 숭배하는 데 목적을 두지 않는다. 그보다 유령 빈이 소설 속에서 "칠월 보름에"(293쪽) 할아버지 집을 방문하여 "보름 동안 고향에서 지내면서

전쟁에 참전하였다.
25 반레, 「무엇이 베트남인가」, 『황해문화』, 새얼문화재단, 2002.가을, 30쪽.

할아버지와 담소를 나누고, 절친했던 마을 사람들과 이웃 마을의 사람들을 만난 시간"(292쪽) 속에서 도이머이 이후 베트남의 객관현실을 살고 있는 사람들에 대한 비판적 성찰에 초점이 맞춰져 있다. 종전 이후 분명, 평화의 시대를 살고 있으나, "알 수 없는 무언가가 사회 내부에 발아하면서 사회 기반의 본질이 변화"(293쪽)함으로써, 악무한의 전쟁을 치르면서도 "가슴속 귀퉁이에 변함없이 순결한 아름다움을 간직하고 있었"(292쪽)던 그 무엇을 잃고 있다는 간절함이 빈으로 하여금 저승으로 가지 않고 "니윽투이 강변을 따라 계속 황천에서 방황하며 살래요."(295쪽)라고 할아버지에게 말한다. 그것은 도이머이 이후 자본주의 세계체제로 급속히 편입해 들어가는 베트남이 베트남전쟁을 거치면서 발견하고 길러낸바, 유령 빈이 발견한 베트남식 민주주의, 인간의 고매한 품격, 자기존중 등속에 바탕을 둔 윤리와 순결한 영혼의 존재형식이 훼손당하고 있는 현실에 대한 비판적 성찰이다. 그리하여 유령 빈은 다른 유령들처럼 베트남의 대자연과 함께 베트남전쟁 안팎의 '경이로운 현실'을 살고 싶어한다. 그 '경이로운 현실' 속에서 베트남의 해방전사들과 민간인들이 훼손되지 않고 순결한 영혼의 존재형식으로[26] "인류

26 반레에게 이러한 존재형식은 베트남전쟁을 거치면서 성찰해낸 중요한 생의 진리다. 그는 베트남 농민과의 대화에서 이것을 곰곰 숙고한다. "농부의 말은 너무도 지당한 것이다. '갈대 숲을 빠져 나와' 사람을 만나려면 우리에게 가장 먼저 필요한 것은 영혼의 가난을 씻는 일이 될 것이다. 우리 베트남 사람들은 아직 다문명, 다극화의 세계 속으로 들어가는 데 필요한 준비가 되어 있지 않다. 그러나 맑고 고요한 영혼을 지닐 수 있다면, 보다 명료하게 자신의 나아갈 길을 선택하는 데 도움이 될 것이다. 만약 빠르게 이러한 문제를 개선하지 못한다면 우리는 또 다른 갈대 숲을 만나게 될지도 모를 일이다."(반레, 「갈대 숲을 빠져 나오다」, 『아시아』, 2009.가을호, 220쪽) 이 성찰은 도이머이 이후 세계 자본주의 체제에 본격적으로 들어서기 시작한 베트남이 무엇을 어떻게 준비해야 하는지에 대한 정치적·윤리적 주체 정립의 문제를 숙고하도록 한다.

모두가 함께 살 수 있는 방법을 찾"아 "신이 인간에게 준 가장 특별한 호의"(279쪽)인 '삶'을 평화롭게 모색하고자 한다.

이처럼 바오닌과 반레의 소설에서 그려지는 '유령의 서사 / 경이로운 현실'은 베트남전쟁의 폭력을 또렷이 응시하고 성찰하면서 베트남의 현실과 미래에서 반反폭력의 세계를 향한 문학적 상상력의 힘을 실천하고 있다. 이것은 그들이 직접 베트남전에 참전하여 폭력의 가공할 만한 실체를 직접 경험하였으므로 그 반反폭력에 대한 정치학과 윤리학은 한층 미적 설득력을 얻게 된다. 그런데, 베트남전쟁을 아주 어린 시절 체험하였고 해상 난민으로 미국으로 이주한 작가의 소설에서는 반反폭력이 어떠한 문학적 상상력으로 추구되고 있을까.

비엣 타인 응우옌Viet Thanh Nguyen(1971~)의 장편『동조자』[27]는 지금까지 살펴본 바오닌과 반레의 베트남전쟁 서사에서 집중적으로 다뤄진 '유령의 서사 / 경이로운 현실'과 거리가 멀다. 그의 소설에서도 전쟁의 폭력은 서사의 중심적 탐구 대상이지만, 바오닌과 반레의 소설에서 두루 살펴본 것처럼 유령의 존재와 '경이로운 현실'이 서사의 골격을 이루는 것은 아니다. 하지만 흥미롭게도 비엣 타인 응우옌의 『동조자』에서는 베트남에서 생명력을 지닌 유령이 허무하게 무참히 없어진다. 전쟁의 패자인 미국은 베트남전쟁을 수행한 미군의 광기를 헐리우드 영화로 재현함으로써 베트남전쟁의 유령마저 철저히 절멸시키고 그 스펙터클한 장면이 연출한 현실 부재의 초과현실을 베트남전쟁의 현실로 대체시킨다. 그러면서 이 초과현실은 베트남전쟁의 유령 서사와 긴밀한 관계를 맺은 '경이로운 현실'을

---

27 비엣 타인 응우옌, 김희용 역,『동조자』1·2, 민음사, 2018. 이하 본문에서 소설을 인용할 때 해당 부분의 쪽수만 표기한다.

마술과 신비로 가득찬 반문명과 야만의 세계로 치부해버린다. 베트남전쟁 당시 미군이 '베트남을 구석기시대로 돌려놓겠다'고 하여, 엄청난 화력을 퍼붓고 밀림을 완전히 제거시킬 목적으로 고엽제[28]를 살포한 데서 드러나듯, 미국은 상대방 적을 이기는 것을 넘어 아예 그 타자의 존재를 없애버리는 데 궁극의 초점을 맞춘다. 이것이야말로 맹목적인 반공주의 이데올로기로써 인도차이나반도에서 베트남민족해방혁명의 주체를 절멸시키는 비인간의 야만성을 스스로 입증한 것이나 다름이 없다. 이러한 면모는 『동조자』에서 베트남전쟁을 영화 촬영하는 두 폭파 장면에서 적나라하게 드러난다. 하나는 B 52폭격기가 적의 은신처를 폭격하는 장면인데, 이 무지막지한 폭격이 적의 "살아 있는 자들을 죽이기 위해서가 아니라 죽은 자들의 땅을 정화하고, '킹 콩'(적의 은신처–인용자)이 시체 위에서 승리의 춤을 추고, '어머니인 대지'의 얼굴에서 히피의 미소를 지워 버리고, 세상을 향해 이렇게 말하기 위해서였습니다. 우리는 어쩔 수가 없어, 우리는 미국인들이야"(『동조자』 1권, 288쪽)란 장면을 통해서, 다른 하나는 이렇게 폭격 촬영을 하다가 남은 휘발유와 폭발물로 계획에 없던 베트남의 공동묘지를 파괴하는바, 감독은 대본에 없는 장면을 졸속으로 만들어 미군을 공격하는 게릴라가 공동묘지에 은폐하고 있으므로 "이 신성한 영역에 155밀리 백린탄으로 산 자와 죽은 자를 모두 말살하는 공격"(『동조자』 1권, 291쪽) 장면이 그것이다. 이 두 폭파 장면에서 예의주시해야 할 것은 살아 있는 상대방 적을 죽이는 데 목적을 두기보다 이미 죽은 자들의 땅을 정화시킨다는 미명

---

28 미군은 오키나와에 대량의 고엽제를 저장했고 베트남전쟁에 군사작전의 일환으로 고엽제를 살포했다. 이에 대해서는 개번 매코맥·노리마쯔 사또꼬, 정영신 역, 『저항하는 섬, 오끼나와』, 창비, 2014, 155~156쪽.

아래 엄청난 파괴력을 지닌 폭파 장면의 스펙터클을 스크린으로 재현하고 싶어한다는 점이다.

그러면, 이것은 무엇을 겨냥한 것일까. 베트남에서 씌어지고 있는 베트남전쟁 서사들이 베트남전쟁의 유령 존재를 통해 '탈식민 냉전' 질서 아래 전쟁으로 초토화된 대자연과 대지와 관계를 맺은 '경이로운 현실'로서 베트남전쟁에 대한 역사적 성찰이 반_反폭력의 세계를 추구하는 데 초점을 맞추고 있는데 반해 헐리우드 문화산업은 베트남전쟁에서 죽은 자가 얻은 생명력, 즉 유령 존재를 완전히 파괴함으로써 '경이로운 현실' 자체가 생길 수 없는 불모화된 대지에서 인간의 말초적 쾌락 감각을 흥분시키는 데 몰입한다. 그들에게 전쟁에 대한 문화예술적 접근은 헐리우드 문화산업을 떠받치는 미국의 군수산업의 정치경제적 이해관계에 충실하며, 이처럼 전쟁에 대한 스펙터클을 반복 재생산할 수 있는 '탈식민 냉전'의 질서를 이해관계에 따라 적극 활용할 따름이다.[29] 비엣 타인 응우옌의 『동조자』는 바로 이런 측면에서 '유령의 서사 / 경이로운 현실'이 베트남전쟁 서사에서 반_反폭력의 세계를 향한 정치적·윤리적 역할을 충실히 보증하고 있음을 여실히 보여준다.

---

29 베트남전쟁을 대상으로 한 헐리우드 문화산업은 베트남전쟁에 대한 미국의 패자 콤플렉스와 긴밀한 관계를 맺고 있음을 우리는 잘 알고 있다. 비엣 타인 응우옌은 이러한 점을 '기억 관련 산업'의 측면에서 풍부한 실제 사례를 활용하여 그 정치사회 현상학을 예리하게 분석한다. 비엣 타인 응우옌, 김희용 역, 앞의 책, 137~170쪽 참조.

4. 반反폭력의 평화로운 일상을 향해

제2차 세계대전 이후 미국과 소련의 양대 진영으로 재편된 글로벌 냉전체제는 균질하지 않다. 특히 유럽의 냉전과 아시아의 냉전은 그 성격과 내용이 여러 모로 다르다. 무엇보다 유럽의 냉전은 '냉전'의 이름에 걸맞게 유럽에서는 2차 세계대전 이후 '열전'이 없었다. 하지만 아시아의 냉전은 한반도와 인도차이나반도, 인도, 그리고 서남아시아 지역에서 국가들 사이의 정규전 및 비정규전이 일어나는 등 현재까지 전쟁의 참화에서 벗어난 적이 없다. 아시아에서는 2차 세계대전 이후 냉전체제 아래 구미와 일본의 제국의 식민주의로부터 해방을 쟁취하기 위한 '탈식민 냉전'의 질서 속에서 숱한 '열전'을 겪고 있(었)다. 그래서 아시아문학의 주요 쟁점 중 하나는 이처럼 복잡한 양상으로 전개되고 있는 아시아의 '탈식민 냉전'에 대한 문학적 응전을 탐구하는 것이다.

이와 관련하여, 동아시아의 오키나와와 베트남은 서로 다른 전쟁을 각기 치렀으나, 인간이 감내할 수 없는 폭력의 임계점을 넘어 살아 있는 모든 것들의 존재 자체를 근절시키려 했다는 점은 두 전쟁이 공유하는 전쟁의 파경을 적나라하게 보여준다. 이 글의 서두에서도 언급했듯, 오키나와는 베트남전쟁을 효과적으로 수행하는 미국의 군사기지 역할을 담당하였고, 때문에 일본 본토로 복귀하려는 오키나와가 미군정 및 미국의 군사기지로부터 해방되고자 한 조국복귀운동에도 베트남전쟁의 문제는 오키나와와 분리할 수 없는 주요 현안이다. 따라서 이들 전쟁과 관련한 문학적 응전은 각별히 주목할 필요가 있다. 이 글에서는 오키나와전쟁(후)와 베트남전쟁(후)의 객관현실을 다루는 오키나와전쟁 서사와 베트남전쟁 서사 속에서 출현하는 유령의 존재에 주목한바, 이 유령은 이들 지역의 대자연(해안, 바다, 숲, 밀림, 개울, 골짜기, 고원 등)과 관계를 맺는 장소를 중심으로 전쟁의 폭력을 상기시킴으로써 그것을 망각 및 왜곡하는 데 맞서는 놀랍고 충격적인 '경이로운 현실'을 생성시킨다. 이 '경이로운 현실'은 죽은 자와 산 자 사이의 소통의 길을 내고 그들 모두 전쟁(후)의 객관현실에서 반反폭력의 세계를 구축하는 데 힘을 쏟는 정치적·윤리적 주체로서 유령의 정동을 보증해준다. 따라서 이 유령의 정동은 이들 지역에서 한갓 괴기스러운 비현실적 허구의 존재가 아니라 이 지역의 산 자들의 삶과 함께 하는 존재로서 그려지고 있다.

이 글에서 살펴본 오키나와전쟁 서사와 베트남전쟁 서사의 문학적 응전에 대한 탐구를 통해 아시아의 다른 지역에 흡사한 '유령 서사 / 경이로운 현실'에 대한 탐구 과제를 남겨둔다. 현재 치열히 진행 중인 아시아의 '탈식민 냉전'에 대한 문학적 응전은 전대미문의 폭력으로 점철된 고통과 상처를 응시하고 반폭력의 평화로운 일상을 구축하는 문학적 상상력을 실천하는 것을 조금도 게을리 할 수 없기 때문이다.

'오래된 새 주체', 서벌턴의 미적 저항

아라빈드 아디가의 『화이트 타이거』

1. 암베드카르, 인도의 이중적 시선에 직면한

　지구적 시좌視座를 염두에 두되, 구미중심주의에 나포되지 않은 리얼리즘의 창조적 계기를 만나기 위한 일환으로 인도를 주목할 필요가 있다. 나는 지난 해 인도에서 짧은 기간 동안 체류하면서 겪었던 일들 중 이와 관련하여 매우 흥미로운 뉴스를 소개하고 싶다. 2012년 인도는 독립 66주년을 맞아 인도의 IBN 방송에서 인도의 국부國父인 마하트마 간디 이후 '가장 위대한 인도인'을 선정하는 앙케이트를 국민들에게 조사하여 발표하였는데, 인도의 초대 수상 네루를 비롯한 인도 현대사의 주요 인물들을 제치고 암베드카르가 선정되었다. 이 결과에 대해 주관 방송사는 물론 인도의 주요 언론들은 뜻밖의 결과라도 나온 듯, 인도 특유의 토론문화 속에서 그 의미를 분석하느라 제법 부산하였다. 대부분의 논의들은 암베드카르가 하층 카스트 중 최하층 카스트, 즉 불가촉천민인 달리트dalit 계급을 대표하는, 그래서 인도 민중의 정치적 아이콘이라는 점, 그런데 이런 그가 인도의 초대 법무부 장관으로서 인도 헌법을 만든 사람이라는 점, 그 과정에서 카스트 제도가 지닌 부조리를 혁파하기 위한 그의 노력 등이 오늘날 인도 국민들에게

'가장 위대한 인도인'으로 선정된 원인들로 작용한 것으로 진단한다.

　그런데 이러한 분석 동향을 지켜본 나로서는 인도인들이 이 결과에 대해 이중적 시선을 지니고 있는 것처럼 보였다. 그들 스스로 인도의 독립을 기념하기 위한 국민적 축제의 성격을 띤 '가장 위대한 인도인'으로 선정된 암베드카르에 대한 적극적 의미를 부여하는 그 이면에는, 선뜻 그를 내놓고 자랑스러워하기보다 오랫동안 인도의 사회적 뇌관이었던 카스트 자체의 문제성이 크게 부각됨으로써 그동안 구조화된 인도 사회의 정형整形이 동요되지 않을까 하는 생각들이 인도 사회의 저층에 깊숙이 가라앉아 있음을 짐작할 수 있었다. 이것은 오랫동안 카스트의 이해관계 속에서 살아온 인도인들에게는 상층 카스트이든지 하층 카스트이든지, 심지어 카스트 밖의 불가촉천민이든지 예외 없이 암베드카르란 존재가 인도 사회에서 뜨거운 상징이라는 점을 웅변해준다.

　이와 관련하여, 나는 인도의 이방인으로서 비교적 인도 사회와 거리를 둔 상태로, 이 앙케이트 결과에 대해 숙고하지 않을 수 없었다. 특히 내 절친한 브라만 출신의 인도 학생의 이 결과에 대한 반응에서 나는 더욱 인도인의 이중적 시선을 느끼지 않을 수 없었다. 그는 내가 만난 인도 학생들 중 비교적 다른 학생에 비해 정치사회적 진보의 입장을 지지하고 있었는데, 유독 이 결과에 대해서만큼은 냉소적 반응을 보였다. 분명, 암베드카르가 '위대한' 인도인들 중 하나인 것은 동의하지만, '가장' 위대한 인도인이란 사실에 대해서는 결코 동의할 수 없다는 것이다. 자신이 상층 카스트인 브라만 출신이기 때문일까. 그래서 그 역시 인도의 오랜 카스트 전통의 굴레로부터 자유롭지 못하기 때문일까. 그렇다면, 그가 평소 나와 뜨겁게 나눈 정치사회적 진보의 견해들은 위선이란 말인가. 그래서, 암베드카르로 아이콘화된 카스트의 혁파는 그의 진보적 입장과 상충되는 것일까. 아니면, 나처럼 인도의 복잡하고 심오한 세계를 모르는 이방인이 인도 사회에 대한 도식적 판단을 내리는 것을 경계하는 것일까. 그렇다면, 이 결과에 대한 나의 리얼리즘적 해석과 그의 리얼리즘적 해석이 서로 다른 맥락에 기반하고 있으므로, 좀 더 세밀한 해석의 조율 과정이 필요한 것일까.

이 글은 예의 물음들과 무관하지 않은 인도의 문제적 현실을 다룬 장편소설 『화이트 타이거』(2008)[1]를 통해, 구미중심주의적 프레임에 갇힌 리얼리즘을 내 스스로 극복하기 위한 하나의 '문화적 과정'이다.

2. '어둠의 세계', 자기 비판 그리고 서벌턴

아라빈드 아디가의 장편 『화이트 타이거』는 영연방의 문학을 대상으로 실행되는 부커상 수상작(2008)으로, "우리가 아는 목가적 인도의 모습과 완벽한 대척점"에 놓이는, 바꿔 말해 "고향으로 선택한 비참한 땅의 사회학과 버려진 천민들의 뒤틀린 휴머니즘 사이에서 교묘하게 균형을 유지"한다는 대표적 상찬을 세계 유수의 언론으로부터 받아왔다. 이 작품을 통해 우리는 그동안 인도를 덧씌우고 있는 다양한 오리엔탈리즘의 가면에 가리워져 있는 인도의 맨 얼굴을 적나라하게 마주한다. 여기서, 우리는 인도 역시 엄연한 전 지구적 자본주의 체제의 끈끈이에 들러붙어 있는 형국이고, 무엇보다 인도가 근대(혹은 근대 이후)의 폭력적 실재의 난경이 펼쳐지는

---

[1] 아라빈드 아디가, 권기대 역, 『화이트 타이거』, 베가북스, 2009. 이후 이 책의 부분을 인용할 때는 별도의 각주 없이 본문에서 쪽수만 표기한다.

곳인데, 우리를 더욱 곤혹스럽게 하는 것은 그 폭력적 실재 자체마저 집어삼킬 정도로 끔찍한 '어둠의 땅'(32쪽)이 인도의 현실을 이룬다는 사실이다.

1) '어둠의 세계', 수인囚人으로서 서벌턴

『화이트 타이거』는 1인칭 서술자 '나'의 이야기로 전개된다. 이 소설은 얼핏 '나'가 "어떻게 방갈로르까지 와서 (아마 알려지지는 않았지만) 가장 성공을 거둔 비즈니스맨 가운데 하나가 되었는지"(22쪽)와 관련한 모종의 성공 스토리, 즉 "설익은 어느 인도인의 자서전"(26쪽)처럼 보이지만, 기실 그 내막은 오랫동안 켜켜이 누적된 인도 사회의 온갖 정치경제적 이해관계로 뒤엉킨 '복마전'(109쪽)의 음험한 구조악構造惡과 인간들의 행태악行態惡에 대한 인도의 부끄러운 자화상을 드러내는 데 있다. 때문에 '나'는 인도의 히말라야와 갠지스강 같은 곳을 찾아와 깨달음을 얻으려는 외국인들을 향해 "쳇, 깨달음은 무슨!"(313쪽)이라는, 냉소로 일갈한다. '나'에게 적어도 인도는 이 같은 영적 깨달음과는 거리가 아주 먼, 깊고 깊은 '어둠의 세계'(165쪽)의 허방으로 에워싸인 사위와 다를 바 없기 때문이다.

'나'의 인도 사회에 대한 신랄한 자기 고발의 몇 대목을 살펴보자.

키샨 형은 저에게 많기도 많은 소식을 전해주었습니다. 그리고 여기는 어둠의 세계였으므로, 그 대부분은 나쁜 소식이었지요. 위대한 사회주의자는 예나 지금이나 변함없이 부패했고, 낙살 테러리스트와 지주 사이의 전쟁은 점점 더 치열해지고 있었으며, 저희들 같은 새우들은 그 고래들 사이에서 등이 터져나가고 있었습니다. 양쪽 모두 사병을 양성하고 있어서, 이리저리 돌아다니면서 적군과 동조를 한다 싶으면 아무나 무조건 총으로 쏴버리거나 고문을 했습니다.

"여긴 사는 게 아주 지옥이나 다름없게 되어버렸어."(109쪽)

델리의 감옥에는 선량하고 속이 꽉 찬 중산층 주인님들을 대신해서 책임을 지느라고 갇혀있는 운전기사들이 우글거린답니다. 우리가 촌구석을 벗어나오긴 했지만, 주인들은 여전히 우리의 몸과 영혼과 우리의 똥구멍까지도 다 소유하고 있는 것이지요.

맞아요, 바로 그렇습니다. 우린 모두 세계에서 가장 위대한 민주주의 아래 살고 있습니다.

(…중략…)

그럼, 판사들은? 삼척동자도 알 수 있는 이 강요된 자백을 그들은 꿰뚫어보지 않겠느냐고요? 무슨 말씀, 그들도 한 통속인 걸요. 그들은 뇌물을 받아 챙기고, 사건 속에 보이는 모순들을 그냥 묵살합니다. 그리고 삶은 계속되는 거지요.

운전기사만 **빼놓고** 모든 사람들의 삶이 말입니다.(199~200쪽)

"장관이 돈을 더 내놓으래. 선거철이잖아. 선거가 있을 때마다 현금을 쥐어줘야 하나, 원. 보통 땐 양쪽에 모두 돈을 헌납하지만, 이번엔 여당의 승리가 확실해. 야당은 완전히 개판이 되어버렸으니까. 그래서 여당한테만 뇌물을 주는 건데, 그나마 우리에겐 다행이지 뭐야. 처음엔 내가 형이랑 같이 가겠지만, 총액이 워낙 커서 아마도 형이 두어 번 더 다녀와야 할 걸. 그 외에도 몇몇 관료들에게 기름을 발라두어야 해, 알지?"

"델리에서 내가 하는 일이라곤 이 따위 짓뿐인 것 같네. 은행에서 돈을 빼내 가지고, 뇌물이나 바치고. 겨우 이런 짓거리 하자고 내가 인도로 돌아왔나?"(274쪽)

애초 과자를 만드는 카스트였던 '나'는 인도의 독립 이후 신분이 더 낮은 카스트로 몰락하여 삶의 벼랑 끝에 몰렸으나 같은 고향 지주의 운전기사로 채용되면서, 자신과 비슷한 정치경제적 처지에 내몰린 인도의 최하층민, 즉 서벌턴subaltern의 시선으로 인도 사회의 낙후성과 부정부패한 현실의 추악함을 엿본다. 이처럼 『화이트 타이거』가 서벌턴의 시선을 갖는다는 것은 매우 의미심장하다. 작중 인물 '나'는 기존 우리에게 낯익은 진보적 민중서사에서 소여된 노동자계급으로 인식되지 않는다. 분명, '나'는 정치경제적 측면에서 주인에게 고용된 채 정기적인 임금도 받지 못하면서 주인의 자가용을 운전하는 것 이외의 크고 작은 가사 노동까지 기꺼이 떠맡는 것도 모자라, 주인의 뺑소니 살인사건의 누명을 덮어써야 하는, 주인에게 생사여탈권을 빼앗긴 거의 노예와 다를 바 없는 노동자임에도 불구하고, '나'는 이러한 자신의 피억압적 정치경제의 현실을 노동자 또는 민중의 '계급'의 문제로 이해함으로써 이 문제에 대한 모종의 해결책을 강구하지 않는다. 이것이 이 소설에서 우리가 각별히 눈여겨보아야 할 문제의식이다. '나'는 인도의 집권 여당은 물론, 야당을 포함한 사회주의자들 모두를 향한 극도의 정치 불신감을 드러낸다. '나'의 눈에 비친 그들은 (사실, '나'의 주인들에 비친 그들과 다를 바 없는) 그들의 정치경제적 기득권을 지탱·유지·보존하기 위한 데 혈안이 된 채 온갖 편법과 위법 그리고 탈법이 팽배한 가운데, '나'와 같은 서벌턴의 희생과 죽음을 헌신짝처럼 내팽개치는 악귀다. 그들에게 노동자와 민중은 사회진보를 위해 존재하는 역사적 자기 긍정의 동력을 지닌 정치경제적 계급이 아니라 그들의 알량한 정치경제적 이해관계를 관철시키는 데 아낌없이 동원되는 "마소나 다름없는 인간",(45쪽) 아니 인도의 농촌에서 가장 중요한 자원인 물소보다 못한 닭장 안에 갇힌 가금류와 동격으로 취급된다.

이처럼 냉혹할 정도로 '나'의 현존에 대한 서벌턴으로서의 탈계급적 인식은, "마하트마 간디가 지팡이를 들고 서 있으며, 인도 사람들이 그 뒤를 따라 어둠에서 밝은 빛으로 인도되는 모습"(162쪽)을 기반으로 한 인도 민중의 인간해방을 향한, 인도 민족의 민주주의를 향한 장엄한 계몽의 서사를 발본적으로 해체한다. 여기서 흥미로운 것은 간디가 서벌턴으로서 달리트 계급을 '하리잔Harijan', 즉 신의 자식들로 호명하여 이들의 존재를 간디식으로 탈계급화함으로써, 결국 인도 사회를 향한 이들의 래디컬한 정치경제적 혁명의 욕망을 종교적 숭고주의로 순화시킴으로써 인도 사회의 안정을 유지했다. 하지만, 이 정치사회적 안정은 서벌턴을 감금·관리·억압하고 있는, 작가의 표현을 빌리자면, '수닭장'과 구조적 상동성을 공유함으로써, 인간해방과 민주주의에 역행하는 정치적 퇴행성과 결코 무관하지 않다.

수닭장이란 것이 어째서 먹혀들어가는 걸까? 어떻게 해서 수백만의 인간들을 그처럼 효율적으로 가둬놓을 수 있는 거지?

또 둘째로 그 닭장에서는 빠져나올 수가 있는 걸까?

(…중략…)

첫 번째 질문에 대한 답 : 우리 민족의 자긍심과 영광이요, 우리의 모든 사랑과 희생의 보고이며, 국무총리가 각하에게 보여줄 팸플릿에서 틀림없이 상당한 공간을 차지할 주제인 *인도의 가족*― 바로 그것이 우리가 닭장에 갇혀 빠져나오지 못하는 이유입니다.

둘째 의문에 대한 답 : 자기 식구들이 파멸하는 꼴을 볼 각오가 된 사람만이 ― 그들이 주인들에 의해 쫓기고, 두들겨 맞고, 산 채로 불타 죽임을 당하는 꼴을 볼 각오가 된 사람만이 ― 닭장을 부수고 나올 수가 있다는 사실입니다. 정상적인 인간으로는 어려운 노릇이고, 괴물이 되어야 하고 비정상적인 성격이라야 가능하단 말이지요.(205쪽)

작가는 '나'와 같은 서벌턴의 '가족'이 "닭장에 갇혀 빠져나오지 못"할 뿐만 아니라 혹시 가족 중 누군가가 '수탉장'에서 빠져나오면, 미처 빠져나오지 못한 가족이 '수탉장'을 효율적으로 관리하는 시스템에 의해 아주 철저히 응징을 당한다는 점을 매우 비관적으로 직시한다. 이것이 인도의 서벌턴이 직면하는 현재적 삶이다. 그리하여, 작가는 보다 냉철하게 '인도-수탉장'에 억압돼 있는 '나'와 같은 존재들을 노동자 혹은 민중의 당파성을 지닌 계급적 현존으로 섣불리 그리지 않고, 인도의 현실을 날것 그대로 재현하기 위해 '서벌턴'으로 집요하게 파헤친다.

2) 내부 변혁의 봉압, 자기 비판의 자조自嘲

그렇다면, '나'는 이 '수탉장'을 빠져나오지 못했을까. 『화이트 타이거』의 제명題名이 단적으로 말해주듯, '나'는 수천 년 동안의 '인도-수탉장'과 과감히 결별한 채 "기술 및 아웃소싱의 세계적 중심지"(17쪽)인

인도 남부의 신흥경제도시인 방갈로르에서 "기업가인 동시에 / 생각하는 인간",(17~18쪽) "어떤 정글엘 가더라도 가장 희귀한 짐승"(54쪽)인 '화이트 타이거'로 환골탈태하여 인도의 새로운 미래를 꿈꾸고 있다.

우리는 '나'의 이 미래를 실현하는 과정에서 두 가지 중요한 행동 양태를 간과해서 곤란하다. 하나는 서벌턴으로서 '나'의 숙명과 단절하기 위해 '나'의 주인 아속을 죽이고 그가 정치인에게 바치려는 큰 액수의 뇌물을 가로챈 범죄 행위이고, 다른 하나는 이러한 범행을 짓고 지명수배를 당하면서 도주를 하다가 방갈로르에 정착하는 가운데 지금까지 '나'가 그토록 혐오스러워하던 인도 사회의 온갖 부정부패를 '나'의 성공 스토리를 위한 것으로 최대한 활용하는 명민함이다. 사실, 이두 가지 행동 양태를 통해 작가는 인도를 정글과 다를 바 없는 것으로 보고 있다. 정글에서는 오직 우승열패優勝劣敗와 승자독식勝者獨食의 생존논리가 우선하기 때문이다. 어쨌든, 이제 '나'는 지명수배자 전단에 인쇄된, "인력거꾼 비크람 할와이의 아들"(40쪽)이 아니라, 인도와 라이벌인 중국의 총리에게 "방갈로르에 정착한 북부 인도 출신의 기업가"로서 '화이트 타이거'란 별칭과 "아속 샤르마"(341쪽)란 새로운 이름을 지닌, 말하자면 상층 카스트로서 공개 편지를 쓸 수 있는 인도 사회의 유력자가 된 것이다.

그런데, '나'가 인도 사회의 유력자가 됐다는 득의의 표현일까. 넓게는 인도의 국민 전체, 좁게는 인도의 젊은이들을 향한 다음과 같은 자기 비판은 지금, 이곳의 인도에 대한 음울한 진단으로 들린다.

인도 혁명이라굽쇼?

아니요, 각하. 그런 일은 일어나지 않을 겁니다. 이 나라 국민들은 자기네 자유를 위한 전쟁이 다른 어디엔서가부터 — 정글이나, 산이나, 중국이나, 파키스탄으로부터 — 올 거라고 여전히 기다리고 있거든요. 그런 일도 절대 일어나지 않을 겁니다. 누구나 자신만의 거룩한 도시 베나리스를 만들어야만 합니다.

인도의 젊은이들이여, 그대 혁명의 책은 바로 그대들의 뱃속에 들어 있도다. 그것을 배출해내서 읽으라!

하지만 대신에 그들은 전부 칼러 텔레비전 앞에 앉아서 크리킷 게임이나 샴푸 광고 따위를 보고 있지요.(344쪽)

인도 사회에 대한 다양한 시각이 존재하지만, '나'의 위와 같은 자기비판이 말해주듯, 『화이트 타이거』 전반에 깔린 인도에 대한 예각적인 문제제기, 즉 '인도-수탉장'에 갇힌 서벌턴의 반인간적 억압이 오랫동안 누적됐음에도 불구하고 인도는 이 내부 식민에 대한 혁명이 성공한 적이 없다. '나'는 무려 36,004개에 이르는 인도의 신들이 "우리에게 억지로 떠맡긴 신들"(37쪽)이며, 인도인들은 이 신들의 보살핌 속에서 현세의 삶의 고통에 순응하며 견디다보니, "인도에서 사람이 자유를 얻는다는 게 얼마나 어려운지"(37쪽)를 뼈저리게 성찰한다. 어찌보면, 인도는 사람의 삶을 위한 신성이 아니라 신성을 위한 사람의 삶, 좀 심하게 얘기하면, 신성에 예속된 삶이며, 신성에 대한 맹목적 삶이며, 급기야 신성을 물신화하는 삶이 서벌턴의 비루한 삶을 종교적 구원과 치유의 형식으로 나포하다보니, 서벌턴을 억압하는 인도 내부의 식민에 대한 혁명이 원천 봉쇄당하고 있는 것인지 모른다. 심지어 서벌턴 스스로 혁명의 불가능성에 대한 자기 검열을 정당화하고 있는지 모른다. 서벌턴의 혁명보다 그들은 수천년 동안 서벌턴의 현세적 고통을 초월하게 해준 "자신만의 거룩한 도시 베나리스", 즉 갠지스 강의 여신의 품 안에서 또 다른 삶의 정동情動의 세계가 펼쳐지기를 욕망한다. 그런데, 이 같은 문제가 인도의 젊은이들에게는 신성의 형식이 아닌, 지구적 자본주의의 물신화된 세계로 재생산되고 있다는 게 작가의 날카로운 자기 비판의 문맥 안에 있다. 바로 이 점이 작가의 인도에 대한 준열한 자기 비판의 결절점이다.

이 같은 자기 비판은 '아쇽 샤르마'란 성공한 기업가로 새로운 삶을 출발한 '나'의 성공 스토리에 이미 내재돼 있다. '나'가 방갈로르에서 성공할 수 있는 것은 방갈로르와 같은 신흥도시의 특성을 적확히 묘파했기 때문이다. 그것은 선진 자본주의 국가의 신제국주의 경제 메카니즘, 즉 신자유주의의 전 지구적 자본주의 체제 아래 통신과 금융 및 영어를 공용어화는 정도의 경제 인프라가 구축된 곳에 필요한 부분을 아웃소싱함으로써 신제국주의의 경제적 이해관계가 구조화하는 것이다. 때문에, '나'는 방갈로르가 바로 "미국인들을 위해서 인도에서 전화로 일을 처리하는", 그래서 "부동산도, 재산도, 권력도, 섹스도" "흘러나오는 것"(337쪽)임을 그 특유의 정글의 생존 감각으로 간파하여, 이 아웃소싱을 최대한 자신의 성공 스토리로 활용한 것이다. 이렇게 하여, '아쇽 샤르마'가 새로 만들어진 것이다. 말하자면, '나'는 아주 주도면밀히 방갈로르에서 실현되는 전 지구적 자본주의 체제의 신제국주의 경제 시스템에 안착한 것이다.

여기서, 작가의 자기 비판이 돋보이는 대목은 '나-아쇽 샤르마'의 이러한 성공 스토리가 서벌턴으로서 '나-발람 할와이'의 '어둠의 세계'를 벗어난 것은 분명하지만, '나-아쇽 샤르마'는 또 다른 '어둠의 세계'인 지구적 자본주의의 물신화의 끈끈이에 옴쭉달싹할 수 없게 들러붙고, 움직이면 움직일수록 더욱 그것에 들러붙을 운명이라는 것을 암시한다. 게다가 작가는 이러한 타락한 구조에 포섭된 자의 분노가 정치사회적으로 유의미한 공적 윤리 감각을 회복하는 것과 동떨어진 채 사적 분노로 분출되는 것에 자족한 나머지 인도 사회의 공허한 메아리에 불과하다고 자조自嘲한다.

부동산 분야에서 삼사 년 정도 힘쓰고 나면, 가진 걸 다 팔아치우고 그 돈으로 방갈로르에다 가난한 아이들을 위해 학교를―영어 학교를―하나 세울 수 있지 않을까, 생각합니다. 기도라든지, 신이나 간디에 대한 이야기를 가지고 우리 아이들의 머리를 더럽히지 못하도록 하는 그런 학교, 오직 아이들을 위한 삶의 진실만으로 가르치는 그런 학교 말입니다. 방갈로르에 풀어놓은 화이트 타이거들로 가득 찬 학교! 그러면 우리는 이 도시를 완전히 정복할 것입니다. 제 말씀 아시겠어요? 저는 방갈로르의 보스가 될 것이고, 그러면 그 경찰서의 부서장 같은 자들을 당장 손 볼 것입니다. 그런 놈은 자전거에다 태워놓고 아시프를 시켜 토요타로 깔아뭉개버리라고 할 겁니다.

이 모든 꿈, 그래요, 저는 그런 꿈을 꾸고 있습니다. 글쎄, 어쩜 이루어져봤자 아무것도 아닐 수도 있어요.(362~363쪽)

3. 저항의 새로운 주체를 전략화하는

이제, 다시 이 글의 서두에서 품었던 문제의식을 상기해보자. 어째서 인도의 여론과 진보적 젊은이는 '가장 위대한 인도인'으로 암베드카르가 선정된 것에 대해 탐탁하지 않은 이중의 시선을 보내는 것일까. "암베드카르는 카스트 차별이 모든 영역에 존재하고, 그런 차별은 경제적 낭비일 뿐 아니라 인간에 대한 경멸까지 내포하며, 그러한 편견이 밑바닥 시골마을과 도시 슬럼에서부터 인도의 가장 세련된 상층 생활무대에까지 퍼져 있음을 명확히 인식"[2]한바, 역사적 존재로서 그는 역사의 박물지로 화석화되는 게 아니라 아직도 인도 사회의 변혁의 뇌관으로 충분히 작동할 수 있으므로 문제적이다. 그는 한때 민족주의자로서 영국의 식민주의 지배로부터 인도의 독립을 추구했고, 마르크시스트로서 인도의 위정자와 지주로부터 불가촉천민 및 농민이 계급 해방을 이뤄냄으로써 인도의 변혁과 민주주의를 추구하려고 하였으나, 그 역시 끝내 불교도로 개종하면서 이 같은 변혁에 대한 실천을 종교적 신성으로 결국 봉합하고 만다. 여기에는 민족과 계급의 심급으로 환원될 수 없는 복잡한 메카니즘으로 얽혀 있는 식민주의의 피지배자인 서벌턴에 대한 명민한 인식이 암베드카르 스스로 결여돼 있음을 간과할 수 없다.

『화이트 타이거』가 인도의 바깥에 있는 우리에게 시사하는 물음이 있다면, 서벌턴이란 주체의 문제가 인도 사회의 특수성으로만 환원되는 게 아니라, 점차 고도로 정교해지고 복잡해진 전 지구적 자본주의

---

2   게일 옴베트, 이상수 역, 『암베드카르 평전』, 필맥, 2005, 54쪽.

체제 아래 종래 낯익은 개념과 문제의식으로 도통 포괄할 수 없는 새로운 사회 구성체들—물론, 이들은 인도의 서벌턴처럼 인도의 전통 사회에서 누적된 문제들을 껴안고 있는 이른바 '오래된 새 주체'다—을 적극적으로 문제화하고 있다는 점이다.

그렇다면, 한국사회를 포함하여 지구적 자본주의 체제의 세계인들에게 '오래된 새 주체-서벌턴'을 저항의 새로운 주체로 전략화하는, 말 그대로 전위적으로 문제화하는 사유와 실천이 동시에 펼쳐져야 할 것이다. 그리하여, 이 새로운 저항의 주체가 구미중심주의의 프레임 안에서 그 동력이 현저히 소진된, 그래서 민족 또는 계급으로 전복적 사유와 실천의 정치를 수행할 수 없는 것을 대신한 사역史役을 맡았으면 한다. 혹시, 문학에서는 예전부터 이 '오래된 새 주체-서벌턴'이 미적 저항의 역할을 수행하고 있었던 것은 아닐까. 구미중심주의의 문학을 내면화한 우리들이 그동안 그 가치를 지나쳤거나 소홀히 간주했던 것은 아닐까. 문득, 이 서늘한 비평적 물음이 『화이트 타이거』에 흩뿌려져 있는 '나-서벌턴'의 비속어인 "씨발, 농담 까고 있네!"의 이명耳鳴으로 귓전을 맴돈다.

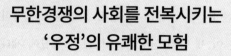

무한경쟁의 사회를 전복시키는
'우정'의 유쾌한 모험

체탄 바갓의 『세 얼간이』

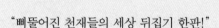

"삐뚤어진 천재들의 세상 뒤집기 한판!"

이것은 대중의 이목을 끌었던 인도 영화 〈세 얼간이〉의 포스터 상단에 새겨진 선전 문구다. 이 영화가 상영되자마자 삽시간에 퍼지기 시작한 흥행 열기는 상업영화의 대중성을 넘어선, 인문학적 성찰의 계기를 한국사회에 던져주고 있다 해도 과언이 아니다. 그것은 영화의 물질적 속성상 스크린 밖을 나가는 순간, 상업성을 추구하든 예술성을 추구하든 그 구별 없이 영화의 미적 체험의 지속성에 한계가 있는데 반해, 이 영화의 원작 소설에 대한 대중의 폭발적 독서가 지속됨으로써 그동안 결핍된 어떤 인문학적 성찰이 절실히 요구되고 있는 것을 간단히 치부해버릴 수 없다.

장편소설 『세 얼간이』의 작가 체탄 바갓은 인도의 공과대학을 졸업한 약력에서 확연히 알 수 있듯, 공대생의 실제 체험을 바탕으로 한 여러 에피소드들을 활용하고 있다. 다만, 소설에서 다뤄지는 공대는 작가의 허구적 상상력에 의해 창안된 공대가 아니라 실제 전 세계에서 평가되는 세계적 공대 중 하나이자, 인도 최고의 공대라는 사실이다. 즉, 실제 IIT(인도공과대학의 약자)를 소설의 공간으로 호명하고 있다. 그래서 이 소설은 IIT에 입학한 세 명의 신입생에 서사적 초점을 둔다. 그런데 문제는 이 세 명의 신입생들이 IIT의 생활에 제대로, 아니 일부러 적응을 하려고 하지 않는다는 점이다. 지금까지 어느 누구도 예외일 것 없이 IIT가 요구하는 강도 높은 학습량과 경쟁 위주의 학교 풍토를 거스를 수 없었으나, 이들은 과감히 기존 IIT의 모든 것들에 딴지를 걸고 위반을 하는 유쾌한 모험을 펼친다.

“내 말은 IIT가 인도 최고의 대학으로 치부된다는 거야. 10억 인구가 사는 이 나라의 최고 공과대학으로 말이야. 그런데 IIT가 뭐 특별히 발명해 낸 거라도 있어? 아니면 인도에 기술적으로, 기여한 거라도 있느냔 말이야.”

“많은 공학자들을 배출해 내는 데 기여한 거 아냐?”

알록이 책을 덮으며 물었다.

라이언은 생각에 잠긴 듯, 혼잣말을 계속했다.

“IIT가 생긴 지 30년이 넘었어. 그동안 이 학교는 똘똘한 청년들을 다국적기업에 취업시킨 게 다라고. 미국의 MIT를 좀 보라고.”

“여기는 미국이 아니야. MIT는 수백만 달러의 예산을 집행하는 학교라고!”

(…중략…)

“문제는 시스템이라고, 상대 평가와 학생들에게 엄청난 학습량을 부과하는 이 시스템 말이야. 내 말은 이런 것들이 우리 인생에서 가장 즐거울 수 있는 날들을 없애 버리는 거라고. 도대체 독창적인 생각을 할 새가 어디 있어? 창조성은 또 어떻고? 정말 문제야.”

“뭐가 문제지? 그렇게 해서 나는 좋은 직장을 갖게 되는 거야. 내가 신경

쓰는 것도 오직 그것뿐이고."[1]

　작중의 세 얼간이 중 라이언과 알록 사이의 대화 장면이다. 라이언
의 IIT에 대한 예각적인 비판에서 단적으로 알 수 있듯, IIT가 개교한
지 30여 년 동안 수행한 일은 세계적인 다국적기업에 종사하는 기술
노동자들을 많이 배출하는 데 만족할 뿐, 인도와 세계의 공학에 기여
하는 창의적 공학도를 배출하는 데는 관심이 없다. 그러다보니, IIT는
고급의 기술노동자들을 산출하기 위해 강도 높은 학습량을 부과하고
그것을 평가하는 척도의 시스템을 안착하고 효율적으로 운영하는 데
모든 역량을 집중한다. 말하자면, IIT는 시스템에 의한, 시스템을 위
한, 시스템의 대학으로서 자족할 뿐, 이러한 시스템에 자칫 균열을 초
래하거나 시스템 자체를 부정하는 그 어떠한 창의적 변수들을 용납하
지 않는다. 사실상, 라이언의 신랄한 비판은 IIT를 표면적으로 겨냥한
데 있는 게 아니라, IIT로 표상된 근대주의에 대한 전면적 부정에 그
본래의 뜻이 있다. 근대화(혹은 산업화)에 박차를 가하는 인도의 저간의
정치경제학적 현실을 고려해볼 때, IIT가 적극적으로 떠맡는 기술노동
자의 배출과 관련한 인도의 당면한 문제를 짐작하는 것은 어렵지 않
다. 더욱이 라이언의 심각한 문제제기에 대한 알록의 반사적 태도에서
도 알 수 있듯, 인도의 대다수 젊은이들에게 '좋은 직장'에 들어가 시
쳇말로 돈을 벌고 중산층 이상의 삶을 동경하는 것은 지극히 당연한
일이다. 어떻게 보면, 알록과 같은 젊은이에게 라이언과 같은 도발적

1　체탄 바갓, 정승원 역, 『세 얼간이』, 북스퀘어, 2011, 49쪽. 이하 쪽수만 표기

문제제기는 사치스러울지 모른다. 알록의 경우 집안의 경제적 빈곤을 벗어나기 위해 IIT에 입학을 했으므로, IIT가 교육적으로나 사회적으로 심각한 문제점을 안고 있기 때문에 이 문제들을 성찰적 계기로 삼아야 한다는 것은 IIT를 힘겹게 입학한 알록에게는 관심사 '밖'이다.

여기서 잠시, 이들의 대화 장면으로부터 한국사회의 젊은이의 풍경을 겹쳐보는 것은 흥미롭다. 과연, 한국사회의 젊은이들과 IIT의 젊은이들은 전혀 다른 삶을 살고 있을까. 라이언의 비판이 '근대주의'를 겨냥한 데 있다는 것을 주목해볼 필요가 있다. 그동안 한국사회의 절대지상의 과제는 근대(화)를 추구함으로써 동시에 근대(화)를 극복하고자 한다. 그 과정에서 지하자원이 빈약한 한국이 풍부한 인적 자원을 최대한 활용하기 위한 교육에 박차를 가한 것은 삼척동자도 다 아는 사실이다. 물론, 이 교육은 후진국에서 개발도상국으로 도약하고, 선진국으로 성장하기 위한, 이른바 국가발전주의에 주도면밀히 결합된 국가의 이데올로기적 장치로서의 역할을 충실히 수행해왔다. 그리하여 한국사회의 교육은 국가가 주도한 근대(화)를 추구하는 과정에서 자연스레 '국민'으로 호명된 사회구성원들을 근대주의로 포박할 뿐만 아니라 '시민'으로서 주체의 윤리적 자아를 정립시키는 역할을 맡아왔다. 그것은 '하면 된다'는 근대(화)의 구호를 내면화함으로써 개인의 성공신화를 한국사회에 착근시켰다. 급기야 21세기 전 지구적 신자유의화의 파고波高 속에서 허울 좋은 공정성을 내세우면서 무한경쟁의 반인간적 공포스러운 사회분위기를 버젓이 조성하고 있다. 이를 두고 철학자 한병철은 성과의 극대화를 위해 강제하는 자유 또는 자유로운 강제에 몸을 맡기는 '피로사회'임을 음울하게 진단한다. 최대한의 성과를 내기 위해 자기자신을 착취하고, 그것이 마치 원대한 목표를 달성하기 위해 반드시 값비싸게 치러야 할 '노력'이라고 미화되는 이 안타까운 현실을 '피로사회'와 같은 병리적 증후症候로 그는 성찰한다.

참으로 흥미로운 성찰의 지점이다. 한국사회의 젊은이들이 겪는 병리적 증후와 인도 IIT의 젊은이들이 겪는 그것이 전혀 다르지 않다. 한국과 인도에서 젊은이들의 국지적 경험의 실제는 다르지만, 그들이 살고 있는 '지구적 일상'은 상당한 부분을 공유하고 있는 것이다. 특히 근대(화)를 추구하고 그것을 극복하는 데 대한 맹목적 근대주의에 붙들려 있는 한, 한국과 인도 IIT의 젊은이들이 심각히 성찰해야 할 대목이 아닐 수 없다.

여기서, 작가 체탄 바갓의 현실에 대한 비판에 좀 더 귀를 기울여보자. 『세 얼간이』의 주된 서사의 초점은 지금까지 논의한 것에 맞춰져 있되, 자칫 이 소설을 인도 IIT로 표상되는 공대 교육의 내부 문제로만 협소화해서는 곤란하다. 강조하건대, 우리가 넓고 깊게 읽어야 할 점은 동시대를 살아가는, 한국 '밖'의 젊은이들의 사유와 삶의 구체성이다. 이런 맥락에서 걸프전에 대한 다음의 서술은 인도 젊은이들에 대한 지구적 시각의 편린을 이해할 수 있다.

그때는 이라크에 대한 정보도 거의 없었고, 우리는 무조건 미국을 응원했다. IIT는 미국과 관련이 깊었다. 우리에게 돌아오는 외국의 지원 대부분이 거대 미국 기업으로부터 나온 것이었고, 우리의 졸업생들 중 상당수가 그곳에서 장학금을 받거나 일자리를 얻었다. 인도에서는 이렇게 미국으로 고급 두뇌 유출이 이뤄지는 것이다. 이런 상황에서 우리의 마음이 미국 쪽에 기우는 것은 그리 놀랄 만한 것도 아니었다.

전쟁은 훨씬 더 끔찍해졌다. 미국인들은 바그다드에 끊임없이 폭격을 가했고, 미군은 여러 번 민간인들을 공격했고, 많은 사람들이 죽어갔다. 이것은 정말 엿 같은 일이었다. 미국이 IIT를 원조해 주는 건 좋았지만 그렇다고 해서 그들이 이라크 아이들에게 폭격을 가하는 건 정당하다고 말할 수 있겠는가? 그렇지만 또 한편으로 사담 역시 이미 악질 독재자로서 자신의 국민들에게 총을 겨누었다. 아, 정말 걸프전에서 누구 편을 든다는 건 불가능했다.(69~70쪽)

IIT는 미국으로부터 경제적 지원을 받고, IIT는 미국의 유무형의 부를 제공해주는 고급 두뇌 자원을 제공해준다. 이렇게 IIT와 미국은 유착을 맺고 있다. 그러니 IIT의 학생들이 걸프전이 일어났을 때 미국을 무조건으로 지지한 것은 이상한 일이 아니다. 작가 체탄 바갓은 걸프전에 대한 IIT 젊은이들의 반응을 비중있게 다루고 있지는 않다. 하지만, 그의 이 같은 서술에서 행간에 흐르고 있는 서사적 긴장과 문제의식을 대수롭게 넘겨서는 곤란하다. 걸프전의 심각성과 반인간적 실태에 대해 세 얼간이는 "이것은 정말 엿 같은 일"이라고 조소 섞인 비판적 심정을 노골적으로 내비친다. 미국이 주도하는 걸프전이 그 명분이야 어떻든 전쟁을 수행하는 과정에서 무고한 민간인들을 무참히 죽음으로 몰고간 것은 명백한 사실이다. 이것은 도저히 묵과할 수 없는 인류적 죄악이다. 그러면서 동시에 작가는 이라크의 독재자 사담이 자국의 국민들에게 가한 죄악을 주목한다. 사담 역시 용서받을 수 없는 반인간적 범행을 저질렀다. 여기서, IIT의 젊은이들은 딜레마에 직면한다. 과연, 걸프전에서 누구 편을 들어야 하는 것인가. 물론, 작가는 이 딜레마에 대해 분명한 해답의 실마리를 던져주지 않는다. 바로 이 점이 우리가 눈여겨보아야 할 점이다. IIT의 젊은이들이 처한 딜레마가 그들에게 만 한정된 것이라고 말할 수 있을까. IIT의 젊은이들이 친미 성향이기 때문에 이 딜레마의 성채에 갇혀 있는 것은 너무나 당연하다고 말할 수 있을까. 그렇다면, 한국의 젊은이들은 이 딜레마에 대해 자유로운가. IIT의 젊은이들보다 정치적 성향을 지니고 있기 때문에 이러한 딜레마를 쉽게 해결할 수 있다고 자신있게 말할 수 있을까.

아니다. 한국 역시 사회의 모든 기제가 미국으로부터 자유롭지 못한 엄연한 현실에서 걸프전에 대한 정치적 입장에 대해서는 IIT의 젊은이들이 보인 것과 대동소이할지 모른다. 오랫동안 구미에 의해 구조화된 오리엔탈리즘, 특히 아랍에 대한 정치적 편견은 이 지역에서 일어나고 있는 정치사회적 현안들에 대한 세밀한 접근과 정치精緻한 이해의 태도를 갖는 것과 달리 구미의 시각에 치우친 일방적 관점을 선택함으로써 한국의 정치사회적 관점은 휘발된 채 구미의 그것과 동일시한 입장을 갖는 데 부산스럽다. 어느새 한국은 자연스레 아랍에 대한 구미의 인식적 스펙트럼으로 수렴된 것에 자족한다. 다시 말해 IIT의 젊은이들이 걸프전에 대해 취하는 입장과 크게 다르지 않다.

따라서 다시 한 번 강조하건대, 걸프전에 대한 IIT의 젊은이들의 입장은 IIT에 국한된 것만이 아니라 구미에 의해 오랫동안 오리엔탈리즘이 구조화되었고, 그것이 내면화된 비서구의 일상이 직면하고 있는 점이다.

이렇게 작가 체탄 바갓의 『세 얼간이』는 IIT의 견고한 시스템에 적응을 하지 '못 / 안'하는 세 얼간이들의 좌충우돌의 이야기들 속에서 간과하기 쉬운 근대주의의 맹목이 갖는 폐단과, 비서구의 일상 깊숙이 똬리를 틀고 있는 오리엔탈리즘으로 인한 정치사회적 판단의 딜레마를 예각적으로 짚어내고 있다. 작가의 이러한 서사는 작중 인물 세 얼간이의 유머와 풍자가 혼효되면서 결국 그들의 진정성이 체리안 교수를 감동시키는 데 이르고, 졸업식에서 체리안 교수로 하여금 IIT로 표상되는 교육 및 사회 전반에 대한 근원적 성찰을 공론화한다.

"어쨌든, 학생 여러분이 자신의 미래를 찾아가려는 이 순간, 제가 말씀드리고자 하는 메시지는 바로 이것입니다. 첫째, 평점을 제쳐 두고 자기 자신을 믿으라는 것입니다. 수행 평가나 직장에서의 진급이 여러분을 정의하기도 할 것입니다. 하지만 인생에는 이것보다 더 중요한 것이 있습니다. 여러분의 가족이나 친구, 내적 욕망이나 목표들 말입니다. 그리고 이런 영역에서 여러분이 얻게 된 점수가 한 사람으로서의 여러분을 정의하게 될 것입니다. 둘째, 다른 사람을 성급하게 판단하지 말라는 것입니다. 저는 제 아들이 IIT에 들어가지 못했기 때문에 쓸모없는 녀석이라고 생각했습니다. 하지만 오히려 제가 쓸모없는 아빠였습니다. IIT에 들어간다는 건 굉장한 일입니다. 하지만 그러지 못했다고 해서 세상이 끝나는 것은 아닙니다. 여기 계신 여러분 모두 IIT라는 꼬리표를 달게 돼 굉장한 자부심을 느끼리라 생각합니다. 하지만 이 학교 출신이 아닌 사람을 멋대로 판단하는 일은 절대 없기를 바랍니다. 이것만이 이 학교의 위대함을 명백히 보여줄 수 있는 것입니다."

청중들은 우레와 같은 박수갈채로 그의 연설에 화답했다.

"그리고 마지막으로, 자기자신을 지나치게 몰아가지 마십시오. 이 문제에 관한 한, 우리 교수들이 훨씬 더 비난 받아야 할 것입니다. 인생은 너무도 짧습니다. 최대한 즐기십시오. 대학 생활에서 가장 중요한 것은 바로 여러분이 사귄 친구들입니다. 그리고 평생토록 친구를 사귀는 데 게을리하지 마십시오. 그렇습니다. 저는 많은 이야기들을 들어왔습니다. 때때로 저는 친구가 있었으면 좋겠다고 생각했습니다. 그것이 비록 낮은 평점을 의미한다고 하더라도 말입니다. 한밤중에 강의동 옥상에 올라가 보드카를 마시는 것도 좋을 것입니다."

체리안 교수는 기립 박수를 받았다. 박수 소리는 점점 더 커졌다. 그런데 사실 그것은 내 귀 아래, 어깨 위에서 들려왔다.(322~323쪽)

체리안 교수의 연설은 성과위주의 사회, 무한경쟁의 사회, 반지성주의 사회를 조장하는 기성세대에 대한 신랄한 비판이자 반성이면서, 우리시대의 젊은이들이 무엇을 어떻게 살아야 하는지에 대한 참된 지성인의 육성이다. 그는 거듭 강조한다. 이 난관들을 헤쳐 나가기 위해서는 우정을 키워야 하며, 우정의 연대를 적극 모색해야 한다고. 그렇다. '우정'과 '우정의 연대'는 악무한으로 점철된 지상의 비루함을 지혜롭게 극복해나가는 데 소박하고 작지만, 가장 쓸모 있는 아름다운 가치 중 하나이리라. IIT의 세 얼간이의 유쾌한 모험이 한국사회에서도 '우정의 연대'로 펼쳐지기를 기대한다.

디아스포라 작가가 탐구한
중국의 혼돈을 넘어

펄 벅의 '대지의 3부작'

1. 펄 벅의 『대지』가 지닌 문제성

유년시절 TV에서 시청한 적 있는 흑백영화의 몇 장면이 희부윰한 기억으로 남아 있는데 〈대지〉[1]가 그것이다. 웃옷을 벗어제낀 중국 농민들이 드넓은 밭에서 농사를 짓는 장면이 참으로 인상적이었다. 내 유년시절 기억의 편린 속에는 〈대지〉가 썩 재미있는 영화는 아니었으나 쉽게 지울 수 없는 예의 몇 장면이 음화陰畵로 남아 있다. 고백하건대, 물로 사위가 갇혀 있는 섬에서 태어나 자라나다보니 넓디넓은 밭에서 농사를 짓는 농민들의 모습을 볼 수 없던 터라 TV브라운관을 가득 채웠던 농사하는 농민들의 모습이 퍽 낯설고 새로웠던 모양이다.

1 　펄 벅의 장편소설 『대지』는 독일어, 프랑스어, 네덜란드어, 스웨덴어, 덴마크어, 노르웨이어 등으로 번역되면서 전 세계적 베스트셀러 대열에 들어서게 된다. 이후 미국의 영화사 메트로-골드윈-메이어(MGM)가 판권을 5만 달러까지 지불하는 등 당시 할리우드가 영화 판권을 사기 위해 지불한 최고액이었다고 한다.(피터 콘, 이한음 역, 『펄 벅 평전』, 은행나무, 2004, 244쪽) 이렇게 하여, 장편소설 『대지』는 시드니 프랭클린(Sideny Franklin)이 감독하여 폴 무늬(Paul Muni)와 루이즈 라이너(Luise Rainer) 주연으로 1937년 1월 말 영화 〈대지〉로 미국에서 개봉되었고, 그로부터 1년 후 1938년 2월에는 식민지 조선의 경성에서도 개봉되었다. 이후 해방 후 여러 번 TV를 통해 영화 〈대지〉는 안방극장에서 상영되었다.

그런데 대학 문청 시절 우연히 펄 벅Pearl Sydenstricker Buck(1892~1973)
의 『대지』를 읽으면서 어떤 기시감既視感이 엄습해 들어왔다. 『대지』에
서 그려지고 있는 땅에 대한 강한 애착과 농사에 대한 열정을 보이는
주인공 왕룽의 모습이 유년시절 무심결에 시청했던 영화〈대지〉의 장
면들과 포개지는가 싶더니, 급기야 한국사회에서 문학작품과 TV 드라
마를 통해 읽히고 보여졌던, 농촌·농민을 다뤘던 그것들과도 겹쳐졌
다. 말하자면 펄 벅의 『대지』가 섬에서 유년시절에 시청했던 영화〈대
지〉보다 훨씬 친밀하게 다가왔다. 펄 벅의 『대지』는 1938년 노벨문학
상을 수상한 이후 한국사회에서 대중성을 오래전부터 확보해온 작품[2]
으로서 한국인의 (무)의식 깊숙이 자리하고 있는 '땅의 문화'와 연동
되면서 한국사회와 그리 이물스러운 작품이 아니다.

펄 벅은 이른바 3부작 '대지의 집The House of Earth'을 완성하는데, 『대
지』(1931), 『아들들』(1933), 『분열된 일가』(1935)를 통해 중국 대륙에
서 농민들이 직면한 현실의 안팎을 매우 밀도 높게 형상화한다. 펄 벅
이 노벨문학상을 수상한 1938년에 임화는 「『대지』의 세계성-노벨상
작가 펄 벅에 대하여」(『조선일보』, 1938.11.17~20)에서 『대지』가 지닌
문학적 성취의 공과를 비판적으로 논의한다. 그 논의의 핵심은 21세
기 오늘의 시각에서도 중요한 참조점을 제공한다. 그것을 간략하게 정
리하면 다음과 같다.[3]

---

2   일제 식민지 시절부터 펄 벅의 『대지』는 작가 심훈뿐만 아니라 역사학자 김성칠 등에
     의해 한국어로 번역 소개된다. 이에 대해서는 김종욱, 「번역된 토착주의-1930년대
     동아시아 지평에서의 펄 벅」, 김재용·이해영 편, 『한국 근대문학과 중국』, 소명출판,
     2016 참조.
3   임화, 「『대지』의 세계성-노벨상 작가 펄 벅에 대하여」(『조선일보』, 1938.11.17~
     20), 임화문화예술전집 편찬위원회 편, 『임화문화예술전집』 3-문학의 논리, 소명

①

『대지』는 세계사적 운명의 상징을 품고 있다. 무엇보다 『대지』의 주요 공간인 중국 대륙은 동서양이 접촉·충돌·갈등·대립하는데, 특히 서양의 자본주의사회와 마주한 중국의 곤혹스러운 운명을 래디컬하게 보여준다.

②

『대지』가 세계문학으로서 이처럼 세계성을 띠고 있되, 작가 펄 벅은 순박한 19세기의 낭만과 감상을 충분히 극복하지 못한 채 현대적 사고, 즉 현대성에 천착하지 못함으로써 "결국 현대의 서구문화가 아직 19세기적 전통을 떠나버리지 못한 증거"[4]를 지닌다.

임화는 펄 벅의 『대지』를 매우 날카롭게 읽어내고 있다. '대지의 3부작'은 그 발표 시기가 단적으로 웅변해주듯, 일본 제국주의가 중국 침략을 본격화한 만주사변(1931) → 만주국 수립(1932) → 중일전쟁(1937)의 와중에 발표된 것으로, 여기에는 1929년 10월 미국의 주식시장의 폭락으로 시작된 경제공황이 전 세계 경제에 심각한 파급을 미치기 시작하면서, 중국 대륙을 향한 서구 열강 및 일본의 정치경제적 개입과 자생적 근대가 정상적으로 작동되지 못한 중국 내부의 혼돈 등이 전면화된 현실을 펄 벅이 응시하고 있다는 것을 주목한다. 그런데 이러한 응시를 통해 세계사의 운명을 '땅'의 표상으로 형상화하고 있으나, 임화는 펄 벅의 '대지의 3부작'을 관통하는 문제의식이 중국 대륙에서의 생활 체험의 개별성과 구체성에

출판, 2009, 619~629쪽.
4 위의 글, 629쪽.

자족하는 것을 넘어선 20세기의 현대성에는 육박하지 못하고 있음을 비판적으로 성찰한다.

이제, 이 글에서는 임화의 이러한 문제시각을 염두에 두되, 임화가 미처 보지 못했거나 에둘러 말하고자 한 바를 짚어보면서 펄 벅의 『대지』가 보증하는 대중성과 그 대중성이 함의한 문제의식을 함께 살펴보고자 한다.

2. 제국의 시선에 포섭되지 않은 대지의 가치

미국에서 태어난 지 3개월 만에 선교사 부모와 함께 중국으로 이주한 펄 벅은 1932년 미국으로 귀환할 때까지 무려 40여 년 동안 중국에서 디아스포라의 삶을 살아간다. 피부색과 외양을 비롯하여 언어와 풍속이 전혀 다른 미국 선교사 부모의 보살핌 속에서 펄 벅은 아이러니컬하게도 중국인과 자연스레 어울리는 성장 환경 속에서 중국의 삶과 현실을 어떤 이방인보다 한층 친밀하게 이해함으로써 마침내 그것을 1930년대 전반기에 잇달아 발표한 '대지의 3부작'(『대지』, 『아들들』, 『분열된 일가』)으로 완성한다. 『뉴욕타임즈』의 서평에서, "그녀의 탁월한 책('대지의 3부작'―인용자)에는 우리가 '오리엔탈'이라고 손쉽게 꼬리표를 붙일 수 있을 만한 것들이 거의 없다"[5]는 데서 단적으로 보증하듯, 펄 벅의 '대지의 3부작'은 서구인의 시선으로 일방적으로 포획된[6] 중국의 삶과 현실에 초점이 맞춰져 있지

5 　피터 콘, 이한음 역, 앞의 책, 223쪽.
6 　"콧물을 흘리며 지저분하고 못생긴 얼굴을 한 비쩍 마른 몰골의 변발을 한 남성과 전족을 한 여성. 그들의 행위는 항상 절도, 강도, 강간, 음모, 암살과 연결되어 있다. 이것인 수세기 동안 서구인들이 생각해온 중국인의 모습이었다."(추앙신차이, 「벅 부인과 작품

않다. 이것은 대단히 중요하다. 임화가 펄 벅의 『대지』가 지닌 세계성에 주목한 것은, 미국 선교사 부모를 둔 미국인 작가에 의해 씌어진 『대지』가 유럽 및 일본의 제국주의와 유사한 시선으로 중국(인)을 포획하는 것이 아니라 중국 대륙의 본원적 진실을 충실히 그려내는 데 진력하고 있다는 사실이다. 그것은 바로 중국 대륙에 삶의 터전을 기반으로 하고 있는 농민의 삶과 현실에 천착하기 때문이다.

펄 벅이 '대지의 3부작'에서 일관성을 잃지 않고 비중을 두는 것은 "모든 생명은 대지에 의존"[7]한다는 테제에 깃든 문제의식이다. 이것을 좀 더 부연하면, '대지의 3부작'에서 주목하고 있는 것은 농민 왕룽의 가족사를 다루는바, 이것은 중국 대륙에서 근대전환기의 격동을 겪고 있는 농민의 삶과 현실이 서사의 중심을 차지하는 것과 결코 무관하지 않다. 이와 관련하여, 눈에 띄는 작중 인물은 왕룽과 그의 아내 오란, 그리고 왕룽의 셋째 아들 왕후의 아들 왕위안이다. 왕룽, 오란, 왕위안을 포괄할 수 있는 것은 바로 땅에 대한 무한한 사랑이며, 땅에서 생명을 키워내고 그 소중한 결실의 보람에 감동하는, 즉 농토에서 농사를 짓는 생의 환희를 만끽하고 있다는 점이다.[8] '대지의 3부작' 중 『대지』의 중심서사를 이루는 왕룽과 오란의

들」, 『마오던 부에칸(패러독스)』, 2.1 ,1933, 82쪽; 피터 콘, 앞의 책, 229쪽 재인용)

7 펄 벅, 장왕록·장영희 공역, 『대지』, 소담출판사, 2010, 86쪽. 이후 '대지의 3부작'의 부분을 인용할 때 별도의 각주 없이 본문에서 소담출판사에서 2010년에 출간된 장왕록·장영희가 함께 번역한 작품을 대상으로 '대지 : 쪽수', '아들들 : 쪽수', '분열된 일가 : 쪽수'로 표기한다.

8 "한 시간, 한 시간 그들(왕룽네─인용자)은 서로 한마디 말도 없이 완전히 하나의 율동을 이루며 움직였고, 그는 아내와의 일체감 속에서 노동의 고통을 잊어버렸다. 왕룽은 이렇다할 아무런 생각이 없었다. 다만 그들의 소유인 이 밭의 흙을 힘차게 파 뒤집어엎는 몸의 움직임에서만 완벽한 조화를 이루고 있을 뿐이었다. 그들에게 집을 지어주고 육신을 먹여주며 그들의 신(神)을 만들어내는 땅이었다."(대지 : 42쪽)

땅에 대한 집념과 애착은 최하층 소작인 신분에서 중소지주를 거쳐 대지주로 거듭나는 파란만장한 성공담을 보여준다고 해도 과언이 아니다. 늙은 아버지와 단둘이 적빈赤貧의 삶을 살고 있는 왕룽은 마을 대지주 황 대인의 계집종 오란을 아내로 맞아들인 후 농사에 전념을 다하면서 돈을 모아 황 대인의 땅을 사들이더니 점차 문전옥답을 거느린 대지주로서 급격한 신분 상승을 이룬다. 펄 벅은 왕룽네의 이러한 농사짓기에 대한 열심과 성공에 주목하면서, 정 반대 편에 황 대인 가문의 몰락을 맞세운다.

> 하지만 이 집이 최근에서야 망하게 된 것은 아니에요. 영감의 윗대부터 이 집은 망해가기 시작했어요. 그때부터 자손들이 땅은 내버려두고, 모든 것을 대리인에게 떠맡기고는 들어오는 돈을 물 쓰듯 써버렸던 거예요. 이 영감 대에 오자 땅에 대한 애착이 전혀 없어져서 한 뙈기씩 땅을 팔기 시작한 거죠.(대지 : 186)

펄 벅이 비판적 문제의식이 돋보이는 대목이다. 황 대인의 가세家勢가 쇠락해진 것은 중국의 근대전환기 곳곳에 일어난 화적떼의 습격이 직접적 원인이 아니라 중국의 일상 속 깊숙이 침투해온 아편 중독에 따른 아편값 상승으로 인한 중국 경제의 위기, 사치와 허위의식에 찌들은 낭비에 따른 경제 파탄, 그로 인해 이러한 것들을 소비하기 위해 아무런 생각 없이 마구 땅을 팔기 시작하자 결국 대지주 황 대인 가문은 서서히 몰락해갔던 것이다. 이것은 펄 벅의 시선에 포착된, 오랫동안 중국의 지배질서를 지탱해온 봉건 귀족의 몰락을 극명하게 보여주는 것이다. 땅, 곧 농토에 대한 애착 없이 아편을 비롯한 각종 근대의 사치품과 소비재를 욕망하는 데 중국의 봉건 귀족은 혈안이었고, 생산의 가치를 보증하는 농토의 소멸과 누군가에게 속절없이 넘어가는 것을 방관할 수밖에 없는 중국 봉건 귀족의 무기력은 중국의 봉건성이 중국의 주체적 근대의 힘으로 극복되는 게 아니라 이렇다할 준비와 대안 없이 자멸해가고 있는 움울한 모습으로 드러나고 있다. 하지만 다행인 것은, 황 대인으로 표상되는 중국 봉건 귀족의 몰락을 대신한 그 자리에 신흥 대지주로서 최하층 소작인이었던 왕룽네가 전면으로 나서게 되었다는 점이다. 여기서, 강조해두고 싶은 것은 '농토＝생산'의 가치를 중시하는 왕룽네와 같은 농민이 중국의 근대전환기에 부각되고 있다는 것을 중국에서 디아스포라의 삶을 살고 있는 외국인 펄 벅이 징후적으로 포착하고 있는 점이다.

이처럼 농사짓기에 기반을 둔 '농토＝생산'의 아름다운 가치에 대한 추구는 왕룽의 손자인 왕위안에게 재확인된다. 왕위안은 왕룽의 셋째 아들 왕싼(후에 군벌이 되어 왕후 장군으로 불리움)의 아들로서 왕싼은 그의 대를 이어 왕위안이 군벌이 되기를 희망한다. 그래서 왕위안은 군사 교육을 받지만 끝내 아버지의 명을 어기고 "힘찬 농부의 혼"과 "완강한 생명력"(분열된 일가 : 23)을 욕망하면서 "할아버지(왕룽-인용자)가 살았다고 하는 낡고 작은 움막집"에서 "전쟁과 동떨어진 평화스러운"(분열된 일가 : 14) 세상을 향한 삶을 갈구한다. 그리하여 왕위안은 우여곡절 끝에 미국 유학생활에서 농사와 관련한 전문지식을 습득한 후 중국으로 돌아와 신여성 메이링과 사랑하면서 중국의 새 시대를 열어갈 전망을 품는다. 이와 관련하여, 왕위안이 그 할아버지 세대인 왕룽네가 보이는 농토에 대한 애정 및 집착과 구분되는 면이 있다. 제1세대 왕룽네가 '농토＝

생산'에 직결되는 면에서 중국 근대전환기의 농민의 삶과 현실을 보여주고 있는데 반해 제3세대 왕위안은 중국 내부의 권력 투쟁인 군벌의 득세, 중국의 근대를 성취하기 위해 마주하는 마르크시즘 혁명 세력과의 치열한 만남, 청년 세대의 자기인식과 자기구원의 도정 속에서 재발견된 '농토＝생산'을 위한 농사짓기의 위의威儀와 숭고함을 보여준다.

그렇다면, 펄 벅의 '대지의 3부작'에서 비중을 두는 '땅＝농토'와 '농사'에 대한 형상화는, 이 작품이 한국어로 번역 소개된 1938년 무렵을 염두에 둘 때 일본제국이 만주를 대상으로 한 국책國策문학에서 전쟁을 원활히 수행하기 위한 군수문자를 공급받기 위해 적극 장려한 이른바 생산소설과 전혀 다른 문학 지평에 놓여 있다는 점을 주시할 필요가 있다. 그것은 펄 벅이 작가로서 발 딛고 있는 구체적 현실이 제국의 시선에 포섭되거나 그래서 제국에 적극 협력하는 입장에 서 있지 않은, 중국 대륙에서 디아스포라의 정치사회적 입장을 지니기 때문이다.

3. 중국의 근대의 혼돈을 부유浮游하는 혹은 넘어서는

중국에서 40여 년 동안 디아스포라로서 삶을 살아온 펄 벅은 바로 그 주·객관적 조건 때문에 중국이 겪은 근대로의 험난한 경험을 재현한 '대지의 3부작'은 서사적 신뢰성을 지닌다. 펄 벅의 "나의 모든 에너지는 내가 사랑하고 존경하는 중국의 농민과 일반 대중 편에 서서 느꼈던 분노로 인해서 용솟음치고 있었다. 나는 소설의 배경으로 화북의 시골을 택했고, 작중에 나오는 남쪽의 부유한 대도시는 바로 남경이다"란 직접 언급에서 헤아릴 수 있듯, '대지의 3부작'은 중국 대륙의 남과 북을 관통하는 공간에서 근대전환기를 거쳐 근대의 세계를 어떻게 이뤄가고 있는지를 중국 대중의 대부분을 차지하는 농민에 초점을 맞추고 있다.

왕룽과 달리 왕룽의 아들 세대는 이러한 중국의 근대를 향한 험난한 서사를 살펴보는 리트머스지 역할을 맡는다. 왕룽은 모두 세 아들을 두었다. 첫째는 왕따로서 세 아들 중 가장 무능력한 모습을 보이는데 왕룽으로부터 물려받은 토지와 재산을 기반으로 향락과 방탕한 삶을 살아간다. 왕따의 이러한 삶은 몰락한 봉건 귀족 황 대인이 자연스레 포개진다고 할까. 그만큼 왕따는 급변하는 중국의 현실 속에서 이렇다할 자기갱신의 노력을 보이지 않는 시대 퇴행적 봉건 귀족의 유산에 자족하는 것을 보인다. 이에 반해 둘째와 셋째는 각자 자신만의 삶의 형식으로 중국의 근대에 적극 개입한다. 둘째 왕얼은 거대자금을 소유한 자본가로서 돈의 흐름과 이치에 민활한 대응력을 지닌다. 말하자면 왕얼은 상업자본가로서 돈을 벌 수 있는 것이라면 투자에 인색하지 않는다. 그는 교통에 투자하고 유곽을 경영할 뿐만 아니라 고리대금업을 통해 재산을 축적한다. 왕얼에게 땅은 농토와 생산의 가치를 지닌 것보다 돈으로 바꿔 교환의 가치를 지님으로써 자본을 축적하고 재산을 불리는 데 활용할 경제적 투자의 용처로서 기능을 지닌다. 한편, 셋째 왕싼은 중국이 겪은 근대의 혼돈 속에서 남경으로 가 인정받는 군인이 된 후 그것에 만족하지 않고 북방으로 가서 군벌이 되기를 욕망한다. 왕싼은 실제로 왕후로 불릴 만큼 용맹한 장군으로서 명성을 확보하는데, 그가 복무하고 있는 남경의 부대가 전망이 없는

---

9   장영희, 「해설 – 사랑이 없으면 공포만 있을 뿐」, 『대지』, 소담출판사, 2010, 430쪽.

것에 실망한 나머지 "정예부대를 결성하여 부패가 없는 새로운 세상을 우리들 손으로 만드는 것이 나의 사명"(아들들: 131)으로 천명하면서 당시 중국 농민의 삶을 위협하는 화적단을 무력으로 물리쳐 중국의 북방에서 영향력 있는 군벌로 거듭난다. 펄 벅은 군벌 왕싼에 주목함으로써 왕싼의 시선에 비쳐진 중국의 근대전환기에서 주체적 역량으로 근대를 추구하지 못한 채 무기력한 정부로 전락한 중국의 현실과, 이 현실 속에서 생의 기반이 철저히 붕괴된 농민들이 정상적 생활을 하지 못한 채 화적단이 되고, 그나마 농사를 짓는 농민들의 경우 "화적과 나라로부터 이중의 착취"(아들들: 183쪽)를 당하는 닫힌 현실을 가감없이 보여준다. 오죽하면 중국의 농민들은 화적단보다 정부군을 두려워할까. 소설 속에서 왕후에게 말하는 한 농부의 적나라한 말, "화적들은 들이닥쳐도 곧 떠나지만, 군대가 들이닥치면 집집마다 오래 머물며 딸년들을 겁탈하고 겨울 양식까지 먹어버릴 거라고들 합니다"(아들들: 298)에 서린 농부의 분노와 체념이 뒤섞인 애환이야말로 중국 농민이 직면한 근대의 혼돈을 증언한다. 그런데 안타까운 것은 중국의 농민이 겪는 이중의 고통을 해결하기는커녕 왕후는 그의 무력 통치가 적용되는 지역 안에서 절대군주로 안주한 채 애초 그가 품은 원대한 이상은 스러져버린다. 이것이야말로 펄 벅이 응시하고 있는 중국의 근대의 혼돈 속에서 난립한 군벌의 적나라한 실상이다.

이처럼 왕룽의 아들 세대에게 더 이상 농토와 이것이 함의하는 가치는 지탱하기 힘들다. 중국의 근대의 혼돈에 직면한 왕따, 왕얼, 왕싼(왕후)는 봉건 귀족의 유산에 자족하든지, 상업자본가로서 사적 재산을 축적하는 데 혈안이든지, 대의명분을 수행한다는 미명 아래 한정된 지역 안에서 절대군주와 같은 권력을 행사하는 군벌로서 자족할 뿐 혼돈의 현실에 처한 중국에 적실한 정치경제적 대응을 펼치지 못한다.

오히려 펄 벅은 왕룽의 손자 세대로부터 중국의 혼돈을 헤쳐 갈 어떤 가능성을 탐색하고 있다. 왕싼의 아들 왕위안은 왕싼이 못다 이룬 군벌로서 원대한 이상을 실현시킬 재목으로 길러지지만, 앞장에서 이미 언급한대로 전쟁과 죽음을 멀리한 왕위안은 군인 되기를 포기하고, 미국 유학 생활을 통해 서구의 근대를 몸소 체험한다. 한편에서는 자본주의적 근대를 자유분방한 대학 생활을 하면서 경험하고, 또 다른 한편에서는 사회주의적 근대를 향한 혁명가와의 접촉을 통해 경험한다. 여기서 유의할 것은 이 두 가지 양태의 근대를 왕위안의 사촌들, 즉 왕위안의 큰아버지 왕따의 아들들 셩과 멩을 통해 경험한다는 사실이다. 정치적 허무주의에 기반하면서 미의식에 탐닉하는 셩은 자본주의적 근대가 지닌 유무형의 문화소비재를 마음껏 즐긴다. 셩은 멩과 달리 사회의 혁명적 진보에 어떠한 기대도 걸지 않는다. 낭만적 미의식 취향의 시를 짓는 탈정치적 시인으로서 삶에 자족한다. 그런가 하면, 멩은 서구 열강의 식민주의 쟁탈전 속에서 속수무책으로 정치경제적 이권을 빼앗기는 민족의 어두운 현실과, 중국의 오랜 봉건적 폐습 속에서 무산자 계급의 억압을 감내하면서 살고 있는 중국 인민들의 계급 해방을 실천해야 한다는 혁명가의 삶을 살고자 한다. 왕위안은 이 두 양태의 근대 사이에서 진자운동을 한다. 자본주의적 근대에 충실하면서도 실상 그것과 일정한 거리를 두고 있는 미학주의자인 셩으로부터 매혹을 느끼기도 하고, 민족모순과 계급모순 속에서 암울한 현실의 사위에 갇힌 "조국을 해방시키는 일 외에는 자기를 구제할 길이 없다"(분열된 일가 : 147)는 인식을 사회주의적 근대를 추구하는 혁명가 멩으로부터 윤리적 결단을 촉구받기도 한다. 이러한 진자운동 속에서 왕위안은 미국 유학 도중 사랑을 나눈 미국인 메리로부터 중국은 "성현의 가르침이 굳건히 뿌리를 내린 사회 속에서 남녀가 다 같이 정의롭고 평화로운 분위기에서 살아가는 나라였"(분열된 일가 : 247)던 만큼 비록 짧은 기간이지만 유학생의 신분으로서 디아스포라의 삶을 사는 동안 그의 조국인 중국이 "가장 원만하고 아름다운 나라였다"(분열된 일가 : 247)는 간명한 진실에 대한 자기인식에 이른다.

이처럼 펄 벅은 '대지의 3부작'에서 왕룽의 손자 세대인 왕위안, 셍, 멩으로부터 중국의 혼돈이 놓인 음울한 자화상뿐만 아니라 이것을 어떻게 헤쳐 나갈 수 있을 것인가에 대한 가능성의 지평을 탐색하고 있다. 이러한 혼돈의 근대를 헤쳐 나가는 모습이, 중국에서 디아스포라의 삶을 살아간 작가 펄 벅과 작품 속에서 미국의 유학 생활을 매개로 한 디아스포라의 삶을 살고 있는 작중 인물을 통해 그려지고 있다는 것은 가볍게 지나칠 수 없는 디아스포라의 서사적 진실을 새삼 환기해준다.

4. '또 다른 근대'를 꿈꾸는

펄 벅의 '대지의 3부작'은 왕룽 일가의 3대에 걸친 가족사에 초점을 맞춘 이른바 가족사연대기 소설 양식이라 해도 무방하다. 한국문학사에서 항일운동의 최전선에 있던 카프(1925~1935)가 일제에 의해 강제 해산 당한 후 카프계 작가들 중 김남천의 『대하』(1939), 이기영의 『봄』(1940), 한설야의 『탑』(1941) 등이 여기에 해당한다. 이들 가족사연대기 소설을 통해 근대전환기 안팎의 조선의 현실을 다양한 풍속과 함께 형상화함으로써 일제 말 제국의 국책문학에 쉽게 투항하지 않는 정치적 상상력을 함의하고 있는 것은, 지금까지 읽어본 펄 벅의 '대지의 3부작'의 밑자리에 자리한 정치적 상상력과 무관하지 않다. 다만 펄 벅은 중국 태생이 아닌 외국인으로서 디아스포라의 생애를 살면서 급변하는 중국의 현실에 쉽게 매몰되지 않고 혼돈 속에 놓인 중국의 근대전환기와 근대를 향한 모습을 탈오리엔탈리즘적 시선으로 형상화하고 있다.

'대지의 3부작'의 마지막『분열된 일가』의 대미를 장식하면서, 펄 벅은 왕위안의 말을 빌려 중국의 근대가 주체적 역량의 결핍과 서구식 근대를 극복하는 대안으로서 '또 다른 근대'를 창출하지 못했지만, 그렇다고 파죽지세로 휘몰아치는 서구식 근대와 일본제국의 근대에 속수무책으로 떠밀릴 게 아니라 왕위안과 같은 젊은 세대의 명확한 현실 인식과 반전평화를 염원하는 인류 보편의 정동情動이 연대하는 세계를 향한 꿈꾸기를 포기하지 않는다는 것을 헤아릴 수 있다. 이것을 염두에 둘 때, 다음과 같은 왕위안의 힘 있는 전언의 울림은 예사롭지 않다.

"우리 두 사람은 아무것도 두려워할 필요가 없어."(분열된 일가 : 438)

중국의 혁명과 그 '이후'

위외의 『대장정』과 옌롄커의 『침묵과 한숨』

1. 민주주의적 토론, 카이완시아오开玩笑, 펑요朋友

– 위외의 『대장정』

중국 심양에 있는 서탑가에 자리한 한 서점을 둘러보던 중 중국 소설가 위외魏巍(1920~2008)의 장편소설 『대장정』의 한글 번역본이 눈에 띄었다. 이미 이 소설은 한국에서 같은 번역자(송춘남)의 동일 제목으로 출간된 적이 있어 그리 새로운 느낌으로 다가오지는 않았다. 하지만 그동안 중국의 '대장정大長征'에 대한 것을 간헐적으로 들었고, 다큐멘터리로 만났던 역사적 실재에 대한 문학적 접근이 퍽 궁금하였던 터에 읽기 시작하였다.

내가 구입한 『대장정』은 중국의 길림성 연변교육출판사에서 상, 하 두 권으로 발행한 것인데, 작가 위외는 애초 중국인민해방군의 전신인 홍군紅軍 창립(1927) 60돌을 맞은 1987년에 '지구의 붉은 띠地球的紅飄帶'란 제목으로 이 작품을 발표하였다. 이 소설의 책머리에 언급됐듯이, "『대장정』은 문학적 언어로 장정을 다룬 첫 장편거작"으로, 20세기 전반기 중국 혁명의 과정 중 가장 주목할 만한 역사를 정면으로 다룬 대작으로 손색이 없다.

그러면, 우리는 중국의 '대장정'을 얼마나 잘 알고 있을까. 그리고 이것을 어떻게 알고 있을까. 감히 말하건대, 현재의 중국을 잘 이해하기 위해서는 '대장정'을 중국인 못지않게 우리도 잘 이해해야 하지 않을까. 이것을 두고, 즉 중국의 공산 혁명을 이해하고자 하는 것을 두고, 반국가적 혹은 반체제적 정치 입장이라면서, 아직도 시대퇴행적인 구태의연한 이데올로기적 강박에 사로잡혀 있다면 우리는 여전히 냉전시대에 감금돼 있는 셈이다. 중국의 '대장정'을 냉전적 인식을 바탕으로 만날 게 아니라 현재의 중국에 이르는 역사적 도정에서 중국인들이 그들의 혁명을 어떻게 인식했고, 그것을 그들의 삶의 현장에서 어떻게 육화하고 있었던가, 그러면서 그들은 자신의 삶을 스스로 갱신시키는, 즉 삶의 혁명을 이루는 것에 대해 어떤 경이적 순간을 살아냈던가……, 바로 이러한 것들을 우리는 만나볼 필요가 있다.

모택동이 숨을 고르더니 침통하게 말했다.

"물론 우리도 큰 손실을 입었습니다. 우리가 출발할 때는 8만 6,000명이었습니다. 지금은 7,000명입니다. 7,000명이 너무 적지 않느냐고 말하는 사람이 있습니다. 그렇습니다. 적습니다. 하지만 동지들, 살아남은 7,000명은 혁명의 씨앗이라는 것을 잊어서는 안됩니다. 인민은 우리의 어머니이고 우리를 길러준 땅입니다. 씨앗이 이 땅에 떨어지기만 하면 뿌리를 내리고 싹이 트고 꽃이 피고 열매를 맺을 것입니다. (…중략…) 지금 우리는 유격전으로 싸우지만 앞으로는 대규모로, 산을 무너뜨리고 바다를 메울 기세로 싸울 때가 올 거라고 저는 단언합니다.[1]

---

1   위외, 송춘남 역, 『대장정』 하권, 길림: 연변교육출판사, 2017, 342쪽

이 소설은 중국 홍군이 국민당의 장개석의 파상적 공격에 몰리면서 중국의 남부 장시성江西省을 1934년에 떠나 무려 368일 동안 대장정을 거친 끝에 1935년 중국의 북부 산시성山西省에 이르게 되는 시기를 다루고 있다. 이 대장정이 얼마나 위험하고 힘들었는지 출발할 무렵 약 8만 여 명에 이르는 병력이 도착할 때는 7천 여 명에 이르렀다고 한다. 군사학 전문가 아니더라도 상식적으로 생각했을 때, 이 정도의 병력 손실이라면 엄청난 규모의 손실인 만큼 아무리 홍군이 대장정에 성공 했을지라도 이후 혁명에 성공하여 중국 대륙을 통일함으로써 마침내 중화인민공화국을 창립(1949)할 것이라고 누구도 예측하지 못했을 것이다. 바로 그렇기 때문에 이 대장정을 주목하지 않을 수 없다. 대체 이 대장정은 중국 혁명의 과정에서 어떤 역할을 했을까.

위외의 『대장정』은 일종의 역사소설이다. 역사적 실재를 다루되 그것에 함몰되는 게 아니라 작가의 눈에서 포착되는 역사의 안팎을 작가 특유의 심미적 이성의 언어로 표현해낸다. 때로는 아주 미시적으로, 때로는 거시적으로, 이 중층적 작가의 시선을 통해 작가는 역사적 진실에 육박해 들어간다. 『대장정』이 그렇다. 작가의 말을 빌리자면, 그는 이 작품을 쓰기 위해 무려 1만 2천㎞에 해당하는 대장정을 두 차례 답사하면서 당시 역사를 재구성한 것이다. 그래서인지, 이 작품은 당시 숱한 사건과 경험들의 철저한 사례와 고증을 바탕으로 한 역사의 기록으로도 손색이 없다. 소설의 형식을 빈 '대장정'의 기록으로 훌륭하다. 때문에 이 작품을 지배하고 있는 것은 기록문학의 성격이다. 대장정에 대해 산재한 온갖 기록들, 물론 여기에는 문서 기록뿐만 아니라 대장정에 참여한 중국인들의 구술도 해당한다. 흔히들 우리는 역사소설을 생각할 때, '소설'의 측면만을 상대적으로 비중 있게 다루다보니, '역사'의 측면을 소홀히 간주하기 십상이다. 역사소설에서 다뤄지는 역사를 허구의 측면으로만 바라보기 때문이다. 하지만 모든 역사소설을 이렇게 생각할 수는 없다. 역사소설에서 허구가 중요하되 그 허구의 바탕을 이루는 역사의 실재를 주목해야 한다. 이런 면에서『대장정』은 우리에게 익숙한 일반적 역사소설과 달리 역사의 실재에 보다 비중을 둔 기록문학의 성격이 짙다. 따라서 중국의 대장정에 대한 역사를 공부하는 차원에서도 이 작품은 적극 권장할만하다.

이와 관련하여, 이 작품에서 눈여겨 볼 것은 이 작품은 대장정을 일방적으로 미화하거나 신비화하지 않는다는 점이다. 중국의 가파른 협곡과 험준한 산, 순탄하지 않은 여정 속에서 국민당 군대와 맞서 싸워야 하는 홍군의 위대성만을 내세우지 않는다. 모택동을 비롯한 혁명동지들은 국민당의 파상적 공격을 피해 게릴라식 공격과 저항을 하면서 승리와 패배를 경험하지만, 작가는 이 승리만에 초점을 맞추지 않는다. 대장정은 순탄하지 않았고, 그 도정에서 홍군 내부는 심한 내홍을 겪기도 한다. 모택동과 주은래를 비롯한 홍군의 지휘부는 매사 의견 일치를 보았던 것은 결코 아니다. 공산당 내부의 권력 경쟁과 주요 사안에 따른 의견 충돌은 물론, 중국의 북부로 이동하면서 게릴라식 싸움을 할 게 아니라 국민당 군대에 맞서기 위해 남하하여 정규군과 같은 방식으로 싸울 것을 주장하기도 하는 등 홍군 내부의 의견은 마찰이 심할 적도 있다. 작가는 이 마찰과 갈등을 애써 봉합하지 않는다. 실제 대장정 가운데 그랬듯이, 작가는 이 갈등을 홍군의 지휘부가 어떻게 마주했고, 그것을 어떠한 방식으로 극복해갔는지를 세밀히 추적

한다. 작가가 주목한 것은 이 내부의 갈등이 어느 특정한 혁명가의 탁월한 능력으로 해결되는 게 아니라 혁명에 참여한 동지들의 민주주의적 치열한 토론의 과정 속에서 해결책을 찾았다는 점이다. 어떤 목적을 성취하기 위한 과정에서 내부의 치열한 민주주의적 토론이 얼마나 중요한 것인지를 새삼 성찰하도록 하는 대목이 아닐 수 없다. 이런 과정 속에서 대장정을 통한 모택동의 게릴라식 전략은 홍군뿐만 아니라 홍군을 지지한 중국 인민들로 하여금 혁명의 설득력을 지니도록 한다.

그런데, 『대장정』에서 또 눈여겨 볼 것은 사투를 건 대장정이 가능하도록 한 힘은 혁명을 반드시 실천하겠다는 불굴의 의지뿐만 아니라 그 강인함을 감싸고 있는 모종의 여유와 부드러움이 지닌 낙천성이다. 중국어에 '카이완시아오开玩笑'라는 말이 있다. 어떤 희생을 감내하면서도 대장정을 함께 하고, 끝까지 대장정을 포기하지 않도록 한 불가사의한 힘은 이 '카이완시아오'에 있지 않을까. 숱한 전쟁터에서 어제의 동료가 주검으로 눈 앞에 있고, 인간의 힘으로 도저히 버티기 힘든 매서운 자연 환경 속에서도 꿋꿋이 동료들 곁에 있어줌으로써 큰 버팀목이 되었던 힘은 '카이완시오'에 있지 않을까. 이것을 한마디로 번역하기는 힘들지만, 아무리 혹독하고 힘든 현실에서도 동료들과 함께 하는 가운데 긴장에서 해방된 순간 절로 생기는 웃음이 곧 '카이완시아오'라면, 이 웃음이야말로 어쩌면 대장정을 가능토록 한 힘의 근원일지 모른다. 그렇다. 동료들과 함께 하는 이러한 웃음이 불가사의한 대장정의 비결이리라. 그러고 보니, 『대장정』을 읽는 내내 자꾸만 눈에 밟힌 중국어가 있다. '펑요朋友'가 그것이다. 우리말에 '벗'이란 단어가 이것에 가장 가까울까. 서로 흉허물이 없는 믿음을 바탕으로 형성되는 자연스런 인간 관계가 '벗'이 아니던가. '벗 끼리'는 수평의 인간 관계이고, 그래서 어떤 뜻을 함께 추구한다면 서로 동지同志가 되는 셈이다. 중국어의 '펑요'에는 이러한 인간 관계를 함의하고 있는 만큼 『대장정』에서 만나는 숱한 인물들은 중국 혁명에 동참한 '벗'으로서 그들 사이에 공유한 '카이완시아오'가 혁명을 이룩하는 힘으로 작용한 것이다.

21세기 중국의 위상은 하루가 달리 전방위적으로 급부상하고 있다. 우리는 중국을 얼마나 그리고 어떻게 이해하고 있는가. 혹시 아직도 20세기 냉전시대의 이데올로기적 인식에 우리를 가둬놓은 채 중국에 대한 잘못된 이해를 하고 있는 것은 아닌지 냉철히 성찰해야 한다. 때문에 중국의 대장정에 거둔 혁명의 성취들에 대한 올바른 이해가 요구된다. 장편소설 『대장정』은 이러한 이해를 하는 데 적지 않은 도움을 줄 것이다.

2. 중국몽中國夢의 어둠과 공포를 응시하는 – 옌렌커, 『침묵과 한숨』

중국을 떠올릴 때마다 복잡한 생각에 사로잡히곤 한다. 중국은 세계 4대문명의 발상지 중 하나로서 세계 동서문화 교류사에서 매우 중요한 몫을 담당해왔음은 널리 알려진 상식이다. 그리고 제2차 세계대전 이후 미국과 옛 소련 중심으로 양극화된 냉전체제 질서에 균열을 내면서 중국식 사회주의(수정 자본주의)를 표방하더니, 현재 이른바 G2국가로서 위상을 차지하고 있다. 그리하여 중국은 군사적·정치적·경제적·문화적 강국을 실현시키기 위한 중국몽中國夢으로서 대국굴기大國崛起를 야심차게 기획하여 실현하고 있다. 그렇다. 중국이 보여주는 이러한 모습은 분명 서구중심주의와 다른 주목할 만한 실천을 함의하고 있다.

하지만, 결코 가볍게 지나쳐서 안될 것은 중국의 이러한 실천들 사이에 자리한 억압적인 그 무엇이다. 그것은 현재 급부상하는 중국의 위상을 생각할 때마다 '뭔가 이것은 아닌데' 하는 중국에 대한 부정적 판단을 쉬이 떨쳐내기 힘들도록 한다. 에돌아갈 필요 없이, 내 생생한 경험에 비추자면, 중국에는 '표현의 자유'가 없다는 게 가장 적확한 실체일 터이다. 그것은 중국사회와 정부에 대한 비판적 성찰을 조금도 허락하지 않는바, 중국사회의 어두운 현실을 정직하게 파헤치는 진실한 말과 글을 표현하는 자유를 억압하는 것이다. 이것은 무엇을 말하는 것일까. 그만큼 중국은 사상과 표현의 자유를 보장하는 민주주의에 인색하다는 것을 보여준다.

그래서 중국 작가 옌렌커의 『침묵과 한숨』(김태성 역, 글항아리, 2020)은 내게 말 그대로 '충격' 그 자체다. 왜냐하면 아무리 이 책이 한국어로 번역돼 한국에서 출간되었다고 하지만, 옌렌커는 현재 중국에서 살고 있어 표현의 자유가 보장되지 않는 중국의 민낯을 신랄히 비판함으로써 자칫 정치적 억압과 박해를 받을 수 있기 때문이다. 그럼에도 불구하고 그는 "내가 보는 것은 깊은 밤 숲속의 어둠과 공포"[2]임을 응시하면서, 그의 삶과 글쓰기 활동에서 겪은 중국 문학의 문제점들을 매우 예각적으로 그리고 웅숭깊은 비판적 성찰을 수행한다.

우선, 옌렌커의 『침묵과 한숨』을 관통하는 문제의식을 주목해보자.

---

[2]   옌렌커, 김태성 역, 『침묵과 한숨』, 글항아리, 2020, 23쪽. 이후 이 책을 인용할 때 별도의 각주 없이 쪽수만 표기

그는 1949년 중화인민공화국 수립 이후 전개된 중국의 역사에서 국가 주도로 기억이 선택되더니, 중국의 아픈 상처의 역사를 애써 외면하든지 아예 망각하기를 강요받고 있다고 한다. 그리하여 그의 말을 빌리면, "국가적 기억상실의 역사적 공정"(44쪽)을 밟고 있으며, 중국문학은 이에 대해 속수무책의 글쓰기를 하고 있다고 증언한다. 그래서 그는 "중국인들이 기억상실 과정에서 가장 먼저 잃는 것은 역사 속에서의 민족의 기억이다. 그런 다음 현실 속에서의 모든 사실과 진상을 잃"(47쪽)는 것을 두려워하고 걱정한다. 그는 서슴없이 중국의 어두운 면과 이것에 자의반타의반 공모한 중국문학에 대한 냉철한 자기고발을 하고 있다. 가령, 다음과 같은 문제 지적은 중국과 중국문학(문화) 전반에 대한 현재적 비판으로 중층적 문제를 적시하고 있다.

중국은 지금 왜곡과 변형, 불규칙, 새로운 상태의 기형기에 처해 있어 돈과 시장, 권력, 신매체인 인터넷이 시대를 주도하고 있다. 중국인들에게는 다른 중국의 위대한 '신중국 문학'과 문학 속의 '중국식 인류'의 창조와 생산이 전대미문의 유혹 및 압박을 형성하고 있다.(67쪽)

표면상, 위 지적은 '표현의 자유'가 없다는 것과 무관한 듯 보인다. 위 지적은 중국과 중국문학만의 문제가 아니라 한국과 한국문학의 문제라 해도 전혀 이상하지 않다. 중국도 그렇듯이 한국도 인터넷을 비롯하여 첨단 미디어의 급속한 발달과 대중에 미친 파급력으로 인해 종래 문학의 위상과 역할이 크게 흔들리고 있는 게 엄연한 현실이다. 한국과 중국 모두 스마트폰의 위력은 사회 전 분야에 퍼져나가고 있는

바, 각종 볼거리와 들을거리가 흘러넘치는 미디어 시장에서 종래 종이책 문학의 문화적 권능이 추락해가고 있다. 여기에다 종이책 문학을 대신하는 전자북 형태의 문학콘텐츠마저 급부상하면서, 옌롄커의 말처럼 '신중국문학'과 흡사한 '신한국문학'이 출현하고 있는 것도 부인할 수 없는 현실이다. 여기서, 옌롄커의 위 언급을 음미해보면, 중국사회의 언론과 사상과 표현의 자유 부재는 첨단 미디어의 시장 권력 속에서 표피적 감각의 즐거움을 향유하는 데 자족하는 독자층을 위한 문학이 양산되고 있음을 알 수 있다. 말하자면, 현재 중국문학은 중국사회의 현실에 대한 래디컬한 비판과 반성이 허락되지 않는 그래서 중국이 국가적으로 온힘을 쏟고 있는 '대국굴기'에 적극 동참하는 문학을 권장하고 그러한 문학을 제도적으로 보증하는 문화예술정책을 실행하고 있다. 그러한 문학이 자본주의 시장 권력에 투항한다 하더라도 중국 정부에 대한 비판과 저항을 하지 않는 한 아무런 문제가 되지 않는다. 이러한 중국의 현실에 대해 옌롄커는 "오늘날 중국에서 '즐겁게 죽는 것'은 허용되지만 현실을 마음대로 사유하는 것은 허용되지 않는다"(129쪽)는 뼈아픈 발언을 내뱉는다.

그렇다면, 우리가 궁금한 것은 그가 이렇게 비판하고 있는 중국 내부에서 그는 어떠한 방식으로 글쓰기를 실천하고 있는 것일까. 이와 관련하여, 상기하고 싶은 게 있다. 이 책 『침묵과 한숨』은 중국에서 출간되지 않았고, 대만에서 2014년에 첫 출간되었다는 사실이다. 이 책을 읽으면서 새롭게 안 사실인데, 30여 년 전만 해도 이 정도의 비판 수위가 높은 책이 중국 밖에서 출간될 경우 투옥되거나 심지어 목숨을 잃을 수 있었지만, "지금은 그렇지 않다. 얼마든지 해외 출판이 허용되고 포용되고 있다"(156쪽)는 사실에 대해, 작가는 중국 정부의 "포용에 대해 감사하고 또 감사하고 싶은 것이다!"고 하여, 뼈가 있는 말을 하고 있다. 이것을 어떻게 받아들여야 할까. 옌롄커의 이 문장을 읽으며, 나는 이 문장의 이면에서 정말 말하고 싶은 그의 진실을 더듬어본다. 해외 출간을 허용하는 중국 정부의 포용은, 뒤집어 생각하면, 설령 그 해외 출간에 대한 소식이 중국 인민에게 알려진다고 하더라도, 중국 정부는 그 소식을 철저히 감시하고 통제할 수 있는 국가적 억압장치를 완비하고 있으므로 걱정이 전혀 안된다는 것으로 이해할 수 있다. 그만큼 중국 정부의 언론과 사유의 통제는 소름끼칠 정도로 무섭다는 게 아닐까.

그래서, 옌롄커는 중국의 이러한 엄혹한 현실 아래 자신의 글쓰기를 '신실주의神實主義'로 수행한다. 이것은 "오늘날 중국의 가장 밝은 햇빛 속의 음지와 가장 밝은 빛 속의 어둠을"(23쪽)을 대면하면서, "표면적인 논리관계를 포기하고 존재하지 않는 진실, 눈에 보이지 않는 진실, 진실에 가려져 있는 진실을 찾는 소설 미학을 지칭"(23쪽)한다고 그가 직접 밝히고 있다. 옌롄커도 매섭게 비판하듯, 중국문학이 서구미학에 붙잡힌 채 중국의 역사와 현실을 제대로 형상화하고 있지 않은 채 현실정치에 매몰된 글쓰기의 수렁에 빠져드는 것에 대한 그만의 저항적 글쓰기를 정립하고 있다. 사실, 옌롄커의 비판적 성찰은 그와 중국문학에만 해당되지 않는다. 물론 한국문학은 표현의 자유를 쟁취하기 위해 온갖 노력을 다하였고, 그 도정은 한국 민주주의 성취와 맞물려 있는 만큼 이런 점에서는 중국문학보다 진전된 측면이 분명 존재한다. 하지만 서구미학의 전횡으로부터 여전히 종속돼 있는 점, 그리고 정치적 상상력이 답보상태에 머물러 있는 점, 역사와 현실에 대한 예각적이고 웅숭깊은 문학을 향한 활력이 점차 사그라들고 있는 점 등속은 옌롄커의 중국문학 비판과 그 문제의식이 포개진다.

끝으로, 『침묵과 한숨』에서 우리가 곱씹어야 할 정치와 문학 / 글쓰기의 관계에 대한 옌롄커의 말에 귀를 기울여본다.

> 문학이 현실, 즉 권력과 정치가 완전히 스며들어 있는 현실 생활에 관심을 가질 때, 작가들은 좀더 높은 차원에 서 있어야 하고, 작가들의 글쓰기가 현실에 관심을 가질 뿐만 아니라 현실보다 더 크고 높아야 하는 것이다. 작가들이 정치에 관심을 가질 때는 정치적일 뿐만 아니라 생활적(정치 생활이 아님)이어야 하고 생활 정치일 뿐만 아니라 이러한 정치와 정치에 푹 젖어 있는 생활보다 더 크고 높아야 한다는 것이다.(247쪽)

21세기, 어쩌면 코로나와 함께 해야 할 한국문학에 절실한 것은 '정치 생활'이 아니라 '생활 정치'를 하는 글쓰기여야 하고, 그것은 "좀더 높은 차원에서" 그러면서 "글쓰기에 거대한 비천함"(61쪽)이 있는 이 모순의 진실을 겸허히 수행해야 하지 않을까.

'까딱'과 '플라멩코', 그 서정의 매혹

우리가 그동안 망각해온 게 있다. 문학을 눈으로 감상하는 일이 마치 전부인 양 아무런 의심 없이 지나쳐왔다. 언제부터인지 우리는 입속에서 흥얼거리거나 소리를 내서 읽거나 발을 구르거나 어깻짓을 하거나 손뼉을 치거나 온몸을 들썩이는 문학의 맛과 멋을 멀리해왔다. 말하자면 묵독에 길들여지는 가운데 묵독에 기반한 아름다움을 궁리하며, 그 아름다움을 탐닉하게 되었다. 이것이 바로 고품격의 문학을 발견하는 것이며, 전근대적 문학을 극복한 새로운 문학의 아름다움의 가치를 꽃피우는 것이란다.

우리는 이러한 문학이 노래와 춤과 연주 본연의 역할, 즉 구술성口述性, orality과 연행성演行性, performance을 거세시켰다는 것을 가볍게 지나쳐서 곤란하다. 구술성과 연행성은 문학의 원초적 태생의 기반일 뿐만 아니라 문학 자체와 분리할 수 없는 문학의 핵심적 속성이다. 이 두 가지 속성은 문학이 삶 속으로 스며들게 하며, 삶이 문학 속으로 미끌어지도록 하는 매우 중요한 몫을 담당한다.

인도의 북부 지방에서 널리 퍼져 있는 전통춤 '까딱Kathak'과 스페인의 도처에서 살고 있는 집시의 춤 '플라멩코Flamenco'는 이들 특유의 노래와 연주가 자연스레 한데 어울리면서, 서로 다른 개성을 지니되 은

연중 서로 교차하는 묘한 매혹을 발산한다. 무엇보다 주목해야 할 것은 '까딱'과 '플라멩코'가 외양적으로는 춤과 연주가 부각돼 있지만, 이 둘은 모두 각 문화의 독특성에 기반한 노랫말, 즉 문학의 감로수를 머금고 있다는 사실이다. 다시 말해 '까딱'과 '플라멩코'는 춤과 연주를 동반한 각 문화에 젖줄을 댄 노랫말의 형식을 띠고 있는, 어떤 독특한 서정성을 띤 문학의 속성을 갖고 있다.

우선, 이 둘이 우주와 인간의 관계를 노래하고 있는 것은 흥미롭다. 우주와 인간을 단절의 시각으로 보지 않고, 우주를 인간이 감히 범접할 수 없는 어떤 절대 신비의 실체로 맹목화하지도 않고, 인간이 가장 가까운 곳에서 매사 만날 수 있는 관계로 노래한다. 여기, '까딱'과 '플라멩코'의 한 대목을 들어보자.

그 분의 몸은 우주입니다

그 분의 말씀은 모든 우주의 언어입니다

하늘의 달과 별들로 장식하신 분

세상의 주인 되시는 시바, 당신께 경배 드립니다

—'까딱' 중 〈Angikam〉

띠릿띠 뜨란 뜨란 뜨란
띠릿띠 뜨란 뜨란 뜨레로

띠릿띠 뜨란 뜨란 뜨란

띠릿띠 뜨란 뜨란 뜨란

복될 지어다 나의

탄생을 목도한 대지여

내 백 년을 살지라도

영원히 그대 기억하리다

내게 구두를 건네주시게

발꿈치 딸그락거리며

춤을 춰야겠소

—'플라멩코' 중 〈Alegrías〉 부분

'까딱'의 〈Angikam〉은 인도의 숱한 신들 중 가장 중요한 세 신, 즉 브라마Brahma, 비슈누Vishnu, 시바Shiva와 인간의 관계를 노래한다. 일반적으로, 창조의 신 브라마와 창조된 것을 유지하는 신 비슈누, 그리고 새로운 것을 창조하기 위해 기존의 것을 파괴하는 신 시바는 고대 인도로부터 지금까지 우주 그 자체를 상징한다. 때문에 이들의 몸과 말씀은 우주이며 우주의 언어인 셈이다. 이렇게 전지전능하고 절대적인 '신-우주' 자체가 대단히 간명하고 담박한 인간의 언어로 표현되고 있다. 그런데 그 신은 인간을 압도하고 주눅들게 하는 것으로 자신을 장식하지 않고, 인간의 일상과 매우 친숙한 달과 별로 장식돼 있다. 〈Angikam〉의 노랫말이 지닌 신과 인간의 관계는 인도 전통 현악기인 시타르Sitar의 선율과 타악기인 따블라Tabla의 장단, 그리고 이 연주 사이로 공명하면서 낮게 읊조리는 노래와 절로 어우러지면서 〈Angikam〉의 마술적 서정성을 한층 자아낸다.

그런가 하면, '플라멩코'의 〈Alegrías〉에서 우리는 그 특유의 여흥구인 "띠릿띠 뜨란 뜨란 뜨란"에 이어 나오는 "복될 지어다 나의 / 탄생을 목도한 대지여" "내게 구두를 건네주시게 / 발꿈치 딸그락거리며 / 춤을 춰야겠소"를 통해 집시의 격정적 춤의 시작과 끝이 그들의 생의 운명과 결코 유리될 수 없는 대지라는 지극히 평범한 사실을 떠올리지 않을 수 없다. 집시에게 대지는 우주 그 자체라 해도 과언이 아니다. 정착할 곳을 찾아 어디론가 향해 떠나고, 그곳에서 악다구니치면서 살다가 다시 그곳을 떠나고, 그렇게 세상을 배회하고, 그렇게 세상의 곳곳을 밟을 수밖에 없는 게 바로 집시의 삶이며, 집시를 에워싸고 있는 우주다. 따라서 이러한 그들의 삶의 애환을 춤추기 위해 '플라멩코'의 댄서는 대지에게 간구한다. "구두를 건네주시게"라고……. 대지가 건네준 그 구두를 맵짜게 신은 채 대지와 때로는 달콤하며 부드럽게 때로는 온몸을 헤집을 정도로 격정적으로 키스하는 춤을 추기 위해…….

이렇듯이 '까딱'과 '플라멩코'의 노랫말에 깃든 서정성은 우주(혹은 신)와 인간 사이의 관계, 즉 성聖과 속俗이 서로 배반의 관계도 아니고 서로 완전히 분리된 관계도 아닌, 말하자면 성스러움의 세계와 속화된 세계가 절로 만나 그렇게 하나로 원융圓融되는 경지를 나타낸다.

그 구체적 서정성은 사랑과 이별의 노래로 또한 불리운다.

크리슈나님. 제가 가는 길을 방해하지 마세요
제가 물동이를 이고 있잖아요

(…중략…)

중간 길에 있는 저는 예쁜 소녀랍니다.

(…중략…)

제발 저를 붙잡지 마세요. 피리 부는 크리슈나님

크리슈나님. 제가 가는 길을 방해하지 마세요

제가 당신의 발에 절 할게요

— '까딱' 중 〈Thumri〉

〈Thumri〉는 비슈누의 화신 크리슈나와 사랑의 정감을 노래한다. 크리슈나는 인도인들의 대중적 사랑을 받고 있는 신으로서 크리슈나와 관련한 신화에 따르면, 크리슈나는 피리를 잘 불며 뭇 여성의 사랑을 한몸에 받는 매우 낭만적 풍모를 보이는 신이다. 그런데, 크리슈나와의 사랑은 그리 순탄하지 않다. 〈Thumri〉에서 쉽게 짐작할 수 있듯, 노랫속 화자인 '예쁜 소녀'는 자신에게 짓궂게 다가오는 크리슈나에게 '~마세요'라는 부정의 뜻을 드러낸다. 여기서 신과 인간 사이에 이뤄지는 사랑 또는 이별의 독특한 형식을 잘 이해해야 한다. 신과 인간은 서로 소통하고 교감을 나눠갖되, 인간의 세속적 소통의 형식으로써 그 역할을 고스란히 수행할 수 없다. 여기서 '~마세요'란 인간의 세속적 소통의 형식에는 부정과 금지뿐만 아니라 무한한 긍정과 결핍을 채워주기를 바라는 욕망의 의미가 복합적으로 표상돼 있는 것을 이해해야 한다. 그래야만 신과 인간은 자연스레 소통하고 교감을 나눠가질 수 있다. 여기에 덧보태, '까딱'을 추는 댄서의 발목에 매달고 있는 수백개의 방울이 부딪쳐 들려오는 소리들과 노래, 이것을 휩싸고 감도는 시타르와 따블라의 연주와 춤은 힘겹게 물동이를 이고 있는 '예쁜 소녀'를 향해 장난치는 크리슈나의 정동이 인간계의 짓궂은 장난이 아니라 신과 여성이 교감하는 관능적 사랑의 행위를 표현하는 게 아닐까. 더욱이 그들의 사랑은 이별을 동반하고 있으므로 더욱 관능적 사랑으로 다가오는 게 아닐까.

이와 관련하여, '플라멩코'의 노랫말 역시 집시와 정착민 사이의 애닲은 사랑과 이별의 정감을 담아내고 있다. 유럽을 배회하던 집시에게 정착할 곳은 허락되지 않는다. 영원한 이주의 운명의 굴레는 상처투성이의 사랑으로 그를 옭아맨다. 그의 "빠올라네 집 딸 / 그녀는 내게 과분한 존재지 / 그녀는 대농장을 거느리고 있고 / 난 그저 맨발의 빈털터리 / 좁은 골목길로 들어가 / 카드점을 쳐보았네"란 노랫말에 녹아 있듯, 정착민의 딸을 사랑할 수 없는, 배회하는 떠돌이 이방인이 할 수 있는 일이라곤 자신의 박복한 생의 운명을 카드점에 맡기는 것이다.

하지만 그의 이 같은 애닲은 사랑이 정점으로 치달을수록 그의 마음속 깊은 곳으로부터 솟구치는 사랑의 정염은 그를 죽음의 장막으로 덧씌울 것이며, 이별이 감당해야 할 무서운 저주를 퍼부으리라.

> 우리의 헤어짐에
> 책임을 져야 하는 이
> 그 영혼은
> 찢겨 산산조각이 나리
>
> ─'플라멩코' 중 〈Alegrías〉 부분

이렇게 '까딱'과 '플라멩코'는 특유의 매혹적인 춤과 연주, 그리고 노래가 한바탕 어우러지면서 우리의 눈과 귀, 그리고 온몸의 감각을 울리며, 우리의 영혼을 뒤흔든다.

제5부

아프리카 문학,
문자성과 구술성의 회통

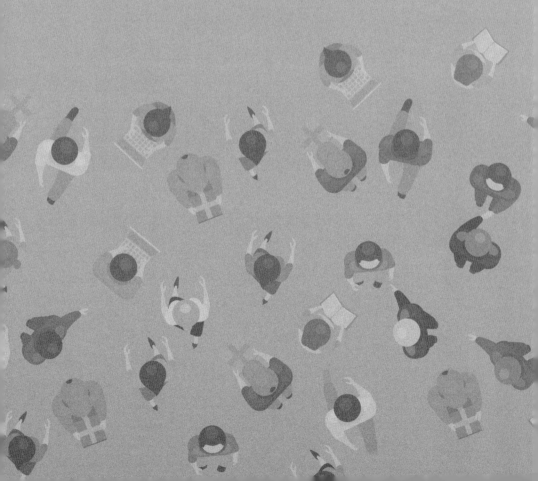

아프리카문학의 '응시',
제국주의의 폭력으로 구획된 국경을 넘어

누르딘 파라의 장편 『지도』

1. '보여지는' 아프리카 – 문명의 탈을 쓴 야만의 폭력

깊이 우거진 밀림, 언제 엄습할지 모르는 낯설고 두려운 동식물과 풍토병, 문명과 거리를 둔 원시의 삶을 살고 있는 부족 등은 아프리카를 전혀 모르거나 피상적으로 알고 있는 자들에게 각인된 아프리카의 초상이다. 그렇다. 우리는 아프리카에 대해 너무나 많은 것을 모르고 있다. 아니, 좀 더 솔직하자면, 아프리카에 대해 애써 알려고 하지 않는다. 간혹 영상을 통해 보여지는 이국적 풍경으로 굴절된 아프리카를 아프리카의 전부인 것처럼 인식한다.

이렇게 '보여지는' 이국적 풍경으로서 아프리카는 문명의 손길이 가닿지 않는 야만의 세계이며, 미지의 세계이고, 인류의 기원을 탐구할 수 있는 고고학의 장소로 자연스레 인식되고 있다. 서구의 눈에 의해 '보여지는' 아프리카는 이국적 풍경 그 이상도 그 이하도 아니다. 서구의 눈에는 아프리카의 사람이 포착되지 않는다. 아프리카에 살고 있는 사람은 그들에게 사람이 아닌, 아프리카의 이국적 풍경을 구성하는 피사체 중 하나에 불과할 따름이다. 그렇지 않으면, 그들은 서구가 아프리카의 엄청난 천연자원을 착취하기 위해 동원되어야 할 노동력일 뿐이다. 여기에다 그들은 척박한 자연 환경 아래 가난과 질병 그리고 내전으로 고통받으면서 인간 이하의 삶을 사는 최하층 약소자로서 유달리 부각된다. 말하자면 아프리카는 신에게 저주받은 땅이며, 인간으로서 추구해야 할 행복과 무관한 곳이라는 생각이 지배적이기 십상이다.

이 얼마나 무서운 문명의 탈을 쓴 야만의 폭력적 인식인가. 아프리카가 다른 대륙에 비해 상대적으로 자연 생태계가 잘 보존되어 있고 서구중심의 합리적 문명으로는 좀처럼 이해할 수 없는 문화적 습속과 행태들이 있는 것은 사실이되, 아프리카에도 사람들이 엄연히 살고 있으며 아프리카 고유의 창발적 문화를 그들은 향유하고 있다. 게다가 그들은 아프리카식 근대를 추구하는 가운데 생기는 온갖 갈등을 해결하기 위해 힘든 노력을 다 하고 있다. 다시 말해 아프리카 역시 서구 못지않은, 서구의 일방통행식으로 규정지을 수 없는 아프리카의 역사를 지니고 있다.

아프리카에 대한 기존 어설픈 통념과 숱한 인식의 오류에 대한 반성적 성찰의 일환으로 아프리카의 작가 누르딘 파라Nurddin Farah의 장편 『지도 maps』(1986)[1]를 읽어본다. 고백하건대, 나는 이 소설을 읽는 내내 전율하지 않을 수 없었다. 그동안 서구의 근대소설에 익숙한 내게 이 소설은 점차 퇴행하고 있는 근대소설의 양식을 극복할 수 있는 길이 서구가 아닌 비서구에서 구체적으로 모색할 수 있다는 모종의 비평적 계시를 만난 듯하기

---

1   누르딘 파라는 두 차례에 걸쳐 3부작을 완성한다. 장편 『지도』는 두 번째 3부작 중 첫 번째 작품으로 1986년에 발간된 작품이다. 이 글에서 인용될 『지도』는 한국의 대표적 아프리카문학 연구자 중 하나인 이석호가 2010년에 번역한 것임을 밝혀둔다. 따라서 이후 『지도』의 부분을 인용할 때는 별도의 각주 없이 『지도』(누르딘 파라, 이석호 역, 인천문화재단, 2010)에 근거한 것이다.

때문이다. 그리고 유럽중심주의에 나포된 세계문학이 지닌 한계를 넘어설 수 있는 비평의 또 다른 준거들을 확보하는 기쁨을 만끽해본다.

2. '응시'와 2인칭의 서술전략 — 소말리아의 중층적 객관현실

『지도』를 읽는 것은 기존 낯익은 서구식 근대소설과 충돌하는 일이라 해도 과언이 아니다. 무엇보다 새롭기도 하면서 낯선 측면은 『지도』의 주류적 화법으로 2인칭을 서술전략화하고 있다는 점이다. 번역자가 언급했듯 "파라는 이 작품 전체를 2인칭 화법으로 관통함으로써 1인칭 화법의 주관성 혹은 3인칭 화법의 객관성 사이에서 아슬아슬하게 줄타기를 하고 있다."(11쪽) 그렇다면 작가가 이처럼 줄타기의 모험을 해야만 하는 이유는 무엇일까. 여기서 작가의 2인칭의 서술전략화를 서구의 미의식으로 파악한 나머지 (탈)모더니즘으로 이해해서는 번짓수를 잘못 짚어도 여간 잘못 짚은 게 아니다. 때문에, 작가가 2인칭을 서술전략화한 의도를 섬세히 읽어내야 한다.

이 문제를 해결하기 위해서는 2인칭으로 불리우는 작중 인물 아스카르에 대한 심도 있는 이해가 필요하다. 아스카르는 "빼어난 상상력의 소유자로 조숙함의 징후를 풍성하게 지니고 있"는데,(19쪽) 특히 아스카르만이 볼 수 있는 "어떤 계시",(22쪽) 즉 '응시gaze'의 권능을 갖고 있다. 여기서 우리는 아스카르의 '응시'에 대한 이해를 제대로 해야 한다. 아스카르의 '응시'를 서구의 합리적 이성의 '시선see'과 착종해서는 곤란하다. 아스카르의 '응시'에 대해 작가는 "중층적으로 존재하는 다른 차원의 시간성과 역사성을 함축한 직관"(12쪽)으로 파악한다. 이것은 존재를 분석 가능한 대상으로 나눠 인식의 유무에 따라 진리를 탐구하는 분별지分別智와 구분된다. 특히 합리적으로 인식할 수 있는 것과 없는 것의 명확한 구별을 통해 진리를 탐구하는 태도와 구분된다. 더욱이 계산가능성과 유용가능성의 합리적 준거틀을 갖고 세계를 파악하는 것과 구분된다. '응시'는 어떻게 보면, 서구가 발견하여 맹신하고 있는 합리적 이성의 문제틀과 전혀 다른 진리 탐구의 방법이자 태도이며, 그러한 차원에서 동시에 세계의 미를 탐구한다.[2]

여기서 이 '응시'의 권능이 아스카르에게만 있는 게 아니라는 사실이 중요하다. 어린 아스카르를 친엄마처럼 정성스레 키워준 미스라에게도 '응시'의 권능이 있다. 미스라는 마치 주술사처럼 죽은 짐승의 내장을 통해 타자들의 일을 '응시'하는가 하면, 아스카르의 눈을 통해 자신의 세계를 '응시'한다. 서구의 합리적 이성의 측면에서는 이 '응시'를 모종의 마법적 주술로 치환해버리기 십상이다. '응시' 자체만을 놓고 볼 때 이러한 판단을 하는 것도 큰 문제는 아니다. 하지만 쉽게 간과해서 안 되는 것은 아스카르와 미스라의 '응시'에는 그들이 살고 있는 곳이 "끊임없는 전쟁과 피난 그리고 이산의 역사"(29쪽)가 똬리를

---

2 어쩌면 이러한 아프리카의 독특한 진리 탐구의 태도는 동아시아의 '존이구동(尊異求同)'과 유사할지 모른다. 즉, 서로 다른 것의 존재를 인정하되 모두에게 이로운 공통의 것을 구하는 것이야말로 서구의 합리적 이성의 분별지와 명확히 구별되는 진리 탐구의 태도이다. 이 문제와 관련하여 주목할 게 있다. 아프리카의 근대를 연구하는 무딤베(Mudimbe)는 아프리카 르네상스에 지대한 영향을 미친 블라이든(Blyden, 1832~1912)을 새롭게 주목하는바, 블라이든은 16세기부터 지금까지 세계를 지배하고 있는 서구중심주의의 근대성의 인식론에 토대를 제공한 '동일하지만 불평등한 인종들(identical but unequal races)'이라는 일종의 인종사회학을 전복시켜 '독특하지만 평등한(distinct but equal)'이라는 탈근대적 인식론을 제공하고 있다고 한다. 이 '독특하지만 평등한'이라는 관형어는 '존이구동'의 인식론 및 윤리학과 포개지는 면이 있다고 나는 생각한다.

틀고 있다는 점이다. 『지도』는 1977년 오가덴Ogaden 지역을 중심으로 소말리아와 에티오피아 사이에 벌어진 전쟁을 배경으로 하고 있는데, 아스카르와 미스라는 이 참혹한 전쟁의 와중에서 "파편화된 육체의 이야기들! / 파편화된 이야기의 육체들! / 상심한 가슴과 상한 영혼에 관한 이야기들!"(305쪽)을 보고 들어온 터에, 그들의 '응시'는 전대미문의 참상과 비극을 견뎌내는 정치적·윤리적 항체의 역할을 다 하고 있는 것으로 나는 생각한다.

따라서 이 '응시'는 역사와 현실을 비껴난 신비의 영역에서 마법화된 주술이 아니라 도리어 역사에 대한 핍진한 태도로 갈갈이 찢겨지고 흩어지고 소멸해간 뭇 존재들의 슬픔을 위무해주는, 아프리카 특유의 '리얼리즘적 주술'이 아닐 수 없다. 특히 『지도』의 주된 무대인 소말리아는 아프리카 동북부에 위치한 이른바 아프리카의 뿔이라고 불리우는 지역으로, 인도양과 홍해의 입구인 아덴만 사이에 위치하고 있는 지정학적 이유로 19세기 후반부터 서구의 식민 통치 아래 서구의 이해관계(프랑스, 영국, 이탈리아)에 따라 영토가 분할 점령당하였는가 하면, 1960년 소말리아공화국으로 독립한 이후 지금까지 군정파軍政派들의 심각한 대립 갈등으로 내전이 장기화되고 있는 실정인데,(냉전 시대 미국과 소련의 간섭) 아스카르와 미스라는 이 같은 역사적 정황에 휩쓸리지 않기 위해 '응시'한다. 말하자면 그들의 '응시'는 이 복잡한 현실을 분석적 태도로 인식하는 게 아니라 작게는 소말리아가 처한 현실, 넓게는 아프리카가 처한 현실을 중층적으로 이해하고 그 문제의 해법을 서구의 일방통행식 합리적 이성(가령, 권력의 우열관계에 따라 합의한 각종 정치사회적 계약)에 의한 게 아닌, 아프리카가 지닌 문화와 역사에 기반한 '응시'를 통해 해법을 적극적으로 모색하는 것이다.

이러한 '응시'의 성격을 염두에 둔다면, 작가의 2인칭 서술전략화는 이 '응시'에 함축된 소설적 전언을 효과적으로 서사화하고 있다. 서구중심 혹은 소말리아중심 혹은 에티오피아중심 혹은 이 지역 특정한 부족중심의 1인칭 화법을 통해서는 이 지역의 복잡다변한 중층적 객관현실을 제대로 볼 수 없다. 게다가 이렇게 난마처럼 얽혀 있는 현실을 객관적 시선으로 온전히 파악하는 일은 어려울 뿐만 아니라 자칫 객관이란 미명 아래 주관적 폭력이 자행되지 않으리란 법도 없다. 2인칭 서술전략화는 이 지역의 중층적 객관상황에 대한 인식의 오류를 경계하고, 작중 인물들 사이(특히 종족간 분쟁으로 형성된 적대적 관계에 대한 소통)와 독자와 작중 인물 사이(아프리카 밖 사람들과 이 지역을 비롯한 아프리카인들의 소통)의 물꼬를 트는 데 매우 긴요한 역할을 맡고 있다.

이것은 아스카르의 비범함을 이해하는 데 매우 큰 도움을 준다. 아스카르는 주변 인물들에게 고백한다. 아스카르의 섹스와 젠더는 남성인데, 그의 몸 안에 여자가 살고 있으며, 심지어 월경月經을 한다고 말한다. 정상적으로는 도저히 믿을 수 없는 일이다. 그렇다고 아스카르의 이러한 면모를 정신분열증 및 젠더적 측면으로 봐서는 곤란하다. 그래서 아스카르의 이러한 정신분열증을 치유의 대상으로 설정하거나 성性 정체성의 측면에 초점을 맞춰서도 곤란하다. 아스카르가 실감하는 이 신체의 비정상적 증후야말로 이 지역의 격렬한 내전과 그로 인한 끔찍한 참상에 대한 아프리카식 리얼한 표현이다. 다시 말해, 아스카르의 '응시'에는 소말리아에 대한 서구 제국주의 식민침탈로 영토가 분할되었으며, 그 과정에서 소말리아인들이 인접 지역으로 뿔뿔이 흩어진 이산의 삶이 은유화돼 있다.[3] 작가는 아스카르의 이러한 비범함을 통해 소말리아의 중층적 현실을 효과적으로 서사화한다.

3. 아프리카 서사문학의 매혹 — 구술성과 문자성의 공존

나는 이 글의 서두에서 『지도』를 읽는 동안 "유럽중심주의에 나포된 세계문학이 지닌 한계를 넘어설 수 있는 비평의 또 다른 준거들을 확보하는 기쁨을 만끽"한다고 했는데, 그것은 구술성the orality과 문자성the literacy의 길항·간섭·충돌을 통해 아프리카 태생의 작가가 실현하고 싶은 서사적 과제를 매우 훌륭히 해결하고 있다는 비평적 판단이 들기 때문이다. 『지도』가 지닌 서사적 매혹의 비의성은 아프리카의 구체적 삶에 밀착한 소설의 양식이 구술성과 문자성의 오묘한 관계로부터 생성되고 있다.

가령, 아스카르의 비범함에 대해 다음과 같은 대목은 이러한 점을 단적으로 보여준다.

관료적인 이놈의 나라가 요구하는 그 어떤 신분도 너는 지니고 있지 않았다. 아스카르! 네 이름 가운데 있는 '스'자를 사람들은 부드럽게 발음했

---

3 만약, 작중에서 아스카르가 꿈의 형식을 빌어서나마 임신을 하든지 새 생명을 출산하였다면, 그에게 벅찬 희망을 걸 수도 있다. 하지만 아스카르는 새 생명을 잉태하지 못한 채 거푸 월경을 할 뿐이다. 아직 아프리카에는 새 생명이 탄생하지 않은 셈이다. 그래도 월경을 멈추지 않는 것은 여전히 새 생명을 잉태할 수 있는 가능성이 열려 있다는 점에서 아스카르의 존재는 작가에게 여전히 문제적이다.

다. 괜한 의심을 받지 않기 위함이었다. 그러나 '카'자의 'ㅋ'은 발설되지 않은 소리의 비밀 속에, 웅크리고 있는 감미로운 혀 속에 휘감겨 있었다. 아스카르! '르'자의 'ㄹ'은 반나절 동안 신나게 풀을 뜯은 뒤 뜨거운 모래 위를 뒹구는 소와 같았다. 아스카르!(27쪽)

소말리어로 '아스카르'를 부를 때 조음기관을 통해 만들어지는 소리로부터 비롯된 느낌과 이미지가 아스카르의 비범성을 암시한다. 아스카르의 비범성은 '응시'와 양성兩性의 공존을 통해 뚜렷이 부각되는데, 여기에는 이처럼 '아스카르'를 소리로써 호명할 때 지니는 어떤 힘이 뒷받침되고 있다는 것을 간과할 수 없다. 그 힘은 아프리카의 대지, 바람, 물, 그리고 살아있는 뭇 존재와 공명共鳴하는 가운데 절로 생성된다. 이것이 바로 구술성의 힘으로, 아스카르의 '응시'를 통해 아프리카가 직면한 첨예한 문제들은 "전방위적인 맥락에서 탈식민화의 도구적 내러티브로 적극 활용"[4]되는 구술성에 많은 것을 기대고 있다.

『지도』에서 이 같은 면은 곳곳에서 읽을 수 있다. 에티오피아인 미스라는 소말리아인 아스카르를 친자식처럼 돌보며 소말리아 땅에서 살고 있으나 소말리아에 대한 적대적 감정을 드러내거나 세계로부터 고립되고 상처받은 자신을 추스를 때마다 에티오피아어인 암하릭어를 몰래 읊조리곤 한다. 오가덴 지역을 중심으로 치열히 벌어지는 소말리아와 에티오피아의 전쟁의 틈새에서 미스라는 소말리아에 살면서 남몰래 에티오피아어를 읊조렸던 것이다. 전쟁의 난민이나 다름 없는 미스라에게 에티오피아어는 그녀의

---

4 이석호, 「아프리카문학과 탈식민주의」, 김영희·유희석 편, 『세계문학론』, 창비, 2010, 175쪽.

현존 그 자체라 해도 과언이 아니다.

이처럼 구술성은 아프리카에서 살고 있는 사람들에게는 매우 소중한 삶 그 자체이다. 한때 서구 제국의 언어가 아프리카의 구술성을 외면하고 심지어 폭압적으로 금기하고 한갓 노예의 언어로서 취급을 하였으나, 아프리카와 함께 오랜 시간 동안 구비전승한 구술성의 가치를 전면적으로 소멸시킬 수는 없었다. 『지도』에 등장하는 아프리카의 서사문학적 산물들─신화, 전설, 민중가요의 중요성과 가치가 작중 인물들에 의해 주목되는 것은 문자성을 주축으로 한 서구 제국의 언어질서로부터 해방되고자 하는 정치적 욕망을 쉽게 간과할 수 없다. 또한 아프리카 스스로 근대국가의 기틀을 정비하고자 하는 정치적 욕망도 저버릴 수 없다. 결코 짧다고 할 수 없는 기간 동안 서구의 식민 통치를 받은 아프리카는 신생 독립국가의 기틀을 공고히 하기 위해 그들 특유의 정치적 안정을 위해서라도 일방통행식 문자성을 고집하기 어렵다. 물론 아스카르의 삼촌 힐랄은 근대국가의 공식언어를 자리잡기 위해 소말리어의 공식어 사용의 중요성을 환기시킨다. 문자성으로서 소말리어 사용이야말로 아프리카가 그토록 희구하던 근대국가의 정치적 욕망을 실현하는 것과 다를 바 없기 때문이다.

이 문제는 그리 간단히 파악할 성질의 문제는 아니다. 『지도』의 경우 소말리아 내전으로 인해 근대국가의 역할을 제대로 수행하고 있지 못한 현실에서 하루 속히 내전이 종식되고 근대국가의 체제 정비 일환으로 구술성보다 문자성의 중요성을 강조할 수는 있다. 하지만 작가가 작중 인물들의 말과 행동 사이에서 경계하고 있듯, 작가는 문자성의 맹목이 가져올 위험을 또 다시 되풀이하고 싶지는 않다. 그래서, 작가는 아스카르와 미스라를 통해 구술성의 가치 또한 소중히 부각시킨다. 이에 대한 사례를 들 수 있는데, 아스카르는 화물차를 타고 가는 도중 소말리아인들이 1950년대에 애창되던 민중가요를 우연히 듣는다. 아스카르는 "그 노랫소리를 들으며 현실과 이상 사이에 위치한 완충지대를" "지나가고 있다는 느낌을 받"(249쪽)는다. 처음 듣는 소말리아의 민중가요인데도 불구하고 아스카르는 그 노래를 듣고 잠자는 자신의 영혼을 깨운다. 서구 제국주의에 의해 영토가 분할돼 점령당하던 1950년대에 널리 불리운 민중가요가 아스카르의 영혼을 새삼스레 깨운 것은 지난 날 식민의 예속적 삶을 살아온 역사의 기억을 불러일으켜 그 고통을 재현함으로써 다시는 그러한 치욕의 역사를 밟지 않기 위한 작가의 문제의식에 기인한다.

요컨대 『지도』에서는 소말리아어와 에티오피아어의 긴장을 통해 오가덴 지역에서 벌어지는 영토 분쟁과 관련한 현실을 주목하게 하고, 문자성에 기반한 서구 제국의 언어로부터 해방되고자 하는 아프리카의 정치적 욕망을 인식하게 하고, 신생 독립국가로서 서구의 모델과 구분되는 아프리카식 근대국가의 기틀을 정비하고자 하는 정치적 욕망을 주목하게 한다. 이렇게 복합적으로 중층적으로 작동하고 있는 구술성과 문자성의 길항·간섭·충돌로부터 서구중심의 근대소설 양식의 서사 매혹과 전혀 다른 그것이 절로 생성되고 있다.[5] 어쩌면 이것이 퇴행하고 있는 서구의 근대소설의 양식을 혁신할 수 있는 자양분일지 모를 일이다.

---

5   아프리카문학에서 "구전과 기술, 두 코드들 사이의 접촉은 구조, 윤리적 미학적 가치들을 수용하는 공간을 만들어낸다."(테레사 마리아 알프레도 만자테, 「구비문학과 기술문학의 교차」, 『AFRICAN WRITERS』, 아시아아프리카문학페스티벌 조직위원회, 2007, 379쪽)

4. 비서구 작가들의 평화적 연대로 지도 그리기

누르딘 파라의 『지도』가 지닌 서사의 매혹을 이 짧은 지면에서 충분히 다루기는 어렵다. 소설의 마지막 장을 덮으며 곰곰 숙고해보았다. 인도양과 대서양을 사이에 두고 있는 아프리카는 지구 문명의 주요한 교차지로서 외래 문화가 두 대양을 통해 밀려오더니 서구 식민지로 전락한 뼈아픈 역사를 간직하고 있다. 그들의 정치경제적 이해관계에 따라 구획된 경계선은 곧바로 신생 독립국가들을 구분하는 국경선으로 고착화되었다. 그렇게 아프리카 지도 위에는 반듯한 선들이 그어졌다. 아프리카인들은 너무나 잘 알고 있다. 그렇게 서구에 의해 반듯한 국경선들이 지도 위에 그려지는 과정에서 아프리카 약소자들의 신체, 즉 "몸이라는 지도"(156쪽) 위에는 온갖 언어절言語絶의 식민의 아픈 상처와 연루된 끔찍한 기억들이 깊게 패어 있다.

이 같은 지도에 아프리카의 삶은 구속돼 있다. '검은 대륙'이란 말에 숨은 오리엔탈리즘은 아프리카 지도 위에 고스란히 객관의 탈을 쓴 모습으로 나타난다. 소말리아를 비롯한 아프리카의 곳곳에서는 아직도 내전이 끊이지 않고 있어 근대국가를 향한 힘든 행보를 하고 있다. 그런가 하면 최근 북부 아프리카에서 급속도로 번지고 있는 민주화운동은 아프리카식 근대 추구를 향한 신열身熱의 고통을 보여준다. 이 모든 것들이 서구중심에 의해 구획된 근대의 지도가 오류투성이라는 점을 입증하는 것이나 다름이 없다. 누르딘 파라뿐만 아니라 아프리카의 다른 작가들, 그리고 비서구의 작가들에게 문제적인 것은 서구중심의 지도에 끌려다니는 게 아니라 비서구 작가들의 평화적 연대에 의해 창조

적으로 지도를 그리는 일이다. 이 지도를 갖고 우리는 삶의 아름다운
가치와 행복을 찾아나설 수 있을 것이다.

아파르트헤이트, 식민주의, 그리고 아프리카 노래의 힘

루이스 응꼬시의 『검은 새의 노래』

1. 아프리카와 아시아의 겹침, '이중의 식민주의'

극동아시아의 반도에 살고 있는 문학비평가가 아프리카의 작품의 매혹에 흠뻑 빠지는 것은 무슨 이유일까. 흔히 말하듯 시공간을 초월하는, 인간의 영혼을 울리는 보편적 감동의 그 무엇 때문일까. 그렇다면, 그 무엇을 이루는 것의 실체는 도대체 무엇일까. 그런데 이렇게 막연한 질문을 품기보다 아프리카의 작품을 에워싸고 있는 구체적 요인들, 그리고 이것과 조우하고 있는 문학비평가의 현존성을 면밀히 살펴보는 게 이 물음에 대한 생산적 작업일 것이다.

고백하건대, 나는 아프리카의 작품을 만나면서 극동아시아의 반도에 살고 있는 현실 속에서 마주하고 있는 문제들을 겹쳐보곤 한다. 좀 더 자세히 말하자면, 극동아시아의 반도의 부속 도서에서 태어난 나의 실존과 긴밀히 연관된 문제들을 아프리카의 작품에 포개놓곤 한다. 제2차 세계대전 이후 형성된 미국과 소련의 냉전질서 아래 대한민국과 조선민주주의인민공화국으로 분단되는 과정에서 내가 태어난 제주도는 서구 열강에 의해 분단될 수 없다는 정치적 열망으로 '4·3 혁명'(1948)을 일으켰다. 이 혁명은 대한

민국이라는 근대 국민국가의 건립에 이념적 장애물로 인식되었고, 제주도의 무고한 양민들은 대한민국 국가권력에 의해 비참한 죽음을 맞이하였다. 이 같은 제주도의 비참한 역사에는 몇 가지 복합적 요인이 내재해 있다. 무엇보다 서구 열강의 정치적 헤게모니 장악과 연관된 '제국의 식민주의imperial colonialism'를 간과할 수 없다. 다시 말해 '4·3혁명'의 뿌리에는 제2차 세계대전 이후 한반도를 둘러싼 아시아-태평양의 국제질서의 영향력을 행사하기 위한 미국과 소련의 대립과 갈등이 자리하고 있다. 그리하여 미국 / 소련의 냉전구도는 한국전쟁(1950)으로 폭발되었는데, 한국전쟁 이전 제주도에서 국지전의 모양새를 띤 충돌이 일어난 것이다. 대한민국은 제주도를 이른바 '내부 식민주의inner colonialism'의 시선으로서 통치하려고 했으며 '4·3혁명'에 대한 국가권력의 무자비한 탄압은 이를 여실히 드러낸다. 그러니까, 정리하면, 내가 태어난 제주도는 제2차 세계대전 이후 전 세계의 신생독립국들이 근대 국민국가로 탄생하는 과정에서 서구 제국의 식민주의의 영향으로부터 자유롭지 못한 것처럼 자국의 국민국가의 내부 식민주의 억압을 받는, 즉 '이중의 식민주의double colonialism'에 갇혀 있었다. 어떻게 보면, 이것은 제주도에만 국한된 사안이 아니라 아시아에 두루 해당되는 문제가 아닐까. 아프리카 작품을 읽으면서 이러한 '이중의 식민주의'가 쉽게 떠나지 않는다. 아프리카야말로 오랫동안 서구 열강의 식민주의 지배를 받았으며, 그 과정에서 동반한 인종차별주의는 제2차 세계대전 이후 신생독립국의 지위를 확보한 아프리카의 근대 국민국가들이 마주한 근대의 과제들 속에서 '또 다른' 식민주의를 낳고 있다.

이러한 아프리카와 나 자신의 역사적 현존과의 상호 물음 속에서 루이스 응꼬시Lewis Nkosi(1936~2010)의 첫 장편소설 『검은 새의 노래

Mating Birds』(1986)를 읽어본다. 이 작품을 읽으면서, 아프리카에 대한 이해뿐만 아니라 아프리카와 아시아가 공유하고 있는 '이중의 식민주의'에 대한 내 생각을 예각적으로 다듬을 수 있었다.

2. '억압'의 인도양에서 '해방'의 인도양으로

『검은 새의 노래』에서 문제적 공간은 남아프리카 인도양의 백사장이다. 작가의 핵심적 문제의식은 이 백사장에서 매우 도발적으로 드러난다. 남아프리카공화국의 시골에서 대가족제를 유지하며 행복하게 살던 줄루인 청년 씨비야는 생존을 위해 대도시 더반의 도시빈민 구역으로 이주해온 채 남아공의 온갖 인종차별 정책에 따른 불평등한 현실의 억압 속에서 벗어나고 싶지만 뾰족한 묘책 없이 인도양이 접한 더반의 바닷가를 거닐고 있었다. 그러던 도중 씨비야는 '백인 전용' 표지판으로 구획된 백사장에서 일광욕과 해수욕을 즐기는 영국 백인 소녀의 일거수일투족을 응시한다. 씨비야는 남아공의 아파르트헤이트로 인해 유색인종만 허락되는 백사장 쪽에서 백인 소녀를 본다. 흑인 청년이 자신의 몸을 한 두 번도 아니고 집요하게 보고 있는 것을 마치 즐기기라도 하는 양 백인 소녀 버로니카는 점차 노골적으로 자신의 몸을 드러낸다. 비키니를 입은 버로니카는 매우 관능적 자태를 취할 뿐만 아니라 심지어 하얗고 풍만한 가슴을 노출하면서 입가에 미소를 머금고 매혹적 표정을 보인다. 버로니카의 이러한 관능적 육체를 씨비야는 유색인종 백사장 구역에서 지켜보며, 버로니카의 관심을 끌기 위해 온갖 몸동작을 취해보기도 한다. 하지만 씨비야가 "그녀에게서

받은 것은 곡마단에서 공연을 하는 동물들이 받을 법한 인정 그 이상도 이하도 아니었"고, "바닷가에 빠진 고무공을 절묘하게 건져올리는 강아지보다도 못한 존재였다."[1] 흑인 청년 씨비야는 백인 소녀 버로니카에게는 아무런 의미도 갖지 않는 사물화된 존재 혹은 남아프리카 인도양의 백사장을 이루는 숱한 풍경들을 구성하는 부분일 뿐이다. 말하자면 씨비야는 버로니카에게 철저히 타자화된 대상이다. '백인 전용' 표지판을 경계로 버로니카의 백사장은 세계를 주관하는 주체의 권력이 보증된 곳이고, 씨비야 쪽 백사장은 이러한 주체의 시선에 의해 선택·관리·배제되는 타자의 굴욕과 무기력으로 채워진 곳이다. 그렇다면 이곳 인도양의 백사장은 작가 웅꼬시에 의해 좁게는 남아공의 아파르트헤이트의 문제점을 극명하게 표상하는 곳이면서, 넓게는 아프리카 전역에 팽배해 있는 흑백 인종차별의 문제점을 포괄적으로 표상하는 곳이다.

여기서, 우리는 작가의 예각적인 문제의식이 '인도양'이 접한 백사장에서 부각되고 있는 데 각별히 주목할 필요가 있다. '백사장'의 표상이 중요하지만, 이 '백사장'이 바로 '인도양'과 접해 있다는 것 자체를 쉽게 간과해서 곤란하다. 씨비야는 더반의 이주민으로서 살면서 남아프리카를 벗어나고 싶은 욕망을 품게 되었기 때문에 더반의 바닷길을 거닐다가 우연히 버로니카의 관능과 마주한다. 그러니까 씨비야가 더반의 바닷길, 즉 남아프리카의 인도양을 접할 기회가 없었다면 버로니카와의 만남 자체가 없다 해도 과언이 아니다. 따라서 '인도양'은 이 소설에서 '백사장' 못지않게 중요한 서사적 의미를 지닌다. 씨비야가 거닐었던 더반의 바닷가에서 바라본 인도양에

---

1 루이스 웅꼬시, 이석호 역, 『검은 새의 노래』, 창비, 2009, 168쪽. 이후 본문에서 인용할 때는 각주 없이 본문에서 쪽수만 표기한다.

는 "유럽과 미국과 극동에서 온 대형 선박들이 증기를 뿜어대는 모습"(47쪽)에 함의된, 구미의 제국들과 동아시아의 신흥강국들이 아프리카를 대상으로 한 신식민주의 정치경제학이 흐른다. 대서양과 인도양을 통해 서구의 열강들이 아프리카를 식민지화한 역사적 사실에서 알 수 있듯, 인도양은 식민주의의 첨예한 대립과 갈등이 전면화된 곳이다. 따라서 이러한 식민주의의 정치경제학적 표상을 지닌 '인도양'과 아파르트헤이트의 표상을 지닌 남아공의 '백사장'이 병존한 작품 속 '인도양의 백사장'은 아프리카의 인도양이 지닌 시대적 어둠을 고스란히 간직하고 있는 곳이다.

그런데 이 작품 속 '인도양의 백사장'이 더욱 문제적인 것은 '백인 주체'와 '흑인 타자' 사이의 구획화된 경계가 무화되고 있는 곳으로 그려진다는 점이다. "20미터 밖에서 우리를 보는 사람들은 도대체 우리가 무슨 짓을 하는지 알 수 없을 정도"(171쪽)로 씨비야와 버로니카는 서로 약속이나 한 것처럼 서로의 백사장 쪽에서 관능적 몸짓과 몽상만으로 이른바 가상의 섹스를 시도한다. 그들은 서로 실제적인 육체적 접촉 없이 성적 황홀경에 이르는 가상의 섹스를 체험한다. 이를 통해 씨비야는 "아파르트헤이트? 우리는 아파르트헤이트를 무찔렀다"(174쪽)고 생각한다. 그리고 마침내 씨비야는 버로니카의 방갈로가 있는 백사장으로 들어가 버로니카의 육체를 범하고는 그녀와 "열정적인 충동과 분별없고 흉포한 욕정"(207쪽)을 나눈다.

그렇다면 작가에게 인도양의 백사장은 남아공의 아파르트헤이트가 언제까지 지속될 억압의 그것이 아니며, 아프리카를 짓눌러온 식민주의 역시 영속화될 수 없을 것이라는, 모종의 '해방의 징후'를 간직하고 있는 것으로 표상된다. 두 차례의 정열적인 사랑 행위 속에서 작가는 백인 소녀가 성행위를 주도하는 것으로 그리지 않는다. 또한 흑인 청년이 성행위를 주도하는 것으로 그리지도 않는다. 물론, 씨비야가 버로니카의 방갈로에 들어가 그녀를 범한 것 자체는 여성을 강제로 성폭행한 것으로 씨비야가 강제로 성행위를 주도한 것처럼 보이지만, 작가는 씨비야와 버로니카의 실제 육체적 접촉의 과정을 통한 성행위를 "우리는 완벽하게 조율된 하나의 리듬을 타고 움직였다"(206~207쪽)는 진술로써 그들의 성행위를 뭇 남녀의 정상적 성행위와 다를 바 없는 것으로 그린다. 이것은 씨비야와 버로니카의 성행위가 오랫동안 아파르트헤이트와 식민주의로 표상된 인도양을 '해방'시키는 '제의적 성애性愛'의 성격을 지닌다. 작가 웅꼬시에게 인도양은 언제까지나 인종차별과 온갖 식민주의가 뒤엉켜 있는 '억압의 바다'가 아니라 그것으로부터 벗어나 인간다운 삶의 가치를 누리는 '해방의 바다'의 미래를 지닌 것으로 전도된다.

3. 유럽의 자기모순과 비정상성에 대한 아프리카의 비판

흑인 청년이 백인 소녀와 잠자리를 했다는 사건은 백인중심의 남아공 사회를 혼돈의 충격에 휩싸이도록 한다. 백인들이 놀랍고 두려운 데에는, 흑인은 "어둡고 사악한 악마의 힘을 지니고 태어나 단 한순간의 접촉만으로도 그들에게 평생 지울 수 없는 낙인을 남길지 모른다는 생각을 떨쳐버릴 수 없"(20쪽)기 때문이다. 그래서 버로니카와 잠자리를 가진 씨비야는 교수형으로 제거해야 할 '어둡고 사악한 악마'로서 "더러운 검둥이 새끼!

두 번 목매달아 죽여도 시원찮을 놈 같으니!"(21쪽)란 욕설을 받는다. 그런데 씨비야는 이렇게 절대악으로 단정되는 가운데 백인들에게 관찰의 대상으로 전락한다는 점에서 매우 흥미롭다. 씨비야는 감옥 안에 갇힌 채 "인간의 기행奇行을 연구하는 전문가들"(24쪽)의 탐구의 대상이고, 급기야 유럽의 정신분석학 연구자로부터 정신 세계가 주도면밀히 탐구되어야 할 일종의 임상사례의 기능을 맡는다. 씨비야는 유럽인 정신분석학자에게 "매우 위험한 성도착자"(76쪽)에 불과한바, 그는 씨비야와의 면담 과정을 통해 어떻게 백인 소녀와 섹스를 하게 되었는지 씨비야의 이 같은 비정상적 행태에 대한 어떤 합리적 이해에 이르고자 애를 쓴다.

『검은 새의 노래』에서 주시해야 할 것은 씨비야가 버로니카를 강제로 성폭행한 것에 대한 반윤리적 행태에 대한 법적 책임을 심문하는 데 초점이 맞춰있지 않고 흑인이 백인과 성관계를 가졌다는 것에 대한 충격 속에서 흑인을 비정상적인 성도착자로 미리 규정지은 채 이러한 비정상성에 대한 원인을 추적하는 데 온통 초점이 맞춰져 있다는 사실이다. 그래서 씨비야는 '잠재적 정신이상'(48쪽)의 증후를 지닌 병든 육체로서 "같은 인종의 여성이 아닌 다른 인종의 여성에게서 성적 만족을 얻으려는" "그 욕망과 강박의 기원을 추적"(49쪽)하기 위한 정신분석학의 대상으로만 백인에게 비쳐진다. 다시 말해 씨비야는 도저히 있을 수 없고 있어서 안 되는 비인간적 행태를 보인 야수성을 지닌 존재일 따름이다.

작가 응꼬시는 씨비야를 향한 이러한 정신분석학 접근이 합리적 과학이란 미명 아래 인간의 정신 세계를 온전히 이해 못하는 의사擬似 과학에 불과한지, 그래서 과학이기보다 특정한 신념에 기반한 제도를 수호하는 이데올로기와 다를 바 없는 것인지를 비판적으로 해부한다. 작가의 이 같은 서사는 매우 치밀하다. 표면적으로는 씨비야가 유럽인의 정신분석학 대상으로 추적되고 있는 것처럼 보이지만, 유럽 정신분석학자에 대한 씨비야의 대응은 도리어 청년기를 보내고 있는 뭇 남성이라면 성적 매력을 지닌 여성을 향한 성적 판타지는 물론, 심지어 직접적 성관계를 가질 수 있기에, 이 같은 인간의 성욕 자체를 비정상성으로 간주하는 유럽의 비정상성에 대한 정신분석학 접근을 시도하고 있다. 씨비야는 유럽의 정신분석학을 '되받아치고' 있는 셈이다. 그래서 우리는 씨비야의 이 과단성 있는 절묘한 '되받아치기'의 맥락 속에서 유럽중심주의가 지닌 오만함과 배타성, 그리고 아프리카에 대한 무지와 엄청난 편견에 에워싸인 유럽의 자기기만을 적나라하게 마주한다. 가령, 씨비야는 그의 학창 시절의 한 일화를 백인 정신분석학자에게 들려준다. 그것은 아프리카 역사를 연구하는 백인 교수의 유럽중심주의를 극명하게 보여준다. 백인 교수의 "우리는 인간적 사유와 과학 그리고 철학이 부재한 대륙에 살고 있습니다. 눈에 띄는 예술과 음악, 건축도 없습니다. 이것은 결코 웃음을 불러일으킬 만한 일이 아닙니다. 아프리카에 있는 우리가 인간의 정신과 인간의 업적을 기리는 기념비에 둘러싸여 있는 것이 아니라 놀라운 부재와 정신적 진공상태, 그리고 사유 없는 침묵에 둘러싸여 있다는 사실이 무시무시한 일이 아니면 무엇이겠습니까?"(124~125쪽)란 억측은 말 그대로 아프리카의 역사와 문화에 대한 무지와 몰이해를 스스로 고백한 것이나 다름이 없다. 고대 반투문명과 이집트 문명, 그리고 이슬람의 도래와 파급을 비롯한 아프리카 부족 고유의 역사와 문화에 대한 유럽인의 무지를, 작가는 서슴없이 드러낸다. 뿐만 아니라 작가는 씨비야의 비인간적 행태에 대한 백인중심의 자기모순을 보인다. 씨비야가 갇힌 감옥의 소장은 씨비야처럼 백인 여성을 향한 성폭력 사건이 급증하는 데에는 흑인을 상대로 한 백인의 자유주의 교육이 흑인으로 하여금 "백인과 동등하다는 생각을 하기에 이르렀"(98쪽)기 때문임을 강조하면서, "백인들이 상대하는 흑인은 보통의 인간이 아니라 원숭이보다 조금 더 나은 존재일뿐"(98쪽)이라고 힘주어 강조한다. 감옥 소장의 언급은 흑인을 향한 백인의 자기모순을 스스로 증언한 셈이다. 유럽의 시민을 향한 자유주의 교육이 본래 인간 존재의 고귀함에 뿌리를 두고 있으므로 이 자유주의 교육이 모든 인간을 두루 포괄해야 하는 것은 자명한 진실이다. 하지만 소장은 자유주의 교육이 남아공의 아파르트헤이트를 위협하고 있는 데 대해 못마땅해 한다. 이것은 유럽의 시민사회를 지탱하는 자유주의가 인류 보편의 이념이 아니라 백인중심의 사회 기반을 공고히 다지는 차별적 이념에 불과한 것임을 드러낸다. 달리 말해 이것은 유럽중심주의의 자기모순에 대한 작가의 예각적 비판을 보여준다. 작가 응꼬시는 유럽중심주의의 자기모순을 감옥 안에 갇힌 씨비야의 냉철한 이성으로 응시한 것이다. 씨비야의 유럽중심주의를 향한 날카로운 정신분석학 접근을 통해서 말이다.

4. 아파르트헤이트와 식민주의에 조종弔鐘을 울리는 아프리카 노래의 힘

『검은 새의 노래』의 마지막 페이지에서 나는 눈을 쉽게 뗄 수 없었다. 아니, 내 귀에 들리는 자유와 해방을 갈구하는 아프리카의 이명耳鳴에 붙들려 있었다. 인도양을 가로지른 아프리카의 그 소리들이 극동아시아에 있는 이곳의 내 몸 구석구석으로 번지며 이내 나의 빈틈을 꽉 채워넣는다.

이따금 감옥 저편에서 힘을 주는 목소리들이 들려온다. 정치범들이 씩씩하게 부르는 자유의 노래이다. "아프리카는 반 로엔(감옥의 백인 소장 ─ 인용자) 너를 딛고 일어설 것이다!" "우리 아프리카인은 잃어버린 아프리카를 목 놓아 부른다!" "우리의 땅을 건드리지 마라!" 한 사람의 목소리는 나약하고 쉽게 흔들린다. 그러나 그 목소리들이 한데 뭉치면 하나의 강력한 소리가 되어 옥사 전체를 뒤흔들며 천둥 같은 함성 속으로 몰아넣는다. 그렇다. 나는 바로 이 목소리들과 함께 갈 것이다. 신새벽의 자유를 노래하는 저 목소리들보다, 매일같이 하늘에서 거침없이 짝짓기를 하는 저 새들보다 더 훌륭한 송별은 내게 없을 것이다.(214쪽)

교수형을 기다리는 씨비야에게 들려오는 흑인 정치범들의 '자유의 노래'는 이승과 이별할 그를 위한 송가頌歌로 전도된다. 이 송가는 온갖 현실의 억압과 모순의 사위에 에워싸인 흑인을 위한 애도와 그것에 순응할 수밖에 없는 체념의 노래가 결코 아니다. 그보다 훼손된 아프리카를 복원하려는 의지이자, 자유와 해방의 미래를 반드시 성취하기 위한 욕망을 간직한 혁명과 희망의 노래다.

작가 응꼬시가 작품의 대미를 이러한 아프리카의 소리로 매듭짓는 것은 대단히 의미심장하다. 아프리카의 소리는 유럽중심주의에 기반한 숱한 근대가 얼마나 억압적인 것인지, 그리하여 유럽식 근대가 아프리카에게는 식민주의 그 이상도 이하도 아닌, 바꿔 말해 유럽식 근대가 지구적 보편주의와 거리를 둔 유럽중심주의를 제도화한 데 대한 경종을 타전한다. 이것을 작가는 수감 중인 흑인 정치범들 사이에 불리우는 아프리카 노래의 힘에서 발견한다.

이 이명들 사이에서 아프리카의 구술성의 가치에 주목한 작가 응구기 와 씨옹오Ngugi wa Thiong'o(1938~)의 아프리카의 민주주의를 향한 염원이 자연스레 포개진다 : "민중 스스로가 상호 이해에 기반한 언어를 통해서 자신의 삶을 의논해 가는 민주주의. 이 아름다운 민주주의가 여느 국가의 정부나 조직에게는 위협적인 대상으로 비쳐지고 있는 것이다. 민중의 삶을 고백하는 아프리카 언어가 신식민국의 공적이 되어 가고 있는 것이다."[2]

그렇다면, 교수형을 기다리는 씨비야를 에워싼 아프리카 노래는 한 흑인의 죽음을 애도하는 게 아니라, 남아공의 아파르트헤이트와 아프리카의 식민주의에 조종을 울리는 시대정신의 표상이다.

---

2   응구기 와 씨옹오, 이석호 역, 『정신의 탈식민화』, 아프리카, 2013, 63쪽.

아프리카, 구연적 상상력과
문자적 상상력의 회통

코피 아니도호의 「피할 수 없는 일」

둥 딩 딩 둥 둥

내 적이자 동지여 나 그대를 부르노라

딩 둥 둥 딩 딩

신탁의 신성한 관리자여 나 그대를 부르노라

둥 딩 딩 둥 둥

고랫적 아사포[1] 가문의 죽어가는 구성원이여

나 그대를 부르노라

딩 둥 둥 딩 딩

존경스런 오만크라도[2]와

신비스런 그의 집회를 주관하는 자여 나 그대를 부르노라

둥 딩 딩 둥 둥

타플라체[3]여 나 그대를 부르노라

나 그대를 부르고 부르고 또 부르노라 세 차례나

---

1 가나 아칸인 출신의 젊은 전사들을 뜻한다.
2 추장의 직함 중 하나이다.
3 충격적인 소식을 전하기 전에 청중의 놀람을 경감시키기 위해 던지는 말이다.

모든 행동을 멈추고 들으시오
귀를 열고 들으시오

친절한 내 혀가 허락하사
무한자인 마우소그볼리사[4]가
성스럽게 허락하사

나 말하노라
당신들에게 좋지 않은 소식이 있다고

이제 죽을 준비를 하시라
나 태어날 준비를 마쳤기에

당신들의 세계는 이제 끝나야 한다
내 세계가 시작될 것이기에
당신들이 태어날 때 누군가 죽었듯
나 태어날 때 당신들이 죽기를
이것이 거역할 수 없는 우주의 법칙임을
생과 사, 사와 생의 무한반복임을

하나의 세계는 둘에겐 너무 좁다

---

4 신중의 신, 즉 최고의 신을 뜻한다.

타플라체 내 말하노라

하나의 세계는 둘에겐 너무 좁다고

당신들의 세계는 오래 전에 죽었다

애오라지 당신들만이 알고 싶어하지 않을 뿐

당신들의 삶은 기억과 꿈뿐이다

향수만이 당신들을 살아있게 할 뿐

죽는 걸 거부하지 마시라

때가 되면 가는 것이 상책

충돌하는 두 개의 세계를

지배하는 것은 정글의 법칙

나 당신들을 야자 술통 속에 밀어 넣으려오

타플라체 내 말하노라

죽는 걸 거부하지 마시라

죽을 때가 오면 죽는 것이 상책

하나의 세계는 둘에겐 너무 좁기에

내 세계에서 당신들은 숨을 쉴 수가 없소

낡아빠진 폐로 숨을 쉬기엔 공기가 너무 강하기에

내 세계에서 당신들은 잠을 잘 수가 없소

일천일개의 망치들이 두드리는

천둥 같은 소음들이 당신들의 마음을 휘저을 것이기에

당신들의 집을 수백만의 작은 파편들로 두드리며

내 세계에서 당신들은 꿈을 꿀 수가 없소
꿈을 꿀 미래가 없기에
내 세계에서 당신들은 말을 할 수가 없소
희망의 축제들을 감싸는
거친 웃음들이 당신들의 목소리를 삼킬 것이기에

나는 팽창하고 팽창하고 또 팽창할 것이오
하여 당신들은 내 세계에서 살 수가 없소
당신들은 카우리 껍데기나 가지고 가시오
난 구리와 종이를 쓰겠소
당신들은 구슬 꾸러미나 가지고 가시오
난 보석과 진주로 치장을 하겠소
제발, 빨리. 사라지시오.
허나 내 필요한 것이니 그건 가지고 가지 마시오
당신들의 노래요
현재를 과거로 이어주는 노래 말이오

그러나 과거의 슬픈 노래들은 몽땅 가지고 가시오
죽은 자들을 애도할 시간이 내겐 없으니까
당신들의 의자와 왕관은 놓고 가시오
기념비 같은 집을 장식할 일이 생길지도 모르니까
당신들이 심은 작물들을 수확하시어 모두 먹어버리시오
난 특별한 음식을 먹을 테니까

야자술 뚜껑을 열어 모두 마셔버리시오

허나 내 세계에서 취하는 일은 범죄가 될 것이오

당신들의 물건을 가지고 가시오. 허나 땅은 남겨두시오

당신들이 두드리던 북도 남겨두시오

그 북으로 나 흥겨워 할테니

낡은 당신들의 북이 울려대는 음조에 맞춰

나 새로 짠 춤을 추겠소

당신들의 폰톰프롬[5] 박자에 맞춰

나 팬더곰의 스텝을 밟을 것이오

허나 당신들은 그 춤을 보지 못할 것이오

둥 딩 딩 둥 둥

나 말하노라

시간의 자궁 속에서 자라는

날 말하노라

이제 내가 태어날 때가 되었다고

하나의 세계는 둘에겐 너무 좁다고

딩 둥 둥 딩 딩

　　　　　— 코피 아니도호, 「피할 수 없는 일−할아버지와 그의 동료들에게」

　　　　　전문(이석호 역, 『아프리카여, 슬픈 열대여』, 도서출판 아프리카, 2012)

　　"둥 딩 딩 둥 둥"으로 시작하여 "딩 둥 둥 딩 딩"으로 끝나는 이 시는

5　전통음악 중의 하나이다.

인류의 원향原鄕인 아프리카를, 아니, 인류의 과거-현재-미래를 '노래'한다. 문자의 표기 수단을 통해 재현된 이 소리들은 아프리카의 북 소리이되, 이것은 대지의 심장이 펄떡이는 박동 소리이며, 뭇 존재들이 한데 어울리며 자아내는 우주의 율동이자 우주 전체를 공명해내는 파열음이다. 고백하건대, 나는 이 시를 접하는 순간 종래 낯익은 시들의 사위에 옴쭉달싹할 수 없었던 내 자신을 돌아보지 않을 수 없었다. 그렇다. 아주 거칠게 말해, 나는 리얼리즘이든지 모더니즘이든지, 심지어 포스트모더니즘이든지 그 동안 조우한 시들의 문자적 상상력에 나포돼 있었음을 시인해야겠다. 그렇다면, 그 문자적 상상력이란 어떤 것인가.

무엇보다 근대 이후의 시에서 문자적 상상력은 유럽중심주의에 기반한 정전正典 교육의 제도에 충실했다는 사실을 쉽게 부인할 수 없을 것이다. 새삼 환기할 필요도 없듯이, 근대 이전의 시들은 노래와 관련한 구술성과 연행성에 친연성을 맺으면서 향유되었다. 문자적 상상력과 구연적口演的 상상력은 상호침투적 관계 속에서 시 특유의 활력을 보증하였다. 그러다가 근대로 접어들면서 구연적 상상력은 전근대적 문화 유산이라는, 근대주의자들의 이데올로기에 떠밀린 채 시대 퇴행적인 것으로 치부되더니, 문학박물관에 간직한 채 문학의 현장에서 좀처럼 만나기 힘들다. 구연적 상상력은 현대시에서 퇴출되어야 할 천덕꾸러기로 전락하였다. 그리고 현대시는 좋은 시를 판별해내는 데 현대성을 척도로 삼는 다양한 첨단의 시학에 몰두하지 않았는가. 정녕, 구연적 상상력은 시의 현대성과 무관한 낡고 구태의연한 묵수墨守에 불과할 뿐인가. 혹시, 우리가 자명하다고 간주하는 시의 현대성이 첫 단추부터 잘못 꿰어진 것은 아닐까. 나는 앞서 우리에게 낯익은 근대 이후의 시들이 유럽중심주의를 내면화하였다는 것을 강조한바, 유럽중심주의를 창조적으로 극복하기 위한 일환으로 그동안 우리에게 관성화됐고 자명한 것으로 간주해온 문자적 상상력 위주의 시, 즉 문자중심주의에 기반한 상상력의 시에 매몰될 게 아니라 구연적 상상력을 적극적으로 소환함으로써 문자적 상상력과의 상호침투적 관계 회복, 다시 말해 이 둘의 상상력의 회통을 통한 시의 현대성을 새롭게 모색해야 한다고 생각한다.

이런 점을 염두에 둘 때, 내가 우연히 만난 아프리카 시인 코피 아니도호의 시 「피할 수 없는 일」은 새롭게 모색되어야 할 시의 현대성에 대한 성찰의 계기를 제공해준다. 우선, 이 시는 아프리카 고유의 구연적 상상력에 기반을 두고 있다. 시적 화자인 '나'는 북 장단에 맞춰 '나'의 적과 동지 그리고 아프리카의 숱한 타자들을 아프리카의 신 앞으로 호명한다. 이 호명의 과정에서 독자는 시인과 함께 모종의 시적 퍼포먼스에 절로 동참하게 된다. 그 시적 퍼포먼스에 독자가 얼마나 익숙한가 하는 문제는 이 시를 향유하는 데 전혀 중요하지 않다. 독자는 말 그대로 아프리카의 북 소리와 그 소리들 사이로 퍼져나가는 호명 소리가 어울리는 우주의 율동 속에 자신의 율동을 슬며시 얹어 놓으면 그만이다. 사실, 이것만으로도 이 시는 제 몫을 다 한 것이나 마찬가지다. 그동안 독자는 시를 머리로 또는 마음으로 이해하였다면, 이 시를 접하면서 독자는 온몸으로 시와 내통하는 비의성을 몸소 체험한다. 독자와 '나'는 함께 "팬더곰의 스텝을 밟"으면서, 독자와 시는 분리되지 않은 채 서로 스며들어, 이제 독자가 시이고 시가 곧 독자가 되는, 미적 빙의憑依에 이른다. 이럴 때, 독자는 시인이 타전하는 시적 진실을 시인과 함께 만난다.

코피 아니도호 시인은 "현재를 과거로 이어주는 노래" 속에서, "내 세계에서 살 수가 없"는 '당신'에게 어떤 주문을 걸고 있다. '당신'으로 호명되는 세계는 좁게는 아프리카의 삶을 위협하고 죽음으로 인도하는 세계이며, 넓게는(혹은 궁극적으로는) 인류의 삶을 파괴함으로써 우주의 생의 율동에 치명적 균열을 내는 세계이기 때문에 마땅히 추방되어야 할 세계다. 그런데, 이 시에서 흥미로운 것은 '나'의 이 추방의 주문에 귀를 기울여보면, '나'는 '당신'이 문명의 미명 아래 이미 누렸거나 소유했거나 행사했던 모든 것을 다시 이용함으로써 '당신'을 위협하고 있다는 점이다. 말하자면, '나'는 '당신'으로 표상하는 부정不正한 것을 '나'의 것으로 다음과 같이 전도시킴으로써 '당신'의 세계가 얼마나 위험한 것인지, 그래서 '당신'의 부재를 정당화하는 주문을 걸고 있다.

> 내 세계에서 당신들은 숨을 쉴 수가 없소
> 낡아빠진 폐로 숨을 쉬기엔 공기가 너무 강하기에
> 내 세계에서 당신들은 잠을 잘 수가 없소
> 일천일개의 망치들이 두드리는
> 천둥 같은 소음들이 당신들의 마음을 휘저을 것이기에
> 당신들의 집을 수백만의 작은 파편들로 두드리며
> 내 세계에서 당신들은 꿈을 꿀 수가 없소
> 꿈을 꿀 미래가 없기에
> 내 세계에서 당신들은 말을 할 수가 없소
> 희망의 축제들을 감싸는
> 거친 웃음들이 당신들의 목소리를 삼킬 것이기에

이렇게 '당신'을 추방함으로써 '나'는 마침내 희구한다. '나'는 다시 태어날 것이라고. 우리는 다시 태어날 '나'가 어떤 존재인지 그려볼 수 있다. '당신'으로 표상하는 문명의 탈을 쓴 야만의 세계가 아닌, 구체적으로 말하자면, 수세기 동안 전 세계를 지배한 유럽중심주의를 창조적으로 극복하고자 욕망하는 새로운 주체로서 '나'의 세계이리라. 여기서, 쉽게 간과해서 안 될 것은 이 새로운 '나'의 출현 가능성을, 시인은 구연적 상상력과 문자적 상상력과의 회통을 통해 모색하고 있다는 점이다. 그래서일까. 이 시의 마지막 연에서 불리우는 노래가 그토록 우리가 희구해온 대안적 세계의 출현이 멀지 않았다는 시적 계시로 다가온다.

둥 딩 딩 둥 둥
나 말하노라
시간의 자궁 속에서 자라는
나 말하노라
이제 내가 태어날 때가 되었다고
하나의 세계는 둘에겐 너무 좁다고
딩 둥 둥 딩 딩

아프리카의 눈물을 닦는 영매靈媒
다이아나 퍼러스와 사르끼 바트만

1. 다이아나 퍼러스의 눈물

지금도 눈에 선하다. 아프리카의 여성 시인 다이아나 퍼러스Diana Ferrus(1953~)는 주체할 수 없는 벅찬 감흥으로 눈시울이 젖어 있었다. 그의 시가 그의 고향 남아프리카공화국으로부터 무려 14,000여㎞ 떨어진 한국에서 시노래 형식을 띠고 성황리에 공연되었다. 비록 그의 시는 한국어로 불리워졌지만 그의 시가 지닌 심상은 시노래로써 재해석된 채 커다란 감동의 파문을 일으켰다.

인천에서 개최된 AALA문학포럼(아시아·아프리카·라틴아메리카 문학포럼, 2011. 4. 28~30)의 폐막식 공연으로 준비된 '시노래 콘서트—신비의 혀와 대지의 박동'(계간 『리토피아』 주관)에서 다이아나 퍼러스의 시 「나, 당신을 고향에 모시러 왔나이다」가 한국어로 번역돼 시노래로 불리워진 것이다. 우리는 이 시노래를 들으면서 시적 화자인 '나'가 고향에 모시러 가고 싶은 대상을 향한 간절한 바람에 모골이 송연해졌음을 고백해야겠다. 왜, 시인이 그토록 애타게 '당신'이라 불리우는 그 누군가를 고향으로 귀환시키고 싶어하는지를 헤아려볼 수 있다. 다이아나 퍼러스에게 '당신'은 단순히 '너'를 개별적으로 지칭하는 2인칭 대명사가 아닌, 문명의 탈을 쓴 서구에 의해 철저히 야만의 낙인과 구속으로부터 헤어나오지 못한 채 서구에서 비참한 종말을 맞이한 아프리카의 뭇여성을 범칭한다. 물론, 좀 더 구체적으로 얘기하면 '당신'은 200여 년 전 남아프리카의 부시먼으로 불리는 코이코이Khoikhoi족의 여성 사르끼 바트만Saartjie Baartman(1790~1815)으로, 1810년 영국의 군의관을 따라 유럽으로 건너가 유럽인들에게 '인종전시'를 당하면서 인간 이하의 온갖 모욕과 굴욕을 겪는다. 유럽인들과 구별되는 유달리 돌출한 둔부를 지닌 사르끼 바트만은 그 당시 유럽인들에게 둔부와 성기를 보여주는 인종전시를 당하면서, 유럽인의 신체와 다른 이유가 흑인의 성욕이 과잉되었기 때문이라는 어처구니 없는 그 어떠한 과학적 근거도 없는 반이성적 태도의 희생양으로 전락한다. 아니, 사르끼 바트만에 대한 유럽인의 이러한 태도는 그들 스스로 이성과 문명의 미명 아래 얼마나 심하게 반이성적·반문명적·반인류적 도그마에 눈멀고 있는지를 여실히 보여준다. 기실 그 당시 남아프리카를 오가던 서구인은 유목민의 삶을 살고 있는 코이코이족을 '인간'으로 생각하지 않고 코이코이족을 가장 우수한 '유인원'으로 간주하여 '코이코이'로 부르는 대신 열등하다는 뜻을 지닌 '호텐토트Hottentot'로 부르곤 하는 데서 알 수 있듯, 유럽인의 시각에서 유럽과 다른 아프리카의 모든 것들, 특히 인종 차별의 휘장으로 덧씌어진 유럽이야말로 반이성적 이데올로기의 노예와 다를 바 없다.

이제 우리는 만난다. 그리고 온전히 이해하고자 한다. 그래서 함께 아프고 싶다. 사르끼 바트만이 삭혀야 했던 서구의 관음증적 폭력의 시선을 에워싸고 있는 제국의 음험한 권력을 만천하에 드러내고 싶다.

아프리카의 한 부족 한 여성의 영육을 유린한 서구의 저 야만이 얼마나 수치스럽고 저열하고 비굴한 짓이었는지를 뚜렷이 알고 싶다. 그래서 하염없이 흐르며 좀처럼 마르지 않는 아프리카의 눈물에 온몸이 젖어들고 싶다.

2. 비서구에 대한 서구의 해부, 부재하는 악마
– 연극 〈사라 바트만과 해부학의 탄생〉

때마침 사르끼 바트만을 다룬 연극, 〈사라 바트만과 해부학의 탄생〉(이석호 작·감독)이 대학로의 한 소극장에서 2011년 5월 13일부터 21일까지 위희순의 1인극으로 공연됐다. 사르끼 바트만에 대해서는 다이아나 퍼러스의 시와 AALA문학포럼에서 공연된 시노래로서 대중의 사랑을 받아온 터에, 1인극의 형식으로 다시 한번 대중 속으로 파고들었다.

사르끼 바트만은 유럽의 인종시장에서 이른바 '호텐토트 비너스Hottentot Venus'라고 불리는가 하면, 유럽인들이 부르기 쉬운 세례명으로 바꿔 '사라 바트만Sarah Bartmann'으로 흔히 불리기 시작한다. 그런데 사르끼 바트만에게 일어난 유럽에서의 일들 중 가장 용서할 수 없는 것은 그가 죽은 이후 그의 시체가 당시 나폴레옹의 주치의자 최고의 해부학자인 조르주 퀴비에에게 양도된바, 퀴비에는 '인간이 멈추고 동물이 시작되는 고리'를 발견하는 연구를 위해 사르끼 바트만의 시신에서 뇌와 생식기를 분리해내었고, 이렇게 뇌와 생식기가 없는 사르끼 바트만의 시신은 186년 동안 프랑스의 인류학 박물관에 소장 및 전시됐다는 사실이다. 사르끼 바트만은 죽은 이후에도 여전히 서구인의 그 얄량한 과학적 탐구의 시선 아래 '인종전시'되었던 것이다. 해부학의 미명 아래 말이다.

〈사라 바트만과 해부학의 탄생〉은 이렇게 사르끼 바트만의 죽음 이후 서구의 해부학자들에 의해 어떠한 과정을 거치면서 그가 생전에 감당한 인종전시와 또 다른 인종전시의 대상으로 사물화되고 있는지를 진지하게 파헤치고 있다. 어둠 침침한 무대와 단출한 소품, 그리고 무대 정면에 그려진 석 장의 아주 조악하게 그려진 여성의 생식기 그림을 통해 서구 여성의 육체와 애써 구별하려 드는, 그리하여 서구의 육체는 곧 인간의 온전한 육체이며 이것은 서구인이 선험적으로 굳건히 믿는 유일신의 형상을 닮은 것이라는 인종적·종교적·문명적 배타성이 부각된다.

그런데 이 연극에서 매우 흥미로운 점은 서구의 해부학자들이 사르끼 바트만의 시신을 갖고 기껏 발견하고자 애를 쓰는 게 '인간이 멈추고 동물이 시작되는 고리'라는 점이다. 이것은 지극히 반해부학적 접근이 아닐 수 없다. 해부학자들은 이미 해부를 하기 전부터 유럽의 여성과 외형상 신체적 특징이 구별되는 특이점이 아프리카 여성에게 '있다'는 것을 전제하고, 그 '있음'을 기정 사실화하려는 지극히 반과학적 태도를 지닌다. 해부도 하기 전 해부학자들은 해부의 대상이 되는 아프리카 여성의 시신을 해부한 결과를 상징조작하고 있었던 것이다. 인간이 되기 전 진화 단계의 유인원의 신체라고 말이다. 연극에서는 바로 이 점을 예각적으로 겨냥한다. 어쩌면 관객들도 이 특이한 외형상 신체의 특징을 지닌, 둔부가 기형적으로 돌출된 여성을 인간이 아닌 다른 종, 즉 유인원으로 간주하고 싶을지 모르는데, 연극은 이처럼 우리 내부에서 똬리를 틀고 있는 아프리카에 대한 모종의 왜곡되고 굴절된 의식에 대한 반성적 성찰을 기도한다.

게다가 문명이란 이름으로 해부를 하고 있는 해부학자들이 은연중 그 스스로를 가두고 있는 반과학적 태도를 연극은 신랄히 풍자한다. 왜냐하면 해부학자들은 마치 약속이나 한 것인 양 사르끼 바트만의 시신을 해부하면서 그의 몸 속에 있는 악마의 흔적을 발견하는 데 필요 이상으로 집착한다. 이 얼마나 모순인가. 과학의 신성 아래 해부학을 탐구하는 과학자들이 애써 증명하고자 하는 게 흑인 여성의 몸 안에 있는 악마의 흔적을 찾는, 마치 주술사와 같은 역할을 충실히 하고 있지 않는가. 그렇다면 서구의 해부학자들은 과학과 주술이 공존하는 과학적 주술 혹은 주술적 과학을 추구하는 사람들인가. 삼척동자도 웃을 일이다. 그래서 이 연극은 관객에게 묻는다. 도대체 그동안 우리는 아프리카에 대해 무엇을 보고 들었는가. 극중 해부학자들처럼 우리도 아프리카를 합리적으로 탐구한다고 하면서 지극히 마술적(혹은 주술적) 선입견을 갖고 아프리카의 진면목을 왜곡시키고 있는 것은 아닌가. 더욱이 개탄스러운 것은 서구와 동일시 욕망에 젖어든 우리 내부에 '서구=절대선'이고 아프리카를 비롯한 '비서구=절대악'이란, 선악 이분법적 도식을 견고히 구조화하고 있는 것은 아닌가. 그 구조를 또 다시 재생산하고 있지 않는가. 왠지, 소극장 밖 대학로의 활기찬 주말의 소음들 사이로 사르끼 바트만의 소리 없는 울음이 이명으로 들린다.

3. 평화를 위한 아프리카의 박동

─ 다이아나 퍼러스의 시집 『사라 바트만』

우리는 이것을 기억해야 할 것이다. 186년 동안 프랑스의 박물관에 소장되었던 뇌와 생식기가 분리된 사르끼 바트만의 석고화된 시신을 남아프리카공화국으로 반환하기 위한 지리한 외교적 과정이 있었는데, 다이아나 퍼러스의 시 「나, 당신을 고향에 모시러 왔나이다」가 프랑스의 상원 의원 앞에서 낭송되자 즉각적으로 유해 반환이 결정되었다는 사실을. 시의 권능이란 바로 이런 것이다.

> 나, 당신을 해방시키려 여기 왔나이다
>
> 괴물이 되어버린 인간의
>
> 집요한 눈들로부터
>
> 제국주의의 마수를 가지고
>
> 어둠 속을 살아내는 괴물
>
> 당신의 육체를 산산이 조각내고
>
> 당신의 영혼을 사탄의 영혼이라 말하며
>
> 스스로를 궁극의 신이라 선언한 괴물로부터!
>
> 나, 당신의 무거운 가슴을 달래고,
>
> 지친 당신의 영혼에 내 가슴을 포개러 왔나이다.
>
> 나, 손바닥으로 당신의 얼굴을 가리고,
>
> 당신의 목선을 따라 내 입술을 훔치려 하나이다.

아름다운 당신의 모습을 보며 흥겨운 내 두 눈을 어찌 하오리까,

나, 당신을 위해 노래를 하려 하나이다.

나, 당신에게 평화를 선사하러 왔나이다.

—「나, 당신을 고향에 모시러 왔나이다」부분[1]

사르끼 바트만의 본명은 휘발된 채 '호텐토트 비너스' 혹은 '사라 바트만'으로 불리우며 아프리카의 여성은 서구의 집요한 관음증적 시선에 의해 영혼과 육신이 송두리째 발가벗겨졌다. 시인은 평화의 노래, 위무의 노래, 해원解寃의 노래를 부른다. 그리하여, 시인은 "그녀의 이야기가 그녀의 후손들에게뿐만 아니라 국민들, 특히 우리나라(남아프리카공화국-인용자)와 전 세계 출신의 여성들을 계속 치유해주길 기대"[2] 한다. 더욱이 "스스로를 궁극의 신이라 선언한 괴물", 즉 서구의 제국들이 치열한 반성적 성찰을 하기를 기대한다.

이 같은 시적 염원의 밑자리에는 시인이 태어난 아프리카에 대한 무한한 자긍심과 사랑이 깃들어 있으며, 아프리카인으로서 자기인식의 투철성을 한 순간도 망각하고 있지 않다.

다시 태어난, 나는 아프리카인이다.

내 뿌리의 발밑에 앉아

나는 그 박동을 듣는다, 내 심장의 박동,

---

1   다이아나 퍼러스, 이석호 역, 『사라 바트만』, 아프리카, 2011, 126~127쪽. 이하 다이아나 퍼러스의 시는 이 책에서 인용하였다.
2   다이아나 퍼러스, 박종서 역, 「사라 바트만의 이야기를 전하며」, 『제2회 인천AALA문학포럼-평화를 위한 상상력의 연대』, 인천문화재단, 2011, 102쪽.

아프리카의 북소리를.

(…중략…)

아프리카인인 나는 누구인가
내 심장은 어디에 있는가
내 영혼이 사는 곳은 어디인가
아프리카인인 나는
얼마나 많은 그늘을 가지고 있는가

나는 누구인가, 아프리카인인가
나는 누구인가, 아프리카인인가
나는 누구인가, 아프리카인인가

그래, 난 아프리카인이다.

— 「아프리카의 북」 부분

오, 심장 중의 심장이여,
문명의 요람이여,
나, 당신의 본질에서 솟아오른
혈통을 따라
이 세상 구석구석을 찾아가나이다.
당신은 생명을 주셨고, 박동을 멈추지 않음으로,

피를 쏟아 이 땅을 살아있게 하나이다.

당신의 혈액은행에서 낯선 이방인들은 피를 뽑고,

흡혈귀들로 그 자리를 채우며, 당신이 피로, 피를 보지요,

당신이 흘리는 피 중의 피는 당신을 관통해 흐르는 고결한 그 길을 오염시키지요.

희생의 상징이여, 당신이 박동을 멈추는 순간 이 땅에는 무슨 일이 일어날까요

—「아프리카, 나의 심장이여」 전문

시인이 아프리카인에 대한 투철한 자기인식은 아프리카 대지 저 깊숙한 곳으로부터 솟구쳐 들리는 대지의 박동 때문이다. 대지의 박동은 대지의 심장이며, 이것은 곧 시인의 심장이고, 아프리카에서 살고 있는 아프리카인의 심장이다. 이 심장은 아프리카 문명의 요람이다. 원시 본연의 생의 충일성充溢性으로 한 순간도 멈추지 않고 뛰는 대지의 싱그러운 박동이다. 아무리 서구의 근대가 아프리카의 박동을 멈추게 하고, 그 피를 뽑아내고자 안간 힘을 써보아도, 아프리카의 심장과 박동을 쉽게 멈추도록 할 수 없다.

아프리카의 고단한 역사를 망각하지 않고 아프리카의 신생을 향한 삶의 노래를 포기하지 않는 한 시인은 아프리카의 "과거와 현재 그리고 미래의 열쇠를 거머"쥘 것이다.(「노예들이 머물던 숙소에 부치는 노래」) 그렇다고 시인은 막무가내로 아프리카를 숭배하지 않는다. 시인이 늘 경계하는 것은 서구가 아프리카를 식민통치하면서 그랬듯이, 아프리카인을 서구식 근대에 순응시켜 협력하도록 함으로써 아프리카인으로

하여금 민주주의의 퇴행성을 몰각하도록 하는 현실이다. 때문에 시인은 아프리카의 민주화를 향한 투쟁이 서구가 아프리카에 대한 식민통치를 했던 것과 똑같은 방식으로 해서는 안 된다는 것을 힘주어 노래한다.

> 그러나 루스 동지, 모든 냉소와,
> 질문과, 의심과, 비판에도 불구하고,
> 우리에게 소중한 것은 민주주의입니다,
> 우리가 두려움 없이 우리의 생각을 말할 수 있기 때문입니다.
> 우리가 말다툼을 벌이고, 싸우고, 편이 갈라지고,
> 서로 경합을 하고, 불신하고, 반박을 한다 해도,
> 우리를 침묵하게 만드는 편지 폭탄만큼은 제발!
>
> —「루스 퍼스트 동지에게 보내는 편지」 부분

시인이 사르끼 바트만의 맺힌 한을 달래고, 아프리카의 박동과 심장이 펄떡펄떡 계속하여 뛰도록 하고, 아프리카인에 대한 자의식을 뚜렷이 하는 것은, 가령 '아파르트헤이트'와 '호텐토트'처럼 흑인과 코이코이족을 대상으로 한 "우리를 규정하는 말과, / 우리를 구속하는 말"(「이십 년간의 자유」)에 투쟁하고, "어떻게 폭력을 멈출 수 있을까"(「폭력」)의 숙고 속에서 "내 몸과 영혼을 부수는 / 당신을 거부합니다"(「저것을 넘어서」)와 같은 숭고한 결단에 이르기 위해서다. 그리하여, 시인은 "우리 땅에 새로운 역사가 열리는 날"(「그날」) 평화롭게 흐르는 강을 보기를 욕망한다.

강둑을 따라 흐르며 나는

찬란하게 사랑을 반짝이는

이파리 하나의 키스 세례를 받는다,

강둑을 따라 흐르며 나는.

오, 얼마나 원했던가 나는

내가 본 그 평화를 세상이 알아주기를!

슬픔에 잠긴 세상을 뒤로 한 채

나는 강둑을 따라 흐른다.

—「반대편에서」전문

4. 사르끼 바트만'들'의 대화적 상상력을 기대하며

하마터면 망각될 뻔 했던, 아니 신기한 볼 것 정도로만 간주될 뻔 했던 사르끼 바트만이 말을 걸어온다. 우리는 그동안 그의 말을 듣는 것을 거부하였다. 서구의 프레임에 의해 그는 인류를 고고학적 혹은 해부학적으로 탐구한다는 썩 그럴듯한 요사스런 말들의 휘장에 가려진 채 그의 역사적 진실이 은폐돼 있었다. 이것을 아프리카 여성 시인 다이아나 퍼러스는 영매靈媒로서 사르끼 바트만에 빙의돼 그의 통한을 전해준다.

이제 사르끼 바트만은 고유명사가 결코 아니다. 서구 제국주의의 일방적 근대가 비서구에 가한 폭력에서 가장 큰 피해자는 아마도 여성일 터이다. 특히 제국의 식민통치 아래 하위주체로서 여성이 겪어야 할 온갖 폭력은 몸에 큰 상처로 남아 있다. 근대적 문명의 위장막 안에서는 차마 인간이기를 포기해야 하는 폭력의 광기로 가득 차 있다. 인간으로서 죽음이 아닌, 벌레만도 못한 끔찍한 죽음에 속수무책이다. 돌이켜보면, 이 세상에는, 사르끼 바트만'들'이 많이 살고 있다. 지금, 이곳에서도 비서구는 서구의 다양한 관음증을 만족시켜줌으로써 비서구의 존립 기반을 보증받으려고 하지 않는가. 언제면, 서구라는 단어에 부정의 표징이 붙지 않고, 저절로 이 단어가 소멸함으로써 지구에 살고 있는 모든 개별자들이 서로의 존재 가치를 존중하는, 참으로 문명화된 현실이 구현될까. 여기서 비서구의 개별 문학적 상상력이 평화적으로 연대하는 것은 아무리 강조해도 지나치지 않다. 다이아나 퍼러스의 시를 통해 사르끼 바트만'들'의 대화적 상상력의 물꼬가 터진 만큼 사르끼 바트만'들'의 말의 문양紋樣이 서구중심의 문학을 전복시켜 도래할 새로운 문학의 밑그림을 차곡차곡 채워넣었으면 한다. 그것이 아프리카의 눈물을 닦아주는 문학적 치유이리라.

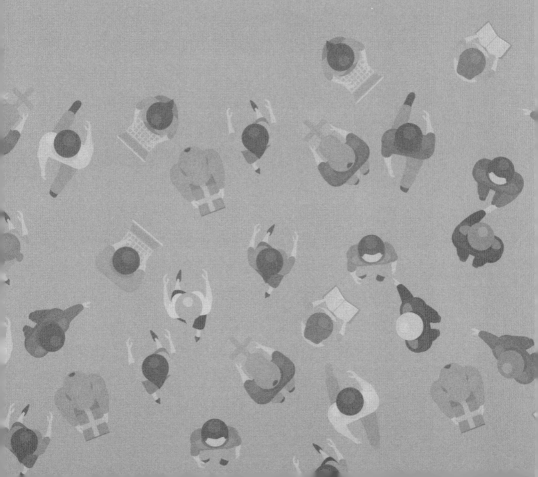

제6부
새로운 세계문학과 만나는 경계

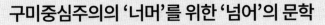

구미중심주의의 '너머'를 위한 '넘어'의 문학

한국문학의 정치적 뇌관들, 경계·약소자·구술성

1. 구미중심주의의 프레임 안에 갇힌 한국문학의 정치성

돌이켜보면, 후쿠야마의 '역사의 종언'(1992) 이후 숱한 종언류의 담론들이 베를린장벽 붕괴 이후 지금까지 지식사회의 주요 공부거리를 제공해주고 있다. 현실사회주의권의 붕괴(1989)가 20세기의 역사적 실재가 끝났음을 알리는 징표라면, 9·11사건(2000)의 충격은 구미가 보증해온 자본주의 세계체제가 관념의 차원이 아니라 세계시민들의 구체적 일상에서 체감하도록 하였다. 이후 세계시민들은 스펙터클한 영화의 장면과 똑 같은 전쟁을 이라크, 아프가니스탄 등에서 송출되는 시각 매체(TV와 인터넷 동영상)를 통해 때와 장소에 구애됨이 없이 직접 마주한다. 선명한 선악 이분법 아래 (탈)근대의 문화와 문명을 자처하는 구미는 중세의 마녀 사냥과 같은 전근대적 폭력을 스스럼없이 자행해왔다. 구미는 지구상에서 9·11을 일으킨 테러세력을 근절시키기 위해 비서구를 매우 철저히 관리·감시·통제하고 있다. 첨단의 정보화시대를 맞이하면서 21세기의 비판적 세계시민들은 이러한 구미의 정치적 동향에 대해 매우 예각적으로 비판한다. 그들은 묘파하고 있다. 비록 구미의 비서구 지역에 대한 전쟁이 세계의 항구적 평화를 위협하는 테러 세력에 대한 합목적의 명분을 띤다고 하더라도 정작 구미의 해당 비서구에 대한 관심은 그 지역이 내포하고 있는 정치경제적 이해관계 때문이다. 따라서 구미가 그토록 끝을 맺고 싶어하는 것은 비서구의 종요로운 정치경제적 유무형의 자원을 쟁취하기 위한 데 조금이라도 걸림돌이 되는 것들이다.

그렇다면 지금까지 우리에게 낯익거나 우리를 매혹시켰던 숱한 종언류의 담론들을 냉철히 성찰할 필요가 있다. 그 세부적 편차를 차치하고, 각종 종언 관련 담론이 근대지상주의를 경계할 뿐만 아니라 더욱 적극적으로 근대를 극복하기 위한 탈근대의 세계를 추구해온 것을 부인할 수 없다. 물론 이 탈근대의 기획이 손쉽게 추구되는 것은 결코 아니다. 이미 근대를 쟁취한 구미는 탈근대를 추구한다는 명분 아래 아직 구미와 같은 근대의 성과를 일궈내지 못한 비서구에게 근대성의 열매를 수확할 수 있도록 하는 이른바 식민적 근대를 자연스레 착근시킨다. 그 식민적 근대는 구미의 세계인식 틀 안에서 이뤄지는 것이므로 구미는 그들 마음대로 식민적 근대의 완급과 수위를 조절할 수 있다. 바로 이것이 쉽게 간과할 수 없는 문제다. 현재 우리가 인식하는 한, 세계자본주의 체제의 반#주변부와 주변부에 놓여 있는 비서구의 (탈)근대의 기획은 구미중심주의의 프레임 안에서 자족할 뿐이다.

나의 래디컬한 문제의식은 이 지점에서 싹튼다. 최근 한국문학 비평가로서 반가운 것은 이 같은 한국문학 안팎의 외면할 수 없는 현실 속에서, 한국문학이 젊은 세대를 중심으로 정치의 감각을 되찾고 있는 점이다. '6·9작가선언'(2009)[1]은 20세기 한국문학의 정치와 결절점을 이룬 (내용과

---

1 용산의 도시재개발 계획의 문제에 맞닥뜨린 철거민들은 2009년 1월 20일 국가권력의 폭력적 진압 아래 용산참사를 맞이하였다. 이후 잇따른 MB정부의 개발지상주의

형식 면에서 확연한 차이를 갖는) 21세기식 한국문학의 정치언어라고 나는 판단한다. 이후 문학과 정치의 관계에 대한 논의들이 단속적斷續的으로 전개됐다는 것 자체는 소중한 문제의식이다.

그런데, 나는 최근 전개된 이들 논의를 지켜보면서, 이 논의를 구성하고 있는 문제의식들이 모종의 프레임 안에 갇혀 있으므로, 각 비평들이 말 그대로 래디컬의 진정성을 래디컬한 것처럼 보이는 비평의 수사로써 분식粉飾한 것 이상도 이하도 아닌 것으로 보인다. 정통 마르크시즘이든, 네오마르크시즘이든, 자유주의자든, 본질주의자든 할 것 없이 이들 비평의 문제의식들은 한결같이 구미중심주의의 안쪽에 견고히 붙들려 있는 형국이다. 그렇다보니, 21세기의 한국문학이 1990년대 이후 훼손된 정치감각이 되살아난 것은 반갑기 그지 없되, 엄밀히 말한다면, 최근의 한국문학은 현실에 응전하는 문학적 방식이 다를 뿐이지 구미중심주의에 나포된 20세기식 한국문학의 정치와 크게 다르지 않다.

이러한 나의 문제제기를 두고 혹자는 '자본주의 세계체제 바깥은 존재하지 않는다'며, 리얼한 현실을 낭만적으로 묵과한다는 비판을 할 것이다. 과연, 자본주의 세계체제 바깥은 존재하지 않을까. 오히려 이 바깥에 대한 문학적 상상력을 쉽게 저버리는 것은 아닐까. 때문에 한국문학에 절실히 요구되는 것은 구미중심주의의 바깥을 과감히 넘어서는 정치적 상상력이 아닐까. 구미중심주의의 프레임이 아닌 '다른' 세계인식의 프레임으로

에 기반한 국가권력의 폭력을, 젊은 문학인들은 더 이상 묵과할 수 없다는 비통한 문제의식 아래 개별적 연대를 통해 개별 작가의 책임과 독자성을 집약한 '한 줄 선언'을 작성해 "6·10항쟁의 정신을 상기하고 민주주의적 가치의 회복을 염원하는 의미로 작가선언"을 6월 9일에 하였다. 모두 192명의 작가들이 '한 줄 선언'에 자발적으로 참여하였다. 작가선언6·9, 『이것은 사람의 말』, 이매진, 2009를 참조.

현실을 궁리하는 한국문학에 대한 탐구가 모색되어야 하는 것은 아닐까. 구미중심주의의 (탈)근대 기획에 대한 문학적 실천이 아닌, 미처 주목되지 못하거나 심하게 왜곡된 비서구의 '또 다른 (탈)근대'를 향한 문학적 혁명을 꿈꿔야 하지 않을까. 이 글은 이에 대한 성긴 문제의식의 일환이다.

2. '식민주의 지정학'에 대한 한국문학의 성찰,
변방에서 경계로

비서구가 구미중심주의의 프레임을 전복시키기 위해서는 어떠한 비평의 방략方略이 필요할까. 이 물음을 접할 때마다 비서구에 대한 구미의 '식민주의 지정학geo-politics of colonialism'[2]을 비판적으로 성찰해야 한다. 새삼스레 강조할 필요 없이 구미는 르네상스 이후 계몽주의를 정점으로 기독교적 우주관에 뿌리를 둔 채 자신들은 세계의 보편이성을 담지하고 있는 문명의 주체이므로 그렇지 못한 세계의 타자들—비서구(아시아, 아프리카, 라틴아메리카)의 야만을 기꺼이 계몽시켜야 한다고 주장해왔다.[3] 구미

---

2   '식민주의 지정학'이란 개념은 아직 정립되지 않았을 뿐만 아니라 이후 이에 대한 학문적 논증의 엄밀성이 뒤따라야 할 것이다. 이 개념은 라틴아메리카의 탈식민주의 이론가인 월터 미뇰로의 '지식의 지정학(geo-politics of knowledge)'으로부터 크게 시사받았음을 밝혀둔다. 월터 미뇰로, 김은중 역, 『라틴아메리카, 만들어진 대륙』, 그린비, 2010.

3   이 같은 세계관의 토대를 제공하는 데 영향력을 미친 철학자는 칸트와 헤겔이 대표적이다. 흔히들 이 둘의 철학에 대해 인간정신의 보편성에 대한 철학의 새 지평을 연 것이라고 평가하는데, 간과해서 안 될 것은 칸트와 헤겔(그리고 계몽주의)의 철학적 이론의 기저에는 16세기 이후 유럽이 비서구를 향한 식민화에 합목적성을 부여하는 각종 지정학(geo-politics)이 두텁게 자리하고 있다는 사실이다. 헤겔의 유럽중심주의 역시 이로부터 무관하지 않다.(수전 벅모스, 김영호 역, 『헤겔, 아이티, 보편사』,

의 비서구에 대한 이러한 계몽의 욕망은 '구미=중심 / 비서구=변방(혹은 끝)'이라는, 즉 구미의 비서구를 향한 '식민주의 지정학'을 구조화한다.

그런데 이러한 지정학적 구도에서, 비서구를 구미의 영원한 타자가 아니라 비서구 또한 구미 못지않은 구미와 '또 다른 주체'의 시좌視座에 있음을 숙고한다면, 매우 흥미롭고 새로운 문제의식이 부각된다. 우선, 지금까지 구미중심주의의 프레임 — 오리엔탈리즘으로 배제·왜곡·축소되었던 비서구의 가치들의 진면목이 드러난다. 한국문학의 성과들 중 김형수의 장편소설 『조드』(2012)가 바로 여기에 해당한다. 이 소설에서 주목해야 할 것은 몽골의 대지를 이루는 초원과 사막이다. 작가 김형수는 몽골의 대지를 오리엔탈리즘적 시선으로 보지 않는다. 구미중심주의의 탈근대적 기획의 일환으로 몽골의 대지를 형상화하지 않는다. 말하자면, 구미중심주의의 가치를 위해 구미의 근대적 시공간이 허락하는 한계 안에서 비서구의 변방을 소비하는 서사들과 김형수의 그것은 구별된다.

김형수가 형상화하고 있는 몽골의 대지는 12세기 테무진이 아직 칭기스칸으로서 대제국을 수립하기 전까지의 시기다. 그러니까 이 시기는 인류사에서 구미중심주의 세계체제 형성 이전인바, 작가가 하필 이 시기에 몽골의 대지를 주목한 데 주의를 기울일 필요가 있다. 이것은 『조드』에서 눈에 띄는 대목과 무관하지 않다. 작가는 구미중심주의에

문학동네, 2012) 게다가 이를 여실히 뒷받침하고 있는 것으로 최근 칸트의 일련의 지리학 연구(1756~1796)에 대한 연구가 진행되면서 미뇰로는 칸트 역시 그 당시 팽배한 기독교적 우주관으로부터 자유로울 수 없었을 뿐만 아니라 인종주의적 인식의 면모도 보이고 있다고 논쟁적으로 비판한다.(W. Mignolo, "The Darker Side of the Enlightenment : A De-Colonial Reading of Kant's *Geography*", Stuart Elden · Eduardo Mendieta ed., *Reading Kant's Geography*, Albany : State University of New York Press, 2011)

서 망실해가고 있는 "지엄한 대지"[4]의 순리에 교응하는 유목민의 삶의 지혜를 눈여겨 본다. 초원의 절대지존인 늑대의 생존 본능으로부터 강퍅한 초원에서 생존하는 유목의 생득적 원리와 초원과 사막으로부터 엄습해오는 "세상의 물건을 모두 연기로 바꾸어도 물러가지 않을 것 같"은 "극한의 추위"[5]인 '조드'와 더불어 사는 삶의 위의威儀에 작가는 전율한다. 대지를 떠난 인간들만의 (탈)근대적 이해관계로 이뤄진 서구의 (탈)근대 서사가 아니라 대지와 함께 살아가는 비서구의 서사를 작가는 욕망한다. 때문에 『조드』에서 우리가 적극적으로 읽어야 할 것은 초원의 유목민들이 어떻게 '지엄한 대지'와 함께 삶을 살아내고 있느냐 하는 문제다. 대지의 품 안에서 길러진 인간들이 어떻게 사람들 및 자연과 관계를 맺는지, 그 관계 속에서 정녕 새롭게 발견되어야 할 '오래된 새로움'의 가치가 무엇인지, 아울러 이 모든 관계들을 어떠한 방식으로 서사화하는지 등에 초점을 맞춘다면, "자연의 낯빛이 바뀌는 것을 자연의 최고 자식인 인간만 못 알아들은"[6] 어리석음과, "넓게 흩어져서 배고프거나 그리우면 또 어딘가로 찾아가야지"[7]에 내포된 '월경越境 및 탈영토의 상상력', 그 참뜻을 성찰하게 될 터이다. 이럴 때 기존 '식민주의 지정학'의 구도로 몽골을 인식할 수 없다. 김형수는 몽골의 대지에 대한 예의 문학적 상상력을 통해 오랫동안 구조화된 '식민주의 지정학'을 전복시키고 있는 셈이다.

다음으로 생각해보아야 할 것은 비서구(및 비서구를 이루는 지역들)는 구

---

4 김형수, 『조드』 1, 자음과모음, 2012, 183쪽.
5 김형수, 『조드』 2, 자음과모음, 2012, 65쪽.
6 위의 책, 48쪽.
7 위의 책, 280쪽.

미의 변방(혹은 끝)이 아니라 구미중심주의의 가치들이 부딪치는 '경계'이자 '사이'라는 인식이다. 현기영의 소설의 핵심적 무대인 제주와 관련한 일련의 문제적 소설들—가령, 4·3을 다룬 단편 「순이 삼촌」(1978)을 비롯한 숱한 작품들, 제주의 근대전환기 무렵을 다룬 장편소설『변방에 우짖는 새』(1983) 등은 그 본보기다. 이 같은 문제의식은 현기영의 작품을 지금까지 낯익은 방식, 즉 냉전이데올로기와 관련한 수난의 서사혹은 그에 대한 저항의 서사의 측면으로 이해하는 것과 다른 이해의 틀을 요구한다. 이 낯익은 서사들은 그 편차에도 불구하고 구미중심주의의 프레임 안에서 유의미를 띨 뿐이다. 제주는 여전히 지정학적으로 한반도의 부속도서로 인식되는, 즉 일국주의적一國主義的 관점으로 해석됨으로써 국민국가의 온전한 모습을 갖춰야 하는 운명이었다. 하지만 이것은 어디까지나 제주를 '변방'으로 인식하는 구미중심주의의 '식민주의 지정학'의 산물에 불과하다는 것을 상기해야 한다. 여기서 우리는 제주의 역사적 현실을 '이중의 식민주의double colonialism'로 인식하는 시좌視座가 절실히 요구된다.[8] 제주의 역사는 말한다. 제주는 한편으로 대한민국의 부속도서의 하나로서 중앙정부의 지배를 받아왔으며, 다른 한편으로 동아시아의 패권을 장악하기 위한 군사적 요충지로서 제국의 지배를 받아왔다. 따라서 현기영의 소설에서 우리가 새롭게 읽어야 할 서사의 정치성은 제주가 맞닥뜨렸던 '이중의 식민주의'의 실체를 드러내는 것이며, 구미중심주의의 가치들이 얼마나 반문명적인 양태로 현현된 것인지를 문제화하는 것이다. 그럴 때 '제주-섬-변방'을 지시하는 지식의 지정학은 '제

---

8 고명철, 「국가권력의 폭력적 '국민되기'에 분노하라」, 『리얼리스트』, 삶창, 2011.하반기, 22~27쪽.

주-섬-경계(혹은 사이)'를 새롭게 맥락화한 지식의 지정학으로 전환될 것이다. 그렇다면 이 문제의식을 기존 구미중심주의의 변방에 위치한 비서구의 국민문학으로 확장시킬 수는 없을까. 한국문학도 예외가 아닌바, 한국문학을 구미중심주의의 세계문학 프레임 안에서의 생존 여부에 매달릴 게 아니라 구미중심주의의 가치들이 격렬히 부딪치는 '경계(혹은 사이)'의 시좌를 획득함으로써 이 '경계'에서 생성하는 문제의식을 전위적으로 섭취하기 위한 문학적 상상력을 갈고다듬어야 한다.[9]

3. '한국문학-경계'에서 솟구치는 '약소자'의 윤리

유럽연합의 극심한 동요를 일으키고 있는 잇따른 금융위기와, 미국 뉴욕을 중심으로 번지고 있는 부패한 금융자본주의에 대한 '반反월가시위wall

---

9 이에 대해 송두율의 문제의식은 매우 유효한 참조점을 제공한다. "경계선을 확정짓는 대신에 서로가 접촉하는 제3의 경계면(공간)을 넓혀간다면 내부의 장소적 불안(밀실공포)과 외부의 장소적 불안(광장공포)도 제거될 수도 있다. 이러한 시도는 내부와 외부라는 전통적인 이원론적 인식모델(제3자는 없다 : teritum non datur)과 작별하고, 제3자(teritum datur)를 용인하는 새로운 사유모델을 전제한다. 이 제3자는 가능한 빠르게 제거되어야 할 평화 훼방꾼이 아니라 우리 삶의 필수적인 평화수립자로 간주되어야만 한다. 제3자는 어부지리를 얻는 '웃는 제3자(tertius gaudens)'도 아니고 고래 싸움에 새우등 터지는 '불행한 제3자(tertius miserabilis)'도 아니며 탈식민주의의 중요한 이론가인 호미 바바(Homi Bhabha)가 말하는 '생산적인 제3자(the productive of third)'다". (송두율, 「유럽에서 동아시아를 생각하다」, 『실천문학』, 실천문학사, 2012.봄, 180쪽) 그런데 '경계'와 관련한 송두율의 인식은 시인 신동엽의 시(론)에서 핵심적 사유 중 하나인 '완충(지대)-중립'과 포개질 수 있지 않을까. 여기서 상세히 논의할 수 없으나, 신동엽에게 '완충-중립'은 반둥회의 이후 비판적 지식인들 사이에서 미·소 냉전적 대결 상황에서 약소민족국가들이 자주적으로 제3의 길을 적극적으로 모색하기 위한, 구미중심주의 근대를 과감히 넘어서기 위한 문학적 상상력의 산물이라고 나는 생각한다. 이에 대해서는 추후 다른 지면으로 통해 상세히 논의하기로 한다.

street protest' 와중에 스위스에서 열린 '2011 다보스 포럼'에서 의장국을 비롯한 각국의 대표로 참석한 회원들이 이구동성으로 '자본주의 비관론'을 핵심적 의제로 논의했다. 신자유주의는 이렇게 동요하고 있다. 이러한 현실 아래 한국문학이 구미중심주의의 프레임을 전복시키기 위해서는 종래 문학적 주체와 다른 주체를 주목해야 한다. 그렇다면 어떠한 주체일까. 그들은 어떠한 전위적 정치성을 띠고 있는 주체일까.

한국 근대문학사에서 부인할 수 없는 것은 20세기 전반기 일본제국주의에 대한 저항의 서사를 통해 민족의 자주적 독립국가를 세우기 위한 문학적 분투와, 이후 지금까지 세계자본주의체제의 하위체제인 분단체제를 허물어 온전한 국민국가를 세우기 위한 문학적 분투다. 이들 문학적 분투의 도정에서 최량最良의 문학적 성과를 이루는 주체는 민중(리얼리즘)과 상처받은 개별자(모더니즘)다. 한국문학은 숱한 개별 문학의 성좌星座가 어우러지고 있다 해도 과언이 아니다. 그런데 문제를 분명히 해두자. 그동안 역점을 뒀던 한국문학의 주체에 대한 탐구들은 모두 구미중심주의의 프레임 안에서 자족할 뿐이다. 사회참여적 범진보주의 계열에 속한 문학이든, 아니면 미적 자율성을 쟁취하기 위한 범자유주의 계열의 문학이든 구미의 (탈)근대적 기획을 실현하기 위한 문학적 상상력 그 이상도 이하도 아니다. 여기서 유의미한 한국문학의 정치성은 구미중심주의의 가치를 온전히 실현하기 위한 국민국가의 선진성(정치경제의 민주화 추구)에 대한 문학적 상상력의 발현 여부다.

하지만 21세기의 지금, 이곳에서 치열히 궁리되어야 할 한국문학의 주체는 구미중심주의의 가치를 실현하는 데 전념하는 주체가 아니다. 여기에는 앞서 논의한 것을 토대로 한 비평의 방략方略이 필요하다. 한국문학은 더 이상 구미의 '식민주의 지정학'에서 '변방'이 아닌 '경계'의 몫을 맡아야 하는데, 바로 이 '경계'에서 솟구치는 주체가 '약소자弱小者'[10]다. 이 '약소자' 는 소박한 의미에서 사회적 약자와 사회적 권력이 부재하거나 결여된 소수 자를 지칭하는 게 아니라, 거듭 강조하건대, 구미중심주의의 (탈)근대의 가치들이 격렬히 부딪치는 비서구에서 구미의 정치경제학 프레임으로 포착할 수 없는 새로운 문제적 주체다. 최근 한국문학에서 이러한 문제적 주체인 '약소자'가 전면에 출현하고 있는 것은 반가운 일이 아닐 수 없다. 가령, 소설인 경우 박범신의 장편소설 『나마스테』(2005), 김재영의 소설집 『코끼리』(2005), 손홍규의 장편소설 『이슬람 정육점』(2010) 등에서 주목하 는 외국인 이주 노동자, 그리고 황석영의 장편소설 『바리데기』(2007), 정도 상의 소설집 『찔레꽃』(2008), 권리의 장편소설 『왼손잡이 미스터 리』(2007), 이응준의 장편소설 『국가의 사생활』(2009) 등에서 적나라하게 드러나는 탈북자에 관한 다채로운 서사들과, 시의 경우 백무산, 송경동, 임성용, 김사이 등 리얼리즘 계열의 시작詩作 및 하종오의 잇따른 치열한 노작勞作들 ―『국경 없는 공장』(2007), 『아시아계 한국인들』(2007), 『입국

---

10 흔히들 외국인이주노동자, 장애인, 비정규직 노동자, 노약자, 불량청소년, 성적 소수자, 동성애자 등을 소수자(minority)라고 지칭한다. 그런데 좀 더 이 용어를 엄밀히 이해할 경우 "소수자는 수적 소수자만을 의미하지 않으며 강자와 주류 기득권세력에 의해서 차별받는 사회적 약자를 필요조건을 갖추어야 함을 의미한다. 이에 따라 소수자라는 용어를 약소자(弱小者)라고 부르는 것이 더 정확하다는 지적도 나오고 있다."(전영평 외, 『한국의 소수자 정책 담론과 사례』, 서울대 출판문화원, 2010, 15쪽) 그런 의미에서 "약소자는 ① 유력자의 권력을 드러내면서도, ② 유력자의 '관용'에 의존하지 않고 체계 의 밖에서 체계의 부정성을 증언한다. 이를 통해 ③ 윤리적 반성 과정에서 주체성을 획득하며, 그 윤리성과 주체성에 입각해 ④ 새로운 연대의 틀을 구성함으로써 현대 정치의 중요한 특징인 '상징조작'에 저항한다."(오창은, 「지구적 자본주의와 약소자들」, 『실천문학』, 실천문학사, 2006.가을, 326쪽) 이후 이 글에서는 외국인이주노동자를 이 같은 의미를 내포한 '약소자'로 지칭한다.

자들』(2009), 『제국』(2011), 『남북상징어사전』(2011) 등은 이에 대한 한국문학의 대표적 성과들로 손색이 없다.

이들 작품에서는 한국문학에서 새롭게 출현한 '약소자' 중 외국인 이주 노동자(물론 여기에는 생존의 절박감으로 조선민주주의인민공화국을 떠난 북측 동포를 포함)의 삶과 현실에 대한 문학적 탐구를 게을리하지 않는다. 그리하여 이들 한국문학은 구미중심주의가 내재하고 있는 민족순혈주의, 인종주의, 국가주의(혹은 국민주의)에 포섭되고 있는 한국사회의 치부를 적나라하게 고발·증언·비판한다. 더 이상 구미중심주의 프레임에 갇혀서는 근대 국민국가의 산적한 문제점들을 극복할 수 없다는 것을 이들 한국문학은 실천하고 있다. 그러면서 외국인이주노동자와 같은 약소자들이 다 함께 서로의 행복을 나눠가지며 사는 것이 진정한 다문화 시대의 삶을 사는 것이라는 문학적 윤리를 생성한다.

여기서 '한국문학=경계'라는, '지식의 지정학'이 지닌 생산적인 면을 적극 고려해볼 때, 약소자가 직접 표백한 자기표현보다 더욱 진실되고 래디컬한 문학의 정치성이 없지 않을까.

　　같은 하늘 땅 아래 있고
　　같은 **빨간** 피 흐르고 있고.
　　같은 일을 하고 있고
　　같은 땀을 흐르고 있고
　　외국인은 왜 노동자가 아닌가요?
　　말을 못한다고
　　문화를 모른다고

피부색 다르다고

외국인은 왜 노동자가 아닌가요?

차별을 조용히 받아야만 하고

시키는 대로 따라야만 하고

주는 대로 먹어야만 하고

어디에 가도 말할 곳이 없고

잘못이 없어도 욕먹어야 하고

필요 없는 이상 버림받아야 하고

외국인은 도대체 뭐란 말인가?

노예가 아니면 노동자?

—담바 수바, 「외국인은 무엇인가요」 전문(『작가들』, 2006. 겨울)

세상이 옛날처럼 돌고 있다

모든 사람이 자기 자리에서 항상 바쁘다

달과 태양 그리고 별들이 옛날처럼 빛을 주고 있다

하지만 나의 마음은 어둡다

나는 왜 나처럼 되었나

나의 마음은 아프다

어느 날 하루 나는 마른 꽃처럼 마음도 말랐다

당신은 나를 알아도 알려고 하지 않았다

나는 바보처럼 당신에게 다가가고 있다

하나의 진실을 꼭 잡으면서

너는 나를 버린다 나를 바보라고

그래도 나는 왔다 당신의 사랑을 위해

당신은 나를 모른다 하늘은 있지만 구름이 없다

나는 어디에도 없다

바람은 있지만 나는 어디에도 없다

— 단비르 하산 하킴, 「아무도 모른다, 나를」 전문(『작가들』, 2011. 여름)

　위 두 편의 시는 한국문학이 구미중심주의의 세계문학에 균열을 내는 것 이상의 전복적 징후를 보여준다. 머지않아 한국문학의 문학적 주체는 형상화의 대상을 넘어 창작자 자신이 약소자의 시좌에서 한국문학의 또 다른 성과를 축적시킬 것이다. 약소자들은 스스럼없이 당당하게 한국인을 향하여 묻는다. 한국의 일터에서 함께 노동을 하고 있는데도 불구하고 그들에게 가해오는 민족 · 인종 · 성 차별의 배타적 인식을 거둘 수 없는 것이냐고. 그들도 한국의 노동자처럼 동등한 노동자로서 인식될 수 없는 것이냐고. 그들은 노동을 하러 낯선 땅 한국에 온 것이지, 구미에 의해 식민지로 전락한 그들의 선대先代가 구미의 노예적 삶을 산 것처럼 한국에서도 노예적 삶을 살기 위해 그들의 정든 고향을 떠난 것이 아니라고. 때문에 그들은 한국사회를 향해 심문한 것이다. "외국인은 도대체 뭐란 말인가?" 이 말할 수 없는 체념과 비통의 심회는 그들로 하여금 타방에서 약소자의 삶을 살아갈 수밖에 없는 자신의 상처받은 내면풍경을 발견하도록 한다. 과거 구미 식민지의 노예적 삶으로 추방당한 그들은 지금, 이곳에서도 영원한 타자의 삶인 양 "마른 꽃처럼 마음도 말랐"으나, 그들은 실낱 같은 희망을 결코 포기하지 않는다. 비록 한국사회의 "당신은 나를 알아도 알려고 하지 않았"고 한국사회 어디에서도 "나는 어디에도 없다"는 환멸의 통증을 쉽게 치유할 수 없다하더라도, 한국사회의 "당신의 사랑"을 접어버릴 수는 없다. 그들은 어떻게 해서든지 지구화 시대의 어엿한 구성원으로서 삶을 살아야 하며, 이것은 결코 죄악이 아니기 때문이다.

4. 문자성과 구술성(및 연행성)의 융합

이제 너무나 소박한 문제를 생각해보자. 구미중심주의의 프레임에 균열을 내고 더 나아가 이것을 전복시키기 위해서는 아무리 정교하고 그럴듯한 담론을 구사한다고 하더라도 제대로운 '물건'이 없다면 한갓 도로徒勞에 불과하다. 물론 지금까지 앞서 언급된 작품들의 가치를 결코 폄하하는 것은 아니다. 그런데 이들 작품이 과연 구미중심주의를 내파內破하거나 전복시키는 데 최량最良의 문학적 성취를 보증하고 있을까. 엄밀히 말해, 이들 작품은 일면의 성취를 이룰 뿐, 부족한 면을 논의하지 않을 수 없다. 그것은 우리에게 낯익은 구미의 (탈)근대문학의 양식에 의해서는 결국 한계를 지닐 수밖에 없기 때문이다.

여기서 우리는 구미의 (탈)근대문학으로부터 배제·왜곡·축소된 비서구문학의 특질에 관심을 쏟아야 한다. 구미의 문학교육으로부터 소홀히 취급되었거나 아예 무시된 채 빛이 바래 천덕꾸러기로 치부되곤 했던 비서구문학의 특질을 새롭게 '발견'해야 한다. 그 특질 중 내가 특히 관심을 기울이는 것은 구술성口述性, orality이며 이에 자연스레 수반되는 연행성演行性, performance이다. 두루 알고 있듯, 학교의 제도권 문학 교육에서는 구비문학과 기록문학에 대한 선조적線條的 · 위계적 시각을 통해 구비문학은 기록문학보다 낡고 오래된 근대 이전의 문학으로 간주되고, 기록문학을 근대의 문화사가 득의得意한 전형으로 취급하면서 인류의 (탈)근대문학의 성취를 보증해줄 실체로 생각한다. 여기에는 문자성literacy이 근대 인쇄술의 발명에 힘입어 인간의 기억에 의존하는 구술성의 한계를 극복하면서, 우주의 뭇 존재에 대한 형상적 사유를 구술성보다 더욱 정치精緻하게 표현할 수 있는 예술의 지평을 심화 · 확장시킨 것과 무관하지 않다. 아울러 문자의 대중적 보급은 기록문학의 융성을 가져왔고, 이것은 문자의 특권을 해체시킴으로써 민주주의 가치를 확산하는 데 결정적 몫을 다했다.

하지만 문자성과 관련한 이러한 권능의 뒤편에 숨겨진 기록문학의 정치적 억압을 망각해서 곤란하다. 구미의 제도권 문학으로부터 문학을 '번역'한 대부분의 비서구문학이 그렇듯 한국문학 역시 기록문학 일변도의 문학교육과 그 문학적 성취들이 축적될수록 우리의 일상으로 내습해오는 구미중심주의는 이물감 없이 매우 자연스레 스며들고 있다. 문제는 이 글의 서두에서부터 줄곧 강조하고 있듯, 구미중심주의의 가치들이 인류의 행복을 지속시킬 수 없을 뿐만 아니라 인류를 파국으로 몰아가고 있기 때문이다. 그렇다면, 이 파국을 제어할 수 있는 길이 없을까. 이에 대한 발본적인 문제의식의 일환이 지금까지 주의를 기울이지 못한 구술성의 가치다. 비록 오랫동안 익숙한 기록문학이지만, 오로지 문자성으로만 이뤄진 게 아니라 구술성을 절묘하게 텍스트 안에 배치하면 어떨까. 문자성과 상보적 관계를 이루는 차원을 지양하여 문자성이 지배적인, 그리하여 구미중심주의의 가치를 매우 효과적으로 형상화한 기록문학을 환골탈태시키는 어떤 새로운 양식의 문학을 창출할 수는 없을까. 김형수의 『조드』는 이에 대한 징후를 보인다. 김형수는 『조드』의 첫머리를 다음과 같이 인상적으로 시작한다 : "옛날도 아주 옛날. 대지가 처음 모양새를 갖추고, 이제 해가 뜨는가 하면 나뭇잎이 깨어나고 달이 솟는가 하면 창포가 푸르러지게 된 후의 일이다."[11] 마치 태곳적 우주창생의 대서사를 눈 앞에서 생동감 있게 듣는 듯 하다. 『조드』가 우리에게 낯익은 서구식 영웅서사로 읽히지 않는 데에는, 이처럼 몽골의 대지에서 살고 있는 유목민들에게 구술의 형식으로 전해오는 노래를 소설 곳곳에 맛깔스레 버무려놓고 있기 때문이다. 테무진이 칭기스칸으로 성장하는 과정에서 겪는 유목의 척박한 삶은 물론, 몽골의 대지를 터전 삼아 살아가는 뭇 존재의 삶과 죽음, 바다의 대재앙 못지않은 대지의 대재앙으로 불리우는 '조드'와의 공생……. 이렇게 몽골의 대지와 연관된 것, 즉 역사의 이전시기부터 대대손손 전해오는 유목민의 내력에 대한 구술사는 유목의 영혼이 담긴 마두금의 연주 사이에 자연스레 얹혀 부르는 노래의 비의성과 그 노래를 듣는 사람들의 춤과 몸의 언어로 형상화된다. 이 구술성에 의해 『조드』는 기존 문자성 위주의 소설 양식으로는 온전히 담아내기 힘든, 구미의 시좌로서는 제대로 이해할 수 없는 인간과 자연의 신성한 교감의 문양을 보고 그려낸다. 말하자면 김형수의 『조드』는 시각과 청각의 조화 이상의 통각通覺을 통한 구미중심의 소설 양식과 다른 서사 양식의 징후를 구현하고 있다. 이 또한 서사 양식의 실험이 아니고 무엇인가.

비단 이러한 한국문학의 양식적 실험은 시에서도 발견된다. 다시 말

---

11 김형수, 『조드』 1, 자음과모음, 2012, 8쪽.

하지만 내가 강조하는 양식적 실험은 구미의 (탈)근대문학의 매트릭스 안에서 이뤄지는 그것이 아니라 비서구의 문학적 특질에 천착한 것을 가리킨다.[12] 나는 이것을 구현하고 있는 시인 문무병의 '굿시'를 주목하고자 한다. 문무병의 '굿시'는 말 그대로 서사무가의 한 형태인 굿의 사설을 자유시와 화학반응을 시켜 새롭게 창출한 시의 양식이다.

> 굴에 숨어살았으니 빨갱이였다 하고,
>
> 지금도 사람들 중에는 유골을 재판하여야 한다고들 합네다.
>
> 잔인한 세월의 기득권이 남아 죄 아닌 죄를 덮어씌우려는,
>
> 지금도 세상은 어둠입니다.
>
> 다랑쉬굴 어둠 속에 누워 잠든 서러운 영신님네,
>
> 답답한 세월 어둠의 껍질을 벗겨내고, 밝은 속살 드러날 내일을 위해
>
> 칭원하고 원통한 가슴, 썩은 살 버려두고 뼈다귀로만 당당히 걸어
>
> 이제 굴 밖으로 나오십서.
>
> 그리하여 연기에 막힌 가슴 미어지는 고통을
>
> 한숨 크게 들이쉬어 풀어내고, 시국 잘못 만난 탓에 억울하게 죽었으니,

---

12 돌이켜보면, 한국 근대문학사에서 이러한 양식 실험에까지 이르지는 못했으나, 구술성을 시문학에 접맥시키고자 하는 시도는 식민지 시대 민요부흥운동 이후 단속적(斷續的)으로 진행된 것은 사실이다. 특히 암울한 독재정권에 대한 예각적 비판을 판소리와 절묘히 회통한 김지하의 「오적」(1970)은 그 정점이라 해도 손색이 없다. 이후 신경림에 의해 촉발된 민요와 시의 결합은 1970~1980년대 리얼리즘계열의 문학운동 차원에서 적극적으로 창작되었다. 그런데 이러한 일련의 시도가 성공적인 양식 실험에 이르지 못한 것은 매우 안타까운 일이다. 여기에는 여러 이유가 있으나, 이러한 시도가 자칫 한국문학이란 개별 국민문학의 향토성을 재현하는 데 머무르든지, 진보적 어젠더를 실현하고자 했으나 그것은 어디까지나 구미의 프레임 안에서 구미중심주의의 근대 실현이란 문제를 발본적으로 성찰하지 못했기 때문이 아닐까.

더 이상 굴속에 버려지지 않겠다 하시고,

찢겨진 육신 썩은 살, 뼈다귀로만 항변하던 그 누명의 옷을 벗으십소서.

내 한 몸 닐 자리 없던 추운 겨울과 음습한 여름장마의 곰팡이를

바람에 불리고, 굴 밖으로 나오십서.

지금은 봄이 올 듯도 합니다만,

아니 봄은 저만치서 산철쭉으로만 피어있는지 모르지만,

따뜻한 양지쪽에 누우셔서 자손들 절 받으시고,

사무친 슬픔, 그 통한의 세월을 한껏 울고 가옵소서.

자소주에 계란 안주 받아 배고픈 몸 요기를 하시옵고,

오늘은 ○○○○년 4월3일,

시원시원하게 울고 가옵소서. 이승에 둔 미련이야

억울한 누명을 벗는 일 아닙네까. 이제 사람들은

반공법의 공소시효가 지났다하 옵고,

뼈다귀에 죄를 씌울 수야 없다고 합네다.

다만 귀찮은 일 적절한 선에서 마감하되 합장지묘의 형태를 취하면

자꾸자꾸 귀찮아지니, 유골처리만으로 쓰레기 청소하듯 정리하려 합니다.

아무리 잔인한 세월, 모진 인심을 살았을망정, 그러나

허공중에 허튼 넋, 구름 길 바람 길에 흩어진 넋을 모으고,

뼈를 묶고 기워서, 영육 한 몸으로 묶어

이제는 원혼을 풀어주는 위령제를 지내주어야 한다는

여론과 높으신 의원님들의 말치례도 있고 하니,

떳떳하게 울고 가옵소서.

조카야, 내 설운 조카야 하며 실컷 울고 가옵소서

눈물수건 드리오니 눈물수건으로 눈물을 닦으시고

뜸든 의장 뼈를 싸 얼었던 몸 녹히고, 얼은 마음 풀어서,

이젤랑 정든 마을, 버려 둔 처가속들 찾아가

○○년 울지 못한 설움을 풀고 가옵소서

　　─문무병의 「넷, 다랑쉬굴에 흩어진 열 한 조상님네 넋은 넋반에 담고, 혼은

　　　　　　　　혼반에 담아 저승 상마을로 도올리저 합네다」 부분

　그에게 '굿시'는 굿을 하는 심방shaman, 巫의 사설이며, 이 심방의 사설은
민중을 죽음으로부터 벗어나 새로운 삶으로 거듭나게 하는 삶의 에너지를
발산해낸다. 심방의 사설은 성스러운 역할을 수행하지만, 그것은 어디까지
나 민중의 일상성에 밀착한 성스러움이다. 즉 심방의 사설은 성聖과 속俗의
경계를 넘나들며, 민중에게는 갱생의 힘을 불어넣는다. 여기서 문무병은
이러한 심방의 사설에 주목하고는 심방의 사설이 지닌 서사무가의 특질과
근대시를 융합시킨 것이다. 이 과정에서 우리는 한판의 신명나는 굿거리를
마주한다. 그의 굿거리는 '식민주의 지정학'으로 제주─변방에 강제하고
있는 '이중의 식민주의'로부터 빚어진 비극적 역사에 대한 '역사적 해원'의
정치성을 실천한다. 최근 동아시아문학 양식을 적극적으로 섭취하여 구미
중심주의 문학의 한계를 극복하고자 한 시도들이 잇따르고 있는 것은,
'굿시'의 존재 가치와 그 시적 응전이 갖는 문학적 정치성을 과소 평가할
수 없음을 반증하는 셈이다.

5. 21세기 한국문학의 과제를 생각하며

이 글은 구미중심주의의 프레임 안쪽에서가 아니라 바깥에서 시좌를 놓고, 그동안 한국문학을 잘 길들인 구미중심주의를 극복하기 위한 문제의식의 일환으로 쓰여졌다. 15세기 이후 지금까지 세계의 헤게모니를 장악하고 있는 구미의 가치를 쉽게 부정할 수는 없다. 하지만, 언제까지 구미의 가치가 항구적일 수 없는 것 또한 사실이다. 구미의 가치를 떠받치고 있는 자본주의 생산양식이 영원할 수 없다는 것은 경제학 상식을 갖고 있는 자이면 누구든지 부인하지 않을 것이다. 중세의 봉건주의 생산양식의 문제가 누적되는 가운데 근대적 자본주의 생산양식으로 옮아간 것은 거스를 수 없는 역사적 진보였다. 따라서 자본주의 생산양식 또한 '근대'의 역사적 성격을 초월할 수 없다. 중요한 것은 역사적 자본주의 세계체제가 구미중심주의의 프레임'만'이 아닌, '또 다른 프레임'을 진지하게 숙고해야 한다는 점이다. 이 '또 다른 프레임'을 모색하는 데 비서구문학의 몫을 배제해서는 안 된다.

따라서 비서구문학의 생산적 몫을 담당하기 위해서는 구미중심주의 문학에 대한 비판적 논쟁이 필요하다. 그 논쟁의 과정은 구미중심주의 문학을 향한 집요한 심문처럼 보인다. 하지만 지구화시대를 맞이하여 오랫동안 관성화되고 타성화된 것을 전복시키기 위해서는, 익숙한 프레임 안에서보다 그 밖에서 지적 모험을 감행해야 하지 않을까. 불안하고 두렵지만, 그것을 견뎌내면서 더욱 가열찬 이론적 실천과 실천적 이론을 병진해나가는 수밖에 없을 터이다. 이것이 한국문학비평가로서 내가 모색하고 성취해야 할 21세기 한국문학의 과제다.

새로운 세계문학의 시계視界로서
북한문학 읽기

1. 현실 정세의 난기류를 타넘어야 할 남북문학 교류

나는 중국의 접경 도시 단동丹東에 위치한 요동대학에 2019년 3월부터 연구년을 지내고 있다. 요동대학의 지리적 특성상 압록강변뿐만 아니라 압록강 너머 북한 땅, 신의주의 벌판은 내가 있는 요동대학 8층 연구실에서 한 눈에 들어온다. 최근 남과 북을 에워싼 정세를 곰곰 생각할 때마다 이곳 연구실에서 마주하는 압록강 주변 및 압록강 너머의 시계視界와 매우 흡사하다는 것을 실감한다. 어떤 날은 도무지 믿기 힘들 만큼 날씨가 쾌청하여 압록강과 신의주의 벌판은 물론, 시력이 미치는 한계를 시험하는 양 저 멀리 북한 땅의 남쪽 수평선으로 야트막하게 길게 뻗쳐 있는 산맥의 세밀한 형세마저 아주 또렷이 볼 수 있다. 이런 때는 간혹 신의주 벌판을 내달리는 자동차의 꼬리에서 만들어지는 뿌연 먼지도 볼 수 있다. 그런가 하면, 날씨가 몹시 얄궂을 때가 있다. 분명, 이른 아침에는 더 없이 쾌청했다가 점차 언제 그랬나는 듯 구름은 빠른 속도로 이동하더니 먹구름으로 금세 변하고 압록강 주변의 시야는 짙은 운무로 바뀌면서 쾌청한 날씨에 볼 수 있었던 그 총천연색의 압록강 너머의 풍경은 회백색의 사위로 형체가 희부윰해지더니 한 치 앞도 볼 수 없다.

이렇듯이 내가 여기서 마주하고 목도한 압록강과 신의주 벌판의 모습은 최근 남북 정세의 변화를 자연스레 말해준다. 2018년 '4·27판문점선언'과 '9월 평양공동선언'에서 대한민국과 조선민주주의인민공화국의 두 정상이 만나 민족공동번영과 한반도의 평화를 추구하기 위해 서로 노력할 것을 약속함으로써 사실상 남과 북의 군사적 대결이 종식되고 평화체제를 정착시키기 위한 역사적 계기와 전환점을 이룬 데 대해 우리는 얼마나 가슴 벅찬 기대를 가졌는가. 게다가 6월에 가진 북미 '싱가폴회담'은 한국전쟁 이후 적대적 관계에 있던 쌍방의 정상이 처음으로 만나 북핵문제의 해법을 중심으로 한 북한의 경제적 번영과 한반도의 평화정착을 향한 생산적 대화를 나눔으로써 한반도의 평화체제가 멀지 않은 시기에 실현될 가능성을 기대토록 하였다. 이처럼 2018년 전반기 남북 정세는 압록강 주변의 투명한 시계視界와 다를 바 없었다. 하지만 2019년 2월에 열린 북미 '하노이회담'에서 '싱가폴회담' 이후 북미 관계가 이렇다할 진전 없이 사실상 결렬되었고, 이후 5월에 북한은 러시아와 정상회담을 가지면서 남북 정세는 한반도와 동아시아에 대한 주변 열강의 이해관계가 서로 맞물리는 모양새를 보이고 있다. 말하자면, 남과 북의 정세가 한층 복잡한 셈법을 요구하고 있는 바, 2018년 하반기 이후 남북 정세는 압록강 주변의 사위를 짙게 드리우고 있는 운무 때문에 시야가 불투명한 것과 흡사하다.

하지만, 항상 운무가 짙은 게 아닌 만큼 남북 관계는 인내를 갖고 어렵게 회복하기 시작한 남과 북의 평화체제를 향한 발걸음을 우직하게 한발씩 내디뎌야한다.[1] 그래서 남북문학[2] 교류가 담당해야 할 막중한 몫을 아무리 강조해도 지나치지 않다. 물론, 그동안 문학교류의 실제를 돌아보건대, 남북문학 교류 역시 국제사회와 남북 정세의 영향으로부터 자유로운 것은 결코 아니었다. 하지만 분명한 사실은, 난기류 속 남북 정세 속에서도 남과 북의 문화예술 분야에서 아직까지는 실질적 차원에서 가장 구체적으로 문학교류의 경험과 그 도정의 성과물을 축적하고 있다.[3] 이것은 향후 남북문화예술 분야의 교류에서 타산지석이 아닐 수 없다. 그렇다고 여기에 안주할 수 없듯이, 남북문학 교류는 그동안 성과를 기반으로 하되, 또 다시 급변하는 남북 정세 속에서, 특히 최근 남북 정세의 난기류를 슬기롭게 타넘으면서, 보다 진전된 남북문학 교류를 위해 어떤 방략과 실천을 모색해야 할까.[4]

---

1 그렇다. 남북 관계는 우리가 익히 경험하고 있듯이, 국제정세의 변화가 중요하고 그것에 적극적 대응을 하되, 그 하나하나에 일희일비할 게 아니라 평화를 향한 믿음을 바탕으로 한 우직한 행보가 중요하다. 그러다보면, 이번 북미 정상이 다른 장소도 아닌 그들 사이 오랜 적대 관계를 극명하게 보여주는 '판문점'에서 하룻만에 극적으로 만나, 70여년 동안 팽배한 군사적 대립과 긴장이 단숨에 평화와 공존의 무대로 바뀌는 '경이로운 현실'을 만들어낼 수 있다. 전 세계는 2019년 6월 30일을 두고두고 기억할 것이다. 훗날, 분단체제가 평화체제로 이행해가는 '역사적 계기'로서 '제3차 북미정상 회담(2019.6.30)'이 회자되리라. 이렇게 한반도를 뒤덮은 운무는 또 순식간에 사라졌다.

2 이 글에서 사용될 '남북문학' '남한문학' '북한문학'은 학술적으로 엄밀한 의미를 염두에 둔 용어가 아니라 대중사회에서 흔히 상용되는 용어이다. 이들 용어의 엄밀한 학술적 의미와 그 쓰임에 대해서는 최근 김성수, 「평화체제로의 도정과 남북문학 및 언어 교류 방향」(2018.9.19), 한국문화관광연구원 주최 제4차 통일문화정책포럼 및 전영선, 「북한문학과의 재회」, 『학산문학』, 학산문학사, 2018.가을 참조.

3 이와 관련하여, '6·15민족문학인협회'의 결성은 주목할 만한 남북문학교류의 성과로서, 그동안 남북문학교류에 대한 전반적 점검은 고명철, 「판문점 선언 이후 한반도의 평화체제를 향한 문학운동」, 『작가와 사회』, 작가와사회, 2018.가을 참조.

4 사실, 이 글은 최근 남북문학 교류 및 북한문학 읽기와 관련한 필자의 생각의 연장선에 있다. 「판문점, 분단 그리고 평화의 정동」, 『시작』, 천년의시작, 2018.여름; 「판문점 선언 이후 한반도의 평화체제를 향한 문학운동」, 『작가와 사회』, 작가와사회, 2018.가을; 「21세기에 마주하는 분단극복 / 통일추구의 문학」, 『학산문학』, 학산문학사, 2018.가을.

2. 북한문학, 새로운 세계문학의 구성원으로서

남북문학 교류에서 가장 기본적인 문제를 생각해보자. 교류의 대상
은 다양하다. 문학과 관련된 유무형의 모든 것은 교류의 대상이다. 그
런데 정작 중요한 것은 그것들을 관통하는 핵심에는 '문학'이 있어야
하고, 보다 구체적으로 얘기하자면, '작품'이 근간이다. '작품'을 통해
남과 북의 문학은 만나야 한다. 이 지극히 초보적이고 상식적인 얘기
를 우리는 잘 실천하고 있을까. 나는 북한문학계 실질적 동향에 문외
한이므로 북의 문학인들과 인민들이 얼마나 남한문학의 작품을 잘 이
해하고 있는지 알 수 없다. 그렇다고 남한문학계 안팎이 북한문학에
대한 관심이 크냐 하면, 몇몇 극소수의 북한문학 연구자와 관련자들
외에는 관심이 없는 것이 엄연한 사실이다. 남한문학 비평가 및 연구
자의 대부분과 문학 대중은 북한문학에 문외한일 뿐만 아니라 심한 편
견마저 갖고 있는데, 북한문학을 문학 아닌 것, 즉 비非문학으로 간주
하든지, 아니면 문학 본래와 무관한 비정상적 문학, 즉 반反/半문학으
로 간주하든지, 정치편향적 문학으로 쉽게 재단해버린다. 이 얼마나
북한문학에 대한 남한문학계의 반지성적이며 몰이해의 태도이며, 반反
문학적 접근인가. 북한문학에 대한 이러한 편견이야말로 남한문학계
가 그토록 경계하던 정치편향에 사로잡혀 있음을 보이는 셈이다.

그렇다. 이 사안에 대해 에돌아가면서 얘기할 필요 없이 남한문학계
안팎은 북한문학에 대한 편견을 인정하고 북한문학에 대한 무지와 일
방적 몰이해에 대해 치열한 자기 비판을 수행해야 한다. 남한문학의
크고 작은 쟁점들에 대해 그토록 치열히 논의하고, 대상 작가와 작품

에 대해 냉정과 열정의 비평언어를 쏟아내면서도 북한문학에 대해서는 약속이나 한 양 침묵으로 일관한다. 물론 여러 이유가 있다. 남한의 문학 시장에서 북한문학의 물건을 만나기 어렵다는 점, 설령 어쩌다가 만났다 하더라도 그동안 낯익은 문학교육과 제도, 즉 남한문학 아비튀스 안쪽에서 봤을 때 북한문학은 남한문학 아비튀스로 읽어내기에는 부적합한 물건이라는 점 등속이 북한문학에 대한 무관심과 침묵을 부추겼으리라. 아마도 이와 같은 남한문학계의 주류적 움직임은 남북 관계가 획기적 진전을 이루지 않는 한 크게 바뀌지 않을 것이다. 그렇다면 마냥 이대로 극소수의 북한문학 연구자들 중심으로만 북한문학이 이해되어야 할까. 그리고 그 밖에 문학인들과 문학 대중에게는 민족의 정동情動에 낭만적으로 호소하면서 북한문학에 관심을 가져야 한다는 당위적·계몽적 언사만 강조돼야 할까.

여기서, 북한문학에 대한 접근과 이해의 기존 프레임에 대한 래디컬한 반성이 필요하다. 현실을 냉철히 응시하자. 해방공간에서 두 개의 서로 다른 정치적 이념으로 나뉜 남과 북은 70여년 동안 서로 다른 국민국가의 삶을 살아왔다. 비록 한글 공동체에 기반한 의사소통 면에서 큰 문제는 없지만, 대한민국과 조선민주주의인민공화국은 국가의 명칭에서 단적으로 드러나듯, 정치사회적 삶의 실재는 판이하게 달랐던 게 엄연한 현실이다. 그래서 이토록 구분되는 남과 북의 현실만큼 그 삶의 실재에 충실한 남과 북의 문학을 어느 한 쪽 문학의 프레임으로 접근하여 이해한다는 것은 온당하지 않다. 더욱이 1990년대 중반 이후 국제사회로부터 사실상 고립된 북한의 삶과 문학을 남한문학의 프레임(구미중심의 문학제도와 문학교육)으로 순진하게 읽어내는 노력은 진정성과 별개로, 북한문학 읽기가 신자유주의로 재편되는 구미중심의 세계문학 질서를 한층 견고히 고착시키는 일에 공모하는 것이라는 점을 간과해서 곤란하다. 이것은 북한문학에 대해 이러저러한 형식의 통일문학(사)을 염두에 둔 접근과 이해에도 동일하게 적용된다. 통일문학(사)을 기획한다는 것은 자연스레 남과 북의 통일도 상상해야 한다. 문제는 바로 여기다. 우리가 상상하고 기획해서 실현해야 할 통일은 어떤 것일까. 남과 북이 그냥 합쳐지는 게 아니라 70여년 동안 각기 서로 다른 체제가 합해지고 버무려지는 도정 속에서, 분단을 잉태시키고 분단을 유지시켰던 양 쪽 체제를 동시에 창조적으로 부정하고 갱신하는 그런 통일을 상상해야 한다. 그렇다면, 이러한 통일의 미래상은 어떤 것일까. 적어도, 남북 분단과 관련한 구미중심의 체제를 과단성 있게 넘어가야 하지 않을까. 그것이 어떠한 구체적 실재로 우리 눈 앞에 현상될지 아무도 알 수 없다. 그렇기 때문에 남북문학 교류는 이 통일의 미래상을 상상해야 하고, 그 일환으로 우리는 북한문학을 이해해야 하지 않을까.

그것은 구미중심의 낯익은 세계문학의 프레임으로 북한문학을 읽는 게 아니라 구미중심의 세계문학을 창조적으로 전복시켜 새로운 세계문학을 구성하는 문학 일원으로서 북한문학을 읽는 것이다. 구미중심 계열의 세계문학과 다른 북한문학이 북한사회의 폐쇄성과 특수성을 이해하는 수단으로 기능하는 게 아니라 북한문학이 지닌 예의 새로운 세계문학과 연대할 수 있는 가능성의 지점을 적극 탐침하고 그것을 적극적으로 이해해야 한다. 그래서 북한문학에 대한 우리의 비평 및 연구가 구미중심의 세계체제를 안정적으로 고착시키는 데 공모하는 활동과 근본적으로 성격을 달리하는 것이어야 한다. 가령, 북한문학을 읽어내는 일이 서구의 인식으로는 도저히 이해할 수 없는 북한사회를, 문학의 힘을 빌어 이해함으로써 서구중심의 세계체제를 안정화시키기 위한 정치적 목적을 이룩하는 데 있는 것과 문제의식을 달리해야 한다. 따라서 이러한 정치적 목적을 모반하는, 즉 서구중심의 세계체제와 다른 새로운 대안의 삶을 모색하는 가능성을 북한문학에서 발견하는, 그리하여 새로운 세계문학의 구성원으로서 북한문학으로부터 연대의 지점을 발견하는 일이 요긴하다.

3. 제2차 세계대전 후 미국중심의 세계체제에 대한 비판과 저항

이와 같은 점을 염두에 두고, 북한문학을 읽을 때 주목되는 시기의 문학이 해방공간과 한국전쟁 전후를 다룬 작품들이다. 북한문학 전문 연구자가 아닌 나의 일천한 북한문학 독서 경험에 비춰볼 때 이 시기를 다룬 북의 작품에서 앞서 제기한 새로운 세계문학의 문제의식에 포개질 수 있는 것을 발견하게 된다. 새삼 강조할 필요 없이, 우리 민족의 분단은 제2차 세계대전의 정치적 산물이었고, 한국전쟁은 20세기 전 지구적 냉전시대의 본격적 전개의 전조前兆로서 세계사적 '사건'이라 해도 과언이 아니다. 특히, 20세기 전반기 일본 제국주의가 아시아에 대한 식민지 지배경영을 한 후 2차 세계대전과 더불어 아시아의 새로운 제국주의적 식민 지배자로서 등장한 미국은 이와 같은 일련의 역사에 깊숙이 관여하였다. 이 시기를 다룬 북의 작품에서는 미국의 이러한 면모에 대한 비판적 문제의식이 뚜렷이 드러나 있다.

그중 김사량의 단편 「남에서 온 편지」(1948)와 김영석의 단편 「격랑」(1948)은 모두 해방공간을 정면으로 다룬다. 두 작품이 공통적으로 겨냥하고 있는 것은 남북 분단의 핵심 원인으로 작동한 것 중 하나인 유엔의 관리 및 감시 하에 38도선 이남인 남한만을 대상으로 한 단독선거를 통한 단독정부 수립의 문제점에 대한 비판과 그에 대한 치열한 투쟁 현장을 그린다. "젖기름 흐르는 우리의 국토를 미제국주의의 땅크에 얽어매려는 음모를 뉘라서 용서할 것인가!"[5]란 직접 서술에서 단적으로 드러나듯, 단독선거가 남북 분단을 획책하는 미국의 제국주의적 음모라는 것에 대한 비판적 문제의식이 선명히 드러난다. 이와 관련하여, 김사량의 「남에서 온 편지」에서는 일제로부터 해방된 이후 미국이 마치 점령군처럼 들이닥쳐 일본 제국주의를 대신하여 새로운 제국주의 지배가 전횡화될 것에 대한 비판적 예지력을 보인다.[6] 김사량이 일본 제국주의에 일방적으로 동화되거나 매몰되지 않고 김사량 특유의 일제에 대한 비협력의 문학을 실천했을 뿐만

---

5 김사량, 「남에서 온 편지」, 김성희 편, 『단편소설집 상봉』, 평양 : 평양출판사, 2016, 35쪽. 이하 북한문학 작품을 인용할 때 원전을 중시하여 북한식 표기법 및 띄어쓰기를 그대로 따르기로 한다.

6 이 같은 문제의식은 해방공간을 다룬 다른 북한문학 작품에서도 곧잘 발견되는 것인바, 1948년에 발표한 석인해의 단편 「력사」의 작중 인물이 근심하는 다음과 같은 부분에서도 읽을 수 있다. "속단일지는 모르나 앞으로 더 큰 시련이 닥칠지 모르지… 자, 이 서울을 보시오. 겉으로는 십년전과 다름없을것 같지만 저속에서는 새로운 력사의 창건을 위한 심각한 각축이 내포되고있을게요. // 이제 미국것들이 상륙하기를 기다려 자라는 인민의 힘과 열성으로 이루어진 사업을 파괴하고 왜곡된 력사를 조작하며 후퇴시킬 음모가 벌어지고있을지 모르지. 하여간 우리는 북쪽 향해 가는 길이지만 남쪽에 커다란 관심을 가지고 조국의 통일독립을 목표로 싸워야 하오. 우리 민족은 하나이니까."(석인해, 「력사」, 김성희 편, 위의 책, 22쪽)

아니라 태평양전쟁 말기에는 중국의 태항산으로 항일혁명전쟁에 직접 참전했다는 전기적 사실을 고려해볼 때,[7] 「남에서 온 편지」에서 보이는 새로운 제국주의 지배자로 등장한 미국에 대한 날카로운 비판적 문제의식은 각별히 주목할 필요가 있다.

그런가 하면, 김영석의 「격랑」은 해방 직후 인쇄공장을 중심으로, 제대로 청산되지 못한 친일협력의 민낯을 드러낸다. 무엇보다 심각한 것은 친일협력자에 대한 작태를 비호하거나 그들의 파행을 아예 묵과하는, 심지어 친일협력자와 적극적으로 손을 잡는 미군정의 반역사적 행태의 구체적 실상이다. 그러면서 이 작품은 해방공간의 이러한 반역사적 혼돈 속에서 남북 분단으로 가시화될 단독선거에 대한 노동자들의 총파업 투쟁을 통한 저항의 모습을 보여준다.

"조선사람은 평화와 자유를 사랑합니다! 남조선을 식민지로 만들려는 음모를 분쇄합시다!"

총소리가 사방에서 크게 들렸다. 운영은 더욱 크게 웨쳤다.

"저 총소리가 누구를 죽이려는 총소리입니까. 저들은 평화로운 조선사람들의 가슴을 겨누고있습니다!"[8]

김사량도 그렇듯이 김영석이 해방공간을 다룬 작품에서 지나칠 수 없는 것은 해방된 조국을 또 다시 지배하려는 새로운 제국주의 지배에 대한

---

7 북한에서의 문학 활동을 제외한 김사량 문학의 전반에 대해서는 곽형덕, 『김사량과 일제 말 식민지문학』, 소명출판, 2017을 주목할 수 있고, 태항산에서의 김사량 문학에 대해서는 김사량, 김재용 편, 『노마만리』, 실천문학사, 2002를 들 수 있다.

8 김영석, 「격랑」, 김성희 편, 앞의 책, 106쪽.

통렬한 비판적 문제의식이다. 물론, 이러한 반식민주의와 반제국주의는 이들 작품에만 국한되지 않는다. 해방공간을 다룬 작품들에서 이 같은 문제의식은 골격을 이룬다. 여기서, 우리는 분단이데올로기 도그마에 스스로 유폐되지 말자. 해방공간을 사유할 때 아무리 강조해도 지나치지 않는 것은 역사를 냉철히 성찰하는 엄중한 시각이다. 사실, 나는 해방공간의 제주에서 일어난 4·3혁명을 다룬 재일조선인 작가 김석범과 시인 김시종의 문학을 논의할 때마다 거듭 강조하듯, 해방공간은 말 그대로 일본제국주의 지배로부터 해방된 후 새로운 형식과 내용으로 기획·실현되어야 할 새로운 국가를 만들기 위해 다양한 정치적 담론과 세력들이 치열한 토론과 경합을 통해 사회적 합의를 추동해내야 할 시공간이다. 이 과정에서 일제의 식민통치는 철저히 청산됨으로써 새로운 역사의 주체가 새 역사의 지평을 개토해야 한다. 따라서 해방공간의 문학에서 반식민주의와 반제국주의는 우리 문학사에서 필연적으로 수행해야 할 문학의 정치적 몫이라 해도 과언이 아니다. 그리고 이 같은 문학적 과제는 2차 세계대전 이후 새로운 제국의 지배자로 등장한 미국에 대한 문학적 비판에 맞닿아 있다. 우리가 이 시기를 다룬 북한문학에서 주목할 것은 이러한 문제의식인바, 이것은 북한문학을 협애한 민족주의 시각에서 반미문학의 차원으로만 인식하는 것을 넘어 2차 세계대전 이후 신제국주의의 지배를 보이는 미국에 대한 비판적 저항으로 인식함으로써 구미중심의 세계체제를 공고히 하는 것에 대한 문학적 균열·모반·전복으로 읽는 전략이 필요하다. 이것은 북한문학을 북한 정권 수립을 위한 목적지향으로 읽음으로써 결국 세계문학과 절연된 북한문학의 정치적 특수성을 밝혀내는 데 자족하는 북한문학에 대한 접근과 이해를 전복시킬 수 있다. 어떻게 보면, 북한문학에 대한 접근과 이해는 조선민주주의인민공화국이란 개별 국민국가의 정치문화적 속성을 밝히든지, 그 과정에서 자의반타의반 세계의 다른 국민국가와 좀처럼 공유할 수 없는 개별성과 특수성의 정체를 밝혀내는 데 주력한 게 아니었을까. 물론, 여기에는 앞서 강조했듯이, 구미중심의 세계체제가 북한의 정치적 실재에 의해 위협받아서는 안 된다는 정치문화적 논리가 자리하고 있음을 간과해서 곤란하다.

그렇다면, 북한문학에 대한 기존의 이해 전략을 과감히 전도시켜 새로운 세계문학을 구성하는 차원에서 북한문학을 읽을 수는 없을까. 한설야의 단편 「승냥이」(1951)는 이와 연관시킬 때, 2차 세계대전 이후 새로운 제국의 패권자로 등장한 미국의 정체에 대한 매우 날카로운 문제의식을 보이는 문제작이다. 이 작품은 한국전쟁 도중 발표된 것으로, 그 당시 미국에 대한 한설야의 적확한 비판은 지금, 여기의 시각에서 검토해보아도 결코 허황되지 않는다. 「승냥이」가 다루는 시기는 일제 식민지 시기로, 작중 인물 수길은 미국 선교사의 아들에게 심한 폭행을 당해 뇌출혈을 일으켜 선교사의 소개로 미국인이 운영하는 교회 병원에 입원을 한다. 사실 선교사는 자기 아들의 폭행으로 인해 수길의 뇌출혈이 심해 건강을 회복하기 어렵다는 것을 알고, 아들의 폭행 때문이라는 사실을 숨기기 위해 병원 원장과 공모하여 수길이 죽을 수밖에 없는 전염병에 걸렸다고 한다. 그리고 병원에서 수길은 죽는다. 이처럼 수길의 죽음은 미국인 선교사의 음모와 여기에 적극 동참한 교회 병원 당사자인 미국인 원장에게 그 원인이 있다는 것을, 한설야는 치밀한 서사와 뚜렷한 문제의식으로 짚어낸다. 그리고 이 과정에서 겉으로 강하게 드러난 수길 엄마의 문제제기와 분노를 교회의 종교적 도덕을 빌미삼아 종교적으로 무화시키려는 데 대한 파렴치한 모습을 적나라하게 보여줌으로써 미국의 기독교가 얼마나 반종교적인지, 종교의 신성성을 얼마나 정치적으로 속화시키고 있는지를 매섭게 비판한다. 그리고 무엇보다 주목할 것은 한설야의 이러한 비판의 핵심에는 세계의 새로운 제국의 지배자로 출현한 미국의 실체에 대한 적확한 비판이다. 가령, 작품 속에서 다음과 같은 부분을 보자.

> "좋습니다. 미국사람 그래야 합니다. 우리에게는 우리의 도덕이 필요합니다. 미국도덕은 세계의 도덕으로 합니다. 그래야 미국은 세계를 지배할 수 있습니다."
>
> "그것이 하느님의 의사가 아닙니까."
>
> "그렇습니다. 그런데 세계를 지배하기 위해서는 우리 도덕을 남에게 강요하는 것이 필요합니다. 전염병이 아닌것을 세균주사를 놓아서 전염병으로 만드는것도 필요합니다."
>
> "미국인을 위하는것이라면…" 하고 암여우가 또 부언하였다.
>
> (…중략…)
>
> "좋습니다. 꼭 있어야 합니다. 미국도덕, 미국사람을 위해서는 교회만 필요한것이 아닙니다. 하느님은 우리에게 탄환을 주십니다. 비행기와 군함을 주십니다. 우리 선교사가 든 성경을 당신은 무엇으로 생각합니까. 의사가 잡은 주사기를 당신은 무엇으로 생각합니까?"
>
> "…"
>
> "그것은 미국과 미국인을 위한 무기입니다."

한설야가 겨냥하고 있는 것은 '세계의 도덕'이 '미국의 도덕'으로 전도되는 것에 대한 현실의 파행이다. 이것을 위해 종교와 군사력은 "미국과 미국인을 위한 무기"라는 사실을 적시한다. 「승냥이」의 경우 북한 정권 수립에 초점을 맞춘다든지 김일성의 항일혁명에 초점을 맞추는 북한문학 작품과 달리 미국의 제국주의적 지배, 즉 미국식 패권주의적 기독교와 이를 뒷받침하는 군사력의 강제에 대한 통렬한 비판적 문제의식을 보이고 있다는 것은, 미국중심의 세계체제에 대한 강렬한 문제제기를 실현하는 북한문학의 중요한 성취임을 우리는 있는 그대로 주목해야 한다.

4. 북한문학에 대한 전면적 개방과 포용을 위해

그런데, 북한문학을 아무리 이렇게 적극적으로 읽고 싶더라도 기본적으로 북한문학을 접할 수 있는 길이 힘들다면 공염불이기 십상이다. 우리는 알고 있다. 지금까지 북한문학에 다가가는 길은 남북관계의 특수성으로 인한 실정법 등 온갖 제한이 뒤따르면서 일반 대중이 손쉽게 만날 수 없다. 한국사회는 문학시장의 저변을 통해 대중이 문학 작품을 소비·향유하든지 각종 문학의 제도적 인프라, 특히 도서관을 통해 작품과 쉽게 만나는 점을 상기해보면, 현재로서는 북한문학이 한국사회의 문학 안팎의 이러한 제도적 인프라를 통해 대중과 친숙해지기는 어렵다. 사실, 남북문학 교류를 곰곰 성찰할 때마다 어려운 일이 한 두

---

9   한설야, 「승냥이」, 엄용찬 편, 『불타는 섬』, 평양 : 문학예술출판사, 2012, 120~121쪽.

가지가 아니다. 지난 '6·15시대'에 결성하여 출범한 '6·15민족문학인협회'(2006)가 강령을 마련한 채 몇 가지 주요한 사업(기관지 『통일문학』 발간 및 '6·15통일문학상' 제정을 비롯한 각종 문학 교류 등)을 펼칠 것을 공식적으로 남북문학인들이 합의했음에도 불구하고, 지금까지 남북의 현실 정세에 가로막혀 이렇다할 행보를 내딛지 못하고 있는 형국이다.[10] 사정이 이럴진대, 북한문학을 한국사회의 대중이 친숙하게 만날 수 있는 길을 확보한다는 것은 그만큼 어려운 일이 아닐 수 없다.

하지만, 생각해보면, 그리 어려운 일도 아닐 것이다. 이것은 그동안 남북문학 교류에 대한 반성적 성찰을 통해 새로운 활로를 모색하는 것과 연관된다. 기존 남북문학 교류를 돌이켜보면, 그 중심축은 전문가 중심이었다. 북한문학의 소수 전문가 내지 창작자 중심이었다. 물론 문학교류의 첫 물꼬를 트기 위한 이들의 헌신적 노력과 그 성과의 가치를 폄훼하거나 훼손해서는 안 된다.[11] 분단이데올로기가 켜켜이 일상 깊숙이 자리하고 있는 한국사회에서 이들 노력이 거둔 성과를 기반으로 우리는 남북문학 교류의 갱신을 도모해야 한다. 그럴 때, 지속해야 할 것은 지속하되, 가령 6·15민족문학인협회의 공식적 활동은 한층 활기를 띨 수 있도록 남북 정세에 영향을 받지 않으면서 지속적 교

---

10 북한의 잇따른 핵미사일 실험, 특히 미국을 겨냥한 대륙간탄도미사일 실험이 잇따르자 미국은 유엔 안보리의 대북 경제제재를 국제사회에 요구한바, 이 같은 대북경제제재는 남북교류에까지 그 영향력이 미침으로써 남북문학교류 역시 현실적 난관에 봉착해 있다. 하지만 최근 판문점에서 극적으로 가진 제3차 북미정상회담을 마친 후 트럼프 대통령이 언급했듯이, 기존 대북경제제재는 지속되지만, 이후 북미 실무협상의 과정에서 기존 제재조치에 대해 모종의 유연한 변화가 있을 것임을 암시한바, 그에 따라 각종 남북교류를 담대히 그리고 내실 있게 추진해야 할 것이다.
11 이들의 남북문학교류에 대한 성찰과 향후 진지한 고민에 대해서는 김형수, 「숨은 문 앞에서」, 『신생』, 2018.봄.

류를 할 수 있어야 한다. 하지만 남북문학 교류가 여기에만 올인하는, 다시 말해 창작자 중심으로만 그 범위를 한정시킬 게 아니라 남과 북의 주민들이 함께 관심을 갖는, 그래서 교류의 대상으로 자족하는 것을 넘어 교류의 주체로서 위상을 동시에 갖도록 하는 새로운 형식과 내용의 교류를 창발적으로 기획·실현할 수는 없을까. 이를 위해서는 기본적으로 남과 북 주민들이 각기 다른 국민국가의 현실에 맞게 쌍방의 작품을 직접 접할 수 있는 통로를 적극 마련해야 한다. 말처럼 쉽지 않을 것이다. 한국사회만 하더라도 북한문학을 자유롭게 만나기 위해서는 현실적으로 해결되어야 할 법적 제도의 정비부터 한국사회에 똬리를 틀고 있는 분단이데올로기의 사회적 정동 등 난제들이 쌓여 있다. 이와 관련하여, 이러한 구태의연한 레드콤플렉스와 분단이데올로기에 의연히 대처할 수 있는 성숙한 사회로 한국사회를 인식할 수는 없을까. 촛불혁명으로 민주주의를 올곧게 바로 잡은 한국사회의 정치적 성숙도를 생각한다면, 북한문학에 대한 전면적 개방과 포용은 아직 시기상조일까. 한국 대중들의 품에서 북한문학이 자유롭게 읽히고 그 것에 대한 독서토론이 대중사회의 곳곳에서 일어나고, 그러면서 자연스레 북한사회를 비판적으로 이해하는 다방면의 길이 열림으로써 한국 대중의 일상 속에서 남과 북이 평화적으로 상생하고 공존하는 평화체제를 상상으로 체험할 수는 없을까.

어떻게 보면, 이제부터 기획되고 실현되어야 할 남북문학 교류는 전문 문학인들이 주도하는 것만으로 자족하지 말고, 현실적으로 한국사회의 대중이 북한문학을 손쉽게 한국문학처럼 만날 수 있도록 하는 실정법에 대한 과단성 있고 담대한 개혁 및 정비도 동시에 뒤따라야 한다. 이것이 국제사회와 남북 정세에 일방적으로 예속되지 않으면서, 우리가 할 수 있는 범주 안에서 교류를 창발적으로 지속하고 갱신할 수 있는 길이 아닐까.

어떤 것들이 난관에 봉착할 때마다 지극히 상식적이고 초보적인 문제를 상기할 필요가 있다. 남북문학 교류의 궁극이 남과 북 문학인들의 교류 자체에 있는 게 아니라 분단체제를 문학의 힘을 통해 무화시키고 평화체제를 향한 길을 내는 데 있다면, 서로의 작품이 쌍방의 주민들에게 쉽게 다가감으로써 평화체제를 향한 상상의 길을 내는 것이야말로 우리들 일상에서 실천할 수 있는 남북문학 교류의 또 다른 내용형식이다. 끝으로 이번 촛불정부에서 이런 법적 제도가 개혁 및 정비되기를 기대해본다.

제주문학의 글로컬리티, 그 미적 정치성

제주어의 구술성과 문자성의 상호작용을 중심으로

1. 구미중심주의를 극복하기 위한 제주문학 연구

근대적 자본주의 세계체제는 구미중심주의를 견고히 구축시켜왔다. 무엇보다 구미의 제국諸國→帝國은 비서구(아시아, 아프리카, 라틴아메리카)에 대한 '식민주의 지정학geo-politics of colonialism'에 기반을 둔 합리주의적 계몽이성을 전파한다는 미명 아래 제국주의帝國主義의 지배력을 관철해왔다. 여기에는 구미의 제국을 지탱하고 있는 (탈)근대의 가치에 주목할 뿐, 구미의 제국 '바깥'에서 모색하는 '또 다른 (탈)근대'의 가치는 소외된다. 따라서 아직까지는 구미중심주의로부터 자유로울 뿐만 아니라 궁극적으로 이것을 극복하기란 요원한 일처럼 보인다.

그런데 이것은 어디까지나 전 지구적 자본주의체제를 유기적으로 지탱시켜주고 있는 근대 국민국가의 시계視界를 벗어나지 못했기 때문이다. "근대는 국토상에 분포하는 인구라는, 통계적으로 그리고 지리적으로 발견되는 힘(생산력)으로 사람들을 대상화하고, 그것을 자원이나 교통관계 등 국토에 내재하는 힘과의 조합이라는 관점에서 파악하여 운영하는 지와 권력의 체계를 함께 만들어"[1]내는바, 이러한 근대와 밀접한 관련을 맺는 국민국가를 분리시켜 이해할 수 없다. 구미중심주의의 맹목을 경계하며,

그 전환을 부정하고, 또 다른 문명적 대안을 모색하는 일은 현실적 구체성을 보증해야 한다. 추상적 개념과 공허한 담론 그리고 화려한 미사여구로 분식粉飾된 주장은 구미중심주의를 더욱 공고화할 뿐이다. 여기서 강조해야 할 것은 구미중심주의를 극복하는 데에는 구미가 일궈낸 (탈)근대의 모두를 전적으로 부정하는 게 아니라 문명적 대안을 창출하기 위해 섭취해야 할 것은 창조적으로 섭취해내는 일이다. 이렇게 섭취한 것을 비서구의 자양분과 습합褶合함으로써 '또 다른 (탈)근대'의 새 가치가 생성할 수 있는 가능성의 물꼬가 트인다.[2]

　　우리는 제주문학[3]을 중심으로 이에 대한 논의를 펼칠 것이다. 그런데 문제의식을 분명히 해두자. 이번 제주문학에 대한 논의의 초점은 한국문학의 부분을 구성하는 지역문학의 현상학에 대한 연구가 아니라 구미중심주의를 창조적으로 극복하기 위한 이른바 '지구적 세계문학'[4]의 문제의식에

1　와카바야시 미키오, 정선태 역, 『지도의 상상력』, 산처럼, 2006, 241쪽.

2　이에 대해 우리는 1970년대 전세계 진보 지식사회에 '해방철학'으로 큰 영향을 미친 아르헨티나의 탈식민주의자 엔리케 두셀(Enrique Dussel)의 래디컬한 성찰에 귀를 기울일 필요가 있다. 그는 라틴아메리카를 중심으로 한 유럽의 근대성의 기원을 명쾌히 규명하는데 그 논의의 핵심은, "근대성의 유럽적·합리적·해방적 성격을 포섭하되, 근대성이 부정한 타자성의 해방이라는 세계적인 기획으로 '넘어서는' 것이다. 이것이 새로운 정치적·경제적·생태적·관능적·교육적·종교적 해방 기획으로서 통근대성"(엔리케 두셀, 박병규 역, 『1492년 타자의 은폐』, 그린비, 2011, 239쪽)에 있다.

3　제주를 지역적 기반으로 한 제주문학(여기서는 제주의 현대문학에 국한함)에 대한 연구 성과는 괄목할 만하게 축적되고 있다. 그중 단행본으로 정리된 주요 성과는 다음과 같다. 김병택, 『제주예술사』 上·下, 보고사, 2010·2011; 김병택, 『제주현대문학사』, 제주대 출판부, 2005; 강영기, 『제주문학담론』, 국학자료원, 2006; 김동윤, 『제주문학론』, 제주대 출판부, 2008; 양영길, 『지역문학과 문학사 인식』, 국학자료원, 2006; 김동윤, 『기억의 현장과 재현의 언어』, 각, 2006; 김동윤, 『4·3의 진실과 문학』, 각, 2003; 김영화, 『변방인의 세계-제주문학론』, 1998(초판)·2000(개정증보판).

4　김재용은 계간 『실천문학』 30주년을 기념하는 심포지엄에서 '지구적 세계문학'이란 용어가 갖는 문제의식을 한국문단에 공식적으로 처음으로 제기하였다. 김재용, 「구미중

기반한, 제주문학의 글로컬리티^{glocality}를 연구하는 데 초점을 맞춘 다. 이것은 기존 지역문학에 대한 연구가 구미중심주의에 의해 내면화된 구미식 (탈)근대의 매트릭스에 발본적 균열을 내거나 내파^{內破}하는 데 한계를 갖기 때문이다. 여기에는 지역문학의 짝패로서 한국문학을 염두에 두는 것과 무관하지 않다. 구미중심주의에 기반한 세계문학의 문학제도에 붙들려 있는 국민문학으로서 한국문학의 현존을 환기해보건대, 그 짝패로서 지역문학에 대한 연구 성과가 갖는 냉엄한 한계를 직시해야 한다. 달리 말해, 구미중심주의에 대한 래디컬한 문제의식이 결여된 제주문학에 대한 연구는 그 종요로운 성과들임에도 불구하고 서울중심주의로 소외된 제주의 지역적 가치를 새롭게 발견함으로써 제주의 정체성을 갈고 다듬는 것으로 귀결되든지, 이러한 제주문학의 가치들이 한국문학의 결핍을 보완함으로써 한국문학 제도의 정상성을 복원하는 것으로 수렴되기 십상이다. 따라서 이번 제주문학에 대한 연구의 초점은 한국문학을 짝패로 하는 지역문학의 현상학을 궁리하는 게 아니라는 것을 거듭 강조해둔다. 이후 우리의 논의들이 이에 대한 생산적 논쟁의 계기를 촉발시켰으면 한다.

심적 세계문학에서 지구적 세계문학으로」, 『실천문학』, 실천문학사, 2010.겨울.

2. 제주문학의 구술적 표현

구미중심주의를 극복하기 위해 제주문학에서 적극 탐구되어야 할 과제는 제주어가 지닌 미적 정치성이다. 그런데 이것은 한국문학의 부분을 이루는 지역문학으로서 제주문학의 표현 수단인 제주어에 대한 어학적 탐구[5]와 그 용례를 정리[6]하는 것을 넘어 '지구적 세계문학'을 구성해내는 제주문학의 글로컬리티로서 제주어와 제주문학의 미적 정치성을 함께 해명하는 데 초점을 맞춰야 한다.

1) 제주어의 구술성과 텍스트의 문자성의 상호작용

제주어는 지구상의 숱한 방언들 중 하나다. "방언은 사람들의 살아온 자취, 흔적, 잔해와 세월의 흐름에 따라 이루어낸 위엄이 새겨져 있는 오래된 역사의 주름"[7]인 만큼, 제주어에는 제주를 삶의 터전으로 살아온 사람들의 내력이 고스란히 배어 있다. 따라서 제주어를 문학적 형상화의 질료로 삼는 제주문학의 경우 제주어의 구술성口述性, orality이 텍스트의 문자성文字性, literacy과 혼효·습합·길항하는 작용 속에서 구

---

5 제주어의 표기에 대한 범례와 표기 기준 및 표기법 시안 그리고 제주어의 사전류에 해당하는 저술의 대표적 목록을 제시하면 다음과 같다. 고재환,『제주어개론』상·하, 보고사, 2011; 제주특별자치도,『제주어사전』, 제주특별자치도, 1995(초판)·2009(개정증보판); 송상조,『제주말 큰사전』, 한국문화사, 2008; 고재환,『제주속담총론』, 민속원, 2004; 강영봉,『제주의 언어』1·2, 도서출판제주문화, 2001(증보판); 박용후,『제주방언연구』(자료편), 고려대 민족문화연구소, 1988; 김영돈 외,『제주설화집성』1, 제주대 탐라문화연구소, 1985; 현평효,『제주도방언연구』(자료편), 태학사, 1985; 현용준,『제주도무속자료사전』, 신구문화사, 1980.

6 강영봉 외,『문학 속의 제주 방언』, 글누림, 2010.

7 이상규,『방언의 미학』, 살림, 2007, 52쪽.

미중심의 (탈)근대문학에 균열을 낼 뿐만 아니라 내파內破함으로써 '또 다른 (탈)근대'의 세계를 모색할 수 있다.

(가)
집이영 눌이영 문짝 캐와불멍
어멍 아방 죽여부난
야일 살려보잰
굴 소곱에 강 곱곡
대낭 트멍에 강 곱곡

울어가민 걸리카부댄
지성기로 입을 막아부난
숨 ㅂ땅 볼락볼락 허는 걸
둑지 심엉 애야 홀글쳐 보곡
가달 심엉 좁아틀려도 보곡

내 나이 일곱이랐주
배 갈란 석 달 된 어린 아시 업언
되싸지도 못허영
어디강 주왁 저디강 주왁 허멍
이추룩 살당 보난
무사 경 되는 게 어심광
자동찰 몰민 사고 나곡

땅은 요망진 사름 직시 되불곡

이거 숭시랜 굿 허연 보난

어멍 죽언 관棺 어시 묻었잰

심방 입질에 나는 거 아니

관 맹글 저를이랑 말앙

광목에 뱅뱅 몰안 묻어났주게

아이고! 어멍아, 흥끔만 이시민

돈 하영 벌엉 좋은 관이영 개판 허영

뱁 바른 디 묻으쿠다 해신디

경도 못허연 늙어부러신게 원

　　　　　　　　　—강덕환, 「관棺도 없이 묻은 사연」 전문

　　　　　　　　　(『그해 겨울은 춥기도 하였네』, 풍경, 2010)

(나)

　양지공원에도 못 가보고 집이서 귀양풀이 헌 덴 허영게 그딘 가봐사 헐 거 아닌가? 기여게 맞다게 얼굴보민 속만 상허고 고를 말도 없고…… 심방어른이 가시어멍 거느리걸랑 잊어불지 말았당 인정으로 오천 원만 걸어도라 미우나 고우나 단사운디 저싱길 노잣돈이라도 보태사주 경허고 영개 울리걸랑 촘젠 말앙 막 울어불렌 허라 속 시원이 울렌허라 쉐 울듯 울어사 시원해진다 민호어멍 정신 섞어경 제대로 울지도 못 해실거여 막

울렌허라 울어부려사 애산 가슴 풀린다 울어부려사 살아진다 사는 게 우
는 거난 그자 막 울렌허라 알아시냐?

　　　　─ 김수열, 「어머니의 전화」 전문(『생각을 훔치다』, 삶이보이는창, 2009)

　(가)와 (나)는 제주인의 삶과 죽음에 관한 제주어로 '씌어진' 시다.
근대시에 익숙한 독자들은 텍스트의 문자성을 중시하는 가운데 우선
이 시들의 의미를 파악하는 데 힘쓸 것이다. 최대한 제주어를 표준어
로 치환하면서 근대시의 시적 완성도를 충분히 고려하는 노력을 마다
하지 않은 채 결국 이 시들의 의미를 추출하고자 한다. 하지만 이것은
텍스트의 문자성을 해석하는 데 자족하는 것일 뿐, 이 시들처럼 구술
성과 문자성이 혼효·습합·길항하는 과정에서 생성되는 미적 정치성
을 몰각하든지 둔감한 것과 다를 바 없다.
　여기서 우리가 간과해서 안 될 것은 이 시들은 통상 근대시를 감상
하는 방식인 '묵독黙讀'보다 '음독音讀', 즉 소리를 내 읽어야 한다는 점
이다. 그래야 제주어의 구술성을 극대화할 수 있고, 자연스레 시 텍스
트를 이루는 문자성과의 일련의 화학반응을 인지하면서 이 시들의 비
의성을 이해할 수 있다. 이렇게 하여 파악된 시적 의미와 이 모든 과정
이 바로 이 시들이 득의得意한 미적 정치성이다. 이 시들을 음독하다보
면 유달리 이명耳鳴으로 남아 있는 음가音價들이 있다. 'ㄹ[r / l] / ㅁ
[m] / ㄴ[n] / ㅇ[ŋ]'은 시적 화자로 하여금 유년시절에 겪은 4·3의
화마火魔를 떠올리도록 하는데, 제주인들에게 4·3의 역사적 상처는
현재와 단절된 채 망각되는 게 아니라 4·3 이후 현재까지 이어져오는
기억의 뇌관인 셈이다.(「관도 없이 묻은 사연」) 특히 (나)에서 시적 화자

인 어머니는 민호네 귀양풀이(장례를 지낸 후 망자를 저승으로 보내기 위해 행하는 제주의 무속의례)에 대한 당부의 말을 아들에게 하는데, 위 네 음 가들의 절묘한 배합으로써 삶과 죽음의 관계를 비의적으로 포착한다. 삶과 죽음은 분명 다른 것이되, 망자를 저승으로 보내기 위해서는 살 아 있는 자의 슬픔이 극에 이르러야 하며, 이를 위해 그 슬픔을 애써 참는 게 아니라 유장하게 넘쳐흐를 때 극에 이를 수 있다. 그럴 때 망 자는 이승 사람의 행복을 위해서도 저승으로 편하게 떠나고, 살아 있 는 자는 망자의 순탄한 저승행을 기꺼이 믿고, 이승에서 살아 있는 자 의 삶을 살아갈 새로운 용기를 얻는다. 왜냐하면 "말은 끊임없이 움직 이는 가운데 그 움직임의 힘찬 형식인 비상에 의해서 일상적이고 둔중 하고 묵직한 '객관적인' 세계에서 자유로워져서 하늘로 날아오르"[8]기 때문이다. 정리하면, (가)와 같은 전대미문의 역사적 참극과 (나)에서 들리듯 고단한 제주의 삶과 연관된 죽음의 형식은 제주어의 구술성과 시 텍스트의 문자성이 상호작용하는 과정에서 이 시들의 미적 정치성 을 한층 보증해준다.

이 같은 면은 다음의 소설에서 매우 흥미로운 점을 시사한다.

반장이 휭 돌아서 집을 나갔는데 새까만 경찰복을 입은 서북청년이 마 당 안으로 쑥 들어서더라는 것이었다.

㉠ 이 집이 맞간?

반장이 울담 밖에 숨고 서서 맞다고 대답하는 소리가 들렸다고 했다.

---

8 월터 J. 옹, 이기우·임명진 역, 『구술문화와 문자문화』, 문예출판사, 1995, 121쪽.

ⓛ 꾀병부리지 말고 얼른 나오라우야. 안 아픈 사람 어디 이서?

순경이 토방 안으로 들어서서 아버지의 가슴을 발로 내질렀다는 것이다. 주먹빰을 먹이고 개처럼 목을 감아안아 마당으로 끌어내더라고 말했다.

ⓒ 배급 달라고 지랄부릴 땐 잘 나오더니만 공역은 싫다 이거지?

ⓔ 잘못했수다. 한 번만 용서해주시면…… 각시 돌아오면 곧 내보내쿠다.

아버지는 맞는 얼굴을 두 손으로 싸 가리고 목을 짜는 소리로 용서를 빌었다고 한다.

ⓜ 간나위새끼. 빨갱이 끄나풀인 거 벌써 알구 있었더랬어. 배급 달라구 스트라이크 벌일 땐 용감하더니만 빨갱이 맞아들이구 싶어서 성은 못 쌓겠다 이거지. 그거 아니가?

ⓗ 아니우다 경관님. 몸이 아파서마씸.

아버지의 목 안엔 새어나올 숨도 없는지 깔딱거리는 소리만 들렸다고 했다. 순경이 머리박치기로 받아 아버지를 넘어뜨리고 가슴과 목·배·얼굴을 짓밟았는데 입만 벌름거리는 아버지를 근식은 마당 구석의 잿막 뒤에 숨어서 발을 구르며 보았다고 했다. 아버지는 순경의 발 밑에 깔려 두 다리를 가드락거리다 이내 처지고 말았다는 것이다.[9] (강조는 인용자. 이하 같음)

4·3의 역사적 진실을 문학적으로 탐구하는 데 구술성과 문자성의 상호작용이 소설에서 얼마나 중요한 역할을 수행하고 있는지를 단적으로 알 수 있다. 이토록 짧고 간명한 소설담론에는 4·3의 역사적 진실을 밝히는 열쇠가 놓여 있다. 위 인용문에서 ⓐ～ⓗ은 대사들로 구

---

9 오경훈, 「당신의 작은 촛불」, 제주작가회의 편, 『깊은 적막의 끝』, 각, 2001, 41쪽.

술성을 표상하고, 나머지 지문들은 문자성을 표상한다. 구술성은 크게 두 부분으로 이뤄져 있는데, 하나는 서북방언계열(㉠, ㉡, ㉢, ㉺)이고, 다른 하나는 제주어(㉣, ㉻)다. 그런데 이 둘은 등장인물의 대화에서 확연히 알 수 있듯, 4·3공간에서 서로 적대적 관계다.[10] "경찰복을 입은 서북청년"의 말은 반공주의에 투철한 국가권력의 정치적 언어로서 무고한 제주 민중의 생사여탈권을 장악한 폭압적 지배자의 언어로서 기능을 한다. 그에 반해 제주어는 국가권력이 마음껏 유린하는 피지배자(혹은 피해자)의 언어이며, 지배자의 정치적 이념을 강제받고 순종해야 하는 노예의 언어로 전락한다. 서북방언과 제주어 모두 지역을 기반으로 한 소수자의 언어임에도 불구하고 4·3공간에서는 정치적 위계 질서에 나포돼 있다. 그런데 심각한 문제는 이러한 역사의 비극을 방관하고 심지어 더 큰 참상을 불러일으킨 국가권력의 존재다. 흥미로운 것은 이 국가폭력이 지문에서 표준어로 표상되고 있어,[11] 표준어는 표면상 객관세계를 재현하고 있는데, 기실 이 재현은 서북청년이 아버지에게 무자비한 폭력을 행사하고 있는 것 자체를 지시하고 있다. 그러면서 눈여겨 보아야 할 것은 이러한 폭력 행사의 장면을 아들은 "숨어

---

10 4·3의 문학적 진실을 '서북방언 대 제주방언'의 적대관계에 초점을 맞춘 설득력 있는 논의에 대해서는 이명원, 「4·3과 제주방언의 의미 작용」, 『제주도연구』 19, 제주학회, 2001, 10~13쪽 참조.

11 표준어 제정과 국가의 언어정책이 밀접한 연관을 맺고 있음은 일본 제국주의 식민주의를 통해 여실히 입증된다. 일본은 표준어 제정을 통해 '표준어=국가어=국가권력=제국의 식민주의'라는 등식을 주도면밀히 관철시켜나갔다. 이에 대해서는 이연숙, 고영진·임경화 역, 『국어라는 사상』, 소명출판, 2006 참조. 이와 관련하여 "조선총독부는 일차적으로 사회 공식언어를 조선어에서 일본어로 완전히 대체시키는 것을 언어 정책의 기본 방향으로 삼"아, "국가 기관이나 학교에서 조선어를 금지"시켰다. (최경봉, 『우리말의 탄생』, 책과함께, 2005, 301쪽)

서 발을 구르며 보았"으며, 이러한 일련의 사건을 아무렇지도 않게 담담히 객관적으로 말할 따름이다. 이 모든 것이 지문의 형식을 빈 표준어로 씌어지고 있다.

말하자면, 4·3의 역사적 진실을 문학적으로 탐구하고 있는 4·3소설이 각별히 주목해야 할 것은 4·3을 에워싼 거대서사의 측면, 즉 수난사와 항쟁사의 측면에 대한 역사의 문해文解보다 4·3과 관련한 구술성(서북방언을 비롯한 다른 지역어 / 제주어)과 문자성(표준어)의 상호작용에 대한 긴밀한 탐구에 기반을 둔 문학적 형상화다. 이를 통해 제주문학은 구미중심의 (탈)근대성의 쌍생아인 식민성[12]을 전복할 수 있고, 이것은 곧 구미중심주의를 극복하는 것과 맥락을 함께 하는 것이다.

2) 약소자로서 제주 여성의 미적 정치성

제주어의 구술성과 텍스트의 문자성이 화학반응을 일으킬 때 주목되는 것 중 하나는 제주의 약소자인 여성에 대한 미적 정치성이다. 그런데 이것을 이해하는 과정에서 경계해야 할 것은 자칫 구미중심의 페미니즘으로 수렴될 수 있다는 점이다. 대문자 역사의 타자였던 여성을 역사의 주체로 호명하는 일은 페미니즘이 거둔 대단한 성과임에 틀림없다. 문제는 그 지난한 도정이 구미중심주의의 매트릭스 안에서 추구될 뿐, 그래서 구미사회의 근대를 떠받치고 있는 자기세계의 주체를 세우기 위한 미학과 윤리학의 정립을 통해 결국 구미중심주의의 (탈)

---

12 월터 미뇰로는 근대성과 식민성의 관계를 다음과 같이 명쾌히 기술한다. "근대성은 식민성을 극복할 수 없는데, 왜냐하면 식민성을 필요로 하고 생산하는 것이 바로 근대성이기 때문이다."(월터 D. 미뇰로, 『라틴아메리카, 만들어진 대륙』, 그린비, 2010, 50쪽)

근대를 더욱 공고히 구축시키는 몫을 다 하고 있다는 사실이다. 여기서 제주의 여성에 대한 문학적 형상화를 주목해야 할 이유가 있다.

성산포 오조리 한칸 초가
삐걱거리는 툇마루, 그 아래 싸리비 매달려
매달린 그 귀퉁이로
고집스레 늙어가는 둥근 바다엣 것 하나
칼바람 소리 내며 둥둥
바다 위를 쓸며 그렁그렁 쉰기침 소리 내고 있다
그 둥근 소리 흔들거리는 그녀의 집
그물망 촘촘히 거미의 집 짓는 소리 듣는 그녀
아흔 다섯인가 여섯인가 아직은 희미하지만
그 셈이 무슨 상관이람
어린 것 열 셋 놓고 반 타작 했다는
저 생애의 그무로 아래서
이젠 서슴없어라 **왈랑 왈랑** 드러내도 부끄럽지 않네
무 말랭이같은 묵은 젖가슴
"이것이 그래도 스물 댓 살 적엔…
핏댕이 놓자마자 떨궈놓고
물질 나설 땐 가릴 게 없었주"
탱탱 밀**빵**처럼 부풀어 멀건 젖살
벙그렇게 바다에 뿌렸다네
물릴 데란 오직 빈 몸 받아주는 바다뿐

젖살 눈물 살

물오른 오지항아리 만한 가슴엣 것

한 번에 여섯 차례 들락날락, 숨 팔고 숨 열어

풀고 풀어 놨으니 아흔 다섯 생

현무암 각질처럼 굳은 살

지금도 아른거린다

아깝고 아까워라

그녀 쥐어 짠 젖살 먹고 저 바다 지금도

통통 살 올랐겠거니

해초가 먹고 수초가 먹고 폴폴 자랐겠거니

바닷물에 씻길대로 씻겨져

대천 바다로 흐르겠거니

이젠 누구하나 딱딱한 굳은 살 모른 척 할 뿐이라네

— 허영선, 「1995년 8월 26일, 현정생 할머니」(『뿌리의 노래』, 당그래, 2004) 전문

시적 화자인 제주 여성은 한 세기 가까이의 생애를 누려왔다. 제주의 잠녀潛女들이 그렇듯 시적 화자는 한 평생 바다에서 물질을 해왔다. 우리는 이 잠녀의 곤곤한 삶의 내력을 듣는다. 이때 귀를 기울여야 할 것은 강조된 부분이다. 비록 노년의 제주 여성은 한창 젊었을 적처럼 생생력으로 충만돼 있지 못해 "무 말랭이같은 묵은 젖가슴"을 지니고 있으나, 현재 자신의 육체-가슴의 외형에 부끄러워하지 않는다. 부끄럽거나 수치스럽기는커 녕 자신의 빈약한 가슴을 "왈랑 왈랑" 내놓을 수 있다. 계속하여 이어지는 시적 표현에서 잠녀는 제주어로써 직접화법을 구사하는데, 물질의 강퍅함

이 얼마나 드셌으면 갓난애를 낳자마자 물질을 다시 할 수밖에 없었을까. 잠녀는 이러한 그의 육체에 대한 무한한 긍지를 갖는다. 제주어의 이 구술적 표현이 더욱 돋보이는 것은 갓난애를 낳고 자신의 몸을 미처 추스르지도 못한 채 물질을 시작하는 데서 발견되는 제주 잠녀의 생에 대한 억척스러움과 자존감, 그리고 이 모든 것을 아우르는 제주 여성의 위엄에 초점을 맞추지 않고, 제주의 바다를 잠녀의 젖으로 먹이고 키워내는 '우주적 모성성'을 발견하는 시적 진실의 경이로움에 이르고 있다는 점이다. 이를 좀더 부연하면, 시 텍스트의 문자성과 교응해내는 예의 제주어의 구술성은 바다를 생존의 터전으로만 삼은 채 바다의 자원을 착취하고 이용하여 인간의 생산력을 증진시키는 데만 집중함으로써 인간의 행복만을 중시하는 인간중심주의도 아닐 뿐만 아니라 잠녀의 존재와 그 노동의 가치를 숭고하게 여김으로써 잠녀 역시 역사의 주체적 지위를 누려야 한다는 구미중심주의의 페미니즘을 추구하는 것과 거리를 둔다. 잠녀는 대지적 상상력으로써 바다와 함께 상생하는, 우리가 그동안 망실했던 '또 다른 (탈)근대'의 가치에 새롭게 눈뜨도록 한다. 그렇다면, 생생력이 소진한 노년의 잠녀는 제주 여성으로서 약소자이되, 이 약소자로부터 우리는 구미중심주의를 극복할 수 있는 아름다우면서도 숭고한 생의 소멸에 전율한다.

이러한 전율은 그동안 우리가 제주 여성을 다룬 제주문학에서 미처 주목하지 못했다 해도 과언이 아니다. 가령, 다음과 같은 4·3소설의 마지막 부분을 살펴보자.

"너 무슨 말을 했나? 이건 순 모함이다."
명완이는 말을 더듬었다.

빌네가 머리에 썼던 흰 무명 수건을 벗어서 명완이 얼굴에다 대고 던졌다.

"이거로 눈 질끈 쳐매엉 총 맞입서. 총 쏘는 거 보면 무서웁니께."

양력 2월 해는 짧기도 짧았다. 땅거미가 저만치서 기어내렸다.

빌네가 지서 밖으로 걸어나가자 순경이 그를 가로막았다.

"비킵서. 핏덩이를 집에 놔둔 왔수다. 가야 하쿠다."

순경은 그녀의 눈과 마주치자 움칠 놀랐다. 가게 하라고 웃사람이 손짓을 했다.

마을은 불바다로 변해버렸다. 하늘이 벌겋게 달구어지고 있었다.

빌네가 집에 도착했을 때는 그 집도 불꽃에 휩싸여 있었다.

애, 애, 어린것 우는 소리가 불울음 소리에 뒤섞여 들려왔다. 빌네는 불더미가 마구 지는 속을 헤집고 방문을 열었다. 어린것이 또 애, 애, 울었다. 방안으로 들어선 빌네가 문고리를 당겨 단단히 걸었다.[13]

빌네는 신혼 첫날 밤도 치르지 못한 채 남편과 헤어지더니 급기야 남편의 죽음을 목도한다. 남편의 죽음에 직접적 원인을 제공한 남편의 친구 명완이에 대한 처절한 복수심과 역사의 광기에 소중한 것을 잃고 모든 것을 체념한 빌네의 실존적 결단이 제주어의 직접화법으로 표현되고 있다. 도저히 용서할 수 없는 것에 대한 단죄의 비장함과 이 험한 난장과 같은 현실에 홀로 남겨둔 갓난애에 대한 모종의 엄숙한 결단은 4·3사건의 안팎을 에워싸고 있는 제주의 역사들과 무관한 것이 아니므로 제주어로 표현된다. 더욱이 문제적인 것은 불바다로 변한 자신의

---

13 한림화, 「매고일지」, 제주작가회의 편, 앞의 책, 26쪽.

중산간 마을의 집에 남겨진 갓난애의 울음을 들으면서 빌네는 불을 피하는 게 아니라 오히려 불속에서 역사의 희생양을 주체적으로 선택한 자기소멸의 숭고성을 보이고 있다는 점이다. 이 자기소멸의 주체적 선택은 구미중심의 정치적 이념 대결이 낳은 역사의 파행에 직면한 제주 여성의 문학적 저항이다. 이 문학적 저항을 작가는 제주어의 구술성과 소설 텍스트의 문자성의 상호작용을 통해 수행하고 있다.

3. 제주문학의 '구술적 연행'

구미중심주의를 극복하기 위해 주목해야 할 제주문학의 특질은 구술성의 적극화에 자연스레 수반되는 연행성演行性, performance과의 창조적 절합節合이다. 이것은 무턱대고 기존 텍스트에 연행적 요소를 고스란히 차용한다든지, 구전문학을 텍스트 차원에서 창조적으로 변용하는 것을 가리키지 않는다.[14] 그래서 주목해야 할 것은 구술성과 연행성의 상호절합을 어떻게 이뤄내느냐 하는 문제인바, '구술적 연행oral performance'은 그 미적 산물이다.

---

14 이와 관련하여 제주의 구전문학을 현대문학으로 어떻게 변용할 것인가의 문제에 초점을 맞춘 논의들이 있었는데(「특집 – 제주민속문학의 현대문학적 변용」, 『제주문학』 22, 제주문인협회, 1992), 그 논의의 적실성 여부는 차치하고, 이러한 시도와 논의들에서 간과하기 쉬운 것은 우리가 이 글에서 거듭 강조하고 있듯 오랫동안 한국문학과 제주문학에 견고히 구축된 구미중심의 (탈)근대문학의 매트릭스에 붙들려 있다는 점이다. 여기서 우리는 이 일련의 시도들이 구미중심의 (탈)근대문학의 제도와 문학권력을 반복·재생산하는 데 공모하고 있다는 사실에 대한 발본적 성찰을 할 필요가 있다.

1) '구술적 연행'의 서사

"구전과 기술, 두 코드들 사이의 접촉은 구조, 윤리적 미학적 가치들을 수용하는 공간을 만들어"[15]내는데, 여기에는 자연스레 구술적 연행이 뒤따른다. 그리고 이 구술적 연행은 텍스트의 문자성과 긴장의 관계를 유지하면서 미적 정치성을 획득한다.

> 대을라의 장례는 성대했습니다. 무덤 자리는 대을라가 누워서도 우리 가물개 마을을 바라볼 수 있는 윗드르 언덕 위에 잡았습니다.
>
> (…중략…)
>
> 돌무덤을 다 세운 후엔 마을 사람들 모두 음식을 나눠먹고는 무덤가에 둥글게 손을 잡고 섰습니다. 결의의 금 연주에 맞춰 내가 노래를 했습니다.
>
> "우~우 우 우우우 우~."
>
> 별리의 노래입니다. 별리의 노래는 가슴이 저며 옵니다. 커졌다가는 잦아들며 가라앉고, 작아진 소리가 다시 큰 태풍을 만난 듯 일어서곤 합니다. 가슴 가운데에 뼈마디가 조여들고 등에 박힌 뼈들이 떨립니다. 뱃속에 있는 모든 창자가 비틀어지면서 내 몸이 위 아래로 들썩입니다. 처음에는 몸이 뒤로 젖혀지며 내 키가 늘어나듯 하고 소리가 나오다가 어느 순간이 지나면 나도 모르게 내 몸은 오그라져 있고, 고개는 땅을 향하고 소철나무처럼 작게 말려 있습니다. 그리고 오그라진 가슴께가 들리면서 다시 말아지기를 반복하다 힘이 다해 옆으로 털썩 주저앉게 됩니다. 그럴 때 내 머릿속은 하얗게 풀려가고, **내 손은 내 생각과는 관계없이 마치 새의**

---

15 테레사 마리아 알프레도 만자테, 「구비문학과 기술문학의 교차」, 『AFRICAN WRITERS』, 아시아아프리카문학페스티벌 조직위원회, 2007, 379쪽.

날개인 양 살포시 들리어 앞과 뒤, 왼쪽과 오른쪽을 오갑니다. 가느다란 나의 다리는 그런 몸을 받치며 옆으로 살짝 움직였다가 천천히 제자리를 돌고는 합니다. 바람도 그런 내 주위에 멈추어 서고 다른 사람들의 숨소리도 '흡'하고 멈추어 더 나아가지를 못합니다. 멀뚱멀뚱했던 아기들도, 바쁘게 이곳 저곳을 다니던 아주머니도, 마구 자란 수염에 잘 씻지도 못한 아저씨들도 모두 눈물을 흘리며 할아버지 올라와의 이별을 슬퍼했습니다.[16]

위 대목은 장편소설 『슬이의 노래』를 구성하는 액자소설 「슬이」의 부분으로, 「슬이」는 제주의 삼양동을 중심으로 전개되는 제주의 고대사에 대한 문학적 상상력이 '구술적 연행'의 서사를 통해 구현되고 있다. 이것은 이 소설 전반을 이해하는 것뿐만 아니라 액자소설의 형태를 취하는 「슬이」를 이해하는 데 매우 중요하다. 비록 작가의 문학적 상상력에 힘을 입지만, 「슬이」가 일제 말에 씌어진 식민지 시기의 작품들과 뚜렷이 구분되는 문학사적 가치, 특히 한글소설이란 점, 게다가 일제의 국책문학이 절정에 이를 때 친일협력에 비껴나는 제주의 고대사를 소재로 취한 점을 유의한다면, 「슬이」가 동시대의 작품들에 비해 형식과 내용 모두에서 차이를 갖도록 한 작가의 의도를 주목하지 않을 수 없다.

위 인용 부문은 가물개 바닷가 마을 사람들과 다소 거리감을 두며 살아온 용담 마을 사람들이 북쪽 올레 사람들과 모종의 결탁을 맺은 채 '올라'와 가물개 바닷가 마을 사람들을 무참히 죽이더니 '대올라'마저 죽자, 가물개 바닷가 마을의 새로운 우두머리를 세우는 과정에서

---

16 김현자, 『슬이의 노래』, 청어출판사, 2012, 78~80쪽.

'별리의 노래'를 부르는 인상적인 대목이다. 가물개 바닷가 마을에서 노래를 잘 하는 '슬이'는 그 친구 '결이'의 연주를 배경삼아 '별리의 노래'를 가슴 저미게 부른다. 작가는 '슬이'의 노래가 얼마나 애닯고 구슬픈지, 노래부르는 '슬이'의 내면풍경을 절묘히 묘사한다. 여기서, 우리가 각별히 예의주시할 것은 이 내면풍경이 지금까지 문자성에 투철한, 가령 음절과 음절, 단어와 단어, 문장과 문장 등의 유기적 짜임새로부터 얻어지는 어떤 '의미'에만 전적으로 기대지 않고, 음절-단어-문장이 서로 스며들어 맞물리면서 '슬이'의 노래로부터 자연스레 추어지는 춤사위와 한 덩어리가 된 비의적 문체의 힘에 의해 표현되고 있는 점이다. 좀 더 부연하면, 이 비의적 문체의 힘은 '슬이'의 '노래-구술성'과 '춤-연행성'의 자연스러운 뒤섞임, 즉 '구술적 연행'에 기인한다. 때문에 우리는 '슬이'의 노래와 춤을 듣고 보면서 가물개 바닷가 마을의 몰락에 배어든 깊은 슬픔을 함께 할 수 있다. 이렇게 한 마을의 공동체는 '슬이'의 비장한 노래와 그 노래를 들으면서 억제할 수 없는 춤이 한데 어우러지는 가운데, 비록 문자로 기록되지 않는 역사이기 때문에 전근대적 비과학적인 것으로 폄하될지 모르나, 그곳에서 대대로 살아온 사람들에게 그 어떠한 공식 역사보다 생동감 있는 마을 공동체의 살아 있는 내력의 가치로 남는다.

액자소설로서 「슬이」의 진가는 바로 여기에 있다. 「슬이」의 작가 김순지를 추적하는 과정에서 드러나듯, 김순지는 "언젠가 우리가 일제의 손아귀에서 풀려나는 날이 오면"[17] "우리고장 아이들 모두가 읽을 수

---

17 위의 책, 212쪽.

있게, 한글로 된 이야기가 하나는 있어야 한다는 생각에서 소설을 쓰기 시작"[18]한 만큼, 일본제국의 식민통치로부터 삭제된 지역의 고대사에 대한 발견을 통해 자주독립국가로서의 주체 의식을 배양하기 위한 원대한 뜻이 있었던 것이다. 김순지의 이 원대한 뜻을 형상화한 게 「슬이」이고, 따라서 「슬이」는 기존 식민지 조선에서 횡행하던 일제 말기 제국의 국책문학과 뚜렷이 구별되는, 제국의 문자성을 위반하는 한글의 구술성과 그에 자연스레 수반되는 연행성을 배합한 '구술적 연행'의 서사로서 손색이 없다.

이러한 '구술적 연행'은 제주의 민요를 소설 텍스트와 절합시킨 곳에서 작가의 소설적 전언을 풍성히 보여주고 들려준다. 가령,

> 그물이 물기슭에 가까워질수록 멸치떼의 소란도 더욱 심해져 동아줄을 끌어당기기가 힘들어졌다. 동아줄이 모래톱 위로 올라오기 시작하자 쉬고 있던 남정네들도 달려들어 빈 자리를 메꾸었다. 아이들도 한몫 끼여들어 힘을 보탰다.

> 남자 여자 가리지 말고
> 어기야뒤야 당기자
> 그물 위로 멸치 나간다
> 살짝살짝 쳐들면서
> 어기야뒤야 당기자.

---

18 위의 책, 212쪽.

멸치 후리기는 역시 남녀가 함께 어울려야 흥겨운 법이다. 여자들 틈에 남자들이 끼자, 무른 땅에 말뚝 박듯 으쓱으쓱 일에 신명이 올랐다. 아낙네의 힘과 땀에 남정네의 힘과 땀이 섞여들어 모두들 화톳불 불빛이 번진 붉은 얼굴로 동아줄 잡고 취한 듯 흥청낭청거렸다.[19]

에서 강조된 부분은 텍스트의 중간에 절합된 제주의 어업 노동요 중 '멜후림소리(또는 멸치후리는 노래)'의 한 대목이다. 선소리꾼이 노래를 이끌면, 나머지 사람들은 그물을 당기는 동작에 따라 후렴구를 신명나게 부르는데, 위 소설에서 단적으로 읽을 수 있듯, 마을사람들 모두가 이 노래에 맞춰 힘을 합치고 있다. 이 신명나는 '구술적 연행'을 통해 우리는 『바람 타는 섬』에서 다뤄지는 잠녀들의 항일투쟁이 제국의 식민주의를 전복하고 넘어서기 위한 해방의 성격을 갖는 데 주목해야 한다.

여기서 우리가 간과해서 안 될 것은 예의 '구술적 연행'이 지닌 미적 정치성이다. 이것은 구미중심주의를 극복하기 위한, 구미중심의 (탈)근대의 세계에 균열을 내고 내파하기 위한 미적 정치성이지, 이러한 세계를 안정적으로 구축시켜주기 위한 차원에서 인정하는 타자성에 관한 배려의 정치학이든지, 이 세계의 음험한 식민성을 감추기 위한 다원성의 수사학과 연루된 미적 정치성이 결코 아니다.[20] 말하자면, 오

---

19 현기영, 『바람 타는 섬』, 창작과비평사, 1989, 332쪽.
20 여기서 다시 한번 강조하건대, 우리가 주목하는 것은 제주의 구술전통이 텍스트에 삽입됨으로써 갖는 텍스트의 미적 효과이든지, 텍스트의 수용미학의 차원에서 구술전통이 담당하는 몫에 초점이 맞춰져 있지 않다. 따라서 우리의 '구술적 연행'에 관한 논의는 다음과 같은 논의와 구분된다. "이러한 민요 삽입의 결과는 바로 공동체 의식을 강조하고, 도민들의 삶을 표출하여 소설의 주제를 부각시키는 효과를 가져오고 있다. 작품 구성의 면에서도 산문과 운문의 혼합적인 사용 등 복합구성은 사회구성원간의 전통적 정서로의 통합과 개개인의 공유를 노리는 개방적인 효과를 가져 온다. 등

리엔탈리즘으로서 '구술적 연행'과 전혀 다른 미적 정치성을 새롭게 창안해야 하며, 제주문학은 그 가능성을 실현하고 있는 것이다.

2) 굿시, 제주 서사무가의 창조적 절합

제주는 구술 유산의 보고寶庫라 해도 과언이 아니다. 특히 "제주도의 서사무가는 인류 공동의 유산인 구비서사시가 오늘날까지 다양한 형태를 잃지 않고 생생하게 구전되고 있는 소중한 자료"[21]로서 텍스트와 절합한 가운데 생성되는 '구술적 연행'은 구미중심의 연극성과 다른 연행성을 적극화하는 새로운 문학 양식을 창출한다. 우리가 주목할 문무병 시인의 굿시가 여기에 해당한다. 그는 "서구적 갈래의 틀 속에 닫혀 있는 시가 아니라 자유롭게 민중의 언어, 읽고 쓰는 언어가 아닌 말하는 언어, 경험과 정서에 젖은 평범한 언어로 구연되는 시, 노래하는 시, 또는 시로 하는 굿, 이야기로 하는 굿, 노래로 하는 굿을 완성하기 위한 열려 있는 시로서 종래의 갈래 개념을 파괴하는 작업"[22]이 굿시의 특질임을 특유의 굿시론에서 강조한다.

(다)

16. 군문열림

섬 전체가 흔들린다.

장 인물들은 이야기를 전개하는 화자로서 살아 있도록 하고 독자들과 의사를 공유할 수 있는 역할을 하도록 하는 기능을 민요가 담당하는 것이다."(좌혜경, 「제주 민요의 현대문학적 변용」, 『제주문학』 22, 제주문인협회, 1992, 166쪽)

21 조동일, 「탐라국 건국서사시를 찾아서」, 『제주도연구』 19, 제주학회, 73쪽.
22 문무병, 「제주무가의 현대문학적 변용」, 『제주문학』 22, 제주문인협회, 161쪽.

지축을 흔들며, 저 멀리 한라산에

마른번개와 천둥이 울렸다.

백성들은 갈중이 적삼 옷고름 위에 손을 얹고,

심장 타는 울림을 듣는다. 물살처럼 일어나서

죽창 들고, 괭이 들고, 제주 성으로

진격하라! 진격하라! 문이 열린다.

성문이 열린다. 횃불을 들고, 불화살을 쏘며

덩덩 북을 쳐라. 자손들아.

내 땅이 부정탔는데, 내 땅이 잡귀로 들끓는데

내 어이 춤을 추지 않으리오. 들리지 않느냐?

하늘에서 덩덩, 삼천천제석궁

하늘 옥황에서 삼시왕이 내린다.

저승 차사를 데리고, 다리고 다리자.

부정서정 만만하니

부정서정 신가시자.

가슴에 붙는 불은 여기저기

산지사방으로 옮겨 붙어 활활 타올랐다.

산에도, 들에도, 백성들의 맺힌 가슴에도

불은 타올라, 활활 타올라

이승과 저승이 만나는 자리,

저승과 이승이 만나는 자리

삼시왕 군법으로 귀신들을 잡아 들이라.

(이하 생략)

― 문무병, 「날랑 죽건 닥밭에 묻엉…」(『날랑 죽건 닥밭에 묻엉…』, 각, 2000) 부분

(라)

허공 중에 흩어진 넋이여,

(…중략…)

수류탄이 투하되고, 불이 지펴져 찢겨진 육신에, 꺼져가는 호흡을,

피눈물에 어금니를 물고, 마지막으로 외쳐보던 절규,

"살려줍서!" "살려줍서!" "살려줍서!"

(…중략…)

굴에 숨어살았으니 빨갱이였다 하고,

지금도 사람들 중에는 유골을 재판하여야 한다고들 합네다.

잔인한 세월의 기득권이 남아 죄 아닌 죄를 덮어씌우려는,

지금도 세상은 어둠입니다.

다랑쉬굴 어둠 속에 누워 잠든 서러운 영신님네,

답답한 세월 어둠의 껍질을 벗겨내고, 밝은 속살 드러날 내일을 위해

칭원하고 원통한 가슴, 썩은 살 버려두고 뼈다귀로만 당당히 걸어

이제 굴 밖으로 나오십서.

그리하여 연기에 막힌 가슴 미어지는 고통을

한숨 크게 들이쉬어 풀어내고, 시국 잘못 만난 탓에 억울하게 죽었으니,

더 이상 굴속에 버려지지 않겠다 하시고,

찢겨진 육신 썩은 살, 뼈다귀로만 항변하던 그 누명의 옷을 벗으십소서.

(…중략…)

오늘은 ○○○○년 4월3일,

시원시원하게 울고 가옵소서. 이승에 둔 미련이야

억울한 누명을 벗는 일 아닙네까. 이제 사람들은

반공법의 공소시효가 지났다하옵고,

뼈다귀에 죄를 씌울 수야 없다고 합네다.

다만 귀찮은 일 적절한 선에서 마감하되 합장지묘의 형태를 취하면

자꾸자꾸 귀찮아지니, 유골처리만으로 쓰레기 청소하듯 정리하려 합니다.

아무리 잔인한 세월, 모진 인심을 살았을망정, 그러나

허공중에 허튼 넋, 구름 길 바람 길에 흩어진 넋을 모으고,

뼈를 묶고 기워서, 영육 한 몸으로 묶어

이제는 원혼을 풀어주는 위령제를 지내주어야 한다는

여론과 높으신 의원님들의 말치레도 있고 하니,

떳떳하게 울고 가옵소서.

(이하 생략)

— 문무병, 「다랑쉬굴에 흩어진 열 한 조상님네 넋은 넋반에 담고, 혼은 혼반에

담아 저승 상마을로 도올리저 합네다.」(『날랑 죽건 닥밭에 묻엉…』, 각, 2000) 부분

(다)와 (라)는 모두 문무병이 천착하고 있는 굿시들이다. (다)의 경
우 근대전환기 무렵 반제국주의와 반봉건주의를 향해 장두 이재수를
중심으로 일으킨 신축항쟁의 정황을 굿의 초감제[23]의 형식을 절합한

---

23 현용준에 따르면, 큰굿의 구성형식을 네 가지 의례형식(기본형식의례, 영신의례, 신
   화의례, 성극의례)으로 정리하는데 그중 기본형식의례는 신들을 청해 들여 제상에
   좌정시키고(晴神), 차려 올린 제물을 잡숫도록 권하여(饗宴) 소원을 빌어 들어주는
   가를 점쳐 판단하고(祈願), 또 심방과 가족들이 신과 더불어 즐겁게 춤추며 놀고(娛
   神), 마지막에는 청해 들인 신들을 모두 돌려보낸다(送神). 제주 무속에서 청신을
   '초감제'라 부른다. 이에 대해서는 현용준, 『제주도 신화의 수수께끼』, 집문당, 2005,

구술적 연행으로 형상화하고 있으며,[24] (라)의 경우 4·3공간에서 무고한 죽음을 당한 다랑쉬굴의 혼령들을 위무하는 제의적 연행이 형상화돼 있다. 이 둘은 모두 제주 특유의 무격巫覡인 심방의 사설과 춤사위가 시 텍스트의 문자성과 상호작용하는 과정에서 생성된 '구술적 연행'을 공유하고 있다. 이 굿시에서 특히 눈여겨 보아야 할 것은 제국의 식민주의 지정학에 의해 고착화된 제주의 식민성에 의해 억울하게 맺힌 원혼을 '역사적 해원굿'의 신명으로 풀어주고 있는 해방의 정치학이다. 달리 말해 이것은 "'굿시'라는 형식적 실험을 통해 시적 리얼리즘의 힘을 갱신"[25]하는 값진 노력이다. 이것은 매우 중요하다. 문무병의 굿시는 제주의 서사무가를 구미중심의 (탈)근대문학으로 변용함으로써 기존 서사시에 대한 장르적 확산을 도모하는 것보다 구미중심주의를 오랫동안 지탱하고 있는 식민지 근대로부터 훼손된 세계를 구원함으로써 '또 다른 (탈)근대'의 세계를 간절히 희구한다. 때문에 그의 굿시는 제주 전래의 무속에 맹목화하는 것과 무관할 뿐만 아니라 한

11~17쪽 참조.

24 특히 '군문열림'의 제의적 단계에 주목할 필요가 있다. '군문열림'이란, "신들을 청하여 신역(神域)의 문을 열어야 하므로 천황 열두문, 지황 열한 문, 인황 아홉 문, 하늘옥황 도성문, 지부사천문, 명왕 지옥문, 신당문, 차사 영신문, 산신문, 용왕문 등 각 신들의 문을 열어 주십사고 요란한 춤을 추며 문 열기를 한다."(위의 책, 13~14쪽) "이때 심방은 요란한 무악에 맞추어 회전하는 '도랑춤'을 춘다."(문무병, 『날랑 죽건 닥밭에 묻엉…』, 각, 2000, 72쪽) 따라서 문무병의 굿시 「16. 군문열림」을 제대로 이해하기 위해서는 이와 같은 점을 고려한 '구술적 연행'에 주목해야 한다.

25 고명철, 「굿거리로서의 시의 신명, 시적 리얼리즘의 힘」, 『비평의 잉걸불』, 새미, 2002, 372쪽. 비록 김준오가 굿시에 대한 논의를 하지 않았으나, 굿시 또한 시적 진술의 면에서 서술시와 무관하지 않으므로, "서술시가 묘사체의 음풍영월적 자연시들과 달리 본질적으로 리얼리즘과 관련되는 사실"(김준오, 「서술시의 서사학」, 『문학사와 장르』, 문학과지성사, 2000, 74쪽)이라는 지적은 굿시를 리얼리즘의 갱신의 차원에서 보는 우리의 논의에 시사하는 바 적지 않다.

개인의 안녕만을 위무하기 위해 분열증적 자아를 치유하는 정신분석학의 기능을 담당하는 것과 명백히 거리를 둔다. 그리하여 굿시는 '역사적 해원'을 통한 죽은 자와 산 자, 그리고 산 자들 사이의 평화로운 상생과 공존의 윤리를 추구하는 미적 정치성을 보증한다.[26] 이것이야말로 우리가 새롭게 추구하고 모색해야 할 구미중심주의를 극복하는 제주문학이 기꺼이 떠맡아야 할 몫이다.

4. 제주문학의 '구술적 연행'에 대한 탐구과제

지금까지 우리는 근대적 자본주의 세계체제가 견고히 구축시킨 구미중심주의를 극복하기 위해 제주문학이 지닌 글로컬리티의 미적 정치성을, 제주어의 구술성과 텍스트의 문자성 사이의 혼효·습합·길항하는 과정에 주목하였다. 이 글의 서두에서도 언급했듯 이러한 우리의 논의는 대단히 논쟁적 성격을 띨 수밖에 없다. 무엇보다 구미중심의 (탈)근대의 매트릭스에 균열을 내고 내파하는 래디컬한 문제의식 아래 제주문학을 새롭게 논의하는 게 얼마나 설득력을 갖는지 지금으로서는 이렇다 할 학문적 논쟁이 활성화되고 있지 않다.

---

26 이것은 제주의 굿이 본래 지닌 특장(特長)에 기인한다. "제주도의 굿은 '풀이' 하여 '맞이' 하고 신과 인간이 하나 되게 하는 통일굿이다. 통일굿은 길을 여는 굿이다. 그리고 '풀이' 하여 해원하면서, 동시에 신을 맞이하여 더불어 하나가 됨으로써 신과 인간, 산 자와 죽은 자가 함께 신인동락(神人同樂)하는 것이다. 죽어서 억울한 조상과 살아서 부끄러운 자손이 죽어서 억울한 죽음을 '의로운 죽음'이 되게 하고, 자손은 역사 앞에 부끄러움이 없게 하는 죽은 자와 산 자가 모두 역사 앞에 떳떳하고 산 자는 산 자끼리 더불어 하나가 되게 하는 것이 '상생굿'이다."(문무병, 「4·3과 해원굿」, 앞의 책, 123쪽)

이후 좀 더 생산적 논의가 이어지길 기대하면서 보완되어야 할 것, 또 달리 논의돼야 할 것 등 몇 가지 중요하게 남는 과제를 정리하면서 우리의 논의를 맺는다.

다시 문제를 확인해보자. 우리가 제주어의 구술성에 주목하는 것은 텍스트의 문자성과 상호 작용하는 과정에서 기존 텍스트의 문자성 중심으로 이뤄진 문학과 현저히 다른 미적 가치를 제주문학이 보증하고 있기 때문이다. 따라서 제주어가 제주문학의 미적 구성체로서 온전한 역할을 수행하고 있는가의 문제에 대해 제주문학 연구의 시계視界를 분명히 조정해야 한다.

다음으로, 제주어의 구술성과 텍스트의 문자성 사이에 일어나는 화학반응에 대한 보다 세밀한 논의가 뒷받침되어야 한다. 혹시 이러한 논의들이 모국어의 종요로운 문학적 성과를 축적시키고 있다는 것으로 수렴됨으로써 일개 국민문학으로서 한국문학의 상징자본을 평가절상하거나 한국문학의 하위구성체로서 제주문학의 존재 가치에 자족하는 것이라면, 자칫 이 일련의 논의들이 결국 언어내셔널리즘으로 전락할 수 있는 것을 전적으로 배제할 수 없다. 우리는 알고 있다. 언어내셔널리즘은 구미중심주의를 더욱 공고히 하는데 공모한다. 이 끔찍한 역사의 사례를 우리는 일본 제국주의 식민의 억압 아래 여실히 경험한 적이 있다. 일본어 내셔널리즘을 통해 일본은 구미중심주의를 일본 제국주의의 팽창욕으로 전도顚倒시킨 채 일제 말 대동아공영권 건설과 신체제질서를 아시아의 숱한 약소자들에게 얼마나 혹독히 강제하였는가.[27]

---

27 이에 대해서는 이연숙, 고영진·임경화 역, 『국어라는 사상』, 소명출판, 2006에서 「12장 동화란 무엇인가」, 「13장 만주국과 국가어」, 「14장 공영권어와 일본어의 국

끝으로 경계해야 할 것은 제주의 구술 유산과 텍스트의 문자성 사이에서 생성된 '구술적 연행'의 산물이 오리엔탈리즘으로 인식되거나 기능해서는 안 된다. 따라서 이후 구미중심주의를 극복하기 위한 제주문학의 '구술적 연행'과 그렇지 않은, 즉 구미중심주의 문학제도로부터 자유롭지 않은 구술 유산의 현대적 변용 사이에 정치精緻한 비교연구도 뒤따라야 할 것이다. 뿐만 아니라 구술성과 문자성의 상호 작용을 중심으로 한 한국문학과 비서구(아시아, 아프리카, 라틴아메리카)의 문학에 대한 심층 있는 비교문학적 탐구도 수행되어야 할 과제로 남겨둔다.

제화」를 참조. 좀 더 포괄적인 차원에서 언어 제국주의의 제양상에 대해서는 미우라 노부타카 · 가스야 게이스케 편, 이연숙 외역, 『언어 제국주의란 무엇인가』, 돌베개, 2005 참조.

새로운 세계문학 구성을 위한
4·3문학의 과제

1. 지구적 시계視界를 겸비한 4·3문학

대한민국 정부 수립(1948) 이후 제주 4·3사건(1948)에 대한 국가권력의 강요된 망각과 편향적이고 왜곡된 기억의 강제는 4·3을 둘러싼 역사적 진실 탐구 자체를 오랫동안 허락하지 않았다. 국내에서는 주지하다시피 작가 현기영의 단편 「순이 삼촌」(『창작과비평』, 1978.가을)이 발표되면서 비로소 한국 현대사의 암울한 터널 바깥으로 4·3사건의 전모가 드러나는 역사적 계기를 갖게 된다.[1] 그런데 이보다 3년 전 미국에서는 주한미군으로 근무한 적 있는 존 메릴John Merrill이 미국의 국립문서기록관리청 등지에서 보관되고 있는 4·3 관련 미군 자료를 중심으로 하버드대학교에서 「제주도 반란The Cheju-do Rebellion」(1975)이란 제목으로 석사학위를 받음으로써 전 세계적으로 최초로 4·3을 학술적으로 연구했다. 현기영의 「순이 삼촌」은 작중 인물 '순이 삼촌'을 중심으로 한 제주의 무고한 양민이 이른바 '빨갱이 사냥red

---

1   4·3에 대한 최초의 문학적 접근은 재일조선인 작가 김석범(1925~)의 잇따른 문제작 「간수 박서방」(1957), 「까마귀의 죽음」(1957), 「관덕정」(1962) 등이 일본에서 일본어로 쓰이면서 시작되었다. 이 무렵 한국에서는 엄혹한 냉전시대의 질곡 속에서 4·3에 대해 침묵을 강요당해 왔다.

hunt'이란 반문명적·반인간적·반민중적 폭력 아래 억울한 죽음을 당한 제주 민중의 수난사에 초점을 맞춤으로써 대한민국 정부 수립 과정에서 원통히 죽어간 제주 민중에게 가해진 국가폭력을 증언·고발해낸다. 그리고 존 메릴은 그의 논문에서 적시하고 있듯, "제2차 세계대전 이후 점령군에 대하여 제주도에서와 같은 대중적 저항이 분출된 곳은 지구상 어디에서도 찾아볼 수 없었다"[2]고 한바, 4·3사건의 역사적 희생자인 제주 민중이 당시 미군정美軍政과 한국정부에 대해 봉기를 일으킨 측면을 간과하지 않았다.[3]

여기서, 우리가 다시 주목해야 할 것은 현기영과 존 메릴의 접근에서 보여주고 있는 두 시각이다. 그동안 4·3문학에 대해 괄목할 만한 창작 성과와 비평 및 연구가 축적되고 있는 것을 애써 외면해서는 곤란하다.[4] 하지만 동시에 우리가 준열히 경계하고 성찰해야 할 것은 그동안 이들 성과에 우리도 모르는 새 자족하거나 안주해버린 채 4·3을 기념화·화석화化石化하는 것 또한 곤란하다. 4·3문학은 늘 깨어있어야 하며, 예각화된 시선을 갖고 4·3을 한층 웅숭깊게 탐구해야 한다.

---

2 양조훈, 「겉과 속이 다른 미군 정보보고서」, 『4·3 그 진실을 찾아서』, 선인, 2015, 79쪽에서 재인용.
3 4·3의 역사적 진실을 취재해 온 양조훈은 존 메릴과의 세 차례 인터뷰를 통해 4·3사건과 미군정의 관계의 핵심을 매우 적확히 파악한다. 이에 대해서는 위의 책, 79~91쪽 참조.
4 문학의 모든 장르에 걸쳐 4·3문학은 괄목할 만한 성과를 축적시키고 있다. 무엇보다 4·3의 직접적 당사자인 제주문학인들에 의한 지속적이고 집중적인 노력은 4·3문학뿐만 아니라 국내외적으로 연대할 수 있는 문학에 현재적으로 시사하는 바 크다. 대표적으로 (사)제주작가회의가 꾸준히 펴낸 시선집 『바람처럼 까마귀처럼』(실천문학사, 1998), 소설선집 『깊은 적막의 꿈』(각, 2001), 희곡선집 『당신의 눈물을 보여주세요』(각, 2002), 평론선집 『역사적 진실과 문학적 진실』(각, 2004), 산문선집 『어두운 하늘 아래 펼쳐진 꽃밭』(각, 2006) 등이 있는가 하면, 최근 4·3문학의 국제적 연대 차원에서 베트남문학과의 교류 일환으로 펴낸 제주·꽝아이 문학교류 기념시집 『낮에도 꿈꾸는 자가 있다』(심지, 2014) 등이 있다. 이 외에도 개별 문인 및 연구자들에 의해 4·3문학에 대한 문학적 성과는 축적되고 있다.

이를 위해 우리는 초발심의 차원에서 현기영과 존 메릴의 접근으로부터 4·3문학이 혹시 소홀히 간주했거나 미처 탐침하지 못한 것들이 없는지 헤아려본다. 이에 대해서는 이 글의 다음 장에서 좀 더 논의해보는데, 그에 앞서 생각해봐야 할 게 있다. 4·3문학은 현기영과 존 메릴의 시각을 횡단적으로 보는 게 요구된다. 4·3에 대한 제주 민중의 수난사는 제2차 세계대전의 승자인 점령군―미군의 군정과 밀접한 연관이 있는바, 일제로부터 해방하여 식민주의를 벗어났지만, 기실 미군정에 의한 친일협력자들의 재등용과 제2차 세계대전 이후 새롭게 재편되는 동아시아의 국제정세와 맞물려 새로운 정치경제적 헤게모니를 장악하기 시작한 미국의 새로운 식민지배, 즉 신식민주의의 주도면밀한 관철은 제주 민중의 수난사가 제2차 세계대전 이후 본격적으로 형성될 세계 냉전체제의 암울한 전조前兆를 제주에서 극명히 드러낸다. 따라서 4·3문학은 이 같은 국제정세를 포괄적으로 보는 역사적 시계視界를 가져야 한다. 그럴 때 현기영에게서 제기된 제주 민중의 수난사와 존 메릴에게 주목되는 미군 점령군(여기에는 미군정의 지원을 받는 한국정부를 포함)에 대한 제주 민중의 저항을 다루는 4·3문학은 해방공간의 특수한 지역 문제에 한정된 '지역문학'으로만 인식되는 것도 아니고, 이 시기를 다룬 한국문학사를 온전히 구축시키는 차원에서 그것의 결락된 부분을 충족시켜주는 데 자족하는 한국문학, 곧 '국민문학'으로만 인식되는 것도 아닌, 세계 냉전체제의 발아되는 현장과 현실에 연동되는 '세계문학'의 문제틀problematics로서 새롭게 인식될 수 있다.

사실, 필자는 이와 관련하여, 다음과 같은 논의를 펼친 적 있다.

4·3문학은 새 단계에 걸맞는 방향 전환으로 '기억의 정치학'을 과감히 시도해야 합니다. 이를 위해서는 크게 이중의 과제를 설정하고 수행해야 하는데, 하나는 **지구적 국제성을 획득하는** 일이고, 다른 하나는 한국문학의 **'또 다른 근대(혹은 근대극복)'을 선취(先取)하는** 일입니다. 전자의 경우 4·3문학의 일국적 문제틀로부터 과감히 벗어나 4·3문학과 창조적으로 연대할 수 있는 세계문학과 상호침투적 관계 맺기를 적극적으로 노력해야 합니다. 여기에는 지금까지 통념화되고 있는 세계문학을 염두에 둔 게 아닌, 유럽중심주의를 발본적으로 성찰하는 가운데 생성되는 세계문학을 재구성할 수 있는 가능성의 원대한 꿈을 결코 과소평가해서는 안 됩니다. 후자의 경우 전자의 기획을 구체적으로 실현시킬 수 있는 것인데, 4·3문학을 아우르고 있는 제주문학 특유의 미적 실천을 주목함으로써 4·3문학이 유럽중심주의 미학을 창조적으로 극복하여 한국문학의 오랜 숙제인 서구문학의 근대와 '다른 근대(혹은 근대극복)'을 실천할 수 있습니다.[5]
(강조는 인용자)

유럽중심주의가 내밀화된 문학 주체들은 이 같은 생각을 제3세계의 민족주의로 치부한다든지 세계의 엄연한 현실을 몰각한 낭만적 이상주의로 간주하기 십상이다. 하지만 필자가 과문한지 모르겠지만, 저간의 세계문학에 대한 논의들 속에서 여전히 유럽중심주의는 똬리를 틀고 있는 형국이다. 여기서 적시해두고 싶은 것은 국민문학을 중심으로 한 논의 구도가 지속되는 한 유럽중심주의에 젖줄을 대고 있는 국민문

---

5   고명철, 「4·3문학의 새 과제—4·3의 지구적 가치와 지구문학을 위해」, 『제주작가』, 제주작가회의, 2011.여름, 28쪽.

학의 문제틀로서는 기존 세계문학을 창조적으로 넘어서는 일이 한갓 도로徒勞일 뿐이라는 점이다.[6] 그래서 필자는 4·3문학이 우리에게 자동화되고 관습화된 예의 세계문학이 함의한 것과 '다른' 세계문학을 새롭게 구성할 수 있다고 본다. 그것은 존 메릴이 적시했듯, 제주 민중은 제2차 세계대전 이후 신제국주의로 등장한 미국에 대한 '대중적 저항'을 분출한 만큼 이 저항이 함의한 것들을 4·3문학은 지구적 시계視界의 차원에서 기획·실현할 수 있기 때문이다. 이럴 때 4·3문학은 기존 세계문학을 "우리와 무관한 다른 세계의 문학이 아니라 우리 자신이 우리의 삶으로서 주체적으로 참여할 수 있는, 즉 '개입으로서의 세계문학world literature as an intervention'"[7]으로 전유할 수 있는 것이다.

이 글에서 필자는 4·3문학이 제주문학(=지역문학) / 한국문학(=국민문학)의 가치만으로 자족하는 것을 넘어 새롭게 구성되어야 할 세계문학의 문제의식을 염두에 둔, 그래서 4·3문학이 인류의 평화와 상생을 모색하고 실천하는 원대한 문학적 욕망을 수행할 수 있기를 기대한다.

---

6   가령, 최근 주목되고 있는 하버드 대학 교수인 댐로쉬의 세계문학에 대한 논의의 핵심을 일본의 비평가 호소미 가즈유키는 매우 날카롭게 비판하고 있는바, 호소미에 따르면, 댐로쉬는 세계문학을 모든 국민문학을 타원형으로 굴절시킨 것으로 보며, 번역을 통해 풍부해지는 작품으로 보고 있다고 한다. 그래서 댐로쉬가 공을 들여 감수한 『롱맨 세계문학 앤솔로지』 전6권에는 고대부터 현재까지 그가 생각하는 세계문학이 망라돼 있는데, 일본문학으로 수록된 『겐지모노가타리』와 무라카미 하루키의 단편 「TV피플」은 댐로쉬의 세계문학이 '세계 비즈니스'에 불과하다고 매섭게 비판한다. (호소미 가즈유키, 「세계문학으로서의 김시종」, 『지구적 세계문학』 4, 글누림, 2014.가을, 141~142쪽) 이는 달리 말해 서구의 문학 시장에서 시장 가치를 갖는 국민문학을 세계문학으로 이해하는 데 기인한 것이다. 이것은 국민문학의 태생 자체가 갖는 한계로, 결국 국가의 정치경제적 위상이 강한 국민문학 중심으로 세계문학이 구성되는 것을 말한다. 괴테와 마르크스의 세계문학 기획이 이러한 것을 염두에 둔 것과 무관한 것을 상기할 필요가 있다.

7   김용규, 「개입으로서의 세계문학」, 김경연·김용규 편, 『세계문학의 가장자리에서』, 현암사, 2014, 21쪽.

2. 새로운 문제의식으로 탐구되어야 할 4·3문학

1) 항쟁 패배자와 승리자에 대한 '기억의 정치학'

필자는 "제주 4·3문학은 끊임없이 국가-국민문학과 비타협해야 하는 곤혹을 감수해야 한다"[8]는 입장에 동의한다. 그런데 중요한 것은 이것을 구두선口頭禪에서 그칠 게 아니라 문학적 실천으로 어떻게 구체화시킬 것인가 하는 문제다. 현기영의 다음과 같은 언급에 귀를 기울여보자.

> 4·3이 국가추념일로 지정되면서 마치 4·3의 모든 것이 해결된 것처럼 생각하는 모양입니다. 4·3이 어둠 밖으로 제 몸을 드러내자 갑자기 그 빛을 잃어가는 느낌입니다. 끊임없이 4·3을 재기억하는 일이 중요합니다. 재기억이란 지워졌던 역사적 기억을 되살려 끊임없이 되새기는 일, 대를 이어 역사적 기억의 일부만 용납되고 있는 현실입니다. 양민 피해자의 기억은 어느 정도 허용되고 있지만, **항쟁 패배자의 기억**은 철저히 부정되고 있는 것입니다. 70년 가까운 세월이 흘렀으면, 이제 그들을 감싸 안는 아량이 있어야 하지 않겠습니까? 패배자의 기억 또한 회복시켜야 합니다.[9] (강조는 인용자)

현기영의 위 발언이 의미심장한 것은 한국이 아닌 일본에서 타전되

---

8 제주대 탐라문화연구원이 주관한 제주 4·3 제67주년 기념 학술 심포지엄(2015.4.24)에서 발표된 김동현의 「식민의 화석, 은폐된 국가」, 『제국의 폭력과 저항의 연대』(자료집), 87쪽.

9 박경훈, 「김석범·현기영 선생과 동경 웃드르에서의 하루」, 『박경훈의 제주담론』 2, 각, 2014, 387쪽.

고 있다는 사실이다. 일본이 한국보다 분단이데올로기의 억압이 상대적으로 자유로워서였을까. 현기영은 작심한 것인 양 그동안 한국사회에서 좀처럼 발언하지 않은 사안, 즉 4·3사건에서 군경 토벌대에 맞선 무장대에 대한 기억을 회복시켜야 한다는 것을 환기하고 있다. 국가차원에서 4·3특별법이 제정(2000)되고, 4·3진상보고서가 여야합의로 채택(2003)되고, 뿐만 아니라 고故 노무현 대통령이 제주도민에게 국가차원의 사과(2003)를 한 후 4·3이 국가추념일로 지정(2014)되면서 국가적 억압으로부터 형식적으로 해방된 것은 분명하지만, 4·3사건을 에워싼 기억 중 무장대에 대한 그것은 현기영을 비롯한 한국문학에서는 아직 이렇다할 본격적인 작업이 없다고 해도 과언이 아니다. 왜냐하면 무장대를 형상화하기 위해서는 해방공간에서 4·3사건을 구성하는 역사의 시간에 따라 조직·해체·구성되는 무장대의 활동을 촘촘히 추적해야 하는데,[10] 여기에는 불가피하게 한국사회의 무소불위로

10 이와 관련하여, 4·3무장대의 활동을 막무가내로 북한의 민주기지론과 관련하여 반공주의로 매도하는 것은 역사에 대한 비과학적 인식일 뿐만 아니라 궁극적으로 4·3의 역사적 진실을 대한민국과 조선민주주의인민공화국이란 국민국가의 폐색적(閉塞的) 내셔널리즘으로 협소화시키는 데 불과하다. 우리는 4·3사건 이전 해방직후의 현대사를 세밀히 주목할 필요가 있다. 해방직후 전국적으로 여운형 주도로 꾸려진 건국준비위원회(후에 인민위원회로 변경)는 1945년 9월 6일 국가를 '조선인민공화국'으로 공포하였는데, 이것은 엄밀히 말해 북쪽 김일성이 세운 '조선민주주의인민공화국'과 그 성격이 다르다. 물론 '조선인민공화국'은 미군정이 들어서면서 반공주의로써 철저히 부정되었다. 제주의 4·3은 이러한 역사적 맥락에서 이해되어야 하는 역사적 실체다. 이러한 해방정국의 어수선한 현실 속에서 "제주 민중의 지향점은 주변부에 처해 있는 독자적인 단위로서의 제주도에 미쳐진 세계냉전체제, 한반도 중앙권력의 물리력에서 벗어나고자 하는 데 두어졌다고 보아야 할 것이다. 여기에는 국가주의적 이념이 개입할 여지가 없다. 과거 독립된 단위로서 자율성을 나름대로 추구하던 섬 공동체에 가해진 외부로부터의 압박은 자연스레 섬사람들을 하나로 뭉치게 하였을 것이며, 이 때 이들을 조직해낸 것은 지도부의 사회주의 이념이었을 것이다. 이런 의미에서 제주도 남로당의 사회주의 이념은 섬사람들을 조직화시켜낸 사상적 외피에 불과하다. 즉 4·3사건이 기본적으로 국가폭력에 대한 자기 방어적 성격에서 출발

작동하고 있는 국가보안법이란 실정법과 정면으로 부딪칠 수밖에 없는 곤혹스러움에 직면해야 하기 때문이다.[11] 따라서 4·3의 역사적 진실을 추구하고 그 역사적 복권을 위해서는 아직도 해결해야 할 과제가 녹록치 않다.

그래서 우리는 현기영의 위 발언이야말로 작가생활의 거의 모든 것을 4·3의 진실 추구에 쏟아온 노작가가 자신의 4·3문학의 한계에 대한 자기성찰을 하는 것과 동시에 기존 4·3문학에서 결여된 부분을 냉철히 응시하는 것으로 이해할 필요가 있다. 이것은 결국 답보 상태에 머무르고 있는 작금의 4·3문학의 새 지평을 모색하기 위해 작가의 오랜 문제의식을 드러낸 것이기도 하다.

그런데, 4·3문학에서 재기억해야 할 대상으로 치열히 탐구해야 할 또 다른 대상은 미군정의 개입 양상이다. 이것은 달리 말해 항쟁 승리자의 기억을 철저히 천착해야 한다는 것을 말한다. 그동안 항쟁 패배자의 기억이 승리자의 기억, 즉 대한민국(미군정의 지원과 미국)의 공식기억official memory 속에서 억압·왜곡·부정되었다면, 승리자의 기억 또한 승리자의 시선 아래 착종·왜곡·은폐되었다 해도 과언이 아니다. 물론, 그동안 4·3문학이 4·

하고 있는 것이며, 미군정과 경찰·서북청년회의 탄압에 저항한 평화적 민중항쟁의 성격을 강하게 띠고 있다는 것이다."(박찬식, 「4·3과 제주역사」, 각, 2008, 382쪽)

11 그래서일까. 한국문학에서 4·3무장대를 본격적으로 다룬 작품은 없다고 해도 과언이 아닌데, 북한문학에서는 이를 다룬 문제작이 있다. 양의선의 장편『한나의 메아리』와 강승한의 서사시『한나산』이 그것이다. 이 두 작품을 연구한 주요 논의는 다음과 같다. 김재용, 「4·3과 분단극복-북한문학에 재현된 4·3」, 『제주작가』, 제주작가회의, 2001.상반기; 김동윤, 「북한소설의 4·3인식 양상-양의선의 『한나의 메아리』론」, 『4·3의 진실과 문학』, 각, 2003; 김동윤, 「단선반대에서 인민공화국으로 가는 도정-강승한 서사시『한나산』론」, 『기억의 현장과 재현의 언어』, 각, 2006; 고명철, 「제주, 평양 그리고 오사카-'4·3문학'의 갱신을 위한 세 시각」, 『뼈꽃이 피다』, 케포이북스, 2009.

3사건에 개입한 미군정(또는 미국)을 외면했던 것은 결코 아니다. 현기영의 일련의 단편들(「아스팔트」(1984), 「거룩한 생애」(1991), 「쇠와 살」(1991), 「목마른 신들」(1992))과[12] 무크지 『녹두서평』에 전재된 이산하의 장편 서사시 「한라산」(1987), 그리고 김명식의 장편 서사시 『한락산』(신학문사, 1992) 등 몇 안 되는 문제작을 통해 미군정과 미국의 반문명적 폭력의 실태가 적나라하게 증언·고발되고 있는 것은 주목할 만한 4·3문학의 성취다. 사실, 이들 작품이 씌어진 시기만 하더라도 미국이 4·3에 개입한 실증적 자료들을 창작자들이 접하기가 어려웠을 뿐만 아니라 이에 대한 사회과학 연구도 크게 진척되지 않는 상황에서 4·3문학이 미국 관련 여부를 형상화하는 것은 결코 쉬운 일이 아니었다. 하지만 이후 미국이 4·3에 깊숙이 연루된 자료들이 실증적으로 조사 정리된 바, 가령 『제주 4·3사건 자료집』(제주 4·3사건진상규명및희생자명예회복위원회, 2003), 『제주 4·3자료집-미군정보고서』(제주도의회, 2000), 『미군CIC정보보고서』 전4권(중앙일보현대사연구소, 1996) 등이 발간됨으로써 4·3문학은 이 문제에 대해 한층 진전된 작업을 수행할 수 있을 것으로 기대한다.

특히 필자가 기대하는 것은 4·3을 다룬 서사문학이 제주의 4·3사건을 미국의 신제국주의 지배가 어떻게 정략적으로 이용했는지를 치밀히 탐구함으로써 제2차 세계대전 이후 미국 주도의 근대성(식민성)을 제주와 비슷한 정세에 놓인 해당 지역에 어떻게 재생산하고 있는지를 살펴보는 것이다. 이 과정에서 주도면밀하게 억압·왜곡·부정되는 미국의 신제국주의의 공

---

12 현기영의 위 네 작품에 나타난 미국관 관련된 신식민 상황에 대해서는 김동윤, 「현기영의 4·3소설에 나타난 탈식민의 문제」, 『한민족문화연구』 49, 한민족문화학회, 2015, 351~359쪽.

식기억의 양상이 드러나는데, 이러한 공식기억은 로컬기억local memory을 끊임없이 지배할 뿐만 아니라 역사적 상처를 준 공식기억을 희석화하고 심지어 미화하는 것을 통해 이 같은 공식기억을 문제삼고 저항하고자 하는 대항기억counter-memory으로서 로컬기억을 무력화시킨다. 공식기억의 이 집요한 기획과 실행은 로컬기억이 수반하고 있는 미국 주도의 근대성과 또 다른 근대성을 결국 휘발시키게 된다. 따라서 4·3문학이 재기억해야 할 승리자의 기억에 대한 정치학은 바로 이 같은 점을 간과해서 안 된다. 이것은 4·3사건에 대한 미국의 반문명적 폭력을 증언·고발하는 데 자족하는 게 아니라 미국 주도의 근대성을 발본적으로 성찰하는 문제의식을 요구하는 것이다.

2) 지구적 국제성의 획득을 통한 '통근대성通近代性, transmodernity' 추구

4·3문학이 '기억의 정치학'을 지속적으로 담금질하는 데에는 4·3이 함의하고 있는 문제들이 과거의 시공에 갇혀 있지 않고 현재와 미래에까지 이어지고 있기 때문이다. 그래서 우리는 지속성을 띠면서도 집중력을 갖고 4·3문학의 새 과제를 발견하고 그것에 치열히 대응하는 것을 아무리 강조해도 지나치지 않다. 이와 관련하여, 필자는 4·3문학에 대한 부단한 자기성찰을 게을리하지 않을 것을 주문하곤 한다. 그럴 때마다 4·3문학이 지구적 국제성을 획득하는 문제를 힘주어 강조한다. 이것은 그리 간단한 성질의 문제가 아니다. 지구적 국제성을 획득하기 위해 무턱대고 외국문학과 교류를 하면 된다든지, 혹은 전 지구적 관심사를 소재로 끌어오면 된다든지, 아니면 시쳇말로 뜨는 외국문학의 어떤 부분을 모방하면 된다든지, 그래서 서구문학 시장에 내놓을 수 있는 '물건'의 조건을 갖추면 지구적 국제성을

획득하는 것으로 생각해서는 곤란하다. 우리가 숙고해야 할 지구적 국제성이란, 이 글의 서두에서도 언급했듯이 유럽중심주의에 내밀화되지 않고 그것을 창조적으로 넘어, 그 과정에서 유럽중심주의로 심화·확산되는 근대성에 매몰되지 않는 '또 다른 근대성'을 함의하는 것들 사이의 '연대'를 의미한다. 그래서 이러한 지구적 국제성을 획득하는 데 오해해서 안 될 것은 유럽중심주의가 축적한 근대성을 맹목적으로 부정하는 게 결코 아니다. 이것은 대단히 반역사적인 태도다. 우리는 라틴아메리카의 사상가 두셀E.Dussel이 논의하듯이, "근대성의 유럽적·합리적·해방적 성격을 포섭하되, 근대성이 부정한 타자성의 해방이라는 세계적인 기획으로 '넘어서는' 것", 즉 "이것이 새로운 정치적·경제적·생태적·관능적·교육적·종교적 해방 기획으로서 통근대성이다"[13]는 것을 곰곰 숙고해볼 필요가 있다. 여기에는 유럽식 근대성의 동일자가 타자(=트리컨티넨탈)의 배제와 희생을 통해 해방의 기획을 온전히 성취할 수 없으므로, 바로 그렇게 폐기처분한 타자들이 지닌 가치를 해방의 기획으로 적극적으로 실현해야 하다는 문제의식이 함의돼 있다. 그렇다면, '통근대성通近代性, transmodernity'의 개념에는 자연스레 '연대'의 가치가 스며들어 있고, 이것은 필자가 의도하는 지구적 국제성과 연동되는 것이다.

이렇게 4·3문학이 획득해야 할 지구적 국제성을 설명하기 위해 두셀의 '통근대성'의 개념을 빌린 데에는, 4·3의 진실이 동아시아의 변방에 위치한 제주도에만 국한되는 게 아니라 그 지정학적 특수성 속에서 배태된 사건을 겪은 지역들에서 유사하게 발견된다는 점이다. 특히, 제주처럼

---

13 엔리케 두셀, 박병규 역, 『1492년 타자의 은폐』, 그린비, 2011, 239쪽.

국민국가의 변방에 위치하면서 국민국가들 사이의 정치경제적 이해관계가 상충되는 전략적 요충지[14]의 경우 예로부터 제국은 자신의 지배력을 관철시키고자 하였고, 이 과정에서 4·3과 같은 전대미문의 역사적 참상이 재현되는 것이다. 그리하여 4·3문학이 추구할 지구적 국제성은 4·3처럼 제노사이드를 겪고, 그 끔찍한 충격으로부터 살아남은 자들이 겪는 온몸의 고통이 얼마나 반인간적·반생명적인지를 함께 공유하는 것은 물론, 이러한 고통이 유럽중심주의에 기원한 근대성(=식민성)에 있음을 착목함으로써 과연 인간의 진정한 해방이 무엇이며, 어떻게 이를 실현할 수 있는지에 대한 지혜와 실천을 '연대'하는 일이다.

이것을 실현하기 위해 필자는 두 가지 연대의 길을 모색해본다. 하나는 4·3문학과 동아시아의 연대이며, 다른 하나는 4·3문학과 트리컨티넨탈의 연대이다. 사실, 이 둘은 별개로 추구해야 할 것은 결코 아니지만, 연대의 방략方略 차원에서 상호보족적 관계에 있다고 볼 수 있다. 전자의 경우 4·3문학은 '제주-오키나와-대만'의 삼각구도에 초점을 맞출 필요가 있다. 이들 세 지역은 모두 섬으로서 미국, 중국, 일본과 매우 밀접한 역사적 경험을 안고 있는데, 20세기 전반기 식민주

---

14 현재 제주의 강정 마을에는 해군기지가 건설되고 있는데, 정부는 이를 '제주민군복합형관광미항'을 건설한다고 미화하고 있다(http://jejunbase.navy.mil.kr). 강정 해군기지 건설은 태평양을 비롯한 인도양의 정치경제적 및 군사적 헤게모니를 장악하기 위한 미국과 중국, 일본의 틈새에서 한국의 군사적 역할에 초점을 둔 것이다. 여기서, 한 일간지의 칼럼에서 뚜렷이 지적하고 있듯(김지석, 「남중국해와 한반도」, 『한겨레』, 2015년 6월 9일), 제주는 남중국해의 영유권을 주장하는 중국과 남중국해의 헤게모니를 장악해온 미국, 그리고 센카쿠 열도 문제를 부각하는 일본의 이해관계와 맞물려 있는 전략적 요충지인바, 제주의 주민들은 이 같은 정부의 해군기지 건설이 '관광미항'의 미명 아래 제주가 제2의 오키나와로 전락함으로써 평화의 섬이 무색할 정도로 전쟁의 기운이 감도는 섬이 될 것을 반대한다.

의를 경험한 적 있으며 제2차 세계대전 이후 세계 냉전체제의 첨예한 쟁점이 예각적으로 맞물려 있는 곳으로 각기 제노사이드의 끔찍한 비극을 공유하고 있다.[15] 따라서 4·3문학은 오키나와와 대만과의 면밀한 관계 속에서 탐구되는 지구적 국제성을 통해 동아시아를 이해하는 새 지평이 모색될 수 있지 않을까. 후자의 경우 4·3문학은 이러한 동아시아에 대한 심층적 이해 속에서 아시아, 아프리카, 라틴아메리카의 해당 지역들이 노정한 근대성(=식민성)으로부터 잉태된 문제들을 해결할 수 있는 지혜와 실천을 공유할 수 있을 것이다.[16] 가령, 4·3문학에서 곧잘 목도되는 이분법적 살육행위, 공식기억 / 로컬기억, 표준어(또는 평안도 방언) / 제주어, 육지 / 섬, 해안 / 중산간, 억압 / 해방, 국민 / 非국민, 서벌턴의 차별 등 숱한 배제의 논리 속에서 일방통행식 근대성이 관철되는 폭력의 양상과 그것에 맞서는 민중의 저항은 4·3문학이 트리컨티넨탈 문학과 연대하는 지구적 국제성을 획득하는 길과 그

---

15 대만의 경우 '2·28사건'(1947)은 4·3사건과 매우 흡사하다. 대만은 일본 식민지로부터 해방된 후 중국 본토에서 장개석이 이끄는 국민당 정권의 통치 아래 누적된 대만 민중의 불만이 섬 주민과 중국 본토 출신 사이의 대립 갈등이 격화되면서 대만 주민들의 국민당 정권에 대한 자치권의 요구가 강화된다. 그러자 국민당 정권은 대만 주민들의 이러한 정치적 요구를 공산당의 배후조정으로 무자비하게 압살한다. 한편 오키나와의 경우 일제 말 미군이 오키나와를 점령하는 과정에서 숱한 무고한 오키나와 주민이 일본국을 위한다는 미명 아래 집단자결을 강요당하는 등 제주-오키나와-대만은 제노사이드의 비참한 역사를 공유하고 있다.

16 잠시 이 자리를 빌려 고백하자면, 필자는 한국문학 연구자 겸 비평가로서 4·3문학을 지속적으로 논의해왔다. 그러다가 지난 몇 년 동안 필자는 한국문학의 근대성을 유럽중심주의의 또 다른 판본으로서 살펴보는 게 아니라 유럽의 근대성을 천착하되 그것에 매몰되는 게 아니라 창조적으로 넘어서는 근대성을 추구하기 위해 아프리카, 아시아, 라틴아메리카 문학 등에 관심을 갖고 있다. 그리하여 유럽중심주의의 폐단을 극복하는 대안적 근대성을 모색하는 데 초점을 맞추고 있다. 이 글에서는 트리컨티넨탈의 구체적 작품이나 문학 현상을 근거로 하여 필자의 생각을 논증하는 데 초점을 맞추지는 않는다. 대신 다른 자리에서 틈틈이 벼려온 이에 대한 사유의 핵심을 4·3문학과 관련한 문제의식 중심으로 논의를 펼쳤다.

문제의식이 포개진다.

3. 문학텍스트의 한계를 넘는 '참여적 실현'으로서 4·3문학

지금까지 우리는 4·3문학이 새롭게 벼려야 할 문제의식을 '기억의 정치학'을 중심으로 한 문자행위에 국한시켰다. 말하자면 우리에게 낯익은 문학의 재현과 관련한 데 초점을 둔 것이다. 그런데 이러한 문학의 재현만으로는 4·3문학이 유럽중심주의의 근대성에 기원을 둔 세계문학을 새롭게 구성하는 데 한계를 지닐 수밖에 없다. 아무리 문자성文字性, literacy의 폐단을 지적하고 그 한계를 넘어서기 위해 구술성口述性, orality과의 상호침투를 통한 문학의 재현으로써 유럽중심주의를 극복하려고 하지만,[17] 그 문학적 재현 자체로서는 궁극적으로 문자의 도움을 필수적으로 받을 수밖에 없는 한 이것은 유럽중심주의를 견고히 지탱시키고 있는 문자중심주의를 한층 강화하는 데 기여(또는 공모)하는 것이다. 이 점을 고려할 때 4·3문학은 문학의 재현뿐만 아니라 또 다른 문학적 행위가 요구된다. 이제, 문학을 재현과 관련한 정통적 맥락에서만 이해하는 것을 지양할 필요가 있다. 특히 4·3문학처럼 언어절言語絶의 역사적 참극을 대상으로 하는 경우 우리에게 낯익은 문학의 형상적 사유만으로는 4·3을 온전히 다루는 데 한계에 직면할 수밖에 없기 때문이다.

여기서, 필자는 4·3문학이 새로운 단계에 접어든 만큼 형상적 사유와

---

17 저자는 제주문학을 대상으로 하여 이에 대한 집중적 논의를 펼쳐보았다. 이 책의 6부에 실린 「제주문학의 글로컬리티, 그 미적 정치성」 참조.

함께 참여적 실현이 절실히 요구된다는 것을 강조하고자 한다. '참여적 실현'이란, 4·3문학을 문학텍스트에만 국한시키는 게 아니라 4·3과 관련한 역사문화체험을 할 수 있도록 함으로써 일반 대중이 4·3의 시공간과 접속할 수 있는 계기를 적극적으로 제공해주는 것이다. 4·3문학을 접하다 보면, 어떤 사건이 일어난 공간을 마주하게 되는데, 기실 이 공간들에 대한 이해가 4·3과 4·3문학을 이해하는 데 매우 중요하다는 것을 새삼 강조하지 않을 수 없다. 두루 알듯이, 문학의 형상적 사유를 통해 작가와 독자는 심미적 이성을 극대화함으로써 실제의 공간을 보다 리얼하게 그려내면서 그 공간의 실재를 넘어선 진실을 발견하는 미적 체험을 한다. 하물며 독서경험을 통한 미적 체험이 이렇다면, 독자가 작품 속의 그 공간을 직접 대면하는 것은 그 공간이 지닌 물질성에 온축된 과거의 숱한 사연들이 말 그대로 '와락' 덮치는 묘한 미적 전율을 느끼도록 한다. 그때 그 미적 전율이야말로 4·3을 문학텍스트의 형식으로는 도저히 충족시킬 수 없는 또 다른 4·3의 문학적 진실이다.

이와 관련하여, 하나의 구체적 사례를 소개해본다. 2014년에 필자가 가르치는 학교의 국문과 학부 학생들 40여명과 함께 2박 3일(2014.10.28~30) 동안 4·3문학기행을 하였다. 평소 수업 시간에 4·3문학을 문학텍스트를 통해 접해온 학생들이었다. 그런데 아무리 문학적 능력이 우수한 학생이라 하더라도 4·3문학을 이해하는 것은 쉬운 일이 아니었다. 무엇보다 국가의 폭력에 대한 문제를 어떻게 해석해야 하는지, 말로만 들었던 제노사이드가 관광지로만 알고 있는 제주도에서 자행된 역사적 충격을 어떻게 받아들여야 하는지, 이러한 한국 현대사의 자화상에 대해 몰랐던 사실을 스스로 어떻게 성찰해야 하는지 등에 대한 물음이 꼬리를 물었다. 이러한 그들과 함께 '4·3평화공원 → 성산일출봉 해안가 → 북촌 초등학교와 너븐숭이 → 모슬포 백조일손지묘百祖一孫之墓 → 대정 알뜨르'를 방문했다. 학생들은 4·3평화공원에 있는 수많은 위패들 앞에서 제주를 찾은 들뜬 마음은 온데간데 없이 사라진 채 입술을 앙다물었다. 누가 시키지도 않았는데 그들은 그렇게 위패 하나하나에 시선을 두고 있었다. 특히, 성姓이 같은 사람들이 많게는 수십명 씩 같은 비석 안에 새겨진 것을 보면서 그 이유를 알고는 더욱 침울해 하였다. 그들은 4·3 당시 집성촌 중심으로 모여 살고 있던 무고한 양민들(가족, 친지들)이 이렇게 한꺼번에 몰살을 당했다는 사실을 단번에 알아챈 것이다.

우리는 성산일출봉 해안가로 갔다. 학생들은 시야가 탁 트인 제주의 코발트 빛 바다와 검은 현무암과 모래가 어우러진 해안가의 아름다운 풍경 속에서 저절로 감탄사를 연발하였다. 필자는 차분히 말하였다. 그런데 바로 이곳에서 언어절言語絶의 참상이 일어난 것이다. 이렇게 아름다운 해안가의 풍경 속에서 수많은 양민들이 집단으로 학살을 당하였다, 상식적으로 이해할 수 있는가, 짐승이 아닌 사람일진대 이렇게 아름다운 천혜의 자연 속에서 어떻게 야수와 같은 살육행위를 저지를 수 있는가, 동네 사람들은 증언했다, 가족들의 시체를 찾으려고 해안가에 갔는데, 차마 눈 뜨고 볼 수 없는 광경이 해안가 곳곳에서 살아남은 자들의 눈을 파고들어왔다고…….[18] 물론 이러한 살육행위가 제주에서만 일어난 것은 아니었다. 오키

---

18 4·3사건을 겪은 무고한 양민들의 언어절(言語絶)의 참사에 대한 증언은 지금도 지속적으로 채록되고 있으며 4·3의 역사적 진실을 탐구하는 데 매우 중요한 기초 자료다. 제주도 지자체와 국회 및 정부가 공식적으로 작성한 조사보고서에도 이 같은 양민의 참상이 증언·채록돼 있다. 제주도의회4·3특별위원회, 『제주도 4·3피해조사보고서』(2차 수정 보완판), 2001. 1 및 제주4·3사건진상조사보고서작성기획단, 『제주4·3사건 진상조사보고서』, 2003.

나와와 대만, 베트남과 캄보디아, 동티모르, 시리아, 이라크, 북아메리카, 멕시코, 칠레, 르완다, 알제리, 유고슬라비아, 보스니아 등 전 세계의 곳곳에서 유사한 광기의 살육행위가 자행되었다.[19] 모두 해당 지역의 빼어난 절경을 배경으로 하여 죽음의 광란이 벌어졌다. 이른바 죽음의 축제가 열린 것이다. 전 세계의 해당 지역에서 근대성의 미명 아래 원주민은 제국의 희생제의에 제물로 전락한 것이다. 필자는 이러한 광란의 죽음이 제주의 아름답다고 소문난 곳곳에서 자행되었다는 사실을 강조하였다. 그랬더니, 한 학생이 질문을 하였다. 제주 관광의 명물로 유명한 올레길 곳곳에서 제노사이드가 벌어졌겠다고 말이다. 때문에 제주의 4·3은 쉽게 잊혀질 구조를 갖고 있다. 관광산업으로 인해 4·3은 어쩌면 서서히 역사의 뒤안길로 사라져 기념화·화석화될 운명으로 전락할지 모른다. 학생의 질문에서 4·3의 현재와 미래를 생각해보지 않을 수 없다. 4·3문학은 4·3의 역사적 진실을 해명하는 데 초점을 맞출 뿐만 아니라 이처럼 제주 곳곳에서 관광산업의 미명 아래 4·3의 역사가 은폐되고, 국민국가(혹은 그에 동조하는 지자체)가 역점을 두고 있는 4·3의 기념화에 초점을 둔 가운데 4·3이 지닌 현재적 과제를 희석화시킴으로써 4·3에 대한 논의를 봉합하는 것에 맞서는 이중의 과제를 해결해야 하기 때문이다.[20]

---

19 흔히들 제노사이드의 전형으로 나치의 홀로코스트를 떠올리면서 유태인의 피해가 부각된다. 나치의 유태인 학살은 반인류적 범죄로서 그 역사적 교훈은 망각해서 안된다. 하지만 이 또한 유럽중심주의를 경계해야 하는데, 유태인 학살을 제노사이드의 최종 심급으로 인식한 나머지 전 세계의 곳곳에서 자행된 제노사이드를 자칫 소홀히 간주하거나 역사의 비참한 특수 사례로 치부하는 것은 마땅히 비판되어야 한다. 말하자면 제노사이드에 위계는 존재하지 않는다. 허버트 허시, 강성현 역, 『제노사이드와 기억의 정치』, 책세상, 2009 및 최호근, 『제노사이드』, 책세상, 2005.

20 이것은 4·3문학에 대한 기존 문제시각과 다르면서도 진전된 '내부 식민주의'의 문제시각이 요구되는 것이다. 김동현의 「로컬리티의 발견과 내부 식민주의로서의 '제

이 문제를 숙고하면서 우리는 현기영의 「순이 삼촌」의 무대가 된 북촌 초등학교와 너븐숭이를 찾았다. 우리는 작중 인물 순이 삼촌이 기적적으로 살아난 옴팡밭과 끝내 4·3의 트라우마로 생을 마감한 그 현장에서 목도하였다. 그곳에는 「순이 삼촌」의 작품의 부분을 새긴 비석들이 눕혀있어 4·3에 대한 문학적 형상과 그 공간이 지닌 역사적 진실, 그리고 그곳을 찾은 독자들의 심미적 이성이 교차되는 4·3문학이 재구성되었다고 해도 과언이 아니다. 4·3문학으로서 「순이 삼촌」은 학생들에게 새로운 문학적 실감으로 다가온 것이다.

이렇게 우리는 소략적이지만 4·3문학의 주요 현장을 직접 방문하면서 문학텍스트로는 도저히 느껴볼 수 없는 문학적 실감을 가질 수 있었고, 마지막 코스로 대정에 있는 '알뜨르'를 방문하였다. 사실 4·3을 에워싼 역사적 진실에서 외면해서 안 될 것은 해방공간에서 누적된 일본 식민주의 통치의 문제점들이 제주 민중의 분노를 폭발시켰다는 점이다. 다른 지역과 달리 제주는 일제 말 만주에 주둔한 관동군이 제주로 옮겨와 일본 열도를 사수하기 위한 배수진을 친 곳이었다.[21] 그리하여 제주의 곳곳에는 일본군이 연합군의 공격에 대비하기 위한 군사시설물이 산재해 있다. 이 군사시설물을 구축하기 위해 제주 민중들은 강제로 노무동원에 혹사를 당했고, 제주에 주둔해 있던 약 7만여 명의 일본군의 폭압 속에서 위태로운 생존을 연명하나

주」, 국민대 박사논문, 2013을 참조할 수 있다.

21 일제 말 제주는 미군의 일본 본토 상륙을 저지하기 위한 '결호(決號) 작전' 중 '결7호작전'을 수행하는 대상이었던바, 일본은 연합군의 제주 상륙을 가정하여 일본군 정예부대를 제주도로 집결시켰다. 1945년 1월까지만 해도 1천 명 가량이었던 제주도 일본군 주둔군은 8월에 무려 70배에 해당하는 7만으로 늘어났으며, 만주의 하얼삔에서 명성을 날리던 관동군 제121사단까지 제주로 집결시켜 제주도 전역을 옥쇄형 요새로 구축하였다. 이영권, 『새로 쓰는 제주사』, 휴머니스트, 2005, 331~338쪽 및 SBS, '결7호 작전의 비밀─1945년의 제주', 〈그것이 알고 싶다〉, 1992.4.1.

갔다.[22] 따라서 4·3 발발의 원인遠因으로 이 같은 일제의 식민주의 지배를 비껴갈 수 없다. 4·3문학에서도 이에 대해 부분적으로 형상화돼 있지만, 일반인들이 제주가 겪은 일제 식민주의 지배를 이해하는 것은 결코 쉬운 일이 아니다. 이 역시 일제 말 일본군의 활주로로 사용된 '알뜨르'[23]를 직접 보고 그 역사의 현장에 서 본다는 것이 효과가 큰 문학 체험이었다. 바로 이렇게 4·3문학은 문학텍스트의 한계를 훌쩍 넘어 4·3의 '참여적 실현'으로서 온몸으로 4·3을 이해하는 또 다른 문학적 체험을 안겨준 것이다.

이와 관련하여, 필자는 현기영에게 4·3문학이 문학텍스트에 갇히지 말고 주요 공간을 직접 방문하고 현장을 답사함으로써 4·3문학에 대한 미적 체험이 극대화할 수 있다는 것을 말하였다. 현기영은 필자의 생각에 전적으로 동감이라고 하면서, 그는 4·3문학과 제주 관광을 연결시킬 필요가 있다는 것을 힘주어 강조하였다. 그러면서 그는 아예 '다크 투어리즘dark tourism'으로 자신의 생각을 개념화하였다.[24] 축자적

---

22 일제 말 일본군의 강제 노무동원과 그 피해에 대해 당시 제주 민중을 대상으로 구술자료를 조사한 바 있다. 이에 대해서는 조성윤·지영임·허호준, 『빼앗긴 시대 빼앗긴 시절』, 선인, 2007.

23 '알뜨르'는 제주도 서귀포시 대정읍 모슬포에 위치한 곳으로 일제 말 군국주의의 실상을 적나라하게 살펴볼 수 있다. "1926년부터 시작된 알뜨르 일본군 항공기지의 건설은 10년 만에 이루어지는데, 이때 규모는 약 20만평이었다. 그 후 1937년 8월 일본은 중국의 남경폭격을 감행한다. 이때 난징폭격기들은 나가사키의 오무라 해군 항공기지를 출발하여 알뜨르에서 연료를 공급받았다. 중일전쟁 후에는 오무라 해군 항공기지를 아예 알뜨르로 옮긴다. (…중략…) 일본은 미군이 일본 본토에 상륙할 것을 예상하고 1945년 2월 이에 대비한 방어계획을 수립하게 되는데, (…중략…) 일본은 1944년 10월 알뜨르 비행장을 66만 평으로 확장하는 계획을 세우고 미군의 공습에 대비하여 모든 군사시설을 지하에 숨기는 공사를 시작한다. 이에 따라 비행기를 상공에서 식별할 수 없게 은폐하기 위한 격납고 공사도 추진되었다. 현재 남아 있는 29개소의 격납고들은 이 당시 만들어진 30개의 격납고 중 파손을 면한 것들이다."(박경훈, 『알뜨르에서 아시아를 보다』, 각, 2010, 9쪽)

24 필자는 2015년 4월 9일 노무현재단에서 주최한 '2015년 노무현 시민학교 시민강좌 ─해방 70년 소설로 읽는 한국현대사'에서 현기영과 대담을 진행하면서 이 같은 의

으로 풀이해보면, '어두운 여행'이다. 그것은 현재 4·3이 직면한 역사의 성격을 고스란히 반영하고 있다. 물론 이 개념이 적절한 것인지는 추후 좀 더 고민을 해봐야 하겠지만, 평생 4·3문학과 씨름해온 노작가가 이러한 방식을 통해 4·3을 한 단계 진전시키고자 하는 데 대해 경청할 필요가 있다. 그래서 필자는 4·3문학이 문자중심주의에만 붙들릴 게 아니라 앞서 제안한 '참여적 실현'이 반드시 동반되어야 한다는 것을 다시 한 번 강조해두고 싶다. 필자는 그 한 사례로 4·3역사문화체험을 예시한데 불과하다. 이 문제를 생각할 때마다 우리는 제주에 번듯한 문학기념관이 부재하다는 것을 상기할 필요가 있다.[25] 다른 지역에서는 지자체가 앞다투어 해당 지역의 문인 또는 주제를 기념하는 문학기념관을 세워 그 지역의 문화적 인프라를 튼실히 구축하는데 반해 제주의 지자체는 이 문제에 대해 큰 관심이 없다. 문학기념관이 들어서면, 그 공간 안에 4·3문학 코너를 마련하여 문학텍스트와 다른 차원에서 4·3문학을 심도 있게 탐구하고, 이것에 토대를 둔 대중적 접촉 면을 확대할 수 있는 기회를 마련할 수 있음에도 불구하고 지자체는 적극적 관심을 기울이지 않는다.

견을 주고 받았는데, 현기영은 대중 앞에서 4·3문학의 새로운 돌파구를 위해서는 텍스트중심의 창작과 비평도 중요하지만, 그에 못지않게 4·3역사문화체험이 병행되는 '다크 투어리즘'의 중요성을 힘주어 강조하였다.

25 제주문학관 건립은 2000년대 초반부터 지금까지 제주문학 연구자와 제주문화예술인들이 지속적으로 제주도 지자체에 건의되고 있다. 계간 『제주작가』에서는 2014년 겨울호에 '특집 — 멋들어진 제주문학관을 위하여'를 통해 이 사안을 정리하고 거듭 제주문학관 건립을 지자체에 요구한다. 특집에 실린 글의 목록은 다음과 같다. 김동윤, 「제주문학관 건립 추진 과정과 향후 과제」; 진선희, 「제주문학관 논의 10년, 무엇을 얻었나」; 강용준, 「문화융성시대의 제주문학관」; 한림화, 「'제주문학관' 조성을 위한 준비 — 무엇으로 채울 것인가」.

요컨대, 4·3문학은 다양한 '참여적 실현'을 통해 유럽중심주의의 근대세계를 보증하는 문자중심주의의 한계를 넘을 수 있는 문화적 자양분을 제주로부터 섭취할 의무와 권리가 있다.

4. 폐색적閉塞的 내셔널리즘과 거리를 두는 4·3문학

국가추념일로 지정된 지 일 년 후 제주는 4·3으로 다시 홍역을 앓아야 했다. 4·3평화재단이 실행한 제1회 4·3평화상 수상자로 재일조선인 작가 김석범(1925~)을 선정하여 수상식을 마쳤음에도 불구하고 조선일보는 사설에서 이를 문제삼았으며, 극우보수단체들은 기자회견을 통해 냉전적 갈등을 불러일으켰고 정부는 이것과 관련하여 감사를 진행하였다. 조선일보와 극우보수단체들은 김석범 작가의 수상소감에서 "해방 후 반공 친미세력으로 변신한 민족반역자 정권이 제주도를 갓난아기까지 빨갱이로 몰았다. 친일파와 민족반역자로 구성한 이승만 정부가 임시정부의 법통을 계승할 수 있겠느냐"[26]는 발언을 문제삼았는데, 우리는 이 발언이 역사적 진실을 내포하고 있다는 것을 너무나 잘 알고 있다. 역사적 진실을 손바닥으로 가릴 수는 없는 것이다.

작가 김석범이 4·3평화상의 첫 수상자로 선정된 것은 시사하는 바 많다. 한국사회에서 4·3을 공론화한 게 작가 현기영이라면, 현기영보다 20여 년 앞서 김석범은 단편 「까마귀의 죽음」(1957)을 발표하면서

---

26 「김석범, 제주4·3평화상 수상 별 문제없다」, 『프레시안』, 2015.5.14.

국제사회에 4·3을 알렸으며, 이후 심층적 접근을 펼친 대하소설『화산도』(1976년부터 1997년까지 일본의 문예춘추사에서 발행하는『문학계』에 연재)를 전 7권으로 완간하는 등 4·3문학을 명실공히 세계문학의 반열로 올려놓았다. 이렇듯이 4·3의 진실은 4·3문학을 계기로 비로소 전 세계에 그 실상이 알려지고 심층적으로 탐구되고 있다. 그래서 4·3문학에 거는 기대가 각별한 것이다.

김석범의 수상으로 4·3문학은 지구적 국제성을 획득하는 새로운 이정표를 세웠다고 해도 과언이 아니다. 두루 알 듯이 김석범의 문학은 재일조선인으로서 한국어가 아닌 일본어로 작품활동을 해온 만큼 4·3문학은 어쩌면 태생부터 폐색적閉塞的 내셔널리즘과 비판적 거리를 둔 게 아닐까. 기실 김석범은 아직까지 어느 나라 국적도 갖고 있지 않은, 즉 어느 국민국가에도 등재되지 않는 경계인으로서 4·3문학 활동을 해온 작가인 만큼 '김석범'과 '김석범의 4·3문학' 그 자체가 바로 유럽중심주의에 기원을 둔 근대성과 긴장 관계를 갖고 불화하는 표상이라고 볼 수 있다. 4·3문학이 무엇을 그리고 어떻게 추구해야 할 것인가에 대한 반면교사로서 김석범은 우리에게 존재한다.

끝으로, 필자는 김석범으로 표상되는 4·3문학이 폐색적 내셔널리즘과 거리를 두면서 4·3문학 특유의 지속성과 집중력을 갖기 위한 일환으로 4·3문학과 내접할 수 있는 트리컨티넨탈 문학과의 교류를 내실 있게 추진했으면 한다. 아시아, 아프리카, 라틴아메리카 문학은 유럽중심주의를 창조적으로 넘어설 수 있는 대안적 근대성으로 충만해 있는 '보고寶庫'다. 문자중심주의에 매몰되지 않는 그들 특유의 미의식은 그들의 현실에 뿌리를 두고 있으며, 무엇보다 만유존재萬有存在의 가치를 존중하는 해방의 정념이 꿈틀거리고 있다. 갈수록 현저히 탄력을 잃어가고 있는 작금의 한국문학을 소생시키기 위해서라도 4·3문학이 국민문학으로서 지역문학의 위상에 자족할 게 아니라 지구적 국제성을 획득함으로써 제주 4·3이 지닌 평화의 원대한 가치를 실현할 수 있기를 간절히 기대한다.

4·3문학, 팔레스타인문학, 그리고 혁명으로서 문학적 실천

1. 4·3문학과 겹쳐읽는 팔레스타인 문학

'제주 4·3 제70주년 범국민위원회'와 '제주 4·3 70주년 기념사업위원회'를 중심으로 전국 곳곳에서 4·3 70주년과 관련한 다채로운 프로그램이 진행되었다. 통상 제주도에 한정된 곳에서만 기획·실행된 4·3관련 프로그램이 제주도 밖 국내외에서 집중적 관심을 갖고 일 년 내내 다양하게 진행된 사정은 여간 반가운 일이 아닐 수 없다. 여기에는 아마도 "제주 4·3은 대한민국의 역사입니다"란 캐치프레이즈가 한 몫을 차지하고 있다는 것을 부인할 수 없을 것이다. 그런데 4·3 70주년을 맞이하면서 채택한 이 문구를 쳐다볼 때마다 4·3의 역사적 진실과 그 해방의 가치를 곰곰 되새기다보면, 이것에 선뜻 전적으로 동의할 수 없는 반감이 스멀스멀 고개를 치켜드는 것은 무슨 이유 때문일까.

주최측은 이 문구를 선정함으로써 그동안 틈날 때마다 제주 4·3을 정치적 이념으로 공박해온 입장들, 가령 대한민국의 존립 자체를 부정하는 극렬 좌익세력의 반국가 폭동으로 일어난 사건이란 역사의 왜곡된 인식을 이번 기회를 통해 바로 잡고, 한 걸음 나아가 대한민국의 역사 속에 4·3을 공식적으로 자리매김함으로써 대한민국의 제도권 역사 안에서 4·3을 평가할 수 있는 공론의 장을 마련하는 데 힘을 쏟았다고 해도 과언이 아니다.[1] 그리하여 4·3의 역사적 진실을 한국사회의 공적 열린 마당에서 국민 다수와 함께 공유하기 위한 열정과 혼신의 노력을 보이고 있다. 분명, 4·3은 제주도만의 지역사가 아니고 대한민국의 역사의 한 부분을 이룬다.

그런데 바로 이 지점에서 4·3의 역사적 진실과 그 가치 그리고 이것을 모두 아우르는 4·3의 역사적 정명正名을 숙고할 때마다 솟구치는 래디컬한 물음이 있다. 정녕, 4·3은 대한민국사의 한 부분을 충족시키기 위한 역사적 실재였던가. 4·3이 해방공간에서 한반도가 38도선을 경계로 남과 북으로 분단되는 것을 추호도 용납할 수 없다는, 즉 단독정부 수립에 대해 반대했다는 것을 상기할 때 4·3을 대한민국사의 한 부분으로 자리매김하는 것은 4·3의 고갱이와 거리가 먼 역사적 해석이 아닐까. 뿐만 아니라 일제 식민통치의 유산을 완전히 청산하지 못한 것에 대한 준열한 비판을 표방한 4·3이 미군정을 배후 삼아 친일파를 재등용한 대한민국 정부의 제도권 역사 안에 자리하는 것 또한 4·3의 고갱이를 잘못 파악한 역사적 해석이 아닐까. 두루 알듯이, 제주에서 민중봉기를 일으킨 4·3의 역사 주체들은 해방공간에서 어떠

---

1 4·3관련 행사 중 앞서 언급한 캐치프레이즈와 직접 관련하여 사람들의 이목을 집중시킨 것은 두 가지이다. 하나는 대한민국역사박물관 3층 기획전시실에서 심혈을 기울여 마련한 '제주 4·3 70주년 특별전'(2018.3.30~6.10)이고, 다른 하나는 재일조선인 소설가 김석범을 초청하여 작가 현기영과 광화문에서 가진 좌담(2018.4.6)이 그것이다. 이 두 행사가 특히 대한민국의 서울 광화문에서 일반 국민들을 대상으로 공개적으로 전시되고 진행되었다는 것은 그 공간의 상징성을 생각할 때 다시 한번 "제주 4·3은 대한민국의 역사입니다"란 홍보 문구가 지닌 국민국가의 대중적 영향력을 결코 무시할 수 없다.

한 국민국가를 세워야 할지, 이와 연관된 민주주의를 어떻게 기획 및 실행해야 할 것인가에 대한 정치적 상상력을 꿈꾸고 있었다. 그것은 기존 일제의 식민체제의 유산을 전복하여 갈아엎고, 무엇보다 이 과정에서 제2차 세계대전의 승전국인 미국과 소련의 정치경제적 이해관계에 따라 새롭게 구축될 냉전질서에 구속되지 않는 온전한 민족자주공동체를 새롭게 건설하기 위한 혁명을 수행해온 것을 쉽게 간과해서는 곤란하다. 말하자면, 4·3은 민중항쟁이되 모든 것이 제 자리를 찾지 못한 정치사회적 미정형과 혼돈 상태에서 민족공동체의 분열과 분단을 부정할 뿐만 아니라 외세의 식민통치가 어떠한 형식을 통해서든지 되풀이되어서는 안 될 반식민주의·반제국주의에 투철한, 그리하여 온전하고 새로운 민족자주공동체에 대한 정치적 상상력을 전위적으로 실현하고 싶은 정치사회 혁명의 성격을 띤다. 그렇다면, 이러한 혁명의 성격에 투철한 4·3을 승자중심으로 재편된 공식 역사의 패러다임을 고려한 나머지 대한민국사의 부분으로 위치짓는 것이 4·3에 대한 정당한 역사적 평가와 해석을 동반한 것일까. 역사를 가정해서 소급할 수 없으나, 다시 강조하건대 4·3의 역사적 주체들이 꿈꾸고 실현하고 싶은 역사의 실재가 작금 대한민국이란 분단된 국민국가일까. 분명한 사실은, 4·3은 대한민국과 조선민주주의인민공화국이 각기 서로 다른 정치체제로 출범하기 전 제주의 민중이 해방공간에서 민중봉기의 저항 형식을 통한 기존의 모든 정치사회적인 것을 혁신하기 위한 혁명의 성격을 전 세계에 표방했다는 점이다.

기실 이러한 4·3의 혁명에 대한 문학적 실천은 재일조선인문학 김석범(1925~)과 김시종(1928~)에게서 여실히 보증된다.[2] 그래서 4·3

문학은 한국문학의 하위문학을 이루는 지역문학으로 자족하는 게 아니라 동아시아문학(>재일조선인문학)의 문제의식을 두루 포괄하는 새로운 세계문학의 장에 적극 개입할 수 있는 것이다. 이 점은 4·3문학의 갱신을 위해 매우 중요한 문학적 토론거리를 제공한다. 4·3문학의 갱신은 4·3이 지닌 혁명으로서 문학적 실천을 어떻게 수행할 수 있을 것인가에 대한 과제를 안고 있기 때문이다.

그런데 이 과제를 앞에 두고, 4·3문학과 겹쳐 읽을 수 있는 것으로 팔레스타인문학은 매우 요긴하다. 팔레스타인문학에서 가장 핵심적 문제의식 중 하나는 1948년 이스라엘 건국 과정에서 일어난 전대미문의 대참사인 이른바 나크바[Nakba][3]에 대한 문학적 실천으로, 팔레스타인뿐만 아니라 서남아시아 지역에 살고 있는 아랍인들에게는 흡사 제주의 민중이 그랬듯이, 끔찍한 죽음과 집단학살로 인한 공동체의 파괴 및 절멸에 대한 기억투쟁이 지속되고 있다. 그래서 팔레스타인 민중에게 2018년은 제주의 4·3과

---

2 필자는 최근 4·3문학을 논의하는 기회가 있을 때마다 "제주 민중의 저항을 다루는 4·3문학은 해방공간의 특수한 지역 문제에 한정된 '지역문학'으로만 인식되는 것도 아니고, 이 시기를 다룬 한국문학사를 온전히 구축시키는 차원에서 그것의 결락된 부분을 충족시켜주는 데 자족하는 한국문학, 곧 '국민문학'으로만 인식되는 것도 아닌, 세계 냉전체제의 발아되는 현장과 현실에 연동되는 '세계문학'의 문제틀(problematics)로서 새롭게 인식될 수 있"(고명철, 「새로운 세계문학 구성을 위한 4·3문학의 과제」, 『반교어문연구』 40, 반교어문학회, 2015, 130~131쪽)는 4·3문학의 자기쇄신에 대한 문제의식을 거듭 강조하고 있는데, 김석범과 김시종의 재일조선인문학에서 다뤄지는 4·3의 문제의식이야말로 이와 같은 필자의 문제의식을 뒷받침해준다. 이에 대해서는 이 책 2부에 수록된 다음 세 편의 글을 참조. 「재일조선인 김시종의 장편시집 『니이가타』의 문제의식」, 「해방공간의 혼돈과 섬의 혁명에 대한 김석범의 문학적 고투-김석범의 『화산도』 연구(1)」, 「김석범의 '조선적인 것'의 문학적 진실과 정치적 상상력-김석범의 『화산도』 연구(2)」.
3 이스라엘 건국 과정에서 일어난 팔레스타인의 대재앙 나크바와 관련한 역사의 세목들과 그 웅숭깊은 비판은 일란 파페, 유경은 역, 『팔레스타인 비극사』, 열린책들, 2017 및 우스키 아키라, 김윤정 역, 「제9강 이스라엘 건국 건립과 나크바」, 『세계사 속 팔레스타인 문제』, 글항아리, 2015 참조.

마찬가지로 나크바 70주년을 맞이하는 해이다. 팔레스타인은 1948년 이후 이스라엘에게 오랫동안 그들이 거주해온 삶의 터전을 빼앗긴 채 조국을 떠나 난민의 신세로 흩어져 살고 있거나 조국에 남아 있다 하더라도 죽음과 파괴와 공포가 언제 갑자기 일상을 쓰나미처럼 덮쳐올지 모르는 극도의 생존의 위기감 속에서 하루하루를 살고 있다.[4] 그렇지만 이토록 극도의 삶의 난경 속에서도 굴복하지 않는 팔레스타인은 70년 동안 그들의 조국을 회복하기 위한 반이스라엘 투쟁을 위한 혁명을 접은 적이 없다. 아울러 팔레스타인 내부의 개혁과 혁신을 위한 혁명도 지속되고 있다. 팔레스타인 문학은 이처럼 1948년 나크바 이후 70년 동안 반이스라엘을 겨냥한 팔레스타인 민족해방은 물론, 팔레스타인 내부에 켜켜이 축적된 채 부패해들어가는 민족내부의 온갖 문제점들에 대한 쇄신과 갱신을 위한 혁명으로서 문학적 실천에 정진하고 있다. 이러한 팔레스타인문학은 좁게는 팔레스타인이 경험한 나크바와 연관된 팔레스타인 민족차별과 민족공동체의 분열 및 해체를 도모하는 이스라엘에 대한 저항이되, 넓게는 이 문학적 실천이 함의하고 있는 "팔레스타인들의 초상만을 그려내는 것이 아니라, 어떤 정체성을 가진 인간이든 품고 있게 마련인 공포, 고독, 안전과 정의에의 추구, 위엄, 자유와 평화에 대해 노래"[5]를 추구하는 범인류애의 문학적 실천을 실현하는, 그래서 새로운 세계문학에 적극 개입하는 역할을 맡고 있다.[6] 말하자면, 팔레스타인문학은 서남아시아 지중해를 끼고 있는 이집

---

4 팔레스타인에 대한 이스라엘의 무장 공격은 어제 오늘의 이야기가 아니다. 이스라엘은 팔레스타인 하마스의 공격에 대한 보복성 공격으로 팔레스타인 자치 지구를 전투기, 헬기, 탱크 등 첨단의 무기를 동원하여 집중 공격한다. 「이스라엘 공습, 팔레스타인 3명 숨져…유혈충돌 계속」, JTBC뉴스, 2018.11.13.
5 마흐무두 슈카이르, 「현대의 팔레스타인문학에 대하여」, 『시작』, 천년의시작, 2004.가을, 358쪽.

트 북부를 비롯하여 레바논과 시리아 및 요르단과 인접해 있는 지역문학으로 한정되는 것도 아니고 팔레스타인과 경계를 두고 서로 정치사회적으로 연동돼 있는 아랍문학의 문제의식과 포개진 새로운 세계문학의 몫을 수행하고 있다 해도 과언이 아니다.

따라서 우리는 이렇게 새로운 세계문학에 적극 개입하고 있는 4·3문학과 팔레스타인문학을 몇 가지 문제의식 중심으로 각각 살펴보는데, 이들 개별문학이 70주년을 맞이하는 각 역사적 진실과 실재, 즉 제주의 4·3과 팔레스타인의 나크바가 함의하고 있는 것들에 대한 '혁명으로서 문학적 실천'의 과제를 주목하고자 한다.

---

6   이와 같은 성격의 팔레스타인문학이 한국문학사에서 본격적으로 소개된 것은 문학평론가 임헌영이 편역한 갓산 카나파니 외, 『아랍민중과 문학-팔레스티나의 비극』(청사, 1979)와 '자유실천문인협의회'에서 발행한 기관지 『실천문학』 창간호(실천문학사, 1980)에 실린 '팔레스티나 민족시집'에서이다. 사실, 팔레스타인문학은 진보적 민족문학론의 일환으로 1970년대 중반부터 집중적 관심을 갖기 시작한 제3세계문학에 대한 비평적 관심과 밀접한 연관을 맺는다. 특히 1980년대에는 제3세계적 민중의 발견과 '제3세계 리얼리즘'의 문제의식 아래 제3세계문학으로서 한국문학이 새롭게 추구해야 할 세계문학에 대한 올바른 인식을 요구하기도 한다. 이에 대해서는 이 책 6부에 수록된 「1980년대 이후 한국문학에 나타난 제3세계문학의 문제의식」 참조.

2. 4·3문학의 갱신-4·3혁명의 문학적 실천과 혁명의 정동情動

1) 4·3혁명을 수행하는 재일조선인문학

재일조선인 작가 김석범의 잇따른 문제작 「간수 박서방」(1957), 「까마귀의 죽음」(1957), 「관덕정」(1962) 및 대하소설 『화산도』(1965~1997) 등이 일본에서 일본어로 씌어지면서 4·3에 대한 문학적 접근이 본격으로 시도된 이후 한국사회에서는 작가 현기영의 「순이 삼촌」(『창작과비평』, 1978.가을)이 발표되면서 비로소 금단의 영역에 숨죽여 있던 4·3의 실체가 드러났다. 그리고 「순이 삼촌」 이후 군부독재 정권의 온갖 억압에도 불구하고 4·3에 대한 역사적 진실을 탐문하는 한국문학의 응전은 쉼없이 펼쳐졌다.

재일조선인문학의 양대 산맥인 김석범과 김시종의 존재는 4·3문학의 시계視界에서 혁명의 동력이 어떻게 작동하고 있는지를 여실히 보여준다. 한 독립투사의 뼈아픈 지적에서 단적으로 알 수 있듯, "해방은 우리 민족에게 온 것이 아니라 친일파들에게만 왔다."[7] 김석범과 김시종은 바로 이렇게 비정상적 해방을 맞은 해방공간의 모든 문제가 압축돼 있는 제주 4·3을 주목한다. 그들은 일본에서 4·3의 역사적 성격의 본질을 명철히 꿰뚫고 있었다. 4·3은 그들에게 혁명 그 자체다. 한국어로 번역된 김석범의 대하소설 『화산도』[8]와 김시종의 시집 『니이가타』[9] 및 『지평선』[10]을 관통하고 있는 문제의식은 비록 4·3혁명이 미완의 혁명으로 끝났으나 제주

---

7   임헌영, 「히가시 후미히토의 5막 희극」, 『'친일문인기념문학상 이대로 둘 것인가' 세미나』(자료집), 한국작가회의 자유실천위원회·민족문제연구소, 2018.10.6, 7쪽.
8   김석범, 김환기·김학동 공역, 『화산도』1~12, 보고사, 2015.
9   김시종, 곽형덕 역, 『니이가타』, 글누림, 2014.
10   김시종, 곽형덕 역, 『지평선』, 소명출판, 2018.

민중이 봉기한 4·3혁명은 해방공간에서 솟구친 민주주의를 향한 새로운 정치를 실현하기 위한 것인바, 이것은 미군정과 이승만 정치세력이 주도한 반공주의의 폭압 아래 그 혁명의 성격이 심각히 왜곡되면서, 제2차 세계대전 이후 미·소 냉전체제로 재편되기 시작한 국제사회의 질서에 한반도가 종속됨에 따라 민주주의를 향한 일체의 논쟁과 논의들, 특히 미국중심의 정치체제에 조금이라도 걸림돌로 작용하는 것은 반공주의로 탄압되는 현실에 대한 준열한 저항과 비판을 보인다. 좀 더 부연하면, 제주의 민중이 무장봉기한 4·3혁명은 일제 식민체제가 완전히 종식되지 못한채 그 식민권력이 새로운 제국-미국에 의해 재소환되는 것에 대한 비판이고, 그 도정에서 미·소 냉전체제의 전조前兆로 가시화되기 시작한 조국분단에 대한 저항이다. 이 같은 4·3혁명으로서 문학적 실천은 김석범의 『화산도』에서 문제적 인물 이방근을 통해 여실히 읽을 수 있다. 그것은 4·3항쟁을 주도하고 있는 사회주의 당조직의 무모함·경직성·폐쇄성에 대한 이방근의 신랄한 비판에서, 그리고 4·3항쟁이 일어날 수밖에 없도록 퇴행적이고 뒤틀린 이승만 정치세력 및 친일파와 미군정에 대한 이방근의 가차없는 비판을 통해 드러난다. 특히 이방근은 일제 식민주의를 제대로 단죄하지 못한 채 오히려 친일파를 재등용한 미군정이 한반도의 분단이 미국에게 가져다줄 정치적 반사 이익을 최대한 확보하여 일본을 중심으로 한 아시아태평양에서 미국의 정치경제적 헤게모니를 지배하는 데 궁극의 목적을 둘 징후에 대한 날카로운 비판적 문제의식을 지닌다.

때문에 김석범의 『화산도』에서 4·3을 '혁명 / 항쟁'의 시선으로 보는 것은 유효적실하다. 그것은 미소 냉전체제로 전락하고 있는 한반도의 정치적 운명에 대한 제주 인민의 '항쟁'이며, 그 당시 현상적으로 미소 냉전체제 아래 한국사회가 일제의 식민주의로부터 완전히 해방되지 못한 채 식민주의 유산을 떠안은 분단된 국민국가 상태를 고착하고자 하는 것에 대한 제주 인민의 '혁명'이다. 비록 실패한 '혁명 / 항쟁'이지만, 김석범의 『화산도』는 그래서 이후 한층 진전시켜야 할 4·3문학의 새로운 과제를 제시하고 있다. 이것은 달리 말해 제주 인민들이 일으킨 4·3무장봉기가 한반도의 남과 북으로 나뉘는 분단된 두 개의 국가와 그 정치체政治體에 대한 부정과 문제제기를 바탕으로 하고 있는 만큼 무엇보다 일제의 식민주의를 어떻게 극복하여 온전한 해방을 쟁취할 것인지, 그 과정에서 어떠한 근대 국가를 구성할 것인지, 그리하여 미소 냉전체제 아래 구미중심주의 근대에 기반한 국민국가를 그대로 이식 모방하는 게 아니라 그것을 넘어서는 또 다른 근대의 국가와 구성원을 어떻게 기획할 것인지 등에 대한 '대안의 근대(성)'에 대한 4·3문학의 새 과제를 제기한다. 물론 쉽지 않은 일이다. 하지만 그동안 거둔 4·3문학의 성취에 자족하지 않되 4·3문학이 새롭게 기획하고 실천해야 할 문학적 상상력은 4·3항쟁이 추구하여 현상적 실패로 귀결된, 그러나 결코 쉽게 휘발되거나 소멸되지 않는 항쟁의 주체들이 꿈꿨던 원대한 세계를 쉼없이 탐문해야 할 것이다.

이 같은 혁명의 글쓰기는 시인 김시종에게도 포개진다. 무엇보다 김시종은 재일조선인으로서 그의 전 생애의 주름마다 좁게는 제주도, 넓게는 한반도와 일본 열도, 그리고 이것 모두를 포괄하는 동아시아와 지구적 시계視界의 차원에서 투쟁의 삶을 살았다 해도 과언이 아니다. 특히 그는 기회가 있을 때마다 부끄럽게 고백하는바, 일제 식민주의 지배체제 아래 황국신민의 삶은 해방을 맞이하여 그로 하여금 자주독립국가를 세우기 위한 4·3혁명에 참여하도록 하였으나, 목숨을 보전하기 위해 일본으로 밀항한 이후 재일조선인으로서 일본어를 통해 문학활동을 펼칠 수밖에 없었던 자신의 곤혹스러운 삶을 성찰한다.

김시종의 첫시집 『지평선』(1955)은 그의 삶과 문학 세계를 이해하는 데 매우 중요한 몫을 맡고 있다. 그것은 앞서 잠깐 언급했듯이, 제2차 세계대전의 종전과 함께 해방을 맞이한 조선, 특히 해방공간의 혼돈 속에 민주주의적 상상력이 활발히 솟구쳤던 제주 4·3혁명에 참여했던 김시종은 화마火魔의 섬을 벗어나 천신만고 끝에 일본으로 밀항하였고, 그 일본에서 한국전쟁을 지켜본다.

울고 있을 눈이
모래를 흘리고 있다
나는 더 이상 견딜 수 없어
비명을 내질렀는데,

지구는 공기를 빼앗겨
목소리를 내지 못했다

노란 태양 아래
나는 미라가 됐다

— 「악몽」 부분

김시종의 전존재를 에워싸고 있는 두려움의 실재는 곧잘 '악몽'으로 나타난다. 해방공간의 제주에서 솟구쳤던 민주주의적 상상력이 또 다른 제국의 폭압 속에서 대참상으로 이어지고, 정작 시인은 항쟁의 대열에서 벗어나 생목숨을 보전하기 위해 일본 열도로 밀항한다. 게다가 시인은 한국전쟁을 먼발치에서 지켜보다가 결국 엄청난 전쟁 피해 속에서 남과 북으로 분단된 조국의 냉엄한 현실을 목도한다. 물론, 그렇다고 시인이 한국전쟁을 강 건너 불구경하는 방관자적 태도를 취한 것은 결코 아니다. 일본에 군사 기지를 두고 조국으로 보내지는 군수물자 보급을 지연시키든지 원천적으로 막기 위해 김시종 나름대로 후방에서 그만의 또 다른 적과의 투쟁을 가열차게 벌였다.("모국의 분노는 격정의 불꽃을 피어올리고 있다 / 나를 잊지 않을 당신을 믿고서 / 나는 당신의 숨결과 어우러지며 / 맹세를 새롭게 눈물을 새롭게 / 내 혈맥을 당신만의 가슴에 바치리라"—「품」 부분)

2) 제주의 4·3문학, 그 혁명의 정동情動

김석범과 김시종의 문학에서 보이는 4·3혁명에 대한 인식과 그 역사적 실제는 그동안 한국문학의 영토 안에서 궁리된 4·3문학을 한층 진전시킨 문학적 성취로서 아무리 강조해도 지나치지 않다. 그리하여 4·3문학은 한국문학 혹은 지역문학으로서 자족하는 것을 넘어 동아시아문학으로서 기존 구미중심주의 세계문학을 새롭게 재구성하는 세계문학의 몫을 수행하고 있다.

이와 관련하여, 그동안 축적한 제주의 4·3문학에 대한 문제의식을 다시 성찰해보면서 새로운 문학적 쟁점과 실천의 지평을 모색해볼 필요가 있다.

그러나 제주도의 지역적 특성과 역사적 현실이라는 관점에서 보자면, 4·3사건은 지난해 3·1절 기념식장에서 있었던 발포사태를 계기로 하여 안으로 곪아왔던 분노와 피해의 상처가, 좌익의 무장봉기라는 하나의 출구를 빌어 터져나온 것이었다. 당시 좌익의 무장게릴라는 거 고작 300명에 불과했으나, 이 사태가 완전히 종결되기까지에는 수만 명에 이르는 인명의 희생과 7년의 세월이 필요했다. 이 사실은 무엇을 뜻하는가? 이 사건을 좌익의 정략적 무장봉기라고 단순화시켰을 때, 제주도민의 가슴 속에 꿈틀거리던 왠지 답답하고 어딘지 모르게 근질거리던 기분은 어떻게 설명할 수 있을 것인가? 지하수로 흐르다가 마침내 표면으로 솟구쳐올라와, 강한 결속감으로 끈질긴 저항을 가능케 했던, 그 잠재적 조직력의 실체는 무엇이었던가?[11]

흰머리독수리의

날개로 품은

'끝에서 끝까지 만 마일'

그 안에는

파괴된

하와이,

오키나와,

괌,

그리고 제주도

이들은 모두

식민지,

학살

---

11 김석희, 「땅울림」, 제주작가회의 편, 『깊은 적막의 끝』, 각, 2001, 119쪽

거기에 군사기지

좌절된

죽음의

섬

—「섬, 공통점」 전문[12]

깊은 바다 그것이 미욱거릴 적

물결따라 스러져 너울거릴 적

우린 맹렬하게 구애를 했지

몸이 베이는지

몸이 베이는지

묨 삽서

묨 삽서

밀어닥친 흉년에도 우린 몸으로 묨을 했네

숨을 곳 없던 시절에도

아무런 밥 없던 시절에도

우린 몸을 산처럼 했네

묨 삽서

묨 삽서

우린 묨을 팔았네

미음과 미음 사이 바다를 놓고

---

12   김경훈, 『까마귀가 전하는 말』, 각, 2017.

동네마다 몸 사라고

외치고 다녔네

내 몸과 네 몸이 하나가 되어

중국집 골목길 빙빙 돌고 돌며 한껏 목청 높였네

몸 삽서

몸 삽서

—「우린 몸을 산처럼 했네」 전문[13]

　김석희의 단편 「땅울림」에서 정작 새롭게 읽어야 할 4·3문학의 전언은 무엇일까. 특히 작중 인물 현용직이 전위적으로 모색하고 있는 '탐라공화국' 건설을 어떻게 이해해야 할까. 이것을 '독립적 자치주의'로 읽어내든지,[14] 육지 중앙권력에 대한 정치사회적 길항拮抗으로서 제주 특유의 공동체주의를 통한 독자적 분리주의에 기반한 근대 민족공동체를 추구한 것으로 읽어내는 작업[15]은 긴요하다. 왜냐하면 이 같은 논의는 4·3의 성격을, 마르크스주의를 신봉한 좌익의 정치이념 투쟁으로 내몰린 정치 폭동으로 규정지음으로써 4·3항쟁의 역사적 진실이 왜곡되고 있는 것에 대한 해석학적 투쟁이 얼마나 중요한 것인지를 상기시켜주기 때문이다. 이후 4·3항쟁의 역사적 진실을 탐구하는 해석학적 투쟁은 더욱 가열차게 펼쳐져야 할 것이다. 그런데 정작 예의 해석학적 투쟁에서 눈여겨 보아야 할 문학적 진실은 무엇일까. 우리가 냉철히 받아들여야 할 것은 4·3항쟁을 통해 실제 이룩하려고 했던

13　허영선, 『해녀들』, 문학동네, 2017.
14　김동윤, 「4·3소설에 나타난 독립적 자치주의」, 『작은 섬 큰 문학』, 각, 2018.
15　홍기돈, 「제주 공동체 문화와 4·3항쟁의 발발조건」, 『탐라문화』 49, 제주대 탐라문화연구원, 2015.

정치체가 무엇이었든지 그것은 조국분단의 엄연한 현실 속에서 대한민국과 조선민주주의인민공화국이라는 두 개의 근대 국민국가로 좌절되고 말았다. 그렇다면, 4·3문학으로서 「땅울림」의 존재는 비록 허구의 세계일망정 작중 인물이 품었던 탐라공화국으로 표상되는 가상의 정치공동체 추구가 좌절된 현실을 상기하는 것만으로 자족해야 하는가.

여기서, 문학적 진실의 측면에서 우리가 주목해야 할 것은 4·3항쟁의 주체들이 현실적 패배의 도정에도 불구하고 새로운 민주주의 공동체를 향한 꿈을 쉽게 포기하지 않은 이유는 무엇일까. 사방이 물로 막힌 섬에서 무장봉기를 일으킨 무장대에게 바깥 세계의 물리적 지원이 결단코 쉽지 않은 지정학적 요건 속에서도 막강한 군경의 물리적 폭압에 굴복하지 않은 그 도저한 저항과 항쟁의 근원적 힘은 어디에서 비롯된 것일까. 물론, 이것은 제주 특유의 공동체주의에 젖줄을 기대고 있는 것으로, 역사의 매시기 제주 공동체의 삶을 위기로 몰아갈 뿐만 아니라 제주 공동체의 존립을 동요 및 파괴하는 권력과 질서에 대한 위반·전복·모반으로써 아예 기존 체제를 갈아엎으려는 혁명의 정동情動을 새롭게 발견해야 한다. 그런데 문제는 제주가 지닌 혁명의 정동은 제주의 역사가 증명해보이듯, 혁명의 성공을 통해 혁명의 성과를 얻어내기보다 혁명을 향한 꿈을 꾸되, 그 혁명은 좀처럼 이룩할 수 없었기[16] 때문에 '과정으로서 혁명' 그 자체로서 자족할

---

16 이와 같은 의미를 품고 있는 제주의 설화는 흥미롭다. 단적인 예로 '고종달 설화'와 '아기장수 설화'를 들 수 있다. 이들의 공통점은 제주에는 세상을 움직일 수 있는, 말하자면 혁명을 일으켜 새로운 세상을 일으킬 수 있는 걸출한 인물이 나올 수 없다는 점이다. 이것은 제주 섬의 특성상 육지의 중앙권력으로부터 멀리 떨어져 있어 그 영향권 밖에 있으므로 자칫 중앙권력을 전복시킬 수 있는 가능성을 애초 끊어버려야 한다는 정치적 의도가 숨어 있는바, 이것을 뒤집어 생각하면, 제주는 역사의 매시기 민중의 삶을 위협당하는 데 순종하지 않고 새 질서를 꿈꾸는 혁명의 기운이 넘실대는 곳이다.

뿐이다. 실패로 귀착될 것을 뻔히 알면서도 떨쳐 일어날 수밖에 없는 제주 민중의 정동, 이것이 바로 '혁명의 정동'인 셈이다.

　제주 민중이 발산하는 이러한 혁명의 정동은 제주 고유의 전통공동체를 지켜내기 위한 게 아니라 위기와 파국 속에서 자칫 절멸할 수 있는 제주 민중의 현재와 미래를 보증하는 것과 이어진다. 이것은 4·3항쟁의 주체들이 4·3을 혁명으로서 수행하는 것과 분리되지 않는다. 김경훈의 시 「섬, 공통점」은 '흰머리독수리'로 은유된 미국이 '하와이-오키나와-괌-제주도'에 걸쳐 있는 태평양 일대를 팍스아메리카나, 곧 미제국의 통치 과정에서 군사기지로 전락한 채 섬의 원주민을 무차별적으로 학살했던 충격과 공포의 과거를 떠올린다. 이들 섬을 사실상 식민지배하는 미국이 과거뿐만 아니라 현재에도 각종 군사기지와 관련한 죽음이 잇따르고 있는 것을 직시할 때, "제2차 세계대전 이후 점령군에 대하여 제주도에서와 같은 대중적 저항이 분출된 곳은 지구상 어디에서도 찾아볼 수 없었다"[17]고 한데서 알 수 있듯, 제주에서 전 세계적으로 타전하는 4·3혁명의 존재성은 주목할 만하다. 다시 말해 2차 세계대전 이후 냉전체제 아래 미국의 전 세계 헤게모니와 직결돼 있는 미군 기지가 해당 지역 원주민을 대상으로 한 죽음의 파국을 초래하고 있는데 대해 4·3은 혁명의 정동으로 팍스아메리카나와 맞서 싸우고 있다. 이것은 4·3혁명을 해방공간으로만 한정시키지 않고 지금, 이곳에서 4·3혁명이 어떠한 문학적 진실을 생생히 되묻고 있는지를 보여준다.

　그렇다면, 이제 4·3항쟁에 대한 혁명으로서 문학적 실천은 생각하

17　양조훈, 「겉과 속이 다른 미군 정보보고서」, 『4·3 그 진실을 찾아서』, 선인, 2015, 79쪽에서 재인용.

기에 따라 그 다루는 소재와 대상이 심화·확장된다고 볼 수 있다. 그럴 때 허영선의 시 「우린 몸을 산처럼 했네」에서 득의한 4·3혁명의 문학적 진실은 우주 대자연과 아주 자연스레 어울리는 가운데 '과정으로서 혁명'이 지닌 시적 진실의 힘을 배가시켜준다. 잠시 허영선의 이 시를 이러한 측면을 고려하여 곰곰 숙고해보자.

제주 사람들은 몸을 잘 안다. 이 몸을 채취하기 위해 해녀는 차가운 바닷속을 헤치면서 말 그대로 몸[體 / 身]이 차가운 바다 물살에 베이는 것을 견뎌낸다. 바다 밖이 흉년이던 시절에도 그렇고 4·3혁명의 험난한 격랑 속에서도 그렇고 해녀는 몸을 채취하여 내다판다. 시인에게 해녀의 이 몸과 관련한 생업 활동은 "미음과 미음 사이 바다를 놓고" "내 몸과 네 몸이 하나가 되어"란 싯구에서 보이듯, 제주 바다와 해녀 사이의 독특한 관계뿐만 아니라 어떤 보편적 관계를 향한 시적 상상력으로 순간 번져간다. 이것은 제주어 '몸'에 대한 시인의 시적 인식의 산물이다. 말하자면, 시인에게 '몸'은 바다 해조류인 모자반으로서 해녀의 생업 노동을 통해 채취되는 수산 자원의 기능을 넘어 '몸'을 에워싼 존재들의 신묘한 관계에 대한 사유의 지평으로 존재 가치가 바뀌는 것이다. 그것은 '몸'의 초성과 종성에 자리한 미음[m]의 음가인 비음이 우주의 뭇 존재들과 공명해내는 공명음인바, 이들 미음이 각기 서로 다른 우주의 차원에서 존재들과 공명하고 있는 것에 주목할 때 이들 공명음을 자연스레 연결해주는 역할을 '아래 아[·]'가 맡음으로써, 이제 '몸'이란 한 음절은 바다 해초의 존재를 훌쩍 넘어 우주 만유의 존재를 표상하는 경외스러운 그 무엇으로 바뀐다. 우리는 익히 알고 있지 않은가. '아래 아[·]'는 한글 모음 중 '하늘[天]'을 의미하는 중요한 기축 모음인바, 그렇다면 '몸'은 그 자체가 서로 다른 개별 우주가 연결된 또 다른 대우주를 표상한다고 해도 지나치지 않다. 이 '뭄'이 제주 사람들의 일상 속에서 사용되고 있으며, 그것을 제주의 해녀가 4·3의 화마 속에서 살아냈다는 것은 결코 소홀히 넘겨버릴 수 없는 사안이다.

3. 팔레스타인문학 – 나크바와 자기혁신을 향한 혁명의 문학

1) 팔레스타인 나크바 안팎의 현실, 갓산 카나파니의 혁명적 글쓰기

역사는 엄중하고 냉혹하며 비정하기 이를 데 없는 것으로 이뤄져 있다는 것을 팔레스타인은 고스란히 보여준다. 그리고 여기에는 근대 세계체제의 헤게모니를 장악하고 있는 서구 제국의 정치사회적 이해관계가 촘촘히 그물처럼 얽혀있다. 제1차 세계대전 종전의 처리 과정에서 국제연맹은 '파리평화회의' 후 영국으로 하여금 팔레스타인 위임통치(1922)를 결정했는데, 영국은 그 전에 이른바 '벨푸어 선언'(1917)을 통해 시온주의자들에게 팔레스타인 땅에 유대민족 고향의 건설을 돕겠다고 한바, 기실 영국의 정치적 의도는 "장기적으로는 팔레스타인을 영연방으로 만들려는 목표"[18]에 초점이 맞춰진 것이었다. 하지만 "영국의 점령은 이스라엘 주권 수립을 위한 토대를 제공하고 팔레스타인인들에게는 정치적 주권뿐만 아니라 토지 소유권조차 빼앗기는 파국적인 결과를 초래"[19]함으로써 팔레스타인 원주민에게 나크바의 대참사를 안겨주었고,[20] 이후 팔레스타인 땅에 가까스로 남거나 팔레스타인 땅

---

18 홍미정·마흐디 압둘 하디, 『팔레스타인 현대사』, 서경문화사, 2018, 78쪽.
19 위의 책, 136쪽.

을 떠나 난민의 처지로 전락하는 등 팔레스타인 민족의 수난사가 현재까지 이어지고 있다.

이처럼 팔레스타인 수난사에서 나크바는 팔레스타인뿐만 아니라 전 세계에 반인류적 범죄의 실상을 또렷이 응시하도록 한바, 무엇보다 제2차 세계대전을 겪으면서 유대민족이 나치로부터 처참하게 경험했던 민족·인종청소ethnic cleansing, 즉 제노사이드genocide를 팔레스타인 땅에 살고 있는 아랍인들에게 똑 같이 반복했다는 것을 어떻게 이해해야 할까. 게다가 나크바와 결코 무관하지 않은 종교적 차별과 배타주의마저 작동하는 가운데 예루살렘의 성소聖所를 유대교 및 기독교가 독점 장악하기 위해 이슬람교를 축출하기 위한 종교 억압과 탄압이 이스라엘과 친이스라엘 국제사회의 집요한 움직임 속에서 중단되지 않은 채 팔레스타인 사람들이 겪는 각종 정치사회적 재난을 어떻게 평화적으로 종식시킬 수 있을까. 더욱이 1948년 5월 이스라엘 건국 과정에서 팔레스타인이 겪은 나크바의 대재앙으로 팔레스타인을 이루는 총체적

20　이스라엘 건국 과정에서 이스라엘이 팔레스타인 땅에서 팔레스타인 사람들을 표적으로 한 나크바에서 간과해서 안 되는 것은, 이스라엘의 유대무장조직의 배후에는 영국군의 지원을 비롯하여 유대무장단체인 하가나(1920~1948)가 막중한 임무를 수행하였다는 사실이다. 하가나는 영국 위임통치 시절 창설된 유대무장단체인바, 영국보안대는 하가나와 협력하여 유대 정착촌 경찰, 유대 예비 경찰, 특수 야경단을 조직하여 활동을 벌인다. 하가나의 무장 활동 범위와 그 무력의 기세는 점차 확대되는데, 무엇보다 영국 위임통치 정부와 유대 시온주의자들의 팔레스타인 사람들에 대한 공동의 이해관계 속에서 하가나는 좀더 체계적인 군부대의 조직을 갖추게 되면서, 결국 이스라엘 건국과 함께 이스라엘 국가 방위군 전투부대의 근간으로 그 위상을 굳건히 하게 된다. 이 과정에 대해서는 홍미정·마흐디 압둘 하디, 같은 책, 91~94쪽. 홍미로운 것은 하가나와 나크바의 관계를 생각할 때 제주 4·3 당시 서북청년회와 대동청년단이 미군정과 한국정부의 지원으로 군경찰에 조직돼, 국가권력을 참칭하여 제주의 민중에게 무자비한 폭력을 저질렀다는 사실이다. 제주4·3사건진상조사보고서작성기획단, 『제주 4·3사건진상조사보고서』, 제주4·3사건진상규명희생자명예회복위원회, 2003, 266~272쪽 참조.

삶이 파괴돼 가는 것에 직면한, 이스라엘에 대한 팔레스타인의 강력한 저항-인티파다[intifa : da][21]의 도정에서 생기는 그들 사이의 물리적 대립과 마찰을 어떻게 평화적 차원에서 슬기로운 해결 방안을 모색할 수 있을까. 사실, 이 일련의 물음들은 나크바와 직간접 관련돼 있으며, 결국 나크바에 대한 역사적 진실 추구와 나크바로부터 희생당한 모든 팔레스타인 사람들의 정신과 육체를 치유하기 위한 것과 연결돼 있다. 이 같은 과제는 팔레스타인 민중의 혁명으로 인식되고, 이 혁명의 도정을 수행하는 것이야말로 나크바 안팎의 팔레스타인 민족의 수난사에 대한 저항이다.

따라서 팔레스타인문학에서 이 혁명의 과업을 문학적 실천으로 수행하는 것은 팔레스타인 문학인에게 일종의 정언명령이라 해도 과언이 아니다. 이 정언명령을 수행하는 문학인들 중 "아랍의 모든 평론가들은 거의 이의 없이 오늘날 팔레스타인을 대표하는 산문 작가로 갓산 카나파니"[22]를 손꼽는데, 카나파니(1936~1972)의 글쓰기 자체가 반反이스라엘-반反나크바를 뚜렷한 목적으로 삼은, 그래서 팔레스타인의

---

21 인티파다(intifa : da)는 아랍어로 '떨림, 동요, 전율' 등의 사전적 의미를 뜻하는데, 애초 7~14세 어린이들의 비폭력 투쟁('돌'의 전쟁)으로 시작된 것으로, 1987년 12월 이후 서안과 가자 지구를 중심으로 전개돼온 팔레스타인 민족민중봉기를 통칭하는 용어로 쓰인다. 팔레스타인 문학을 대표하는 시인 파드와 뚜깐은 인티파다에 대해 "매일, 매시간 죽음의 현실을 살고 있는 시민들, 유년을 빼앗긴 아이들, 자신의 미래를 찾으려는 젊은이들이 탱크로 무장한 이스라엘 군인에 대항한다. (…중략…) 이들의 무기는 돌과 조국애와 저항에 대한 불굴의 의지가 전부이다. (…중략…) 인티파다는 팔레스타인 역사에서 그리고 아랍과 이스라엘간의 투쟁에서 가장 중요한 사건이다. 오로지 이스라엘의 점령으로부터 벗어남으로써 팔레스타인 사람이 당하는 억압과 불평등으로부터 풀려나 자유와 인간적 존엄을 회복하는 것이 목표다."(송경숙, 「이스라엘 점령하의 팔레스타인 인티파다의 시 연구」, 『외국문학연구』 15, 한국외대 외국문학연구소, 2003, 156쪽에서 재인용)
22 송경숙, 『갓산 카나파니의 삶과 문학』, 한국외대 출판부, 2005, 45쪽.

혁명을 문학적으로 치열히 수행한다. 그의 혁명으로서 문학적 실천이 얼마나 이스라엘 정부에 치명적이었는지 그는 이스라엘 정부에 의해 암살을 당하는 비운의 죽음을 맞이한다. 그의 작품들 중 다음과 같은 부분은 나크바의 충격과 공포, 그것에 짓눌리고 압살된 팔레스타인의 비참한 현실을 드러낸다.

> "당신 딸(아부 오스만의 딸 파티마 – 인용자)이요?"
> 아부 오스만은 근심스레 머리를 끄덕였다. 그의 눈은 불길하고 이상한 예감으로 가득했다. 그 유태인 여자는 너무나도 간단하게 자기의 자그마한 총을 들어올리더니 그것을 파티마의 머리에다 들이대었다. 늘 놀란 듯한 크고 검은 눈의 그 어린것에다.
> 그 순간 유태인 보초 중의 한 사람이 내 앞으로 걸어오다 이 광경을 보고 내 시야를 가리고 멈추어 섰다. 그러나 나는 정확히 세 발의 총성을 들었다. 그리고 나는 아부 오스만의 얼굴이 무거운 고통으로 물결치듯 일그러지는 것을 볼 수 있었다. 나는 파티마를 보았다. 그녀는 앞으로 머리를 떨구었고 검은 머리카락 사이로 핏방울들이 타는 듯한 고동색 땅 위로 계속 떨어져 내리고 있었다.(단편 「팔레스타인에서 온 편지–1.라믈라에서 온 편지」, 1956)[23]

우리가 알던 신도 역시 팔레스타인을 떠났으며 자신의 문제들에 대한 해결책을 찾지 못한 채, 내가 모르는 어딘가에서 피난민이 되어 있다고

---

23 위의 책, 225쪽.

나는 확신했다.(단편「슬픈 오렌지의 땅」, 1958)[24]

"왜 당신들은 탱크 벽을 두드리지 않았소? 왜 아무 말도 하지 않았소? 왜?"

사막은 갑자기 메아리를 되돌려보내기 시작했다.

"왜 당신들은 탱크 벽을 두드리지 않았소? 왜 탱크 벽을 탕탕 치지 않았
느냐 말이오? 왜? 왜? 왜?"(장편「불볕 속의 사람들」, 1969)[25]

카나파니는 유대인이 이스라엘을 건국하는 과정에서 어떠한 반인류
적 범죄를 자행했는지 그 단적인 사례를 작품 속에서 증언한다. 그 충
격은 이스라엘군이 팔레스타인이 살고 있는 라믈라로 쳐들어오는 과
정에서 이스라엘 여군이 팔레스타인 여자 어린애의 머리에 총을 겨눠
방아쇠를 당기는데, 팔레스타인의 무고한 양민을 향한 이런 살상행위
가 아무렇지도 않은 양 빈번히 일어난 것처럼 태연자약한 모습을 보인
다. 팔레스타인의 이 같은 나크바는 이스라엘 건국 과정에서 비일비재
한바, 그렇기 때문에 위「슬픈 오렌지의 땅」에서 직접 언술됐듯이 팔
레스타인의 종교적 정체성을 유지해온 신을 향한 절대적 믿음과도 결
별하고 있다. 팔레스타인을 엄습해온 나크바의 공포와 충격으로부터
팔레스타인을 지켜주는 아랍의 전지전능한 신이 아무런 현실적 힘을
제공해주고 있지 못하다는 종교적 열패감은 나크바가 얼마나 팔레스
타인에게 대재앙인지, 그래서 이 대재앙 앞에서 속수무책으로 팔레스

---

24 갓산 카나파니, 김종철·천지현 공역,「슬픈 오렌지의 땅」,『불볕 속의 사람들』, 창비,
    1996, 95쪽.
25 위의 책, 91쪽.

타인의 숱한 주검들이 팔레스타인 대지를 뒤덮는 과정에서 같은 민족 구성원인 팔레스타인은 고사하고, 동일한 종교 공동체로 연대를 맺고 있는 아랍민족도 자국의 상황과 국제사회의 복잡한 정치사회 이해관계 속에서 어떠한 현실적 도움도 제공하지 못하는 암담함과 전망의 부재를 장편 「불볕 속의 사람들」의 마지막 장면을 통해 묵시록적으로 보여준다.

그런데 카나파니의 나크바에 대한 혁명으로서 글쓰기에서 반드시 확인하고 넘어갈 영역이 있다. 그것은 팔레스타인의 수난사를 증언하고 나크바에 얽힌 팔레스타인 안팎의 정세를 탐구하는 것뿐만 아니라 나크바로부터 해방되기 위해 나크바의 공포와 파괴를 안겨준 유대-이스라엘에 대한 혁명으로서 민중봉기 및 저항, 심지어 무력적 대응에 팔레스타인 민중이 적극 동참함으로써 팔레스타인 과거에 대한 향수와 복고적 태도로부터 한층 진전된 미래를 향한 혁명의 길에 기투할 것을 문학적으로 독려하고 있다는 점이다.[26] 카나파니의 이런 혁명적 문학관을 웅숭깊게 이해할 때 장편 「하이파에 돌아와서」(1969)의 끝 부분에서 싸이드 부부의 비장한 대화에서 읽을 수 있듯, 비록 이스라엘 점령 지구에 둘러싸인 채 이스라엘 정부군의 급작스러운 공격이 야기하는 숱한 위험에 팔레스타인이 노출돼 있어 생존과 안전을 보증할 수 없다고 하지만, 싸이드

---

26 갓산 카나파니의 이러한 전투적 혁명으로서 글쓰기는 그의 문예작품뿐만 아니라 그의 비평에서 뚜렷이 드러난다. 갓산 카나파니, 「점령하 팔레스티나의 저항문학」, 갓산 카나파니 외, 임헌영 편역, 『아랍민중과 문학』, 청사, 1979. 팔레스타인 대표 시인 마흐무드 다르위시(1941~2008)에게서도 팔레스타인문학은 저항과 혁명 그 자체다. 다르위시의 팔레스타인문학 특유의 전투적 서정성과 아랍문학의 비의성에 바탕을 둔 시세계는 부분적으로나마 시선집을 통해 한국어로 번역 소개되었다. 마흐무드 다르위시, 송경숙 역, 『팔레스타인에서 온 연인』, 아시아, 2007.

부부는 그들의 아들이 다른 팔레스타인 젊은이들처럼 총을 들어 혁명 대열에 기꺼이 동참하기를 바란다. 그러면서 싸이드는 아내에게 "내가 처음부터 우리가 여기에 오려면 필요한 건 전쟁이라고 말하지 않았소?"[27]라고 의미심장한 혁명의 전언을 서슴없이 드러낸다.

2) 팔레스타인 내부의 자기혁신, 사하르 칼리파의 혁명적 글쓰기

혁명적 실천으로서 팔레스타인문학을 살펴볼 때 앞서 살펴본 나크바 안팎의 현실에 대한 문학적 대응 외에 주목할 것은 팔레스타인 내부의 자기혁신에 대한 팔레스타인문학의 갱신이다. 이것은 팔레스타인문학이 일궈내고 있는 또 다른 팔레스타인혁명의 문학으로, 이스라엘 건국을 전후로 한 특정 시기에 국한된 나크바에 대한 문학적 대응에만 자족하는 것을 넘어 이스라엘 점령 지구에서 집요하게 기획되는, 유대인 정착촌 구축에 따른 팔레스타인 민족의 균열 및 분열과 해체의 가속화[28]가 야기하는 문제점에 대한 팔레스타인의 무능력한 모습을 준

---

27 갓산 카나파니, 김종철·천지현 공역, 「하이파에 돌아와서」, 『불볕 속의 사람들』, 창비, 1996, 244쪽.
28 이스라엘은 팔레스타인 테러공격을 사전에 막는다는 이유로 2002년부터 요르단강 서안지구를 완전히 포위하는 콘크리트 분리 장벽(두께 1m, 높이 5~8m, 길이 700km)을 쌓고 있다. "장벽은 팔레스타인 집들의 작은 마당을 가로질렀다. 집주인들은 자기 마당에 있는 나무에 열린 열매를 따러가기 위해서 이스라엘 군대로부터 특별 허가증을 받아야 했다. 이런 일이 21세기 '멋진 신세계'라는 악몽 속에서 벌어지고 있다. // 장벽은 또한 서안 지구의 많은 마을들을 고립시켰다. 마을 주민들은 학교, 직장, 경작지, 묘지에 갈 수가 없다. 안보라는 명분으로 최종의 목표를 달성하려는 식민주의자들의 이기심을 만족시키기 위해, 다시 한 번 보통 사람들이 자신들의 삶과 죽음을 대가로 치르고 있다. 식민주의자들의 최종 목표는 이것이다. '땅은 최소화하고 사람들은 최소화한다.' // 머지않아 장벽은 팔레스타인사회를 도시별로 해체해 각 도시를 세상에서 가장 큰 감옥으로 만들어버릴 것이다. 지역적, 인구적 단일체를 자생력이 부족한 땅 조각들로 낱낱이 쪼개버릴 것이다. 식민주의자들은 팔레스타인인들로 하여금 장벽을 새로 주어진 현실로 받아들여 우리의 상상력과 존재가 나아갈 수 있는 한계가 거기까지라고 체념하게 만들려

열히 비판하는 것으로 나타난다. 여기에는 오슬로협정(1993) 이후 팔레스타인혁명의 동력이 제도권 내부에서 현저히 그 특유의 저항성이 연성화되는 가운데 켜켜이 쌓인 팔레스타인 자치 정부의 부정부패를 비롯한 팔레스타인 내부 정파 사이(대표적으로 온건 투쟁노선을 견지하는 PLO와 급진적 투쟁 노선을 표방하는 하마스)의 갈등과 마찰이 무관하지 않은바, 무엇보다 팔레스타인혁명의 주체들이 팔레스타인 내부의 근대화를 소홀히 간주한 것에 대한 역사적 책임을 회피해서 곤란하다. 달리 말해 반이스라엘 및 반나크바의 투쟁과 병행되어야 할 중요한 것이 팔레스타인 내부의 근대화인바, 팔레스타인 근대의 정체화停滯化·퇴행화·지체화는 팔레스타인이 투쟁해야 할 대상(이스라엘)에 시쳇말로 먹히는, 즉 식민지로 순신간에 전락하여 흡수·동화될 가능성이 매우 농후한 지경에 이르게 되었기 때문이다. 사실, 이것은 팔레스타인의 작금 현실을 고려할 때 기우杞憂가 결코 아니다.

따라서 아직도 팔레스타인은 민족해방을 비롯하여 팔레스타인 안팎으로 과단성 있게 추구해야 할 근대의 과제들이 적지 않다. 말하자면 팔레스타인의 혁명은 나크바와 관련 있는 것뿐만 아니라 나크바 이후 팔레스타인에게 펼쳐지고 있는 난경을 전복·위반·모반하는 혁명의 과제를 수행해야 할 일들이 많다. 그래서 팔레스타인문학은 혁명으로서 문학적 실천의 새로운 과제를 적극 발견해야 한다. 팔레스타인에게 혁명은 '영구혁명'의 성격을 띠듯, 반이스라엘-반나크바와 함께 병행

는 것이다."(바쉬르 샬라쉬, 팔레스타인을잇는다리 역, 「우리더러 날아보라고! — 지상의 장벽과 상상의 경계들」, 신경림·자카리아 무함마드 외, 『팔레스타인과 한국의 대화』, 열린길, 2007, 38쪽)

해야 할 팔레스타인 내부의 자기쇄신을 향한 뼈를 깎는 반성적 성찰이 절실한 것은 바로 이러한 이유 때문이다.

이와 관련하여, 팔레스타인 여성 작가 사하르 칼리파(1941~)는 팔레스타인문학의 이러한 측면, 즉 '과정으로서 혁명'을 치열히 실천하고 있다. 그의 문학을 두고, "저항문학으로서 기능하면서 동시에, 저항이라는 개념이 지닌 유일성이나 근본주의자들의 태도에 저항하는 문학"[29]이라는 평가는 그래서 매우 적실하다. 이러한 점을 눈여겨볼 때, 칼리파의 작품이 앞서 살펴본 카나파니의 서사와 구분되는 점이 있다면, 나크바에 무게중심을 두지 않으면서 (그렇다고 칼리파가 나크바에 대한 역사적 몰이해를 하고 있다고 생각하면 큰 오산이다.) 나크바 이후 이스라엘 점령 지구에 살고 있는 팔레스타인 민중을 비롯하여 팔레스타인 자치 지구에 살고 있는 팔레스타인 민중의 현실 속에서 팔레스타인의 자기쇄신을 향한 팔레스타인 내부자들을 향한 혁명의 글쓰기에 천착하고 있다.

―바로 이런 거야. 초등학교 과정에서는 억압과 제지 속에 지내지. 중학교에서는 개성을 말살당하고. 고등학교에 들어가면 그들은 비생산적인 교육 내용으로 우리를 파김치가 되게 하는 거야. 게다가 가족들은 우리에게 의사나 기술자가 되기 위해 높은 평점을 받을 것을 요구하기 시작하지. 또 우리가 의사나 기술자가 되면 가족들은 그동안의 학비를 갚으라고 하지. 왜냐하면 부모님들은 우리가 여기서 쥐꼬리만한 월급이나 받게 하려고 그들 심장의

---

29 Philip Metres, "Vexing Resistance, Complicating Occupation : A Contrapuntal Reading of Sahar Khalifeh's *Wild Thomas* and David Grossman's *The Smile of the Lamb*", *College Literature*, 2010, 37 : 1, p.92; 김인숙, 「팔레스타인 디아스포라의 귀환」, 『서강인문논총』 42, 서강대 인문과학연구소, 2015, 235쪽에서 재인용.

피를 우리에게 쏟아 붓진 않아. 그러니 떠날 수밖에 없는 거지. 사우디아라비아 그리고 걸프 지역으로 일하러 갈 수밖에. 결론적으로 지식인들은 찾아 볼 수 없게 되고, 나라에는 노동자와 농부 외에는 남지 않게 되는 거야. 이것이 바로 이스라엘이 원하고 바라는 일이야. 노동자가 됐든 아니면 의사나 기술자 가 됐든 우리가 똑같이 남는다면, 우리의 정신은 하나가 되고 투쟁 방식도 하나가 될 거야. 비굴한 정신. 무기력한 마음. 사람들은 기계처럼 일만 할 뿐 감히 "아니오"라고 말할 엄두를 못 내고 있어.[30]

우리는 지금 이스라엘에 맞서고 있고, 이스라엘의 배후엔 미국과 서양의 과학이 있다. 국민은 뿌리부터 시작해 망가진 지도부와 문명을 가지고서, 하루하루 먹고 사는 일조차도 버거운 처지다. 빈곤, 무지, 분열, 사람들은 신이 해결책을 내려주시길 기다리며 모스크로 향한다. 우리는 우리의 세상에서 도망친 이들에게 저항한다. 이들은 혁신과 환상을 가져왔고, 이로써 정신은 파괴되었고, 그나마 남아 있던 일말의 이성조차 갈려버렸고, 심연만이 깊어졌다. 그런 존재와 우리가 맞서고 있는 것이었다. 이는 우리를 석기시대로 끌고 갈 뿐이다. 백만 년은 퇴보했다. 유산은 부질없고, 체재는 떡잎부터 글렀다. 그런데 여기서 어떻게 국가를 세울까? 남들이 무너뜨리고 있는데?[31]

위에서 확연히 읽을 수 있듯, 칼리파의 장편소설『가시 선인장』(1976)에서 등장인물의 입을 빌려 통렬하게 내뱉는 팔레스타인 내부의 치명적

---

30 사하르 칼리파, 송경숙 역,『가시 선인장』, 한국외대 출판부, 2005, 62~63쪽.
31 사하르 칼리파, 김수진 역,『뜨거웠던 봄』, 케포이북스, 2016, 271~272쪽.

문제점 중 하나인 교육 과정과 관련한 팔레스타인 민족지성의 빈곤에 대한 자기 비판이야말로 나크바 이후 팔레스타인의 구체적 현실에서 일상으로 마주한 것이면서도 대수롭지 않게 간과해온 혁명의 척결 대상이었다. 그리고 다른 장편소설『뜨거웠던 봄』(2008)에서는 팔레스타인에게 간절히 요구됐던 근대화를 추구하지 못한 팔레스타인혁명이 심각히 결여하고 있던, 어쩌면 반이스라엘 정치투쟁과 무력 투쟁에 치우친 나머지 혁명을 수행하는 데 전략·전술이 치밀하지 못한 데서 생겨날 수밖에 없었던 근본적 문제점을 신랄히 비판한다.

칼리파에게 이 모든 것들은 당장 눈앞에 놓인 혁명의 과제들을 조급히 해결하는 데 목적을 둔 문학적 실천의 대상이 결코 아니다. 그보다 칼리파에게 중요한 것은 나크바 이후 그토록 숱한 팔레스타인의 희생이 있었음에도 불구하고 팔레스타인의 현실은 예전이나 지금이나 별반 다를 게 없을 정도로 사회 전 분야에 걸친 근대화는 이뤄지지 않은 채 무엇 때문에 제자리걸음만 하고 있는지, 특히 오슬로협정 이후 팔레스타인 자치 정부는 그 이전과 적어도 평화적 모양새를 보이는 국내외 정세를 적극 활용하여 팔레스타인의 현실적 삶의 수준을 높임으로써 이스라엘의 압도적 정치사회 환경에 더 이상 속수무책으로 굴종할 수밖에 없는 것으로부터 벗어날 어떤 경이적 순간을 왜 적극적으로 만들어내지 못하는지에 대한 냉철한 자기 비판의 심문을 거쳐야 하는 것이다. 칼리파에게는 이 치열한 자기 비판의 심문을 수행하는 것이야말로 팔레스타인문학이 반이스라엘-반나크바의 혁명으로서 문학적 실천과 다를 바 없는 칼리파식 혁명의 글쓰기인 셈이다.

칼리파의 이러한 혁명의 문학적 실천은 장편소설『유산』(1997)의 끝

부분에서, 팔레스타인 자치 지구에서 벌어진 차마 웃지못할 희비극적 소동을 통해 극명히 드러난다. 팔레스타인 자치 지구 안에서 문화센터 개원식이 열리는 날 이를 축하해주러온 팔레스타인 내부의 주요 요직 관료들과 해당 지역 유지 및 일반 대중이 한데 어울려 잔치판이 벌어졌는데 개원식 준비의 부족과 행사 진행 과정에서 생긴 불미스러운 일들이 중첩되면서 개원식은 난장판이 되고 만다. 그런데 하필 이 어수선하기 이를 데 없는 난장판 속에서 팔레스타인 한 임산부가 출산에 임박하게 되면서 어떻게 해서든지 이 임산부를 병원으로 신속히 옮겨야 할 지경에 이른다. 팔레스타인 자치 지구들이 그렇듯 아무리 팔레스타인 자치정부가 통치를 한다고 하지만, 팔레스타인 자치정부의 행정권이 무용지물인 이스라엘 전략촌 건설에 따른 이스라엘군의 검문소가 곳곳에 설치되면서 팔레스타인 자치 지구는 말이 자치 지구이지 사실상 이스라엘 정부의 주도면밀한 전략촌 건설의 확대로 인해 팔레스타인 대중의 삶의 기반은 균열·분리·분산, 급기야 해체 및 이산離散의 신세로 전락하고 있는 형국이다. 이렇듯이 팔레스타인 자치정부의 무능력한 통치에 대해 칼리파는 묵과하지 않는다. 칼리파가 보기에, 이 무능력함 속에서 팔레스타인혁명의 미래가 어떻게 속화되고 변질되며 형해화形骸化될 것인지는 불을 보듯 명확하기 때문이다.[32]

---

32 칼리파의 다음과 같은 자조(自嘲) 섞인 자기 비판, 말하자면 작품 속에서 팔레스타인 자치정부의 지사가 아수라장이 된 개원식장을 빠져나가는 길에서 수행하는 자기 비판은 그래서 팔레스타인 내부의 자기혁신을 위해서도 매우 긴요할 뿐만 아니라 이것은 미완의 혁명으로 지금도 값진 희생을 치르고 있는 인티파다의 성스러운 민중봉기가 결코 헛되지 않는다는 것을 보증해야 하는 팔레스타인의 역사적 소명을 실천하는 도정에서 경청해야 할 전언이다. "지사는 마진과 함께 서서 성채, 곧 덫에서 빠져나갈 방도를 의논했다. 지사는 이 지역 출신이면서도 지역을 잘 몰랐다. 오랜 점령과 몇 십년 동안의 유랑과 부재로 인하여, 그는 이 땅에 뿌리를 내리고 수 세대 동안 살아온

4. '평화의 플랫폼'으로서 4·3문학과 팔레스타인문학

이상으로 4·3문학과 팔레스타인문학을 혁명으로서 문학적 실천에 초점을 맞춰 그 주요 문제의식을 살펴보았다. 각기 서로 다른 지역에서 1948년을 전후하여 일어난 역사적 사건, 즉 동아시아 작은 섬 제주도에서 일어난 4·3사건과 서남아시아 팔레스타인 땅에서 이스라엘 건국 전후로 일어난 나크바는 모두 2차 세계대전 이후 서구 제국주의의 새로운 식민주의 지배와 직간접 관련돼 있다. 특히 2018년 그 70주년을 맞이하여 4·3문학과 팔레스타인문학은 역사의 대참사가 지닌 상처를 기억하고 그것을 배태시킨 폭력의 양상을 새롭게 주목하는 것은 물론, 반인류적 폭력의 상처를 치유하기 위한 온갖 노력을 다 쏟고 있다. 그 과정에서 무엇보다 근대의 국민국가 건설에 수반되는 맹목화된 정치사회적 이념 및 배타적 민족／인종주의가 초래한 가공할만한 폭력과 파괴에 대한 문학적 저항은 쉼 없이 펼쳐지고 있다.

비록 구체적인 역사의 정황은 서로 다르지만, 제주와 팔레스타인이 겪은 4·3사건과 나크바는 인간이 어디까지 절대악의 지경에 이를 수 있는지를 여실히 입증해보였는데, 그것은 제노사이드, 민족공동체의

친족들 사이에서 손님이나 관광객처럼 되어버렸다. 친족들은 그를 자신들의 일부라고 느끼지 않았다. 아니, 그가 그들의 일부인지 아니면 저들의 일부인지도 알지 못했다. 우리의 일부와 저들의 일부, 즉 우리와 저들 너와 우리는 곧 다른 언어, 다른 행위, 다른 민족, 다른 유형지, 즉 그가 살아보지도 들어보지도 못했던 새로운 유형지를 의미하는 것이다. 그가 자신의 나라 안에 있되 민족은 바깥에 있고 그는 이 곳 성채 안에 갇혀 있는 것이다. 안과 밖, 경찰과 치안 군, 자치정부와 체제, 헷갈리는 여러 이유들이 복합적으로 작용하여 즐거움이 장례식으로 변한 비참한 민족. 지금 중요한 것은 그가 무엇을 해야 하는가, 어떻게 이 덫에서 탈출하는가였다."(사하르 칼리파, 송경숙 역, 『유산』, 아시아, 2009, 374~375쪽)

해체와 분열 및 난민화의 대비극으로 드러났으며 아직도 이 비극은 여전히 진행중이다. 이에 대해 4·3문학과 팔레스타인문학이 보인 문학적 대응은 기존 세계문학에 적극 개입하고 있는바, 그것은 각기 문학이 토대를 두고 있는 역사적 진실이 함의한 혁명의 정동과 밀접한 연관을 맺고 있다. 각 문학이 어떠한 혁명의 정동을 지니고 문학적 실천으로 구체화되고 있는지는 본론에서 논의한 바와 같다.

이제 글을 맺으면서, 4·3문학과 팔레스타인문학이 새로운 세계문학에 적극 개입할 때 염두에 두어야 할 사안을 추후의 과제로 남겨볼까 한다. 그것은 각기 추구해야 할 미완의 혁명으로서 문학적 과제가 있겠지만, 좁게는 각 문학이 현실적으로 작동하는 정치사회적 영토(동아시아, 서남아시아)를 대상으로, 넓게는 그것을 넘어 전 세계로 확장된 상상의 영토를 대상으로 4·3혁명과 팔레스타인혁명이 수행하는 평화의 공동체를 위한 문학 플랫폼을 구축해야 한다는 점이다. 이것은 결코 관념의 추상태로서 존재하는 문학 플랫폼이어서는 곤란하다. 가령, 기회가 있을 때마다 4·3과 연관시켜 되풀이 강조되곤 하는, 제주를 '평화의 섬'으로 만들겠다고 하면서도 정작 평화의 가치와 충돌하는 일들이 심심찮게 입에 오르내린다. 그 대표적인 것으로 예맨 난민들이 제주에 입도했을 때 한국사회의 중앙 정부와 지방 정부를 비롯하여 도내외 일반인 다수가 보였던 예맨 난민들에 대한 극도의 혐오주의와 차별적 시선은 '평화의 섬'이란 구호가 무색할 정도로 제주도 역시 근대 국민국가의 배타적 민족주의에 강하게 구속돼 있고, 더욱이 서구사회에서 흔히들 보이듯 이슬람교에 대한 종교적 배타성도 이들에 대한 냉소와 거부의 구체적 행동에 묻어나 있는 것을 쉽게 목도하게 된다. 따라서 이런 냉혹한 현실과 맞닥뜨릴수록 4·3문학은 그 특유의

4·3혁명의 문학적 실천을 더욱 벼려야 할 것이다. 4·3혁명의 근간을 이루는 것은 일체의 배제와 차별에 근거한 근대의 폭력과 억압을 일소하는 것이고, 무엇보다 그러한 것을 낳는 근대의 행태악行態惡과 구조악構造惡의 체제를 송두리째 전복시키고 상생과 공존의 평화 체제를 구축시키는 혁명을 실천하는 일이다. 4·3문학은 이러한 혁명의 정동을 수행해야 하는 것이다. 이것은 달리 말해 전 세계에 존재하는 사회적 소수자들이 삶의 새로운 터전을 찾아 제주를 선택했을 때 '평화의 섬'으로서 제주가 지닌 아름다운 가치를 그들과 공유할 수 있어야 한다. 4·3문학의 갱신은 바로 4·3혁명의 현재적 물음 앞에서 평화의 플랫폼 역할에 대한 문학적 실천을 궁리해야 할 것이다. 그럴 때 4·3문학은 제주를 동아시아의 정치군사적 이해관계의 전략 기지로서 묵시록적 현실을 그려내는 지옥에서 벗어나[33] 전 세계의 상처받고 소외받은 소수자들이 평화를 누리기 위해 찾아오는 상상의 플랫폼으로서 사랑을 받도록 할 수 있다. 이것이 4·3혁명이 미완의 혁명으로서 그리고 영구혁명으로서 존재해야 할 이유다.

여기서, 팔레스타인문학도 4·3문학과 흡사하다. 이스라엘 건국 과정에서 팔레스타인이 겪은 나크바는 결코 쉽게 잊혀져서 안 된다. 유대인의 홀로코스트가 그랬던 것처럼 팔레스타인 민중의 나크바는 인류가 존속하는 한 인류사에서 망각되어서는 안 된다. 그리고 팔레스타인 고향 땅에서 자의반타의반 쫓겨난 팔레스타인 난민들의 삶이 아무

---

33 이 문제와 관련하여 4·3문학이 '미래책임'의 윤리의식과 결합한 혁명의 글쓰기로 결코 소홀히 해서 안 되는 것은 강정의 해군기지 건설에 따라 수반되는 온갖 문제적 현실이다. 이 해군기지가 근대 국민국가의 배타적 정치의식을 공고히 할 뿐만 아니라 미국의 아시아태평양 헤게모니를 장악하기 위한 제국의 군사적 역할로 전락하는 데 대해 4·3혁명의 새로운 글쓰기 과제가 4·3문학에 부과될 것이다.

렇게나 방치되어서는 안 된다. 국가를 빼앗겨 잃었다고 팔레스타인 난민을 헐벗은 생명체로 간주해서도 안 된다. 비록 예전과 비교하여 현저히 축소되었고, 그나마 그 땅마저 이스라엘의 주도면밀한 전략촌 건설에 따라 자꾸만 분열 및 해체되고 있으나 쉽게 낙담하거나 절망하지 말고 팔레스타인 자치 지구의 삶의 터전을 혁명의 혹독한 과정을 통해 자기쇄신해야 한다. 팔레스타인 민족해방이 가장 급선무이지만, 명심할 것은 민족해방이 중요한 과제라는 것과 민족해방을 최우선시 여긴 나머지 팔레스타인 내부의 자기혁신을 등한시하면서 팔레스타인이 자기소멸하는 길로 들어서는 것처럼 반혁명적인 것도 없다. 그래서 팔레스타인문학은 민족해방과 동시에 자기 내부의 쇄신과 혁신을 병행하는 근대추구 역시 매우 중요하다. 팔레스타인문학에서 혁명은 가히 전방위적으로 수행되어야 한다. 팔레스타인문학에서도 혁명은 미완의 성격을 띠고 영구혁명으로서 존재 가치를 얻기 때문이다. 무엇보다 팔레스타인 역시 지정학적으로 서남아시아의 이스라엘과 인근 아랍 국가들 사이에 위치한, 보기에 따라서는, 이들 정치문화적 갈등과 대결 지역의 완충지로서 중요한 몫을 맡는바, 제주처럼 팔레스타인도 '평화의 플랫폼' 역할을 수행할 수 있다. 이 '평화의 플랫폼'에서 팔레스타인과 이스라엘은 평화롭게 만나며 지역 분쟁의 불길을 끄고 인류의 평화 공동체를 향한 꿈을 키울 수 있을 것이다. 물론, 그 과정에서 4·3 문학도 그렇지만 팔레스타인문학도 지금까지 구속돼 있던 구미중심주의 세계문학 질서에 균열을 내고 새로운 문학 쟁점을 생성시킴으로써 기존 근대를 넘어선 '대안의 근대'를 창안하지 못할 법도 없지 않은가.

따라서 4·3문학과 팔레스타인문학이 뿌리를 내리고 있는 4·3혁명과 팔레스타인혁명은 '과정으로서 혁명'을 포기한 적 없이 새로운 세계문학에 적극 개입하고 있다.

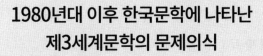

1980년대 이후 한국문학에 나타난
제3세계문학의 문제의식

1. 제3세계의 지평으로 다가서는 한국문학

쉬고 있을 것이다.

아시아와 유럽

이곳 저곳에서

탱크 부대는 지금

쉬고 있을 것이다.

일요일 아침, 화창한

도오꾜 교외 논 뚝 길을

한국 하늘, 어제 날아간

異國 병사는 걷고.

히말라야 山麓,

土幕가 서성거리는 哨兵은

흙 묻은 생 고구말 벗겨 넘기면서
하루삔 땅 두고 온 눈동자를
회상코 있을 것이다.

순이가 빨아 준 와이샤쯔를 입고
어제 의정부 떠난 백인 병사는
오늘 밤, 死海가의
이스라엘 선술집서,
주인집 가난한 처녀에게
팁을 주고.

아시아와 유럽
이곳 저곳에서
탱크 부대는 지금
밥을 짓고 있을 것이다.

해바라기 핀,
지중해 바닷가의
촌 아가씨 마을엔,
온 종일, 上陸用 보오트가
나자빠져 딩굴고,

흰 구름, 하늘

젯트 수송편대가
해협을 건느면,
빨래 널린 마을
맨발 벗은 아해들은
쏟아져 나와 구경을 하고.

동방으로 가는
부우연 수송로 가엔,
깡통 주막집이 문을 열고
대낮, 말 같은 촌색시들을
팔고 있을 것이다.

어제도 오늘,
동방대륙에서
서방대륙에로
산과 사막을 뚫어
굵은 송유관은
달리고 있다.

노오란 무꽃 핀
지리산 마을.
무너진 헛간엔
할멈이 쓰러져 조을고

평야의 가슴 너머로.

高原의 하늘 바다로.

원생의 油田지대로.

모여 간 탱크부대는

지금, 궁리하며

고비 砂漠,

빠알간 꽃 핀 黑人村.

해 저문 순이네 대륙

부우연 수송로 가엔,

예나 이제나

가난한 촌 아가씨들이

빨래하며,

아심 아심 살고

있을 것이다.

—신동엽의 「풍경」 전문[1]

신동엽은 「풍경」을 『현대문학』 1960년 2월호에 발표한다. 이 시에서 그려지는 풍경은 얼핏보아도 한반도에만 초점이 맞춰진 게 아님을 알 수 있다. 시가 포괄하는 풍경은 한반도를 포함한 아시아와 유럽을 대상으로 한다. 그런데 좀 더 자세히 이 시적 풍경의 면모를 살펴보면, 전체 풍경은 낱낱의 작은 풍경들이 점묘처럼 모여 서로 이질적인 것처럼 보이지만,

---

1 신동엽, 『신동엽전집』(증보판), 창작과비평사, 1980, 12~15쪽.

이 작은 풍경들 각자가 지닌 작은 서사는 별개의 영역에 고립되지 않고 서로 연관돼 있을 뿐만 아니라 이 작은 서사들을 횡단하며 그것들을 새롭게 재구성하는 보다 큰 서사에 관한 시적 전언을 타전한다. 그것은 「풍경」을 통해 상상의 나래를 펼쳐보건대, 제2차 세계대전 이후 미국과 옛 소련중심으로 분극화된 세계 냉전체제가 성립되면서 전 세계의 주요 분쟁 지역에서는 군사적 대립·충돌이 끊이지 않는다. "아시아와 유럽 / 이곳 저곳에서 / 탱크 부대는 지금 / 밥을 짓고 있을 것이다"란 시구에서 단적으로 읽을 수 있듯, 비록 제2차 세계대전은 끝났으나 그로 인해 새롭게 재편된 전 세계의 냉전질서는 아시아와 유럽의 정치경제 전략적 지역마다 군사력을 집결시킨다. 「풍경」은 시적 형상화로서 작은 서사들을 구성하고 있기 때문에 제2차 세계대전 이후 전개되고 있는 이러한 냉전질서를 구체적으로 드러내고 있지 않되, 1950년대 중반 이후 점화되기 시작하여 1960년대 초반 무렵 격화된 중국과 소련 사이의 분쟁의 전조前兆를 암시하는가 하면, 지중해를 끼고 있는 중동을 중심으로 파견된 백인 병사가 한국 기지촌에서 그랬던 것처럼 중동 지역의 선술집에서 "주인집 가난한 처녀에게 / 팁을 주고" "대낮, 말 같은 촌색시들을" 매춘하고 있다. 이렇듯이, 신동엽이 보는 아시아 전역에는 탱크부대가 있다. 지금은 전쟁을 하고 있지 않으나, 언제 또 다시 지축을 울리는 캐터필러의 굉음을 낼지 아무도 알 수 없다. 다만, 탱크부대의 막중한 역할이 무엇인지 잘 알고 있다. 탱크부대의 막중한 임무는 "원생의 유전지대로" 집결하여, "동방대륙에서 / 서방대륙에로" 가는 송유관을 지키는 것이며, 그 탱크부대의 근처에는 아시아의 "예나 이제나 / 가난한 촌 아가씨들이 / 빨래하며, / 아심 아심 살고 / 있"다. 여기서 우리는 쉽게 헤아릴 수 있다. 이곳 중동에 배치된 탱크부대는 서구

문명의 번영을 위해 공급되는 송유관을 지키기 위한 목적으로 아시아를 점령하고 있는 것이다. 애달프고 서글픈 것은 아시아의 자원이 속수무책으로 빼앗기는 그곳에서 탱크부대에 기생함으로써 삶을 연명해가야 하는 아시아의 가난한 민중들이다. 신동엽은 이 풍경을 또렷이 목도하며 풍경들 사이에서 빚어지는 정치경제적 맥락의 큰 서사를 인식하고 있다.

「풍경」이 발표된 시기를 주목해볼 때, 신동엽의 이와 같은 시적 인식은 일제 식민지배를 경험했고 한국전쟁을 거치면서, 반反제국주의·반反식민주의에 대한 문제의식을 벼려온 데 기인한다. 여기에는 1955년 반둥회의가 타전한 비동맹중립주의에 대한 문제의식도 무시할 수 없다. 미·소 냉전체제에 함몰되지 않고 미·소에 대한 등거리를 유지하며 반제국주의·반식민주의를 지탱하기 위한 비동맹중립주의를 표방한 국제사회의 움직임이 「풍경」을 낳게 한 시적 원인遠因으로 작동한 것으로 볼 수 있다.[2]

이와 관련하여, 함께 생각해봐야 할 것은 「풍경」에서 보이는 이 같은 문학적 인식은 신동엽이 왕성히 활동한 1960년대까지만 하더라도 한국문학사에서는 개념적으로 제3세계에 대한 인식이 정립되지 않았다는 사실이다.[3] 이와 관련하여, 한국문학사에서 제3세계에 대한 인식

---

[2] 신동엽의 문학을 이해하기 위한 주요 문제의식 중 하나는 '중립'에 대한 것이다. 신동엽의 시적 상상력의 핵심을 표상하는 '중립'에 대한 시적 사유는 그의 시 여러 곳에서 드러난다. 그중 필자는 그의 「산문시 1」(『월간문학』, 월간문학사, 1968.11)에서 '중립'이 표상하는 정치적 상상력에 주목해본다. 이에 대해서는 고명철, 「신동엽과 아시아, 대지의 상상력」, 김응교 편, 『신동엽』, 글누림, 2011.

[3] 여기서 간과해서 안 되는 것은, 제3세계에 대한 한국문학의 관심은 1950년대 비평사에서 주요한 문제의식을 제출한 최일수(1924~1995)로부터 제기되었다는 사실이다. 한수영은 최일수 비평이 지닌 비평사적 의의를 민족문학론의 '제3세계적 시각'의 원형이 제기되고 있는 것으로 평가한다. 그런데 우리가 분명히 해두어야 할 것은 최

은 1970년대 중반 이후 비로소 본격화된다.[4] 하지만, 분명히 해두고 싶은 것은 한국문학사에서 제3세계에 대한 논의는 신동엽의 「풍경」에서 검토해보았듯이, 1960년대 전후 한국사회 및 국제사회의 현실과 연동돼 있다는 사실이다. 그중 베트남전쟁(1965~1975)은 한국사회에 베트남 특수特需를 안겨준 것으로, 한국사회가 제2차 세계대전 이후 냉전체제의 희생양으로서만 존재하는 게 아니라 아시아에서 미국을 대리하여 냉전체제를 확산시키는 몫을 수행함으로써 한국의 진보적 문학계는 제3세계에 대한 인식을 한층 갈무리하게 된다. 물론, 이 도정에는 1965년 밀실에서 진행된 한일협정이 지닌 문제들, 즉 제국의 식민주의에 대한 불철저한 청산과 과거 식민지배에 대한 굴욕적인 경제적 타협에 대한 래디컬한 문제가 제기된다. 뿐만 아니라 1970년대 유신체제로 인한 반민주주의와 전격적으로 발표된 '6·23평화통일선언'(1973)이 함의한 한국사회의 기형적이고 어용적인 민족·민주·민중에 대한 현실, 여기에다가 1975년 아시아·아프리카 회의의 로터스

일수의 제3세계적 시각과 1970년대 민족문학론의 그것과는 본질적 차이를 보인다는 사실이다. 최일수의 제3세계적 시각은 제1세계와 제2세계와 다른 즉 신생독립국을 주축으로 한 제3세계적 전망을 보이는데, 여기에는 무엇보다 이처럼 세계를 3분할하면서 지금까지 제1세계와 제2세계로부터 배제되었던 제3세계의 역사적 가치에 주목함으로써 자칫 제3세계주의에 매몰될 여지를 배태하고 있다. 즉 제3세계의 특수성을 특권화하는 비평 논리가 개입될 수 있다. 이것은 1970년대 이후 진보 계열의 민족문학론의 제3세계적 시각이 전세계를 분할하지 않으면서 민중적 관점에 의해 전세계의 문제를 극복하여 바람직한 세계문학을 추구하는 것과 본질적으로 성격을 달리한다. 다시 말해 최일수의 비평은 민중적 관점이 결여된 제3세계적 시각이다. 최일수의 제3세계적 시각에 대해서는 한수영의 「1950년대 한국 문예비평론 연구」, 연세대 박사논문, 1995, 68~70쪽.

4 한국문학사에서 비평가들이 '제3세계' 또는 '제3세계문학'을 직접적으로 호명하면서 본격적 논의를 펼치기 시작한 것은 1970년대 중반부터이다. 이에 대한 자세한 논의는 고명철, 『1970년대의 유신체제를 넘는 민족문학론』, 보고사, 2002, 171~219쪽 참조.

상의 수상자로 결정된 김지하, 제3세계의 기치를 내세운 중국에 대한 이영희의 『8억인과의 대화』를 정치적으로 억압한 필화사건(1978), 그리고 아랍근본주의를 천명한 1979년의 이란혁명 등이 서로 연관되면서 1970년대 이후 진보적 한국문학계에 제3세계와 제3세계문학에 대한 이해지평을 확산시킨다.

　이 글에서는 이처럼 나라 안팎에서 본격적으로 제기된 제3세계, 그리고 이와 연관된 제3세계문학의 주요 쟁점이 1980년대 이후 한국문학사에서 어떻게 이해되고 있는지를 살피고, 그 과정에서 제3세계문학론으로 파악될 수 있는 주요 문제의식을 검토해보기로 한다.

2. 1980년대, 제3세계적 민중의 발견과 '제3세계 리얼리즘'

　1980년대의 제3세계문학론에서 비중을 둔 논의는 역사변혁의 주체로서 민중의 입장을 철저히 확립하는 것이다. 물론, 1970년대 제3세계문학에 대한 논의에서 이러한 견해가 없었던 것은 아니다. 다만, 1970년대에 주목한 제3세계문학론에서 민중을 새롭게 발견하되, 그것이 소시민적 지식인의 부르주아적 시선에 의해 포착된 한계를 벗어나지 못한 반면, 1980년대의 논의는 이러한 한계를 극복하기 위한 문제의식을 다듬는다. 그것은 한편에서는 1970년대 이후 진보적 문학계에서 진전시킨 민족문학론의 시계視界를 염두에 둔 리얼리즘의 문제틀로 제3세계문학을 이해하면서 민중문화를 확립하는 데 힘쓰는 것이고, 다른 한편에서는 '제3세계 리얼리즘'이란 명확한 인식에 기반을 둔 문학운동을 통해 민중의 변혁적 실천을 강조하는 것이다. 전자의 경우 박태순과 김종철의 논의가 대표적이라면, 후자의 경우 채광석과 이재현의 논의를 대표적으로 들 수 있다.

민족문학과 세계문학은 대립되는 개념이 아니라 참된 문학의 안과 밖을 표현하는 것이다. 제3세계문학은 따라서 잘못 오해된 '세계문학'을 올바로 고치기 위한 후발 근대국들에 의한 범세계성을 띤 문학이라 할 수 있으며, 또는 제3세계의 잘못되어져 있는 민족상황에서의 올바른 인간성, 사회성을 실천하고 진실과 이상을 밝히려는 '민족문학'들에 공통되는 제3의 문학이라 할 수 있다.

서구문학이 하나의 '원형'으로 되어 세계의 '변방'으로 시차를 두어 전개되어 가고 있는 것으로 보는 기왕의 '세계문학'적인 관찰 내지는 그런 종류의 중앙집권적인 '세계문학'은 더 이상 존재하는 것이 아니며, 자기가 서 있는 땅 자기가 처해 있는 현실이 바로 문학의 중심지가 되는 것이라고 하는 **제3세계 문학적인 자각은 그러니까 서구문학을 기계적 물리적으로 배척하기 위해서가 아니라 자신의 민족적 현실에서 자기의 민중을 통하여 이루어지는 문학이 아니면 안되겠다는 형식이 새롭게 그리고 구체적으로 이루어지게 된 데에서 비롯된 것이다.**[5] (강조는 인용자)

제3세계의 문학이 진정한 것으로 되려면, **서구 리얼리즘의 창조적인 선례를 계승하되** 보다 더 철저한 의식화가 필요하다고 우리는 말하고 있는데,

---

5   박태순, 「중동·아시아 문학」, 백낙청·구중서 외, 『제3세계 문학론』, 한벗, 1982, 181~182쪽.

이것을 달리 말하여 **제3세계 문학의 생명은 제3세계적 관점의 철저화, 즉 민중생활의 입장에 기초한다**는 것을 뜻하는 것이다. 위에서 이야기한 대로 오늘의 제3세계적 상황을 규정하는 복잡한 관련은 어느때보다도 더 의식적이고 통찰력 있는 관점을 필요로 하는데, 이러한 관점 또는 퍼스펙티브라는 것은 궁극적으로 작가가 자기 민중에 대하여 취하는 태도에 달려 있는 것이라 할 수 있다.[6]

박태순은 "70년대 이래의 한국문학의 안간힘이 있었기에 이러한 '세계문학'이 우리에게 '발견'되고 있는 중이다"[7]고 언급한바, 그가 지칭하는 '70년대 이래의 한국문학의 안간힘'이란 진보적 문학계에서 구축하기 시작한 민족문학론을 가리키고, 예의 민족문학론을 전개하는 가운데 주목한 세계문학은 제3세계의 현실에 대한 발견을 통해 자각하기 시작한 제3세계문학의 선진적 문제의식을 갖춘 세계문학을 의미한다.[8] 여기에는 위 인용문의 강조된 부분에서 읽을 수 있듯, 막연히 제3세계문학이 갖는 당위성을 반복 재생산하는 데 자족하는 게 아니라 제3세계적 관점에서 민중에 대한

---

6   김종철, 「제3세계의 문학과 리얼리즘」, 백낙청·염무웅 편, 『한국문학의 현단계』 I, 창작과비평사, 1984, 300쪽.

7   박태순, 「문학의 세계와 제3세계문학」, 백낙청·염무웅 편, 『한국문학의 현단계』 III, 창작과비평사, 1984, 297쪽.

8   박태순의 다음과 같은 인식은 제3세계문학으로서 한국문학이 새롭게 추구할 세계문학에 대한 올바른 인식을 보여준다. "우리에게 있어서 제3세계문학에 대한 이해는 곧 한국문학에 관한 근원적인 관심과 일치한다는 것은 두말할 나위가 없다. 즉 제3세계문학으로서의 한국문학의 확인이 한국문학의 제3세계문학에 대한 이해와 결부되고 있다. 이것은 서구문학─한국문학의 관계정립을 수직적·하향적 구조로 생각하였던 우리의 이른바 '신문학자'들의 세계문학관의 잘못된 문학적 인식을 수정하는 노력이면서 동시에 오늘의 잘못된 '세계문학'을 올바로 정립시키고자 아시아·아프리카·라틴아메리카로부터 펼쳐져 나가는 수평적·연대적인 노력이다."(위의 글, 303쪽)

명확한 자기인식의 중요성을 강조한다. 그러면서 박태순, 김종철이 공유하는 중요한 문제의식은 서구의 리얼리즘이 구축한 창조적 문학을 배척하는 게 아니라 그것을 제3세계 민중의 현실에 육화함으로써 제3세계문학의 선진성을 일궈낼 수 있다는 것이다. 그리하여 김종철은 "제3세계의 예술가는 자기사회의 민중을 향해서 이야기하지 않을 수 없고, 또 이것을 가능하게 하기 위해서는 많은 사람들이 전통적으로 그들 자신의 예술충동과 표현욕구를 담고 전달하는 데 길들여져 온 민중문화의 표현양식과 그 양식이 갖는 가능성을 진지하게 숙고하지 않을 수 없는 것이다"[9]라고 강조한다.

그런데, 박태순과 김종철의 이 같은 논의는 엄밀히 살펴볼 때, 그 이전 제3세계문학론보다 문학의 주체적 인식에 대한 민중의 입장을 철저히 확립하고 있다는 점에서는 진전된 것이되, 김종철이 힘주어 강조하고 있는 '민중문화의 표현양식'으로서 한국문학이 제3세계문학의 선진성을 어떻게 득의할 수 있는지에 대해서는 구체적 논의를 펼치고 있지 않다. 이를 위해서는 한국문학의 민중문화의 표현양식이 서구 리얼리즘이 구축한 창조적 문학과 어떠한 함수 관계를 가져야 하는지에 대한 정치한 비평적 논의가 뒷받침되어야 함에도 불구하고 "제3세계문학의 입장은 서구 리얼리즘 문학의 한계를 넘어서려는 점에서 리얼리즘 전통에 있어서와는 조금 다른 입장 즉 철저하게 민중적인 바탕에 서는" "'자기 시대의 절정에서' 사는 일인 것이다"[10]는 작가의 윤리적 태도의 정당성을 반복적으로 강조할 뿐이다.[11]

---

9 김종철, 앞의 글, 278~279쪽.
10 위의 글, 302쪽.
11 이에 대해 조정환은 『실천문학』 1988년 여름호에 발표한 그의 글에서, 김종철의 논의가 지닌 의의와 중요성을 부분적으로 인정하되, 김종철이 지닌 제3세계 민중관이 정태적이

이에 반해 채광석과 이재현은 문학운동적 시각에서 제3세계문학과 민중, 그리고 이 양자의 관계에서 형성된 '제3세계 리얼리즘'에 대한 논의를 보인다. "문학운동은 개념적 인식과 형상적 인식을 올바로 통일하여 현실의 현상과 여러 모순을 드러내 보여주는 문학 특유의 기능에 입각하여 현실의 여러 모순을 드러내고 그 지양의 올바른 방향을 예시하는 이데올로기운동"[12]으로, 채광석과 이재현은 1970년대의 소시민적 민족문학론을 비판적으로 계승한 민중적 민족문학론을 표방하면서 '제3세계 리얼리즘'을 문학운동으로 실천하는 시각을 드러낸다.

특히, 1980년대 문학운동의 최전선에서 시인이자 문학평론가이며 진보적 문학단체의 실무자로서, 민주화운동의 투사로서 그리고 진보적 출판사의 주간으로서 치열한 삶을 살아온 채광석은 1970년대의 민족문학이 거둔 성과를 좀 더 진전시키기 위한 문학적 고투의 산물로 '민중적 민족문학'을 주창한다. 그래서 민중성의 참다운 획득이야말로 그가 치열히 펼친 문학운동이 도달해야 할 지점이다. 채광석은 「제3세계 속의 리얼리즘」(『숙대학보』 24, 1984)에서 1970년대 후반부터 논의된 제3세계에 대한 비평적 견해를 "민중지향성 내지 민중과의 일치, 민중의 진정한 해방을 그 역사적 과제의

고 수동적인 것으로, 세계사의 제모순들의 질적 차이를 과학적으로 인식하지 못하는 문제점을 지닌다고 비판한다. 그러면서 조정환은 "노동자계급의 지도라는 조건을 외면한 채로 리얼리즘의 승리이론을 논파하자는 주장은 그 자체의 논리적 모순에 직면하여 좌초할 수밖에 없는 운명이다. 그리고 이것은 세계사에 있어서의 현실주의 미학의 성장기반을 동구와 아시아 그리고 우리나라의 현대적 전통을 외면한 채 서구 일변도로 잡고 있는 미학사관의 편향과도 결부되어 있다"(조정환, 「김종철의 '제3세계 리얼리즘론'의 방법론적 원리 비판」, 『민주주의 민족문학론과 자기 비판』, 연구사, 1989, 167~168쪽) 고 하여, 김종철의 '제3세계문학론'을 비판한다.

12 김명인, 「90년대 문학운동의 과제와 방법에 대하여」, 『자명한 것들과의 결별』, 창비, 2004, 307쪽.

내용으로 받아들이고 추구한다는 점에서 제3세계 리얼리즘의 선진성과 전위성이 있는 것"[13]임을 주목한다. 그러면서 그는 "서구 모더니즘 문화의 개인주의적, 내면적, 소외적 퇴폐가 근원적으로 서구의 시민사회가 부르주아지 지배권의 확립과 더불어 그 이념의 민중성을 허구화시키고 반민중적 사회, 제국주의적 침략의 길로 달리게 된 데 기인한다"[14]고 하여, 제3세계의 민중성과 괴리된 서구 모더니즘의 실체를 예각적으로 비판한다. 그렇다고 그가 이른바 '제3세계주의'에 매몰된 것도 아니며, '제3세계 리얼리즘'에 맹목적 입장을 갖는 것도 아니다. 그에게 '제3세계'와 '제3세계 리얼리즘'은 "민중과의 일치, 민중적 성격, 민중해방의 도구로서의 성격으로 될 때 비로소 근원적 의미를 획득"[15]하는 것 이상도 이하도 아니다. 즉 '제3세계'와 '제3세계 리얼리즘'은 민중을 억압하는 모든 현실로부터 "해방운동의 규율에 복무하는 것으로서 다양하고 이질적인 포괄성을 부여받는다."[16] 물론, 이러한 그의 '제3세계'에 대한 이론적 이해는 이후 그 자신에 의해 지속적 논의가 전개되지 않았기 때문에 좀 더 구체적 실상을 이해하는 데 어려움이 있다. 하지만 채광석의 이 같은 비평적 입장을 통해 1980년대의 진보적 민족문학이 비록 성긴 문제의식을 갖고 있었지만, 일국주의적一國主義的 진보문학으로만 자족한 것을 넘어 국제주의적 시계視界를 동시에 갖고 있다는 것은 1980년대의 민족문학을 이해하는 데 요긴하다.

이재현 역시 채광석이 주창한 문학운동적 시각에서 '민중적 민족문학'에 대한 논의와 크게 다르지 않다. 이재현은 "리얼리즘문학과 민족

---

13 채광석, 「제3세계 속의 리얼리즘」, 『채광석 선집』 IV(민중적 민족문학론), 풀빛, 1989, 195쪽.
14 위의 글, 196쪽.
15 위의 글, 198쪽.
16 위의 글, 198쪽.

문학의 논리는 제3세계문학으로 그 테두리가 결정됨으로써 논리적 상승을 맞이하였"[17]음에 주목하고, 1970년대까지의 진보적 문학운동은 지식인 문학운동 안에 내재할 수밖에 없는 민중으로의 "존재의 이전移轉이 철저히 수행되지 못함으로써 말의 잔치로 끝나버린 경우가 허다하고, 저항보다는 고통의 경험이 생활이나 문학의 주조를 이룬 것이다"고 혹독히 비판한다. 그래서 이재현이 강조하는 '제3세계 리얼리즘'은 제국주의 모더니즘에 대한 상호대립의 위상을 갖는 서구 리얼리즘과 그것의 진보적 실현태인 사회주의 리얼리즘과 프레임이 전혀 다른 차원에서 기획 및 실천되는 것이다. 그리하여 이재현은 제국주의 모더니즘의 역사성을 정치하게 비판적으로 점검하면서 그 실체를 '매판적 모더니즘'으로 명확히 인식하고, 우리가 추구할 제3세계문학의 선진성은 이 같은 '매판적 모더니즘'과 상호대립하는 제3세계의 민중에 철저한 계급적 기반을 두는 문학운동으로서 '제3세계 리얼리즘'을 추구하는 것으로 이해한다. 그는 이것을, "문학의 노동화와 노동의 문학화만이 이 극심한 소외와 분열을 이겨낸다. 민족, 민중, 민주의 이념을 통한 이 두 가지 방향의 문학함이 이제 다시 요청되는 것이다"[18]고 바꿔 말한다. 결국, 이재현이 문학운동으로서 정립하여 실천하고자 한 '제3세계 리얼리즘'은 역사 변혁의 주체로서 민중이 객관현실에서 담당하는 노동과의 관계다. 이것을 그는 '문학의 노동화'와 '노동의 문학화'로 정리한 것이다.

　여기서, 채광석과 이재현이 주창하는 '제3세계 리얼리즘'이 1970년

---

17 이재현, 「문학운동을 위하여」, 『문학과 예술의 실천논리』, 실천문학사, 1983, 69쪽.
18 위의 글, 103쪽.

대 진보적 민족문학론에서 제기되는 제3세계문학과 이에 대한 창조적 계승을 표방한 박태순과 김종철의 제3세계문학을 뒷받침해주는 리얼리즘과 다른 차원, 즉 '민중적 민족문학'에 기반을 둔 것이지만, '제3세계 리얼리즘'이란 개념의 과학성이 좀 더 문학적 실재와 문학운동의 실천을 통해 정립되지 못한 것은 이후 이렇다 할 만한 제3세계문학론으로 심화·확산되지 못하는 한계를 보인다.

3. 한국문학의 진보적 문학운동, 트리컨티넨탈 문학과의 연대

그런데 이러한 한계에도 불구하고 1980년대 이후 제3세계문학에 대한 이해는 진보적 문학운동의 차원에서 지속적으로 전개된바, 한국문학사에서 제3세계문학에 대한 이론적 입장은 개별 비평가나 이론가의 노력뿐만 아니라 문학운동과 함께 그 특유의 진보적 역동성을 잃지 않았다는 점을 주목해야 한다. 이 같은 사실을 염두에 둘 때, 사단법인 한국작가회의의 전신인 사단법인 민족문학작가회의('작가회의'로 약칭)를 비롯한 민족문학작가회의의 전신인 자유실천문인협의회('자실'로 약칭)가 기획 및 실천한 문학운동의 주요 양상을 살펴볼 필요가 있다.[19]

1974년 11월 18일에 결성한 '자실'은 결성 초기 협의회 단계에 머물렀지만, 문학을 제외한 다른 예술 장르에서 이렇다할 만한 조직적 성격을 갖춘

---

19 이하 이와 관련한 내용은 고명철, 「진보적 문학운동의 역경과 갱신」, 『흔들리는 대지의 서사』, 보고사, 2016, 133~145쪽에서 해당 부분을 발췌하되, 논의가 미비한 점을 보완한 것이다.

문예운동이 유신체제 당시에 부재한 사실을 감안해볼 때, '자실'의 결성으로 말미암아 진보적 문예일꾼들의 개별적 역량을 응집하는 노력이 가시화되기 시작한 것은 문예운동의 '사건'이라해도 과언이 아니다. 왜냐하면 '자실'의 결성 이후 전개된 1970년대 민족문학운동은 유신 군부독재 정권의 반민족적·반민중적·반민주적 현실을 좌시할 수 없는 진보적 문인들의 양심적 문학 행위의 집단적 표출이라는 점에서 한국 민주화운동사에서 그 역사적 가치를 결코 폄훼할 수 없기 때문이다.[20]

그리하여 '자실'을 중심으로 활동하는 비평가들의 선진적 문제의식으로 제3세계문학에 대한 논의가 전개된바, 특히 구미중심의 세계문학을 극복하기 위한 논의들이 제3세계문학에 대한 비평적 관심을 촉발시키면서 진보적 문학의 지평을 일국주의적 관점 일변도에서 국제적 시각으로 심화·확장시키게 된다. 그래서 1970년대의 진보적 문학운동에서 보인 제3세계적 시각과 제3세계문학에 대한 관심은 1970년대의 인문사회과학 그 어느 분야보다 선진적인 문제의식을 보이는 것으로 인식된 것

---

20 하지만 앞서 채광석과 이재현의 '제3세계 리얼리즘'의 문제의식에서 살펴보았듯이, 1970년대 '자실'의 문학운동 자체가 지닌 문제점 또한 간과해서 곤란하다. 이에 대해 김도연의 "70년대 운동개념의 태동은 기본적으로 전문문인에 의한 문단차원의 명망가운동에 머물렀음이 한계로 지적되어야 할 것 같다"(김도연, 「장르 확산을 위하여」, 『한국문학의 현단계』 III, 창작과비평사, 1984, 268쪽)와 김명인의 "1970년대 '자실'을 중심으로 운위되었던 운동은 '문학으로서' 하는 운동이라기보다는 '문학인들이' 하는 운동이었다. 소시민계급 주도의 반독재민주화운동에 양심적 지식인세력의 한 부분으로서 개인자격 혹은 개인연합 차원에서 방어적·반사적으로 참여했던 지식인운동의 일환에 불과했다. (…중략…) 전적으로 지식인작가들의 무정부적·개인적 창작에 의존함으로써 '운동'은 그저 하나의 상투적 명분에 불과했을 뿐, 그 내적으로 집단성, 조직성, 지속성 등 운동으로서의 최소 요건 중 어느 것도 갖추지 못하고 있었다"(김명인, 「지식인문학의 위기와 새로운 민족문학의 구상」, 『희망의 문학』, 풀빛, 1990, 52~53쪽)와 같은 날카로운 비판은 1980년대 이후 작가회의 중심의 진보적 문학운동을 이해하는 데 유효한 참조점이다.

을 주목할 만하다.[21] 말하자면, 이 시기의 진보적 문학이 "제3세계문학과의 올바른 연대를 인식한 것은 앞 시기의 민족문학론이 가지지 못한 최대의 행운"[22]이 아닐 수 없다.

이러한 제3세계문학에 대한 관심은 1980년대 이후 진보적 문인 조직의 차원에서 집중적 조명을 받기 시작한다. 1970년대의 제3세계문학에 대한 관심은 이 분야에 특별한 관심을 가진 몇 소수문인[23]에 의해 진보적 문학 내부의 쟁점으로 자족할 뿐, 진보적 문학운동의 역량을 결집해야 할 또 다른 핵심적 사안으로 초점이 맞춰져 있지 않았다. 하지만 진보적 문학운동의 이론적 기반인 민족문학론은 자민족중심주의나 서구 제국주의의 편협한 민족주의 문학론과 엄연히 변별되는 한, 제국의 식민주의 지배를 경험한 제3세계 민중과 연대감을 형성함으로써 우리 민족이 당면한 민족모순의 해결 과제야말로 제3세계 민중의 그것과 동일성을 확보하는 것이며, 따라서 이는 자본주의 중심부가 조장하는 온갖 구조악構造惡과 행태악行態惡에 저항하는, '인간해방의 서사'를 실천하는 길이라는 문제의식을 지니게 된다.

21　사회과학자 김진균은 1980년대 초반 제3세계와 관련한 연구 성과를 정리하면서, "70년대에 나온 제3세계 일반에 관한 서적들은, 문학과 문학평론 부문에서는 상당히 체계적이고 깊이 있는 것들이 있기는 하였으나, 여타 부문에서는 제3세계 국가들을 이해하기 위한 입문서 혹은 역사개괄적인 것"(김진균 편, 『역사와 사회』 1(제3세계와 사회이론), 한울, 1983, 9쪽)에 자족한다고 언급한다. 이후 진보적 사회과학계에서는 제3세계에 대한 보다 심도 있는 이해를 위한 무크지를 발간한다. 그 대표적인 것으로는 한길사에서 펴낸 『제3세계연구』 1(1984)·2(1985)를 들 수 있다.

22　최원식, 「민족문학론의 반성과 전망」, 『민족문학의 논리』, 창작과비평사, 1982, 368쪽.

23　문학평론가 구중서는 1970년대의 진보적 민족문학론자 중 제3세계 및 제3세계문학에 대한 각별한 관심을 가진바, 아프리카와 라틴아메리카 문학에 대한 집중적 소개뿐만 아니라 한국문학과 이들 제3세계문학과의 상호침투적 관계에 대해 비평적 관심을 집중하였다. 고명철, 「구중서의 제3세계문학론을 형성하는 문제의식」, 영주어문학회, 『영주어문』 31, 영주어문학회, 2015.

그리하여 제3세계문학에 대한 관심은 1980년대 이후 진보적 문학
운동의 중요한 실천적 사안으로 부상된다. '자실'의 기관지인『실천문
학』창간호(1980)에는 특집으로 팔레스티나 민족시집이 구성돼 있고,[24]
'자실'의 또 다른 기관지『문학의 자유와 실천을 위하여』의 1집에서는
남아프리카공화국 흑인 작가인 알렉스 라구마의 문학을 소개하면서
반인종주의 투쟁의 문학을 소개하고, 2집에서는 케냐의 작가 은구기
와 시옹고의 소설을 싣고, 4집에서는 자메이카 출신의 대중가수인 봅
말리의 노래와 그 노랫말에 실린 서구 제국주의 문화에 대한 저항을
소개하고, 5집에서는 중국의 소설가 파금의 「개」를 싣고, 6집에서는
남아프리카공화국 작가 블로크 모디세인이 인종차별의 고통 속에서
조국을 떠날 수밖에 없는 사연을 담은 에세이를 소개하는 등 1980년
대의 '자실'은 기관지의 지속적 기획을 통해 아시아·아프리카·라틴
아메리카의 삶과 현실을 핍진하게 다루고 있는 문학을 문학운동으로
구체화한다. 여기서 "제3세계론의 수용과 재구성 과정에서 '전 지구적
전망'의 중요성이 부각되면서 일국중심의 민족주의적 관점에 대한 자
기반성이 제기되기 시작"[25]한 것은 1980년대 이후 진보적 문학운동이
거둔 소중한 문제의식이다.

1990년대 이후 '작가회의'는 트리컨티넨탈(아프리카·아시아·라틴아

---

24 여기서, 팔레스타인 저항문학이『실천문학』창간호에 갑작스레 소개된 것은 아니다.
    문학평론가 임헌영은 한국사회에 처음으로 현대 아랍문학을 소개한바, 그중 소설가
    갓산 카나파니와 시인 마흐무드 다르위시의 작품을 중심으로 팔레스타인 문학에 비
    중을 두었다. 갓산 카나파니, 임헌영 편역,『아랍민중과 문학－팔레스타나의 비극』,
    청사, 1979.
25 하정일, 「도전과 기회사이에서－최근 민족문학론의 쟁점과 과제」,『창작과비평』, 창
    비, 2001.겨울, 41쪽.

메리카) 문학을 지면으로 소개하는 데 만족하지 않고, 그 문인들을 직접 국내로 초청하여 한국문학의 국제적 교류의 내실을 튼실히 다져나가고 있다.[26] 그중 특기할 만한 것은 2007년 11월 7일~14일까지 전주에서 개최된 '아시아·아프리카 문학페스티벌(AALF)'이다. 이 AALF에서 많은 것을 한꺼번에 이룩할 수는 없으나, 구미중심주의가 갖는 문명사적 감각을 전복시키고 성찰해야 할 계기를 실감으로 환기시킨 것은 매우 소중한 일이 아닐 수 없다. 아시아와 아프리카 양 대륙의 문학인들은 서구의 식민지화를 겪은 고통과 슬픔을 나눠가졌고, 서구의 파행적 근대가 가져온 인류의 위기를 극복할 지혜와 실천의 장을 마련하기 위한 문학적 노력에 매진할 것을 약속하였고, 그리하여 아시아와 아프리카가 지닌 문학적 가치를 더 이상 구미중심주의 세계문학에 갇혀 있지 않은 새로운 지평을 모색할 것을 궁리하였다. 더 이상 '서구=문명'이고 '아시아·아프리카=야만'이라는 서구중심주의적 문명사적 감각에 지배되는 게 아니라, 아시아·아프리카와 서구가 서로의 문화적 차이를 존중하는 가운데 인류의 평화와 행복을 모색하는 상생의 문명사적 감각을 다듬어 나갔다.

물론 이러한 트리컨티넨탈 문학과의 활발한 교류가 있기까지 '작가회의'에서 분화된 다양한 동아리 활동이 뒷받침되고 있다는 점을 간과해서

---

26 '작가회의'는 1997년 일본의 비평가 가라타니고진과의 대화를 기점으로, '세계작가와의 대화' 프로그램을 2011년까지 총 16회 동안 꾸준히 실행한바, 아리엘도르프만(칠레), 바오닌(베트남), 모옌(중국), 칠라자브(몽골), 자카리아 모하메드 및 사하르 칼리파(팔레스타인), 술딴 까리에프(카자흐스탄), 미르뽈라뜨 미르자(우즈베키스탄), 클레어 킬오이(아일랜드), 하리 가루바(나이지리아) 등의 역량 있는 작가들과 교류의 시간을 가졌다. 국제 교류의 자세한 것에 대해서는 (사)한국작가회의 40주년 기념사업단 편찬위원회 편, 『한국작가회의 40년사-1974~2014』, 실천문학사, 2014, 461~471쪽 참조.

안 된다. '베트남을 이해하려는 젊은 작가들의 모임', '팔레스타인을 잇는 다리', '인도를 생각하는 예술인 모임', '아시아문화네트워크', 그밖에 몽골과 버마의 문학에 관심을 갖고 교류를 하는 각종 동아리 활동이 모두 나름대로의 개성과 방향성으로서 실천한 아시아문학 교류의 경험은 제3세계 및 제3세계문학에 대한 추상적 이해를 지양한 구체적이고 실천적 연대를 형성하고 있다.[27] 여기서 '자실'의 기관지 『실천문학』 창간호의 마지막 페이지에서 언급되듯, "우리는 하나로 뭉친다는 중요성 이상으로 그 하나 속의 세계가 얼마나 전위적인 다양성의 하나하나로 충만한가라는 중요성에 대하여 풍부하다고 자부한다"[28]라는 전언의 참뜻이 진보적 문학운동의 중심축을 이루고 있음을 알 수 있다.

이처럼 1980년대 이후 지속성을 갖고 트리컨티넨탈 문학과의 교류에 힘을 쏟음으로써 한국문학은 당장 그 가시적 성과를 목도할 수는 없으나, 이 꾸준한 노력을 통해 구미중심주의 서구미학의 전횡을 극복하여 지구적 차원의 새로운 미학의 지평을 모색할 새로운 가능성을 탐구하고 있다는 것 자체가 소모적인 것은 결코 아니다. 비록 비서구권 문학과의

---

27 이와 같은 아시아문학과의 교류와 연대의 움직임은 『실천문학』 84(실천문학사, 2006.겨울)에 발표된 박설희의 「관계 맺음의 방식」(베트남을 이해하는 젊은 작가들의 모임), 오수연의 「팔레스타인을 잇는 다리」(팔레스타인을 잇는 다리), 차창룡의 「'인도를 생각하는 예술인 모임'을 생각하다」(인도를 생각하는 예술인 모임)를 통해 그 구체적 현황을 만날 수 있다. 이와 관련하여, 최근 한국사회에서는 한국문학의 진보적 운동이 갖는 일국주의를 넘어 트리컨티넨탈(아프리카·아시아·라틴아메리카) 문학과의 지속적 교류를 통해 구미중심주의를 극복하고자 하는 움직임이 활발히 일어나고 있다. 가령, 『지구적 세계문학』(김재용 편, 2013.봄 창간)과 '지구적 세계문학 연구소'의 트리컨티넨탈 문학에 대한 선진적이고 깊은 문제의식에 대한 탐구, 트리컨티넨탈 문학의 창조적 가치를 탐구해온 『바리마』(아시아·아프리카·라틴아메리카문학연구소 편, 국학자료원, 2013 창간)의 문제의식을 이은 '트리콘'의 대중적 운동은 그 대표적인 사례다.

28 「책 끝에-보천보 뗏목꾼들의 살림」, 『실천문학』 창간호, 1980, 374쪽.

교류행사가 "문학적 역량을 내재화시키는 데 기여해야 하는데, 이벤트화 선언화 구호화되었던 부분"[29]의 문제점을 도출했으나, 그동안 관행화된 구미중심주의 세계문학에 대한 전위적 성찰과 전복을 새롭게 시도한다는 점에서, 이것은 일국주의적 관점의 진보적 문학운동이 아닌 인류사적 관점의 선진적 관점을 새롭게 발견하고 실천하려는 진보적 문학운동이라는 점에서 자긍심을 가질 만하다. 왜냐하면 인류의 행복을 위해서는 이제 더 이상 경제중심주의 언어, 성장주의 언어, 속도중심주의 언어, 환상주의 언어, 중앙중심주의 언어, 패권주의 언어, 탈근대주의 언어 등이 지향하는 자본주의적 삶이 아닌, 이것을 창조적으로 극복하는 창의적 언어들이 갈구되기 때문이다. 정글의 법칙을 승인하는 우승열패優勝劣敗의 언어가 아니라 약소자弱小者의 입장을 이해하고, 서로를 따뜻하게 감싸 안으며 교감하는 소통의 언어'들'이 절실히 요구된다. 그리하여 제3세계문학의 문제의식에 기반을 둔 문학과의 다양한 교류는 인류의 미래적 가치를 보증해내는 문명사적 감각을 새롭게 발견할 것이다.

4. 1980년대 제3세계문학론이 결여한 지점들

지금까지 한국문학사에서 1980년대 이후 본격적으로 논의되기 시작한 제3세계문학에 대한 이해와 그것을 이론적으로 정립하고자 한 주요 입장들을 검토해보았다. 일제 식민주의 지배를 경험하고 해방공

---

29 김형수, 「특집 좌담─변화하는 한국사회와 한국작가회의의 전망」, 『내일을 여는 작가』, 2008.봄, 39쪽.

간을 거쳐 한국전쟁에 이르는 험난한 시기를 통해 한국문학은 개별 국민문학으로서 온전한 위상을 확보하기 위해 혼신의 힘을 쏟았다. 타율적 근대에 대한 이식과 저항의 고투 속에서 한국문학은 구미중심주의 세계문학에 나포되었고 제2차 세계대전 이후 냉전체제의 성립은 한반도의 분단체제를 빚어내면서 한국문학의 안팎은 전 지구적 자본주의에 한층 견고히 구속된 게 엄연한 현실이다.

하지만, 지금까지 살펴보았듯이, 한국문학은 1970년대 중반 이후 진보적 문학계의 민족문학론의 정립과 그 구체적 실현의 도정 속에서, 비록 그 교섭과 교류 면에서 시대적 한계에 봉착했지만 제3세계문학에 대한 이해의 지평을 심화·확산시켜왔다. 진보적 비평가들의 이론적 관심과 그것의 진보적 문학운동의 실천은 우리가 결코 쉽게 폄훼할 수 없는 제3세계문학론의 문제의식과 밀접히 맞닿아 있다.

하지만 한국문학사에서 제3세계문학론에 대한 입장은, 한국이 1980년대 이후 자본주의 세계체제에서 중심부와 주변부 사이 반半주변부의 정치경제학적 입장에 놓일 뿐만 아니라 구미중심주의가 팽배해지고 한국사회의 일상을 지배하는 힘이 강화됨에 따라 제3세계문학에 대한 논의는 진보적 문학계에서도 더 이상 현실적 설득력을 잃게 된다. 여기에는 지난 시대 '작가회의'의 문학운동에서 역점을 둔 민주화운동이 민주적 국가권력의 쟁취에 초점을 맞추면서, '작가회의' 내부의 급진적 사회변혁이론의 격렬히 충돌하는 과정에서 진보적 문학운동은 급격한 자기해체의 경지에 내몰리게 되었다. 민중의 객관현실과 동떨어진 변혁이론투쟁의 형해形骸는 민중 스스로 진보의 가치를 신뢰하지 않게 되면서, 1990년대 이후 후기자본주의는 진보적 문학운동의 제 양상을 무력하게 한 것이 엄연한 사실이다. 여기서 짚고 넘어갈 것은 '작가회의'의 트리컨티넨탈 문학과의 교류에서 발견한 문제의식이 진보적 비평가의 이론투쟁에서는 아예 찾아볼 수 없다는 점이다. 그토록 뜨겁게 벌인 1980년대 후반 민족문학주체논쟁은 그 이론적 기반이 옛 소련을 중심으로 한 동구권 중심, 즉 서구 좌파적 인식에 기댄 것으로, 엄밀히 말해 구미중심주의의 또 다른 판본이나 매한가지다. 다시 말해 1980년대 후반 진보적 문학운동 내부에서 벌인 가열찬 이론투쟁들은 예외 없이 유럽 좌파의 변혁이론에 기댄 것으로, 트리컨티넨탈 문학과의 지속적 교류를 통해 구미중심주의 세계문학을 넘는, 그래서 전횡화된 서구의 세계인식을 전복하고자 하는 것과는 동떨어져 있다.

이와 관련하여, 한국문학사에서 예전과 유사한 제3세계문학론에 대한 논의가 달라진 현실 속에서 설득력을 잃지만, 그 논의 도정에서 제기된 쟁점과 문제의식은 구미중심주의 세계문학의 파행을 창조적으로 극복하기 위한 새로운 세계문학론에 대한 길을 모색하는 데 유효한 참조점이 될 수 있을 것이다.

아시아의 망루에서 바라본 신동엽

1. 신동엽의 문학을 새롭게 보아야 하는 이유

21세기에 시인 신동엽(1930~1969)은 어떠한 모습으로 새롭게 만날 수 있을까. 신동엽을 수식하는 '민족시인, 4·19시대정신, 민족문학' 등은 신동엽 개인의 문학에 바쳐진 헌사가 아니라 20세기의 한국문학이 힘겹게 쟁취한 역사적 산물인바, 신동엽을 이 같은 수식어와 분리시켜 생각하는 것은 결코 쉬운 일이 아니다. 아직도 신동엽의 문학 전반을 횡단하고 있는 문제의식은 20세기 한국문학의 주요 화두인 민족문제를 해결하는 것과 밀접한 연관이 있기 때문이다.

민족문제의 해결은 21세기에도 여전히 유효한 한국문학의 주요 과제 중 하나이다. 여기서 중요한 것은 민족문제의 해결을 20세기의 한국문학, 특히 저항적 민족주의에 기반한 리얼리즘 계열의 민족문학의 문제틀로서 궁리하는 것으로부터 과감히 벗어날 필요가 있다. 새삼 강조할 필요가 없듯, 민족문학은 온전한 자주민주적 국민국가를 세우기 위해 분단극복과 민주회복의 과제를 해결하기 위해 혼신의 힘을 기울여왔다. 여기서 쉽게 간과할 수 없는 것은 이러한 민족문학의 기저에는 일국적一國的 시각이 작동되고 있으며, 민중적 파토스가 자리하고 있다는 점이다.[1]

그런데 최근 이러한 민족문학의 문제틀로는 복잡다변한 현실을 충분히 이해할 수 없다. 자본주의 세계체제는 국민국가의 경계를 넘어 새로운 문제적 현실을 야기하고 있는바, 종래 우리에게 낯익은 일국적 시계視界에 의해서는 새롭게 불거지는 현실의 문제들을 제대로 인식하고 해결할 수 없다. 이것은 신동엽의 문학을 새롭게 이해하는 데도 마찬가지다. 신동엽의 문학을 우리에게 익숙한 20세기 민족문학의 관점으로 읽어내는 것은 지양되어야 한다. 신동엽의 문학이야말로 20세기의 민족문학을 갱신한, 일국적 시계 안에 갇혀 있지 않은 보다 지평이 확대된 시계視界로 새롭게 인식되어야 한다.

그리하여 나는 신동엽의 문학을 아시아와 연관시켜 생각해보고자 한다. 종래 신동엽의 문학에 관한 심도 있는 논의가 진행되었으나, 그 논의들은 앞서 언급한 바처럼 민중적 파토스에 기반한 리얼리즘 계열의 민족문학의 문제의식에 초점을 맞춘 게 대부분이었지, 아시아와 연관시킨 집중적 논의는 좀처럼 찾아볼 수 없었다. 최근 서구중심주의가 낳은 심각한 폐단인, 서구가 창안해낸 근대만이 곧 세계 전체의 근대라는 '단수單數의 근대'[2]에 대한 발본적 비판이 제기되면서, 아시아에 대한 관심이 고조되고

---

1 일제 강점기 이후 리얼리즘 계열의 민족문학은 독립을 쟁취하고 분단을 극복하여 민주주의를 정착하기 위한 국가를 세우기 위한 문학적 과제에 복무했다 해도 지나친 말이 아닐 것이다. 즉 민주적 자주독립국가를 세우고, 그 기틀을 다지는 데 민족문학은 혼신의 힘을 쏟아왔다. 물론, 제3세계문학에 대한 지속적 관심을 통해 민족문학이 국민국가의 협소한 범주 안에 갇히지 않는 노력을 다한 것 또한 사실이다. 그런데 민족문학의 제3세계에 대한 관심은 민족문학에서 주류적 문제의식으로 자리잡지는 못했다. 이보다 민족문학이 첨예하게 당면한 분단극복과 민주회복이란 두 과제의 해결이 절실했기 때문이다. 이후 제3세계문학에 대한 관심은 2000년대 이후 아시아·아프리카·라틴아메리카 문학과의 국제교류 활성화로 그 명맥이 이어지고 있다.

2 월러스틴에 의하면 서구중심의 자본주의 세계 체제를 유지 강화하기 위한 서구의 문명을 '단수의 문명'으로 파악한다. 그렇다면, 서구중심의 자본주의적 근대야말로 '단

있음을 주목해볼 때, 신동엽과 아시아의 관계를 탐구하는 것은 이 같은 서구중심주의 '단수의 근대'가 갖는 문제를 성찰하고, 더 나아가 아시아가 지닌 서구와 다른 근대에 대한 새로운 발견의 가능성을 탐구하는 차원에서 흥미로운 문제를 제기한다고 나는 생각한다.

이러한 논의를 통해 신동엽의 문학은 일국적 시야를 넘어 아시아의 현실과 부딪치는 가운데 서구중심주의의 '단수의 근대'를 극복하는 선진적 문제의식을 보이고, 그에 대한 문학적 실천을 다 하고 있다는 것을 살펴볼 수 있을 것이다.

2. 아시아의 '식민지 근대'에 대한 역사 인식

신동엽에게 아시아는 문명이라는 이름 아래 제국주의의 식민지로서 역사적 고통을 감내해야만 하는 삶의 현실이다. 아시아는 서구의 문명을 지탱하기 위한 자원 착취의 현장이다. 서구 문명의 성장을 위해 서구에게 쉼 없이 피를 수혈해야 할 고달픈 처지이다.

돌이켜보면, 20세기 전반기 서구 열강과 일본의 식민지 침탈로 아시아의 민중은 제국주의의 지배를 받으면서 '아시아=야만(혹은 미개)'라는 제국주의의 일방적 이데올로기의 억압 속에 아시아의 근대적 주체성을 정립하지 못했다. 아시아는 제국주의의 문명적 혜택을 입음으

수의 근대'로 이해할 수 있으며, 서구는 비서구를 대상으로 하여 서구의 자본주의적 질서에 토대를 둔 문명과 문화, 즉 '단수의 근대'를 전파함으로써 비서구 지역의 특수한 가치를 서구의 보편주의적 가치보다 열등한 것으로 치부한다. 이에 대해서는 월러스틴, 김시완 역, 『탈아메리카와 문화이동』, 백의, 1995 참조.

로써 근대를 추구할 수 있다는, 이른바 식민지 근대론에 강하게 포획되었다. 더군다나 우리의 경우 아시아에 대한 인식은 일제에 의해 주도면밀히 기획된 만주국(1932)의 민족협화民族協和 아래 왕도낙토王道樂土 및 선만일여鮮滿一如와 대동大同의 이데올로기의 비현실 속에서 온갖 민족적 계급적 수난을 겪어온 것을 간과할 수 없는데, 다음과 같은 시로부터 환기되는 '아시아-만주'의 심상은 아시아의 제국주의 침탈에 대한 신동엽의 시적 인식을 엿볼 수 있는 대목이다.

松花江 끝에서도 왔다
구름같은 흙먼지,
아세아 대륙 누우런 벌판을
軍靴 묶고 행진하던 발과 다리,
지금은 어데 갔을까.

—「발」 부분

옛날 같으면 北間島라도 갔지.
기껏해야 뻐스길 삼백리 서울로 왔지.
고층건물 침대 속 누워 肥料廣告만 뿌리는 그머리 마을,
또 무슨 넉살 꾸미기 위해 짓는지도 모를 빌딩 공사장,
도시락 차고 왔지.

—「鐘路五街」 부분

일제 강점기 시절 '만주특수滿洲特需'에 혹하여 많은 사람들이 만주로

이주해갔다. 만주로 가면 가난을 탈피할 수 있을 듯 했다. 비록 그곳이 황무지라 하더라도 피와 땀을 흘리며 황무지를 개척하여 일제의 위협 없이 생계를 유지할 수 있을 듯했다. 그곳은 일제의 강압적 지배가 덜하여 다른 민족들과 어울려 사는 세상을 살 수 있는 꿈을 실현시켜주는 듯 했다. 그래서 조선의 민중은 만주의 끝(북간도)도 멀다 하지 않았던 셈이다. 여기서 20세기 전반기 만주의 근대적 삶을 동경하던 식민지 민중이 그렇듯, 1960년대에 고향을 떠난 한 소년은 서울의 근대적 매혹 속에서 고단한 꿈을 키워나간다.[3] 그러나 소년에게 서울의 근대는 만주의 근대처럼 소년의 기대를 저버리는 것투성이다.

여기서 흥미로운 것은 신동엽에게 1960년대의 현실(4·19와 5·16의 근대 기획)에 대한 인식은 20세기 전반기 만주의 근대로부터 비롯한 아시아에 대한 상념과 무관하지 않은 채 신동엽의 역사인식의 지평 속에서 똬리를 틀고 있다는 점이다.

이처럼 아시아는 신동엽에게 제국주의의 식민화의 상처를 간직하고 있는 것으로 인식되고 있음을 간과해서 안 된다.

---

3   우리는 알고 있다. 「종로오가」에 나오는 이 소년은 5·16군사쿠데타 이후 '관주도 민
     족주의'에 의해 일사천리로 추진된 내포적 공업화의 기획에 따른 서울의 근대적 매혹
     에 포획된 채 고된 노동에 시달리다가 그것을 명확히 인식하고, 노동 해방을 일궈내
     는 근대다운 근대를 추구하기 위해 마침내 전태일로 거듭나는 것을.

3. 아시아의 대지로부터 뻗쳐온 산맥, 그 생명의 율동

신동엽과 아시아의 관계를 살펴볼 때 유념해야 할 것은 신동엽에게 아시아는 관념의 사유 대상이 결코 아니라는 점이다. 아시아는 신동엽의 문학에서 산맥의 구체적 심상으로 드러나고 있다. 그리고 산맥은 아시아의 대지로부터 힘차게 뻗어 나와 한반도를 가로질러 바다 건너 제주에까지 이르는 심상지리心象地理를 구축한다.

> 잔잔한 바다와 준험한 산맥과 들으라
> 나의 벗들이요
> 마즈막 하는 내 생명의 율동을
>
> ─「만약 내가 죽게 된다면」 부분[4]

> 구름이 가고 새 봄이 와도 허기진 平野, 낙지뿌리 와 닿은 선친들의 움집뜰에 王朝ㅅ적 투가리 떼는 쏟아져 江을 이루고, 바다 밑 용트림 휘 올라 어제 우리들의 역사밭을 얼음 꽃 피운 億千萬 돌창 떼 뿌리 세워 하늘로 反亂한다.
>
> ─「阿斯女의 울리는 祝鼓」 부분

> 四月十九日, 그것은 우리들의 祖上이 우랄高原에서 풀을 뜯으며 陽달진 東南亞 하늘 고혼 半島에 移住오던 그날부터 三韓으로 百濟로 高麗로 흐르던 江물, 아름다운 치마자락 매듭 고혼 흰 허리들의 줄기가 三·一의 하

---

4   신동엽, 『꽃 같이 그대 쓰러진』(미발표 시집), 실천문학사, 1988, 50쪽.

늘로 솟았다가 또 다시 오늘 우리들의 눈앞에 솟구쳐 오른 阿斯達 阿斯女
의 몸부림, 빛나는 앙가슴과 물구비의 燦爛한 反抗이었다.

—「阿斯女」부분

아시아의 고원에서 뻗쳐나오는 산맥은 신동엽에게 "생명의 율동을" 실
감하도록 한다. 산맥은 평야와 계곡을 만들고, 강을 흐르게 하며, "역사밭을"
일궈낸다. 신동엽은 "바다 밑 용트림 휘 올라" 솟구치는 동적인 심상을
통해 바다로 그리고 한반도로 내달리는 산맥으로부터 역사의 활력을 발견
하고 있다. 시인은 솟구치고 내달리는 험준한 산맥의 역동성에 '3·1운동
-4·19혁명'에 깃든 역사의 활력을 포개놓는다. 무엇보다 인상적인 것은
그러한 산맥이 "하늘로 반란"하는 "찬란한 반항"의 시적 의미로 포착되고
있다는 것이다. 다시 말해 신동엽에게 산맥은 새로운 대지를 생성하는
생명의 힘이며, 낡고 구태의연한 것을 제거하는 역사적 의지로 충만된
'반항'의 시적 메타포이다. 여기서 이러한 산맥이 신동엽에게 아시아 대륙
에 그 시원始原을 두고 있다는 점을 가볍게 지나쳐서 안 된다. 말하자면
신동엽 시에서 중요한 역사적 상상력은 아시아 대륙에 시원을 둔 산맥의
역동적인 심상과 밀접한 연관이 있다.

이러한 것을 좀 더 설득력 있게 뒷받침해주는 것으로, 신동엽의 제주
기행은 매우 흥미롭다.5 신동엽은 1964년 7월 31일부터 8월 7일까지 약
일주일 간 제주를 여행하는데, 여행의 목적은 한라산을 등반하는 데 있다.
그런데 한라산을 등반하기까지 신동엽이 방문한 곳에 대한 그의 기록은,

---

5   이에 대해서는 고명철, 「신동엽과 아시아, 그리고 제주 여행길」, 고명철 외 10인, 『이
     세상에 나온 것들의 고향을 생각했다』, 소명출판, 2020 참조.

신동엽이 이와 같은 심상지리를 지니고 있었다는 사실을 말해준다.

우선, 주목되는 기록은 8월 1일자 기록이다. 신동엽은 제주의 동쪽에 위치한 세화 마을을 지나면서 "시커멓게 탄 석탄똥 같은, 일푼의 여우도 주지 않는, 강하디강한 쇠끝 같은 돌덩어리들"[6]인 현무암을 본다. 신동엽에게 특별히 눈에 띈 것은 이 현무암에 새겨진 "열녀사비국묘지문烈女私婢國墓之門 등등. 집의 수효보다도 많은 비석들"[7]인데, 이 비석들을 보자 메스꺼움을 느끼면서 급기야 식중독 증상을 보이며 "대륙의 황토흙이 그립다"[8]고 한다. 그렇다면, 신동엽은 왜 느닷없이 대륙의 황토흙이 그립다고 할까. 그것은 바로 현무암에 새겨진 '열녀사비국묘지문烈女私婢國墓之門' 때문인데, 이 비문은 조선조 유가儒家의 완고한 세계관이 반영된 것으로, "李朝 5백년의 / 王族, / 그건 中央에 도사리고 있는 / 큰 마리 낙지"(「금강」)의 폐습을 단적으로 응축하고 있는, 신동엽이 제거해야 할 봉건적 유산이다. 이 봉건적 폐습 아래 억압 당한 제주 민중의 삶을 신동엽은 묵과할 수 없었다. 그래서 신동엽이 그리워하는 '대륙의 황토흙'은 이 같은 낡고 부패한 세계관이 반영된 대지의 기운이 아닌, 이런 부정한 것들을 모조리 일소해버리는 대지의 역동성을 간직하고 있다. 그것은 '대륙의 황토흙=산맥'의 기운, 즉 역사의 활력과 다를 바 없다.

제주에 대한 이 같은 역사적 인식은 그 당시 금기시된 4·3사건으로 이어진다.

---

6   신동엽, 『젊은 시인의 사랑』(미발표 에세이집), 실천문학사, 1988, 215쪽.
7   위의 책, 215쪽.
8   위의 책, 215쪽.

관덕정(觀德亭) 앞에서, 산(山)사람 우두머리 정(鄭)이라는 사나이의 처형이 대낮 시민이 보는 앞에서 집행되었다고. 그리고 그 머리는 사흘인가를 그 앞에 매달아 두었었다 한다. 그의 큰딸은 출가했고 작은딸과 처가 기름[輕油] 장사로 생계를 잇는다.

4·3사건 후, 주둔군이 들어와 처녀, 유부녀 겁탈사건.

일렬로 세워놓고 총 쏘면, 그 총소리에 수업하던 초등학교 어린이들 귀를 막고 엎드렸다.

하오 2시, 제주시에 내리다.

태풍 헬렌 11호 광란 절정에 이르다. 초속 40미터.

대낮인데도 거리엔 사람의 그림자가 없다. 광란하는 바람과 비뿐. 이따금, 흠씬 젖어 바람에 인도되며 끌려가는 여인네들. 그들의 몸뚱이. 자연의 위력 앞에 얼마나 초라한 짐승들인가.(1964년 8월 2일 자 일기)[9]

놀랍게도, 신동엽이 관덕정에서 환기해내고 있는 장면은 제주인도 함부로 말할 수 없는, 국가로부터 침묵을 강요당해온 4·3사건이었다. 비록 신동엽은 제주인이 아닌 타지인이지만, 4·3사건의 역사적 진실을 매우 간명하게 포착하고 있다. 주둔군이 들어왔고, 제주인들은 억울하게 주둔군에 의해 온갖 비참한 굴욕과 죽임을 당했고, 제주인은 아직도 그 끔찍한 언어절言語絶의 참상으로부터 벗어나지 못하고 있음을, 때마침 공교롭게 제주를 엄습한 초속 40미터 태풍의 광풍과 연결시켜 기록하고 있다. 나는 이 기록의 행간에 숨어 있는 신동엽의 전언

---

9 위의 책, 218쪽.

을 짐작해본다. 기록에는 분명히 '주둔군'과 '겁탈사건'이란 표현이 있다. 신동엽은 제주를 대륙에서 떨어진, 다시 말해 한반도에서 격절된 변방에서 일어난 역사적 비극으로 보지 않는다. 간명한 사실적 진술과 태풍의 위력을 서술하고 있는 문장들의 묘한 어울림을 통해 4·3사건은 신동엽이 경험했듯, 한반도에서 온전한 국민국가를 세우는 과정에서 일어난 민중을 학살한 국가폭력이라는 것을 은연중 암시한다.

여기서, 우리는 그가 경험한 태풍을, 바깥에서 제주를 엄습한 국가폭력의 은유로 치환해볼 수 있다. 해방공간의 제주는 육지의 그 어느 곳보다 빠른 속도로 '해방'에 걸맞는 온전한 민족자주독립국가를 세우기 위한 민중의 열의로 가득 차 있었다. 제주의 민중은 38도선 이남에서 유일하게 값비싼 희생을 감내하면서 분단국가가 들어서는 것에 대한 혁명을 수행하였다. 현실적 패배를 알면서도 끝까지 수행한 4·3혁명과 항쟁, 이것을 철저히 압살한 국가폭력과 그 배후로 작동한 새로운 제국 미국의 정치군사적 위력은, 1964년 8월에 강타한 슈퍼등급의 11호 태풍 헬렌의 공포스런 엄습과 흡사했으리라.

이후 신동엽은 태풍이 멎자 한라산을 등반한다. 아무리 신동엽이 산을 사랑하고 등산의 맛과 멋을 예찬하고, 태풍의 직접적 영향권에서 벗어났다고 하지만, 태풍을 경험한 이후 날씨가 변덕스러운 한라산 등반을 감행한 이유는 무엇일까. 그토록 산행이 매력적인 것일까. 이와 관련하여, 신동엽이 제주 여행길, 정확히 말하자면, 한라산 등반 여정에 나선 이유를 다시 묻자. 한라산 등반이 제주 여행길의 목적이 아니라면, 태풍 속에서도 그는 제주의 명승지를 '구경'했으므로 아쉽지만 이번 제주 여행에 만족해야 했다. 하지만 신동엽은 기어코 한라산 등반을 시도했다. 여기에는 아시아의 대지에서 발원한 지맥 / 산맥이 한반도로 내달렸고, 바다 밑을 통해 해저의 화산 활동으로 한라산으로 솟구쳤듯, 아시아의 대지를 거쳐 백두에서 한라까지 한반도 전역을 그의 시적 영토로 다루고자 하는 것과 분리시켜 생각할 수 없다. 특히 한라산의 등반 과정에서 신동엽은 이러한 지맥과 산맥의 융기를 관념적 사유 대상으로 간주하지 않고, 자신이 직접 온몸을 통해 체험하고 있다는 점에서 제주 기행은 아시아의 대지와 연관된 심상지리로서 신동엽 문학을 이해하는 데 매우 중요한 부분이다.

4. 아시아의 미적 질서를 탐구하는

신동엽의 문학은 늘 새롭게 확장될 수 있는 대지의 힘을 지니고 있다. 지금까지 읽어보았듯이, 신동엽의 문학은 일국적 시계視界의 협소함을 벗어나 있다. 신동엽의 문학은 국민국가의 경계에 갇히지 않은 문명적 감각의 지평을 넓고 깊게 하는 시적 진실이 용해돼 있다. 신동엽의 문학에는 "지배자의 용모를 준거로 편성된 미학적 질서가 아니라 자연의 질서가 빚어낸 미학적 질서"[10]가 곳곳에서 그 생명의 활기를 띠고 있다. 그리하여 신동엽의 문학에는 아시아의 창조적 상상력이 꿈틀댄다. "양자강변에 살고 있는 한 소녀와 나와는 한 살[肉]이다"[11]에 배어 있는 아시아의 대지를 삶의 터전으로 공유하고 있는 아시아적 연대의 상상력은 신동엽의 문학을 이해

---

10 방현석, 「레인보 아시아」, 『아시아』, 아시아, 2006.여름, 18쪽.
11 신동엽, 앞의 책, 195쪽.

하는 데 과소평가할 수 없는 대목이다. 신동엽의 시에서 곧잘 마주치는 '중립'의 시적 변주인 벌판, 고원, 황무지, 미개지 등은 서구중심주의에 기원을 둔 자본주의와 사회주의의 정치경제적 이념의 대립과 무관한 '무정부 마을'의 정치성을 띠고 있는 것인바, 이것은 아시아의 창조적 상상력이 꿈꾸는 민주주의와 밀접한 연관이 있다. 이 '무정부 마을'은 차수성次數性 세계를 지양한 귀수성歸數性 세계로 합일된 곳이며, 서구중심주의의 '단수의 근대'가 더 이상 전횡하지 않는 '복수의 근대'를 다각도로 추구할 수 있는 곳으로, "아침 저녁 / 네 머리 위 쇠항아릴 찢고 / 티 없이 맑은 久遠의 하늘"(「누가 하늘을 보았다 하는가」)을 만끽할 수 있는 곳이다. 신동엽은 이러한 '무정부 마을'이 반도에서 성급히 구현되기를 재촉하지 않는다. 그가 꿈꾸는 세계가 이뤄질 때까지 그는, "내 일생을 詩로 장식해 봤으면. / 내 일생을 사랑으로 채워 봤으면. / 내 일생을 革命으로 불질러 봤으면. / 세월은 흐른다. 그렇다고 서둘고 싶진 않다"[12]고 자기인식을 정갈히 갈무리하면서 '좋은 언어'로 세상을 채워놓을 준비를 한다.

> 외치지 마세요
> 바람만 재티처럼 날려가 버려요.
>
> 조용히 될수록 당신의 자리를
> 아래로 낮추세요.

---

12 신동엽, 「서둘고 싶지 않다」, 『신동엽전집』(증보판), 343쪽.

그리구 기다려 보세요.
모여들 와도

하거든 바닥에서부터
가슴으로 머리로
속속들이 구비돌아 적셔 보세요.

허잘 것 없는 일로 지난 날
言語들을 고되게
부려만 먹었군요.

때는 와요.
우리들이 조용히 눈으로만
이야기할 때

허지만
그때까진
좋은 言語로 이 세상을 채워야 해요.

― 「좋은 言語」 부분

　　신동엽은 아주 단출히 명명한다. 신동엽이 꿈꾸는 세계를 가득 채우는 언어는 바로 '좋은 언어'이다. 더 이상 차수성세계를 표징하는 온갖 쇠붙이투성의 날선 언어들이 아닌, 아시아의 창조적 상상력이 충만한 대지의 역동성을 듬뿍 담고 있는 신생의 언어들이다.

이후 신동엽의 문학에서 새롭게 발견된 아시아와 대지의 상상력을 보다 정교히 탐구하여, 신동엽의 문학사상은 물론 신동엽의 시적 미의식을 규명함으로써 서구중심의 미적 질서를 극복하고 아시아의 미적 질서마저 해명하는 과제를 남겨둔다.

제1차 세계대전의 시계視界를 통해 본
조명희의 문학

1. 조명희 문학에 대한 새로운 탐색

조명희趙明熙(1894~1938)의 문학은 그의 생애가 압축적으로 보여주듯, 에릭 홉스봄E.J. Hobsbawm(1917~2012)의 표현을 빌리자면 '제국의 시대'[1]로서 동아시아를 무대로 펼쳐지고 있는 식민주의 근대에 대한 길항拮抗이자 저항이다. 그리하여 조명희의 문학에 대한 주된 관심은 한국문학사에서 카프문학이 거둔 문학사적 성취와 관련한 논의들이 대부분으로,[2] 북한문학사에서도 조명희의 대표작 「낙동강」이 사회주의적 사실주의의 첫 단편소설로서 주목되고 있다.[3] 분명, 조명희의 문학은 남북한문학사

---

1   에릭 홉스봄은 그의 저서 『제국의 시대』(김동택 역, 한길사, 1998)에서 제1차 세계 대전의 발발로 서구 근대문명의 붕괴를 목도한 부르주아사회를 명철히 분석·기술한 다. 그가 명명하고 있는 '제국의 시대'의 시기가 함의하듯, 제1차 세계대전은 갑작스 런 돌출 변수에 의해 일어난 역사적 사건이 아니라 19세기 중반 이후 공업화로 치달 은 유럽이 국민국가로 발돋움하는 도정에서 패권적 민족주의로 외화된 국가간 폭력 의 양상을 띤다. 이로써 유럽의 근대는 파경과 새로운 도전 앞에 놓인다.
2   2005년 이전까지 관련된 주요 연과 성과들의 목록은 이인나, 「조명희 문학 연구」, 서 울대 석사논문, 2005에서 잘 정리돼 있다. 그 이후 관련 주요 연구 성과는 이 글에서 이하 조명희와 카프문학 연구에 대한 각주를 참조.
3   "3·1운동 이후 앙양되는 민족 해방 투쟁과 계급 투쟁의 환경 속에서 1920년대의 현실을 진실하게 반영하면서 사회주의적 리상과 무산 계급의 선각자의 형상을 창조한 것으로

에서 공유하고 있듯 일본 제국주의 및 식민주의 근대에 대한 부정과 저항으로서 카프문학의 주요한 문학적 성취를 보여준다. 이와 관련하여, 카프문학의 주류적 입장으로 조명희의 문학을 이해하는 데 그의 작가로서 역량 중 초기작에 해당하는 시와 희곡보다 카프조직 결성(1925) 이후 소련 망명(1928) 이전에 두드러진 활약을 보인 소설에 상대적 비중을 두었다는 점을 주목할 필요가 있다. 여기에는 소련 망명 이전까지 조명희 문학의 도정을 진화론적 시각으로 이해하는 가운데 카프문학의 중요한 발전 단계로서 방향전환을 초래한 단편소설 「낙동강」(1927)에서 거둔 리얼리즘의 성취를 해명하기 위한 것임을 간과할 수 없다.[4]

그런데 조명희 문학에 대한 이러한 주류적 이해는 자칫 조명희 문학 세계 전반을 카프문학과 연관된 논의로 수렴시킴으로써 조명희의 삶과 문학에 대한 넓이와 깊이를 제한시켜버릴 수 있다. 조명희의 문학이 카프문학으로서 일궈낸 값진 문학적 성취는 존중하되[5] 그의 문학세계 전반을 카프문학의 프레임으로 가둬놓는 것은 경계해야 한다. 왜냐하면 조명희의 문학은 카프문학의 프레임으로 온전히 포착할 수 없

하여 우리 나라 프로레타리아 문학 발전에서 의의있는 작품으로, 사회주의적 사실주의의 첫 단편소설로 된다."(류만, 『조선문학사』 9, 사회과학출판사, 1995, 113쪽)

4 이러한 논의는 조명희에 대한 카프문학 계열의 연구에서 대동소이하다. 그런데, 이와 관련하여 지적해두고 싶은 것은 박혜경의 「조명희론」(정덕준 편, 『조명희』, 새미, 1999)은, 조명희에 대한 카프문학의 진화론적 연구와 달리 조명희의 초기 작품 중 시와 희곡을 소설에 비해 문학 수준이 현저히 낮은 유치한 것으로 파악함으로써 조명희 문학에 대한 편견과 곡해를 하고 있다. 조명희 문학에 대한 장르적 이해뿐만 아니라 시와 희곡에 삼투된 조명희의 문제의식에 대한 가벼움과 무지의 소치가 아닐 수 없다.

5 한국의 근대문학사를 진보적 관점에서 서술하고 있는 『한국근대민족문학사』(김재용·이상경·오성호·하정일, 한길사, 1993) 「제3부 개인과 사회의 변증법」(1919~1927)의 제2장 제2절에 조명희를 '모순극복과 새로운 삶에 대한 통찰'의 주제로 기술하고 있다. 해당 책 332~337쪽.

는 카프문학과 또 다른 진보적 문제의식(내용형식)을 갖고 있기 때문이다. 그리하여 조명희의 문학이 지닌 자연인식을 바탕으로 한 자연관 및 생명의식에 초점을 맞추든지,[6] 조명희 문학의 장소성을 규명하든지,[7] 조명희의 글쓰기와 망명 및 혁명의 연관성을 추적하고 있다.[8] 조명희 문학에 대한 최근 접근이 고무적인 것은 앞서 강조했듯이 카프문학의 프레임으로 그의 문학을 제한시키거나 가둬놓지 않음으로써 기존 카프문학의 시계視界와 다른 래디컬한 현실인식을 탐색할 수 있는 새 지평을 모색할 수 있다. 이것은 또한 그동안 미처 주목하지 못했거나 소홀히 간주했던 것을 탐구함으로써 조명희 문학세계를 보다 풍요롭게 그리고 진전된 문제의식으로 문제화할 수 있는 것을 말한다. 따라서 조명희 문학에 대한 새로운 접근은 적극 시도되어야 하는바, 이러한 일환으로 조명희 문학에 대한 국제주의적 및 비교문학적 탐구 또한 그 중요성을 아무리 강조해도 지나치지 않다.[9]

---

6 오윤호, 「조명희의 『봄 잔듸밧 위에』에 나타난 자연관과 생명의식」, 『문학과 환경』 16-1, 문학과환경학회, 2017; 곽경숙, 「조명희의 「낙동강」에 나타난 자연인식」, 『현대문학이론연구』 29, 현대문학이론학회, 2006. 오윤호의 경우 「「낙동강」과 카프소설의 기원」, 『어문연구』 171, 한국어문교육연구회, 2016년 가을호에서는 조명희의 「낙동강」이 계급성을 지니되 동시에 혼종적 생명의식으로서 낭만성을 지니고 있음에 주목한다.
7 김신정, 「조명희 문학에 나타난 장소성과 장소상실의 의미」, 『국제한인문학연구』 15, 국제한인문학회, 2015.
8 손유경, 「혁명과 문장」, 『민족문학사연구』 63, 민족문학사학회, 2017.
9 이 방면에 대한 주요 연구는 다음과 같다. 김재용, 「연해주 시절 조명희 문학의 재인식」, 『한민족문화연구』 60, 한민족문화학회, 2016; 김낙현, 「조명희 시 연구-구소련에서 발표한 시를 중심으로」, 『우리문학연구』 36, 우리문학회, 2012; 이화진, 「조명희의 「낙동강」과 그 사상적 기반」, 『국제어문』 57, 국제어문학회, 2013; 이명재, 「포석 조명희 연구-조명희와 소련지역 한글문단」, 『국제한인문학연구』 창간호, 국제한인문학회, 2004; 김성수, 「소련에서의 조명희」, 정덕준 편, 『조명희』, 새미, 1999. 이후 본문에서 상세히 논의하겠지만, 그동안 이러한 연구의 대부분은 조명희의 소련 망명 이후 문학에서 보이는 사회주의적 근대를 탐색한 것이든지(김낙현, 이

조명희의 전 생애[10]에서 결코 가볍게 지나쳐서 안 될 것은, 그의 첫 작품 희곡 〈김영일의 사〉(1921)를 발표하고 소련 망명 이전까지 문학적 생애로, 이 시기는 전 세계가 제1차 세계대전(1914~1918)의 파장 속에 놓여 있는바, 이 시기에 일본 동경 유학생활을 경험한 적 있는 조명희를 이러한 국제정세로부터 유리시켜 이해하는 것은 조명희의 삶과 문학을 너무 단조롭게 생각하는 셈이다. 말하자면, 조명희 문학의 실체를 좀 더 온전히 파악하기 위해서는 동경 유학(1919~1923)으로부터 소련 망명 이전까지 그의 전 생애를 통해 한편으로는 경제적 빈곤과 식민주의 억압으로 가장 고통스럽고 힘든 시절이었으나, 또 다른 한편으로는 식민주의 제국의 심장부에서 식민주의 지배의 현실을 직접 경험하였고, 바로 그곳에서 1차 대전에 개입한 일본제국이 이후 맞닥뜨린 현실을 피식민지 지식인으로서 응시했다는 사실을 예의주시할 필요가 있다. 비록 조명희가 『학지광學之光』 세대, 즉 1910년대의 재일조선인 유학생 중심으로 잡지 『학지광』을 발행한 세대로서 1차 대전 와중에 동경에서 세계정세를 접해보지는 않았지만,[11] 1차 대전에 개입

명재), 소련 망명의 계기를 프롤레타리아 국제주의로 해명한다든지(김성수), 소련중심주의와 코민테른의 유럽중심주의에 대한 비판을 읽어내는가 하면(김재용), 조명희 문학의 낭만성을 동시대 일본문단에서 영향력을 갖는 신낭만주의의 맥락으로 이해하고 있어(이화진), 국제주의적 및 비교문학적 접근을 시도한다. 필자는 조명희의 소련 망명 이전 문학을 중심으로, 특히 제1차 세계대전의 세계정세를 염두에 두면서 조명희의 문학을 국제주의적(혹은 비교문학적) 시계(視界)로 이해하고자 한다.

10　이명재, 『그들의 문학과 생애, 조명희』, 한길사, 2008 참조.
11　재일조선인 유학생을 중심으로 발행된 『학지광』은 제1차 대전과 연관된 시대의식 및 미적 정동(情動)을 보인다. 이에 대해서는 김동식, 「진화·후진성·1차 대전―『학지광』을 중심으로」, 『한국학연구』 37, 인하대 한국학연구소, 2015; 차승기, 「폐허의 사상―'세계전쟁'과 식민지 조선, 혹은 '부재의식'에 대하여」, 『문학과 사회』, 문학과지성사, 2014.여름; 권보드래, 「영혼, 생명, 우주―1910년대, 제1차 대전의 충격과 '죽음'의 극복」, 『개념과 소통』 7, 한림대 한림과학원, 2011.

한 일본이 승전국의 지위로서 전쟁 이후 국제사회에서 어떠한 위상을 갖게 되었는지, 그리고 세계대전을 겪으면서 전 세계의 경제 여파로 일본사회는 어떠한 모습을 보이며 식민지로 전락한 조선은 또한 이러한 세계정세 속에서 구체적으로 어떠한 삶의 모습을 보이는지에 대해 결코 방외인方外人의 처지로 있을 수 없었다. 따라서 우리가 조명희의 문학을 살펴볼 때, 이러한 면들을 소홀히 할 수 없는 것이다.

우리의 문제의식은 바로 여기에 있다. 조명희에 대한 개별 문학적 접근은 물론, 특히 조명희처럼 일제 식민지 시기 주요한 문학적 성취를 일궈낸 조선문학(카프문학 포함)에 대한 접근에서 그동안 소홀했던 것은 그 개별 문인을 에워싸고 있는 국제정세와 그의 문학 사이의 상호침투적 관계를 섬세히 읽어내야 한다는 점이다. 그래서 조명희 문학에 대한 새로운 이해 지평을 모색하기 위해서는 그동안 끈끈이처럼 들러붙어 있던 식민지 조선 또는 제국 일본이란 국민국가 안쪽에서만 작동되는 프레임에 자족할 게 아니라 국민국가를 포함하되 그 안과 밖의 상호작용으로 연동되는(국제정세) 프레임을 적극 활용해야 한다. 그렇다면, 조명희의 문학은 1차 대전의 시계視界로서 어떠한 새로운 지평에서 그 문학적 실재가 온전히 탐구될까.

2. 조명희, 타고르, 그리고 제1차 세계대전 – 시집 『봄 잔듸밧 위에』

조명희의 시집 『봄 잔듸밧 위에』(1924)는 1차 대전의 맥락을 고려할 필요가 있다. 여기서, 『봄 잔듸밧 위에』에 수록된 시편들은 '1차 대전'과 직간접 관련한 시적 표현이 드러나 있지 않다. 뿐만 아니라 이 시집과 관련한 그의 언급들에서도 '1차 대전'과 연관된 언표들은 없다. 그래서인지 『봄 잔듸밧 위에』에 대한 논의들에서 1차 대전의 맥락을 고려한 것은 없다 해도 과언이 아니다. 그것은 조명희와 타고르R.Tagore(1861~1941)의 관계를 주목하되 그것은 어디까지나 서구가 타고르에 대해 보인 시선, 즉 탈정치화된 신비주의 혹은 종교에 바탕을 둔 것에 비중을 둠으로써 조명희가 심취한 타고르의 시집 『기탄잘리Gitanjali』[12]를 서구의 그것과 흡사하게 인식하는 잘못을 답습하고 있기 때문이다.[13] 따라서 우리가 정작 이들의 관계를 온전히 탐구하기 위해서는 무엇보다 타고르의 문학에 대해 온당한 이해를 병행해야 한다. 서구중심주의 시선에 의해 편집·왜곡·굴절의 과정을 거친 타고르가 아니라 타고르 본래의 문학적 입장을 주의 깊게 응시해야 한다. 이것은 조명희가 타고르의 문학을 만나는 것과 매우 밀접한 연관을 맺는바, 그가 일본 동경의 동양대학 인도철학 윤리과에 입학(1919)한 사실에 주목할 필요가 있다. 비록 조명희가 이곳에서 구체적으로 인도철학을 비롯한 인도의 인문학을 어떻게 구체적으로 자기화하

---

12 라빈드라나트 타고르는 그의 고향 벵골어로 『기탄잘리』를 써서 벵골어판으로 출간하였다(1910). 이후 영국의 런던으로 가는 길에 『기탄잘리』의 부분을 스스로 영역하였고, 이것을 읽은 아일랜드 태생의 예이츠는 『기탄잘리』를 매우 높이 평가하여 서문을 직접 써 영국의 출판사에서 시집을 출간한다(1912). 이듬해 노벨문학상을 수상하면서(1913) 전 세계에 인도의 시성(詩聖)으로 알려진다.

13 민병기, 「망명 작가 조명희론」, 정덕준 편, 앞의 책, 140~143쪽; 박혜경, 앞의 글, 110~115쪽; 오윤호, 앞의 글, 141~151쪽. 이들 논의는 모두 조명희의 시집과 타고르의 『기탄잘리』와의 관계를 탈정치의 맥락, 신비주의와 생명의식 그리고 초월적인 것으로 이해한다. 그중 박혜경의 논의는 각주 4에서 필자가 비판했듯이, 조명희의 문학에서 비교적 초기에 해당하는 시세계의 미숙성을 주목하는 데 여기에는 '어린 아기'에 대한 조명희와 타고르의 『기탄잘리』의 심상이 지닌 유럽의 폭력적 근대에 대한 비판의 맥락을 전혀 고려하지 않은 채 서구의 근대 서정시를 비평하는 척도가 지닌, 유럽중심주의 근대문학에 경도된 문제점을 고스란히 보여준다.

고 있는지를 밝힌 언급은 없지만, 그가 조선으로 돌아올 때까지 제국의 심장부에서 근대 학문을 공부한 곳이 하필 인도철학 윤리과라는 사실은 의미심장하다. 따라서 조명희의 삶과 문학에서 인도철학을 조우한 것은 이후 그의 문학에서 타고르가 깊숙이 파고들 수밖에 없는 자연스러운 현상이다.[14] 그럴 때 타고르는 조명희에게 어떻게 다가갔으며, 조명희는 타고르의 『기탄잘리』를 어떻게 창조적으로 수용했을까.

이와 관련하여, 타고르를 주의 깊게 살펴볼 필요가 있다. 타고르는 조명희가 동양대학에 입학하기 전 1916년 일본을 첫 방문한다. 동경을 처음 방문한 타고르는 제국 대학과 게이오 대학에서 강연을 하는데, 1차 대전의 화마火魔에 휩싸인 유럽의 현실을 냉철히 직시하면서 서양의 내셔널리즘이 초래한 근대 문명의 파괴를 통렬히 비판하고, 완곡한 어법으로 일본이 이러한 잘못을 답습해서 안 되며 "동양적인 마음, 정신적인 힘, 소박함에 대한 사랑, 그리고 사회적 의무에 대한 인식을 발휘"하는 그래서 "일본이 보여주는 건강의 표시들을 보"[15]일 것을 북돋운다. 이 강연에서 아직까지 타고르는 일본의 제국주의 실체를 적확히 묘파하지 못한 채 1차 대전을 발발한

---

14 일본에서 경제적·정신적·육체적으로 몹시 힘든 유학생활은 조명희로 하여금 환멸 및 반항의 도정에 서도록 한다. 학업을 미처 마치지 못한 채 조선으로 돌아온 조명희는 자숙하면서 내적 성찰을 시도하는데, 인도철학을 공부한 그에게 인도의 시성 타고르는 혼돈의 사위에 놓인 조명희를 추스르는데 매우 중요하다. "이러한 생각을 끌고 조선으로 나왔었다. 자기의 생각의 걸음은 점점 더 회색 안개 속으로 들어만 가고 있다. 절대 고독의 세계로 혼자 들어가자. 그 광대한 고독의 세계에서 무릎 꿇고 눈 감고 앉아 명상하자. 가슴 속에서 물밀려 나오는 고독의 한숨소리를 들으며 기도하자. 그 기도의 노래들을 읊자. 그러면 나도 '타골'의 경지로 들어갈 수 있다. '타골'의 시 「기탄잘리」를 한 해 겨울을 두고 애송하였다. '타골'의 심경을 잘 이해하기는 자기만 한 사람이 없으리라는 자부심까지 가지었었다."(조명희, 「생활 기록의 단편」, 이명재 편, 『낙동강』 외, 범우, 2004, 411쪽)
15 라빈드라나트 타고르, 손석주 역, 『내셔널리즘』, 글누림, 2013, 18쪽.

유럽의 내셔널리즘과 폭력적 근대의 파행에 대한 비판적 성찰에 초점을 맞추고 있다. 그러니까 1916년 일본을 방문한 타고르의 강연의 핵심은 1차 대전의 발발과 파국으로 치닫는 유럽의 내셔널리즘을 비롯한 근대의 총체에 대한 비판과 함께 타고르가 신뢰하고 있는 일본이 이러한 유럽의 전철을 밟아서 안 되며, 오히려 유럽의 내셔널리즘을 창조적으로 넘어 인류의 평화와 번영을 실현하는 새 문명의 몫을 담당해줄 것을 기대한다.

이러한 타고르의 1916년 동경 강연이 1919년 동양대 인도철학 윤리과의 학생 조명희와 무관하다고 생각하기 힘들다. 무엇보다 아시아 최초로 노벨문학상을 수상한 타고르를 인도철학 윤리과의 학생이 관심을 갖는 것은 자연스러운 일인바, 타고르의 동경 강연의 바탕을 이루는 1차 대전으로 가시화된 근대 국민국가의 폭력적 내셔널리즘이 수반하는 제국주의와 식민주의에 대한 비판적 문제의식을 조명희가 주목하지 않을 수 없을 터이다. 조명희는 일본제국의 지배를 받는 피식민지 지식인으로서 비참한 현실을 살고 있기 때문이다. 따라서 타고르의 『기탄잘리』를 조명희가 조선에 돌아와 애송할 때, 그가 몰두하는 '절대 고독의 세계', 즉 "'타골'의 경지"[16]는 이와 같은 정치적 성격을 염두에 두어야지, 탈정치적 종교적 신비주의에 침잠한 것으로 이해해서는 곤란하다.[17]

---

16 위의 글, 411쪽.

17 타고르에 대한 지금까지 논의에서 살펴보았듯이, 타고르를 탈속의 경지, 탈정치의 맥락으로 읽는 것은 타고르를 대단히 잘못 이해하는 것이다. 이것은 유럽중심주의 시선으로 타고르를 종교적 신비주의 감옥에 가둬놓는 것이다. 탈유럽중심주의 시각으로 타고르의 정치적 문제의식을 논의한 대표적 입장은 다음과 같다. 아시스 난디, 「집과 세상」, 『지구적 세계문학』 9, 글누림, 2017.봄; 호세 카를로스 마리아테기, 「라빈드라나트 타고르」, 위의 책; 윌리엄 버틀러 예이츠, 「타고르 시집에 부치는 서문」, 『지구적 세계문학』 6, 글누림, 2015.가을; 고명철, 「구미중심의 근대를 넘어서는 아시아 문학의 성찰」, 『비평문학』 54, 한국비평문학회, 2014; 손석주, 「동양과 서양의 만남

이렇듯이, 타고르의 정치성과 그것의 시적 표현인『기탄잘리』를 창조적으로 섭취한 조명희의『봄 잔듸밧 위에』를 읽는 것은 1차 대전의 시계視界를 염두에 둔 조명희의 문학에 대한 새로운 이해의 지평을 여는 일이다.

내가 이 잔듸밧 위에 쮜노닐 적에
우리 어머니가 이 모양을 보아 주실 수 읍슬가

어린 아기가 어머니 젓가슴에 안겨 어리광함갓치
내가 이 잔듸밧 위에 짓둥그를 적에
우리 어머니가 이 모양을 참으로 보아 주실 수 읍슬가

밋칠 듯한 마음을 견데지 못하여
'엄마! 엄마!' 소리를 내였더니
쌍이 '우애!'하고 한울이 '우애!' 하옴애
어나 것이 나의 어머니인지 알 수 읍서라.

—「봄 잔듸밧 위에」 전문[18]

孤寂한 사람아 詩人아
不透明한 生의 慾의 火炎에
들내는 저잣거리 등지고 도라서

-타고르와 세계 대전, 그리고 세계문학」,『지구적 세계문학』3, 글누림, 2014.봄;
김재용,『세계문학으로서 아시아문학』, 글누림, 2012.
18 조명희, 오윤호 편,『조명희 시선』, 지식을만드는지식, 2013, 7쪽.

662   제6부_ 새로운 세계문학과 만나는 경계

古木의 옛 둥쿨 듸듸고 서서

지는 해 바라보고

옛이약이 새 생각에 울다.

孤寂한 사람아 詩人아

하날 씰 灰色 구름의 나라

일흠도 모르는 새 나라 차지러

멀고 먼 蒼空의 길에 저문 바람에

외로운 形影 번득이여 나라가는 그 새와 갓치

슯운 소리 바람결에 부처 보내며

압혼 거름 푸른 쑴길 속에

永遠의 빗을 차자가다.

　　　　　　　　　　　　　　　　—「나의 故鄕이」부분[19]

오오 어린 아기여 人間 以上의 아달이여!

너는 人間이 아니다

누가 너에게 人間이란 일흠을 븟첫나뇨

그런 侮辱의 말을….

너는 善惡을 超越한 宇宙 生命의 顯像이다

너는 모든 아름다운 것보다 아름다운 이다.

---

19 위의 책, 25~26쪽.

(…중략…)

너는 쏘한 발가숭이 몸으로

망아지갓치 날뛸 째에

그 보드러운 玉으로 맨드러 낸 듯한 굴고 고혼 曲線의 흐름

바람에 안긴 어린 남기

自然의 리쯤에 춤추는 것 갓허라

앤젤의 舞蹈 갓허라

그러면

어린 풀삭아! 神의 子야!

— 「어린 아기」 부분[20]

　『봄 잔듸밧 위에』는 모두 세 부분으로 구성돼 있다. 위 인용된 세 편
중 표제작 「봄 잔듸밧 위에」는 앞 부분(「봄 잔듸밧 위에」의 부)에 수록된 것으
로 조선으로 귀국한 후 씌어진 것(『개벽』 46, 1924년 4월호)이고, 「나의 고향
이」는 중간 부분(「노수애음蘆水哀音」의 부)에 자리한 것으로 동경 유학 시절
씌어진 것이며, 「어린 아기」[21]는 마지막 부분(「어둠의 춤」의 부)에 수록된
것으로 이 역시 동경 유학 시절에 씌어진 것이다. 흥미로운 것은 위 세
편 중 「나의 고향이」를 제외한 「봄 잔듸밧 위에」와 「어린 아기」의 지배적

20　위의 책, 40~41쪽.
21　시집 『봄 잔듸밧 위에』에는 수록돼 있지 않은, 또 다른 그의 시 「어린 아기」가 『개벽』
　　61(1925.7)에 발표되기도 하였다. 이처럼 조명희에게 '어린 아기'에 대한 심상은 의미심
　　장하다.

심상은 '어린 아기'인데, 이것을 두고 탈속의 경지로 찾아든 낭만성으로 인식하는 것은, 다시 강조하건대 타고르의 1916년 동경 강연의 맥락을 전후하여 비판적으로 성찰하고 있는 1차 대전이 초래한 유럽발 폭력적 근대는 물론, 타고르가 일본을 향해 그토록 경계하고 비판한 국민국가의 내셔널리즘의 폭력이 조선을 비롯한 아시아를 대상으로 하고 있는 일본의 제국주의와 식민주의에 대한 조명희의 문제의식을 몰각하고 있는 것이나 다름이 없다. 조명희가 타고르의 『기탄잘리』를 애송하면서 심취했다는 데서 짐작할 수 있듯, 조명희의 '어린 아기'에 대한 심상은 『기탄잘리』에서 노래되고 있는 '어린 아기'의 그것과 포개진다.[22] 타고르는 『기탄잘리』에서뿐만 아니라 자신의 에세이에서도 어린이가 지닌 인간과 대자연의 자연스러운 이어짐, 그 과정에서 절로 생성되는 생명의 환희와 그것의 아름다운 표현을 총체적으로 느끼고 생동하는 삶과 문학의 정동情動을 육화한다.[23] 이것은 인간의 삶과 유리된 채 자연을 물신화하는, 그래서 자연

---

22 타고르의 『기탄잘리』에 수록된 시편들 중 8, 60, 61, 62에서 보이는 '어린 아기'의 심상은 조명희의 그것과 매우 흡사하다. 그런데 주목할 것은 타고르의 『기탄잘리』를 극찬하면서 시집 서문까지 직접 써 유럽 시단에 타고르의 존재를 널리 알린 예이츠는 그 서문의 끝을 『기탄잘리』의 60번의 부분("아이들은 모래로 집을 짓기도 하고, 빈 조개껍질을 가지고 놀기도 합니다. 마른 나뭇잎을 엮어 배를 만들기도 하고, 웃음 가득한 환한 표정으로 넓은 바다에 나뭇잎 배를 띄우기도 합니다. 아이들이 세상의 바닷가에서 놀고 있습니다. / 아이들은 헤엄치는 법도 알지 못하고, 그물을 던지는 법도 알지 못합니다. 진주조개잡이 어부들은 진주를 찾아 바다로 뛰어들고, 상인들은 배를 타고 항해를 합니다. 그러는 동안 아이들은 조약돌을 모으고 다시 흩뜨려 놓습니다. 아이들은 숨겨진 보물을 찾지도 않고, 그물을 던지는 법도 알지 못합니다." 라빈드라나트 타고르, 장경렬 역, 『기탄잘리』, 열린책들, 2010, 88쪽)을 직접 인용하면서 마무리짓고 있는데, 예이츠의 시적 정치성을 숙고해볼 때 '어린 아기'의 심상은 점차 유럽의 속물화 및 물신화로 젖어들어 언제 파경을 맞이할지 모르는 유럽의 근대가 망실한 것에 대한 반성적 성찰로 인식한 것은 아닐까.

23 가령, 다음과 같은 타고르의 에세이를 음미해보자. "어린이들의 활기와 기쁨이, 그들이 재잘거림과 노래가 대기를 환희의 기운으로 가득 채웠고, 어린이들과 함께 있으면서 저는 하루도 빠지지 않고 이를 흠뻑 즐겼습니다. (…중략…) 저에게는 어린이들의

에 대한 무조건적 숭배와 예찬을 하는 것과 근본적으로 그 추구하는 바가 다르다. 타고르의 『내셔널리즘』(1917)에서 적시하고 있듯, 타고르는 유럽이 일궈낸 근대문명 자체를 부정하지 않는다. 그래서 타고르는 일본이 자신만의 방식으로 성취한 근대문명에 대한 신뢰를 보인 것이다. 말할 필요 없이 여기에는 서양이 창안해낸 근대의 국민국가의 법과 제도만으로 온전히 포착할 수 없는, 동서양 문명의 "가장 높은 차원의 결속과 가장 깊은 사랑의 유대"[24]를 실천하고 싶은, 즉 '조화를 지향하는 통일성'을 추구하는 문제의식이 타고르의 전 생애를 관통하고 있는 것이다.[25] 따라서 타고르의 '어린이'에 대한 심상은 이처럼 1차 대전으로 표면화된 유럽식 근대 국민국가의 폭력적 근대에 대한 비판적 성찰과 분리시켜 생각할 수 없다. 그렇다면, 조명희의 '어린 아기'의 심상이 어떠한 정치적 의미와 문제의식을 갖고 있는지 한층 뚜렷해진다. 조명희의 '어린 아기'는 타고르의 그것처럼 폭력적 근대로 훼손되어서는 안 될 '어머니-대자연'의 위상을 가지면서 동시에 그 품 안에서 마음껏 뛰노는 주체이고,(「봄 잔듸밧 위에」) 이러한 '어린 아기'의 생동감 있는 놀이는 마치 "自然의 리쯤에 춤추

이 같은 외침과 노래와 유쾌한 목소리가 대지의 가슴 깊은 곳에서 솟아나는 나무들처럼 느껴지기도 했습니다. 무한한 하늘의 품을 향해 솟아오르는 생명의 분수와도 같은 나무들 말입니다. 어린이들의 외침과 노래와 유쾌한 목소리는 인간의 생명의 간직하고 있는 그 모든 외침, 그 모든 즐거움의 표현, 그리고 인간성의 심연에서 샘솟아 무한한 하늘을 향해 오르고자 하는 인간의 열망을 상징하는 것이었습니다. (…중략…) **바로 이런 분위기와 환경에서 저는 저의 기탄잘리 시편들을 쓰곤 했습니다.**"(R. Tagore, *The English Writings of Rabindranath Tagore* Vol. 5, New Delhi : Atlantic Publishers & Distribudters, Ltd., 2007, pp.2~3; 장경렬 역, 『기탄잘리』, 200~201쪽 재인용, 강조는 인용자)

24 라빈드라나트 타고르, 손석주 역, 앞의 책, 21쪽.
25 이에 대해서는 자밀 아흐메드, 「만일 '동방의 등불'에 새로 불이 켜진 것이라면 / 후에 라빈드라나드가 상상한 아시아와 오리엔트는 어디로 가고 있는 중일까?」, 『바리마』 2, 국학자료원, 2013, 216~231쪽 참조.

는”“앤젤의 舞踊”와 같은 성스러움의 속성을 지님으로써 근대 문명의
죽음이 팽배해지는 지극히 속화된 세계에 대한 비판적 성격을 갖는다.(「어
린 아기」) 그리하여 이 '어린 아기'야말로 조명희에게는 폭력적 근대를 전
복하고 "不透明한 生의 慾의 火炎", 그 너머 "영원의 빛을 찾아가"야 하는
'시인'이기도 하다.(「나의 고향이」)

　요컨대, 조명희의 시집 『봄 잔듸밧 위에』의 지배적 심상은 이렇듯
타고르의 『기탄잘리』와 연관된 1차 대전 전후의 정치적 문제의식을
조명희의 시세계로 형상화되고 있다.

3. 피식민지 조선인과 제1차 세계대전의 국제정세

　　　　　－<김영일의 사>, 「R군에게」, 「아들의 마음」, 「춘선이」

　조명희가 피식민지 지식인으로서 동경 유학생활을 겪으며 1차 대전
이후 형성된 베르사유체제 아래 점차 전 세계 신흥제국으로 부상한 미
국 주도의 국제질서의 세계정세를 어떻게 인식하고 있었을까. 가뜩이
나 1차 대전에 개입한 "일본의 참전 목적은 독일 조차치 칭다오 점령
을 통해서 중국 대륙으로 진출하고 북태평양의 독일 식민도서를 장악
함으로써 동아시아와 북태평양 지역의 패권자로 부상하려고 했던
것"[26]인데, 1차 대전 이후 미국 주도의 '워싱턴 회담'(1921~1922)에서
사실상 일본이 외교적 굴복을 감내할 수밖에 없는[27] 국제정세 아래 피

26　정상수, 「1차 세계대전의 동아시아에 대한 파급효과」, 『서양사연구』 49, 한국서양사
　　연구회, 2013, 276쪽.

식민지 지식인 조명희는 일본제국의 심장부에서 어떠한 구체적 삶을 살았을까. 무엇보다 주목하고 싶은 것은 이러한 국제정세 속에서 피식민지 조선의 지식인 조명희는 동경의 삶을 어떻게 살았을까.

일본에서 창작된 조명희의 희곡 〈김영일의 사〉(1921)와 조선으로 귀국 후 발표한 두 단편 「R군에게」(1926) 및 「아들의 마음」(1928)에서는 조명희의 시선으로 포착한 동경의 삶이 드러나 있다. 이 세 작품을 횡단하고 있는 조명희의 문제의식은 〈김영일의 사〉의 등장인물 오해송의 말을 빌리자면, "병적 상태인 인류 정신계, 침체한 인간의 생명이 부패한 현대 문화에 젖은 까닭"[28]이 1차 대전과 무관할 수 없으며, 폭력적 근대가 야기한 세계대전의 참화와 문명 파괴의 현실에 젊은 청춘이 무기력해서는 안 되고, "이상에 대한 열렬한 동경과 굳센 반항력을 가진 가장 자유롭고 분방한 혁명아"[29]로서 신생을 추구하면서도 "심화 정화深化淨化되지 못한 인간"[30]을 경계하는 것이다. 물론 〈김영일의 사〉에서 조선인 동경 유학생 모두가 오해송처럼 세계대전 전후의 몰락한 유럽의 근대 세계에 대한 비판적 문명 감각을 가질 뿐만 아니라 '혁명'을 추구하되 그 맹목성에 갇히지 않는 냉철함을 벼리는 것은 아니다. 이러한 현실에 무기력하기 이를 데 없는 지식인상을 보여주는 최수일, 조선인 유학생의 빈곤을 극도로 혐오하면서 부와 실속을 중시

---

27 제1차 세계대전이 끝나고 베르사유 조약이 체결된 후 동아시아와 북태평양 지역의 문제를 논의하기 위해 미국 주도의 '워싱턴 회담'이 열린다. 여기서 일본은 1차 대전 승전국으로서 중국 대륙 침략을 위한 자신의 요구 사안이 거론되지 않은 채 미국 자신의 이해관계에 부합하도록 기존 영일동맹을 해체시키고 일본 해군력을 미국의 60% 수준으로 감축시켜버리는 굴욕적 외교를 감내한다. 위의 글, 272~276쪽.
28 조명희, 「김영일의 사」, 이명재 편, 앞의 책, 208쪽.
29 위의 글, 208쪽.
30 위의 글, 208~209쪽.

하며 머지않아 친일협력의 길을 적극 선택하게 될 전석원, 혁명의 맹목성에 갇힌 것은 아니되 투철한 혁명관과 혁명가의 모습을 견지하고 있는 박대연, 그리고 비록 극도의 궁핍한 생활고를 겪고 있으나 그 어떠한 불의에 조금도 타협하지 않는 양심을 견지하면서 자신을 존중하는 가운데 결국 조선으로 돌아가지 못한 채 죽음을 맞이한 김영일 등은 〈김영일의 사〉에서 1차 대전 이후 피식민지 조선인 지식인의 동경에서의 서로 다른 삶을 보여준다.

그런데 이들 인물 중 조명희는 오해송(균형 감각), 박대연(혁명가의 투철성), 김영일(양심)에 각별한 애정을 쏟고 있음을 알 수 있다. 무엇보다 〈김영일의 사〉가 식민지 시대 현실을 고려한 시대극으로서 희곡의 특성상 이들 인물이 다른 인물보다 긍정적 의미를 부여함으로써 주제의 극적 효과를 배가시켜야 하기 때문에 더욱 그렇다. 그만큼 조명희에게 이 세 인물은 이후 조명희의 서사를 전개하는 데 중요한 몫을 수행한다. 그것은 「R군에게」와 「아들의 마음」에서 작중화자 '나'로 수렴되고 있다. 말하자면, 두 단편소설의 문제적 인물 '나'에게 〈김영일의 사〉에서 조명희가 긍정적 시선으로 부각한 오해송, 박대연, 김영일이 뒤섞여 '나'의 인물을 창조하고 있다.

「R군에게」는 감옥의 수인囚人으로 있는 '나'가 R군에게 편지를 보내는 서간문 형식으로 씌어져 있다. '나'는 자신의 동경생활을 들려준다. 그 골자는 자신의 사상이 기독교에서 사회주의로 전환하게 된 점, 여기에는 '나'의 동경생활 무렵 일본에서 사회주의사상의 풍조가 팽배해지기[31] 시작한 것과 무관하지 않다는 점, 그래서 사회주의사상과 운동에 전념하였다는 점, 그런데 문제는 사회주의운동 진영 안에서 불신과 불순한 이해관계로 '환멸'에 휩싸였으나 자기자신에 대한 순심과 양심을 벼리면서 "직접 행동에 나서려고 지하의 혁명단체에 참가하여 무슨 일을 하려다가 동경 감옥에 들어가"[32] 옥고를 치른 점 등인데, 흥미로운 것은, 시대현실 속에서 한 가지 사상에 맹목성을 갖지 않은 채 사상의 전환을 선택한 균형 감각을 지니고(오해송), 사회주의사상과 운동에 투철하여 지하 혁명단체 활동을 펼치고(박대연), 무엇보다 그 지하 혁명단체 활동을 하기에 앞서 사회주의운동 내부의 동요와 환멸을 냉철한 자기인식과 양심으로 자신을 추스르는(김영일) 면모가 작중화자 '나'의 동경생활은 물론 현재 수인 상태의 자신을 견디게 하는 원동력을 종합적으로 부여하고 있다는 사실이다.

이렇게 조명희가 새롭게 창조한 작중화자 '나'는 동경에서 1차 대전 이후 목도하고 있는 국제정세 속에서 진취적이고 창조적 대응을 전격적으로 감행할 결연한 각오를 다진다.

"아, 금순이가 과연⋯⋯중국 혁명을 위하여⋯⋯아니 **세계무산 계급해방**을 달성하기 위하여."

나는 새로 한층 더 힘을 얻었다. 주먹을 불끈 쥐었다.

"나도 **무장**을 하고 쌈하자. **민족해방**을 위하여, **민족해방**을 위하여⋯⋯너

---

31 러시아혁명(1917)의 성공 후 전 세계는 무산 계급해방의 가치를 내세운 사회주의사상과 혁명의 기운이 급물살처럼 번져간다. 일본도 예외가 아닌바, 1922년 7월 15일 일본공산당이 창건된다. 일본공산당은 모든 형태의 침략 전쟁에 대해 투쟁했고, 자유와 인권을 옹호했으며, 일본 제국주의 식민지로 전락한 조선과 타이완의 해방뿐만 아니라 아시아의 어떠한 식민주의로부터 완전한 해방을 위해 투쟁하는 정당 활동을 벌인다. "What is the JCP? A Profile of the Japanese Communist Party" (https://www.jcp.or.jp/english/2011what_jcp.html)

32 조명희, 「R군에게」, 이명재 편, 앞의 책, 79쪽.

는 **중국**에서 나는 **조선**에서……."

하고 나는 또 일본 말로 소리쳐 여러 사람에게 광고하였다.

"나의 한 고향, 한 학교에서 공부하던 동창생이요. 또 나의 첫 사랑이던

처녀가 중국 북벌군 중의 가장 용맹스러운 비행사가 되었다네. 어떠한가……."

하며 자랑할 때 여러 사람의 입에서는,

"그건 참 굉장하구려"하는 소리를 연달아 낸다. 그 중에도 어떤 일본 친

구 하나는 참다 못하여,

"그래 내일 메이데이에 우리도 참가하지 않을려나……. 이것 참 못 견디

겠는데……"한다.

"우리도 가서 참가할까나."[33]

동경에서 공장 노동자 생활을 하고 있던 조선인 작중화자 '나'는[34]

작업중 사고로 수술을 하였는데 병이 덧나 입원하여 그만 한쪽 팔을

잘라낸다. '나'는 아무리 '사회주의 혁명 투사'[35]로서 마음을 다 잡지만

한쪽 팔을 잃은 후 실직자로서 고향에 있는 어머니에게 생활비를 보내

지도 못하고 '나'의 생계 또한 위태로워져 "침울한 기분 속에 끝까지

가라앉고 싶"[36]다. 그때 '나'는 조선에서 온 신문 기사에, 조선인 여자

비행사가 중국 북벌군에 참가하고 있다는 희소식을 접하는바, 그 조선

---

33 조명희, 「아들의 마음」, 이명재 편, 앞의 책, 190~191쪽.
34 여기서 작중화자 '나'는 동경의 동부지역인 혼조(本所) 및 오지마(大島) 등지에서 노
　　동자 생활을 하고 있는 '재동경(在東京) 조선인 노동자'이다. 「아들의 마음」처럼 '재
　　동경 조선인 노동자'의 삶을 다룬 카프계열의 작품을 '동경'의 공간성에 초점을 맞춘
　　논의는 권은, 「한국 근대소설에 나타난 동경의 공간적 특성과 재현 양상 연구」, 『우
　　리어문연구』 57, 우리어문학회, 2017 참조.
35 조명희, 「아들의 마음」, 이명재 편, 앞의 책, 187쪽.
36 위의 글, 188~189쪽.

인 여자 비행사가 바로 '나'의 동향同鄕 친구인 금순이라는 사실을 알고, '나'의 무기력한 침울감을 떨쳐낸다. 여기서 상기해야 할 것은, 일본의 동경 공장노동자로서 노동재해를 당한 조선인 노동자의 꺼져들어가는 혁명의 의지와 실천이 중국 대륙에서 중국혁명 대열에 동참한 여성 조선인으로부터 다시 고취되었다는 것이다. 그러면서 '나'가 각별히 주목하고 있는 것은 금순의 중국혁명 대열에 동참한 것을, '세계무산 계급해방'을 궁극의 목적으로 겨냥하면서, 이를 위해 '민족해방'을 달성하는 목적을 갖고 실천투쟁을 할 것을 다짐하고 있다는 점이다. 뿐만 아니라 일본인 노동자도 메이데이 집회에 참가함으로써 무산계급해방의 혁명 대열에 조선인 노동자와 연대하고자 한다. 말할 필요없이 일본인 노동자의 조선인 노동자와의 연대의식은 위 인용문에서도 읽을 수 있듯, 중국혁명 대열에 기꺼이 동참하고 있는 조선인 여자비행사 금순이와 관련한 신문 보도를 조선인 노동자 '나'로부터 직접들었기 때문이다. 말하자면, 금순이를 매개로 조선-중국-일본의 혁명연대가 결성된다.[37] 이것은 작품에서 소설적 전언의 형식으로 표면화되고 있지 않으나, 앞서 〈김영일의 사〉를 거쳐 「R군에게」에 이르러 작중화자 '나'의 종합적 인물로 창조되었듯이, 동경에서 1차 대전 이후목도하고 있는 국제정세 속에서 진취적이고 창조적 대응을 피식민지조선인으로서 중국과 일본의 혁명을 위한 연대, 즉 조·중·일 국제주

---

37 이에 대해 김재용은 "대부분의 작가들이 일본과 조선의 관계에 국한되어 있을 때 이들 작품보다 먼저 출판된 조명희의 작품에서는 일본뿐만 아니라 중국과의 연대가 동시에 등장한다는 점에서 이채롭다. 동아시아 전체의 국제주의적 연대를 고려했다는 것은 당시 조명희가 소련중심의 국제주의 혹은 코민테른이 표방한 국제주의에 매우 민감하게 반응했음을 확인할 수 있다"(「연해주 시절 조명희 문학의 재인식」, 56쪽)고 하여, 「아들의 마음」에 삼투된 조명희의 국제정세 인식을 조명한다.

의적 혁명 연대를 실천하려고 한다는 점에서 조명희가 거둔 문학적 성취를 결코 폄하할 수 없다.

이렇듯이, 조명희는 1차 대전의 국제정세를 몰각하지 않는 피식민지 조선인의 삶을 서사로 그려내고 있다. 그의 이러한 서사는 조선의 현실에서도 적나라하게 드러난다.

> "너는 일본서 왔구나. 너는 간도서 또 왔구나! ……못 살겠다고 가던 너
> 들이……살겠노라고 가던 너들이……어찌해서 여기를 또 왔니? ……"
> 응칠의 목은 탁탁 메었다. 말소리는 툭툭 끊어졌다.
> "그래도 또 가는 사람이 있구나……."
> 떨리는 말 끝에 눈물이 쑥 쏟아졌다. 네 사람의 눈에는 눈물이 일시에
> 다 흘렀다. 말 없는 네 사람은 얼굴과 얼굴이 땅만 굽어 보고 있었다. 한
> 참 있다가 응칠이가 또 하는 말이다.
> "자네 춘선이, 그래도 간도로 갈라나?"
> "그만 두겠네, 도로 들어가세."[38]

1차 대전 이후 급격히 붕괴된 유럽 경제와 달리 상대적으로 미국과 일본 경제는 호황기를 맞이하게 된다. 특히 일본은 1차 대전의 승전국으로서 아시아에서 정치경제적 헤게모니를 굳건히 다지게 되면서 제국주의와 식민주의 경영을 노골화한다. 하지만 일본에서 대규모로 일어난 쌀폭동(1918)과 독점자본의 강화로 일반 대중의 빈곤과 농업생산

---

38 조명희, 「춘선이」, 이명재 편, 앞의 책, 162쪽.

력의 급격한 퇴조에 따른 식량 자원의 부족은 조선을 식민지 모국인 일본의 식량공급기지화하는 정책을 펼친다. 뿐만 아니라 일본 독점자본의 과잉을 조선에 투자함으로써 일본 경제의 문제를 해결하는 것과 함께 중국대륙의 침략 거점으로서 조선의 식민지 근대의 일환으로 1920년부터 주도면밀히 산미증식계획을 실행한다. 그에 따라 조선의 농촌과 농민이 겪어야 할 농촌경제의 파탄은 심각한 현실에 놓인다. 그리하여 조선의 농민은 「춘선이」(1928)의 작중 인물 춘선이처럼 자기 고향 농촌을 떠나 서북간도, 즉 만주로 이주할 마음을 먹는다. 그런데 정작 춘선이 대면한 현실은 어떤가. 열차역에서 춘선은 기이한 풍경을 목도한다. 몇 년 전 만주로 떠났던 유랑민이 다시 귀환하는가 하면, 심지어 일본으로 노동자 생활[39]을 하러 간 사람들도 귀환하고 있다. 만주로 간 유랑민은 중국인들에게 쫓겨 돌아오고,[40] 일본에 간 조선인들은 일본 독점자본가와 내통한 경찰, 즉 일본의 경제 및 사회 권력이 조선인 노동자를 억압하고 착취하는 것에 못이겨 조선으로 자의반타의반

---

39 가령, 1923년 일본의 관동대지진 이후 동경 복구를 위한 대규모 토목공사에서 조선인 노동자들의 상당수가 건설현장에서 막노동으로 활용되었는데, 1928년 동경에 등록된 막노동자의 54.7%가 조선인인 것으로 볼 때, 생계형 도일(渡日) 조선인 노동자의 현실을 실감할 수 있다. 이에 대해서는 켄 카와시마, 「상품화, 불확정성, 그리고 중간착취−전간기 일본의 막노동시장에서의 조선인 노동자들의 투쟁」, 『근대성의 역설』, 후마니타스, 2009.

40 19세기 중반부터 서북간도로 이주한 조선인은 주로 벼농사를 지으면서 정착생활을 시작한다. 그런데 서북간도는 오래전부터 밭농사를 하던 곳으로, 이 지역 중국인들에게 조선인의 벼농사는 중국의 농토를 훼손시키는 것으로 간주되곤 하였다.(김영, 『근대 만주 벼농사 발달과 이주 조선인』, 국학자료원, 2004) 그래서 이러한 이유로 조선인과 중국인의 갈등이 잦았다. 게다가 조선은 일본의 식민지로 전락한 이후 중국인의 입장에서 조선인은 일본제국의 국민이기 때문에 가뜩이나 1차 대전을 거치면서 호시탐탐 중국대륙의 침략 기회를 보고 있는 일본에 대해 우호적이지 않은 중국인으로서는 서북간도로 이주해온 조선인마저 우호적 감정을 갖기 쉽지 않다. 이러한 복합적 사정은 마침내 '만보산 사건(1931)'으로 비화된다.

귀환하는 것이다. 여기서, 「춘선이」가 1928년에 씌어졌음을 주목할 때, 만주와 일본에서 겪은 조선인의 처지의 후경後景에는 곧이어 미국 뉴욕 월가를 중심으로 급속히 번져나갈 세계경제 대공황(1929)의 전조前兆가 드리워져 있음을 간과해서 곤란하다. 말하자면, 위 인용문에서 춘선과 응칠이가 목도하고 있는 기이한 풍경은, 1차 대전 후 경기 호황 국면을 맞이한 미국 주도의 경제질서가 경제 대공황으로 치닫고 있는 국제정세로부터 자유로울 수 없는 일본이, 식민지 조선 및 만주에서 실행하고 있는 제국주의와 식민주의에 기인한 것임을 말해준다. 따라서 이러한 국제정세 속에서 춘선이가 조선을 떠나 만주로 선뜻 이주해갈 수 없는 것은 당연한 일이다.

4. 프롤레타리아 조선인 혁명가의 성장과
유럽중심주의 서사전통에 대한 저항 – 「낙동강」

조명희의 단편 「낙동강」(1927)은 카프문학이 목적의식론적 방향전환의 계기를 갖도록 한 카프문학논쟁의 한복판에 서 있던 작품으로, "「락동강」은 현대 조선문학의 사회주의적 사실주의 발전에 대한 문제의 해결에 있어서 항상 그 토론의 중심에 놓이게 되었다"[41]는 평가가 이를 단적으로 말해준다. 그런데 이 글의 서두에서 문제제기 했듯, 조명희의 「낙동강」을 조선의 카프문학이 도달할 리얼리즘의 성취에 주

---

41 이기영, 「포석 조명희에 대하여」, 정덕준 편, 『조명희』, 285쪽.

목한 나머지「낙동강」이 동시대의 국제정세와 어떠한 상호침투적 관계 아래 씌어지고 있는지를 소홀히 여길 수 있다. 우리는 이 점을 염두에 두면서 조명희가 소련 망명 이전 발표한 작품 중 가장 높은 평가를 받고 있는「낙동강」을 다시 읽어보기로 한다.

먼저,「낙동강」에서 초점이 맞춰진 인물 박성운을 살펴보자.「낙동강」에서 박성운은 매우 중요한 인물이다. 박성운이 프롤레타리아 계급 태생으로서 사회주의자 항일혁명가의 탁월한 면모를 보이는, 그래서 반제국주의 투쟁에 투철한 모습을 보이며 죽음을 맞이해서도 장례식에서 무산 계급해방을 위한 장엄한 연대의식을 가시적으로 끌어내고 있는 것에 우리는 혁명 혹은 혁명가에 대한 조명희의 문학적 진실을 이해할 수 있다. 이와 관련하여, 우리가 다시 주목하고 싶은 것은 박성운이 낙동강 어부의 손자이자 농부의 아들인 프롤레타리아 계급의 한 개인으로서 출발하여 존경 받는 혁명가에 이르기까지 마주한 국제정세에 대한 주체적 인식과 실천이다. 작품 속에서 서술되고 있는 박성운의 삶의 궤적을 간략히 정리하면, 다음과 같다.

> 항일독립운동 참가 → 수감 → 탈향 → 서간도 → 중국 대륙 유랑(남북 만주, 노령, 북경, 상해 등지에서 독립운동에 헌신) → 조선의 경성으로 귀환(민족주의자에서 사회주의자로 사상 전환) → 출생지로 귀향(사회주의운동에 진력)

박성운이 어엿한 혁명가로 성장하는 과정은 결코 순탄하지 않다. 조명희는 박성운의 이러한 성장을 담담히 서술할 따름이다. 여기에 박성운이 마주한 국제정세는 작품의 표면에 드러나 있지 않다. 다만, 우리는 박성운의 삶의 궤적에서 그의 삶이 거쳐간 지역에서 상기되는 식민지 조선을 에워싼 1차 대전 전후 국제정세를 고려해봐야 한다. 이것은 「낙동강」에서 비록 박성운에 대한 인물 형상화를 통해 구체적으로 그려지고 있지 않되, 박성운처럼 프롤레타리아 계급 태생의 한 개인이 사회주의 혁명가로서 성장하기 위해 겪은 엄청난 삶의 굴곡을 단편의 양식으로서 효과적으로 서사화하기 위한 작가의 선택임을 주시할 필요가 있다. 그렇다면 박성운이 처음으로 고향을 떠나 서간도로 이주할 수밖에 없는 국제정세는 단편 「춘선이」에서 한층 예각화되고, 조선의 경성으로 돌아와 민족주의자로부터 사회주의자로 사상 전환을 이룬 것은 흡사 단편 「R군에게」에서 이미 사회주의자로 사상 전환을 이룬 것에 대한 서사적 고백이 드러나 있고, 낙동강 유역에 있는 박성운 출생지로 귀환하여 혁명가로서 사회주의운동에 진력하고 있다는 점은 희곡 〈김영일의 사〉와, 앞서 우리가 살펴본 단편 「R군에게」 및 「아들의 마음」에서 만난 사회주의 혁명가의 모습에서 두루 발견할 수 있다. 여기서 중요한 것은 박성운의 삶의 궤적을 통해 마주한 성장한 모습들은 「춘선이」, 「R군에게」, 〈김영일의 사〉, 「아들의 마음」에서 집중적으로 읽어보았듯이, 1차 대전 전후의 국제정세와 매우 밀접한 연관을 맺고 있다는 사실이다. 한 가지 누락된 게 있다면, 중국 대륙에서 박성운이 유랑하며 독립운동에 헌신한 면들과 관련한 국제정세에 대한 문학적 설명이다. 하지만 우리는 박성운이 남북만주, 노령, 북경, 상해 등지를 다니면서 독립운동에 헌신하였다는 사실과 그 도정의 산물로서 조선으로 돌아와 사상 전환(민족주의자 → 사회주의자)을 이뤘다는 것을 총체적으로 고려해볼 때, 박성운에게만 해당되는 게 아니라 박성운처럼 프롤레타리아 계급 태생으로 항일독립운동과 결코 분리되지 않는 중국혁명 대열에 적극 동참한 점,[42] 특히 이 과정에서 러시아 혁명의 성공에 적극 고무된 채 세계 무산 계급해방과 민족해방은 서로 배치되는 게 아니라 일본 제국주의에 대한 반제국주의와 반식민주의는 혁명가가 진력해야 할 혁명의 과업이자 실천이라는 것을 주목해야 한다. 다시 말해 박성운의 중국 대륙에서 유랑 행적은 1차 대전 와중 일어난 러시아 혁명의 성공과 일본의 중국 대륙 침략에 따른 항일혁명으로서 중국혁명 대열에 동참하는, 즉 1차 대전 와중 그리고 이후 동아시아 국제정세와 분리할 수 없는 피식민지 프롤레타리아 조선인 혁명가의 성장을 말해준다 해도 과언이 아니다.

그런데 박성운의 이러한 혁명가로서 성장 과정을 일종의 성장서사로 구축하지 않은 점과 작품의 초반부를 비롯하여 군데군데 삽입된 노랫말로 인해 "「낙동강」은 양식적이고 구성적인 측면에서 완성도가 높은 소설이라고 할 수 없다"[43]는 평가를 받는데, 이것은 카프문학의 리얼리즘적 성취를 만족시켜주지 못한다는 점에서 토론의 여지가 있다. 이와 관련하여, 래디컬한 물음을 던져보자. 「낙동강」을 굳이 카프문학과 관련짓든 그렇지 않든, 이 작품은 미적 완성도가 결여된 소설인가. 그래서 자연스레 카프문학의

---

42 사실, 「낙동강」의 주인공 박성운과 같은 삶의 궤적을 살아간 사회주의 혁명가는 식민주의 전 시기를 통해 희귀한 편은 아니다. 가령, 사회주의 혁명가로서 중국혁명 대열에 적극 참가한 조선인 김산(1905~1938)을 비롯하여 조선인의용군 마지막 분대장이었던 김학철(1916~2001)은 그 대표적 인물이며, 그밖에 이름을 알 수 없지만 중국혁명에 참가한 조선인 혁명가들과 조선의용군 소속 조선 혁명가들의 경우 박성운과 흡사한 삶의 궤적 속에서 사회주의 혁명가로서 성장하였다.

43 오윤호, 「'낙동강'과 카프소설의 기원」, 『어문연구』 171, 한국어문교육연구회, 2016, 259~260쪽.

리얼리즘적 성취 역시 만족시킬 수 없는 소설인가.

사실, 이 래디컬한 물음은 「낙동강」을 어떻게 새롭게 다시 읽어야 하는지와 관련한 물음이며, 이것은 이 소설의 제목과 직결된 '낙동강' 노래 및 작품의 후반부를 장식하는 박성운의 장례식 만장輓章 행렬과 연관된 구술연행口述演行, oral performance에 대한 이해를 요구한다.

「낙동강」의 도입 부분은 매우 인상적 장면으로 시작된다. 마치 파노라마처럼 "낙동강 칠백 리, 길이길이 흐르는 물"[44]의 유장한 흐름과 낙동강 유역 들판에 안겨 있는 마을, 그리고 이곳에서 누대로 자연과 함께 삶을 누리고 있는 인간의 평화로운 일상의 모습들이 작중 인물 박성운이 서간도로 떠나면서 지어부른 '낙동강' 노래 사이사이로 펼쳐진다. 가령,

봄마다 봄마다
불어 내리는 낙동강 물
구포仇浦 벌에 이르러
넘쳐넘쳐 흐르네—
흐르네— 에— 헤— 야.

철렁철렁 넘친 물
들로 벌로 퍼지면
만 목숨 만만 목숨의

---

44 조명희, 「낙동강」, 이명재 편, 앞의 책, 15쪽.

젖이 된다네—

젖이 된다네—에—헤—야.

이 벌이 열리고

이 강물이 흐를 제

그 시절부터

이 젖 먹고 자라 왔네

자라 왔네—에—헤—야.

천년을 산, 만년을 산

낙동강! 낙동강!

하늘가에 간들

꿈에나 잊을소냐—

잊힐소냐—아—하—야.[45]

　박성운네 무리가 고향을 떠나면서 뱃전을 두드리며 구슬프게 불렀
던 '낙동강' 노래가 이제는 사회주의 혁명가로 굳세게 성장하여 귀향
하는 박성운의 귓전에는 혁명의 기운으로 넘실대는 노래로 이명처럼
들린다. 비록 박성운이 사회주의운동을 하다가 감옥 생활 도중 병보석

---

45 위의 글, 16쪽.

으로 풀려나 건강이 좋지 않은 상태이지만, 원래 "경상도의 독특한 지방색을 띤 민요 '닐리리 조'에다가 약간 창가조를 섞은 그 노래는 강개하고도 굳센 맛이 띠어 있"[46]는, 그래서 혁명의 의지가 꺾이지 않은 박성운에게 오히려 더 힘찬 혁명의 기운을 북돋우는 것으로 다가온다. 그래서인지, 낙동강 유역의 고향 들판을 바라보면서 낙동강을 건너는 배에 오른 박성운은 여성 동맹원 로사에게 이 노래를 불러달라고 한다. 조명희는 로사가 부르는 모습을 "여성의 음색으로서는 핏기가 과하고 운율로서는 선이 좀 굵다고 할 만한, 그러나 맑은 로사의 육성은 바람에 흔들리는 강물결의 소리를 누르고 밤하늘에 구슬프게 떠돌았다. 하늘의 별들도 무엇을 느낀 듯이 눈을 금빽금빽하는 것 같았다"[47]고 마치 바로 노래 부르는 현장에서 보고 듣는 정동情動의 실감을 고스란히 전해온다. 로사의 이 같은 구술연행은 병을 앓고 있는 혁명가 박성운으로 하여금 절로 로사의 노래에 이어 "몹시 히스테리컬하여진 모양으로 핏대를 올려가지고 합창을"[48] 하는 구술연행을 보여준다.

「낙동강」에서 이러한 박성운과 로사의 '낙동강' 노래의 구술연행은 낙동강 유역의 강, 들판, 마을의 풍경 및 마을 사람의 일상과 절묘히 어우러져 제국의 도시로 표상되는, 특히 박성운의 혁명가로서 성장하는 삶의 궤적에서 상기해볼 수 있듯, 1차 대전과 연관된 폭력적 근대로 파괴된 생의 지옥도地獄圖를 전복하고 새 생명의 기운을 북돋아 새 세상을 일구고 싶은 혁명의 낙천성과 의지를 재현한 서사 장치로서 손색이 없다.[49] 따라서 이러한 조명

---

46 위의 글, 20쪽.
47 위의 글, 20쪽.
48 위의 글, 20쪽.
49 이정숙은 "소설 「낙동강」에서 보여주는 혁명성과 낭만성은 조명희의 문학과 삶을 단

희의 구술연행은 「낙동강」의 소설적 완성도를 떨어트림으로써 카프문학의 리얼리즘적 성취에 흠결을 내는 것도 아니고 카프문학과 별개로 소설적 미완성을 보여주는 것은 더욱 아니다. 오히려 분명히 해둘 점은, 「낙동강」의 서사적 한계에 대한 이 같은 지적은 모두 유럽중심주의적 미의식(>문자성중심)을 바탕으로 하고 있는 서사 이해의 프레임에 갇혀 있다는 것을 간과해서 안 된다. 즉 문자성중심으로 구축된 근대서사에서는 문자성이 함의한, 서사의 내적 필연성이 잘 짜여진 서사가 소설적 완성도를 높이는 것이지, 구술성 및 구술연행이 서사의 흐름에 적극 개입함으로써 어딘지 모르게 서사의 내적 필연성에 균열이 나고 틈새가 생겨 전체적으로 성긴 서사를 보이는 것은 소설적 완성도를 높이는 데 치명적 결함으로 작동하고 있다는 인식이 통념화 돼 있다. 「낙동강」에 대한 소설적 완성도의 문제를 제기하는 것은 바로 이러한 유럽중심주의적 서사의 통념에 갇혀있기 때문이다. 이것은 카프문학의 리얼리즘적 성취에 문제를 제기하는 것 역시 해당한다. 정작 중요한 것은 러시아 사회주의적 사실주의로서 「낙동강」이 거둔 리얼리즘적 성취가 아니라 조선적 리얼리즘의 빼어난 성취를, 「낙동강」이 구술연행의 서사적 개입을 통해 보여주고 있다는 점이다.

이것은 「낙동강」의 후반부에서 연출되는 박성운의 장례 만장 행렬을 통해 또 다시 입증된다. 조명희는 박성운의 장례 풍경을, 박성운이 살아 있을 적 사회운동에 진력했던 각 단체의 추도 깃발과 수많은 만장 행렬, 그리고 이 장례식에 참석한 수많은 사람들도 이러한 풍경을

적으로 보여주고 있다"(이정숙, 「조명희의 삶과 문학, 낭만성과 혁명성」, 『국제한인문학연구』 4, 국제한인문학회, 2007, 182쪽)고 하는데, 이러한 논의의 핵심은 이후 우리가 조명희의 「낙동강」에서 주목하는 구술연행이 적극 개입하는 가운데 한층 고무되는 혁명의 낙천성과 의지의 서사적 재현과 전혀 다르다.

구성하고, 무엇보다 이 추모객들이 침묵으로 만장 하나하나의 문구들을 읊조리고 있는 모습 속에서 박성운의 다음 세대 새 혁명가 로사[50]의 출현을 주목하도록 한다. 새로운 세대의 혁명가 로사의 탄생은 이처럼 장례의 풍경과 로사의 만장[51]을 침묵으로 읊어대는, 침묵의 형식을 빌린 구술연행으로 매우 감동적으로 그려지고 있다.

이처럼 「낙동강」에서 조명희가 적극 구사하는 구술연행은 1차 대전으로 거의 파경에 직면한 유럽의 근대에 대한 조명희 나름대로의 반성적 성찰에 기반을 둔 기존 유럽중심주의적 서사전통에 대한 길항이자 저항의 성격을 띤 것으로 다시 읽어볼 수 있겠다.

5. 식민주의 조선문학에 대한 지구적 접근을 위해

지금까지 우리는 조명희의 문학을 1차 대전과 연관된 국제정세를 염두에 두면서 국제주의적 및 비교문학적 접근을 시도하였다. 그동안 카프문학의 주류성으로 이해해온 것으로부터 크게 벗어나지 못한 채 조명희 문학에

---

50 "'로사'란 로자 룩셈브르크(Rosa Luxamburg, 1871~1919. 폴란드 출신 유태계 여성. 독일공산당 창설자의 한 사람. 사회민주당 계열에 의해 암살됨)를 말하는데 박성운이 '당신 성도 로가고 하니, 아주 로사라고 지읍시다. 그리고 참말 로사가 되시오'하면서 지어준 이름이다. 러시아령 폴란드 도시 자모시치에서 태어나 독일 시민이 된 한 유태계 여자는 이렇게 조선땅 낙동강 가의 백정 집안에 태어난 한 처녀에 옮겨 씌인 바"(최인훈, 『화두』, 민음사, 1994, 13쪽), 조명희에 의해 새 혁명가로 창조되고 있다.

51 작품에서 직접 인용된 로사의 만장 문구는 다음과 같다. "그대는 평시에 날더러, 너는 최하층에서 **터져나오는 폭발탄**이 되라, 하였나이다. / 옳소이다. 나는 **폭발탄**이 되겠나이다. / 그대는 죽을 때에도 날더러, 너는 참으로 **폭발탄**이 되라, 하였나이다. / 옳소이다, 나는 **폭발탄**이 되겠나이다."(「낙동강」, 31쪽)

대한 이해는 그것마저 유럽중심주의 프레임에 갇혀 있다는 것을 주시하지 않을 수 없다. 하물며 카프문학과 다른 다양한 접근 역시 유럽중심주의 프레임 안쪽에서 조명희 문학을 이해하는 것이었다.

이러한 접근으로서는 조명희 문학에 대한 온전한 이해로 보기 힘들다. 조명희 문학이 1차 대전 이후의 국제정세와 밀접한 연관 속에서 다시 읽어야 하는 이유가 그래서 절실하다. 무엇보다 여기에는 2장에서 살펴보았듯이, 조명희가 심취한 타고르와 그의 시집 『기탄잘리』가 갖는 정치적 문제의식을 안이하게 파악해서 곤란하기 때문이다. 가뜩이나 조명희가 일본 동경 동양대학 인도철학 윤리과에 입학하여 공부했다는 사실에서 알 수 있듯, 타고르가 1차 대전 와중 동경을 방문하여 유럽의 내셔널리즘에 기반한 국민국가의 폭력적 근대에 대한 준열한 비판적 성찰을 한 강연에 대해 전혀 모를 리 없다. 뿐만 아니라 조명희의 희곡 〈김영일의 사〉와 단편소설 「R군에게」, 「아들의 마음」, 「춘선이」의 등장인물에서 읽을 수 있듯, 1차 대전과 연관된 국제정세를 동경에서 접하면서 사회주의 혁명가의 의지를 벼리는 것은 조명희가 폭력적 근대 세계에 대한 뚜렷한 정치의식을 갖고 있다는 것을 뒷받침해준다. 그것은 타고르의 『기탄잘리』를 창조적으로 섭취한 조명희의 시집 『봄 잔듸밧 위에』의 '어린 아기'의 시적 심상으로 형상화되고 있다. 뿐만 아니라 조명희의 문학에서 새롭게 주목되어야 할 것은, 단편 「낙동강」이 유럽중심주의 서사전통에서는 카프문학이든 그렇지 않든 관계 없이 서사적 완성도에서 흠결이 있는 것으로 평가하고 있지만, (물론 조선의 카프문학사에서는 높은 평가를 받고 있다) 기실 조명희가 적극 구사하고 있는 민요조 '낙동강'의 노래 및 장례 만장 행렬에서 보이는 구술연행은 「낙동강」의 작중 인물 혁명가의 낙천적 혁명성과 새로운 세대 혁명가의 탄생과 절묘히 어울리면서 조선적 리얼리즘의 빼어난 성취를 거두고 있다. 말하자면, 조명희는 기존 유럽중심주의 서사전통에 수렴되지 않는 주체적 서사를 선보이고 있다. 이것은 1차 대전을 일으킨 유럽의 근대서사에 대한 길항이자 저항으로 볼 수 있는 것이다.

글을 맺으면서, 이 글에서는 비록 조명희의 문학을 대상으로 살펴보았지만, 이외에도 식민주의 조선문학에 대한 논의가 기존 일국주의 시계로부터 자유로울 수 없었다면, 지금부터 일국주의 시계에 고착될 게 아니라 국제주의적 및 비교문학적 접근을 통해 식민주의 조선문학에 대한 지구적 접근으로서 새로운 이해 지평을 적극 모색해야 할 것이다. 이것은 기존 세계문학을 무조건적으로 수용하는 것을 과감히 벗어나 적극 개입함으로써 새로운 세계문학의 장을 구축하는 역사에 동참하는 일이기도 하다.

동아시아의 혁명가 김산,
그 '문제지향적 증언서사'

1. 김산의 구술과 '문제지향적 증언서사'

김산(본명 장지락, 1905~1938)과 님 웨일즈(본명 헬렌 포스터 스노우, 1907~1997)가 함께 작업하여 출간한 『아리랑』[1]이 우리에게 준 충격은 일반 대중뿐만 아니라 지식인에게 그동안 사각지대에 있었던 피식민지 조선인 혁명가가 중국 혁명의 현장에서 어떠한 활동을 했는지, 그 격동의 시대를 온몸으로 살아간 삶의 숭고성에 전율하도록 한다. 그리하여 『아리랑』에 대한 주류적 논의가 정치역사학적 측면에서[2] 시작된

---

1 김산·님 웨일즈의 『아리랑』은 1941년 미국에서 *Song of Ariran*으로 첫 출간되었고, 한국에서는 『신천지』 잡지에 1946년 10월호부터 1948년 1월호까지 총 13회 동안 신재돈 역으로 연재되다가 중단되었다. 일본에서는 1953년 7월 안도 지로(安藤次郎)의 일본어 번역으로 님 웨일즈 단독 저서로 출간되었고, 1965년에는 개정판이 그리고 1973년에 일본어로 새로 번역돼 이와나미서점에서 출간되면서 비로소 님 웨일즈와 김산이 공저한 온전한 모양새를 갖추었다. 그 후 『아리랑』은 이와나미 선정 '세계명작 100선'에 선정된 스테디셀러로 대중성을 확보하게 된다. 홍콩에서는 1977년 중국어로 번역 출간되었고, 중국에서는 1986년 연변역사연구소가 『백의동포의 영상』이란 이름으로 조선어 번역으로 출간되었으며, 1993년에 이르러 중국어 번역본이 출간되었다. 미국에서는 1973년에 재출간되면서 동양학 관련 필독서로 자리하고 있다. 한편 한국에서는 1984년에 이르러 조우화가 님 웨일즈 단독 『아리랑』을 번역 출간하였는데, 이후 1993년 개정 2판에서 님 웨일즈와 김산의 공저로 출간되었고, 2005년 개정 3판에서 비로소 번역자의 본명인 송영인 이름으로 출간된다.

이래 최근 문학적 측면에서도[3] 논의의 영역을 확장시키고 있다.

그런데 이러한 논의를 지켜보면서 매우 기초적이면서 쉽게 간과해서는 안 될 사안이 있다. 우리가 이 글에서 논의 대상으로 삼는 『아리랑』은 "님 웨일즈가 말한 대로 『아리랑』은 김산의 '암호 일기'를 바탕으로 쓰여졌다. 이 '일기'를 기초로 해서 두 사람은 공동 작업을 했다. 즉 김산은 말하고 님 웨일즈는 끈질기게 질문을 계속해 그 내용을 노트 7권 분량으로 정리한 뒤, 일체의 픽션을 포함하지 않는 자신의 문체로 완성한 것이다."[4] 이와 관련하여, 님 웨일즈는 "김산의 구술을 받아쓰는 동안에 김산에게 들은 것들"[5]인데, "그 경험을 뛰어난 설화의 정신과 형식으로 이야기할 수 있다는 것"(47쪽)이고, "그의 이야기를 읽기 쉬운 영어로 고칠 필요가 있을 때를 제외하고는 필자의 해석을 가하지 않고 김산 자신이 말한 대로 썼다"(50쪽)는 사실을 뚜렷이 밝힌다. 여기서 중요한 것은 『아리랑』이 님 웨일즈에 의해 기록된 것은 분명하되 그 과정에서 김산의 기억에 바탕을 둔 구술이 핵심 역할을 하고 있다는 점이다. 그래서 『아리랑』을 논의할 때 기록의

---

2   로버트 스칼라피노·이정식, 한홍구 역, 『한국공산주의 운동사』, 돌베개, 2015; 안승일, 『비운의 혁명가들』, 연암서가, 2014; 김학준, 『혁명가들』, 문학과지성사, 2013; 윤무한, 「역사 속으로 생환된 『아리랑』의 김산, 그 불꽃의 삶」, 『내일을 여는 역사』, 선인문화사, 2007.가을; 조철행, 「김산, 자신에게 승리한 혁명가」, 『내일을 여는 역사』, 선인문화사, 2002.겨울; 박종성, 「김산의 혁명사상 연구: 유산된 혁명의 정당성은 옹호될 수 있는가?」, 『사회과학연구』 8, 서원대 사회과학연구소, 1995.

3   박재우·김영명, 「김산의 작품과 그 사상의식 변주 고찰」, 『중국문학』 78, 한국중국어문학회, 2014; 이해영, 「근대 초기 한 조선인 혁명가의 동아시아 인식」, 『한중인문학연구』 27, 한중인문학회, 2009; 이원규, 『김산 평전』, 실천문학사, 2006. 이것과 별도로 김산의 부분적 생애를 소설 창작으로 접근한 정찬주, 『조선에서 온 붉은 승려』, 김영사, 2013 및 한홍구, 「김산, 못 다 부른 아리랑」, 『황해문화』, 새얼문화재단, 2003.여름 등이 있다.

4   이회성·미즈노 나오끼 편, 윤해동 역, 『아리랑 그 후』, 동녘, 1993, 26~27쪽.

5   김산·님 웨일즈, 송영인 역, 『아리랑』, 동녘, 2015 개정 3판, 49면. 이후 이 글의 본문에서 『아리랑』의 부분을 인용할 때는 별도의 각주 없이 본문에서 쪽수만 표기한다.

측면만을 중시한 연구는 『아리랑』 안팎을 이루는 정치역사적·문학적 진실을 자칫 평면화·균질화·도식화할 수 있다. 여기에는 래디컬하게 성찰해야 할 문제의식이 있다. 『아리랑』을 주목하면서 도출해낸 연구 성과의 대부분이, 『아리랑』을 김산이 활동하는 시대의 역사—중국 혁명에 대한 중국인 바깥의 입장, 중국에서 치열히 활동한 조선인 항일투쟁가의 현실 등—를 해석하는 보조자료의 일환이든지, 기록문학 혹은 르뽀문학의 차원으로 접근하여 김산이라는 한 인물을 해석하는 전기傳記자료의 일환으로 인식하는[6] 것은 『아리랑』을 '재현적 서사the reprsentative narrative'로만 이해하고 있기 때문이다. 이것은 『아리랑』의 핵심이 김산의 기억에 기반을 둔 구술의 기록, 즉 구술사口述史, oral history / 口述事, oral affair의 측면을 간과한 것이다.[7] 『아리랑』이 동아시아를 벗어나 세계인들의 감명을 얻는 데에는 기록성에 비중을 둔 '재현적 서사'의 힘이 아니라, 『아리랑』이 님 웨일즈에 의해 저절로 씌어질 수밖에 없는, 김산의 삶의 뿌리와 촉수를 건드리는,

---

6   각주 3의 김산에 대한 논의들은 그동안 문학적 측면에서 활발하지 못한 연구 동향을 고려할 때 선행 연구로서 의의를 갖는다. 그런데 선행 연구가 김산과 『아리랑』을 기록문학 또는 르뽀문학의 차원에서 논의를 진행시킨 것은 아니되, 김산의 연대기를 고려하여 발표한 문학작품(시와 소설)을 대상으로 사상의식의 흐름을 살펴본 것(박재우·김영명)과, 『아리랑』을 중심으로 김산이 보여준 혁명가의 인식을 동아시아의 측면에서 살펴본 것(이해영)은 결과론적으로 기록문학과 르뽀문학이 그렇듯이 김산의 일대기적 측면을 논의의 핵심으로 삼은 만큼 기존 선행 연구가 김산의 삶과 문학에 대한 '재현'에 초점을 둠으로써 보다 긴요하고 풍성한 논의거리를 평면화·단순화 시키는 문제점을 낳는다. 여기에는 정찬주와 한홍구의 소설적 접근 역시 대동소이하다.

7   '문제지향적 증언서사'에서 화자의 기억은 대단히 중요한 위상을 부여받는다. "기억은 그 이름으로 세워진 살아있는 사회들이 낳은 생명체다. 기억은 영원한 진화 속에 있고, 회상과 망각의 변증법 속에 있으며, 계속적인 변형을 의식하지 못하고, 조작되고 이용되기 쉽고, 오랫동안 잠재해 있다가 주기적으로 되살아나기 쉽다. 기억은 영원히 실제적인 현상이며, 우리를 영원한 현재에 매어주는 끈인 반면, 역사는 과거의 재현이다."(피에르 노라, 윤택림 편역, 「기억의 장소들」, 『구술사, 기억으로 쓰는 역사』, 아르케, 2010, 124쪽)

그 세밀하고 아름다운 김산의 구술성이 작동하는 '문제지향적 증언서사the porblematic testimony narrative'의 힘에 기인한다.

이 '문제지향적 증언서사'는 『아리랑』처럼 구술성이 막중한 역할을 담당하는 서사물을 이해하는 데 매우 생산적 논의거리를 제공한다. 김산이 님 웨일즈에게 당부했듯이 김산의 구술은 그가 일부러 왜곡을 하지 않는 한 사실에 충실한 것이어서 자칫 그의 구술 때문에 심각한 피해를 입을 수 있는 혁명 동지들을 보호해야 한다는 것인데, 그의 이러한 당부에서도 확연히 알 수 있듯 님 웨일즈와의 인터뷰 속에서 그가 얼마나 자신의 과거와 현재 그리고 미래를 총체적으로 염두에 둔 구술인지 알 수 있다. 때문에 김산의 스물 두 차례에 걸친 구술은 매회 중국의 험난한 혁명의 현장과 마주하는 가운데 정열적이고 냉철한 혁명 안팎의 문제를 치열히 사유하려는 '문제지향적 증언서사'의 산물이다. 무엇보다 김산에게 조선과 중국은 모두 근대의 온전한 국민국가를 형성하지 못해 혁명이 완수돼야 할 처지에 있는바, 김산의 구술이 지닌 '문제지향적 증언서사'가 조선과 중국이 이뤄야 할 그러면서 지속적으로 추구해야 할 근대 국민국가의 정치체政治體와 혁명의 가치를 모색하게 한다는 점에서 의미심장하다. 말하자면 김산의 '문제지향적 증언서사'는 20세기 전반기 동아시아 혁명의 파고波高 속에서 자신의 전존재를 내걸고 추구해야 할 조선과 중국의 근대, 더 나아가 동아시아의 근대를 향한 해방운동과 결부돼 있다. 때문에 이 해방운동은 구미중심주의에 기반을 둔 근대와 마땅히 구분되어야 한다. 그렇다면 기록성에 기반을 둔 '재현적 서사'가 허구든지 비허구든지 구미중심주의를 지탱하고 있는 근대의 국민서사와 밀접한 연관을 맺고 있음을 고려해볼 때,[8] 앞서 기존 연구에 대해 래디컬한 문제를 제기한 것처럼 『아리랑』을 '재현적 서사'의 측면에서 논의하는 것은 김산의 혁명뿐만 아니라 김산과 직간접 관계를 맺고 있는 조선과 중국의 혁명을 외형상 구미중심주의가 정초한 근대와 공모하는 것으로 귀착될 수 있다.

따라서 우리가 『아리랑』을 논의할 때 경계해야 할 것은 '재현적 서사'에 치중한 연구가 초래할 수 있는 구미중심주의와의 공모다. 이 점을 염두에 둘 때, 『아리랑』의 구술성에 기반한 '문제지향적 증언서사'는 『아리랑』뿐만 아니라 『아리랑』에서 미처 구술하지 못한 부분을 나중에 님 웨일즈가 보완한 것을 정리해서 펴낸 『아리랑』 2,[9] 재일조선인 이회성과 김찬정 및 일본인 연구자 미즈노 나오끼가 님 웨일즈와 대담한 것을 공동으로 펴낸 『아리랑 그 후』,[10] 재미동포 연구자 백선기가 그의 시각에서 미진한 부분을 보완하여 출간한 『미완의 해방 노래』,[11] 그리고 방송의 시각에서 탐사한 김산에 대한 다큐멘터리[12] 등을 종합적으로 고려한 논의를 요구한다. 다시 말해 『아리랑』과 이 서사물들은 서로 개별적으로 자족성을 띠는 게 아니라 서로 중층적으로 포개지고 간섭하고 횡단하면서 미완결 상태의 도정에서 생동감 있게 전개되는 동아시아의 혁명을 실천하는 '문제지향적 증언서사'로서, 우리에게 낯익은 구미중심주의의 '재현적 서사'와 다른 근대의 과제를 수행한다.

이제 우리는 이러한 '문제지향적 증언서사'의 맥락에서 피식민지 조선인

---

8 호미 바바, 류승구 역, 「디세미-네이션-시간, 내러티브, 그리고 근대국가의 가장자리」, 『국민과 서사』, 후마니타스, 2011, 453~509쪽 참조.
9 님 웨일즈, 편집실 역, 『아리랑』 2, 학민사, 1986.
10 이회성·미즈노 나오끼 편, 윤해동 역, 앞의 책.
11 백선기, 『미완의 해방 노래』, 정우사, 1993.
12 〈나를 사로잡은 조선인 혁명가 김산〉, KBS 스페셜(2005.7.30 방송) 및 〈다시 찾은 아리랑, 비운의 혁명가 김산〉, 히스토리 채널 TV(2002.9.5 방송)

혁명가 김산이 꿈꾸던 혁명적 실천과 그 문제의식을 살펴보기로 한다.

2. 혁명가의 '자기갱신'을 일궈내는 죽음과 사랑

혁명가들이 그렇듯이 김산 역시 혁명가로서 극심한 성장통을 겪는다. 그는 일본 제국주의에 국권을 빼앗긴 채 중국에서 무정부주의와 민족주의 그리고 공산주의의 이념 속에서 중국 혁명을 위한 전위로서 치열한 삶을 살았다. 물론 혁명가 김산의 삶은 중국 공산주의와 매우 밀접한 연관을 맺고 있다. 비록 연안에서 그의 최후의 삶이 그가 그토록 신뢰했고 자신의 전존재를 걸었던 중국 공산당으로부터 일본의 특무特務라든지 트로츠키주의자라든지 이립삼李立三주의의 혐의를 받더니 결국 만주로 파견 가는 도중 강생康生(1898~1975)에 의해 비밀 처형을 당하지만 죽기 전까지 그는 항일 반제국주의와 분리할 수 없는 중국 혁명에 대한 기대와 믿음을 저버리지 않았다. 그렇기에 중국 혁명에 동참하는 과정에서 참담한 패배와 온갖 난경을 경험하면서도 초인적 의지로 폐허가 된 자신의 영혼과 육신을 일으켜 세운 것이다.

나는 내 인생에서 오직 한 가지를 제외하고 모든 것에서 패배했다. 나는 나 자신에게만 승리했다.(20쪽)

김산의 이 간명한 구술은 피식민지 조선인 혁명가의 현존을 단적으로 보여준다. 그리고 피상적 차원에서 '혁명가'를 감싸고 있는 영웅에 대한 낭만적 관념을 준열히 질타한다. 모든 것에 패배했지만 자신에게 만 승리했다는 이 구술 전언이 갖는 진실은 무엇일까. 리영희는 이에 대해 혁명이 실패할 가능성이 많고 험악하면서도 참혹한 현실과 미래 앞에서 조금도 굴하지 않는 한 혁명가의 순수의지와 자기희생이 보여 주는 인간의 삶의 극치를 김산에게 발견한다.[13] 그런데 이러한 인간의 삶의 극치는 저절로 이뤄지는 것이 결코 아니다. 혁명가는 세계로부터 주어진 것이 아니라 세계와 곤혹스레 대면하는 과정에서 비루할 대로 비루한 현실의 낮은 곳에서 낯익은 자기에 대한 부정과 부단한 성찰 속에서 갱신의 고통을 극복해야 한다. 그래서 혁명가는 극심한 자기혐 오와 자기파괴를 두려워해서 안 된다. 혁명가로서 자기갱신을 위한 '승리'의 지경에 이르기까지 철저한 자기혐오와 자기파괴를 통한 '패 배'를 기꺼이 감내해야 하는 것이다. 이것이 혁명가로서 쉼없이 담금 질하고 벼려야 할 혁명의 자기윤리다.

김산에게 이러한 혁명가로서 자기윤리를 획득하는 계기는 죽음의 세 계를 대면하는 데서 여실히 알 수 있다. 이와 관련하여 우선, 김산의 구 술사에서 주목해야 할 대목이 있다. 김산이 참여한 '광저우 무장봉 기'(1927)[14]가 장개석의 국민당 백군에 의해 진압되고 하이루펑 소비에

---

13 〈나를 사로잡은 조선인 혁명가 김산〉, KBS 스페셜(2005.7.30 방송)에서 리영희가 언급한 내용을 필자가 핵심적으로 정리했다.

14 "광주봉기는 대혁명 실패 뒤 중국공산당이 광주의 혁명적 인민을 지도해 일으킨 도 시 무장 폭동이다. 무장 봉기에서 조선 동지는 중국의 노동자, 혁명 병사와 생사를 같 이해 영웅적으로 싸우다 피를 흘리며 죽어가며 감동적인 국제주의의 찬가를 불렀다. (…중략…) 김산(전 교도단 번역관)은 엽정의 군사 참모를 맡았다. (…중략…) 광주 봉기에서 보여진 조선 동지의 혁명적 영웅주의와 국제주의 정신은 중국 인민의 마음 에 영원히 새겨져 있다."(「광주봉기에 참가한 조선 동지」, 『양성만보』, 1982.12.8; 이회성·미즈노 나오끼 편, 윤해동 역, 앞의 책, 99~102쪽 재인용)

트로 혁명의 거점을 옮긴 김산은 하이루펑 혁명재판소의 위원 활동을 하는 동안 농민들이 지주계급을 반혁명적인 적대세력으로 간주하여 무참히 죽이는 행위를 보고 극심히 고뇌하며 혁명가로서 죽음에 대한 자기결단의 윤리의식을 갖는다. 김산은 소비에트 지역에서 혁명의 주체인 농민이 반혁명 지주계급과 국민당에 기생하는 기생분자를 대상으로 한 가혹한 죽음을 처벌로 하는 것에 대해 고뇌하지 않는다. 대신 농민의 처벌 방식이 지주계급 못지않게 무참한 지옥도地獄圖[15]가 눈 앞에 펼쳐지는 것과 다를 바 없는 "오직 인간적인 복수일 뿐" "패자는 죽어야만 하고 승자는 살아남을 수가 있는"(265쪽) 정글의 논리로 비쳐지기 때문에 고뇌한다. 하지만 이러한 김산의 고뇌는 동료 혁명가와 농민들의 만남 속에서 혁명의 기율인 '계급적 정의'의 가치를 재발견함으로써 혁명의 "내전에 참가하여 싸우는 사람은 이런 일들을 견뎌낼 수 있도록 각자 자기의 철학을 만들어내야 한다. (…중략…) 지배계급은 학살을 시작하였다. 그들은 수세대에 걸쳐서 살육을 해왔던 것이다. 우리는 그들 자신의 무기를 가지고 싸울 뿐이다"(267쪽)는, 혁명 과정에서 마주해야 할 반혁명분자의 죽음에 대한 결연한 자기결단의 윤리의식을 갈무리한다.

다음으로 주목해야 할 죽음의 대목이 있다. 혁명의 숱한 패배와 죽음의 공포를 견뎌낸 혁명가 김산은 조선인 혁명가 한위건의 불신과 모함으로

---

15 김산이 구술한 이 부분에 기반하여 이원규의 『김산 평전』에서는 농민이 처형하는 그려지는데 그 한 대목은 다음과 같다 : "농민들은 그들(반혁명 지주계급-인용자)을 관처럼 생긴 나무상자에 넣고 뚜껑에 못을 박았다. 그리고는 두 사람씩 매달려 양쪽에서 밀고 당기는 커다란 톱으로 각각 두 군데를 썰기 시작했다. 허벅지와 가슴 부분이었다. 상자가 요동을 치고 비명이 울려나왔다. 상자 밑으로 피가 뚝뚝 떨어졌다. 그러나 농민들은 톱질을 그치지 않았고 토만 낸 시체들을 나무 위에 걸었다."(이원규, 『김산 평전』, 실천문학사, 2006, 290쪽)

중국 공산당 당적을 박탈당한 채 동료들의 배신의 시선 속에서 절망과 분노로 그를 죽이려고 찾아간다.[16] 그를 죽이려고 독대한 자리에서 김산은 그의 눈에 고인 눈물을 보고, "그 눈물은 두려움에서 나온 눈물이 아니라 부끄러움과 후회의 눈물"(392쪽)로, 한위건을 향한 분노의 자리 대신 '지독한 슬픔'(392쪽)만이 남은 채 "나에게는 육체적으로도 그렇고 정신적으로도 나 자신을 죽일 힘밖에 남아 있지 않았다"(392~393쪽)고 고백한다. 그리고 김산은 자신의 숙소로 들어와 제 목숨의 불길이 사그라드는 것을 속수무책으로 기다린다. 자신을 모함하여 자신의 삶을 나락으로 빠지게 한 타자를 향한 살욕殺慾의 분노를 타자의 연민으로 전도시킨 김산의 '지독한 슬픔'은 타자뿐만 아니라 김산 자신의 삶을 향한 자기연민으로 순식간에 번졌다 해도 과언이 아니다. 그것은 극도의 궁핍한 환경에서 제 목숨의 기운이 꺼져가는 것을 실감하는, 즉 죽음의 기운이 스멀스멀 엄습해오는 것을 기꺼이 받아들이는 가운데 떠오른 조국의 아름다운 환영과 겹쳐지는 중국 혁명에 헌신한 김산의 삶을 향한 자기연민의 구술에서 헤아릴 수 있다. 한위건과 김산처럼 조국에서 혁명운동을 실천하지 못한 채 중국의 공산당원으로서 중국의 혁명에 혼신의 힘을 쏟을 수밖에

---

16 김산과 한위건의 악연은 김산이 한위건을 중국 공산당원 자격을 심사하는 데 문제를 제기하면서부터 비롯되었다. 1928년 2월 일본 경찰에 의해 조선공산당 당원이 대량 검거되는 사건이 있었는데, 한위건은 이 검거를 피했다가 4차 조선공산당 중앙집행위원회의 검사위원장으로 임명된 후 곧 중국으로 망명하였다. 그 후 중국 공산당에 가입하려고 하였는데 김산이 이러한 한위건의 행적에 대해 석연찮은 문제를 제기하면서 공산당 가입이 보류되었다. 이러한 그들의 악연은 입장이 역전된다. 한위건이 1930년에 중국 공산당에 가입하여 이립삼 노선을 비판하고 당의 볼셰비키화를 주장하면서 이철부(李鐵夫)라는 가명으로 활발히 활동하는데, 김산이 중국 공산당 당적을 회복하는 것에 대해 두 차례에 걸친 일본 경찰의 체포와 고문 속에서도 무혐의로 석방된 것에 문제를 제기한다.

없어 중국 내에서 함께 혁명투쟁을 하면서도 불가피하게 생기는 혁명 노선과 혁명의 헤게모니에 따라 경쟁을 하고 그 과정에서 서로에게 상처를 줄 수밖에 없는 피식민지 조선인 혁명가의 서글픈 자화상을 김산은 한위건의 눈물로부터 마주한 것이다. 그래서 우리는 한위건을 향한 김산의 살욕이 이 같은 서글픈 자화상을 지닌 '지독한 슬픔'을 지닌 김산 자신을 향한 살욕으로 전도되는 대목에서 자기환멸과 자기파괴의 극단을 거쳐 갱신되어야 할 피식민지 조선인 혁명가의 숭고하면서도 엄숙한 자기위의 自己威儀의 '문제지향적 증언서사'의 진실을 발견한다.[17]

이렇듯이 김산의 삶은 죽음을 대면하면서 자신에게 낯익은 세계를 주저없이 패배시키지만 그것에 두려워하지 않고 패배의 그 자리에서 또 다른 값진 승리, 곧 혁명가로서 자기갱신을 향한 '자기위의'의 윤리의식을 정립한다.

이와 함께 우리는 김산에게 간과하기 쉬운 혁명적 사랑을 주목해야 한다. 김산은 한때 남녀간의 세속적 사랑을 혁명운동에 방해가 된다고 하여 일부러 거리를 두었다. 그가 존경하는 마르크시즘 이론가 김성숙이 중국 여인과 사랑에 도취되었을 때 노골적으로 김성숙을 비판한 것

---

17 이처럼 김산 자신을 향한 살욕을 극복한 이후 그는 보다 완숙한 혁명가의 자기세계에 이른다. "이제 나는 학생이 아니었고 더는 혁명적 낭만주의자도 아니었으며, 당의 관료도 아니었다. 다년간에 걸친 힘든 혁명적 경험으로 무장되고 장차 올바른 지도자가 될 자격을 갖춘 하나의 성숙한 인간이었다. 나 자신의 문제들을 통하여 다른 사람들의 문제를 이해하게 되었다. 내 판단은 균형이 잡히고 건전하게 되었다. 감정에 흐르거나 이론에 치우치지 않고 정신적으로나 육체적으로나 투쟁의 확고한 배경을 갖는 실제적이고 현명한 인간이 되었던 것이다. 다른 사람들의 경우와 내 앞에 있는 문제들의 경우를 비교하면서 나 자신의 삶과 오류와 지혜를 음미하는 동안 나는 자신에 대하여 강력하고 흔들리지 않는 신뢰를 느꼈다. 그때 이후 나는 한 번도 이 신념을 잃어본 적이 없다. 나는 어떤 경우에도 결코 꺾인 일이 없는 용기와 힘을 지녔다. 그 어떤 것도 두렵지 않았다."(402쪽)

은 그 한 사례다.[18] 그러던 김산은 중국인 여성을 만나게 되는데 그녀와의 격정적 사랑 속에서 지금까지와 또 다른 차원의 혁명의 진실을 체험한다. 이것은 앞서 살펴본 죽음의 지옥도를 곤혹스레 통과하며 얻는 혁명의 진실과 전혀 다르다. 김산이 그토록 혁명에 장애물이 된다고 서슴없이 비판했던 부르주아적 취향의 사랑과도 전혀 다르다. 김산은 그녀에게서 "혁명은 하나의 추상물이 아닙니다. 살아 움직이는 인간으로 만들어지는 것이지요. 인간적인 요소가 대단히 중요합니다. 인간적 요소가 혁명에 유기적인 단결인 동지간의 충성과 더욱 커다란 책임을 부여해주는 것입니다."(320쪽) "당신의 속 좁은 이기심이 당신을 더욱 훌륭한 혁명가로 만들어주지는 않을 것입니다. 정말이에요. 그것은 당신의 개인생활 문제에 있어서 좌익소아병이 한 형태에 불과할 따름입니다. 그것은 자연스럽다기보다는 낭만에 더욱 가까워요"(321쪽)라는 비판을 들으면서 사랑이 함의한 혁명의 진실을 숙고하게 된다. 이렇게 김산의 첫 사랑은 김산으로 하여금 사랑의 형식을 통해 좌익소아병자로서 좁고 폐쇄적이며 경직된 모습으로 비치는 혁명가의 사랑이 아닌 살아 있는 유기체로서 인간의 생동감 있는 정감이 흐르는 가운데 둘이면서 하나이고, 하나이면서 둘인, 남편과 부인 사이의 독특한 혁명의 공동체를 이룬다. 그러던 김산은 첫 사랑과 헤어진 후 또 다른 중국 여인을 만나 결혼을 하여 애를 낳고 가장으로서 집안의 생계를 책임지면서 동시에 혁명운동을 실천한다. 김산은 그녀로부터 "충성, 관용, 정직, 선량함"(444쪽)의 미덕을 적극적으로 발견하고 예전에

---

18 이에 대해서는 정찬주의 장편소설 『조선에서 온 붉은 승려』, 김영사, 184~194쪽에서 잘 형상화돼 있다.

실패했던 가정을 다시 꾸리며 새 가족의 삶을 시작한다. 일본의 스파이 혐의를 받는 김산과 예전의 사회적 관계를 복원시키려고 하지 않는 현실에서 김산의 아내는 그를 향한 헌신적 사랑을 통해 김산으로 하여금 혁명운동에 정진할 수 있도록 한다. 비록 김산이 고백하듯이, "나에게는 나를 변화시키고 내게 영향을 줄 사람, 내 의지를 꺾고 내 의견을 비판해 줄 사람, 내가 옳을 때에는 지혜롭게 축하해주고 틀렸을 때에는 그 오류를 깨닫게 도와주는 사람이 필요했다. 내게는 강하고 뛰어난 사람이 필요했다"(455쪽)고 하는 인물이 김산과 가정의 인연을 맺은 이 여인이 아니지만, 김산이 자신의 혁명운동에서 중요한 결절점인 연안행[19]을 결심하여 알리는데 언제까지라도 김산을 향한 정절을 지키겠다고 하여 그의 엄숙한 자기결단을 보증한다는 점에서 그녀 또한 혁명가의 아내로서 혁명을 실천하는 셈이다.

이처럼 김산에게 사랑은 죽음과 다른 차원에서 피식민지 조선인 혁명가가 갱신의 과정에서 '문제지향적 증언서사'로 구술한 혁명의 아름다운 진실이다.

---

19 주지하다시피 김산은 1936년 상해에서 김성숙, 박건웅 등과 함께 20여 명이 '조선민족해방동맹'을 결성하여 '조선민족연합전선' 형성을 도모하였다. 김산은 '조선민족해방동맹'의 중앙위원으로서 선출돼 이 조직의 활동에 대한 승인을 얻기 위해 아직 중국 공산당 당적도 회복되지 않은 채 중국 공산당의 거점인 연안으로 떠난다.

3. 세계의 난경難境을 넘어서는 〈아리랑〉의
구연적口演的 상상력

재일조선인 작가 이회성은 1987년에 미국에서 살고 있는 님 웨일즈를 처음 만났을 때 몹시 당황했다고 한다. 님 웨일즈는 갑자기 민요 〈아리랑〉[20]을 불렀고, 이회성도 님 웨일즈와 함께 어깨춤을 추면서 서툴게 리듬을 맞춰 〈아리랑〉을 함께 불렀다.[21] 김산에 대한 인터뷰도 본격적으로 하기 전에 님 웨일즈는 마치 오랫동안 이 날을 기다린 것처럼 〈아리랑〉을 부르며 그 곡조에 맞춰 춤을 춘 것이다. 그만큼 님 웨일즈에게 김산은 민요 〈아리랑〉으로 표상된다고 해도 과언이 아니다. 그렇다면, 민요 〈아리랑〉의 무엇이 김산과 헤어진 지 반 세기 시간이 흘렀음에도 불구하고 님 웨일즈를 붙잡고 있는가.

〈아리랑〉은 이 나라의 비극의 상징이 되었다. 이 노래의 내용은 끊임없이 어려움을 뛰어넘고 또 뛰어넘더라도 결국에 가서는 죽음만이 남게 될 뿐이라는 의미를 내포하고 있다. 이 노래는 죽음의 노래이지, 삶의 노래가 아니다. 그러나 죽음은 패배가 아니다. 수많은 죽음 가운데서 승리가 태어날 수도 있다. 이 오래된 〈아리랑〉에 새로운 가사를 붙이려는 사람도 있다. 하지만 마지막 한 구절은 아직 만들어지지 않았다. 수많은 사람이 죽었으며, 더욱 많은 사람이 '압록강을 건너' 유랑하고 있다. 그렇지만 머지않은

---

20 민요 〈아리랑〉을 전근대적 민속의 입장이 아닌 근대의 입장에서 다각도로 보는 논의가 활발하고 있다. 이에 대해서는 김시업 외, 『근대의 노래와 아리랑』, 소명출판, 2009 참조.
21 이회성·미즈노 나오끼 편, 윤해동 역, 앞의 책, 15쪽.

장래에 우리는 돌아가게 될 것이다.(61쪽, 강조는 인용자)

〈아리랑〉에 대한 김산의 빼어난 해석이다. 무엇보다 〈아리랑〉에 담겨 있는 정감의 세계를 서정적 민요로 국한시키지 않고 서사시적 민요의 측면에서, 〈아리랑〉이 지향하는 바와 그 미의식을 단박에 포착하고 있다. 이것을 좀 더 살펴보면, 김산에게 〈아리랑〉은 구연적口演的 상상력으로 수행되는 혁명적 실천이다. 온갖 험난한 역경을 "뛰어넘고 또 뛰어넘"는 이 '뛰어넘기'에 스며든, 당장 눈 앞에 노력한 성과가 이뤄지지 않아 때로는 무기력한 허무가 밀려들고 자포자기의 유혹에 붙들리지만, 그래도 결코 쉽게 포기할 수 없는 "또 뛰어넘는" 무한 동작의 리듬과 어울려 불리는 〈아리랑〉은 '죽음의 노래'와 '패배의 노래'가 아니다. 기실 그 '죽음과 패배'는 위대한 '승리'를 머금은 것이므로 결코 비관적이지 않다. 바꿔 말해 김산에게 〈아리랑〉은 중국 혁명의 대지에서 패배한 혁명가들이 좌절하고 굴복하는 게 아니라 패배의 심연에서 솟구치는 혁명의 의지를 북돋우는 승리의 노래로 전화된다.[22]

그렇다면, 김산과 그의 혁명 동지들은 어떠한 〈아리랑〉을 불렀을까. 님 웨일즈의 『아리랑』2에는 1941년 『아리랑』을 간행하면서 님 웨일

---

22 〈아리랑〉의 이러한 측면은 〈아리랑〉의 후렴구에 대한 다음과 같은 논의가 뒷받침해 준다. "본조아리랑의 후렴은 "아리랑 고개를 넘어가"는 현재의 시간 속에, '고개 너머'라는 미래의 시간을 투사함으로써 고난과 모순에 찬 '지금 여기'를 건디고 변혁할 수 있는 행위와 의식이 가능성을 개척한 의미가 있다. 나아가 아리랑 고개를 넘는 행위는 지역과 계층, 계급, 개인의 차이를 넘어 '우리의 희망'을 확보하는 의미도 있다. '아리랑 고개'는 나의 고난을, '우리의 희망'으로 대체하는 공간이다. 즉 '아리랑 고개'는 부재하는 개인적·집단적 가치를 기억·상상하고 추구하는 시·공간으로 새롭게 발견된 것이다."(정우택, 「아리랑 노래의 정전화 과정 연구」, 『근대의 노래와 아리랑』, 소명출판, 2009, 482쪽)

즈가 일부러 삭제한 〈아리랑 연가〉와 〈아리랑 옥중가〉와 함께 〈대동강타령〉, 〈두만강 노래〉와 같은 민요의 노랫말과 그에 얽힌 사연도 흥미롭게 소개되고 있다. 여기서 안타깝게도 김산은 님 웨일즈와의 구술에서 어떤 상황에서 구체적으로 어떤 〈아리랑〉을 불렀는지에 대해 언급하고 있지는 않다. 하지만 김산이 구술한 다음의 두 대목에서 부른 〈아리랑〉은 중국 혁명에 헌신적으로 참가한 피식민지 조선인 혁명가의 삶을 담아낸 서사시의 역할을 맡는다 해도 과언이 아니다.

　(가)
　하이루펑 소비에트를 재탈환하는 데 실패하고 정황이 극도로 어려워져 국민당의 백군에게 쫓겨 뿔뿔이 흩어져 기진맥진 거의 초죽음 상태에 직면하였을 때 폐사(廢寺)에서 숨겨둔 쌀을 찾아 떡을 만들어 먹으면서 가까스로 굶어죽는 것을 모면한 김산과 오성륜은 그 와중에 농부가를 부른다. 그리고 김산은 중국의 혁명 동료들에게 〈아리랑〉을 가르쳐주고 함께 생존의 환희와 벅찬 감동이 뒤섞인 울음을 쏟아냈다.[23]

　여봐라 농부들 내 말 듣소
　이 논배미에 모를 심어
　장잎이 훨훨 휘날린다.
　어널널 상사디야

23　김산·님 웨일즈, 송영인 역, 앞의 책, 274~276쪽의 구술의 핵심을 정리했다.

이 논배미를 얼른 심고

장고배미로 넘겨 심소

누런 질바를 제껴 쓰고

거들거들 잘도 심네.

— 북간도의 〈농부가〉 부분²⁴

아리랑 아리랑 아라리요

아리랑 고개를 넘어간다

아리랑 고개는 열두구비

마지막 고개를 넘어간다

떠나는 님은 잡지를 마라

못보다 다시 보면 달콤하거늘

아리랑 아리랑 아라리요

아리랑 고개에 물새는 못 사네

나를 버리고 가시는 님은

십리도 못가서 발병난다

아리랑 아리랑 아라리요

아리랑 고개를 넘어간다

---

24 김태갑·조성일 편주, 『민요집성』, 연변인민출판사, 1981, 11쪽. 김산과 오성륜은
    모두 평안북도 태생으로 압록강 너머 북간도 지역에서 널리 불린 민요 「농부가」의 부
    분을 필자가 임의대로 인용한 것이다.

청천하늘에 별들도 많은데

구름 뒤에 날보고 웃는 이 누구요

아리랑 아리랑 아라리요

아리랑 고개를 넘어간다

— 〈아리랑 연가〉 전문[25]

(나)

김산이 북경에서 국민당 경찰에 잡혀 일본 경찰로 신병이 인도돼 조선으로 이송되는 기차 안에서 후송 책임을 맡은 일본인 사복형사는 김산에게 〈인터내셔널가〉를 불러달라고 부탁을 한다. 그러나 김산은 〈인터내셔널가〉는 승리의 노래이지 패배의 노래가 아니기 때문에 부를 수 없다고 하면서, 대신 민요 〈아리랑〉과 관련한 의미를 들려주고 낮은 목소리로 이 노래를 부른다. 노래를 들은 일본 형사는 결코 잊을 수 없는 아름다운 노래라고 칭송한다.[26]

아리랑 아리랑 아라리요

아리랑 고개를 넘어간다.

아리랑 고개는 열두 구비

---

25 님 웨일즈, 편집실 역, 『아리랑』 2, 학민사, 1986, 132~133쪽. 님 웨일즈는 김산으로부터 전해들은 민요 〈아리랑〉 계열 노래 3편(〈아리랑 연가〉, 〈아리랑 옥중가〉, 〈아리랑〉)을 『아리랑』 2에 채록하였다. 그중 (가)의 구연 상황을 고려할 때 극한 현실에서도 민중 특유의 낙천성을 갖고 난관을 극복하고 있는 데 도움을 주는 것은 두 편(〈아리랑 옥중가〉, 〈아리랑〉)보다 상대적으로 〈아리랑 연가〉가 더 적합한 것으로 필자는 생각한다.
26 김산·님 웨일즈, 송영인 역, 앞의 책, 365~367쪽의 구술의 핵심을 정리했다.

마지막 고개를 넘어간다.

청천 하늘에 별도 많고
우리네 가슴엔 수심도 많다.
아리랑 아리랑 아라리요
아리랑 고개를 넘어간다.

아리랑 고개는 탄식의 고개
한번 가면 다시는 못 오는 고개.
아리랑 아리랑 아라리요
아리랑 고개를 넘어간다.

이천만 동포야 어데 있느냐
삼천리 강산만 살아 있네.
아리랑 아리랑 아라리요
아리랑 고개를 넘어간다.

지금은 압록강 건너는 유랑객이요
삼천리 강산도 잃었구나.
아리랑 아리랑 아라리요
아리랑 고개를 넘어간다.

— 〈아리랑〉 전문[27]

김산에게 〈아리랑〉은 이처럼 낭만적 서정과 관념적 유랑의식이 깃든 노래가 아니다. (가)에서 살펴볼 수 있듯이, 하이루펑 소비에트 재탈환 전투에 패배하여 백군의 추격 속에서 극한의 죽음의 공포와 굶주림에 내몰린 가운데 초인적 생존의 욕망과 의지를 한층 북돋우는 민중의 담대한 낙천성의 미의식을 지닌 〈농부가〉를 구성지게 부르는가 하면, 아무리 암담하게 출구가 막힌 상황에서도 "남녀가 번갈아 부르는"[28] 〈아리랑 연가〉를 통해 한계 상황을 인정하되 그것에 속수무책으로 좌절하고 체념하는 게 아니라 그 한계 상황을 민중 특유의 역설적 골계 미의식으로 넘어가고 있다. 그런가 하면 (나)에서는, 조선에 있는 일본 경찰로 후송되는 기차 안에서 머지않아 일제에 의해 혹독한 고문과 심문의 곤욕을 치르는 과정에서 죽을 수도 있는 폐색적閉塞的 상황에 직면한 김산이 낮고 음울하게 〈아리랑〉을 부른다. 물론, 이 때 김산이 부른 〈아리랑〉이 어떤 곡조의 어떤 노랫말을 지닌 〈아리랑〉인지 뚜렷이 알 수는 없다. 하지만 님 웨일즈의 공저 『아리랑』과 님 웨일즈의 『아리랑』 2에 구술 증언된 〈아리랑〉과 연관된 맥락을 유추해볼 때 그 〈아리랑〉은 (나)에서 소개된 노래일 것이다. 이 〈아리랑〉은 다른 〈아리랑〉과 달리 "일제 침략시기 압록강 너머 만주로 시베리아로 탈출한 동포들이 즐겨 부른 노래이다. 여기에 소위 '나그네 의식' 따위는 없다. 쓰라린 투쟁의 길에 오른 민중들의, 거룩한 해방과 혁명을 기약하는 역사의식이 들어차 있을 뿐이다."[29]

---

27 위의 책, 5쪽; 님 웨일즈, 님 웨일즈, 편집실 역, 앞의 책, 111쪽.
28 님 웨일즈, 편집실 역, 앞의 책, 133쪽.
29 김시업, 「근대민요 아리랑의 성격형성」, 『근대의 노래 아리랑』, 소명출판, 2009, 370쪽.

우리는 (가)와 (나)에서 단적으로 알 수 있듯이, 피식민지 조선인 혁명가 김산의 혁명적 실천을 웅숭깊게 이해하기 위해서는, 그의 삶의 패배의 순간 보통 사람들이었으면 극한에 직면하여 좌절하거나 생존의 본능 때문에 목숨을 구걸하는 비굴함과 자기기만에 둔감해지기 십상인데, 그것을 민중 특유의 낙천성과 역설적 골계미를 통해 세계의 난경을 넘어서는 민요 〈아리랑〉이 수반하는 구연적 상상력의 힘을 발견한다. 김산의 〈아리랑〉과 연관된 구연적 상상력의 힘은『아리랑』의 '문제지향적 증언서사'의 안팎을 넘나드는 '혁명적 아우라'로 손색이 없다. 연안에서 님 웨일즈에게 혁명가로서 전 생애를 구술로 증언하고 있는『아리랑』의 맨앞 '회상' 부분에서 〈아리랑〉에 대한 빼어난 해석을 님 웨일즈가 배치하고 있는 것은 그래서 의미심장하다. 김산의 전 생애를 압축적으로 '회상'하는 대목에서 민요 〈아리랑〉과 그 연관된 구연적 상상력의 힘은 나래를 펼치고 있는 것이다. 이것은 "기억의 재생, 기억하기, 자신의 변화를 위한 행위예술"[30]의 일환인바, 민요 〈아리랑〉의 구연적 상상력은 김산과 연관된 개별 사실성에 비중을 둔 기록성에 초점을 맞추는 게 아니라 분절된 사실들 사이의 혁명적 실천의 맥락을 민요 '아리랑'의 구연적 상상력의 힘을 매개로 한 '문제지향적 증언서사'의 구술적 연행口述的 演行, oral performance을 수행한다.

---

30 권오경, 「문화기억과 기억융합으로서의 아리랑」, 『한국민요학』 39, 한국민요학회, 2013, 12쪽.

4. 모택동의 '신민주주의 공화국'이 역투영逆投影된
김산의 혁명적 실천

혁명가 김산의 삶을 수식하는 언어 중 '비운悲運'이란 수식어가 의미하듯
이 김산은 그의 짧은 생애를 중국 공산당의 모기지母基地이자 성지聖地인
연안에서 마감하게 된다. 그가 그토록 꿈에 그리던 중국 혁명의 승리와
그 파장 속에서 학수고대하던 조선의 해방을 지켜보지 못한 채 일본 특무의
혐의와 중국 공산당의 분파를 획책하는 트로츠키주의자와 이립삼주의자
의 혐의를 끝내 벗지 못하고 중국 공산당에게 비밀 처형을 당한다.[31]

김산의 이 비운의 죽음에 대해 주류적 논의는 그에게 공산주의는 궁
극적으로 조선민족의 해방을 실현하기 위한 방법적 차원일 뿐 그의 전
생애를 관통하는 문제의식이 아니므로 그의 죽음은 중국 공산당의 국외
자로서 비애를 지닌다는 것으로 수렴된다.[32] 물론 기존 주류적 논의는 설
득력을 지닌다. 김산의 유명한 이른바 '물 속의 소금'의 구술에서 뚜렷이
드러나듯, 그는 상해에서 김성숙, 박건웅과 함께 공산주의자와 민족주
의자, 무정부주의자 등 구분하지 않고 민족해방을 달성하기 위해 '조선
민족해방동맹'을 1936년에 결성함으로써 이제 더 이상 중국 혁명만을

---

31 김산의 억울한 죽음은 그로부터 45년 만인 1983년 1월 27일에 중국공산당 중앙위원
회의 이름으로 공식적으로 해명되면서 당적 역시 복권된다. "당의 조직과 기밀은 누
설하지 않았다. 트로츠키파 참여와 일본 특무 문제는 증거가 없으므로 마땅히 부정되
어야 한다. 장명(김산의 異名 – 인용자) 동지의 피살은 특정한 역사 조건에서 발생한
억울한 사건으로 마땅히 정정되어야 한다. 장명 동지의 당에 대한 충성은 우리나라
인민의 혁명사업에 공헌이 있으므로 그가 장기간 받았던 억울한 누명을 마땅히 깨끗
이 씻어주고 명예를 회복해주며 그의 당적을 회복시키는 바이다." 이원규, 앞의 책,
602쪽.
32 이해영의 「근대 초기 한 조선인 혁명가의 동아시아 인식」은 그 대표적 논의다.

위한 조선인의 희생을 방관할 수 없다는 데 결연한 뜻을 모은다. 아울러 '조선민족연합전선'을 구축하기로 한다.

그런데 김산의 죽음과 결부된 '조선민족해방동맹'과 '조선민족연합전선'에 대한 정치精緻한 이해는 기존 김산의 죽음과 관련한 주류적 논의를 재점검하도록 한다. 엄밀히 말해, 김산과 같은 피식민지 조선인 혁명가가 "정통공산주의와는 다른 길"[33]을 걸었던 것은 그리 새로운 사실이 아니다. 김산의 험난한 구술사에서도 알 수 있듯이, 그는 민족주의자로서 무정부주의자로서 공산주의자로서 혁명적 실천에 혼신의 힘을 쏟았다. 그 혁명의 우선적 대상이 중국일 뿐이다. 하지만 그렇다고 결코 가볍게 인식해서 안 될 것은 그의 혁명적 실천의 무게중심은 공산주의에 기반하고 있다는 점이다. 김산에게 공산주의는 혁명의 패배를 안겨주더라도 미완의 혁명으로 죽음을 각오하고 패배를 넘어 추구해야 할, 그리하여 '계급적 정의'가 실현되고 인간을 억압하는 모든 부정을 일소하는 해방의 정념으로 가득한 세계를 실현하는 이념이자 목적 그 자체라 해도 과언이 아니다. 말하자면 김산에게 공산주의는 세계혁명의 이념으로 이것은 김산과 같은 피식민지 혁명가가 함께 추구해야 할 민족해방과도 무 관한 게 결코 아니다. 따라서 김산에게 공산주의는 민족해방을 위한 방법적 차원이지 이념적 차원이 아니라는 것은 김산의 혁명적 실천을 떠받치고 있는 혁명사상에 대한 단편적 이해로 흐르기 십상이다.

여기서, 김산이 기초한 '조국민족연합전선 행동강령' 및 '조선민족해방동맹 행동강령'에 대한 세밀한 검토가 필요하다.[34] 우선, '조국민

---

33 백선기, 앞의 책, 111쪽.
34 '조선민족연합전선 행동강령'의 전모는 1941년도 『아리랑』에서는 수록돼 있으나,

족연합전선 행동강령'은 모두 15개의 대항목으로 이뤄져 있고, 15번 항목은 5개의 하위 항목으로 이뤄져 있다. 이 15개의 항목을 혁명의 실천 방향을 염두에 두어 분류해보면, 다음과 같이 크게 세 부분으로 범주화할 수 있다.

① 조선민족해방운동에 직결된 강령: 1, 2, 3, 4, 5, 7, 8, 9
② 국제주의적 연대 모색: 11, 12, 13, 14, 15
③ 민주주의를 향한 투쟁: 6, 10

위 범주화에서 알 수 있듯, 순전히 조선민족해방운동에만 직결된 강령은 8개의 항목에 불과할 뿐, 다른 8개의 항목은 공산주의 세계혁명의 실천과 관련한 내용이다. 그중 ②에 범주화된 대항목을 예시해보자.[35]

11. 日本의 對蘇聯邦 진출과 중국 침략에 반대하며 中國人의 抗日民族戰線과 蘇聯邦의 反侵略戰線과 동맹을 체결하라.

12. 일본의 반파쇼 人民戰線을 단호히 지지하며 그들과 긴밀히 제휴하라.

13. 일본 제국주의의 직접적 억압을 받고 있는 동양 전 민족의 중심세력이 되어 동양의 광대한 反侵略平和戰線을 조직하기 위하여 中國, 蘇聯邦, 日本 및 朝鮮의 인민간에 일대 공동 전선을 형성하라.

대중에게 널리 읽히는 현재 『아리랑』(송영인 역)에는 극히 일부분만 본문에서 서술되고 있을 뿐이다. 이 행동강령 전모는 백선기, 앞의 책, 99~104쪽에 수록돼 있다. 이것의 전모는 이 글의 뒤에 수록된 자료를 참조. 한편, '조선민족해방동맹 행동강령'의 전모는 님 웨일즈, 편집실 역, 앞의 책, 113~114쪽에 「조선해방운동의 기본 계획」(연안에서 1937.8.9 인터뷰)이란 제목으로 수록돼 있다.

35 아래의 행동강령 원문은 백선기, 앞의 책, 102쪽.

14. 일본, 독일, 이태리 기타 파시스트 침략자에 대항하고 있는 世界의
    平和戰線을 긴밀히 제휴하라.
15. 타국에 거주하는 모든 朝鮮人은 아래 사항에 찬성하여야 한다.

위 11~15 대항목 중 어느 하나 구분 없이 모두 반파쇼 제국주의에
대한 세계혁명의 반침략평화전선을 조직하기 위해 민중 연대를 구축
해야 한다는, 즉 국제주의에 기반한 혁명적 실천을 강령화하고 있다.
다음으로, '조선민족해방동맹'의 행동 계획의 전문을 살펴보자.

조항 1 조선의 자유와 해방을 위해 일본 제국주의의 정복률(律)을 타도한다.

조항 2 민주주의와 자유를 위해 전체 민족의 진정한 공화국을 건설하고
      틀린 것을 바로 잡는다. 교육과 노동에 대한 국민의 자유를 보호한다.
      언론·출판·집회·조직과 시위의 자유, 투쟁과 종교적 신앙의 권리
      를 보호한다.

조항 3 일본 제국주의와 반혁명주의자들의 재산을 몰수하여 혁명 군사, 노동
      자, 가난한 농민에게 분배한다. 또한 그 자금을 공공사업에 이용하기로
      한다.

조항 4 노동자, 소작인, 군인, 그리고 봉급 생활자의 임금을 전체적으로
      인상하고, 국민생활을 개선한다.

조항 5 모든 종류의 강제세를 폐지하고, 간단한 누진세법을 입안한다.

조항 6 은행, 산업, 산림, 수력 산업, 광산을 포함한 모든 대형 공공 이용물과
      독점기업을 국유화하며,(현재는 정부가 통제한다) 사유재산 소유권
      은 몰수하지 않는다.

조항 7 보편적 자유교육과 직업교육을 확립한다.

조항 8 생명, 재산, 주거의 권리, 영토내의 외국인 취업과 해외에서의 조선인 취업의 권리를 보호한다.

조항 9 국가는 노인, 어린이, 대중건강 그리고 사회·문화 사업을 후원해야 한다.

조항 10 우리나라의 해방운동에 동조하거나 동정을 보이는 다른 국가나 정부와의 우호관계를 위한 연맹을 결성한다.[36]

조항 1과 3을 제외하고는 특별히 이 행동 계획이 조선민족해방투쟁에 막중한 비중을 두고 있지 않다. 다시 말해 이 행동 계획 역시 '조선민족연합전선'의 행동강령과 크게 다르지 않는, 즉 공산주의 세계혁명을 수행하는 혁명적 실천에서 문제의식을 함께 하고 있다. 그래서 김산이 죽기 전에 가진 혁명운동의 초점을 중국 혁명은 물론 세계혁명으로부터 조선민족의 해방으로 방향을 급선회하였다고 보는 입장은 김산의 혁명적 실천에 대한 부분의 진실에 주목한 것으로, 자칫하면 혁명가로서 김산의 삶의 핵심인 공산주의를 격하거나 휘발시킬 수 있다.

따라서 쟁점은 바로 여기에 있다. 연안으로 가기 전 김산이 숙고하고 정리를 해온 민족해방운동은 그동안 김산이 따랐던 코민테른의 일국일당주의에 의한 중국 공산당원으로서 혁명운동과, 공산당 당적을 잃었으나 소홀히 간주해본 적이 없는 혁명운동과 결코 무관하지 않은 것이다. 위의 행동강령과 행동 계획에서 살펴본 것처럼 민족해방운동의 과제를 중국에

---

36 님 웨일즈, 편집실 역, 앞의 책, 113~114쪽.

서 가열차게 실천하기 위해 중국 공산당의 핵심 거점인 연안을 찾아간 것은 연안 이전에도 그렇듯이 중국 혁명전선과의 지속적 연대를 구축하고 중국 혁명의 도정에서 새롭게 발견하고 만들어가는 새로운 중국의 문화혁명[37]과 만나는 모험을 두려워하지 않기 때문이다.

이와 관련하여 흥미로운 것을 생각해볼 수 있다. 김산이 기초한 '조선민족연합전선 행동강령'과 '조선민족해방동맹'의 행동 계획은 모택동(1893~1976)이 연안에서 집필하여 발표한 「신민주주의 정치와 신민주주의 경제」(『중국문화』 창간호, 1940.2.25)에서 논의하고 있는 이른바 '신민주주의론'에서 기획·모색·실천하고 있는 '신삼민주의新三民主義 공화국'과 부분적으로 포개진다. 이것은 모택동의 '신민주주의론'이 중국의 5·4운동(1919) 이후 중국의 역사를 문화혁명 통일전선의 전개에 따라 "마르크스·레닌주의의 보편적 원리가 중국혁명과 구체적으로 실천되고 서로 결합하는 과정"[38]을 천착하는바, 중국 혁명의 리더로서 혁명의 승리 과정에서 실현되는 혁명공화국의 청사진이 김산이 실천하고자 하는 조선의 민족해방운동으로 실현될 독립공화국의 그것에 역투영逆投影된다. 그것은 구미식 자본주의 공화국(구민주주의 공화국)도 아니고 소련식 사회주의 공화국도 아닌 반제·반봉건 인민의 연합전선을 이루는 신민주주의 공화국이다.[39] 여기에는 '중국혁명은 세계혁

---

37 모택동은 "문화혁명은 관념적 형태로 정치혁명과 경제혁명을 반영하고 있는 것이며 이 두 혁명을 위해 복무한다. 중국의 경우 문화혁명은 정치혁명과 마찬가지로 하나의 통일전선이다."(이등연 역, 「네 개의 시기」, 모택동, 『지구전론·신민주주의론』, 두레, 1989, 223쪽)고 하여, 1919년부터 '신민주주의론'을 집필하는 1940년까지의 시기를 모두 네 시기로 구분하여 각 시기의 혁명의 과제와 주요 내용을 언급한다.

38 고군, 「해설2-'신민주주의론'에 대하여」, 모택동, 『지구전론·신민주주의론』, 두레, 1989, 266쪽.

39 모택동, 「신민주주의와 정치」, 두레, 1989, 179~186쪽 참조.

명의 일부분이다'는 테제를 간과해서 곤란하다. 말하자면, 모택동의 '신민주주의 공화국'은 세계혁명의 지속이란 측면에서 중국의 구체적 현실에 대한 합법칙적 혁명운동의 도정에서 실현되는 구미식 근대 및 소련식 근대와 또 다른 근대의 공화국을 실현하고자 한다. 이것은 김산이 연안으로 가기 전 숙고하던 항일 조선 민족해방운동의 과정에서 쟁취할 독립공화국의 근대와 그 골격 면에서 크게 다르지 않다. 다시 강조하건대, 김산이 기초한 '조선민족연합전선'의 행동강령과 '조선민족해방동맹'의 행동 계획에서 추구되는 혁명의 현실은 구미식 근대를 지탱하고 있는 내셔널리즘에 기반한 근대의 국민국가도 아니고, 마르크스·레닌주의 또는 스탈린주의에 맹목화된 소련식 근대의 국민국가도 아닌 반전세계평화를 위해 조선과 세계의 인민들이 연대하고 민족 구성원 모두가 자유와 해방의 가치를 만끽하는 그런 근대의 공화국을 추구하는 것이다. 하지만 안타깝게도 김산의 이러한 혁명적 실천은 연안에서 좀 더 완숙시키지 못한 채 조변석개朝變夕改하는 연안의 정황 속에서 비운의 죽음을 맞고 명멸해간 것이다. 따라서 김산의 비운의 죽음이 더욱 쟁점적이며 문제로 다가오는 것은 바로 이러한 조선의 독립공화국에 대한 청사진을 행간에 그리는 김산의 '문제지향적 증언서사'가 생산적 논의거리를 제공하기 때문이다.

5. 새로운 아시아를 상상하는 김산'들'의 혁명적 실천

이 글은 김산과 님 웨일즈가 함께 작업한 『아리랑』을 '문제지향적 증언서사'의 측면에 초점을 맞춰 중국의 대지에서 피식민지 조선인 혁명가 김산의 전 생애를 통해 실현하고자 한 혁명적 실천을 살펴보았다. 1983년에 중국 공산당 당적이 복권되고, 1992년에 북한에서도 항일투쟁사의 한 인물로 기록되는가 하면,[40] 2005년에 김산이 태어난 지 100주년과 조국해방 60주년을 기념하면서 사회주의계열 독립운동가 47명에게 한국 정부는 서훈을 내린 것과 함께 건국훈장 애국장이 수여된 김산은 이제 중국과 조국에서 모두 역사적 복권을 하였다.

우리는 글을 맺으면서, 김산의 구술사를 통해 세계의 크고 작은 혁명에 동참한 혁명가들 중 특히 20세기 반문명적 서구 폭력의 근대에 맞서 투쟁해온 아프리카·아시아·라틴아메리카 민중 계급의 혁명가들이 김산처럼 외롭고 높은 혁명의 가치를 위해 혼신의 힘을 쏟은 그 혁명적 위의威儀를 상기해본다. 여기에는 "낮은 사회적 신분이 오히려 정신적 지위의 높이를 보장하고 세속세계의 변경에 있다는 사실이 한층 더 김산으로 하여금 성스러움의 중심에 접근케"[41]함으로써 그 성스러움이 바로 혁명적 실천으로 일궈내고자 하는 세계혁명의 부분으로서 민족해방이고 그것은 구미중심주의에 기반을 두는 근대—옛 소련식 근대 또한 엄밀히 말해 유럽중심주의에 기반을 둔 사회적 근대라는 점에서 광의의 구미중심주의에 수렴된다—와 또 다른 근대를 모색하는 일이다. 이것은 바꿔 말해, 김산이 추구하는 혁명적 실천이 그에게 미완이었지만, 구미중심주의의 근대와 다른 근대를 모색하는 혁명을 기획하고 실천하려 한 점에서 그가 꿈꾸는 조국의 독립공화국은 중국

---

40 조철행, 「김산, 자신에게 승리한 혁명가」, 『내일을 여는 역사』, 2002.겨울, 205쪽.
41 후지따 쇼오조오, 이홍락 역, 이순애 편, 『전체주의의 시대경험』, 창작과비평사, 1998, 335쪽.

혁명이 성취하고자 하는 '신민주주의 공화국'이 함의한 새로운 아시아를 상상하는 것과 무관하지 않다. 여기서, 우리는 "새로운 아시아 상상은 20세기의 민족해방운동과 사회주의운동의 목표와 과제를 뛰어넘어야 하며, 동시에 반드시 새로운 조건에서 이들 운동이 해결할 수 없었던 역사적 과제를 탐색하고 반성해야 한다"[42]는 전언을 진중히 성찰해야 할 것이다.

분명, 김산은 피식민지 조선인 혁명가로서 한 개인이다. 하지만 김산의 '문제지향적 증언서사'가 웅변하듯, 이미 주어졌고 정해진 세계에 적응하며 안정적으로 사는 게 아니라 유동적이고 가변적인 세계와 대결하면서 인간해방의 참다운 경지에 이르는 혁명적 실천에 목숨을 건 숱한 혁명가'들'의 존재를 김산은 상기시킨다. 따라서 새로운 아시아를 상상하는 역사적 과제는 지난 격동의 시대에 함께 한 그 숱한 김산'들'의 혁명적 실천이 지닌 혁명의 진실에 귀를 기울이면서 현재의 역사와 부단히 대화하며 미래를 향한 또 다른 진보의 길을 만드는 모험을 두려워하지 않는 것이다.

---

42 왕후이, 이욱연 외역, 『새로운 아시아를 상상한다』, 창비, 2003, 224쪽.

/자료/ 朝鮮民族聯合戰線 行動綱領

(1936년 7월 기초)

1. 全民族解放을 위한 투쟁을 성공시키기 위하여 朝鮮獨立의 원칙에 찬동하는 모든 朝鮮人은 사회・계급・당파・정치적 또는 종교적 신조에 관계없이, 또 여하한 조직이나 개인의 구별 없이 남녀노소를 막론하고 다 함께 뭉쳐야 한다.

2. 우리 民族의 모든 공업과 상업을 보호하며 농업을 육성시키고, 동시에 朝鮮內에 있는 일본의 자본・공업・상업 및 그와 같은 日本 帝國主義者의 기업에 온갖 방법으로 반대하라.

3. 민족상공업에 있어서는 經營者와 勞動者간에, 농업에서는 地主와 小作農간에 공정한 조정을 이루어서, 노동자에게는 최저 임금과 최장 노동 시간을, 소작농에게는 소작료의 최고 한도액을 결정하고, 이 기간중에는 계급 투쟁을 정지하며 階級間의 협력을 獎勵하라.

4. 모든 노동자・농민・자유 직업자・봉급 생활자, 그리고 공영기업・민영기업・관청이나 기관 등 日本 帝國主義의 被雇傭者가 된 모든 자를 아무런 제약이나 지위의 구별 없이 다 함께 조직하라.

5. 國民經濟生活의 향상을 도모하고 경제적 제 권리를 위해서 투쟁하는 民族意識을 각성시키기 위하여 광범한 개혁운동을 장려하며, 그와 동시에 日本人의 朝鮮入住 및 朝鮮人의 滿洲移送 정책에 절대 반대하라.

6. 民主主義를 위한 투쟁에 전 국민을 각성시키기 위해 시민이 권리와 인권의 보호를 요구하는 광범한 운동을 장려하고, 동시에 布告令 第七號(조선인이 민족운동 탄압을 위해서 일본인이 공포한 '社會體制保護法'이며, '文化警察'을 증설함) 및 인민의 자유를 박탈하는 잔혹한 정책에 반대하라.

7. 전통 있는 민족 문화를 육성하고 신문화를 흡수하기 위해서 民族文化와 教育振興運動을 창조하고 발전시켜, 민중을 기만하고 그들을 '文化警察'의 감시하에 두려는 일본 정책에 반대하라.

8. 國民이 선택한 民族의 宗教(기독교, 불교, 천도교, 유교, 단군교)를 보호하고 그 자유로운 발전을 허용하며 종교간의 논쟁을 중지하고 신앙의 자유라는 공동과제를 위해서 단결하여 투쟁하도록 장려하라. 동시에 그들 각 종파가 帝國主義의 수단으로써 日本人으로부터 강요당하고 있는 종교(神道, 天理教 등)에 대해 결집해서 반대하고, 미신적이고 후진적인 경향(太乙教, 普天教, 弓乙教 등)에 반대하라.

9. 解放思想과 民族文化를 고취하기 위해 교육의 전조직, 그리고 교사와 청년, 학생들을 한 단위로 단결시키고 모든 종류의 교육적·문화적 조직을 넓게 결성시켜야 한다. 이와 동시에 國民精神을 노예화시키려는 의도하에 교육제도에 주입시키고 있는 日本 帝國主義者의 思想에 抗拒하기 위해서 學生과 教師의 스트라이크 또는 기타 수단을 사용하라.

10. 결혼 및 이혼의 자유를 보장하고, 재산의 상속 및 소유에 관한 부인의 권리를 분리하게 하는 법률에 반대하며 부인의 평등한 권리를 위한 운동을 적극적으로 지원하라. 모든 직업·교육·공직에 대한 평등의 권리와 社會運動에 참가할 自由를 부인들에게 부여토록 하며, 부인들을 억압하는 日本人의 법률, 소위 '社會道德'을 반대하라.

11. 日本의 對蘇聯邦 진출과 중국 침략에 반대하며 中國人의 抗日民族戰線과 蘇聯邦의 反侵略戰線과 동맹을 체결하라.

12. 일본의 반파쇼 人民戰線을 단호히 지지하며 그들과 긴밀히 제휴하라.

13. 일본 제국주의의 직접적 억압을 받고 있는 동양 전 민족의 중심세력이 되어

동양의 광대한 反侵略平和戰線을 조직하기 위하여 中國, 蘇聯邦, 日本 및 朝鮮의 인민간에 일대 공동 전선을 형성하라.

14. 일본, 독일, 이태리 기타 파시스트 침략자에 대항하고 있는 世界의 平和戰線을 긴밀히 제휴하라.

15. 타국에 거주하는 모든 朝鮮人은 아래 사항에 찬성하여야 한다.
    1) 外國에 있는 모든 집단, 당파, 개인은 정치적 또는 종교적 신조나 직업의 구별 없이 抗日原則 아래 단결하여 그가 거주하는 國家와 地域의 상이한 상황에 맞추어 全 民族統一戰線의 일부로서 특별하고 중요한 의무를 수행할 책임을 진다.
    2) 日本에 거주하는 모든 조선인 노동자, 학생, 상인은 일치 단결하여 日本 반파쇼 人民戰線에 적극적으로 참가하고, 동시에 民族戰線과 긴밀한 단결을 유지한다.
    3) 中國에 있는 전 조선인 혁명가, 모든 집단, 무단 병력 및 개인은 일치 단결하여 中國人의 抗日統一戰線을 적극적으로 원조하는 동시에 아래의 특수한 임무를 수해하여야 한다.
        ㉠ 中國人의 統一戰線 내부에서 朝鮮獨立을 위한 노력을 조직하고 혁명교육을 시행할 것.
        ㉡ 滿洲에서는 朝鮮革命軍, 朝鮮共産黨, 赤色遊擊隊 및 中國人 義勇軍 내부의 全 朝鮮人部隊는 협조적인 中國의 抗日聯合軍 내에서 독자적 민족성을 보존하고 공통 강령 아래 한 단위로 단결시켜야 하며, 동시에 이러한 朝鮮人武力勢力의 확대 강화에 노력할 것.
        ㉢ 日本帝國主義의 앞잡이가 되어 中國 各地에 온 고용자(생활비를 벌기 위하여 아편 상인이나 매춘 또는 밀무역을 강요당하는 자들을 포함)도 일본인의 억압하에 있음에는 다를 바 없으므로 시기가 오면 그들도 帝國主義的 雇用主인 日本人에 항거할 수 있도록 특수한 방법으로 인도할 것.

4) 蘇聯邦에 있는 모든 朝鮮人은 전 統一戰線의 일부로서 단결하는 동시에 아래와 같은 여러 임무를 수행하여야 한다.

ㄱ 모든 朝鮮人은 군사적 및 정치적 훈련을 받아야 하며, 동시에 장래의 행동에 대비하여 朝鮮人義勇軍運動을 조직하여야 한다.

ㄴ 中國에서 활동하고 있는 朝鮮革命軍에 파견할 고급 군사지도자를 적극적으로 육성해야 한다.

ㄷ 그들은 투옥된 자, 부상한 자, 희생된 자, 기타 구호가 필요한 동지들을 원조하기 위하여 朝鮮革命運動에 물자적 원조를 제공해야 한다.

5) 미국, 구라파, 기타 외국에 있는 모든 朝鮮人은 단결하여 朝鮮民族統一戰線을 지원하기 위해서 송금, 선전 등을 통하여 국제적 원조와 동정을 유도하여 조국을 도와야 한다.

유쾌한 평화적 상상력의 연대

1. 평화를 위한 상상력의 연대가 시작되었다

AALA문학포럼(아시아·아프리카·라틴아메리카 문학포럼; 이하 AALA로 약칭)이 2011년 4월 28일부터 30일까지 인천에서 성황리에 개최되었다. 이 AALA의 캐치프레이즈는 '평화를 위한 상상력의 연대'인바, 초청받은 비서구권 3개 대륙의 문학인들은 각자 자신이 발딛고 있는 구체적 현실에서 직면하고 있는 문제들을 3개의 분과와 3개의 특별섹션을 통해 심도 있는 토론과 대화를 나누었다.[1]

2010년에는 '세계문학을 다시 생각한다'란 주제로, 오랫동안 문학

---

1 대륙별 초청 문학인을 소개하면 다음과 같다. 아시아 : 비 페이위(중국, 소설가), 리앙(대만, 소설가), 나라얀 와글레(네팔, 소설가), 사뮤엘 시몽(이라크, 소설가), 푸네 네다이(이란, 시인), 마카란드 파란자폐(인도, 평론가), 파크리 살레(팔레스타인, 평론가) / 아프리카 : 누르딘 파라(소말리아, 소설가), 다이아나 퍼러스(남아프리카공화국, 시인) / 라틴아메리카 : 루이사 발렌수엘라(아르헨티나, 소설가), 레이나 그란데(라티노, 소설가), 라파엘 올레아 프랑코(멕시코, 평론가) 등 12명. 그런데 이들 중 파크리 살레는 최근 중동지역의 민주화운동에 동참하는 가운데 부득이한 사정으로 참석을 하지 못했다. 3개의 분과는 '제1분과 : 분쟁, 이산 그리고 평화', '제2분과 : 비서구 여성작가들의 목소리', '제3분과 : 지구적 세계문학을 위하여'이고, 3개의 특별섹션은 '제1섹션 : 아랍작가들이 말하는 중동의 민주화', '제2섹션 : 젊은 비평가들이 읽은 아프리카 문학', '제3섹션 : 작가와의 대화—루이사 발렌수엘라' 등이다.

결어/ 유쾌한 평화적 상상력의 연대   719

제도 안에서 공고히 구축된 구미중심주의적 세계문학을 아무런 의심 없이 세계문학으로 자명하게 인식해온 데 대한 발본적 성찰의 계기를 가졌다면, 2011년에는 이러한 인식의 지평을 더욱 심화·확장한다는 차원에서 구미중심주의적 세계문학을 창발적으로 넘어서는 구체적 실천으로서 '평화를 위한 상상력의 연대'를 모색한 것은 AALA가 일궈낸 값진 성과가 아닐 수 없다.

AALA에 참석한 문학인들은 서로 다른 글쓰기 환경에 놓여 있으나 그들을 이렇게 자연스레 한데 모이게 할 수 있는 원동력은 그들 글쓰기의 심연에 자리하고 있는 '평화'를 위한 간절한 바람 때문이다. 그들은 직간접으로 체험하였으며, 지금도 체험하고 있다. 그들의 삶의 터전이 문명이라는 미명 아래 야만과 미개로 구별된 채 구미 제국의 식민침탈을 겪었고, 식민의 지배권력은 피식민자들을 향한 폭압과 강제 그리고 회유를 통해 식민의 지배를 영속화하고자 한다. 더욱 가증스러운 점은 구미의 식민지배에서 벗어났다고 하지만 구미의 세계지배 전략에 따른 각종 이해관계는 그들의 나라를 내전의 화염에 휩싸이게 한다는 사실이다. AALA의 문학인들은 고뇌하고 실천한다. 그들의 삶과 현실은 구미중심주의적 세계문학의 내용형식으로는 온전히 담아낼 수 없을 뿐만 아니라 자칫 그들의 삶과 현실을 왜곡시킬 수 있어, 오히려 구미의 문화적 헤게모니를 더욱 견고히 유지시키는 데 기여할 수 있다는 점을 경계한다.

때문에 그들은 모였다. 아시아, 아프리카, 라틴아메리카에서 부딪치는 현실 속에서 힘겹게 건져올린 언어들이 한 곳에 모여 조심스레 서로를 탐색하면서 거리를 두지만 이내 언제 그랬냐는 듯 서로 주체할 수 없는 문학적 열정을 나눠갖고, 서로의 언어 깊숙이 깃든 문학적 성찰을 소중히 발견한다. 그리하여, 그들은 '아시아의 상처, 아프리카의 눈물, 라틴아메리카의 고독'에 깃든 문학적 진정성을 나눠갖는다.

2. 아랍의 주체적 시선으로 보는 중동의 민주화

평화를 위한 상상력의 연대를 실천하는 일은 말처럼 쉽지 않다. '평화'의 가치가 아무리 소중하다 하더라도 무작정 평화를 부르짖을 수는 없다. 평화를 가로막는 원인들에 대한 서로의 이해가 이뤄질 때 평화의 가치는 비로소 구두선口頭禪의 차원에서 허방의 공허한 울림으로 소멸하는 게 아닌 대지에 착근하여 삶의 구체성으로 스며든다.

이와 관련하여, 2010년 12월부터 중동 지역에서 일어난 민주화운동(이른바 '아랍의 봄'으로 지칭)에 대해 주목할 필요가 있다. 북아프리카 튀니지의 한 젊은이의 분신으로 촉발된 민주화운동이 튀니지와 이집트의 철권 통치에 종언을 고하고, 리비아를 비롯한 모로코, 시리아 등 중동지역 전체로 확산된 적 있다. AALA에 참석한 이라크 소설가 사뮤엘 시몽의 발제문을 통해 중동의 민주화운동을 어떻게 이해해야 할지에 대한 시사점을 제공받은 것은 내게 큰 수확이다. 그동안 서방 언론을 매개로 이 운동에 대한 이해를 해온 터에 이러한 매개를 거치지 않고 직접 중동지역의 문인으로부터 이 혁명에 대한 또 다른 이해의 길을 안내받은 것 자체야말로 AALA의 존재가 구미의 자장으로부터 벗어나 세계에 대한 이해와 해석의 지평을 제공한다는 점에서 그 중요성을 아무리 강조해도 지나치지 않다.

아랍 민족들은 독재 정부의 손아귀에서 모든 종류의 억압과 폭정과 불의를 겪어왔는데 그건 1952년에 아브델 나세르가 권력을 잡은 일에서부터 시작되어 시리아와 이라크의 바트당 사람들과 리비아와 예멘에서의 부족과 군인들에 의한 통치로 이어졌습니다. 그들은 그저 가난에서 벗어나기 위해, 또 반세기는 족히 매일 아침에 깨어나서부터 잠자리에 들 때까지 외쳐야하는 히스테리컬하고 호전적인 구호에서 벗어나기 위해, 이스라엘이건 아니건 이웃들과의 평화를 쉽게 받아들였을지도 모릅니다. 하지만 오늘날 세상은 전보다 더 복잡해졌습니다. 광신적 이슬람 종교운동이 더욱 커지며 아랍 세계뿐 아니라 서구사회에서의 사회-교육 기관과 언론기관에 대한 그들의 지배를 확장해감에 따라 아랍사회는 무척 더 빨리 신랄함, 증오, 그리고 편협함의 방향으로 나가고 있습니다. 이 어둠의 세력들은 이스라엘과 아랍 세계의 정치적 투쟁을 유태인과 무슬림 사이의 종교적 갈등으로 고쳐 만드는 데 성공했습니다.[2]

사뮤엘 시몽의 문제의식은 매우 뚜렷하다. 오랫동안 아랍 민족들은 독재 권력의 지배를 받고 있으며, 그로 인해 중동지역의 민주화는 지체되었다는 점, 더욱이 광신적 이슬람 종교운동은 아랍의 평화에 위협을 가하고, 그래서 민주화를 향한 정치적 투쟁마저 이슬람 종교와 다른 종교 사이의 배타적 대립과 갈등의 양상으로 잘못 비쳐지도록 하고 있다는 점을 적시하고 있다. 그러면서 그는 아랍의 주체적 시선으로 아랍이 현재 당면하고 있는 문제점을 단호히 말한다.

---

2 샤무엘 시몽, 최인환 역, 「평화의 시대는 아직 오지 않았다」, 『평화를 위한 상상력의 연대』, 인천문화재단, 2011, 25쪽.

아랍-이스라엘 갈등으로부터 아주 멀리 떨어져서 아랍-아랍 갈등이 있는데, 가령 팔레스타인-아랍 갈등, 팔레스타인-팔레스타인 갈등이 그것입니다. 수백 가지의 갈등이, 인종적, 당파적, 종교적인 갈등이 우리가 말하는 아랍 세계에서 진행되고 있습니다.

아랍사회에 관용의 정신이 없는 한 평화는 있을 수 없습니다.[3]

사뮤엘 시몽의 발언을 통해 그동안 우리가 아랍에 대해 얼마나 무지했던가를 통렬히 인식하게 된다. 아니, 좀 더 솔직해지자. 우리가 그나마 알고 있는 아랍에 대한 것들이 모두 서방의 언론을 매개로 한 일방통행의 산물이었지 않은가. 서방 언론을 통해 보여진 것은 아랍의 숱한 민주화를 향한 정치적 투쟁들을 이슬람 종교 운동의 이데올로기로 상징조작을 한다든지,[4] 서구식 민주주의 교양이 매우 미흡하여 아랍 내부의 복잡한 갈등을 조장하

---

3 위의 책, 26쪽.
4 이집트의 혁명으로 마침내 이집트의 무바라크 대통령이 하야하면서 이집트의 민주화운동은 급물살을 타고 있다. 이집트의 혁명에 대해 서방 측 언론이 보인 태도는 무바라크와 정치경제적 이해관계에 놓인 서구의 시각에 대해 모호한 입장을 보인바, 이집트 내 무슬림 형제단의 민주화를 향한 정치적 투쟁을 이슬람 종교 운동으로 희석화하기도 한다. 하지만 이집트 혁명에 대해 이집트의 작가 칼레드 알 카미시의 "이번 혁명은 목표가 뚜렷했습니다. 이집트의 정치 민주화, 무바라크의 하야, 헌법 개정, 의회 해산과 진정한 선거제도 확립이었죠"라는 발언과, 이집트의 기술 노동자의 "시민혁명이 있기 전에는 정부 소속 보안 요원들 때문에 아무것도 할 수 없었지만, 이제 우리는 시위할 수 있습니다. 자유가 있으니까요. 전에는 공장의 이사진 대표를 만나기 힘들었지만 지금은 만날 수 있게 되었죠. 시민혁명 전에는 발언하는 사람이 거의 없었지만 이제는 우리 모두 사회문제를 마음껏 말하고 토론할 수 있습니다"에서 단적으로 알 수 있듯(「혁명 이후의 혁명, 이집트 노동자들 일어서다」, 『르몽드 디플로마티크』(한국판), 2011.3월호, 14쪽), 튀니지에서 시작한 혁명은 아랍의 민주화를 향한 정치적 투쟁의 시각으로 인식해야 할 것이다. 물론 이 과정에서 아랍 특유의 종교 운동을 고려할 수는 있다. 하지만, 주객이 전도된 채 아랍의 민주화운동을 향한 정치적 투쟁을 이슬람 종교 운동의 변형태로 이해해서는 곤란하다.

는 것으로 보이든지, 심지어 광신적 이슬람 원리주의에 입각한 테러리스트가 암약하고 있는 악의 본산으로 이미지화하지 않았는가. 따라서 아랍에 대한 진정성 깃든 이해가 결여되었다는 것을 시인하는 데서부터 중동지역의 민주화운동에 대한 온전한 이해의 지평이 열릴 것이다. 그럴 때 사뮤엘 시몽이 고백했듯, 아랍사회의 복잡한 갈등을 슬기롭게 해결하기 위한 '관용'의 정신이 지닌 진실의 힘은 아랍을 넘어 다른 분쟁 지역으로까지 넓고 깊게 번질 것이다.

3. 구미중심의 문학 독법을 넘어

'관용'의 정신이 미흡하거나 부재하면 강제와 지배의 논리가 기승을 부리기 십상이다. 타자의 타자성을 있는 그대로 존중하는 게 아니라 주체중심의 강박증을 갖고 타자에게 모욕감을 주며 심지어 타자성을 짓밟고 절멸시키고자 한다. 주체의 맹목화는 파시즘으로 전락하고 타자의 일체를 전일적全一的으로 지배한다. 그래서 AALA에 참석한 작가들 중 유달리 눈에 띄는 문학인들이 있다면 아프리카의 소설가와 시인이다. 소설가 누르딘 파라와 시인 다이아나 퍼러스는 아프리카의 삶과 문학에 대한 무지에 경종을 울렸다. 다행스럽게도 AALA를 계기로 두 사람의 작품이 한국어로 번역 소개되었다.

우선, AALA의 특별섹션 중 하나로 마련된 '젊은 비평가들이 읽은 아프리카 문학'에서 누르딘 파라의 장편 『지도』(1986)를 중심으로 심도 있는 대화가 진행되었다.[5] 누르딘 파라의 눈은 맑고 깊었다. 마치 그의 고향 소말리아가 겪은 역사의 깊은 상처를『지도』의 작중 인물인 아스카르가 '응시gaze'하듯, 한국의 청중들과 젊은 비평가들의 눈을 지긋이 응시하였다. 나는『지도』를 읽는 내내 아프리카 문학이 뿜어내는 매혹에 전율하지 않을 수 없었다. 그동안 내가 읽었던 문학과 그로부터 내면화된 문학에 대한 대부분의 것들이 흔들렸다. 구미중심주의적 세계문학의 전통으로부터 옴쭉달싹할 수 없을 정도로 붙들린 내 자신이 부끄러웠다. 가령, 아스카르에 대한 이해를 다음과 같이 했다고 치자. 아스카르는 비범한 능력을 갖고 태어난 인물로 '응시'의 능력을 지닌다. 뿐만 아니라 남성인데도 불구하고 몸 안에 여성이 살고 있다면서 여성의 성적 특징인 월경月經을 경험하기도 한다. 아스카르의 이러한 면모는 도저히 상식적으로는 이해할 수 없다. 그래서 구미중심의 문학 독법에 익숙한 자들은 아스카르를 젠더적 측면으로 읽거나 정신분열증적 측면으로 읽음으로써 아스카르를 근대적 이성의 차원으로 명쾌히 분석하고자 한다. 독법은 다양하므로 이러한 독법 자체를 부정하고 싶지는 않다. 하지만『지도』와 아스카르 그리고 누르딘 파라, 더 나아가 아프리카 문학을 온전히 이해하는 것과 거리가 멀다. 이와 같은 독법은 구미의 합리적 세계의 질서를 지탱해주는 개인, 즉 근대의 합리적 주체를 이해하기 위한 것이지, 아프리카처럼 구미 제국의 침탈로 인해 영토가 분할 점령당하고, 이렇다할 국민국가를 세우지도 못한 채 구미의 이해관계에 여전히 종속된 채 내전이 끊이지 않는 곳의 삶

---

5   누르딘 파라의『지도』에 대한 집중적 읽기는 고명철, 고인환, 전철희에 의해 시도되었다. 이에 대해서는 계간『리토피아』(2011.여름)의 특집을 참조.『지도』에 대한 나의 읽기는 이 책 제5부에 수록된 글 「아프리카 문학의 '응시', 제국주의의 폭력으로 구획된 국경을 넘어」를 참조.

을 총체적으로 온전히 이해하는 독법이 결코 아니다. 누르딘 파라에게 중요한 것은 아스카르의 비범한 능력이 어떻게 생겨났는지, 또한 그 능력을 통해 아프리카의 삶과 현실을 구미의 형상사유가 아닌 아프리카의 형상사유로 드러내는 일이다. 그것이 바로 '아프리카의 눈물'을 위무해주는 글쓰기이다.

누르딘 파라의 『지도』를 통해 아프리카 문학 전반을 이해하는 것은 힘들다. 하지만 구미중심의 문학 독법에 익숙한 내게 『지도』는 문학적 충격을 가져왔다. 나는 과연 내가 정작 발딛고 있는 아시아의 대지의 생체 리듬과 잘 어울리는 문학을 하고 있는가. 이 물음을 좀 더 확장시켜, 구미중심을 벗어난 아시아, 아프리카, 라틴아메리카 문학에 얼마나 문외한인가. 혹, 내 안에는 구미중심주의적 문학에 대한 우월의식이 꽉 들어찬 채 아시아, 아프리카, 라틴아메리카 문학을 열등하게 간주하고 있는 것은 아닌가.

이러한 물음은 AALA가 개최되는 동안 집요하게 꼬리를 물고 늘어졌다. 그런데, 다이아나 퍼러스의 시를 접하는 순간 예의 물음들이 얼마나 사치스러운 것인가를 뼈저리게 느꼈다. 그의 시들 중 아프리카 여성 원주민 사라 바트만의 삶을 다룬 「나, 당신을 고향에 모시러 왔나이다」는 나와 같은 구미중심주의적 문학 제도에 깊숙이 침전된 자들을 향해 엄습한 쓰나미나 다름이 없다. 지금으로부터 200여년 전 사라 바트만의 온몸에 퍼부어진 유럽인의 인종 차별의 모멸적 시선 속에 갈갈이 찢긴 신체를, 시인은 평화의 주술적 언어로 치유한다.

나, 당신을 고향에 모시러 왔나이다, 고향에!

그 너른 들판이 기억나시는지요,

커다란 너도밤나무 밑을 흐르던 빛나는 푸른 잔디를 기억하시는지요?

그곳의 공기는 신선하고, 이제는 더 태양도 불타오르지 않습니다.

나, 언덕 기슭에 당신의 보금자리를 마련했나이다.

부추 꽃과 민트 꽃들로 만발한 이불을 덮으소서.

프로티아 꽃들은 노랗고 하얀 모습으로 서 있고,

냇가의 시냇물은 조약돌 너머로 조잘조잘 노래를 무르며 흐르나이다.

나 당신을 해방시키려 여기 왔나이다,

괴물이 되어버린 인간의

집요한 눈들로부터

제국주의의 마수를 가지고

어둠 속을 살아내는 괴물

당신의 육체를 산산이 조각내고

당신의 영혼을 사탄의 영혼이라 말하며

스스로를 궁극의 신이라 선언한 괴물로부터!

나, 당신의 무거운 가슴을 달래고,

지친 당신의 영혼에 내 가슴을 포개러 왔나이다.

나, 손바닥으로 당신의 얼굴을 가리고,

당신의 목선을 따라 내 입술을 훔치려 하나이다.

아름다운 당신의 모습을 보며 홍겨운 내 두 눈을 어찌 하오리까,

나, 당신을 위해 노래를 하려 하나이다.

나, 당신에게 평화를 선사하러 왔나이다.

　　　—다이아나 퍼러스, 이석호 역, 「나, 당신을 고향에 모시러 왔나이다」 부분

시인은 유럽에서 인종 전시를 당한 사라 바트만의 영혼을 위무한다. 시인은 이국의 땅에서 인간이 아닌 '괴물'로 둔갑해버린, 그래서 '사탄의 영혼'을 지닌 볼거리로 전락한 사라 바트만의 훼손된 영혼을 달랜다. 마치 서사무가를 부르며 주술을 행하는 것처럼 시인은 무격巫覡의 화자를 빌어 서구 근대의 합리적 이성의 탈을 쓴 야만스런 폭력의 주체를 고발한다. 아프리카 특유의 북소리와 구음이 시 전편에 배음背音으로 깔리고 주술사 특유의 우주적 춤사위가 포개지면서 시인은 사라 바트만으로 전형화되는 '아프리카의 눈물'을 닦아낸다.[6]

4. 국제문학 포럼의 방향성이 중요하다

최근 한국에서 크고 작은 국제문학 포럼이 개최되고 있다. 그만큼 한국문

6　다이아나 퍼러스의 사르 바트만에 대한 시는 AALA의 마지막 날 2011년 4월 30일, 폐막식 공연으로 치러진 '시노래 콘서트 : 신비의 혀와 대지의 박동(계간 『리토피아』 주최)'에서 김애영 가수가 직접 작곡을 하여 노래를 불렀는데, 시인의 시적 상상력을 절묘히 해석하여 관중에게 감동의 파문을 일으켰다. 비록 한국어로 불리워졌으나 자신의 시가 지닌 시적 감흥을 감동적으로 해석하여 전달한 것에 대해 시인은 경탄을 금하지 못하였다. 여기서 간과할 수 없는 것은 김애영의 작곡 기저에는 한국 서사무가의 전통 가락이 자리하고 있는데, 바로 이 무가의 가락이 한국에 국한된 게 아니라 아프리카의 시적 상상력과도 절묘히 조화를 이뤄낸다는 사실이다. 이 또한 이번 AALA의 주제인 '평화를 위한 연대의 상상력'이 구체성을 띤 사례로 언급될 만하다. 다이아나 퍼러스의 시세계에 대해서는 이 책의 제5부에 수록된 「아프리카의 눈물을 닦는 영매」 참조.

학의 활동 범위가 넓어졌다. 국제문학 포럼이 다양하게 개최되는 것 자체는 분명 고무적인 일이다. 지구화 시대를 살고 있는 엄연한 현실에서 한국문학 바깥의 동향을 예의주시하고, 외국문학과 생산적 대화를 통해 문학 본연의 원대한 역할을 다 하도록 노력하는 것은 미더운 일이다.

문제는 방향성이다. 어떠한 전망을 갖고, 무엇을 어떻게 구체적으로 진행할 것인가 하는 활발한 논의 과정이 반드시 필요하다. 지방자치시대를 맞이하여 지자체의 전시 행정의 일환으로 국제문학 포럼을 기획한다든지, 특정 단체의 대외 활약상을 높이는 차원으로 행사성 위주의 사업을 기획한다든지, 출판상업주의를 위해 지명도가 높은 문학인들과의 접촉 기회를 높이기 위해 갖는 국제문학 사업들은 빛좋은 개살구에 지나지 않는다는 점을 명심해두자.

이 책의 안팎을 이루고 있는 문제의식의 근간을 다시 상기해본다. 전세계에서 하필 한국에서 국제문학 포럼 및 관련 행사를 치르는 것은 어떤 의의가 있는 것일까. 비록 한국사회가 서구화를 강도 높게 진행하고 있는 것은 사실이되, 바로 그렇기 때문에 구미중심주의에 바탕을 두고 있는 서구화에 대한 반성적 성찰이 절실히 요구되는 것이다. 20세기 한반도에 짙게 드리운 구미중심의 제국주의와 그 식민주의로부터 파생된 행태악行態惡과 구조악構造惡에 대한 저항은 한반도의 분단체제를 종식시킬 뿐만 아니라 전 지구적 평화의 일상을 살기 위한 것인바, 그 노력의 일환으로 한국은 이러한 문학이념과 실천을 수행할 수 있는 플랫폼 역할을 담대하면서도 겸허히 소화해야 한다. 때문에 우리 안에 구미중심주의를 더욱 공고화하는 데 은연중 공모하는 국제문학 포럼과 관련 행사에 대한 치열한 비판적 성찰을 아무리 강조해도 지나치지 않으리라.

　이 책을 기획·집필하면서 새로운 세계문학을 향한 내 각오는 우공이산愚公移山의 그 무엇이다. 이제 비로소 힘든 첫 걸음을 떼었다. 앞으로 어떤 길이 펼쳐질지 알 수 없다. 하지만 나는 지금까지 그랬듯이 이후 이 길에서 만날 모든 존재들과 함께 유쾌한 평화적 상상력의 연대를 실천할 것이다. '세계문학 그 너머 / 넘어'의 길을……

초출일람

제1부_ 서장

「새로운 세계문학, 문자성과 구술성의 상호침투」의 원제는 「트리컨티넨탈의 문학, 구술
　　성의 귀환」, 『국제한인문학연구』 12, 국제한인문학회, 2013.

「'응시', 지구적 보편주의를 향한」, '2011만해축전－한국작가회의 심포지엄', 2011. 8.
　　22.

「한국문학은 아시아를 어떻게 만나야 할까?」의 원제는 「'지구적 세계문학'을 향한 한국
　　문학과 아시아 문학의 교류」, 계간 『창작21』, 2012.봄.

제2부_ 재일조선인 문학, 국민국가의 상상력을 넘는

「해방공간의 혼돈과 섬의 혁명에 대한 김석범의 문학적 고투」, 『영주어문』 34, 영주어문
　　학회, 2016.

「김석범의 '조선적인 것'의 문학적 진실과 정치적 상상력」, 『한민족문화연구』 57, 한민
　　족문화학회, 2017.

「재일조선인 김석범, 해방공간, 그리고 역사의 정명(正名)」, 연간 무크지 『인문예술』 3,
　　2017.

「재일조선인 김시종의 장편시집 『니이가타』의 문제의식」, 『반교어문연구』 38, 반교어문
　　학회, 2014.

「세상의 분단선이여, 종이 위 지평으로 돌아가라!」, 인터넷 신문 『제주의 소리－북새통』,
　　2018.7.23.

「서경식의 글쓰기－재일조선인, 기억, 비판」(반년간 『리얼리스트』 6, 2012)의 원제는
　　「식민지 지배를 심문하는 이산(離散)의 주체적 글쓰기 －재일조선인 서경식의
　　비판적 글쓰기에 대해」, 『한국어와 문화』 11, 숙명여대 한국어문화연구소,
　　2012.

제3부_ 오키나와 문학, 반식민주의와 반폭력을 향한 응전

「오키나와문학의 길 위에서」, 『오키나와문학 선집』(곽형덕 편), 소명출판, 2019.

「오키나와에 대한 반식민주의로서 경계의 문학」, 『탐라문화』 49, 제주대 탐라문화연구
　　원, 2015.

「오키나와 리얼리즘－오키나와 폭력에 대한 메도루마 순의 문학적 보복」, 『탐라문화』

54, 제주대 탐라문화연구원, 2017.

「오키나와 폭력의 심연과 문학적 보복-메도루마 슌의『기억의 숲』」, 계간『푸른사상』, 2018.겨울.

「폭력의 미망(迷妄)을 응시하며 헤쳐나오는-메도루마 슌의『무지개새』」,『무지개새』, 곽형덕 역, 소명출판, 2019.

「오키나와 로컬리티즘의 극복과 사회적 약소자의 연대—마타요시 에이키,『돼지의 보복』」, 곽형덕 역, 인터넷 신문『제주의 소리-북새통』, 2019.2.18.

제4부_ 아시아 문학, 근대의 난경을 헤쳐가는

「구미중심의 근대를 넘어서는 아시아 문학의 성찰」,『비평문학』54, 한국비평문학회, 2014.

「타율적 근대를 극복하는 동남아시아 문학」,『플랫폼』, 2011.7·8.

「베트남전쟁 안팎의 유령, 그 존재의 형식-바오닌의『전쟁의 슬픔』과 반레의『그대 아직 살아 있다면』」, 계간『푸른사상』, 2018.여름.

「'탈식민 냉전'에 대한 오키나와와 베트남의 '경이로운 현실'」의 원제는「오키나와와 베트남의 '경이로운 현실', 그 반폭력의 세계」,『비교문화연구』59, 경희대 비교문화연구소, 2020.

「'오래된 새 주체', 서벌턴의 미적 저항-아라빈드 아디가의『화이트 타이거』」, 반년간『리얼리스트』, 2013년 상반기호.

「무한경쟁의 사회를 전복시키는 '우정'의 유쾌한 모험-차탄 바갓의『세 얼간이』」

「디아스포라 작가가 탐구한 중국의 혼돈을 넘어— 펄 벅의 '대지의 3부작'」, 계간『푸른사상』, 2018.봄.

「중국의 혁명과 그 '이후'-위외의『대장정』과 옌롄커의『침묵과 한숨』은「중국의 대장정 : 민주주의적 토론, 카이완시아오(开玩笑), 펑요(朋友)」, 인터넷 신문『제주의 소리-북새통』(2019.12.9)과「중국몽(中國夢)의 어둠과 공포를 응시하는 글쓰기」, 인터넷 신문『제주의 소리-북새통』(2020.10.5)으로 이뤄짐.

「'까딱'과 '플라멩코', 그 서정의 매혹」, '신의 춤 인간의 춤-춤의 소리를 들어라' 공연 (국립국장 별오름) 화집, 2014.6.13~14.

제5부_ 아프리카 문학, 문자성과 구술성의 회통

「아프리카문학의 '응시', 제국주의의 폭력으로 구획된 국경을 넘어-누르딘 파라의 장편『지도』」, 반년간『지구적 세계문학』, 2013.봄.

「아파르트헤이트, 식민주의, 그리고 아프리카 노래의 힘 ― 루이 웅꼬시의 『검은 새의 노래』」, 반년간 『바리마』 4, 2015.

「아프리카, 구연적 상상력과 문자적 상상력의 회통 ― 코피 아니도호의 〈피할 수 없는 일〉」, 계간 『리토피아』, 2013.여름.

「'아프리카의 눈물을 닦는 영매(靈媒) ― 다이아나 퍼러스와 사르끼 바트만」, 계간 『작가들』, 2011.여름.

제6부_ 새로운 세계문학과 만나는 경계의 문학

「구미중심주의의 '너머'를 위한 '넘어'의 문학 ― 한국문학의 정치적 뇌관들, 경계·약소자·구술성」, 반년간 『바리마』 창간호, 2013.

「새로운 세계문학의 시계(視界)로서 북한문학 읽기」, 『내일을 여는 작가』, 2019.상반기.

「제주문학의 글로컬리티, 그 미적 정치성 ― 제주어의 구술성과 문자성의 상호작용을 중심으로」, 『영주어문』 24, 영주어문학회, 2012.

「새로운 세계문학 구성을 위한 4·3문학의 과제」, 『반교어문학』 40, 반교어문학회, 2015.

「4·3문학, 팔레스타인문학, 그리고 혁명으로서 문학적 실천」, 『한민족문화연구』 65, 한민족문화학회, 2019.

「1980년대 이후 한국문학에 나타난 제3세계문학의 문제의식」, 『영주어문』 40, 영주어문학회, 2018.

「아시아의 망루에서 바라본 신동엽」, 계간 『아시아』, 2011.봄.

「제1차 세계대전의 시계(視界)를 통해 본 조명희의 문학」, 『한국언어문화』 66, 한국언어문화학회, 2018.

「동아시아의 혁명가 김산, 그 '문제지향적 증언서사'」의 원제는 「김산, 동아시아의 혁명적 실천, 그리고 '문제지향적 증언서사'」, 『한민족문화연구』 54, 한민족문화학회, 2016.

참고문헌

기본자료

갓산 카나파니, 김종철·천지현 역, 『불볕 속의 사람들』, 창작과비평사, 1996.

갓산 카나파니 외, 임헌영 편역, 『아랍민중과 문학―팔레스티나의 비극』, 청사, 1979.

김경훈, 『까마귀가 전하는 말』, 각, 2017.

김산·님 웨일즈, 송영인 역, 『아리랑』, 동녘, 2015(개정 3판).

김석범, 김석희 역, 『까마귀의 죽음』, 각, 2015.

_____, 김환기·김학동 역, 『화산도』 1~12, 보고사, 2015.

김시종, 곽형덕 역, 『니이가타』, 글누림, 2014.

_____, 『지평선』, 소명출판, 2018.

김영돈 외, 『제주설화집성』 1, 제주대 탐라문화연구소, 1985.

김재용·메도루마 슌, 「대담―메도루마 슌」, 『지구적 세계문학』 5, 글누림, 2015.봄.

김진영·홍태한, 『서사무가 바리공주전집』 1·2, 민속원, 1997.

김현자, 『슬이의 노래』, 청어출판사, 2012.

김형수, 「특집 좌담―변화하는 한국사회와 한국작가회의의 전망」, 『내일을 여는 작가』, 2008.봄.

_____, 『조드』 1·2, 자음과모음, 2012.

누르딘 파라, 이석호 역, 『지도』, 인천문화재단, 2010.

님 웨일즈, 편집실 역, 『아리랑』 2, 학민사, 1986.

다이아나 퍼러스, 이석호 역, 『사라 바트만』, 도서출판아프리카, 2012.

라빈드라나트 타고르, 장경렬 역, 『기탄잘리』, 열린책들, 2010.

문무병, 『날랑 죽건 닥밭에 묻엉…』, 각, 2000.

마흐무드 다르위시, 송경숙 역, 『팔레스타인에서 온 연인』, 아시아, 2007.

메도루마 슌, 『브라질 할아버지의 술』, 아시아, 2008.

_____, 유은경 역, 『물방울』, 문학동네, 2012.

_____, 곽형덕 역, 『어군기』, 도서출판문, 2017.

_____, 손지연 역, 『기억의 숲』, 글누림, 2018.

_____, 곽형덕 역, 『무지개 새』, 아시아, 2019.

박용후, 『제주방언연구』(자료편), 고려대 민족문화연구소, 1988.

백선기, 『미완의 해방』, 정우사, 1993.

사하르 칼리파, 송경숙 역, 『가시 선인장』, 한국외대 출판부, 2005.

_____, 『유산』, 아시아, 2009.

_____, 김수진 역, 『뜨거웠던 봄』, 케포이북스, 2016.

송상조, 『제주말 큰사전』, 한국문화사, 2008.

실천문학편집위원회, 『실천문학』 창간호, 실천문학사, 1980.

심진경·황석영, 「도전인터뷰─한국문학은 살아 있다」, 『창작과비평』, 창비, 2007.겨울.

국학자료원편집부, 아시아·아프리카·라틴아메리카문학연구소 편, 『바리마』 창간호, 국학자료원, 2013.

아마두 함파테바, 이희정 역, 『들판의 아이』, 북스코프, 2008.

안토니오 스카르메타, 우석균 역, 『네루다의 우편배달부』, 민음사, 2004.

윌리엄 버틀러 예이츠, 「타고르 시집에 부치는 서문」, 『지구적 세계문학』 6, 글누림, 2015.가을.

윤지관·임홍배, 「대담─세계문학의 이념은 살아 있다」, 『창작과비평』, 창비, 2007.겨울.

이원규, 『김산 평전』, 실천문학사, 2006.

이회성·미즈노 나오끼 편, 윤해동 역, 『아리랑 그 후』, 동녘, 1993.

자유실천문인협의회 편, 「팔레스타나 민족시집」, 『실천문학』 창간호, 1980.

제주4·3사건진상규명및희생자명예회복위원회, 『제주 4·3사건 자료집』 미국자료편②, 제주4·3사건진상규명및희생자명예회복위원회, 2003.

제주4·3사건진상조사보고서작성기획단, 『제주 4·3사건 진상조사보고서』, 제주4·3사건 진상규명및희생자명예회복위원회, 2003.

제주도의회, 『제주 4·3자료집─미군정보고서』, 2000.

제주도의회4·3특별위원회, 『제주도 4·3피해조사보고서』(2차 수정 보완판), 2001.

제주문학의집 편, 『낮에도 꿈꾸는 자가 있다』, 심지, 2014.

조명희, 이명재 편, 『낙동강(외)』, 범우, 2004.

조명희, 오윤호 편, 『조명희 시선』, 지식을만드는지식, 2013.

중앙일보현대사연구소, 『미군CIC정보보고서』 전4권, 중앙일보현대사연구소, 1996.

최인훈, 『화두』, 민음사, 1994.

허영선, 『해녀들』, 문학동네, 2017.

현기영, 『바람 타는 섬』, 창작과비평사, 1989.

호세 달리사이, 「채소밭에서」, 『지구적 세계문학』 4, 글누림, 2014.가을.

홍태한·이경엽, 『서사무가 바리공주전집』 3, 민속원, 2001.

황석영, 『바리데기』, 창비, 2007.

(사)제주작가회의 편, 『바람처럼 까마귀처럼』, 1998.

_____, 『깊은 적막의 꿈』, 각, 2001.

_____, 『당신의 눈물을 보여주세요』, 각, 2002.

_____, 『역사적 진실과 문학적 진실』, 각, 2004.

_____, 『어두운 아늘 아래 펼쳐진 꽃밭』, 각, 2006.

「김석범, 제주4・3평화상 수상 별 문제없다」, 『프레시안』
　　　(http://www.pressian.com), 2015.5.14.

「이스라엘 공습, 팔레스타인 3명 숨져…유혈충돌 계속」, jtbc뉴스(http://news.jtbc.
　　　joins.com/html/268/NB11727268.html) 2018.11.13.

「인터뷰-디아스포라로 살아가는 건 나의 숙명」, 월간 『말』, 2006.6.

「재일동포는 남북대립 해소할 수 있는 실험장」, 『문화일보』, 2011.11.11.

SBS, '결7호 작전의 비밀-1945년의 제주', 〈그것이 알고 싶다〉,1992.4.1.

KBS, 〈나를 사로잡은 조선인 혁명가 김산〉, 2005.7.30.

히스토리 채널 TV, 〈다시 찾은 아리랑, 비운의 혁명가 김산〉, 2002.9.5.

최장집, 『제3세계연구』 1, 한길사, 1984.

김광식, 『제3세계연구』 2, 한길사, 1985.

제주특별자치도, 『제주어사전』, 제주특별자치도, 1995(초판)・2009(개정증보판).

단행본

가와다 준조, 임경택 역, 『무문자 사회의 역사』, 논형, 2004.

가와미츠 신이치, 이지원 역, 『오키나와에서 말한다』, 한국학술정보, 2014.

강영기, 『제주문학담론』, 국학자료원, 2006.

강영봉 외, 『문학 속의 제주 방언』, 글누림, 2010.

강영봉, 『제주의 언어』 1・2 증보판, 도서출판 제주문화, 2001.

개번 매코맥・노리마쯔 사또꼬, 정영신 역, 『저항하는 섬, 오끼나와』, 창비, 2014.

고광명, 『재일 제주인의 삶과 기업가 활동』, 제주대 탐라문화연구소, 2013.

고명철, 『1970년대의 유신체제를 넘는 민족문학론』, 보고사, 2002.

_____, 『논쟁, 비평의 응전』, 보고사, 2006.

_____, 『흔들리는 대지의 서사』, 보고사, 2018.

고재환, 『제주속담총론』, 민속원, 2004.

_____, 『제주어개론』 상・하, 보고사, 2011.

권헌익, 박충환・이창호・홍석준 역, 『베트남전쟁의 유령들』, 산지니, 2016.

곽형덕, 『김사량과 일제 말 식민지 문학』, 소명출판, 2017.

김영, 『근대 만주 벼농사 발달과 이주 조선인』, 국학자료원, 2004.

김동윤, 『4·3의 진실과 문학』, 각, 2003.

_____, 『작은 섬 큰 문학』, 각, 2018.

김병택, 『제주현대문학사』, 제주대 출판부, 2005.

_____, 『제주예술사』, 보고사, 2010(상권)·2011(하권)

김석범·김시종, 이경원·오정은 역, 문경수 편, 『왜 계속 써왔는가, 왜 침묵해 왔는가』,
　　　제주대 출판부, 2007.

김성례, 『한국 무교의 문화인류학』, 소나무, 2018.

김시업 외, 『근대의 노래와 아리랑』, 소명출판, 2009.

김시종, 『조선과 일본에 살다』, 돌배게, 2016.

김영돈, 『제주도 민요연구』 下(이론편), 민속원, 2002.

김영화, 『변방인의 세계-제주문학론』, 1998(초판)·2000(개정증보판).

_____, 『제주문학론』, 제주대 출판부, 2008.

김재용, 『세계문학으로서 아시아문학』, 글누림, 2012.

김재용·이상경·오성호·하정일, 『한국 근대민족 문학사』, 한길사, 1993.

김진균 편, 『역사와 사회 1-제3세계와 사회이론』, 한울, 1983.

김태갑·조성일 편주, 『민요집성』, 연변인민출판사, 1981.

김택현, 『서발턴과 역사학 비판』, 박종철출판사, 2003.

김학동, 『재일조선인 문학과 민족』, 국학자료원, 2009.

김학준, 『혁명가들』, 문학과지성사, 2013.

노마 히데키, 김진아 외역, 『한글의 탄생』, 돌베개, 2011.

도미야마 이치로, 심정명 역, 『유착의 사상』, 글항아리, 2015.

라나지트 구하, 김택현 역, 『서발턴과 봉기』, 박종철출판사, 2008.

라빈드라나트 타고르, 손석주 역, 『내셔널리즘』, 글누림, 2013.

로버트 J. C. 영, 김택현 역, 『포스트식민주의 또는 트리컨티넨탈리즘』, 박종철출판사, 2005.

로버트 N. 그윈 외, 박구병 역, 『변화하는 라틴아메리카』, 창비, 2012.

로버트 스칼라피노·이정식·한홍구 역, 『한국공산주의 운동사』, 돌베개, 2015

루이스 웅꼬시, 이석호 역, 『검은 새의 노래』, 창비, 2009.

류만, 『조선문학사』 9, 사회과학출판사, 1995

리카르도 라고스, 정진상 역, 『피노체트 넘어서기』, 삼천리, 2012.

모택동, 이등연 역, 『지구전론·신민주주의론』, 두레, 1989.

문순덕, 『섬사람들의 음식연구』, 학고방, 2010.

문승숙·마리아 혼 편, 이현숙 역, 『오버 데어』, 그린비, 2017.

미우라 노부타카·가스야 게이스케 편, 이연숙 외역, 『언어 제국주의란 무엇인가』, 돌베개, 2005.

바오닌, 『전쟁의 슬픔』, 아시아, 2012.

박경훈, 『알뜨르에서 아시아를 보다』, 각, 2010.

박찬식, 『4·3과 제주역사』, 각, 2008.

반레, 하재홍 역, 『그대 아직 살아 있다면』, 실천문학사, 2002.

비엣 타인 응우옌, 김희용 역, 『동조자』 1·2, 민음사, 2018.

_____, 부희령 역, 『아무것도 사라지지 않는다』, 더봄, 2019.

사키야마 다미, 조정민 역, 『달은, 아니다』, 글누림, 2018.

살바도르 아옌데 외, 정인환 역, 『기억하라, 우리가 이곳에 있음을』, 서해문집, 2011.

서경식, 이목 역, 『소년의 눈물』, 돌베개, 2004.

_____, 『기억의 현장과 재현의 언어』, 각, 2006.

_____, 임성모·이규수 역, 『난민과 국민 사이』, 돌베개, 2006.

_____, 박광현 역, 『시대의 증언자 프리모 레비를 찾아서』, 창비, 2006.

_____, 『만남—서경식 김상봉 대담』, 돌베개, 2007.

_____, 한승동 역, 『시대를 건너는 법』, 한겨레출판, 2007.

_____, 『고통과 기억의 연대는 가능한가?』, 철수와영희, 2009.

_____, 서은혜 역, 「나의 글쓰기와 문학」, 『실천문학』, 실천문학사, 2011.겨울.

_____, 권혁태 역, 『언어의 감옥』, 돌베개, 2011.

서대석, 『무가문학의 세계』, 집문당, 2011.

서병훈, 『다시 시작하는 혁명—아옌데와 칠레식 사회주의』, 나남, 1991.

송경숙, 『갓산 카나파니의 삶과 문학』, 한국외대 출판부, 2005.

수전 벅모스, 김영호 역, 『헤겔, 아이티, 보편사』, 문학동네, 2012.

스피박, 태혜숙 역, 『서발턴은 말할 수 있는가?』, 로절린드 C 모리스 편, 그린비, 2013.

신경림·자카리아 무함마드 외, 팔레스타인을 잇는 다리 역, 『팔레스타인과 한국의 대화』, 열린길, 2007.

신동엽, 『신동엽전집』(증보판), 창작과비평사, 1980.

신욱희·권헌익, 『글로벌 냉전과 동아시아』, 서울대 출판부, 2019.

신재경, 『재일제주인 그들은 누구인가』, 보고사, 2014.

아라사키 모리테루, 정영신 외역, 『오키나와 현대사』, 논형, 2008.

_____, 김경자 역, 『오키나와 이야기』, 역사비평사, 2016.

안드레 군더 프랑크, 이희재 역, 『리오리엔트』, 이산, 2003.

안승일, 『비운의 혁명가들』, 연암서가, 2014.

양영길, 『지역문학과 문학사 인식』, 국학자료원, 2006.

양조훈, 『4·3 그 진실을 찾아서』, 선인, 2015.

에릭 홉스봄, 김동택 역, 『제국의 시대』, 한길사, 1998.

엔리케 두셀, 박병규 역, 『1492년 타자의 은폐』, 그린비, 2011.

오세종, 손지연 역, 『오키나와와 조선의 틈새에서』, 소명출판, 2019.

오은영, 『재일조선인문학에 있어서 조선적인 것』, 선인, 2015.

와카바야시 미키오, 정선태 역, 『지도의 상상력』, 산처럼, 2006.

와타나베 요시오, 최인택 역, 『오키나와 깊이 읽기』, 민속원, 2014.

왕후이, 이욱연 외 공역, 『새로운 아시아를 상상하다』, 창비, 2003.

우노 하르바, 박재양 역, 『샤머니즘의 세계』, 보고사, 2014.

우스키 아키라, 김윤정 역, 『세계사 속 팔레스타인 문제』, 글항아리, 2015.

우카이 사토시, 신지영 역, 『주권의 너머에서』, 그린비, 2010.

월터 D. 미뇰로, 김은중 역, 『라틴아메리카, 만들어진 대륙』, 그린비, 2010.

월터 J. 옹, 이기우·임명진 역, 『구술문화와 문자문화』, 문예출판사, 1995.

윤건차, 박진우 외역, 『자이니치의 정신사』, 한겨레출판, 2016.

윤수동, 『조선민요 아리랑』, 국학자료원, 2012.

윤정란, 『한국전쟁과 기독교』, 한울엠플러스, 2016.

응구기 와 씨옹오, 이석호 역, 『정신의 탈식민화』, 아프리카, 2013.

이리에 아키라, 조진구·이종국 역, 『20세기의 전쟁과 평화』, 연암서가, 2016.

이명원, 『두 섬-저항의 양극, 한국과 오키나와』, 삶창, 2017.

이명재, 『그들의 문학과 생애, 조명희』, 한길사, 2008.

이부영, 『한국의 샤머니즘과 분석심리학』, 한길사, 2012.

이상규, 『방언의 미학』, 살림, 2007.

이연숙, 고영진·임경화 역, 『국어라는 사상』, 소명출판, 2006.

이영권, 『새로 쓰는 제주사』, 휴머니스트, 2005.

이주영, 『서북청년회』, 백년동안, 2014.

일란 파페, 유경은 역, 『팔레스타인 비극사』, 열린책들, 2017.

자크 아탈리, 이효숙 역, 『호모 노마드 유목하는 인간』, 웅진, 2005.

장백일, 『한국 현대문학 특수 소재 연구-빨치산 문학 특강』, 탐구당, 2001.

장태상 외, 『아시아 아프리카 문학』, 한국외대 출판부, 2003.

정덕준 편, 『조명희』, 새미, 1999.

정영신 외, 『오키나와로 가는 길』, 소화, 2014.

정찬주, 『조선에서 온 붉은 승려』, 김영사, 2013.

제주대 재일제주인센터 편, 『재일한국인 연구의 동향과 과제』, 제주대 재일제주인센터,
       2014.

조동일, 『구비문학의 세계』, 새문사, 1991.

조성윤·지영임·허호준, 『빼앗긴 시대 빼앗긴 시절』, 선인, 2007.

조정민, 『오키나와를 읽다』, 소명출판, 2017.

조제 카푸타 로타, 이경래 외역, 『아프리카인이 들려주는 아프리카 이야기』, 새물결, 2012.

최경봉, 『우리말의 탄생』, 책과함께, 2005.

최호근, 『제노사이드』, 책세상, 2005.

코피 아니도호, 이석호 역, 『아프리카여, 슬픈 열대여』, 도서출판 아프리카, 2012.

피에르 노라, 윤택림 편역, 『구술사, 기억으로 쓰는 역사』, 아르케, 2010.

하상일, 『재일디아스포라 시문학의 역사적 이해』, 소명출판, 2011.

하성수 편, 『남로당사』, 세계사, 1986.

(사)한국작가회의 40주년 기념사업단 편찬위원회 편, 『한국작가회의 40년사－1974～
       2014』, 실천문학사. 2014.

허버트 허시, 강성현 역, 『제노사이드와 기억의 정치』, 책세상, 2009.

허상수, 『4·3과 미국』, 다락방, 2016.

현용준, 『제주도무속자료사전』, 신구문화사, 1980.

＿＿＿, 『제주도 신화의 수수께끼』, 집문당, 2005.

현평효, 『제주도방언연구』(자료편), 태학사, 1985.

호미 바바 편저, 류승구 역, 『국민과 서사』, 후마니타스, 2011.

호사카 마사야스, 정선태 역, 『쇼와 육군』, 글항아리, 2016.

홍미정·마흐디 압둘 하디, 『팔레스타인 현대사』, 서경문화사, 2018.

후지따 쇼오조오, 이홍락 역, 『전체주의의 시대경험』, 창작과비평사, 1998.

A. Nandy, *The Illigitimacy of Nationalism : Rabindranath Tagore And The Politics of
       Self*, Oxford University Press, 1994.

Jane M. Jacobs, *EDGE OF EMPIRE*, New York : RoutLedge, 1996.

Manjeet Baruah, *Frontier Cultures*, new Delhi : Routledge, 2012.

논문

강성민, 「인간이여 너는 무엇인가?…디아스포라가 펼치는 존재의 현상학」, 『인물과 사상』, 2007.7.

강용준, 「문화융성시대의 제주문학관」, 『제주작가』, 제주작가회의, 2014.겨울.

고명철, 「굿거리로서의 시의 신명, 시적 리얼리즘의 힘」, 『비평의 잉걸불』, 새미, 2002.

_____, 「'제주문학-제일 제주문학'과 민족문학의 연동에 대한 탐색」, 『영주어문』 13, 영주어문학회, 2007.

_____, 「제주, 평양 그리고 오사카-'4·3문학'의 갱신을 위한 세 시각」, 『뼈꽃이 피다』, 케포이북스, 2009.

_____, 「4·3문학의 새 과제-4·3의 지구적 가치와 지구문학을 향해」, 『제주작가』, 제주작가회의, 2011.여름.

_____, 「신동엽과 아시아, 대지의 상상력」, 김응교 편, 『신동엽』, 글누림, 2011.

_____, 「제주문학의 글로컬리티, 그 미적 정치성」, 『영주어문』 24, 영주어문학회, 2012.

_____, 「아프리카 문학의 '응시', 제국주의의 폭력으로 구획된 국경을 넘어」, 『지구적 세계문학』 창간호, 글누림, 2013.봄.

_____, 「트리컨티넨탈의 문학, 구술성의 귀환」, 『국제한인문학연구』 12, 국제한인문학회, 2013.

_____, 「재일조선인 김시종의 장편시집 『니이가타』의 문제의식」, 『반교어문연구』 38, 반교어문학회, 2014.

_____, 「구중서의 제3세계문학론을 형성하는 문제의식」, 『영주어문』 31, 영주어문학회, 2015.

_____, 「새로운 세계문학 구성을 위한 4·3문학의 과제」, 『반교어문연구』 40, 반교어문학회, 2015.

_____, 「오키나와에 대한 반식민주의로서 경계의 문학」, 『탐라문화』 49, 제주대 탐라문화연구원, 2015.

_____, 「제주의 '출가해녀'를 통한 일제 말의 비협력 글쓰기」, 『혼들리는 대지의 서사』, 보고사, 2016.

_____, 「진보적 문학운동의 역경과 갱신」, 『혼들리는 대지의 서사』, 보고사, 2016.

_____, 「해방공간의 혼돈과 섬의 혁명에 대한 김석범의 문학적 고투-김석범의 『화산도』 연구(1)」, 『영주어문』 34, 영주어문학회, 2016.

_____, 「김석범의 '조선적인 것'의 문학적 진실과 정치적 상상력-김석범의 『화산도』

연구(2)」,『한민족문화연구』 57, 한민족문화학회, 2017.

_____, 「1980년대 이후 한국문학에 나타난 제3세계문학의 문제의식」,『영주어문』 40, 영주어문학회, 2018.

고인환, 「황석영 소설에 나타난 전통 양식 전용 양상 연구」,『한민족문화연구』 26, 한민족문화학회, 2008.

곽경숙, 「조명희의「낙동강」에 나타난 자연인식」,『현대문학이론연구』 29, 현대문학이론학회, 2006.

곽형덕, 「메도루마 슌 문학과 미국」, 오키나와문학연구회 편,『오키나와 문학의 힘』, 글누림, 2016.

권보드래, 「영혼, 생명, 우주−1910년대, 제1차 대전의 충격과 '죽음'의 극복」,『개념과 소통』 7, 한림대 한림과학원, 2011.

권성우, 「망명, 디아스포라, 그리고 서경식」,『실천문학』, 2008.가을.

_____, 「서사의 창조적 갱신과 리얼리즘의 퇴행 사이」,『한민족문화연구』 24, 한민족문화학회, 2008.

_____, 「고뇌와 지성」,『세계한국어문학』 4, 세계한국어문학회, 2010.

_____, 「망명, 혹은 밀항의 상상력」,『비평의 고독』, 소명출판, 2016.

권오경, 「문화기억과 기억융합으로서의 아리랑」,『한국민요학』 39, 한국민요학회, 2013.

김경수, 「서경식의 에세이가 전하는 메시지」,『황해문화』, 새얼문화재단, 2005.봄.

김광수, 「아프리카의 구전전통에 나타난 역사의식과 문화적 정체성」,『아프리카연구』 17, 한국아프리카학회, 2004.

_____, 「아프리카 역사학과 구전역사−'말하는 북(talking drums)'을 통한 역사전승」,『한국아프리카 학회지』 35, 한국아프리카학회, 2012.

김낙현, 「조명희 시 연구−구소련에서 발표한 시를 중심으로」,『우리문학연구』 36, 우리문학회, 2012.

김도연, 「장르 확산을 위하여」, 백낙청·염무웅 편,『한국문학의 현단계』 III, 창작과비평사, 1984.

김동식, 「진화·후진성·1차 대전−『학지광』을 중심으로」,『한국학연구』 37, 인하대 한국학연구소, 2015.

김동윤, 「북한소설의 4·3인식 양상−양의선의「한나의 메아리」론」,『4·3의 진실과 문학』, 각, 2003.

_____, 「단선반대에서 인민공화국으로 가는 도정−강승한의 서사시「한나산」론」,『기억의 현장과 재현의 언어』, 각, 2006.

_____, 「제주문학관 건립 추진 과정과 향후 과제」, 『제주작가』, 제주작가회의 2014.겨울.

_____, 「현기영의 4·3소설에 나타난 탈식민의 문제」, 『한민족문화연구』 49, 한민족문화학회, 2015.

김동현, 「로컬리티의 발견과 내부 식민주의로서의 '제주'」, 국민대 박사논문, 2013.

_____, 「공간인식의 로컬리티와 서사적 재현양상」, 『한민족문화연구』 53, 한민족문화학회, 2016.

김명인, 「지식인문학의 위기와 새로운 민족문학의 구상」, 『희망의 문학』, 풀빛, 1990.

_____, 「90년대 문학운동의 과제와 방법에 대하여」, 『자명한 것들과의 결별』, 창비, 2004.

김성수, 「소련에서의 조명희」, 『창작과비평』 64, 1989.

김신정, 「조명희 문학에 나타난 장소성과 장소상실의 의미」, 『국제한인문학연구』 15, 국제한인문학회, 2015.

김영화, 「상상의 자유로움」, 『변방인의 세계』 개정증보판, 제주대 출판부, 2000.

김용규, 「개입으로서의 세계문학」, 김경연·김용규 편, 『세계문학의 가장자리에서』, 현암사, 2014.

김인숙, 「팔레스타인 디아스포라의 귀환」, 『서강인문논총』 42, 서강대 인문과학연구소, 2015.

김재용, 「폭력과 권력, 그리고 민중」, 역사문제연구소 외편, 『제주 4·3연구』, 역사비평사, 1999.

_____, 「4·3과 분단극복 – 북한문학에 재현된 4·3」, 『제주작가』, 제주작가회의 2001. 상반기.

_____, 「구미중심적 세계문학에서 지구적 세계문학으로」, 『실천문학』, 2010.겨울.

_____, 「유럽의 셰익스피어를 뒤집는 비서구의 두 목소리」, 『지구적 세계문학』 창간호, 글누림, 2013.봄.

_____, 「연해주 시절 조명희 문학의 재인식」, 『한민족문화연구』 60, 한민족문화학회, 2016.

김종욱, 「국가의 형성과 재일조선인 디아스포라」, 『한국 현대문학과 경계의 상상력』, 역락, 2012.

김종철, 「제3세계의 문학과 리얼리즘」, 백낙청·염무웅 편, 『한국문학의 현단계』 I, 창작과비평사, 1982.

김준오, 「서술시의 서사학」, 『문학사와 장르』, 문학과지성사, 2000.

김환기, 「김석범·「화산도」·「제주4·3」」, 『동국대학교 일본학』 41, 동국대 일본학연구소, 2015.

나카무라 후쿠지, 표세만 외 3인 공역,『김석범 「화산도」 읽기』, 삼인, 2001.

마호무두 슈카이르,「현대의 팔레스타인문학에 대하여」,『시작』, 2004.가을.

메도루마 슌,「대담-내 조국의 상처로 인해 나는 작가가 되었다」,『아시아』, 아시아, 2018.가을.

문무병,「제주무가의 현대문학적 변용」,『제주문학』 22, 한국문인협회, 1992.

민병기,「망명 작가 조명희론」, 정덕준 편,『조명희』, 새미, 1999.

박경훈,「김석범·현기영 선생과 동경 웃드르에서의 하루」,『박경훈의 제주담론』 2, 각, 2014.

박미선,「『화산도』와 4·3 그 안팎의 목소리-김석범론」, 경희대 비교문화연구소『외대 어문논총』 10, 경희대 비교문화연구소, 2001.

박승희,「민족과 세계의 연대방식」,『한민족어문학』 57, 한국민족어문학회, 2010.

박재우·김영명,「김산의 작품과 그 사상의식 변주 고찰」,『중국문학』 78, 한국중국어문 학회, 2014.

박종성,「김산의 혁명사상 연구-유산된 혁명의 정당성은 옹호될 수 있는가?」,『사회과 학연구』 8, 서원대 사회과학연구소, 1995.

박태순,「문학의 세계와 제3세계문학」, 백낙청·염무웅 편,『한국문학의 현단계』 III, 창 작과비평사, 1984.

박태순,「중동 아시아 문학」, 백낙청·구중서 외,『제3세계 문학론』, 한벗, 1982.

박혜경,「조명희론」, 정덕준 편,『조명희』, 새미, 1999.

반레,「갈대 숲을 빠져 나오다」,『아시아』, 아시아, 2009.가을.

반레,「무엇이 베트남인가」,『황해문화』, 새얼문화재단, 2002.가을.

서경석,「개인적 윤리와 자의식의 극복 문제」,『실천문학』, 1988.겨울.

소명선,「사키야마 다미론」,『동북아문화연구』 38, 동북아시아문화학회, 2014.

_____,「사키야마 다미의 「달은 아니다」론」,『일본문학연구』 50, 동아시아일본학회, 2014.

손석주,「동양과 서양의 만남-타고르와 세계 대전, 그리고 세계문학」,『지구적 세계문 학』 3, 글누림, 2014.봄.

손유경,「혁명과 문장」,『민족문학사연구』 63, 민족문학사학회, 2017.

송경숙,「이스라엘 점령하의 팔레스타인 인티파다의 시 연구」,『외국문학연구』 15, 한국 외대 외국문학연구소, 2003.

송혜원,「재일조선인 문학을 위해-1945년 이후의 재일조선인문학의 생성의 장」,『내일 을 여는 작가』, 2003.봄.

시일 채니 코커, 장윤희 역, 「새로운 거울-아프리카 문학의 과거와 현재」, 『2013 제4회 인천 AALA 문학포럼-분쟁에서 평화로』, 인천문화재단, 2013.

심정명, 「오키나와, 확장되는 폭력의 기억」, 『인문학연구』 52, 조선대 인문학연구원, 2016.

아시스 난디, 「집과 세상」, 『지구적 세계문학』 9, 글누림, 2017.봄.

양정심, 「주도세력을 통해서 본 제주 4·3항쟁의 배경」, 역사문제연구소 외편, 『제주도 4·3연구』, 역사비평사, 1999.

양진오, 「세계문학으로서의 한국문학, 그 위상과 전망」, 『한민족어문학』 51, 한국민족어문학회, 2007.

오경훈, 「당신의 작은 촛불」, 제주작가회의 편, 『깊은 적막의 끝』, 각, 2001.

오노 데이지로, 「제주 4·3항쟁과 역사인식의 전개상」, 김환기 편, 『재일 디아스포라 문학』, 새미, 2006.

오시로 사다토시, 손지연 역, 「아이고 오키나와」, 『지구적 세계문학』 12, 글누림, 2019.가을.

오윤호, 「'낙동강'과 카프소설의 기원」, 『어문연구』 171, 한국어문교육연구회, 2016.가을.

_____, 「조명희의 『봄 잔듸밧 위에』에 나타난 자연관과 생명의식」, 『문학과 환경』 16-1, 문학과환경학회, 2017.

오태호, 「황석영 소설에 나타난 종교의식 연구」, 『어문연구』 37-3, 한국어문교육연구회, 2009.

우석균, 「작품해설」, 『네루다의 우편배달부』, 민음사, 2004.

유해인, 「트라우마로 자기치유서사로서의 「전쟁의 슬픔」」, 『문학치료연구』 49, 한국문학치료학회, 2018.

윤무한, 「역사 속으로 생환된 『아리랑』의 김산, 그 불꽃의 삶」, 『내일을 여는 역사』, 2007.가을.

이명원, 「4·3과 제주방언의 의미 작용」, 『제주도연구』 19, 제주학회, 2001.

이명재, 「포석 조명희 연구-조명희와 소련지역 한글문단」, 『국제한인문학연구』 창간호, 국제한인문학회, 2004.

이석호, 「아프리카 문학과 탈식민주의」, 김영희·유희석 편, 『세계문학론』, 창비, 2010.

이인나, 「조명희 문학 연구」, 서울대 석사논문, 2005.

이재봉, 「재일 한인 문학의 존재 방식」, 『한국문학논총』 32, 한국문학회, 2002.

이재현, 「문학 운동을 위하여」, 『문학과 예술의 실천논리』, 실천문학사, 1983.

이정숙, 「조명희의 삶과 문학, 낭만성과 혁명성」, 『국제한인문학연구』 4, 국제한인문학회, 2007.

이해영, 「근대 초기 한 조선인 혁명가의 동아시아 인식」, 『한중인문학연구』 27, 한중인문

　　　　　학회, 2009.

이화진, 「조명희의 「낙동강」과 그 사상적 기반」, 『국제어문』 57, 국제어문학회, 2013.

임헌영, 「히가시 후미히토의 5막 희극」, 『'친일문인기념문학상 이대로 둘 것인가' 세미
　　　　　나』 자료집, 한국작가회의자유실천위원회 · 민족문제연구소, 2018.10.6.

자밀 아흐메드, 「만일 '동방의 등불'에 새로 불이 켜진 것이라면 / 후에 라빈드라나드가
　　　　　상상한 아시아와 오리엔트는 어디로 가고 있는 중일까?」, 『바리마』 2, 국학자료
　　　　　원, 2013.

전용갑, 「신환상성, 마술적 사실주의, 아메리카의 경이로운 현실」, 『중남미연구』 33-1,
　　　　　한국외대 중남미연구소, 2014.

정대성, 「작가 김석범의 인생역정, 작품세계, 사상과 행동」, 『한일민족문제연구』 9, 한일
　　　　　민족문제학회, 2005.

_____, 「김석범문학을 읽는 여러 가지 시각 - 그 역사적 단계와 사회적 배경」, 『일본학
　　　　　보』 66, 한국일본학회, 2006.

정상수, 「1차 세계대전의 동아시아에 대한 파급효과」, 『서양사연구』 49, 한국서양사연구
　　　　　회, 2013.

정연정, 「서사무가와 소설의 구조적 상관관계 연구」, 『한국문학과예술』 5, 숭실대 한국
　　　　　문학과예술연구소, 2010.

정홍수, 「세계문학의 지평에서 생각하는 한국문학의 보편성」, 『창작과 비평』, 창비, 2007.
　　　　　겨울.

조동일, 「탐라국 건국서사시를 찾아서」, 『제주도연구』 19, 2001.

조정환, 「김종철의 '제3세계 리얼리즘론'의 방법론적 원리 비판」, 『민주주의 민족문학론
　　　　　과 자기 비판』, 연구사, 1989.

조철행, 「김산, 자신에게 승리한 혁명가」, 『내일을 여는 역사』, 2002.겨울.

좌혜경, 「제주 민요의 현대문학적 변용」, 『제주문학』 22, 1992.

진선희, 「제주문학관 논의 10년, 무엇을 얻었나」, 『제주작가』, 제주작가회의 2014.겨울.

차승기, 「폐허의 사상 - '세계전쟁'과 식민지 조선, 혹은 '부재의식'에 대하여」, 『문학과
　　　　　사회』, 2014.여름.

채광석, 「제3세계 속의 리얼리즘」, 『민중적 민족문학론 - 채광석 선집』 IV, 풀빛, 1989.

최원식, 「민족문학론의 반성과 전망」, 『민족문학의 논리』, 창작과비평사, 1982.

켄 카와시마 · 박선경, 박선경 역, 「상품화, 불확정성, 그리고 중간착취 - 전간기 일본의
　　　　　막노동시장에서의 조선인 노동자들의 투쟁」, 『근대성의 역설』, 후마니타스,
　　　　　2009.

테레사 마리아 알프레도 만자테, 「구비문학과 기술문학의 교차」, 『AFRICAN WRITERS』, 아시아아프리카문학페스티벌 조직위원회, 2007.

하재홍, 「대담-"내가 왜 살아남았을까?"-베트남의 시인 '반레' 인터뷰」, 계간 『실천문학』, 실천문학사, 2001.가을.

하정일, 「도전과 기회사이에서-최근 민족문학론의 쟁점과 과제」, 『창작과비평』, 창비, 2001.겨울.

한기욱, 「지구화 시대의 세계문학」, 『문학의 새로움은 어디서 오는가』, 창비, 2011.

한림화, 「'제주문학관' 조성을 위한 준비-무엇으로 채울 것인가」, 『제주작가』, 제주작가회의, 2014.겨울.

한수영, 「1950년대 한국 문예비평론 연구」, 연세대 박사논문, 1995.

한홍구, 「김산, 못 다 부른 아리랑」, 『황해문화』, 2003.여름.

허호준, 「냉전체제 형성기의 국가건설과 민간인 학살-제주 4·3사건과 그리스내전의 비교를 중심으로」, 제주대 박사논문, 2010.

호세 카를로스 마리아테기, 「라빈드라나트 타고르」, 『지구적 세계문학』 9, 글누림, 2017.봄.

호소미 가즈유키, 「세계문학으로서의 김시종」, 『지구적 세계문학』 4, 글누림, 2014.가을.

홍기돈, 「제주 공동체 문화와 4·3항쟁의 발발조건」, 『탐라문화』 49, 제주대 탐라문화연구원, 2015.

W. Mignolo, "The Darker Side of the Enlightenment : A De-Colonial Reading of Kant's *Geography*", Reading Kant's Geography, ed. Stuart Elden and Eduardo Mendieta,ed. *Reading Kant's Geography* Albany : State University of New York Press, 2011.